中國語言文字研究輯刊

初 編

許 鋟 輝 主編

第11冊

上海博物館藏戰國楚竹書文字研究

柯 佩 君 著

花木蘭文化出版社

國家圖書館出版品預行編目資料

上海博物館藏戰國楚竹書文字研究／柯佩君 著 — 初版 — 新
北市：花木蘭文化出版社，2011〔民 100〕
目 2+354 面；21×29.7 公分
（中國語言文字研究輯刊　初編；第 11 冊）
ISBN：978-986-254-707-6（精裝）
1. 簡牘文字　2. 研究考訂
802.08　　　　　　　　　　　　　　　　100016547

ISBN-978-986-254-707-6

9 789862 547076

中國語言文字研究輯刊
初　編　　第十一冊　　　　　　ISBN：978-986-254-707-6

上海博物館藏戰國楚竹書文字研究

作　　者　柯佩君
主　　編　許錟輝
總 編 輯　杜潔祥
出　　版　花木蘭文化出版社
發 行 所　花木蘭文化出版社
發 行 人　高小娟
聯絡地址　新北市永和區中正路五九五號七樓之三
　　　　　電話：02-2923-1455／傳眞：02-2923-1452
網　　址　http://www.huamulan.tw 信箱 sut81518@gmail.com
印　　刷　普羅文化出版廣告事業
初　　版　2011 年 9 月
定　　價　初編 20 冊（精裝）新台幣 45,000 元　　版權所有‧請勿翻印

上海博物館藏戰國楚竹書文字研究

柯佩君　著

作者簡介

柯佩君，1979 年生，高雄師範大學文學博士，目前為高雄大學通識教育中心兼任助理教授。研究方向為語言文字學，側重古文字。主要著作有《西周金文部件分化與混同研究》、〈上博簡幾個字形變易小議〉、〈上博簡與《說文》重文對勘研究〉、〈上博簡非楚系字形研討〉、〈《禮記·緇衣》與簡本〈緇衣〉徵引異同辨析〉、〈讀〈競建內之〉、〈鮑叔牙與隰朋之諫〉箚記〉、〈《韻通》聲母研究〉、〈西周晚期金文正俗字研究〉等。

提 要

　　本文以上海博物館藏戰國楚竹書文字作為主要研究對象，主旨側重於文字異形現象的討論，試圖透過考察、分析，替上博簡文字紛亂的現象理出文字演變的規律。文分七章：

　　第一章說明研究動機與目的、上博簡況概論、範疇與方法、前人對上博簡文字構形的整理與研究等課題。

　　第二章透過文字構形分析，歸結上博簡文字構形變易有增繁、簡省、異化、訛變、類化等原則可循。

　　第三章藉由文字地域性特徵討論上博簡文字不僅存有大量楚系文字色彩，還兼有齊及他系文字色彩，甚至還有一個字形中有兩種以上的文字色彩，顯示上博簡文字不僅具有地域性色彩，尚表現文字相互影響的證據。以此回對底本則可進一步討論底本、抄本、抄手間的關係。

　　第四章指出上博簡文字在字形結構與筆法上已有隸化的現象，雖結體多未完全脫離小篆，但有些部件寫法已有隸化現象，在筆畫運寫過程中則或有呈現隸化的筆法。此外，上博簡文字除了也有表現出連筆、省併的草寫筆法，還有類似楷筆的特殊寫法。可見上博簡文字在筆墨間活潑豐富的面貌。

　　第五章將上博簡文字與《說文》重文作一比對，透過吻合的例證，可見《說文》重文除了體現甲金文字形體外，還收有戰國楚系特色的字形，甚至可說明《說文》重文字形來源的依據。此外，尚可透過上博簡字形校正《說文》重文構形理據，並重新審視「戰國時秦用籀文，六國用古文」的說法。

　　第六章將上博簡與秦、晉手書文字比對，並歸納其異同。

　　第七章介紹上博簡文字研究價值，總結全文研究成果，並提出研究上博簡的未來展望。

致　謝　辭

　　回到打狗繼續學習、研究，轉眼已過了五個寒暑。這一路走來，要感謝許多人的支持、砥礪與提攜，拙著才能順利完稿。

　　首先要感謝指導教授林研究員素清先生、王教授松木先生。每當論文遇到瓶頸，或思慮不清時，老師都會指點迷津，引向大道。尤其是林師素清不僅在學業上悉心訓練、培養、傳授，在精神上更像溫柔的母親，適時給予鼓勵、照慰，倍感溫馨。師恩深厚，永矢不忘。又論文口試委員邱教授德修、許教授學仁、蔡教授根祥、黃教授靜吟等諸位先生細心評閱論文，斧正謬誤，惠賜建議，對拙著的修改，大有裨益。腑篆心銘，感荷無已。

　　此外，感謝中華發展基金管理委員會獎助，使能於民國九十六年七月（96.07～96.09）獲得中華發展基金管理委員會獎助研究生赴大陸地區研究獎助，走訪北京大學、中國社會科學院、河北大學、陝西師範大學、考古所等地，進行為期二個月的研究資料蒐集與學術研討。期間，承蒙北京大學李教授家浩、張教授雁、劉洪濤，及中國社會科學院董副所長琨、宋所長鎮豪、張研究員振興、王研究員治平、孟研究員蓬生、劉研究員樂賢等諸位先生指導與協助，感激之情，溢於言表，一併致謝。

　　博班期間，由於初到新學校，總有些許不適應，幸賴系上師長深切關懷，學長姊、同學及學弟妹的砥礪與打氣，很快就感受到國文系大家庭的溫暖，陌

生之感殆除。尤其特別感謝林主任文欽、周教授虎林、蔡教授崇名、曾教授進豐、陳教授立，時時關懷與提攜，及悅雯姐、家駿、小朱的協助，受惠實多，銘感無既。

　　在研究與撰寫論文的過程中，時遇逆境，又馬不停蹄於學業、研究、兼課間耕耘，曾感不勝負荷，陷入低潮，遂萌生放棄之念。蒙上天垂憫，身邊有鄭教授榮偉及師母、陳老師德興、張谷良學長、靜環學姊、嘉惠、靜宜、猷青、緯璿、雅斐、啓豪、金富、博熙、紋雀、謁諺、佳霓、建智等師長與摯友，不間斷地鼓勵與關懷，種種深厚情誼，永銘在心，此謹致上最深切的謝意。

　　最後更感謝家人全心的支持與照護，使我在遭遇頓挫時，總會化為最堅強的後盾，再溫柔地撫慰心靈，進而從其中獲得源源不絕的力量，使能重新勇敢地站起來，無懼地面對困境。親恩浩蕩，實難回報。

　　個人才疏學淺、資質駑鈍，且礙於時間迫促，文中必有疏漏謬誤，或未能將諸寶貴意見在短時間內妥善處理，致仍有些疏漏謬誤，此誠屬後學之過，敬祈　師長先進、博雅君子，不吝斧正。

柯佩君謹誌於港仔墘
中華民國九十九年六月

目次

凡　例

第一章　緒　論 1
　第一節　研究動機與目的 1
　第二節　上博簡之概述 4
　第三節　研究方法與架構 14
　第四節　前人研究之概況 16

第二章　文字形體變易原則 21
　第一節　形體增繁 22
　第二節　形體簡省 70
　第三節　形體異化 88
　第四節　形體訛變 114
　第五節　形體類化 120

第三章　地域性色彩與交融 129
　第一節　楚系文字色彩 131
　第二節　齊及他系文字色彩 166
　第三節　多重交融色彩 182

第四章　隸草楷之傾向 191
　第一節　隸化傾向 191
　第二節　草書筆風 221
　第三節　似楷表象 225

第五章　與《說文》重文比勘 233
　第一節　與《說文》古文關係 234
　第二節　與《說文》籀文關係 268
　第三節　與《說文》或體關係 275
　第四節　與《說文》篆文及其他關係 282
　第五節　字形對勘分析 286

第六章　與晉秦系手書文字比對 313
　第一節　與晉系手書文字比對 314
　第二節　與秦系手寫文字比對 322
　第三節　核計手書文字差異 328

第七章　結　論 331
　第一節　上博簡文字研究價值 331
　第二節　研究成果與展望 333

參考書目 345

凡　例

一、上博簡篇名簡稱對照：

篇　名	簡　稱
孔子詩論	孔
緇衣	緇
性情論	性
民之父母	民
子羔	子
魯邦大旱	魯
從政甲篇、從政乙篇	從（甲、乙）
昔者君老	昔
容成氏	容
周易	周
中弓	中
亙先	亙
彭祖	彭
采風曲目	采
逸詩	逸交
昭王毀室　昭王與龏之𦞤	昭
柬大王泊旱	柬
內豊	內
相邦之道	相
曹沫之陳	曹
競建內之	競

篇　名	簡　稱
鮑叔牙與隰朋之諫	鮑
季庚子問於孔子	季
姑成家父	姑
君子爲禮	君
弟子問	弟
三德	三
鬼神之明　融師有成氏	鬼
競公瘧	景
孔子見季桓子	桓
莊王既成　申公臣靈王	莊
平王問鄭壽	平鄭
平王與王子木	平木
愼子曰恭儉	愼
用曰	用
天子建州（甲、乙本）	天（甲、乙）
武王踐阼	武
鄭子家喪（甲、乙本）	鄭（甲、乙）
君人者何必安哉（甲、乙本）	君（甲、乙）
凡物流形（甲、乙本）	凡（甲、乙）
吳命	吳

二、文中有「形同」、「結構相同」、「形近」、「構件相同」等指稱，說明
　　如下：

（一）「形同」，文中所謂「形同」指的是兩字形寫法完全相同。

（二）「結構相同」，指的是兩字形組成結構相同，但是字形不全然相同；
　　　此情況有二：1. 構件相同，但位置組合不同；2. 兩字形結構成分
　　　相同，但部件寫法特殊，不影響文字表意功能者，收入於此類。

（三）「形近」，指兩字形寫法不同，結構不同，但寫法非常相近。如
　　　「一」，上博簡从戈，作「弌」（彭 7.52），《說文》古文从弌，作「弌」，
　　　「弌」與「弌」二者形近。

（四）「構件相同」，指兩字形的某構件寫法完全相同。如「游」，上博簡作
　　　「斿」（子 11.12），从㫃从子从辵。「旅」，从㫃从从，《說文》古文
　　　「旅」作「㫃」；「㫃」下方的構件「从」即「从」形，「㫃」上方
　　　的構件「止」可視爲古文㫃。「斿」的「㫃」形與《說文》古文「㫃」
　　　的構件「止」吻合。

三、文中「＞」表示「大於」。如：甲＞乙，即甲大於乙。

第一章 緒 論

第一節 研究動機與目的

　　1925 年，王國維應邀在清華大學研究院作一次專題演講，題目爲〈最近二三十年來中國新發現之學問〉，演講中談述到：

> 古來新學問大都由於新發現，……自漢以來，中國學問上之最大發
> 現有三：一爲孔子壁藏書，二爲汲冢書，三則爲今之殷墟甲骨文字、
> 敦煌塞上及西域各處之漢晉木簡、敦煌千佛洞之六朝及唐人寫本書
> 卷、內閣大庫之元明以來書籍檔冊。〔註1〕

甲骨學、簡牘學和敦煌學因新資料的發現，形成專門的學科。目前，二十世紀新發現的簡牘資料中，又以藏於上海博物館的戰國楚竹書，是目前古文字學科中最熱門的研究對象。

　　戰國文字材料中，銘文、陶器文字、石刻文字、璽印文字，不論是莊重或草率，都是鑄刻或印上去，非手寫文字。簡牘文字則是將文字書寫在竹木簡牘上。相較於上述幾種文字材料，簡牘文字則能充分體現當時人民平時書寫的習慣與方式，其文字表現出來的型態，也就更貼近當時文字的面貌。

〔註 1〕 王國維：《王國維全集》（第五冊）（台北：華世，1985 年），頁 1915～1916。

目前戰國簡牘中，以楚地發掘的簡牘爲大宗。〔註2〕上海博物館藏戰國楚竹書〔註3〕屬於盜掘之物，經過科學鑑定，結果顯示竹簡時代屬於戰國中晚期，原出土地可能在湖北江陵一帶，是戰國時期楚國的範圍。竹簡約 1200 餘枚、三萬五千餘字，是目前研究戰國楚地簡牘，簡數最多，文字數量最大的一批竹簡。

上博簡的文字數量如此龐大，正是開啓認識戰國文字極佳的大道。過去研究楚簡文字多以有字竹簡較多、完簡較多、字數較多的包山簡、郭店簡爲主。即使包山簡有字竹簡有 278 枚，計 12472 字；〔註4〕郭店簡有字竹簡存有 730 枚，〔註5〕計 12072 字，〔註6〕仍不及上博簡之一半。由此可見，在上博簡問世以前，對戰國竹簡文字的掌握尚顯不足。反之，許多在包山簡、郭店簡未曾見過的戰國文字寫法，在上博簡中則呈現出大量且富有特色的戰國字形，使研究戰國文字的材料更爲完備，也彌補了研究戰國楚地竹簡文字的缺口。是故，藉由掌握大量的上博簡文字字形，將有助於揭開戰國文字面紗，釐清戰國所謂「言語異聲，文字異形」的眞實情況。

上博簡也提供了進一步認識戰國楚地文字很好的文字材料。上博簡文字體現著戰國時期的文字面貌，不僅上承接甲骨文、金文，下可聯繫小篆，可通文字演變脈絡；在上博簡文字中，尙有體現著戰國時期楚地文字的特殊寫法，如「金」作「**坐**」（周 40.12）、「豸」作「**象**」（鬼 6.20）等；還有大量的異體字，展現文字豐富的面貌。又上博簡約莫出土於湖北江陵一帶，字形原應充分表現戰國楚文字的特色，但耐人尋味的是，在上博簡中，竟有著許多看似非楚字特色的字形，〔註7〕並雜有具齊魯系文字與晉系文字特徵的字形結構。〔註8〕以《上

〔註2〕如五里牌竹簡、仰天湖竹簡、楊家灣竹簡、信陽竹簡、望山竹簡、滕店竹簡、天星觀竹簡、九店竹簡、隨縣竹簡、臨澧竹簡、夕陽坡竹簡、秦家嘴竹簡、包山竹簡、慈利竹簡、雞公山竹簡、江陵磚瓦廠竹簡、老河口竹簡、黃州竹簡、范家坡竹簡、郭店竹簡、新蔡竹簡、香港竹簡、包山木牘、包山竹笥、馬山竹簽、雨台山竹律管、清華簡等。

〔註3〕以下簡稱上博簡。

〔註4〕湖北省荊沙鐵路考古隊編：《包山楚墓》（北京市：文物，1991 年）。

〔註5〕有字竹簡 703 枚，殘簡 27 枚。

〔註6〕荊門市博物館編：《郭店楚墓竹簡》（北京：文物出版社，1998 年）。

〔註7〕林素清：〈郭店、上博緇衣簡之比較研究〉，《新出土文獻與古代文明》，2004 年 4 月，上海大學出版社，頁 83～96。

博‧緇衣》為例，李家浩就曾指出《上博‧緇衣》可能是戰國魯國時期的抄本，馮勝君則認為《上博‧緇衣》具有齊系文字的特點。〔註9〕可見上博簡的文字不僅僅散發出濃厚楚文字的味道，更吸納了他系文字的特色，兩者並行，相互影響。藉由上博簡文字，或許可以探究文本與文字色彩的關係，揭示戰國文字多元融合，相互影響的痕跡。

上博簡文字中，多數的字形雖體現著戰國文字的形體結構，但有一群字形則在寫體或是文字結構上已經有了明顯的隸化傾向，與草寫的筆風，甚至還有類似於楷筆的表象。這樣的現象，與「隸書源自小篆」之論，是稍有落差的。藉由考察上博簡，則可探索隸書的發跡，釐清字形、字體演變的脈絡。

文字演變到秦時，「秦始皇帝初兼天下，丞相李斯乃奏同之，罷其不與秦文合者」〔註10〕，小篆成了文字的主流，《說文》則是目前所見最早系統性整理小篆的專著。《說文》不僅收有許多小篆字形，也收有許多重文於其中。將《說文》重文與上博簡文字逐一比對，從二者吻合的例證上，可窺探上博簡對文字演變的影響；並嘗試證明《說文》重文字形其來有自，並非憑空杜撰；另一方面也可驗證《說文》對於字形理據分析是否正確。

綜上所述，上博簡在文字演變的發展過程中，具有其特殊意義，是開啟研究戰國文字幾十年來新的里程碑。故本文將以上博簡作為研究材料基礎，探討上博簡文字字形上的特色，辨析上博簡文字書體的差異，藉以梳理文字形體演進的痕跡；辨析上博簡文字字形在戰國時期的共通性與獨特性，以尋戰國中晚期文字較貼近真實書寫的多元面貌；最後，透過共時手書文字材料，提取上博簡文字在文字學上的意義與價值。

〔註8〕 這樣的現象在郭店簡中也有同樣的情況。周鳳五曾在〈郭店竹簡的形式特徵及其分類意義〉一文指出，根據形體結構與書法體勢，《性自命出》、《成之聞之》、《尊德義》、《六德》，是出自齊魯儒家經典抄本，但已被楚國文字馴化；《語叢》（一）、（二）、（三）當是戰國齊魯儒家經典文字的面貌；《唐虞之道》、《忠信之道》中也有保存一些齊系文字結構。

〔註9〕 馮勝君：《論郭店簡〈唐虞之道〉、〈忠信之道〉、〈語叢〉一～三以及上博簡〈緇衣〉為具有齊系文字特點的抄本》（北京大學博士後研究工作報告，2004 年）。

〔註10〕 許慎撰、段玉裁注：《說文解字注‧序》。

第二節　上博簡之概述

　　一九九四年的春天與秋冬之際，香港的古玩市場上先後出現了兩批戰國竹簡。第一批竹簡由上海博物館收購，第二批竹簡則由香港的上海博物館之友〔註11〕聯合出資收購，並捐贈上海博物館，完、殘簡共 1200 餘支，三萬五千餘字，〔註12〕竹簡涉及 80 餘種戰國古籍，內容涉及哲學、文學、歷史、宗教、軍事、教育、政論、音樂、文字學等，其中有些竹簡內容可與傳世本相對照，如《緇衣》、《周易》、《孔子閒居》、《曾子立孝》、《武王踐阼》等。從簡牘內容與傳世本的比對，可以發現簡牘內容早於傳世本，兩者的同異間透露著文獻存去的過程。除可資對照的篇章外，多數則是先秦傳世典籍中未見者，如《孔子詩論》、《性情論》、《樂禮》、《魯邦大旱》、《四帝二王》、《樂書》、《子羔》、《彭祖》、《恆先》等，雜有儒家、道家、兵家、雜家等不同流派的學術思想，顯示當時學術思想的活躍性與流通性。

　　這兩批戰國竹簡是劫餘截歸之物，出土的時間、地點無法確知，學者推測竹簡來自湖北，〔註13〕可能是在郭店一號楚墓附近的一個楚墓中盜掘出來的。〔註14〕依據《上海博物館竹簡樣品的測量證明》、中國科學院上海原子核所超靈敏小型迴旋加速器質譜計實驗室測年報告等科學專業鑑定，竹簡距今約 2257 年（正負 65 年），與郭店簡時代相近，是楚國遷郢以前貴族墓中的隨葬物，整理者名爲「上海博物館藏戰國楚竹書」。〔註15〕

〔註11〕香港的上海博物館之友：朱昌言、董慕節、顧小坤、陸宗霖和葉仲午等五位先生。其各出資 11 萬港幣，共以 55 萬港幣買下這批竹簡，並捐給上海博物館，計 497 支簡。詳見馬承源：〈馬承源先生談上博簡〉，《上博館藏戰國楚竹書研究》（上海：上海書店出版社，2002 年），頁 1～8。

〔註12〕馬承源：《上海博物館藏戰國楚竹書（一）‧前言：戰國楚竹書的發現保護和整理》，（上海：上海古籍書店出版社，2001 年），頁 1～4。

〔註13〕馬承源：《上海博物館藏戰國楚竹書（一）‧前言：戰國楚竹書的發現保護和整理》，（上海：上海古籍書店出版社，2001 年），頁 1～4。

〔註14〕裘錫圭：〈新出土先秦古籍與古史傳說〉，《北京大學古文獻研究中心集刊》第四輯（北京：北京大學出版社，2003 年），頁 36～57。

〔註15〕詳見張立行：〈戰國竹簡露眞容〉，《文匯報》1999 年 1 月 5 日第 1、3 版；張立行：〈戰國竹簡漂泊歸來獲新生〉，《文匯報》1999 年 1 月 6 日第 3 版；鄭重：〈「上博」看楚簡〉，《文匯報》1999 年 1 月 14 日第 11 版；施宣圓：〈上海戰國竹簡解密〉《文

　　上博簡經過眾多學者共同努力整理，終在 2001 年發表第一冊整理材料，也正式掀起研究上博簡的熱潮。截至目前為止，上博簡已經出版了七冊，公佈了 41 種資料。除了上海博物館收藏的戰國楚竹書外，香港中文大學文物館也曾在文物市場上收購一批流失的竹簡，共 10 支，發表於《香港中文大學文物館藏簡牘》〔註16〕，與上海博物館藏的楚竹書可能同出於湖北江陵一帶。這 10 支簡經過學者的比對，第一枚簡可與上博簡的《緇衣》第 9 號簡下端相接，〔註17〕第二枚簡可補上博簡《周易》第 32 號簡下端的缺文，〔註18〕第三枚簡與上博簡的《子羔》第 12 號簡可編聯，〔註19〕其餘 7 枚簡則尚未能歸屬。

　　關於上博簡七冊的竹簡概況，整理分析如下。

　　匯報》2000 年 8 月 16 日頭版。趙蘭英：〈解讀戰國楚簡〉，《瞭望新聞週刊》第 42 期 2000 年 10 月；陳燮君：《上海博物館藏戰國楚竹書（一）·序》（上海：上海古籍，2001 年 11 月），頁 1～4；陳燮君：〈戰國楚竹書的文化震撼〉，《解放日報》2001 年 12 月 14 日第 8 版；陳燮君：《先秦古籍的又一次重要發現》，《中國文物報》2002 年 1 月 11 日；朱淵清：〈馬承源先生談上博簡〉，《上博館藏戰國楚竹書研究》（上海：上海書店，2002 年），頁 1～8。

〔註16〕陳松長：《香港中文大學文物館藏簡牘》（香港：香港中文大學文物館，2001 年）。

〔註17〕馬承源：《上海博物館藏戰國楚竹書（一）》，（上海：上海古籍書店出版社，2001 年），頁 184。

〔註18〕馬承源：《上海博物館藏戰國楚竹書（三）》，（上海：上海古籍書店出版社），頁 179。

〔註19〕陳劍：〈上博簡〈子羔〉、〈從政〉篇的竹簡拼合與編連問題〉，《文物》2003 年第 5 期。

表 1-1 上博簡形制概況表

篇名	原有篇題	存簡數（枚）	編繩（道）	契口	簡長（cm）	簡形	先編後寫（註20）	書寫方式	竹面書寫情況	字數（字）	標點符號（註21）
孔子詩論	×	存29	上中下三道	不明	約55.5	兩端圓弧（註22）	○	有些文字寫在第1、3道編繩之間。有些簡滿簡書寫。	竹黃面書文，竹青面留白。	存1006 合文8 重文6	有墨釘、墨節
緇衣	×	存24	上中下三道	右側*3	約54.3	兩端梯形（註23）	○	滿簡書寫，首尾不留白。	竹黃面書文，竹青面留白。	存978 合文8 重文10	篇尾有墨釘
性情論	×	存45	不明	不明	約57	兩端平頭（註24）	○	滿簡書寫，首尾不留白。	竹黃面書文，竹青面留白。	存1256 合文2 重文13	有墨釘、墨節、墨鉤
民之父母	×	存14	上中下三道	右側*3	約45.8	兩端平頭	×	有天頭、地腳。文字寫在第1、3道編繩之間。	竹黃面書文，竹青面留白。	存397 合文6 重文3	篇尾有墨鉤

（註20）存在「編後寫」與「先寫後編」二種可能者，以「○」標示。

（註21）合文、重文符除外。

（註22）馬承源認為《孔子詩論》、《子羔》、《魯邦大旱》字形、簡長、兩端形狀一致，可列為同一卷。詳見馬承源：《上海博物館藏戰國楚竹書（一）》（上海：上海古籍）頁121；馬承源：《上海博物館藏戰國楚竹書（二）》（上海：上海古籍）頁183、203。

（註23）從圖片看來，簡端接近平齊。馮勝君也認為此篇簡端應看作平齊。馮勝君：《郭店簡與上博簡對比研究》（北京：線裝書局，2007年），頁17。

（註24）除第35簡簡尾為圓弧狀，其餘簡端完整者，簡端平頭。此第35簡可能是誤用其他篇章的竹簡所致。

篇名		簡存	編繩	契口	最長	兩端		書寫	背面	字數	符號
子羔	○	存14	上中下三道	不明	最長44.2	兩端圓弧	○	滿簡書寫，首尾不留白。	竹黃面書文。第5簡背有篇題。	存395 合文6 重文1	篇尾有墨節
魯邦大旱	×	存6	上中下三道	右側*3	約55.4	兩端圓弧	×	滿簡書寫，首尾不留白。	竹黃面書文。	存208	篇尾有墨節
從政（甲篇、乙篇）	×	存25〔註25〕	上中下三道	不明	約42.5	兩端平齊〔註26〕	×	有天頭、地腳。文字寫在第1、3道編繩之間。	竹黃面書文。	共存659	有句讀符號
昔者君老	×	存4	上中下三道	右側*3	約44.2	兩端平齊	×	有天頭、地腳。文字寫在第1、3道編繩之間。	竹黃面書文。	存158 合文1 重文8	篇末設有墨鈎
容成氏	○	存53	上中下三道	右側*3	約44.5	兩端平齊	×	有天頭、地腳。文字寫在第1、3道編繩之間。	竹黃面書文。第53簡背有篇題。	存1956 合文3 重文3	×
周易	×	58	上中下三道	右側*3	約44	兩端平齊	×	有天頭、地腳。文字寫在第1、3道編繩之間。	竹黃面書文。	共1806 合文3 重文8	有許多組合符號
中弓	○	存28	上中下三道	右側*3	約47	兩端平齊	×	有天頭、地腳。文字寫在第1、3道編繩之間。	竹黃面書文。第16簡背有篇題。	存520 合文16 重文4	×
瓦先	○	13	上中下三道	右側*3	約39.4	兩端平齊	○	有天頭、地腳。文字寫在第1、3道編繩之間。	竹黃面書文。第3簡背有篇題。	共431 重文15	有句讀符號

〔註25〕甲篇存19，乙篇存6。

〔註26〕整理者以「平頭」或「平齊」二詞指稱簡端形制。經查參考圖版，簡端「平頭」無異。若整理者以「平頭」、「平齊」稱之，則沿用之；若整理者無説明，經筆者考察圖版，簡端為平直者，統一稱之為「平齊」。

篇名		存簡	編繩	契口	長度(cm)	兩端		滿簡書寫	竹黃面	存字	篇末符號
彭祖	×	存8	上中下三道	右側*3	約53	兩端平齊	○	滿簡書寫，不留天地。	竹黃面書文。	存241 重文2	篇末設有墨鈎
采風曲目	×	存6	不明	不明	最長56.1	下端平齊（註27）	不明	由下端看來，原應滿簡書寫。有空白簡。	竹黃面書文。	存149	有句讀符號
逸詩	×	存2	不明	不明	最長27	兩端平齊	×	有天頭、地腳。文字寫任第1、3道編繩之間。	竹黃面書文。	存90 重文7	有句讀符號
昭王毀室 昭王與龔之膞	×	存10	上中下三道	右側*3	43.7~44.2	兩端平齊	×	有天頭、地腳。文字寫任第1、3道編繩之間。	竹黃面書文。	共存388（註28）	有句讀、墨鈎符號
柬大王泊旱	×	23	上下二道	右側*2	約24	兩端平齊	×	滿簡書寫，首尾不留白。	竹黃面書文，竹青面留白。	共601 合文3 重文5	有四個墨釘
內豊	○	存10	上中下三道	右側*3	44.2	兩端平齊	×	有天頭、地腳。文字寫任第1、3道編繩之間。	竹黃面書文，竹青面書題。第1簡背有編題。	存376 合文2 重文3	有句讀符號
相邦之道	×	存4	不明	不明	綴合最長51.6	不明（註29）	×	不明	竹黃面書文。	存107 合文5 重文1	有終結符號
曹沫之陳	○	存65	上中下三道	左或右側*3（註30）	約47.4	兩端平齊	○	有天頭、地腳。文字寫任第1、3道編繩之間。	竹黃面書文，竹青面書題。第2簡背有篇題。	存1645 合文10 重文4	有句讀符號

（註27）上端皆殘。

（註28）《昭王毀室》存196字，《昭王與龔之膞》存192字。

（註29）上下端皆殘。

（註30）契口多在右側，有些出現在左側。

篇名		存簡	編繩	契口	簡長（公分）	簡端		書寫形式	書面	字數	備註
競建內之	X（註31）	存10	上中下三道	右側*3	42.8～43.3	兩端平齊	X	有天頭、地腳。文字寫在第1、3道編繩之間。	竹黃面書文，青面書題。第一簡背有篇題。	存347 合文1	X
鮑叔牙與隰朋之諫	○	存9	上中下三道	右側*3	40.4～43.2	兩端平齊	○	有天頭、地腳。文字寫在第1、3道編繩之間。	竹黃面書文，青面書題。最後一支簡背有篇題。	存340	篇末設有墨鉤
季庚子問於孔子	X	存23	上中下三道	右側*3	約39	兩端平齊	○	有天頭、地腳。文字寫在第1、3道編繩之間。	竹黃面書文，青面留白。	存669 合文35 重文4	X
姑成家父	X	存10	上中下三道	右側*3	約44.2	兩端平齊	X	有天頭、地腳。文字寫在第1、3道編繩之間。	竹黃面書文，青面留白。	存466 合文2 重文8 合文的重文1	篇末有末節
君子爲禮	X	存16	上中下三道	右側*3	54.1～54.5	兩端平齊	X	滿簡書寫，首尾不留白。	竹黃面書文，青面留白。	存342 重文5	X
弟子問	X	存25	上中下三道	右側*3	無完簡，無法估算長度。	兩端平齊	X	滿簡書寫，首尾不留白。	竹黃面書文。	存476 合文2 重文2	有句讀符號
三德	X	存22	上下二道	右側*2	約45	兩端平齊	○	滿簡書寫，首尾不留白。	竹黃面書文。	存887 合文2 重文11	有句讀符號

〔註31〕「競建內之」不是篇題。〈競建內之〉簡1簡背「競建內之」四字乃由〈鮑叔牙與隰朋之諫〉的書手補寫完〈鮑叔牙與隰朋之諫〉的書手補寫〈競建內之〉、〈鮑叔牙與隰朋之諫〉內容後所補上、登錄負責人的名字，已供歸檔、備察之用。參見拙著〈讀〈競建內之〉〉，《國文學報》第6期，195～210頁。

篇名		存簡	契口	編繩	長度	兩端		書寫	竹黃面	字數	其他
鬼神之明 融師有成氏	×	存8 [註32]	上中下三道	不明	約53	兩端平齊	×	滿簡書寫。另有竹面有刪削空白處。	竹黃面書正文，抄漏則補於簡背。	共存319 [註33]	有墨節符號。
競公瘧	○	殘存13	上中下三道	右側*3	原長應約55	兩端平齊	○	滿簡書寫，首尾不留白。	竹黃面書文，青面書題。第2簡背有篇題。	存489 合文2 重文1	整篇有五個墨「▃」
孔子見季趄子	×	存27	上中下三道	右側*3	約54.6	兩端平齊	○	有天頭、地腳。文字寫在第1~3道編繩之間。	竹黃面書文，青面留白。	存554 合文6	有墨鈎與「▃」
莊王既成 申公臣靈王	《莊》○ 《申》×	9 [註34]	上下二道	右側*2	莊：33.1~33.8 申：33.7~33.9	兩端平齊	○	滿簡書寫，首尾留白。	竹黃面書文、竹青面書題。第1簡背有篇題。	莊：93 申：117 重文1	墨釘
平王問鄭壽	×	7	上下二道	右側*2	33~33.2	兩端平齊	○	滿簡書寫，首尾不留白。	竹黃面書文，青面留白。	共173 重文4	文末有墨鈎
平王與王子木	×	5	上下二道	右側*2	約33	兩端平頭	○	滿簡書寫，首尾不留白。	竹黃面書文，青面留白。	共117	×
慎子曰恭儉	○	存6	上下二道	多於編繩數	約32	兩端平齊	×	滿簡書寫	竹黃面書文、竹青面書題。第3簡背有篇題。	存128 合文2	×

〔註32〕《鬼神之明》5簡，《融師有成氏》存4簡。

〔註33〕《鬼神之明》：共197，《融師有成氏》：存122。

〔註34〕《莊王既成》4簡，《申公臣靈王》6簡。《莊王既成》結束語與《申公臣靈王》的第一句同在第四簡。

篇名		簡數	編繩	契口	簡長	簡端		天頭地腳／書寫位置	書寫面	存字	分章標記
用日	×	存20（註35）	上下三道	右側*3（註35）	約45	兩端平齊	○	有天頭、地腳。文字寫在第1、3道編繩之間。	竹黃面書文、竹青面留白。	存717 重文11 合文1	
天子建州（甲、乙本）	×	甲存13 乙存11	上下三道	右側*3	約46	兩端平齊	○	有天頭、地腳。文字寫在第1、3道編繩之間。	竹黃面書文、竹青面留白。	甲本：存393，合文7；乙本：存361，合文7；	2章末有章號
武王踐阼	×	15	上中下三道	右側*2（註36）	41.6～43.7	下端平頭（註37）	○	原應有天頭、地腳。文字寫在第1、3道編繩之間。	竹黃面書文、竹青面留白。	存491 重文8	篇末有墨鉤
鄭子家喪（甲、乙本）	×	14（甲、乙本各7）	上下兩道	右側*2	甲：33.1～33.2 乙：34～47.5	甲本兩端平齊，乙本兩端平頭。	○	滿簡書寫	竹黃面書文、竹青面留白。	甲本：235，合文3；乙本：存214，合文3（註38）	甲本篇末有墨釘
君人者何必安哉（甲、乙本）	×	18（甲、乙本各9）	上下兩道	右側*2	甲：33.2～33.9 乙：33.5～33.7	兩端平頭	○	滿簡書寫，首尾不留白。	竹黃面書文、竹青面留白。	甲本：241，合文4 乙本：237，合文3	篇末有墨節。另，乙本墨節後有一黑底白文「乙」字。

（註35）全篇之末，留有空白餘簡。

（註36）上契口皆殘。

（註37）上端皆殘。

（註38）與甲本比對，全篇少20字；又多1字，滿2字。原應與甲本同235字。

凡物流形（甲、乙本）	○	51（甲：30，乙存21）	甲：上下兩道；乙：上中下三道	甲：右側*2 乙：右側*3	甲：33.6 乙：40	兩端平頭	○	甲本滿簡書寫，首尾不留白。乙本有天頭、地腳。文字寫在第1、3道編繩之間。	竹黃面書文。另，甲本第3簡背有篇題。	甲本：共846 乙本：存601	甲乙本有句讀號。乙本篇末有章節號。
吳命	○	存9	3	右側*3	約52	兩端平頭	○	滿簡書寫首尾不留白。	竹黃面書文。第3簡背有篇題。	共存375	上下兩章以墨節區隔

　　目前已公佈的七冊約有 23615 字，以《曹沫之陳》存 65 枚簡數最多，字數則以《容成氏》1956 字最多。《性情論》簡長最長，約 57cm；《柬大王泊旱》簡長最短，約 24cm；簡長未因爲書寫內容而使用一定的長度。

　　竹簡的編繩 2～3 道不等。只有兩道篇繩的篇章有《柬大王泊旱》、《三德》、《莊王既成　申公臣靈王》、《平王問鄭壽》、《平王與王子木》、《愼子曰恭儉》、《鄭子家喪（甲、乙本）》、《君人者何必安哉（甲、乙本）》、《凡物流形（甲本）》。這些篇章除了《三德》、《鄭子家喪（乙本）》之外，竹簡長度不超過 35cm，約在 33～34cm 之間，簡長接近一尺半（戰國尺），與其他三道編繩的篇章相較，二道編繩篇章的竹簡較短。竹簡的契口數多配合編繩數，唯《愼子曰恭儉》契口數多於編繩數，其因待考。

　　竹簡首尾多平頭，也有兩端呈圓弧或梯形者。從編繩蓋住文字的情況來看，有 18 篇是先寫後編，其餘沒有被編繩蓋住文字者，先寫後編或先編後寫的情況皆可能成立。竹簡上的書寫位置以（一）有留天頭、地腳，文字寫在第 1、3 道邊繩之間，與（二）滿簡書寫，首尾不留白的情況爲主；《孔子詩論》簡首留有許多空白，與其他不同；《鬼神明之　融師友成氏》簡中另有刪削的空白處，應是修改之跡。

　　上博簡簡文多寫於竹黃面，竹青面則多留白或寫篇題，另《鬼神明之　融師友成氏》將抄漏的部份也補於竹青面。上博簡中，原附有題名者有《子羔》、《容成氏》、《中弓》、《互先》、《內豊》、《曹沫之陳》、《鮑叔牙與隰朋之諫》、《競公瘧》、《莊王既成》、《愼子曰恭儉》、《凡物流形（甲本）》、《吳命》等。其中，《容成氏》、《互先》、《曹沫之陳》、《內豊》、《競建內之》、《鮑叔牙與隰朋之諫》、《競公瘧》、《莊王既成》、《愼子曰恭儉》、《凡物流形（甲本）》、《吳命》等篇的篇題位置比較明確，分別書寫於前三簡中的某一支簡簡背或最後一支簡簡背。

　　《子羔》篇題，依整理者編聯順序在第 5 簡，但該篇綴合與編聯存在一些問題，馬承源、李零認爲《子羔》、《孔子詩論》、《魯邦大旱》應是同一篇；〔註39〕《中

〔註39〕詳見陳劍：〈上博簡〈子羔〉、〈從政〉篇的竹簡拼合與編聯問題小議〉，《文物》2003
　　　年第 5 期，頁 56～59、64；裘錫圭：〈談談上博簡〈子羔〉篇的簡序〉，《上博館藏
　　　戰國楚竹書研究續編》（上海：上海書店，2004 年），頁 1～11；馬承源：《上海博
　　　物館藏戰國楚竹書（一）》（上海：上海古籍）頁 121、馬承源：《上海博物館藏戰
　　　國楚竹書（二）》（上海：上海古籍）頁 183、203；李零：《上博楚檢三篇校讀記》
　　　（台北：萬卷樓，2002 年），頁 13～15。

弓》經陳劍重新調整簡序，篇題則位於倒數第 3 支簡背。〔註40〕篇題書寫於竹簡上的位置也未有一定的規範，或寫於竹簡上方（《子羔》、《中弓》、《亙先》、《凡物流形（甲本）》），或書寫於接近竹簡中段（《內豐》、《曹沫之陳》、《競公瘧》、《莊王既成　申公臣靈王》、《愼子曰恭儉》、《吳命》），或書寫於竹簡下方（《鮑叔牙與隰朋之諫》、《容成氏》）。從簡文字體上觀察，篇題與正文字跡相同者，篇題與正文的抄寫者應爲同一人，篇題是正文抄寫者所寫；有些篇題則不是正文抄寫者所加，可能是閱讀者或收藏者所加，如《容成氏》、《亙先》、《內豐》、《競建內之》等。〔註41〕又《內豐》篇題爲倒書，正面內文則無倒書情況，可推知此篇乃將正文編寫完成，書簡捲好後，方在簡背上題篇名，由於從簡背無法分辨上下，故誤以下爲上，以成倒書。

簡文中的標點符號，除了《周易》出現許多組合符號外，許多篇章也有句讀符號、墨釘、墨鈎、墨節、〔註42〕《君人者何必安哉（乙本）》墨節後有一黑底白文「乙」字等，對現代的標點符號有一定的啓示作用。

第三節　研究方法與架構

一、研究方法

本文研究主要透過以下的方法：

1. 歸納整理

上博簡目前公佈的字數逼近 24000 字。如此龐大的字形數量若不進行歸納整理，將無法有效地比較分析字形間的差異。故先將所有字形整理成文字編形式後，再依據不同的論述目的，〔註43〕將字形分門別類，以提供細緻的分析。

2. 構形分析

上博簡文字形體的組成成分，不全然是原本文字結構上的必然要件，有些是透過增繁、或異化、或訛變，累加到原本字形中。尤其在戰國時期「言語異聲，文字異形」的情況下，各國在承襲甲金文字的基礎上，發展出許多

〔註40〕陳劍：〈上博竹書〈中弓〉篇新編釋文（稿）〉，簡帛研究網，2004 年 4 月 18 日。
〔註41〕馮勝君：《郭店簡與上博簡對比研究》（北京：線裝書局，2007 年），頁 61。
〔註42〕詳見林清源：《簡牘帛書標題格式研究》（台北：藝文印書館，2006 年）。
〔註43〕如：構形差異、書體差異等。

各具特色的文字形體。這些具有地方性色彩的字形，往往在原有文字上或增繁、或簡省，或變異等，使原本的文字結構上，不僅僅是文字原本的構形而已，可能還會有因為文字變易下所增添的或改易的筆畫或部件。倘若沒有把有意識或無意識的增繁離析出來，將容易造成文字辨識上的困難。若沒有將文字經過簡省或變異的部份視清，也容易與其他文字相混，使文字無法通讀。故在文字構形的分析上，將利用甲金文字資料，透過比較法、偏旁分析法等，辨析上博簡文字構形理據，及文字變異的現象，進而歸納出上博簡文字構形上的演化方向。

3. 字形、字體比對

分析古文字形時，透過比對，將能明確辨識字形差異。文中在比對字形或字體時，將採「以經證經」的方式作為比對基礎，即透過上博簡中的字形、字體，與上博簡改變的字形、字體比對，區分兩者差異，以說明上博簡字形、字體的不同。又若無對應字形，則輔以上博簡文字的部件或偏旁，以茲比較。若無對應字形與偏旁或部件者，則在對應字形處以空缺表示，文字分析或說明時，則利用甲金文字透過構形分析來辨析上博簡字形。此外，《說文》依據文字形體和偏旁結構，將漢字區分為 540 部首，依類編排，系統性地分整理分析漢字理據，對考察古文字的字形字義具有極大的參考價值。是以，分析字形時，若上無甲金文可據，將暫依許慎《說文》的分析。文中採用的《說文》版本為：（漢）許慎撰、（清）段玉裁注：《說文解字注》（杭州：浙江古籍出版社，2006 年）。

4. 音韻分析

分析古文字形往往需要輔以上古音。本文所使用的上古音以郭錫良的上古音系統為主，據其聲紐與韻部的分類歸屬，判別字形中具有表音作用的部件或偏旁的替換或簡省現象，並考察其變易原則。

5. 二重證據法

上博簡許多內容可與傳世典籍相互參照，利用二重證據法，則可易於識出上博簡文字，連帶解決長久以來戰國文字難以釋讀的問題。

二、論文架構

藉由以上幾種主要研究方法，期望能考察上博簡文字的多元面貌。本論文

將分爲七章，首章爲「緒論」，說明研究動機、材料、方法，與上博簡構形研究概況。

第二章爲「文字構形變易原則」，上博簡有大量的異體字，本章係將上博簡字形透過地毯式蒐尋與比對，歸結上博簡文字構形的幾項變易原則，以期能有效地掌握上博簡文字變易的情況。

第三章爲「地域性色彩與交融」，主要論述上博簡文字不僅異體字繁雜，也具有豐富的楚系文字特色，甚至其中還含有齊及其他系色彩的文字特色。此外，從字形當中還能看到多系混雜而成的字形，藉由這些文字多重交融的情況，驗證上博文字的多元性與各系文字相互影響的痕跡。

第四章爲「隸草楷之傾向」，主要論述上博簡文字材料所屬時代雖爲戰國中晚期，考察其書寫情況，則儼然已有隸、草寫痕跡於其中。可見戰國文字亦有隸、草化現象。此外，上博簡文字中有些筆畫類似於楷筆，這些表象非常特殊，文中一併加以詳列，並試說明其來由。

第五章爲「與《說文》重文比勘」，主要透過與《說文》重文字形比對，考察二者字形吻合或相近的情況，說明上博簡文字形寫法的來源，並論述上博簡文字的影響；進一步則探析許慎誤釋《說文》重文字形的原因；再者，則透過上博簡與《說文》重文字形比對，試說明王國維「戰國時期六國用古文，秦用籀文」的說法可能並不全面。

第六章爲「與晉秦系手書文字比較」。上博簡文字是東周手書文字材料，故此章將透過東周手書文字材料與之比對。上博簡文字含有大量楚系色彩，東周目前可見的手書文字除了楚系手書材料之外，僅可見到晉秦兩系的手書材料，故此章將透過與晉秦系手書文字比較，說明上博簡在東周手書文字的所處位置。

末章爲「結論」，係將各章論述要點，予以整理，藉以了解上博楚竹書文字特質，與在文字學上的意義與價值。

第四節　前人研究之概況

有關上博簡的研究與以往較不同的地方，是學術網路平台成爲刊載即時研究成果的媒介。自 2001 年《上海博物館藏戰國楚竹書（一）》出版後，立即受到學界高度重視，掀起一波波研究熱潮。以往學者研究成果常撰寫成書，或登

於期刊，或發表在研討會，〔註44〕但不管是專書或是期刊、會議論文，在學者將成果整理出來後，都需要經過一段時日，方可透過書面行之於市；對於位處各地的研究者而言，不僅需要等待刊載日，還有訂購書籍時漫長的等待。有研究單位順應這股研究熱潮，架設網路平台，提供學者們在網路上分享即時的研究成果，以消彌時間與空間上的障礙，促使學術交流更爲緊密與熱絡。

目前主要刊登研究上博簡牘文章最多、最集中的網路平台有：

1. 簡帛研究網（http://www.bamboosilk.org/）

簡帛研究網站由龐樸主持，在 2000 年開始運轉，原先多收羅有關郭店簡的文章，後因上博簡的問世，有關上博簡的文章已成爲主要的論題，至 2010 年已收有關上博簡文章已經超過 400 篇。

2. 簡帛網（http://www.bsm.org.cn/）

2003 年起，武漢大學中國傳統文化研究中心接手主辦網路平台的規劃，眾多有關上博簡的文章也紛紛刊載於此平台，至 2010 年有關上博簡文章已收有近700 篇。

3. confucius2000：清華大學簡帛研究
（http://www.confucius2000.com/admin/lanmu2/jianbo.htm）

confucius2000 中的「清華大學簡帛研究」專欄是清華大學思想文化研究所「簡帛講讀班」與「confucius2000」網站合作開辦，由廖名春主持。至 2010年已收有關上博簡文章近百篇。

〔註44〕如上海大學古代文明研究中心、清華大學思想文化研究所編：《上博館藏戰國楚竹書研究》（上海：上海書店出版社，2002 年）。上海大學古代文明研究中心、清華大學思想文化研究所編：《上博館藏戰國楚竹書研究續編》（上海：上海書店出版社，2004 年）。陳偉主編：《簡帛》（第一輯）（上海：上海古籍，2006 年）、陳偉主編：《簡帛》（第二輯）（上海：上海古籍，2007 年）、陳偉主編：《簡帛》（第三輯）（上海：上海古籍，2008 年）等。季旭昇主編：《上海博物館藏戰國楚竹書讀本》（一）～（四）（台北：萬卷樓，2004～2007 年）。黃人二：《上海博物館藏戰國楚竹書（一）研究》（台中縣：高文，2002 年）。黃人二：《上海博物館藏戰國楚竹書（三）研究》（台中縣：高文，2005 年）。黃人二：《出土文獻論文集》（台中縣：高文，2005 年）。復旦大學出土文獻與古文字研究中心：《出土文獻與古文字研究》（上海：復旦大學，2006 年）。蘇建洲：《《上博楚竹書》文字及相關問題研究》（台北：萬卷樓，2008 年）等。

4. 復旦大學出土文獻與古文字研究中心網站
（http://www.guwenzi.com/Default.asp）

繼簡帛研究網站、簡帛網、confucius2000 開通，收錄大量有關研究上博簡的文章之後，復旦大學出土文獻與古文字研究中心所在 2008 年也架設學術網路平台，至 2010 年有關上博簡文章已超過百篇。

由於本文將著重於上博簡的文字構形研究，故以下針對此主題進行前賢成果的爬梳。

1. 文字編

李學勤曾說出土文獻最基礎的工作還是考釋文字。〔註 45〕若字釋錯了，則之後的推演與論點將大有問題。文字編則是文字考釋的成果整理。其將不同的字形編排所屬字例之下，製成字表，不僅便於檢索字形，也有助於考察文字構形群間的比較。目前針對上博簡所編纂的文字編多以冊爲單位，並多以碩士學位論文呈現。如：陳瓊：《《上海博物館藏戰國楚竹書（一）》研究概況及文字編》（長春：吉林大學碩士論文，2005 年）；牛淑娟：《上海博物館藏戰國楚竹書（二）研究概況及字編》（長春：吉林大學碩士論文，2005 年）；王鳳：《上海博物館藏戰國楚竹書（三）的研究及文字整理》（東北師範大學碩士論文，2006 年）；曲冰：《《上海博物館藏戰國楚竹書（三）》研究概況及文字編》（長春：吉林大學碩士論文，2006 年）；徐蕾：《《上海博物館藏戰國楚竹書（四）》研究概況與文字整理》（長春：東北師範大學碩士論文，2006 年）；于智博：《《上海博物館藏戰國楚竹書（四）》研究概況及文字編》（長春：吉林大學碩士論文，2007 年）；鐘明：《《上海博物館藏戰國楚竹書（五）》研究概況及文字編》（長春：吉林大學碩士論文，2007 年）；楊嵬茼：《上海博物館藏戰國楚竹書（六）異文的整理研究》（東北師範大學碩士論文，2008 年）；郭蕾蕾：《《上海博物館藏戰國楚竹

〔註45〕李學勤：「這次研討會最多的論文還是考釋文字。這說明了出土文獻的研究工作最基礎的還是考釋文字。考釋工作是工作重心，必不可缺，不認識字是很危險的，目前考釋文字已經取得了許多成果。但同時，這也反映了新出土文獻實在太多了，當前對出土文獻的研究主要還處於考釋文字階段。不能正確考釋文字，建立的推論恐怕很危險，很成問題。這也是我們認識必須進一步作文字考釋，認識到戰國文字研究有必要進一步深入發展。」詳見李學勤：〈李學勤先生在「新出文獻與古代文明研究」會議閉幕式上的演講〉，《新出土文獻與古代文明研究》（上海：上海大學出版社，2004 年），頁 1。

書（六）》研究概況及文字編》（長春：吉林大學碩士論文，2008 年）等。

在 2007 年時，李守奎與其學生共同編纂成《上海博物館藏戰國楚竹書文字編（1～5）》〔註46〕，是目前收錄上博簡字形最多的文字編。

2. 構形研究

從上博簡（一）發表後，研究文章雖宛若雨後春筍一般，文章內容以考釋文字居多，以文字構形作為主要論題的專書，則不常見。目前以文字構形為研究主題的專書有：魏宜輝：《楚系簡帛文字形體訛變研究》（南京：南京大學博士論文，2003 年）；陳立：《戰國文字構形研究》（台北：臺灣大學中國文學系博士論文，2004 年）；吳建偉：《戰國楚文字構件系統分析和《上海博物館藏楚竹書（一）》文字考辨》（華東師範大學博士論文，2004 年）〔註47〕；張新俊：《上博楚簡文字研究》（長春：吉林大學博士論文，2004 年）；趙學清：《戰國東方五國文字構形系統研究》（上海：上海教育出版社，2005 年）；馮勝君：《郭店簡與上博簡對比研究》（北京：線裝書局，2007 年）等。

上述論著多以戰國文字或楚系文字作為研究範疇，雖已涉及上博簡文字構形，但只僅是論著中的一小部分。《上博楚簡文字研究》則是以上博簡為主要論題，深入剖析上博簡的文字構形，議題包含文字的揉合與簡化、同異形現象、分化現象、文字國別問題、錯字探述、雜釋等，為上博簡文字構形研究開啟良好的地基。然而，較遺憾的是，由於材料公布速度，《上博楚簡文字研究》所收上博簡字形僅到第四冊，約 14000 字左右。目前上博簡已經出版七冊，約有 23615 字左右，較《上博楚簡文字研究》所收的字數多出將近 10000 字。是以，本論文〔註48〕將吸取前賢之研究，期望能將目前所見上博簡文字作一統整，考察其文字構形特色，提取上博簡文字在文字學上的意義。

〔註46〕 李守奎等人：《上海博物館藏戰國楚竹書文字編（1～5）》（北京：華東師範大學，2007 年）。

〔註47〕 後出版為吳建偉：《戰國楚音系及楚文字構件系統研究》（濟南：齊魯書社，2006 年）。

〔註48〕 目前收字主要以前六冊為主。

第二章　文字形體變易原則

　　黃侃稱漢字形體上的演變爲「變易」。〔註1〕孔仲溫將漢字變易的規律畫歸爲三種：簡省、增繁、訛變。簡省的方式有三：變圖畫爲線條、變詰屈爲方直、簡省部件形構；增繁的方向有二：增繁以求整齊、增繁以增加藝術性、增繁部件形構；訛變是由於形體相近或苟趨省易而訛。〔註2〕

　　關於戰國文字形體變易的規律，何琳儀在《戰國文字通論（訂補）》中提出簡化、繁化、異化、同化的原則，並另附特殊符號的討論。〔註3〕陳立在《戰國文字構形研究》中，則進一步提出增繁、省簡、異化、訛變、類化、合文等的變易法則。〔註4〕

　　上博簡文字所體現的時代爲戰國中晚期的文字現象，究其變異趨勢，其文字形體的演變規律則有：形體增繁、形體簡省、形體異化、形體訛變、形體類化、錯字等原則。以下茲分節討論之。

〔註1〕黃季剛：「古今文字之變，不外二例：一曰變易，二曰孳乳。」見黃季剛：《文字聲韻訓詁筆記》（台北：木鐸，1984年），頁34。

〔註2〕林慶勳、竺家寧、孔仲溫：《文字學》（台北：國立空中大學，1995年），頁150～160。

〔註3〕何琳儀：《戰國文字通論（訂補）》（南京：江蘇教育，2003年），頁202～265。

〔註4〕陳立：《戰國文字構形研究》（台北：台灣大學中國文學系博士論文，2004年），頁85～596。

第一節 形體增繁

戰國文字中存在著大量的繁化現象。何琳儀對「繁化」的解釋為：

> 繁化，一般是指對文字形體的增繁。「繁化」所增加的形體、偏旁、
>
> 筆畫等，對原來的文字是多餘的。因此有時「可有可無」。〔註5〕

形體增繁就是在原本固有的字體上增加或是重複形體、偏旁、筆畫等，而這些增加的形體、偏旁、筆畫雖然對於固有的字形有所增變，但其音義並沒有產生改變的繁化現象。

在上博簡中，字形普遍存在著形體增繁的現象，大致上有增添飾筆、增添同形、增添義符、增添聲符、其他等類型，以下分點述之。

一、增添飾筆

林師素清分析戰國文字所見繁飾有六類：小圓點；橫畫及短橫畫；二短橫；短斜畫；渦狀紋飾；鳥蟲形、爪形圖案及彎曲線條等。而楚金文常見的飾筆有五種：橫畫上、下增加短橫畫；豎畫中間增添短橫畫或圓點；長線條或曲筆之旁增添長線條或曲筆；字間空虛之處，常填以圓點或短橫畫；增加美飾圖案——鳥形、蟲形、爪形。〔註6〕可知楚文字與戰國文字所見繁飾還是有些許差異，尤其是楚文字有「繁加美飾圖案——鳥形、蟲形、爪形」一類。

考察上博簡文字增添飾筆的情況，大致有增添以下幾種類型：增加圓點、填實、增加橫筆、增加撇筆等。

（一）圓點

上博簡中，常在原有的文字構形上繁加圓點為飾。這些圓點不會影響到原有文字的表意功能，純屬裝飾作用，又可稱為羨筆、贅筆等。上博簡增添圓點為飾的情形如下：

字　例	未繁加圓點字形	繁加圓點字形	說　明
帝	帝束 11.17；帝緇 4.33	帝子 1.21；帝子 12.37；帝彭 1.31	下方豎筆繁加圓點為飾。
社	社姑 3.8	社子 6.3	右方土形繁加圓點為飾。

〔註5〕何琳儀：《戰國文字通論（訂補）》（南京：江蘇教育，2003 年），頁 213。

〔註6〕林師素清：《戰國文字研究》（台北：臺灣大學中國文學系博士論文，1984 年），頁 80。

莫		莫景 8.25	「莫」从艸从奂。「奂」即《說文》古文「衡」，作「奂」之形。「奂」下方無飾筆，「莫」下方豎筆則繁加圓點爲飾。
尔	尔緇 2.11；尔采 3.20	尔孔 7.2	中間豎筆繁加圓點爲飾。
余	余弟 5.13；余周 14.1；余彭 6.22；余姑 9.54；余從甲 14.4；余彭 3.10；余曹 28.3	余中 5.6；余彭 2.52	中間豎筆繁加圓點爲飾。
唯	唯束 12.10；唯內 7.3；唯性 8.7；唯從甲 12.9；唯昔 4.29；唯彭 1.52；唯姑 7.36	唯中 13.9；唯孔 7.32	「隹」形豎筆下方繁加圓點爲飾。
否	否周 31.4	否魯 3.24	上方「不」形豎筆繁加圓點爲飾。
歸	歸周 4.36	歸孔 10.16	「帚」形下方豎筆繁加圓點。
誇		誇用 3.10	金文「夸」作「夸」（伯夸父盨）之形。「誇」右邊偏旁下方繁加圓點爲飾。
章		章孔 14.5	金文作「章」（召伯簋二）、「章」（善夫山鼎）、「章」（史頌簋）、「章」（史頌簋）等。上博簡「章」（孔 14.5）豎筆下方圓點爲繁加的飾筆。
童	童孔 10.30	童子 2.17	下方豎筆繁加圓點爲飾。
奉	奉從甲 17.9；奉孔 25.7	奉子 7.9；奉從甲 8.5	「奉」的「丰」、「廾」形豎筆下方皆繁加圓點。「奉」的「丰」形豎筆下方繁加圓點爲飾。
與	與性 38.18；與緇 12.13；與弟 11.18；與競 5.26	與孔 21.25；與子 5.17	「廾」形豎筆下方繁加圓點爲飾。
埶	埶彭 1.20	埶緇 15.7	金文作「埶」（蔡侯殘鐘）。上博簡「埶」（緇 15.7）木形豎筆下方繁加圓點爲飾。
秉	秉緇 5.34	秉孔 5.29	豎筆下方繁加圓點爲飾。
尋	尋鬼 7.16	尋孔 16.24	右方部件上方「十」形處豎筆繁加圓點爲飾。
敢	敢中 20.11	敢子 12.24	左方偏旁豎筆繁加圓點爲飾。
者	者孔 3.8	者魯 1.24	下方偏旁豎筆繁加圓點爲飾。
佳	佳緇 14.21；佳鬼 6.33；佳中 21.16；佳緇 21.36；佳互 9.30	佳孔 3.37；佳孔 6.19	豎筆下方繁加圓點爲飾。

雀		孔 20.44	豎筆下方繁加圓點爲飾。
雁	弟 1.7	港・戰 3.6	豎筆下方繁加圓點爲飾。
難	從甲 17.16；緇 3.30	孔 3.4	右邊「隹」旁豎筆下方繁加圓點爲飾。
鵡		弟 10.11	金文「土」作「」（㝬鐘）。「」下方土旁豎筆繁加圓點。
膞		弟 19.8	金文「亯」作「」（帥鼎）。「」右邊偏旁下方豎筆繁加圓點。
乎	魯 5.25	魯 1.28	下方偏旁豎筆繁加圓點爲飾。
爵		緇 15.22	金文「乑」作「」（大保簋）。「」從乑，「乑」下方豎筆繁加圓點爲飾。
舍	從甲 14.4	孔 27.16	上方「余」旁豎筆繁加圓點爲飾。
入		孔 3.17	金文作「」（散盤）、「」（利鼎），上博簡「」（孔 3.17）中間豎筆圓點爲繁加飾筆。
矢	周 37.29	孔 22.18	豎筆下方繁加圓點爲飾。
央		子 11.14	金文作「」（虢季子白盤）、「」（央簋），上博簡豎筆下方圓點爲繁加飾筆。
箮		子 13.23	金文作「」（子禾子釜）。上博簡作「」（子 13.23），竹形繁加圓點爲飾，具楚系文字特色。
來	三 16.33	弟 5.11	上方「來」旁豎筆下方豎筆繁加圓點爲飾。
木	孔 11.14	孔 10.6	豎筆下方豎筆繁加圓點爲飾。
本	曹 20.9	孔 16.41；孔 5.28	木形豎筆下方豎筆繁加圓點爲飾。
材	三 1.6	孔 3.27	才形豎筆下方豎筆繁加圓點爲飾。
植	緇 2.16	弟 20.9；天乙 5.1	上方豎筆繁加圓點爲飾。
東	周 57.14	中 2.8	下方豎筆繁加圓點爲飾。
才	中 7.9；三 17.15	中 9.22	下方豎筆繁加圓點爲飾。
焱	逸交 1.9；子 8.37；彭 2.6	中 17.12	右下方豎筆繁加圓點。

坒	坒 孔 11.23	坒 愼 4.9	下方豎筆繁加圓點爲飾。
市	市 用 18.27	市 天甲 13.22	下方豎筆繁加圓點爲飾。
南	南 容 31.21	南 孔 8.10	下方豎筆繁加圓點爲飾。
剌	剌 性 30.17；剌 孔 6.10；剌 性 19.18	剌 弟 23.7	金文作「剌」（剌鼎）、「剌」（班簋）、「剌」（大簋），上博簡「剌」（弟 23.7）左方偏旁豎筆下方繁加圓點爲飾。
責		責 孔 9.22	金文作「責」（兮甲盤）、「責」（秦公簋），上博簡「責」（孔 9.22）右方偏旁豎筆下方繁加圓點爲飾。
邦	邦 昭 9.36；邦 民 14.5；邦 緇 11.32	邦 孔 4.21	右方「丰」形下方繁加圓點爲飾。
耤		耤 緇 15.22	《說文》古文「番」作「耤」之形。「耤」豎筆中間繁加圓點爲飾。
甬	甬 緇 14.16；甬 互 11.11	甬 孔 4.14	豎筆繁加圓點爲飾。
克	克 曹 14.6	克 緇 11.5	金文作「克」（令鼎）、「克」（辛伯鼎）之形，上博簡「克」（緇 11.5）上方豎筆繁加圓點爲飾。
采		采 子 8.13	「采」從禾。金文「禾」作「禾」（卣文）之形。「采」（子 8.13）下方禾旁豎筆繁加圓點爲飾。
年	年 容 5.38；年 競 3.28	年 弟 5.16	金文作「年」（召伯簋）、「年」（大梁鼎），上博簡「年」（弟 5.16）右方豎筆繁加圓點爲飾。
守		守 緇 19.36；守 彭 8.40	「守」，金文從又或從寸，作「守」（冊守父乙觚）、「守」（大鼎）、「守」（守簋）。上博簡「守」（緇 19.36、「守」（彭 8.40）從寸，並在指事符號上繁加圓點爲飾。
宗	宗 三 10.28；宗 天甲 3.13	宗 競 4.27；宗 彭 4.17	下方豎筆繁加圓點爲飾。
宝	宝 束 6.7；宝 三 4.29	宝 性 3.20；宝 彭 7.43	下方豎筆繁加圓點爲飾。
毳		毳 子 1.50	「毛」，金文作「毛」（孟簋）、「毛」（此簋）。上博簡「毳」（子 1.50）從三毛，並在豎筆下方繁加圓點爲飾。

冑	彭 1.43	緇 15.25	上方豎筆繁加圓點爲飾。
兩	互 11.17	孔 13.18	下方豎筆繁加圓點爲飾。
帛	孔 20.2	魯 2.25	下方豎筆繁加圓點爲飾。
人	孔 3.22	莊 2.9	豎筆繁加圓點爲飾。
任	周 48.3	子 10.5；從乙 3.15	右方「不」形豎筆繁加圓點爲飾。
量	容 38.2；天甲 7.2	景 1.13	金文作「」（克鼎），上博簡「」（景 1.13）下方豎筆繁加圓點爲飾。
襄	周 53.21；緇 21.16	孔 7.1	「衣」旁下方繁加圓點爲飾。
朕		彭 1.26	金文作「」（此鼎）、「」（秦公鎛）、「」（毛叔盤）、「」（齊侯敦）。上博簡「」（彭 1.26）右上方豎筆繁加圓點爲飾。
觀	周 24.16；鮑 2.20；性 9.28	子 11.3	右下方「隹」形豎筆下方繁加圓點爲飾。
色	孔 14.16	孔 10.42	豎筆繁加圓點爲飾。
駿		弟 20.3	金文作「」（令鼎）、「」（禹鼎），上博簡「」右上方豎筆繁加圓點爲飾。
盧	從乙 2.11；鬼 1.32；互 13.14；互 5.12	天乙 3.27	左上方豎筆繁加圓點爲飾。
夫	孔 3.39；容 42.3；曹 19.27	性 38.24	上方豎筆繁加圓點爲飾。
惪	孔 7.4	緇 3.19	上方豎筆繁加圓點爲飾。
慎	緇 17.16	弟 11.16	左偏旁上方豎筆繁加圓點爲飾。
悼		孔 8.40	「悼」從年，金文「年」作「」（史頌匜）之形。「」的「年」旁下方豎筆繁加圓點爲飾。
恏		孔 26.8	「恏」從不，上博簡「不」作「」（緇 14.37）之形，「」上方不旁豎筆繁加圓點爲飾。
澤	曹 2.3；容 3.8	彭 6.21	中間豎筆繁加圓點爲飾。
〈		子 8.15	「」從田從川，與《說文》古文甽形同。「川」作「」（緇 7.21）之形，「」則在上方川形繁加圓點爲飾。

川	川 緇 7.21	川 魯 4.5	每筆中間皆繁加圓點為飾。
不	不 緇 14.37；不 周 1.10；不 從甲 7.6；不 民 6.20；不 從甲 9.18；不 周 50.42	不 孔 1.7；不 從甲 6.5	豎筆繁加圓點為飾。
至	至 周 2.39；至 周 44.15；至 民 4.1；至 內 7.4；至 鬼 4.16；至 性 35.26；至 桓 2.17	至 緇 7.7	下方豎筆繁加圓點為飾。
關	關 容 18.30	關 孔 11.4	下方豎筆繁加圓點為飾。
聽		聽 曹 11.5；聽 內 10.21；聽 弟 19.12	「聽」，金文作「聽」（師望鼎）、「聽」（克鼎），上博簡「聽」（曹 11.5）、「聽」（內 10.21）、「聽」（弟 19.12）右下方壬形豎筆繁加圓點為飾。
摔	摔 競 9.18；摔 申 8.13；摔 桓 8.15；摔 桓 15.40	摔 彭 8.25	豎筆下方繁加圓點為飾。
抾		抾 周 51.13	「抾」從肉，上博簡「肉」作「肉」（弟 8.2）之形。「抾」左下方肉形豎筆下方繁加圓點為飾。
女	女 緇 1.5；女 緇 15.34；女 孔 4.19		豎筆下方繁加圓點為飾。
母	母 昭 4.10；母 曹 22.7；母 季 7.30；母 內 6.22；母 弟 8.19；母 內 6.14；母 民 12.27；母 緇 12.42；母 彭 8.16；母 性 31.6；母 采 2.5；母 曹 25.6；母 三 11.7	母 子 10.16；母 子 13.5；母 魯 1.21	豎筆下方繁加圓點為飾。
妹		妹 內附.8	金文作「妹」（盂鼎）、「妹」（沈子它簋），上博簡「妹」（內附.8）豎筆下方繁加圓點為飾。
美	美 緇 22.42	美 緇 21.39	上方部件豎筆繁加圓點為飾。
民	民 緇 4.9	民 孔 16.30；民 內 10.5；民 子 7.26；民 桓 27.12	豎筆下方繁加圓點為飾。
弋	弋 緇 2.6；弋 曹 64.26；弋 姑 10.36	弋 從甲 1.6	金文作「弋」（召伯簋）。上博簡「弋」（從甲 1.6）豎筆下方繁加圓點為飾。

氏	孔 27.20； 曹 64.12； 季 3.17	孔 16.26	金文「氏」作「𠂤」（散盤）、「𠂤」（散盤）之形。上博簡「𠂤」（孔 16.26）豎筆下方繁加圓點爲飾。
昏	中 5.13；昭 8.5	子 4.2；彭 2.29	上方部件豎筆繁加圓點爲飾。
戎		周 38.6；用 14.16	左邊偏旁豎筆繁加圓點爲飾。
矢	孔 15.11	孔 2.7	「矢」形豎筆中間繁加圓點爲飾。
疌		孔 14.14	「矢」形豎筆中間繁加圓點爲飾。
医		魯 3.25	「矢」形豎筆中間繁加圓點爲飾。
縉		緇 15.35	上方部件豎筆繁加圓點爲飾。
蠶		孔 15.15	「蠶」從虫。「蜀」也從虫，上博簡作「𧐌」（君 9.8）之形，下方虫形無飾筆，「蠶」下方虫旁豎筆繁加圓點爲飾。
風		孔 26.7；孔 27.33；弟 4.4	「𦊆」（孔 26.7）、「𦊆」（孔 27.33）下方虫旁豎筆繁加圓點爲飾。 「𦊆」（孔 26.7）、「𦊆」（弟 4.4）凡旁右邊豎筆繁加圓點爲飾。
蟲		孔 28.16	下方「虫」形豎筆皆繁加圓點爲飾。〔註7〕
晦	容 52.9；鮑 3.32	子 8.16	上方「母」形豎筆繁加圓點爲飾。
勞	曹 34.8	彭 2.43	下方「衣」形繁加圓點爲飾。
新	季 10.9	弟 8.16	左方「辛」形豎筆繁加圓點爲飾。
离 〔註8〕		子 10.14；子 12.3	上方三豎筆皆繁加圓點爲飾。
成	姑 5.43； 姑 10.13； 緇 21.4； 曹 43.5	弟 20.8；用 3.4；用 16.11	金文作「戌」（頌鼎）、「戌」（格伯簋）。上博簡「戌」（弟 20.8）、「戌」（用 3.4）、「戌」（用 16.11）左下方豎筆皆繁加圓點爲飾。

〔註7〕與「風」的虫形繁加圓點同例。

〔註8〕構形不明。

未	東 7.12；曹 43.4；互 2.19；景 12.9；用 11.19；桓 6.17	孔 19.17	金文作「」（御尊）、「」（利簋）。上博簡「」（孔 19.17）下方豎筆皆繁加圓點爲飾。
涅		互 4.21	右方部件下方豎筆繁加圓點爲飾。
終	彭 3.5；弟 11.19；緇 17.7；周 5.12；周 18.28；中 24.9	彭 2.41；用 20.27；弟 16.3	金文作「」（此鼎）、「」（追簋）、「」（井侯簋）。上博簡「」（彭 2.41）、「」（弟 16.3）、「」（用 20.27）繁加圓點爲飾。
水	三 16.22	魯 5.7；孔 29.17	中間豎筆繁加圓點爲飾。
清	容 1.40	孔 21.48；景 6.25	「水」旁中間豎筆繁加圓點爲飾。
湯	容 41.9	孔 17.17	「水」旁中間豎筆繁加圓點爲飾。
惡	緇 4.3	用 11.1	字間空虛處繁加圓點。

根據上表所列上博簡字例，計 125 例，可發現上博簡繁加圓點情況，大致上透過以下幾種方式進行：

1. 長豎畫上繁加圓點

在豎畫上加圓點是很常見繁飾的方式。上博簡文字中，繁加圓點的繁飾也最常加在長豎畫上。如：帝、尔、余、歸、諑、奉、與、埶、事、尋、敦、膧、觟、舍、央、來、植、才、帀、南、刺、賈、責、邦、耤、甬、克、采、宗、胄、兩、帛、人、朕、觀、駿、瀍、夫、惠、慎、〈、川、至、關、捧、拡、女、母、妹、弋、戎、晦、新、离、成、涅、終等。

此外，可發現許多長豎畫上繁加圓點的情況，表現於以下偏旁或部件上，尤爲明顯。

（1）水形，常在中間豎筆繁加圓點爲飾，作「」之形，如水、清、湯等。而水形繁加圓點爲飾的情況多出現於《孔子詩論》、《魯邦大旱》。

（2）氏形，常在豎筆中間位置繁加圓點爲飾，作「」之形，如氏、昏、緡等。

（3）竹形，常在兩豎筆中間位置繁加圓點爲飾，作「」之形，如箸等。古文字中，偏旁「竹」形多不添加飾筆，而楚系文字的竹形則多繁加短橫，作「」之形，或繁加圓點，作「」之形，具地方特色。「箸」的竹形繁加圓點，具楚系文字色彩。

（4）木形，常在豎筆下段中間位置繁加圓點為飾，作「米」之形，如來、
木、本、材、東、秉、未等。

（5）矢形，常在豎筆中間位置繁加圓點為飾，作「矢」之形，如矢、矣、
忝、叞、衡、澤等。

（6）隹形，常在右側豎筆下段中間位置繁加圓點為飾，作「隹」之形，如
唯、隹、雀、雁、難等。

（7）不形，常在豎筆中間位置繁加圓點為飾，作「不」之形，如不、否、
伾、悁等。

（8）ユ形，常在豎筆中間位置繁加圓點為飾，作「王」之形，如童、者、
乎、坒、煙、聽等。

部件或偏旁	繁加圓點字形	繁加位置	上博簡字例
（1）水形	水	中間豎筆中間位置	水、清、湯等。
（2）氏形	氏	豎筆中間位置	氏、昏、緒 等。
（3）竹形	竹	兩豎筆中間位置	箕 等。
（4）木形	米	豎筆下段中間位置	來、木、本、材、東、秉、未等。
（5）矢形	矢	豎筆中間位置	矢、矣、忝、叞、衡、澤等。
（6）隹形	隹	右側豎筆下段中間位置	唯、隹、雀、雁、難等。
（7）不形	不、不	豎筆中間位置	不、否、伾、悁 等。
（8）ユ形	王	豎筆中間位置	童、者、乎、坒、煙、聽等。

2. 長彎筆上繁加圓點

上博簡中，另有在長彎筆上繁加圓點為飾的情況，如：章、爵、年、守、
宝、甗、重、量、忡、美、民、色、叕等。另外，長彎筆上繁加圓點為飾，表
現於偏旁「衣」形、「虫」形，尤為明顯。

（1）「衣」，象襟衽左右掩覆之形。〔註9〕衣形，常在最下方的長彎筆上繁
加圓點為飾，作「衣」之形，如裏、勞等。由此可知，「衣」形是「衣」
形增添圓點為飾，商承祚以為「衣」形的原點表示著衣束帶的帶結形，
不可從。

（2）虫形，常在長彎筆中間位置上繁加圓點為飾，作「虫」之形，如蠶、
蠱、風等。

〔註9〕羅振玉：《殷虛書契考釋》（卷中）。

3. 字間空虛處繁加圓點

除了上述在長豎畫、長彎筆上繁加圓點爲飾之外，「亞」（用 11.1）則是在字間空虛處繁加圓點。

綜合上述，在長豎畫、長彎筆上繁加圓點，可避免字形、筆畫單調，增添美化作用；在字間空虛處繁加圓點，則有補白的作用。不論是在長豎畫、長彎筆上繁加圓點，還是在字間空虛處繁加圓點，對原有字形而言，是種增繁現象；圓點屬飾筆性質，具裝飾功能。

（二）填實與塗厚

填實，又稱爲塗實，即在原有的文字構形上，將字間空虛處填滿或在筆畫上塗成肥厚。這些填滿的地方並不會更改原有文字的表意功能，屬裝飾作用。上博簡填實與塗厚爲飾的情形如下：

字　例	未填實字形	填實字形	說　明
堅		慎 1.9	「堅」從「臤」，右邊上方部件填實爲飾，與「臤」同例。
臤	弟 5.25	孔 10.33；緇 10.11	右邊上方部件填實爲飾。
緊		曹 39.17	「緊」從「臤」，右邊上方部件填實爲飾，與「臤」同例。
鳥	容 21.12；周 56.12	用 5.16	左側塗厚爲飾。
幽		三 3.19	金文作「」（寓卣）、「」（康鼎）、「」（叔向簋），未加飾筆。上博簡「」（三 3.19）在字形下方填實爲飾。
肥		容 49.4	右邊部件填實爲飾。
云		七·君 9.15	「云」形上部填實爲飾。
囩		容 7.23；互 9.5	「云」形填實爲飾。
山		柬 3.6；三 11.15	金文作「」（父乙簋）、「」（且庚觚）、「」（歸叔山父簋）。上博簡「」（柬 3.6）、「」（三 11.15）填實爲飾。
嶅		鬼 3.18	下方「山」形填實爲飾。
坭		周 2.36	右方部件「尼」形填實爲飾。
陰		天甲 5.8；天乙 4.42	下方云形填實爲飾。

子	子 孔 27.31；子 緇 15.26； 子 民 5.8；子 周 8.24	子 鬼 1.39	「子」形頭部填實爲飾。
懷		車 周 4.4	金文「心」作「心」（克鼎）之形，「車」下方心形填實爲飾。
範		車 容 51.29	右方部件填實爲飾。
涅		涅 互 4.21	右方部件「口」形填實爲飾。
瓜	瓜 孔 18.3	瓜	「瓜」形塗厚爲飾。
瓜		瓜 平木 1.22	「瓜」形塗厚爲飾。
霖		霖 容 41.19	「瓜」形塗厚爲飾。
節	節 用 1.31	節 用 11.5	「竹」形填實爲飾。

　　共 21 例。施順生曾指出「填實」乃是金文的特點。〔註10〕透過上述表列，可知上博簡文字也有填實的現象。從上面的字例可知，上博簡填實的情況大致分爲兩種：一是將字間空虛處填滿，如：堅、叚、緊、肥、云、園、山、臵、坭、陰、子、懷、範、涅霖等；二是在筆畫上塗成肥厚，如：鳥、幽、節、瓜、瓜、等。心（克鼎）

　　而施順生認爲金文填實是種「簡化」現象，〔註11〕在上博簡填實的例證當中卻無法有效的印證。從上博簡文字填實的字例顯示，填實是種增繁爲飾的現象。如：

〔註10〕詳見施順生：〈古文字形體演變規律——「框廓、填實、線條化」的探討〉，《中國文化大學中文學報》第 8 期，2003 年，頁 37～46。

〔註11〕施順生指出畫出物體的外形「框廓」，乃是象形文字造字之初的特點。由「框廓」而「線條化」，乃是非常明顯的簡化現象。但兩者之間卻出現了看似「繁化」的「填實」，乃是非常特殊的現象。但經過研究，發現「填實」乃是金文的特點，甚至我們可以說：「填實」的方法在刻內範陶泥時也是一種「簡化」現象，而且這種特點由金文的刻鑄影響到甲骨文的刻寫。但「填實」的寫法是近似於「圖畫」的，是較不合乎文字演進的常態的，而「線條化」乃是合乎文字演進的常態。所以，最後還是在合乎文字演進的常態下演變成「線條化」的寫法。由「框廓、填實、線條化」的這一規律來觀察，「填實」的這一變化，乃是製作青銅器時在內範陶泥上刻陽刻文字，爲求簡易，在「框廓」內產生了「填實」的刻法。所以，我們更可從「填實」的這一變化，印證書寫的工具或材質影響了文字形體演變的規律。詳見施順生：〈古文字形體演變規律——「框廓、填實、線條化」的探討〉，《中國文化大學中文學報》第 8 期，2003 年，頁 37～46。

「叝」，未塡實字形作「㕛」（弟 5.25）之形，塡實字形則是將右上方部件塗滿，這對原有字形而言是種增繁現象。

「瓜」、「㼛」、「㼒」等字形中皆有「卜」部件。從金文「瓜」作「㼜」（命瓜君壺）可知，上博簡「卜」乃塗厚所致。「卜」相較於「㼜」或「卜」之形更具象形意味；對原有字形而言，不僅具有裝飾作用，更突顯出具體瓜形的視覺效果。

「子」作「㝡」（緇 15.26）之形，而「㝥」（鬼 1.39）則將像小兒頭部的輪廓塡實。「㝥」塡實之後的字形，使小兒頭部不只是輪廓，頭部呈顯出具體實心的視覺效果，而原本單調的筆畫，也增添裝飾的效果。

「山」、「㞦」等字形中皆有「山」部件。金文作「㞢」（父乙簋）、「㞥」（且庚觚）、「⊥」（歸叔山父簋）。「㞢」相對「㞥」而言，是種塡實，「⊥」則是線條化、字形簡化。上博簡「㞣」（柬 3.6）、「㞤」（三 11.15）山尖的部份可視作「山」形往「⊥」發展過程中線條化、字形簡化的痕跡，而下半部的塡實則可視作對「⊥」增繁。

將原本空心的字形塡實，對原有字形而言，所花費的書寫時間較長，字形也較爲繁複，說明塡實在上博簡文字中，是一種字形繁化現象，非字形簡化現象。以塡實作爲增繁的方式，不只對原本線條化的字形具有裝飾、美化的作用，也可使原本字形象形意味具體化，產生豐富的視覺效果。

（三）橫筆

橫筆，包含短橫與橫畫。此處指稱的橫畫是與短橫相對。橫畫的形態多與原本字形的橫畫長度相仿或略短，短橫則約爲原本橫畫短四分之一。上博簡文字中增添橫筆爲飾的情況很多，大致可以分成以下幾種形式：1. 橫畫上方繁加橫筆；2. 橫畫下方繁加橫筆；3. 豎筆或長撇筆、長彎筆上繁加橫筆；4. 字形下方作「个」、「爪」形的中間豎筆上繁加橫筆；5. 「口」形中繁加橫筆；6. 「火」頭繁加橫筆；7. 「石」頸繁加橫筆；8. 字形下方繁加橫筆；9. 其他等。

1. 橫畫上方繁加橫筆

在橫畫上方增添短橫或橫畫爲飾，是古文字常見的增繁現象。增添橫筆的位置以字形或部件起筆橫畫之上爲多，此橫筆多爲橫畫。橫畫的長度一般與原橫畫相仿或略短，較短橫爲長。

字例	未增添橫筆字形	橫畫上方繁加橫筆字形	說　明
天	容5.31；孔7.13	姑4.27；周23.12；昭9.21；曹3.4；民2.22	橫畫上方繁加橫筆爲飾。
帝	緇4.33	柬11.17；三7.41	橫畫上方繁加橫筆爲飾。
下	緇2.27	民13.30	橫畫上方繁加橫筆爲飾。
福	周45.20；孔12.13	三5.42	橫畫上方繁加橫筆爲飾。
中	孔8.28；容14.23；容7.4	容40.4；附.22；姑6.6；互8.24；周7.21	橫畫上方繁加橫筆爲飾。
吾		桓5.32	「吾」金文作「 」（四年相邦戟）之形。「 」，「五」形橫畫上方繁加橫筆爲飾。
問	柬8.7	昔4.21；民6.24	「昏」形與「耳」形橫畫上方皆繁加橫筆爲飾。
啻	周38.1	曹14.31	「帝」形橫畫上方繁加橫筆爲飾。
正	緇2.15	民5.2；子1.7；從甲10.3；鬼8.19	橫畫上方繁加橫筆爲飾。
征	周58.17	用5.13	「正」形橫畫上方繁加橫筆爲飾。
迲	柬16.21	昭1.39	「石」形橫畫上方繁加橫筆爲飾。
運	魯3.29	君2.29	「童」形橫畫上方繁加橫筆爲飾。
復	周19.2	周37.10；曹50.15；互9.34	「复」形橫畫上方繁加橫筆爲飾。
言	孔8.45	從甲11.31	「言」金文作「 」（伯矩鼎），上方無橫筆。「 」橫畫上方繁加橫筆爲飾。
畐		鬼4.26	「言」形橫畫上方繁加橫筆爲飾。
護	曹25.11	君2.34；三10.41	「言」形橫畫上方繁加橫筆爲飾。
䇂		民8.21；三2.33	「言」形橫畫上方繁加橫筆爲飾。
訶		弟20.13	「言」形、「可」形橫畫上方皆繁加橫筆爲飾。
訏	周35.16	采4.16	「言」形橫畫上方繁加橫筆爲飾。

詼		容 45.16	「言」形橫畫上方繁加橫筆爲飾。
讕	中 12.4	用 9.9	「言」形橫畫上方繁加橫筆爲飾。
反	孔 9.33；三 6.41	內 6.6	橫畫上方繁加橫筆爲飾。
取	周 53.14；子 5.8	性 17.19；競 10.27	「耳」形橫畫上方繁加橫筆爲飾。
宅	天乙 7.19	天甲 7.22	「宅」金文作「𠤦」（何尊）。「乇」橫畫上方繁加橫筆爲飾。
啓	柬 9.13	從甲 17.3	「戶」形橫畫上方繁加橫筆爲飾。
政		孔 8.8；曹 10.27	「正」形橫畫上方繁加橫筆爲飾。
攷		周 18.24；內 7.29	「考」金文作「𣪊」（服尊）。「攷」與「考」同從丂形。「攷」，丂形橫畫上方繁加橫筆爲飾。
教	緇 13.4	曹 40.18；季 3.8；從甲 3.7	「言」形橫畫上方繁加橫筆爲飾。
百	孔 13.17	姑 1.39；鬼 2 正.33	橫畫上方繁加橫筆爲飾。
肩	君 7.4；周 26.17	天甲 7.16	「启」形橫畫上方繁加橫筆爲飾。
脎	周 30.1	周 31.13	「豕」形橫畫上方繁加橫筆爲飾。
丌	孔 1.5；周 13.1	孔 24.42；鬼 4.27	橫畫上方繁加橫筆爲飾。
巽		中 23.18	「丌」形橫畫上方繁加橫筆爲飾。
可	孔 4.18	性 32.16；曹 19.4	橫畫上方繁加橫筆爲飾。
奇		姑 10.13	「可」形橫畫上方繁加橫筆爲飾。
醯	平木 4.5	平木 3.13	「酉」形橫畫上方繁加橫筆爲飾。
合	相 4.34	魯 1.16	「口」形橫畫上方繁加橫筆爲飾。
矦	姑 3.23	柬 14.21；天乙 6.19	橫畫上方繁加橫筆爲飾。
厚	彭 7.33；孔 15.10	緇 2.1	「石」形橫畫上方繁加橫筆爲飾。
才	中 7.9	民 8.6	橫畫上方繁加橫筆爲飾。

產		君 11.16	「產」金文作「」（哀成叔鼎）。「」下方部件橫畫上方繁加橫筆爲飾。
負	周 37.34	曹 21.24	「不」形橫畫上方、中間豎筆上皆繁加橫筆爲飾。
賓	季 16.4	孔 27.18；容 13.19	「賓」金文作「」（保卣）之形。「」、「」上方部件橫畫上方繁加橫筆爲飾。
䁍	容 53.44	鮑 1.40	「戶」形橫畫上方繁加橫筆爲飾。
都	天甲 1.120	天乙 1.13	上方部件橫畫上方繁加橫筆爲飾。
晨	中 19.9	申 9.4	「辰」形上方橫畫上方繁加橫筆爲飾。
录	孔 9.10；弟 10.15	孔 11.20	橫畫上方繁加橫筆爲飾。
宛	姑 1.10	緇 6.16	「夗」形橫畫上方繁加橫筆爲飾。
定		昭 7.10；用 8.4	「正」形橫畫上方繁加橫筆爲飾。
富	緇 11.28	緇 22.39	橫畫上方繁加橫筆爲飾。
宿		周 37.15	「宿」金文作「」（宿父尊）。「」，右方部件橫畫上方繁加橫筆爲飾。
寋		互 5.19	「天」形橫畫上方繁加橫筆爲飾。
疾	曹 44.12	内 8.14	「疒」形橫畫上方繁加橫筆爲飾。
瘇	柬 8.13	柬 5.13	「疒」形橫畫上方繁加橫筆爲飾。
倗	三 17.18	周 14.39；競 10.25	「朋」金文作「」（衛盉）之形。「倗」，從朋，、在朋形橫畫上方繁加橫筆爲飾。
何		鮑 7.27	「可」形橫畫上方繁加橫筆爲飾。
備	緇 9.29	季 3.15	右方部件上方繁加橫筆爲飾。
便	曹 18.1	曹 35.20	「更」形橫畫上方繁加橫筆爲飾。
任	性 31.26	内 6.45	「壬」形橫畫上方繁加橫筆爲飾。
伓	周 48.3；子 10.5	景 3.32；從乙 3.15	「不」形橫畫上方、中間豎筆上皆繁加橫筆爲飾。

聚	從甲 6.17	〔註12〕性 23.21；天甲 10.17；桓 26.5	「耳」形橫畫上方繁加橫筆為飾。
重	曹 30.2；曹 45.12	季 18.8	「石」形橫畫上方繁加橫筆為飾。
考		孔 8.44；用 15.16；內 9.6	「考」金文作「　」（服尊）。上博簡在丂形橫畫上方繁加橫筆為飾。
屖	孔 2.19	曹 22.1	「辟」金文作「　」（盂鼎）。「屖」與「辟」同從辛，右方部件橫畫上方繁加橫筆為飾。
歌	孔 16.46	弟 20.13	「可」形橫畫上方繁加橫筆為飾。
願	孔 19.15	孔 14.18	「元」形橫畫上方繁加橫筆為飾。
詞	子 12.10	柬 12.2	「言」形橫畫上方繁加橫筆為飾。
辟		曹 25.12	「辟」金文作「　」（盂鼎）。「　」，右方部件橫畫上方繁加橫筆為飾。
庶	昔 1.21；緇 20.17；魯 6.12	柬 2.7；內 8.25	「石」形橫畫上方繁加橫筆為飾。
室		季 18.8	「石」形橫畫上方繁加橫筆為飾。
而	孔 2.28；孔 28.3；子 5.4；孔 9.31；柬 1.21；緇 2.23	性 24.29；從 14.5；互 4.26；內 6.44；桓 16.10；容 9.30；君 3.26；鮑 5.37；互 12.36；昭 7.12；季 21.14；民 10.3；內 6.40	橫畫上方繁加橫筆為飾。
駿		弟 20.3	「駿」金文作「　」（禹鼎），「　」右上方部件橫畫上方繁加橫筆為飾。
戾	內 10.39	從甲 10.16	「戶」形橫畫上方繁加橫筆為飾。
恥	從乙 3.16	天甲 7.21；天乙 7.4	「耳」形橫畫上方繁加橫筆為飾。
河	孔 29.16	中 2.7	「可」形橫畫上方繁加橫筆為飾。

〔註12〕字形作　。

冬	緇 6.18	平鄭 5.3	上方部件橫畫上方繁加橫筆為飾。
雨	魯 5.15	孔 8.6	橫畫上方繁加橫筆為飾。
䨲		〔註13〕容 13.22	「雨」形橫畫上方繁加橫筆為飾。
霝		孔 21.18	「雨」形橫畫上方繁加橫筆為飾。
雫	緇 20.16	鮑 8.19	「雨」形橫畫上方繁加橫筆為飾。
需	周 57.13	容 2.30	「雨」形橫畫上方繁加橫筆為飾。
霆		容 41.19	「雨」形橫畫上方繁加橫筆為飾。
龍	柬 15.12	〔註14〕性 17.9	龍，金文作「🐉」（龍母尊）之形。上博簡「🐉」左方部件橫畫上方繁加橫筆為飾。
不	緇 14.37；孔 1.7；周 50.42	緇 12.1；周 1.10；從甲 6.5；從甲 7.6；從甲 9.18；民 6.20	橫畫上方繁加橫筆為飾。
耳	君 2.19	民 6.16	橫畫上方繁加橫筆為飾。
聖	鬼 2 正.27；曹 11.5	桓 4.7；桓 6.7；〔註15〕性 9.19；昔 1.20；昔 4.19；內 10.21	「耳」形橫畫上方繁加橫筆為飾。
或	鬼 4.36；互 13.4；緇 2.40；曹 53.34；孔 20.28	曹 50.12	「戈」形橫畫上方繁加橫筆為飾。
蝨	景 6.17	容 19.13	「可」形橫畫上方繁加橫筆為飾。
坪	孔 2.9	孔 4.5；昭 5.20；容 18.39；昭 5.27；平木 1.3；平鄭 1.2	上方部件橫畫上方繁加橫筆為飾。
城	緇 18.36；曹 1.10；緇 17.50；內 7.17；姑 7.14；孔 7.18	從甲 7.11	「戈」形橫畫上方繁加橫筆為飾。
堋	中 25.4；緇 23.19	容 49.37	「朋」形橫畫上方繁加橫筆為飾。

〔註13〕字形作🔸。

〔註14〕字形作🔸。

〔註15〕字形作🔸。

陘		遷孔 26.14	「淫」金文作「𤳈」（史懋壺），「遷」右方部件橫畫上方繁加橫筆爲飾。
勝	𦚢從乙 3.12；𦚢曹 46.19；𦚢曹 52.13	𦚢周 30.27	「力」形上方橫畫上方繁加橫筆爲飾。
岢	岢彭 8.17	岢周 23.11	「可」形橫畫上方繁加橫筆爲飾。
凥	凥周 54.28；凥周 25.22	凥周 26.19；凥姑 1.47；凥平鄭 5.27	「几」形橫畫上方繁加橫筆爲飾。
所	所曹 17.18；所孔 20.23；所緇 10.10	所內 6.23；所互 12.24	「戶」形橫畫上方繁加橫筆爲飾。
斯	斯鬼 6.14	斯孔 12.14；斯〔註16〕性 15.20	「丌」形橫畫上方繁加橫筆爲飾。
开		开容 14.13	橫畫上方繁加橫筆爲飾。
亞	亞性 24.20；亞緇 9.4；亞孔 28.2	亞三 1.26；亞季 19.30；亞內 9.13；亞性 39.36；亞天甲 11.5；亞用 17.28	「亞」形上方橫畫在上方繁加橫筆爲飾。
辱	辱平鄭 5.28	辱從甲 6.11；辱昭 3.14	「辰」形橫畫上方繁加橫筆爲飾。
酒	酒弟 8.7	酒容 45.19；酒桓 26.17	橫畫上方繁加橫筆爲飾。
醯		醯莊 4 上.3	「酉」形橫畫上方繁加橫筆爲飾。
尊		尊天甲 10.12	「酉」形橫畫上方繁加橫筆爲飾。
醬	醬魯 5.8	醬昭 2.31；醬曹 32.30；醬姑 8.21	「酉」形橫畫上方繁加橫筆爲飾。

　　上博簡在橫畫上方繁加橫筆的情況很多，如：天、帝、下、福、中、吾、問、啻、正、征、迣、達、復、言、詟、讓、𧮫、訶、訐、諓、譎、反、取、宅、啓、政、攷、教、百、肩、脵、丌、巽、可、奇、醯、合、矦、厚、才、產、負、賓、醫、都、晨、录、宛、定、富、宿、宍、疾、瘵、佣、何、備、便、任、仕、聚、重、考、犀、歌、願、詞、辟、庶、至、而、駿、戾、恥、河、多、雨、䨻、霅、雺、需、霝、龍、不、耳、聖、或、䖵、坪、城、堋、陘、勝、岢、凥、所、斯、开、亞、辱、酒、醯、尊、醬等。

　　從這些字例來看，以在石形、正形、辰形、耳形、戶形、丌形、可形、厂形、不形、丂形、辛形、雨形、酉形等偏旁最常發生。

〔註16〕字形作𦒱。

2. 橫畫下方繁加橫筆

在橫畫下方增添短橫或橫畫爲飾，是古文字常見的增繁現象。增添橫筆的位置以字形或部件末筆橫畫之下爲多，此橫筆多爲橫畫。橫畫的長度一般較原橫畫相仿或略短，較短橫爲長。

字 例	未增添橫筆字形	橫畫下方繁加短橫或橫畫字形	說 明
上	上 緇 6.29	民 13.29；上 從甲 7.17；鮑 7.29	「上」形橫畫下方繁加橫筆。
者	容 5.2；彭 7.7；柬 3.5	曹 45.21；曹 47.14；民 3.25；三 2.6；天甲 13.9；天甲 3.5；姑 3.22；互 1.38；內 1 正.16；昔 1.5	「止」形橫畫下方繁加橫筆。
書		姑 10.35	「止」形橫畫下方繁加橫筆。
筮		周 9.3	「巫」形橫畫下方繁加橫筆。
豊	豊 孔 5.24	三 5.27	「豆」形橫畫下方繁加橫筆。
桎		容 44.41	「至」形橫畫下方繁加橫筆。
杘		周 23.14	「丘」形橫畫下方繁加橫筆。
才	中 7.9；內 10.13	季 1.21	橫畫下方繁加橫筆。
都		曹 37.13；三 12.12	「止」形橫畫下方繁加橫筆。
宙		季 10.2	「西」形橫畫下方繁加橫筆。
丘		孔 21.29；景 1.15；容 13.15；季 9.5；采 2.16	「丘」金文作「 」（子禾子釜），上博簡橫畫下方繁加橫筆。
虛	互 1.7	三 11.38	橫畫下方繁加橫筆。
長	緇 6.14	鮑 3.37	橫畫下方繁加橫筆。
立	孔 24.40	三 10.4；桓 21.6	橫畫下方繁加橫筆。
竝		周 45.17	「立」形橫畫下方繁加橫筆。
暜		周 44.27	「竝」形橫畫下方繁加橫筆。

窒		鼃性 4.24	「至」形橫畫下方繁加橫筆。
至	坐 周 2.39； 坐 周 44.15	亞 民 4.1；坐 內 7.4； 善 性 35.26	橫畫下方繁加橫筆。
臺	臺 子 11.15	臺 容 38.37	「至」形橫畫下方繁加橫筆。
戔	城 孔 4.8	戔 性 23.9	「戈」形橫畫下方繁加橫筆。
城	城 緇 18.36；城 曹 1.10； 城 緇 17.50；城 內 7.17； 城 姑 7.14；城 孔 7.18	城 民 8.14；城 采 3.12； 城 季 7.26	「戈」形橫畫下方繁加橫筆。
亞	亞 性 24.20；亞 緇 9.4； 亞 孔 28.2；亞 用 17.28	亞 三 1.26；亞 季 19.30； 亞 內 9.13；亞 性 39.36； 亞 天甲 11.5	橫畫下方繁加橫筆。

　　上博簡在橫畫下方繁加橫筆的情況有：上、者、書、笿、豊、桎、采、才、都、宙、丘、虛、長、立、竝、晉、窒、至、臺、戔、城、亞等。

　　從這些字例來看，在橫畫下方繁加飾筆常發生於「止」、「至」、「立」、「丘」、「戈」等偏旁或部件。

3. 豎筆或長撇筆、長彎筆上繁加橫筆

　　上博簡字形增添橫筆爲飾，以在橫筆上方或下方增添橫畫爲大宗，在豎筆或長撇筆、長彎筆上繁加橫筆則是第二多的情況。查考字例，在豎筆上增添橫筆的情況遠多於在長撇筆、長彎筆上繁加橫筆者。這些橫筆不論是在豎筆或長撇筆、長彎筆上，其長度多屬於短橫，長度爲長橫畫者較少。

字　例	未增添橫筆字形	豎筆或長彎筆上繁加橫筆字形	說　明
陞		陞 容39.13；陞 周33.16	右上方部件長撇筆上繁加橫筆。
復	復 周 19.2；復 周 37.10	復 曹50.15； 復 〔註17〕互 9.34	「夂」形長撇上繁加橫筆。
徦		徦 桓 3.20	右邊偏旁下方豎筆上繁加橫筆。
信	信 緇 17.52	信 互 4.14；信 10.13； 信 孔 7.22	「人」形豎筆上繁加橫筆。
異	異 互 3 正.24	異 曹 7.10；異 民 13.6	下方豎筆上繁加橫筆。
革	革 周 30.24	革 周 47.36	「革」形下方豎筆上繁加橫筆。
鞄	鞄 容 22.2	鞄 競 6.34	「革」形下方豎筆上繁加橫筆。

〔註17〕「夂」下部增飾畫「一」。

攷		𢼊 周 18.24；𢼊 內 7.29	「丂」形下方豎筆上繁加橫筆。
教	𢼊 緇 13.4；𢼊 曹 40.18；𢼊 季 3.8	𢼊〔註18〕緇 10.17	言形豎筆上繁加橫筆。
用	𢼊 周 47.16	𢼊 用 17.1	下方豎筆上繁加橫筆。
毦		𢼊 彭 3.9	「毛」形下方豎筆上繁加橫筆。
智	𢼊 孔 11.25	𢼊 慎 6.15	右上方部件豎筆上繁加橫筆。
隹	𢼊 緇 21.36	𢼊 緇 14.21	左下方豎筆上繁加橫筆。
羊	𢼊 周 38.39	𢼊 季 10.14	「羊」形豎筆上繁加橫筆。
群	𢼊 競 10.23；𢼊 曹 21.16	𢼊 性 7.7	「羊」形豎筆上繁加橫筆。
死	𢼊 三 5.35	𢼊 曹 58.17	「人」形豎筆上繁加橫筆。
箭		𢼊 緇 12.22	「矢」形豎筆上繁加橫筆。
式		𢼊 緇 8.4	弋，金文作「十」（召伯簋二）。式，從弋。上博簡在弋形長撇筆上繁加橫筆。
巽	𢼊 中 23.18	𢼊 孔 9.14	「㠭」下方豎筆上各繁加橫筆。
乎	𢼊 曹 50.20	𢼊〔註19〕民 2.3	下方長撇筆上繁加橫筆。
旨	𢼊 緇 17.10	𢼊 彭 8.26；𢼊 從甲 9.19	豎筆上繁加橫筆。
入		𢼊 昭 6.19；𢼊 競 1 背.3；𢼊 緇 20.12	入，金文作「人」（盂鼎）；內，金文作「内」（井侯簋）。上博簡在「入」形豎筆上繁加橫筆。
矢	𢼊 周 37.29	𢼊 容 18.23	「矢」形豎筆上繁加橫筆。
族		𢼊 柬 14.21；𢼊 姑 3.23；𢼊 天乙 6.19	矢，甲骨文作「𢼊」（甲骨文編三一一七）之形。金文繁加圓點，作「𢼊」（矢伯卣）。上博簡則在豎筆上繁加短橫。
繒		𢼊 三 20.9	「矢」形豎筆上繁加橫筆。
躰		𢼊 周 44.38	「矢」形、「弓」形豎筆上繁加橫筆。
矣		𢼊 孔 15.11	「矢」形豎筆上繁加橫筆。
𢼊		𢼊 從甲 5.9	豎筆上繁加橫筆。
軑		𢼊 周 52.7	豎筆上繁加橫筆。
厚	𢼊 彭 7.33；𢼊 孔 15.10	𢼊 鮑 6.28	下方部件豎筆上繁加橫筆。
復		𢼊 周 22.24	「夂」形長撇筆上繁加橫筆。
才	𢼊 中 7.9	𢼊 曹 10.14	豎筆上繁加橫筆。

〔註18〕「言」旁繁形。

〔註19〕下部偏旁上所加「丿」可能是區別符號。

邦	角緇 11.32	昭 9.36；民 14.5	豎筆上繁加橫筆。
旱	魯 1.20	柬 1.5	「干」形豎筆上繁加橫筆。
軓		容 24.2；平木 1.21	下方豎筆上繁加橫筆。
甬	緇 14.16；互 11.11	曹 56.20；容 30.26	「用」形豎筆上繁加橫筆。
克		曹 14.6	克，西周金文作「𠃌」（令鼎）。上博簡在上方豎筆上繁加橫筆。
家	姑 9.23	姑 7.15	右下方豎筆上繁加橫筆。
宰	柬 14.23	柬 13.10	「辛」形下方豎筆上繁加橫筆。
穋	緇 15.12	曹 37.31	下方豎筆上繁加橫筆。
宝	彭 7.43	柬 6.7	「主」形下方豎筆上繁加橫筆。
宙		用 18.15	「中」形下方豎筆上繁加橫筆。
胄	彭 1.43	周 22.29；緇 11.11	豎筆上繁加橫筆。
軸		孔 16.24	右方部件豎筆上繁加橫筆。
兩	互 11.17	鬼 4.41	「羊」形下方豎筆上繁加橫筆。
代		季 14.12	「弋」形下方豎筆上繁加橫筆。
俑		昭 5.32	「用」形下方豎筆上繁加橫筆。
儀		天乙 7.22	「我」形右下方豎筆上繁加橫筆。
佛	民 1.9；內 4.36	逸交 1.4；內 5.26	「弟」形長撇筆上繁加橫筆。
印	[註20]三 15.12；桓 26.6	柬 14.2	下方長撇筆上繁加橫筆。
重		曹 54.19	「主」形下方豎筆上繁加橫筆。
身	柬 7.9；周 48.7；鮑 6.36	君 2.27；競 9.24；34.24；曹 40.6；昭 9.31	「身」形下方豎筆上繁加橫筆。
胦		君 7.11	「身」形下方豎筆上繁加橫筆。
裏	孔 7.1	周 53.21；緇 21.16	中間「水」形豎筆上繁加橫筆。
裘	容 37.16	從甲 18.20	豎筆上繁加橫筆。
考		孔 8.44；用 15.16；內 9.6	「丂」形下方豎筆上繁加橫筆。
毛		容 24.8	「毛」，金文作「𣯣」（孟簋）、「𣯣」（此簋）。上博簡在豎筆上繁加橫筆。
毳		容 49.5	「毛」形下方豎筆上繁加橫筆。
膅		昭 9.16	「隹」形下方豎筆上繁加橫筆。
朕	用 10.36；彭 3.11	彭 8.29	右上方豎筆上繁加橫筆。

〔註20〕字形作𠃌。

先	＜字形＞緇 6.39	＜字形＞競 2.35	「人」形豎筆上繁加橫筆。
親	＜字形＞緇 13.38；＜字形＞容 24.14	＜字形＞緇 19.42；＜字形＞曹 33.5	「親」金文作「＜字形＞」（王臣簋）。上博簡在辛形下方豎筆上繁加橫筆。
色	＜字形＞孔 14.16	＜字形＞東 16.6；＜字形＞鬼 8.6	豎筆上繁加橫筆。
卿	＜字形＞三 4.11	＜字形＞天甲 7.18	「卩」形下方豎筆上繁加橫筆。
鬼		＜字形＞互 3 正.27	下方豎筆上繁加橫筆。
逸		＜字形＞桓 3.20	「羊」形下方豎筆上繁加橫筆。
狀		＜字形＞昭 3.18；＜字形＞姑 3.3	「矢」形下方豎筆上繁加橫筆。
夫	＜字形＞孔 3.39；＜字形＞容 42.3；＜字形＞曹 19.27	＜字形＞景 10.34；＜字形＞景 9.33；＜字形＞性 38.24	「夫」形上方豎筆上繁加橫筆。
悳	＜字形＞孔 7.4	＜字形＞曹 21.13；＜字形＞性 23.15；＜字形＞周 28.25；	「直」形上方豎筆上繁加橫筆。
愼	＜字形＞緇 17.16；＜字形＞弟 11.16	＜字形＞曹 48.4；＜字形＞性 16.20；＜字形＞性 39.26	「直」形上方豎筆上繁加橫筆。
多	＜字形＞緇 6.18；＜字形＞平鄭 5.3	＜字形＞性 2.19	「多」形上方豎筆上繁加橫筆。
關	＜字形＞用 3.9	＜字形＞景 8.35	下方豎筆上繁加橫筆。
搩	＜字形＞彭 8.25；＜字形＞競 9.18	＜字形＞桓 15.40；＜字形＞桓 15.8	「手」形下方豎筆上繁加橫筆。
好	＜字形＞季 19.34；＜字形＞孔 24.45；＜字形＞緇 21.39	＜字形＞緇 9.3；＜字形＞緇 21.46；＜字形＞桓 19.14	「丑」形長撇筆上繁加橫筆。
民	＜字形＞緇 4.9；＜字形＞孔 16.30	＜字形＞曹 22.4；＜字形＞性 23.2；＜字形＞民 1.23	下方豎筆上繁加橫筆。
弗	＜字形＞彭 8.38；＜字形＞弟 9.8；＜字形＞緇 16.13	＜字形＞三 7.13；＜字形＞鬼 4.37；＜字形＞緇 11.4	下方豎筆或撇筆上繁加橫筆。
弋	＜字形＞從甲 1.6	＜字形＞緇 2.6；＜字形＞曹 64.26；＜字形＞姑 10.36	弋，金文作「＜字形＞」（召伯簋二）。上博簡繁加橫畫。
直	＜字形＞桓 25.9；＜字形＞天乙 5.1	＜字形＞天乙 4.37	「直」形上方豎筆上繁加橫筆。
弦	＜字形＞三 1.36	＜字形＞用 12.14	「弓」形下方豎筆上繁加橫筆。
紳	＜字形＞孔 2.22；＜字形＞曹 21.1；＜字形＞曹 36.13	＜字形＞申 6.8；＜字形＞申 4 下.5	「糸」形下方中間豎筆上繁加橫筆。
龜	＜字形＞天甲 11.24；＜字形＞東 1.7	＜字形＞緇 24.3	下方豎筆上繁加橫筆。
凡	＜字形＞天甲 8.13	＜字形＞曹 21.14；＜字形＞季 20.30	下方長撇筆上繁加橫筆。
埇		＜字形＞曹 61.9	「用」形下方豎筆上繁加橫筆。
勇		＜字形＞曹 55.12	「用」形下方豎筆上繁加橫筆。
与	＜字形＞〔註21〕性 39.23	＜字形＞桓 17.23；＜字形＞桓 10.6	下方豎筆上繁加橫筆。

〔註21〕字形不清，與「上」字相近。

新	利 弟 8.16	季 10.9；君 3.12；三 4.23；曹 35.5	「辛」形下方豎筆上繁加橫筆。
軒	東 18.9	容 1.12	「干」形下方豎筆上繁加橫筆。
降	三 2.36；用 9.18	性 2.7；用 11.28	下方長撇筆上繁加橫筆。
貳		競 10.14	「弋」形下方長撇筆上繁加橫筆。
樂〔註22〕	性 12.20；三 11.40	內 6.24；民 7.24	「矢」形豎筆上繁加橫筆。
牙	競 6.36；競 5.6；緇 9.3；緇 6.7	周 23.7；競 10.15	「牙」形下方豎筆上繁加橫筆。
山	東 3.6	三 11.15	「山」形中間豎筆上繁加橫畫。
嶅		鬼 3.18	「山」形中間豎筆上繁加橫畫。
節	弟 4.5	三 3.35	「竹」形下方兩豎筆上皆繁加橫畫。
等		曹 41.10；季 7.6	「竹」形下方兩豎筆上皆繁加橫畫。
笾		周 9.3	「竹」形下方兩豎筆上皆繁加橫畫。
箸		性 8.23	「竹」形下方兩豎筆上皆繁加橫畫。
竿		三 21.2	「竹」形下方兩豎筆上皆繁加橫畫。
籚		容 25.27	「竹」形下方兩豎筆上皆繁加橫畫。
管		季 4.19	「竹」形下方兩豎筆上皆繁加橫畫。
笄		東 2.12	「竹」形下方兩豎筆上皆繁加橫畫。
席		君 4.4；天甲 9.1	「竹」形下方兩豎筆上皆繁加橫畫。
笙		彭 2.45	「竹」形下方兩豎筆上皆繁加橫畫。
筮		曹 21.11	「竹」形下方兩豎筆上皆繁加橫畫。
籲		東 15.20	「竹」形下方兩豎筆上皆繁加橫畫。
篥		東 15.19	「竹」形下方兩豎筆上皆繁加橫畫。

〔註22〕下部「木」旁譌變與「矢」或「內」同形。

篗		🔲鮑 3.40	「竹」形下方兩豎筆上皆繁加橫畫。
籇		🔲曹 52.10	「竹」形下方兩豎筆上皆繁加橫畫。
箴		🔲君 10.5	「竹」形下方兩豎筆上皆繁加橫畫。
籚		🔲競 3.13	「竹」形下方兩豎筆上皆繁加橫畫。
還	🔲天甲 7.15	🔲天乙 6.27；🔲曹 12.10；🔲桓 26.3	「衣」形下方繁加橫畫。
者	🔲緇 13.3	🔲性 38.21	「衣」形下方繁加橫畫。
諈		🔲孔 9.19	「衣」形下方繁加橫畫。
鈵	🔲周 42.29	🔲周 42.1	「衣」形下方繁加橫畫。
初	🔲孔 16.27	🔲孔 10.26	「衣」形下方繁加橫畫。
勞	🔲緇 4.28；🔲用 10.13；🔲曹 34.8；🔲彭 2.43	🔲從乙 1.24	「衣」形下方繁加橫畫。
依		🔲君 1.14	「衣」形下方繁加橫畫。
衣	🔲三 9.18	🔲孔 10.22；🔲從甲 7.18	「衣」形下方繁加橫畫。
袧	🔲昭 7.28；🔲三 9.17	🔲姑 7.22	「衣」形下方繁加橫畫。
褻	🔲曹 11.9	🔲相 3.19	「衣」形下方繁加橫畫。
卒	🔲孔 25.12	🔲曹 28.14	「衣」形下方繁加橫畫。
製	🔲景 7.34；🔲容 21.40	🔲性 11.11	「衣」形下方繁加橫畫。
懷		🔲弟 4.7	「衣」形下方繁加橫畫。
褱		🔲姑 7.21	「衣」形下方繁加橫畫。

由上表可知，以攵形、革形、用形、隹形、羊形、人形、丂形、毛形、龜形、干形、辛形、色形、升形、卪形、矢形、入形、弋形、主形、身形、凡形、弓形、夫形、直形、丑形、手形、糸形、牙形、衣形、竹形、山形等部件較常在長撇筆、長彎筆、豎筆上繁加橫筆。

部件或偏旁	繁加橫筆字形	繁加位置
（1）攵形	🔲	向右的長撇筆上
（2）革形	🔲	豎筆下方
（3）用形	🔲	中間豎筆下方
（4）隹形	🔲	左方豎筆下方
（5）羊形	🔲	中間豎筆下方
（6）人形	🔲	豎筆中間處
（7）丂形	🔲	豎筆中間處

（8）毛形		豎筆下方
（9）干形		豎筆下方
（10）辛形		豎筆下方
（11）卩形		豎筆下方
（12）矢形		豎筆下方或中間豎筆上
（13）入形		中間豎筆上
（14）弋形		豎筆下方
（15）主形		豎筆下方
（16）身形		豎筆下方
（17）凡形		長撇筆下方
（18）弓形		豎筆下方
（19）夫形		上方豎筆
（20）直形		上方豎筆
（21）丑形		長撇筆末端
（22）糸形		中間豎畫添加橫畫
（23）衣形		長撇筆下方
（24）竹形		兩豎筆下方
（25）山形		中間豎筆上

其中，又以衣形、竹形、山形等數量最多。

（1）「衣」尾繁加橫筆

增添短橫或橫畫於「衣」形者，如：還、者、詠、䘏、初、勞、依、衣、裣、藝、卒、製、𢙑、褱等。這些字例顯示，所增添的橫筆位置則多在「衣」形下方長彎筆上，橫筆長度有短橫也有橫畫，作「」或「」之形。

（2）「竹」腳繁加橫筆

增添短橫或橫畫於「竹」形者，如：節、等、笠、箸、竿、籚、管、笭、席、筲、篗、籔、篥、筻、簹、籖、籬等。這些字例顯示，所增添的橫筆位置則皆在「竹」形下方兩長直筆上，橫筆長度屬短橫，作「」之形。

（3）「山」尖繁加橫筆

增添橫筆於「山」形者，如：山、督等，所增添的橫筆位置是在山形中間豎筆上，作「」之形。

4. 字形下方作「」、「」形的中間豎筆上繁加橫畫

上博簡中，字形下方有「」或「」形者，多在中間豎筆上增添橫筆，

作「个」、「另」之形。如：英、尔、吳、歸、晝、達、敕、諫、秉、央、來、京、東、柬、刺、橐、族、早、昧、宋、寢、覆、寐、幣、布、帛、敝、橘、仾、懇、不、婦、民、栽、陳、庚、未等。

字 例	未增添橫筆字形	繁加橫畫字形	說 明
英		逸交 1.10	「个」形的中間豎筆上繁加橫畫。
尔	緇 2.11；采 3.20	昭 5.6；昔 4.5	「个」形的中間豎筆上繁加橫畫。
吳		彭 7.51	「个」形的中間豎筆上繁加橫畫。
歸	周 4.36	周 50.3	「个」形的中間豎筆上繁加橫畫。
晝	天乙 1.15	容 22.6	「个」形的中間豎筆上繁加橫畫。
達	孔 19.19	三 4.43	「个」形的中間豎筆上繁加橫畫。
敕	姑 10.37	姑 1.6	「个」形的中間豎筆上繁加橫畫。
諫		鮑 9.8；用 17.25；內 7.12	「个」形的中間豎筆上繁加橫畫。
秉	緇 5.34；孔 5.29	孔 6.3	「个」形的中間豎筆上繁加橫畫。
央	子 11.14	三 4.7	「个」形的中間豎筆上繁加橫畫。
來	三 16.33	周 37.9；周 9.13	「个」形的中間豎筆上繁加橫畫。
京		三 7.43	「爪」形的中間豎筆上繁加橫畫。
東	周 57.14	曹 1.23；景 10.15	「个」形的中間豎筆上繁加橫畫。
柬	柬 1.1；用 16.17	容 19.16	「个」形的中間豎筆上繁加橫畫。
刺	弟 23.7	性 30.17；孔 6.10；性 19.18	「个」形的中間豎筆上繁加橫畫。
橐	周 41.12	容 9.20	「个」形的中間豎筆上繁加橫畫。
族		姑 2.14	「个」形的中間豎筆上繁加橫畫。
早		中 14.1；曹 32.15	「个」形的中間豎筆上繁加橫畫。
昧	桓 16.26	內 8.28	「个」形的中間豎筆上繁加橫畫。
宋		周 53.34	「个」形的中間豎筆上繁加橫畫。
寢		曹 11.1；容 2.7	「个」形的中間豎筆上繁加橫畫。
覆		天乙 10.12	「个」形的中間豎筆上繁加橫畫。
寐		季 10.32	「个」形的中間豎筆上繁加橫畫。
幣		景 6.19；景 1.22；[註23] 性 13.6	「爪」形的中間豎筆上繁加橫畫。
布		景 10.40	「爪」形的中間豎筆上繁加橫畫。
帛	孔 20.2	魯 2.25；景 1.23	「爪」形的中間豎筆上繁加橫畫。
敝		[註24] 鮑 4.22	「爪」形的中間豎筆上繁加橫畫。

〔註23〕字形作 。

〔註24〕字形作 。

橘		孔 29.14	「爪」形的中間豎筆上繁加橫畫。
任	周 48.3	景 3.32	「个」形的中間豎筆上繁加橫畫。
親		緇 11.20	「个」形的中間豎筆上繁加橫畫。
懸		曹 2.10	「个」形的中間豎筆上繁加橫畫。
不	緇 14.37；周 1.10	君 2.25；緇 2.5；緇 12.1；民 6.20；從甲 7.6；從甲 9.18；	「个」形的中間豎筆上繁加橫畫。
婦	周 50.40；孔 17.22	曹 34.18；景 10.29	「个」形的中間豎筆上繁加橫畫。
民	緇 4.9；孔 16.30；子 7.26	三 15.41；季 1.17；從甲 9.2；相 2.4；從乙 2.5；桓 17.24	「个」形的中間豎筆上繁加橫畫。
栽	天甲 6.7	天乙 5.18	「个」形的中間豎筆上繁加橫畫。
陳		昭 3.5	「个」形的中間豎筆上繁加橫畫。
庚		季 14.26	「个」形的中間豎筆上繁加橫畫。
未	孔 19.17	柬 7.12；曹 43.4；互 2.19；用 11.19；桓 6.17	「个」形的中間豎筆上繁加橫畫。

5.「口」形中繁加橫筆

　　增添橫筆於「口」形中者，如：否、古、者、向、壽等。從這些字例顯示，所增添的橫筆多屬橫畫，長度與「口」形的寬度相仿，使字形看起來像「日」形。

字　例	未增添橫筆字形	口形中繁加橫筆字形	說　明
否	魯 3.24	周 31.4	「口」形中繁加橫筆。
古	緇 13.30；孔 16.9	緇 5.23；緇 6.40	「口」形中繁加橫筆。
者	容 5.2；天甲 13.9	性 23.7；天甲 3.5	「口」形中繁加橫筆。
向	緇 12.48	容 7.34	「口」形中繁加橫筆。
壽		〔註25〕采 1.36；平鄭 2.12	「口」形中繁加橫筆。

6.「火」頭繁加橫筆

　　增添橫筆於「火」形者，如：則、員、庶、火、然、炭、樊、燭、威、氕、奭、曠、燹、燧、勞等。這些字例顯示，所增添的橫筆多屬橫畫，位置則多在「火」形頂部或上半部，作「仄」或「夾」之形。

〔註25〕字形作 。

字 例	未增添橫筆字形	「火」頭繁加橫筆字形	說　明
則	孔 9.29；孔 9.55；子 6.31；三 5.18	曹 33.17；曹 50.1；弟 16.12；周 34.7	「火」頭繁加橫筆。
員	緇 2.8；緇 21.6；緇 7.14；	曹 5.8；緇 13.55；用 14.19	「火」頭繁加橫筆。
庶	緇 20.17；昔 1.21	柬 2.7；內 8.25	「火」頭繁加橫筆。
火		曹 63.14	「火」頭繁加橫筆。
然		采 5.6；〔註26〕季 15.16	「火」頭繁加橫筆。
炭		容 44.11	「火」頭繁加橫筆。
燓	周 53.32	鬼 8.17；用 9.12	「火」頭繁加橫筆。
燭		〔註27〕容 2.20	「火」頭繁加橫筆。
威	天甲 11.16	三 11.32	「火」頭繁加橫筆。
炁		性 1.30	「火」頭繁加橫筆。
煭		姑 9.8	「火」頭繁加橫筆。
曓		柬 16.10	「火」頭繁加橫筆。
燅	天甲 8.17	互 9.36；天乙 7.28；容 30.23；民 10.12	「火」頭繁加橫筆。
毆	容 16.16；桓 14.13	季 14.6	「火」頭繁加橫筆。
勞	緇 4.28	曹 34.8；彭 2.43；從乙 1.24	「火」頭繁加橫筆。

7.「石」頸繁加橫畫

　　增添短橫或橫畫於「石」形者，如：逅、重、庶、危、石、礦、礪、砧、室、礓、厚、笤、席等。這些字例顯示，所增添的橫筆位置除了在「石」形起筆橫畫之上外，「石」形起筆橫畫之下也是常增添橫筆的位置。「石」形起筆橫畫之下所增添的橫筆長度多與原本的橫畫長度相仿，增添的橫畫為一橫畫至三橫畫不等，作「石」、「石」、「石」之形。

字　例	未增添橫筆字形	「石」頸繁加橫畫字形	說　明
逅		柬 16.21；昭 1.39；木平 3.3	「石」形橫畫下方繁加橫畫。
重		季 18.8；曹 30.2；曹 45.12；	「石」形橫畫下方繁加橫畫。

〔註26〕字形作。

〔註27〕字形作。

庶	![img]昔 1.21	![img]緇 20.17；![img]魯 6.12；![img]柬 2.7；![img]內 8.25	「石」形橫畫下方繁加橫畫。
危		![img]緇 16.30；![img]緇 16.27	「石」形橫畫下方繁加橫畫。
石		![img]魯 4.24；![img]性 3.26	「石」形橫畫下方繁加橫畫。
礦		![img]緇 18.18	「石」形橫畫下方繁加橫畫。
礪		![img]周 30.11；![img]周 22.17	「石」形橫畫下方繁加橫畫。
砧		![img]緇 18.15	「石」形橫畫下方繁加橫畫。
至		![img]季 18.8	「石」形橫畫下方繁加橫畫。
礦		![img]采 3.33	「石」形橫畫下方繁加橫畫。
厚		![img]彭 7.33；![img]孔 15.10；![img]孔 15.10；![img]鮑 6.28；![img]曹 54.17；![img]緇 2.1；![img]姑 3.29	「石」形橫畫下方繁加橫畫。
茗		![img]君 4.4	「石」形橫畫下方繁加橫畫。
席		![img]君 4.4；![img]天甲 9.1	「石」形橫畫下方繁加橫畫。

8. 字形下方繁加橫畫

有些增繁的橫筆位置則是在原有整個字形之下，且佔滿整個底部，如：相、書、者、戮等。

字　例	未增添橫筆字形	字形下方繁加橫畫字形	說　明
相	![img]子 1.33	![img]昔 1.16	字形下方繁加橫畫。
書	![img]鮑 3.25	![img]姑 10.35	字形下方繁加橫畫。
者	![img]曹 45.21；![img]三 2.6；![img]容 5.2；![img]彭 7.7	![img]曹 47.14；![img]民 3.25；![img]東 3.5；![img]內 1 正.16；![img]昔 1.5	字形下方繁加橫畫。
戮		![img]桓 17.8	字形下方繁加橫畫。

9. 其他

員、病、僧、亞、女等，難以歸併，故統歸於「其他」。其中，「亞」形內部增一短橫或繁增「十」形，屬填補文字間隙，具有美飾作用。

字　例	未增添橫筆字形	繁加短橫或橫畫字形	說　明
員	（圖）緇 2.8；（圖）緇 21.6	（圖）緇 7.14	「○」形下方增一橫畫。
病	（圖）柬 5.15	（圖）柬 8.15；（圖）三 13.7	「ㄋ」形上方增一橫畫。
僧		（圖）三 2.28	「八」形下方增一橫畫。
亞	（圖）性 24.20	（圖）季 19.30；（圖）內 9.13；（圖）性 39.36；（圖）天甲 11.5；（圖）用 17.28	「亞」形內部增一短橫或「十」形。
女	（圖）緇 1.5	（圖）競 7.4	（圖）內繁加橫筆。

林師素清曾對戰國時期繁加橫畫爲飾的現象指出：

> 春秋晚期以後，六國文字形體上有一極普遍的現象，就是橫畫之增添，大致可分爲四種形式：1. 加橫畫於起筆橫畫之上；2. 增橫畫於較長之直筆上；3. 增短橫畫於口形之中；4. 短橫畫於字形末筆之下。〔註28〕

又：

> 除了加橫畫於口形之外，戰國文字所見加橫畫的情形以楚地最多。

〔註29〕

考察上博簡繁加橫畫爲飾的現象，增添的橫筆方式除了「其他」一類之外，約可分爲8種形式，其中「橫畫上方繁加橫筆」、「橫畫下方繁加短橫或橫畫」、「豎筆或長撇筆、長彎筆上繁加短橫或橫畫」、「字形下方作『↑』形的豎筆上繁加橫畫」、「口形中繁加橫畫」等可寬泛地歸於林師素清上述四種方式〔註30〕之中，另外還有「『火』頭繁加橫畫」、「字形下方繁加橫畫」等繁加橫筆的形式。

「『火』頭繁加橫畫」多見於楚系文字（如：「（圖）」（鄂君啟車節）、「（圖）」（郭店・老甲 27））、晉系文字（如：「（圖）」（侯馬盟書）、「（圖）」（哀成叔鼎））、齊系文字（如：「（圖）」（邾公華鐘））。「『石』頸繁加橫畫」多見於楚系文字（如：「（圖）」（郭店・緇衣36）、「（圖）」（包山80））、燕系文字（如：「（圖）」（璽彙5406）、「（圖）」（璽彙2319）、（圖）（璽彙4105））。「『衣』尾繁加短橫或橫畫」、「『竹』腳繁加短橫或橫畫」、

〔註28〕林師素清：《戰國文字研究》（台北：臺灣大學中國文學系博士論文，1984年），頁62。

〔註29〕林師素清：《戰國文字研究》（台北：臺灣大學中國文學系博士論文，1984年），頁60。

〔註30〕四種方式：一、加橫畫於起筆橫畫之上；二、增橫畫於較長之直筆上；三、增短橫畫於口形之中；四、短橫畫於字形末筆之下。

「字形下方繁加橫畫」、「『山』尖繁加短橫或橫畫」則多見於楚系文字。

（四）撇筆

字　例	未增加撇筆字形	增加撇筆字形	說　明
省	＜img＞緡 7.4；＜img＞孔 16.31；＜img＞昭 3.6	＜img＞彭 7.41；＜img＞曹 27.8	「屮」上加撇。
受	＜img＞孔 2.5	＜img＞容 52.12；＜img＞周 57.26	「受」右上增一撇筆作「爰」。「受」右上增筆作「爰」。
叙		＜img＞季 14.17；＜img＞柬 7.2	「爪」形下方增一撇筆。
利	＜img＞孔 17.6	＜img＞周 11.21；＜img＞周 22.3；＜img＞周 48.16	「刀」形繁增數筆撇筆。
則	＜img＞緡 4.25	＜img＞緡 6.32；＜img＞緡 12.17	「刀」形繁增撇筆。
箠		＜img＞彭 2.45	「土」形上方增一撇筆。
箮		＜img＞鮑 3.40	「土」形上方增一撇筆。
虎	＜img＞曹 20.10	＜img＞民 5.27	「虎」右下側所加之「丿」當是區別符號。
今	＜img＞曹 4.1	＜img＞曹 65.13；＜img＞景 8.9	「今」、「今」左下側增一撇筆。
今	＜img＞子 8.32	＜img＞季 14.7	「今」的今形左下側增一撇筆。
枳	＜img＞鬼 4.43	＜img＞用 15.32	「枳」的只形增一撇筆。
樫		＜img＞莊 1 正.12	「土」形上方增一撇筆。
柱		＜img＞從甲 15.36	「土」形上方增一撇筆。
坐		＜img＞孔 10.10；＜img＞孔 11.23	「土」形上方增一撇筆。
巿	＜img＞天甲 13.22	＜img＞天甲 13.8；＜img＞平鄭 3.8	「巿」左側撇筆下方增一撇筆，「巿」左側撇筆上方增一撇筆。
穜		＜img＞容 21.32	「土」形上方增一撇筆。
僮		＜img＞周 22.43；＜img＞周 53.25	「土」形上方增一撇筆。
俈		＜img＞容 31.20	「俈」的牛形上方增一撇筆。
方	＜img＞緡 22.12	＜img＞愼 4.14	「方」繁增一撇筆。
頸		＜img＞昭 7.3	「土」形上方增一撇筆。
狂		＜img＞中附.21	「土」形上方增一撇筆。
亦	＜img＞孔 9.23；＜img＞緡 6.23	＜img＞民 4.4	「亦」右側繁增一撇筆。
愉	＜img＞柬 2.14；	＜img＞彭 7.25；＜img＞景 11.12	「愉」、「愉」的舟形繁增一撇筆。

憧		🔲中 4.12	「土」形上方增一撇筆。
恚	🔲緇 2.36	🔲緇 22.23	「🔲」的七形右側增一撇筆。
涂		🔲容 25.8	「🔲」的余形下方增一撇筆。
民	🔲性 23.2；🔲相 2.4	🔲從甲 9.2；🔲從乙 2.5	豎筆上方增一撇筆。
經		🔲周 24.27	「土」形上方增一撇筆。
緯		🔲港.戰 9.4	「土」形上方增一撇筆。
坪	🔲昭 5.20；🔲昭 5.27	🔲容 18.39	「土」形上方增一撇筆。
城	🔲緇 18.36；🔲采 3.12	🔲緇 17.50；🔲內 7.17；🔲民 8.14	「土」形上方增一撇筆。
塗		🔲周 33.30	「土」形上方增一撇筆。
輕	🔲緇 15.10		「土」形上方增一撇筆。
陵	🔲柬 20.6；🔲弟 2.4	🔲容 18.38	「土」形上方增一撇筆。
徑		🔲用 4.2；🔲景 12.43	「土」形上方增一撇筆。
敽		🔲曹 22.24	「牛」形上方增一撇筆。
余	🔲弟 5.13；🔲中 5.6	🔲周 14.1；🔲彭 6.22；🔲姑 9.54	下方繁增一撇筆。
告	🔲昭 4.22；🔲曹 23.7；🔲弟 15.5	🔲容 52.45	「牛」形上方增一撇筆。
周	🔲鮑 2.134	🔲緇 21.32	「🔲」左下方繁增一撇筆。
前	🔲孔 20.29	🔲周 10.19	「🔲」的舟形繁增一撇筆。
此	🔲孔 7.26	🔲桓 13.10	「🔲」繁增撇筆。
迋		🔲弟 19.15	土形上方增一撇筆。
迡	🔲民 8.2	🔲容 19.8	「🔲」繁增撇筆。
達		🔲魯 3.29；🔲君 2.29	「土」形上方增一撇筆。
往	🔲周 33.20	🔲周 37.14	「土」形上方增一撇筆。
廷	🔲容 22.9；🔲昭 1.37	🔲周 48.10；🔲姑 9.4；🔲姑 9.31	「🔲」的刀形繁增撇筆。「🔲」、「🔲」的土形上方增一撇筆。
童		🔲孔 10.30；🔲子 2.17；🔲季 5.14	「土」形上方增一撇筆。
事	🔲緇 4.13	🔲子 14.5；🔲從甲 9.21；🔲柬 18.5；🔲相 1.17	上方的豎筆起端處增一撇筆。
瞉	🔲周 1.28	🔲[註31]弟 1.2	「土」形上方增一撇筆。
殺	🔲柬 7.3；🔲天乙 5.8	🔲周 57.16；🔲柬 7.10；🔲天乙 4.19	上方的豎筆起端處增一撇筆。

〔註31〕摹作🔲。

攻	𤫣曹 36.14	𢀩相 3.5	「𢀩」的「工」形增一撇筆。
敘	𢾅容 27.7	𢾕從甲 5.15	「𢾕」的「余」形下方增一撇筆。
㪬		𢼚曹 2 背.1	「牛」形上方增一撇筆。
數		𢻎周 1.28	「土」形上方增一撇筆。
斁		𢽬性 18.26	「土」形上方增一撇筆。
歍	𢽍周 29.5	𢾻周 28.9	上方的豎筆起端處增一撇筆。
事	𢀸緇 4.13；𢀳桓 5.4；𢀷天乙 4.31	𢀼子 14.5；𢀻從甲 9.21；𢀵柬 18.5；𢀹弟 9.6；𢀿相 1.17；	「🐾」形上方繁增撇筆。
殺	𢾽柬 7.3	𢾦周 57.16；𢾪柬 7.10	「🐾」形上方繁增撇筆。
良	𢀴用 3.15	𢀶周 22.27；𢀬采 3.21	「🐾」形上方繁增撇筆。
老	𢀐彭 8.23	𢀑昭 8.11；𢀒昔 1.7	「🐾」形上方繁增撇筆。
壽	𢀓〔註32〕采 1.36	𢀔平鄭 4.13	「🐾」形上方繁增撇筆。
者		𢀕弟 5.20 殘	「🐾」形上方繁增撇筆。
考	𢀖孔 8.44；𢀗用 15.6	𢀘〔註33〕弟附.2；𢀙內 9.6；𢀚用 12.26	「🐾」形上方繁增撇筆。
孝	𢀛孔 26.12	𢀜內 5.20	「🐾」形上方繁增撇筆。
耆		𢀝鮑 3.16	「🐾」形上方繁增撇筆。
澶	𢀞互 5.12	𢀟從乙 2.11	「🐾」形上方繁增撇筆。
民	𢀠三 15.41；𢀡季 1.17；𢀢相 2.4；𢀣桓 12.6	𢀤從甲 9.2；𢀥從乙 2.5	「🐾」形上方繁增撇筆。
博		𢀧昭 4.15；𢀨景 4.32	「🐾」形上方繁增撇筆。
陳		𢀩昭 3.5	「🐾」形上方繁增撇筆。

由上表可以發現上博簡文字繁增撇筆的形式可以分為幾項：

1. 「土」形上方繁增撇筆

在「土」形上方繁增撇筆而似「壬」形，是上博簡文字繁增撇筆常見的現象，如：筵、篁、牼、枉、坐、種、僮、頸、狂、**憧**、經、繧、坪、城、塗、輕、陵、徑、迋、達、往、廷、童、**𣪊**、毀、**數**、**斁**等。

童，金文從東作「𢀪（毛公ㄗ鼎）」、「𢀫」（番生簋）；重，金文從東作「𢀭」（井侯簋），或從東從土作「𢀮」（外卒鐸）。篁、種、僮、**憧**、繧、達、童、𣪊、數、斁等皆從重，但上博簡皆在土形上方繁增撇筆。

〔註32〕字形作𢀯。

〔註33〕字形作𢀰。

巠，金文作「巠」（盂鼎），从一从川，會地下水之意。戰國文字承襲金文。工旁或加撇筆爲飾成壬形，聲化从壬聲。〔註34〕輕、頸、經、輕、徑等皆从巠，上博簡皆繁加加撇筆爲飾成壬形。

生，金文作「生」（亞卣）之形，下方从土之形。竿、生、往、枉、狂、迋皆从生，上博簡皆在土形上方繁增撇筆。

廷，金文作「廷」（師酉簋）之形；與坪、城、塗、陵、廷等皆从土，上博簡皆在其土形上方繁增撇筆。

「土」形上方繁增撇筆，在戰國文字中常見，如：「城」楚系文字作「城」（包山 261），或繁增撇筆作「城」（鄂君啓車節）；齊系文字作「城」（成陽高馬里戈），或繁增撇筆作「城」（璽彙 0150）。「生」，楚系文字繁增撇筆作「生（望山 2.15）」；齊系文字作「生」（陳逆簋），或繁增撇筆作「生」（陶彙 3.972）；晉系文字作「生」（溫縣盟書）或繁增撇筆作「生」（譽壺）。

2. 「屮」形上方繁增撇筆

上博簡文字也常在「屮」上方繁增撇筆。此「屮」形多位於文字字形上方，增加的撇筆則位於「屮」形上方，作「屮」之形，如省、佶、薆、告、敓、事、殺、良、老、壽、耆、考、孝、耆、澧、民、博、陳、歔等。

這種繁加撇筆的方式，除了在楚系文字最常見之外，他系文字也有此增繁的方式。如「殺」，春秋晚期〈蔡大師鼎〉作「殺」，楚系文字繁增撇筆作「殺」（包山 137），晉系文字繁增撇筆作「殺」（侯馬盟書），齊系文字繁增撇筆作「殺」（陶彙 3.937）。「陳」，金文作「陳」（陳侯鬲），楚系文字繁增撇筆作「陳」（畬忑盤），晉系文字繁增撇筆作「陳」（璽彙 1455）。

3. 「刀」形繁增撇筆

上博簡「刀」形繁增撇筆的字例有：「利」、「則」、「廷」等。「刀」原作「刀」或「刀」，上博簡繁加撇筆，筆數不一，而成「刀」、「刀」、「刀」等形。

這在楚系文字中很常見，如「則」作「則」（曾侯乙鐘）、「利」作「利」（包山 258）等。

4. 「余」形下方增一撇筆

上博簡「余」形下方增一撇筆有「涂」、「余」、「敘」等三例。這與楚系文

〔註34〕何琳儀：《戰國古文字典：戰國文字聲系》（北京：中華書局，1998 年），頁 784。

字「少」、「小」未完全分化有關，故「小」形多加撇筆而成「少」形。

5.「舟」形繁增一撇筆

上博簡「前」、「愉」的「舟」形繁增一撇筆。這在楚系文字中也可見，如：「前」作「	」（包山 123）。

6. 其他

其他字例有：受、叙、虎、今、枳、帀、方、亦、慁、周、此、迡、攻等。其中「周」繁增撇筆作「	」（緇 21.32），具楚系文字色彩。「今」繁增撇筆作「	」（曹 65.13），在楚、晉系文字也可見，如：「	」（郭店・唐虞 17）、「	」（中山王響鼎）。

（五）「//」或「＝」

上博簡中有繁增二橫畫「＝」〔註35〕或二短撇「//」的飾筆，如：祖、謂、為、興、曼、攸、相、信、死、膚、胃、巽、既、僉、資、贛、寒、寒、丘、重、欽、欲、歆、故、軟、歎、歙、石、燹、至、撻、城、堅等。

字 例	無「＝」字形	增加「＝」字形	說 明
祖	競 2.21	彭 1.6	「且」形下方增兩橫。
興	中 11.10；曹 37.29；三 19.7；從乙 1.13	桓 17.10	「 」形下方增兩橫。
曼	昭 1.36	曹 10.13	「肉」形右上方增兩撇。
攸	彭 5.12	周 25.15；柬 13.15	「人」形右側增兩撇。
相	子 1.33；柬 10.5；民 11.30；天乙 5.13	中 16 正 17	字形下方增兩橫。
信	從甲 1.34；孔 7.22；緇 17.52；10.13；緇 23.14	桓 5.2	「人」形左側增兩橫。
死	緇 19.24	姑 5.22	字形右方增兩撇。
膚	容 1.1	柬 3.3	「肉」形右上方增兩撇。
胃	民 3.1；互 6.34；魯 3.15；	柬 14.7；互 6.28；	「肉」形右上方增兩撇。
既	緇 11.8；周 53.19；互 5.14	鮑 8.8；莊 1 正.3	「欠」形增兩撇。
僉	孔 3.26；曹 8.7	桓 5.33	「日」形上方增兩橫。
資		曹 17.25	「欠」形增兩撇。

〔註35〕此所指「＝」不含重文符或合文符，專指繁增爲飾的飾筆。

贛	鬓魯 3.22	鬓相 4.6；鬓用 20.16	「欠」形增兩撇。
倉		金昭 8.33	字形下方增兩橫。
寒		辮緇 6.20	字形中間增兩橫。
欽	鈜周 26.1	鬥君 6.15	「欠」形增兩撇。
欲	役魯 5.14；役互 5.4	役鮑 5.38	「欠」形增兩撇。
歇	艱弟 18.9	艱弟 11.22	「欠」形增兩撇。
故		甙曹 55.26	「欠」形增兩撇。
軟		鬒子 11.29	「欠」形增兩撇。
歓		鬖季 19.33	「欠」形增兩撇。
歙		鬖容 3.22；鬖三 12.42	「欠」形增兩撇。
煲	鬖互 9.36	鬖容 30.23	「欠」形增兩撇。
捧	鼙競 9.18；拌彭 8.25；鼙申 8.13；鼙桓 8.15	鼙桓 15.40	兩手之形上方各加兩橫。
城	銭內 7.17；武孔 7.18	鼙民 8.14	「戈」形左下方增兩橫。
堅		鼙相 4.26	「欠」形增兩撇。

由這些字例可見到繁增「//」或「＝」者有幾種類型：

1. 「欠」繁增二短撇「//」

上博簡中，從「欠」之形多繁增飾筆二短撇「//」，作「鬓」之形，如：資、贛、欽、欲、既、歇、故、軟、歓、歙、煲、堅等。這與楚系文字從「欠」之形多繁增飾筆二短撇「//」相同，如：「欲」作「役」（郭店·老甲 5）、「欽」作「鈜」（郭店·尊德 2）、「飲」作「鈜」（越王句踐劍）等。

2. 「胃」繁增二短撇「//」

上博簡中，從「胃」之形多繁增飾筆二短撇「//」，作「鬓」之形，如：曼、謂、膚、胃等。這在楚文字中也有相同的情況，如：「胃」作「鬓」（郭店·魯穆 2）、「膚」作「鬓」（包山 84）等。

3. 繁增二橫畫「＝」

上博簡中還有繁增二橫畫「＝」者，如：祖、相、斂、興、倉、寒、捧。二橫畫「＝」最常增添於字形或部件下方，而「捧」增添於字形上方，「寒」則增添於字形中間。

4. 其他

其他，如：「信」繁增二橫畫「＝」作「鬓」（桓 5.2）、「城」繁增二橫畫「＝」作「鬓」（民 8.14）等。

二、增添同形

增添同形的現象大致有增添重複部件與增添重複筆畫二種。以下分述之。

（一）部件

增添重複部件，即將字形中的某一部件加以重複，重複次數不一，並與原本部件相鄰或相疊，而此增加的重複部件對於字形有所改異，但對文字承載的音義沒有任何改變。如戏、戔、則、虜、樸、柄、帶、臨、夒、戟、堋、辟等字例。

字　例	未重複筆畫字形	繁加重複筆畫字形	說　明
戏		🔣	增添重複部件「戏」形。
戔		🔣 昔 4.7	增添重複部件「戏」形。
則	🔣 從甲 8.25	🔣 桓 14.9	增添重複部件「匕」形。
虜	🔣 景 1 · 16	🔣 景 1 · 16	增添重複部件「虍」形。
樸		🔣 周 32.1	增添重複部件「戏」形。
柄		🔣 三 1.29	增添重複部件「丙」形。
帶	🔣 束 2.1；🔣 容 51.39	🔣 孔 5.36	增添重複部件「帶」形。
臨		🔣 束 1.16；🔣 弟 9.26；🔣 慎 6.21	增添重複部件「勹」形。
夒		🔣 魯 4.26	增添重複部件「隹」形。
戟		🔣 鮑 8.6	增添重複部件「戏」形。
堋	🔣 中 25.4；🔣 容 49.37	🔣 緇 23.19	增添重複部件「朋」形。
辟	🔣 天甲 8.32；🔣 天乙 8.9	🔣 曹 37.10；🔣 曹 25.12	增添重複部件「○」形。
發		🔣 競 3.17	增添重複部件「戏」形。

在重複部件中，可以發現「戏」原本作「屮」（「發」的偏旁，太子劍）之形，在上博簡中則重複「戏」形，作「🔣」（競 3.11）之形。其它從戏之字形也有相同的現象，如「戔」作「🔣」（昔 4.7）、「樸」作「🔣」（周 32.1）、「戟」作「🔣」（鮑 8.6）、「發」作「🔣」（競 3.17）等皆重複相同的部件「戏」。將「戏」字形重複寫成「🔣」（競 3.11）之形者，在楚文字中常見，如「戔」作「🔣」（郭店・老丙 3）、「發」作「🔣」（包山 143）等。他系文字則多寫作「戏」形，如「戔」，晉系寫作「🔣」（璽彙 0116）秦系寫作「🔣」（青川木牘）；「發」，秦系寫作「🔣」（雲夢・秦律 65）。晉系「🔣」、秦系「🔣」與「戏」作「🔣」形不同，「戏」作「🔣」形具楚文字特色。

「則」從鼎從刀作「⧴」（鄂君啓舟節）之形，上博簡「⧴」（桓 14.9）將「鼎」形訛寫作「⧴」形，並重複「⧴」形。這樣的現象在西周金文也曾出現過，如「⧴」（段簋）就重複「鼎」形。

上博簡「虞」從虍從二止，作「⧴」（景 1‧16）之形。同篇〈競公瘧〉中有一形作「⧴」（景 1‧16），乃增添重複部件「⧴」形所致。

「丙」，作「⧴」（何尊）。齊系文字作「⧴」（子禾子釜），或繁加兩點作「⧴」（子禾子釜）；燕系文字作「⧴」（璽彙 0747）；晉系文字系作「⧴」（象牙干支籌）；秦系文字多作「⧴」（雲夢‧封診 34）。楚系文字多則在「⧴」下方繁增口形，「⧴」上方繁增一橫畫，「⧴」內部則寫成作「⧴」形，作「⧴」（帛書丙）之形。上博簡「柄」作「⧴」（三 1.29），添重複部件「丙」。其「丙」形繁增口形，作「⧴」，具楚文字特色。

「帶」，秦系作「⧴」（上郡守戈）、「⧴」（雲夢‧日乙 125），楚系文字多從糸作「⧴」（包山 219）之形。上博簡「帶」作「⧴」（柬 2.1）、「⧴」（孔 5.36）之形，「⧴」具楚系文字色彩，「⧴」則重複部件「帶」。

「臨」，金文作「⧴」（盂鼎）之形。上博簡「臨」有作「⧴」（柬 1.16）、「⧴」（弟 9.26）、「⧴」（慎 6.21）之形，下方的口形都重複增添「⧴」右上方的部件「⧴」，作「⧴」之形。

「雧」，從隹從火，上博簡重複「隹」形，成為從三隹從火，作「⧴」（魯 4.26）之形。

「堋」，上博簡從土從朋，作「⧴」（中 25.4）、「⧴」（容 49.37），另有一形作「⧴」（緇 23.19），乃重複部件「朋」形所致。

「辟」，上博簡作「⧴」（天甲 8.32）、「⧴」（曹 37.10）之形，「⧴」乃增添重複部件「○」形所致。

（二）筆畫

增添重複筆畫，即重複字形中的某筆畫，重複次數不一，但與原筆畫形式相同且位置相鄰，而此增加的重複筆畫對於字形稍有改異，但對文字承載的音義沒有任何改變，如蕩、毀、謫、惠、胃、交等。

字　　例	未重複筆畫字形	繁加重複筆畫字形	說　　明
蕩		⧴采 3.6	金文「易」作「⧴（正易鼎）」；上博簡「蕩」從易，「⧴」形上方繁加重複的一橫筆。

叟	🔲慎 4.1	🔲容 17.40	兩口形下方重複一橫筆。
惠	🔲緇 21.14	🔲平鄭 7.5	「🔲」形內重複一橫筆。
胃	🔲民 3.1；🔲柬 14.7	🔲互 6.34；🔲互 6.28	「🔲」內重複一橫筆。
交	🔲周 16.17	🔲逸交 3.17	重複交錯。
敓	🔲緇 19.27	🔲景 2 正·16	左上方重複兩撇筆。

上博簡「蒭」作「🔲」（采 3.6）重複一橫畫。「叟」原本作「🔲」（慎 4.1），「🔲」（容 17.40）在兩口形下方又重複一橫畫。

上博簡「惠」作「🔲」（緇 21.14）或「🔲」（平鄭 7.5），「🔲」是在「🔲」中重複一橫筆。上博簡「胃」作「🔲」（民 3.1）、「🔲」（柬 14.7）或「🔲」（互 6.34）、「🔲」（互 6.28），「🔲」、「🔲」是在「🔲」中重複一橫筆。「惠」、「胃」皆是在「🔲」形中繁加重複的一橫筆。

「交」，金文作「🔲」（交鼎）之形。秦文字作「🔲」（雲夢·答問 74）之形，楚文字作「🔲」（郭店·魯穆 6）之形。上博簡作「🔲」（周 16.17）、「🔲」（逸交 3.17）之形，前者具楚系文字特色，後者則是重複交叉之形，具繁飾作用。

「敓」，上博簡有作「🔲」（緇 19.27）之形，也有作「🔲」（景 2 正·16）之形，「🔲」的「兌」形上方繁增左右兩撇筆。

三、增添義符

增添義符，即在原有字形上繁增表義符號，而此增添的義符並不會改變原有的字義。此情況上博簡中可找出 33 例，如下表。

字　例	未增添義符字形	增添義符字形	說　明
束		🔲曹 54.15	金文「束」作「🔲」（盂卣）；上博簡增添義符「网」。
陸		🔲周 50.35	金文「陸」作「🔲」（陸冊父甲鼎）；上博簡增添義符「土」。
帶		🔲柬 2.1；🔲容 51.39	增添義符「糸」。
哀	🔲魯 1.5	🔲民 4.25	增添義符「心」。
乍	🔲互 1.23	🔲容 42.22	增添義符「又」。
克		🔲緇 11.5	金文「克」作「🔲」（何尊）；上博簡增添義符「又」。
相	🔲子 1.33	🔲柬 10.5；🔲天乙 5.13	增添義符「又」、「止」。加「又」或「止」，皆強調動作，義通。
組		🔲弟 15.8	金文「組」作「🔲」（師忠簋）；上博簡增添義符「又」。

富	曹 3.12	緇 22.39	增添義符「貝」。
戶	周 5.2	周 52.6	增添義符「木」。
門	孔 4.6	容 38.41	增添義符「玉」。
亡〔註36〕	民 5.26	鮑 2.34	增添義符「死」。
圭	魯 3.50	魯 2.22	增添義符「玉」。
窶	容 51.8	周 37.36	增添義符「几」。
隱	孔 20.13	孔 1.22	增添義符「心」。
剨	容 18.26	三 10.18	增添義符「又」。
宅	三 11.14	三 6.26	增添義符「宀」。
喪	弟 7.8；周 44.8；周 32.8	昭 1.34；民 14.1；三 16.15	增添義符「死」。
旅		周 53.9	金文「旅」作「 」（散盤）；上博簡增添義符「辵」。
先	緇 6.39；競 2.35	周 18.8	增添義符「辵」。
欲	魯 5.14；鮑 5.38	互 5.4	增添義符「心」。
鬼	互 3 正.27	鬼 4.5	增添義符「示」。
憲	孔 7.4	桓 21.3	增添義符「人」。
懷	季 22.25；用 6.3	天甲 9.18	增添義符「人」。
涅	互 4.21	用 17.5	增添義符「皿」。
泉	容 33.2	周 45.32	《字匯補·水部》：「潨與泉同。」
鹽	容 3.3	鮑 5.5	增添義符「水」。
降	用 9.18；用 11.28	三 2.36	增添義符「止」。
隕		三 14.35	金文「隕」作「 」（中山王響鼎）；上博簡增添義符「止」。
隓	周 16.45；周 26.28	周 16.36	增添義符「又」。
羞	用 17.26	中 26.6	增添義符「心」。
害	從甲 8.7	鮑 8.36	增添義符「戈」。
病	柬 8.15	三 13.7	增添義符「心」。

「束」，許慎認爲從口木，縛也；〔註37〕羅振玉認爲象束矢形，〔註38〕馬敍倫認爲束與東爲一字，是橐之初文，象囊橐裹束之形〔註39〕。從古文字形來看，

〔註36〕从死，芒聲，「衰亡」之「亡」。

〔註37〕許慎撰、段玉裁注：《說文解字注》，頁 276。

〔註38〕羅振玉：《雪堂金石文字跋尾》。

〔註39〕馬敍倫：《說文解字六書疏證》（卷 12）（台北：鼎文，1975 年），頁 1624～1625。

甲骨文作「■」（續甲骨文編·845）、「■」（甲骨文編·1121），金文作「■」（大篡）、「■」（束中子父簋），上博簡作「■」（曹 54.15），不管是裹束何物，皆象束物之形。上博簡「■」（曹 54.15）之形下方除了象束雙木之形外，上方還增添義符「网」形，強調以网束木之意。

「陸」，殷商、西周金文从阜从二六，作「■」（陸父甲角）、「■」（義伯簋）之形。上博簡增添義符「土」，作「■」（周 50.35）。「陸」增添義符「土」在東周文字已見，如春秋金文作「■」（郳公輕鐘），晉系文字作「■」（吉大 6），秦系文字作「■」（珍秦 140），燕系文字作「■」（燕下都 462.2）。繁增土形的字例除了「陸」之外，从「■」（■）的字也多增添義符「土」，如：阪、陳、階、隙、降、隕等，其他還有：奠、丘〔註40〕、穴、屬、礪、至、平、我等。由這些字例可知，繁增的「土」形皆位於字形下方。

「帶」，秦系文字作「■」（上郡守戈）、「■」（雲夢·日乙 125）之形，楚文字增繁从糸，作「■」（包山 219）之形。上博簡「帶」繁增義符糸，強調材質，作「■」（柬 2.1）之形，具楚文字色彩。

「乍」、「克」、「相」、「組」、「剗」、「陸」皆增添義符「又」，強調動作，「又」皆置於字形或偏旁下方。「哀」、「隱」、「欲」、「羞」、「病」則增添義符「心」，有強調心理的意涵，且「心」皆置於字形下方。其他，「富」增添義符「貝」，強調財富；「戶」增添義符「木」，強調材質；「門」、「圭」增添義符「玉」，強調材質；「亡」、「喪」增添義符「死」，強調死亡；「輦」增添義符「几」，強調搭乘工具；「宅」增添義符「宀」強調住屋等。「害」繁增義符「戈」，強調使用武器以致傷害；「涅」繁增義符「皿」，強調盈滿器皿；「泉」、「鹽」繁增義符「水」，強調與水有關；「降」、「隕」繁增義符「土」，強調土地；「懷」〔註41〕、「悳」〔註42〕繁增義符「人」，強調人的作為；「鬼」，增添義符「示」，強調鬼神性質；「先」、「旅」，增添義符「辵」，強調動作。

從上博簡增添義符的字例來看，所增添的義符雖未改變原本文字音義，但皆有強化意義的作用。

〔註40〕《說文》古文作■。增添義符「土」。

〔註41〕《說文·心部》：「懷，念思也。从心褱聲。」

〔註42〕《說文·心部》：「悳，外得於人，內得於己也。从直从心。」

四、增添聲符

上博簡中有繁加聲符的例子，如「祈」、「告」、「尋」、「與」等。

字　例	未增添聲符字形	增添聲符字形	說　明		
			添加聲符	聲符音韻	聲符關係
祈		🔡 天甲 12.10	臼	斤：見紐文部 臼：群紐幽部	發音部位相同； 主要元音相同。
告	🔡 昭 4.22	🔡 競 10.31	爻	告：見紐覺部 爻：匣紐宵部	發音部位相同。
與	🔡 弟 11.18	🔡 中 7.7	予	與：余紐魚部 予：余紐魚部	雙聲疊韻。

祈，從示斤聲，[註43]上博簡作「🔡」（天甲 12.10）。「🔡」添加聲符「臼」。「斤」，上古見紐文部；「臼」，上古群紐幽部。「斤」、「臼」聲母皆是喉音，發音部位相同，見群旁紐，又主要元音皆為央元音，「斤」、「臼」聲音相近，聲符可以替代。

告，上博簡有「🔡」（昭 4.22）、「🔡」（競 10.31）二形。「🔡」乃繁加聲符「爻」。「告」，上古見紐覺部；「爻」，上古匣紐宵部。「告」、「爻」聲母皆是舌根音，發音部位相同，韻部相同，屬疊韻，聲符可以替代。

「與」，上博簡作「🔡」（弟 11.18）、「🔡」（中 7.7）之形。「🔡」則是繁加聲符「予」。「與」，上古余紐魚部，「予」，上古余紐魚部，二者雙聲疊韻，聲音相同，聲符可以替代。

由上討論可知，附加聲符皆與原本的字音有相同或相近的關係，非妄加之。

五、增加無義偏旁

上博簡文字的增繁現象，除了上述增添飾筆、增添同形、增添義符外，有一部分文字尚增加無意義部件，其中以口旁、心旁、宀旁、土旁、又或攵旁等尤為明顯。

（一）增加口旁

字　例	未增添口旁字形	增添口旁字形	說　明
亞	🔡 緇 9.4	🔡 周 32.15	「亞」形下方繁加「口」旁。
蓷	🔡 季 7.22	🔡 季 5.6	「隹」形下方繁加「口」旁。

〔註43〕許慎撰、段玉裁注：《說文解字注》（杭州：浙江古籍出版社，2006 年），頁 6。

復	复從乙 3.1	弟 5.23	「止」形上方繁加「口」旁。
退	君 2.33；相 4.3；曹 58.5	昔 1.31；姑 8.2	「艮」形上方繁加「口」旁。
後	周 18.12	曹 30.11	「夋」形上方繁加「口」旁。
叔		競 9.15	金文「叔」作「𣏕」（克鼎），不从口；上博簡「叔」形下方繁加「口」旁。
請		用 15.20	「青」形下方繁加「口」旁。
龔	用 6.26	用 7.37	「龍」形下方繁加「口」旁。
鳩		孔 21.39	「九」形下方繁加「口」旁。
尋	孔 16.24	鬼 7.16	「㣇」形下方繁加「口」旁。
敘	從甲 5.15	容 27.7	「余」形下方繁加「口」旁。
幼	子 4.6；中 7.3	中 8.13	「力」形下方繁加「口」旁。
腹		內 7.27	「复」形下方繁加「口」旁。
剴	魯 6.2	內 8.36	「豈」形下方繁加「口」旁。
睛		天乙 3.18	「青」形下方繁加「口」旁。
筮		周 9.3	金文「筮」作「𥷚」（史懋壺），不从口；上博簡「巫」形下方繁加「口」旁。
丹	容 6.9	容 38.28	「丹」形下方繁加「口」旁。
青		孔 28.15	「青」形形下方繁加「口」旁。
靜		緇 6.38	「青」形形下方繁加「口」旁。
既	緇 11.8；周 53.19；鮑 8.8	互 5.14	兩部件中下方繁加「口」旁。
今	曹 4.1；曹 65.13	子 8.32；季 14.7	「今」形左下方繁加「口」旁。
貪		從甲 5.3	「今」形左下方繁加「口」旁。
衿	三 9.17	姑 7.22	「今」形左下方繁加「口」旁。
靖		孔 9.44	「青」形下方繁加「口」旁。
柄		三 1.29	「丙」形下方繁加「口」旁。
林	柬 22.19	景 8.23	「林」形下方繁加「口」旁。
精		慎 1.24	「青」形下方繁加「口」旁。
宵		互 2.13	「青」形下方繁加「口」旁。
疾	曹 44.12；內 8.14	景 10.27	「矢」形下方繁加「口」旁。
倩		君 7.13	「青」形下方繁加「口」旁。
文	孔 7.16	孔 1.20；孔 6.11	「文」形右上方繁加「口」旁。
情		孔 10.27；緇 2.4	「青」形下方繁加「口」旁。
恭		用 16.8	「龍」形下方繁加「口」旁。

恆		從甲 8.28	「丙」形下方繁加「口」旁。
涂		容 25.8	「余」形下方繁加「口」旁。
清		孔 21.48	「青」形下方繁加「口」旁。
戰	曹 13.7	曹 38.11	「單」形下方繁加「口」旁。
紀	曹 16.10	子 7.2	「己」形下方繁加「口」旁。
凡	曹 21.14；季 20.30	從甲 9.5	「凡」形下方繁加「口」旁。
獸	鬼 6.18；鬼 6.39	曹 57.14；曹 13.12	「單」形下方繁加「口」旁。
己	競 2.31	緇 7.9	「己」形下方繁加「口」旁。
辰		容 52.17	金文「辰」作「匝」（盂鼎），不從口；上博簡「辰」形下方繁加「口」旁。
徵	周 54.17	采 3.3	「升」形下方繁加「口」旁。
尋	孔 16.24	鬼 7.16	「𠬛」形下方繁加「口」旁。

　　上博簡文字中繁增口旁的字形，並不影響原本字形音義。例如「己」或從「己」之形，在「己」下方繁增口旁，如「己」作「　」（緇 7.9），「紀」作「　」（子 7.2），這在楚系文字中常見。

　　「青」或從「青」之形，在「青」下方繁增口旁，如錆、青、靜、　、請、精、倩、情、清、腈等，這除了在楚文字常見外，〔註 44〕在齊系、燕系文字中也有這樣的現象，如齊系「清」作「　」（璽彙 0156）、「　」作「　」（陶彙 3.804）；燕系「青」作「　」（璽彙 4646）、「清」作「　」（璽彙 0215）。而西土文字的秦文字則多不加口旁。

　　「退」在「艮」形下方繁加口旁，「後」在「夋」形下方繁加口旁，這在晉系、齊系文字中也可見，如晉系「後」作「　」（中山王響壺）、「後」作「　」（中山王響兆域圖）；齊系「後」作「　」（陶彙 3.921）等。而西土文字的秦文字則多不從止形，也不加口旁。

　　「復」、「腹」則在「复」形之下繁加口旁，這與晉系文字相吻合，如「復」作「　」（侯馬盟書）、「腹」作「　」（侯馬盟書）。

　　上博簡從「丙」字形，「丙」形下方多繁加口旁，如「恆」作「　」（從甲 8.28）、「柄」作「　」（三 1.29）等。「丙」形下方繁加口旁與楚系文字相同，如「丙」作「　」（包山 36）、「恆」作「　」（包山 146）等。

〔註 44〕如「青」作「　」（包山 129）、「清」作「　」（郭店・老甲 10）、「靜」作「　」（郭店・性自 62）等。

上博簡從「龍」字形，「龍」形下方多繁加口旁，如「龏」作「**」（用 7.37）、「龏」作「**」（用 16.8）等。

上博簡從「單」字形，「單」形下方多繁加口旁，如「戰」作「**」（曹 38.11）、「獸」作「**」（曹 57.14）等。「單」形下方繁加口旁與楚系文字相同，如「戰」，楚系文字繁從口，作「**」（㪟戔鼎）；晉系文字作「**」（中山圓壺）、秦系文字作「**」（雲夢・雜抄 36）皆不從口。又如「單」，楚系文字繁從口，作「**」（郭店・六德 16）；晉系文字作「**」（單矰討戈）、燕系文字作「**」（璽彙 0297）、秦系文字作「**」（集粹）皆不從口。「單」形下方繁加口旁具楚系文字色彩。

上博簡從「余」字形，「余」形下方多繁加口旁，如敘作「**」（容 27.7）、涂作「**」（容 25.8）。「余」形下方繁加口旁在楚系、晉系文字皆可見，如「余」晉系作「**」（中山王𧕴鼎），楚系文字下方繁加口旁則與「余」、「舍」未完全分化有關。

上博簡「今」繁從口旁，作「**」（子 8.32），與楚文字同，如「**」（信陽 1.32）。「貪」、「衿」的「今」形同樣繁從口旁。

此外，還有亞、蕥、叔、尋、鳩、幼、剄、箕、丹、既、今、林、疾、文、凡、辰、尋等字例。

由上表可知，繁加口形的位置大致有四種形式：

1. 加於部件下方：這是最常見的方式，如亞、蕥、復、退、後、詩、叔、請、龏、尋、鳩、敘、幼、腹、剄、腈、箕、丹、青、靜、錆、柄、林、精、宵、疾、倩、情、恭、恈、涂、清、戰、紀、凡、獸、己、辰、徵、尋等字例。

2. 加於兩部件中下方：如既等字例。

3. 加於部件上方：如文等字例。

4. 加於部件左下方：如今、貪、衿字。

（二）增加心旁

繁增心旁的字例有：恆、氣、疑、義、窒、終、羞、箮、聰、固、威、隱。

字　例	未繁加心旁字形	繁加心旁字形	說　　明
互	〔字形〕周 15.3	〔字形〕〔註45〕 性 22.19	「互」形下方繁加「心」旁。
氣	〔字形〕容 30.23	〔字形〕民 10.12	「既」形下方繁加「心」旁。
疑		〔字形〕孔 14.14	金文「疑」作「〔字形〕」（齊史疑觶），不從心；上博簡「疑」在「矣」形下方繁加「心」旁。
義		〔字形〕曹 33.21	金文「義」作「〔字形〕」（仲義父鼎），不從心；上博簡「義」在字形下方繁加「心」旁。
窒		〔字形〕性 4.24	「室」形下方繁加「心」旁。
終		〔字形〕周 12.6	金文「義」作「〔字形〕」（曾侯乙鐘），不從心；上博簡「終」在字形下方繁加「心」旁。
羞	〔字形〕季 1.26	〔字形〕中 26.6	「羞」形下方繁加「心」旁。
箸	〔字形〕柬 13.8	〔字形〕性 33.16	「箸」形下方繁加「心」旁。
聰	〔字形〕〔註46〕容 17.15	〔字形〕〔註47〕容 12.3	「聰」形下方繁加「心」旁。
固	〔字形〕三 6.25；〔字形〕莊 2.16	〔字形〕平鄭 2.18	「聰」形下方繁加「心」旁。
威	〔字形〕用 16.25	〔字形〕三 20.4	「聰」形下方繁加「心」旁。
隱	〔字形〕孔 20.13	〔字形〕孔 1.22	「隱」形下方繁加「心」旁。

由上可以發現，繁加的心旁皆加在整個字形下方。

（三）增加宀旁

繁增宀形的字例有：聞、庭、怨、藏、寐、仁、庫等。

字　例	未繁加宀旁字形	繁加宀旁字形	說　　明
聞	〔字形〕容 47.6	〔字形〕民 6.24	「聞」形上方繁加「宀」旁。
庭		〔字形〕君 8.1	「庭」形上方繁加「宀」旁。
怨	〔字形〕曹 17.8、〔字形〕孔 27.38	〔字形〕孔 18.9、〔字形〕孔 3.6	「怨」形上方繁加「宀」旁。
藏	〔字形〕周 4.3	〔字形〕孔 19.14	「藏」形上方繁加「宀」旁。
寐	〔字形〕弟 22.13	〔字形〕季 10.32	「寐」形上方繁加「宀」旁。
仁	〔字形〕君 1.1	〔字形〕性 39.27	「仁」形上方繁加「宀」旁。
庫	〔字形〕姑 9.49	〔字形〕相 3.12	「庫」形上方繁加「宀」旁。

〔註45〕字形似作〔字形〕。楚文字「〔字形〕」、「亙」二字也別。然在使用中「〔字形〕」常常用作「亙」。裘錫圭先生認爲上博三之「〔字形〕先」應當讀爲「極先」。

〔註46〕字形作〔字形〕。從耳，兇聲。

〔註47〕字形作〔字形〕。

「聞」作「🔲」（民 6.24），或繁加宀旁作「🔲」（容 47.6）；「藏」作「（🔲周
4.3）」，或繁加宀旁作「🔲孔 19.14」；「仁」作「🔲」（君 1.1），或繁加宀旁作「🔲
性 39.27」；「庫」作「🔲」（姑 9.49），或繁加宀旁作「🔲」（相 3.12）；「怨」作「🔲」
（曹 17.8）、「🔲」（曹 17.8），或繁加宀旁作「🔲」（孔 18.9）、「🔲」（孔 3.6）；「寐」
作「🔲」（弟 22.13），或繁加宀旁作「🔲」（季 10.32）。「庭」，金文作「🔲」（頌
鼎），上博簡繁加宀旁作「🔲」（君 8.1）。由上可以發現，繁加的宀旁皆加在整
個字形上方。

在字形中繁增宀旁的增繁方式不僅在上博簡文字中可見，戰國文字中也常
見有這樣的現象，如燕系文字「中」繁加宀旁作「🔲」（吉林 183）、楚系文字
「國」作「🔲」（包山 124）、晉系文字「將」作「🔲」（中山王嚳壺）或繁加
宀旁作「🔲」（中山王嚳兆域圖）等。

（四）增加土旁

繁增土旁的字例有：平、我、廉、萬、禹、量等。

字　例	未繁加土旁字形	繁加土旁字形	說　明
平		🔲孔 4.5	「平」形下方繁加「土」旁。
我		🔲緇 1.24	「我」形下方繁加「土」旁。
廉		🔲周 12.3	「廉」形下方繁加「土」旁。
萬	🔲容 10.32	🔲君 11.32	「萬」形下方繁加「土」旁。
禹	🔲競 7.6	🔲鬼 1.24	「禹」形下方繁加「土」旁。
量	🔲景 1.31	🔲容 38.2	「量」形下方繁加「土」旁。

由表可見繁增的土旁皆位於字形下方。

（五）其他

其他還有增加「又」、「貝」、「攴」、「艸」者，如「時」作「🔲」（孔 11.16），
或繁增又旁作「🔲」（容 16.14）。「府」作「🔲」（容 6.10），或繁增貝旁作「🔲」
（相 3.11）。「煙」作「🔲」（子 11.31），或繁增攴旁作「🔲[註48]」（三 8.42）；「比」
作「🔲」（周 9.21），或繁增又旁作「🔲」（周 10.6）。「怒」或繁增艸旁作「🔲」
（三 13.28）。「箕」作「🔲」（子 13.23），或繁增肉旁作「🔲」（性 24.22），或繁
增攴旁「🔲」（鮑 4.17）。

〔註48〕字形作🔲。

字　例	未繁加字形	繁加字形	說　明
時	孔 11.16	容 16.14	繁增「又」旁。
府	容 6.10	相 3.11	繁增「貝」旁。
煙	子 11.31	〔註49〕三 8.42	繁增「攵」旁。
比	周 9.21	周 10.6	繁增「又」旁。
怒		三 13.28	繁增「艸」旁。
箭	子 13.23	性 24.22；鮑 4.17	繁增「肉」旁，或繁增「攵」旁。

第二節　形體簡省

趨簡求易，簡省求快，是人們書寫文字的共同心理。當文字越簡單，筆畫越少，書寫的速度就越快，效率就越高，因此文字在演變的過程當中，就沿著簡省的大趨勢發展出許多文字簡省的現象。

梁東漢也說：

> 簡化和繁化是一切文字共有的現象。漢字既然是記錄漢語的書寫工具，這個性質決定了它必然朝著實用的方向發展，即朝著簡化的方向發展。同時漢字又是漢語的輔助工具，這個性質又決定了它必然朝著適應漢語的方向發展，即朝著繁化的方向發展……從表面上看，簡化和繁化似乎是一種相反的、互相排斥的矛盾，其實不然，沒有繁化就沒有簡化，沒有簡化，繁化也不可能單獨存在。〔註50〕

簡省，就是在不影響原本字形音義的情況下，簡化原本的文字形體，或許是簡省筆畫，也可能是簡省部件等。在上博簡中存有許多簡省字例，今以上博簡字形自身相互比對，找尋簡省現象；若在上博簡中找不到相對應字形，則透過文字分析說明，或透過時代接近的金文來比對。以下分點論之。

一、簡省筆畫

（一）借筆簡省

借筆簡省，即借用原本字形中的某筆畫或部分筆畫，作爲共用筆畫，以達到字形筆畫簡省的目的。上博簡文字中，如：嗌、名、和、逾、建、嗣、詩、

〔註49〕字形作。

〔註50〕梁東漢：《漢字的結構及其流變》（上海：上海教育出版社，1959 年），頁 42。

謎、善、蠹、奮、熹、蠲、昌、年、安、卭、重、骹、老、文、詞、廛、豫、
喬、悟、愿、恩、我、蜀、阪、竟、裣、譎、高等字例皆屬此。

字　例	未簡省字形	借筆簡省字形	說　　明
嗌	内 8.39	彭 7.24；三 8.3	「」的「口」形借筆省形，下方的四撇筆省成兩短橫。 「」的「口」形借筆省形。
名	互 6.5	互 5.36	「」的「口」形借用「夕」形的筆畫，為借筆省形。
和	孔 4.34	天甲 6.15	「」的口形借用禾形的橫筆，為借筆省形。
逎		民 8.19	所從「佋」聲與「辵」旁借筆。
建	容 22.6；天乙 1.15	周 14.3	「」下方的「止」形借筆省形。
嗣	鮑 1.22	周 2.1；周 2.34	「」從司省從子。「司」借用下方「子」形的上半部，為借筆省形。
詩		孔 2.7	「」下方「言」借用上方止形末筆，為借筆省形。
謎		君 1.17	「」下方的「言」借用「厂」形筆畫，為借筆省形。
善	民 8.5	孔 8.3；競 8.18	「」、「」下方「言」借用上方「羊」省形末筆，為借筆省形。
蠹	逸交 3.20	緇 19.1	「」的木形借用「隹」形的豎筆，為借筆省形。
奮	三 1.24	性 38.25	「」的「田」形借用「衣」形的筆畫，為借筆省形。
熹	三 6.12；昔 3.11；孔 18.16；天甲 6.18	孔 21.36	「」借用「心」形筆畫，為借筆省形。
蠲		天乙 7.32	「虫」頭借用「」末兩筆。「蜀」形借筆省形。
昌		三 18.14	《說文》籀文昌作「」。「」借筆省寫。
年	容 5.38；競 3.28	弟 5.16	「」，「禾」旁與「千」旁共用筆畫禾形上方的撇筆。
安	從甲 18.22；互 1.35	孔 3.24；競 4.20；申 7.8	「」、「」、「」借筆省形。
卭	[註51]三 15.12；桓 26.6	柬 14.2	「」借筆省形。

〔註51〕字形作。彩色圖板中筆劃尚依稀可辨。

重	曹30.2； 曹45.12	中8.34；互4.5	「」、「」的「主」形借筆省形。
鞍		君7.11	「」的「安」形借筆省形。
文	孔6.11	孔1.20	「」的「口」形借筆省形。
詞	柬12.2	子12.10	「」的「訇」借筆省形。
廬	采3.33	用17.17	「」的「石」形借筆省形。
豫		曹19.11；曹43.8	「」之「谷」與「予」為省形合體字。
喬	曹8.12	彭2.39	「」的「合」借筆省形。
悟		孔26.8	「」的「口」與「心」共用中間筆畫。
悊	緇22.23	緇2.36	「矢」形借用筆畫。
恩	曹33.1	從甲9.11	「心」形借筆省形。
我	緇21.29； 周24.17； 曹39.27	魯1.12；柬13.3	「」、「」借筆省形。
蜀	中附.15； 〔註52〕性30.31； 互3正.3	君9.8	「虫」頭借用「」末兩筆。
阪	曹43.10	從甲4.10	「」的「阜」旁與「又」旁合書。
巽	從乙1.31	君14.4	「」下方的「丌」形借筆省形。
袷		姑7.22	「衣」形借用「今」形的上半部筆畫。
蠲	中12.4	用9.9	「虫」頭借用「」末兩筆。
高		容49.2；景3.44	「高」從京從口，「」、「」上半借筆省作「」。

由上可知，上博簡借筆簡省常發生的偏旁有：言形、安形、心形、蜀形、高形、石形、安形、口形、子形、止形等。

上博簡的借筆省形常發生的情況是：相鄰的 A、B 部件，A 部件的末筆與 B 部件的上方筆畫共用，以達到借筆省形的目的。

（二）連筆簡省

連筆簡省，即在不影響原有字形音義的情況下，將原本字形兩筆或兩筆以上的筆畫，合併用一筆畫完成，達成字形筆畫簡省的目的。上博簡文中，如：尔、祭、征、謀、誅、兵、敓、斂、考、尋、叡、夏、能、佣、裵、霝、需、母、亡、蜀、晦、肇、惡等字例皆屬此。

〔註52〕字形作。

字　例	未簡省字形	連筆簡省字形	說　明
尔	尒 緇 2.11	朩 采 3.20	「朩」上方左右兩撇省成一筆。
祭	祭 三 13.25；祭 競 4.17	祭 景 12.30	「祭」的「攵」形首兩筆連省成一筆。
征		延 周 13.18	「延」的「正」連筆省形。
謀	某 緇 12.15	某 彭 6.3	「某」的「母」形原為兩點，此則連寫一筆。
誅	誅 容 25.40	誅 景 2 正.19	「誅」的「攵」形首兩筆連省成一筆。
兵	兵 競 5.14	兵 曹 38.16	「兵」的「斤」形連筆省形。
敓	敓 孔 6.28；敓 緇 19.27；敓 曹 63.5；敓 競 5.25；敓 三 16.35	敓 景 5.21	「敓」的「攵」形首兩筆連省成一筆。
斂		斂 緇 14.9	「斂」的「攵」形首兩筆連省成一筆。
攺	攺 內 7.29	攺 周 18.24	「攺」的「攵」形首兩筆連省成一筆。
尋	尋 孔 16.24；尋 鬼 7.16	尋 景 10.16	「尋」的「攵」形首兩筆連省成一筆，且省去口形。
叡	叡 季 14.17	叡 柬 7.2；叡 景 13.27	「叡」古省聲，「叡」的「攵」形首兩筆連省成一筆。
夏	夏 緇 18.10	夏 緇 18.27	「夏」的「虫」形將兩撇省寫成一橫筆。
能	能 亙 11.34	能 姑 3.47	連筆省形。
佣	佣 周 14.39；佣 三 17.18	佣 競 10.25	「佣」的「朋」形四短橫連寫成兩橫畫。
裘	裘 容 37.16；裘 周 16.37	裘 周 24.7	「裘」倒毛簡化為兩橫。
靁	靁 緇 14.17	靁 周 24.14	「靁」四點簡化為兩橫筆，下方省成兩口形。
需	需 容 2.30	需 周 57.13	「需」四點簡化為兩橫筆。
母	母 子 13.5；母 昭 4.10；母 曹 22.7；母 季 7.30；母 內 6.14；母 民 12.27	母 內 6.22；母 弟 8.19	「母」、「母」兩點簡化為一橫筆。
亡	亡 緇 23.35	亡 民 5.26	「亡」兩筆連寫成一筆。
蜀	蜀 中附.15；蜀 亙 3 正.3	蜀 周 38.19	「蜀」下方四撇筆簡化為兩橫筆。
晦	晦 子 8.16	晦 容 52.9	「晦」「母」形的兩點簡化為一橫筆。
肇		肇 緇 20.28	「肇」的「攵」形首兩筆連省成一筆。
惡		惡 用 4.5	「惡」的二耳形橫畫連成一筆。
多	多 緇 6.18	多 子 12.21	「多」兩點連筆寫成「ㄠ」。

　　由上可知，上博簡連筆簡省常出現於攵旁、母旁、雨旁、虫旁、朋旁、斤旁等偏旁。而連筆簡省的 A、B 筆畫，位置多半相鄰、相對，或筆畫有接觸點。透過連筆，則可將 A、B 筆畫寫成一筆，達到連筆簡省的目的。

（三）簡省點畫

簡省點畫，何琳儀稱作「單筆簡化」，[註53] 係指字形在不改變原有的基本形構下，筆畫或點筆。上博簡中，簡省點畫者，如：僉、係、叡、叠、隸、事等。

字　例	未簡省字形	簡省重複部件字形	說　明
僉	僉曹 8.7	僉孔 3.26	「僉」省一短橫。
係	係周 16.22	係三 16.29	「係」省去一橫筆。
叡	叡曹 45.7	叡孔 6.39；叡季 14.4	「叡」、「叡」的「且」形省去末橫筆。
叠	叠孔 28.5；叠曹 11.10	叠子 5.5	「叠」的「且」形省去末橫筆。
隸		隸桓 7.20	省豎筆。
事	事容 49.8	事從甲 14.8	「事」省一撇筆。
愉	愉彭 7.25	愉束 2.14	「愉」省一撇筆。

「僉」，上博簡有作「僉」（曹 8.7）、「僉」（孔 3.26）二形，「僉」在人形下方省去一短橫。「係」，上博簡有作「係」（周 16.22）、「係」（三 16.29）二形，「係」在「糸」形上方省去一橫筆。「且」作「且」之形，「叡」作「叡」（孔 6.39）、「叡」（季 14.4）與「叠」作「叠」（子 5.5）皆省去最下方的橫筆。「隸」作「隸」（桓 7.20）則是省去豎筆。「事」，從「事」（容 49.8）可見「事」（從甲 14.8）省去一撇筆。「愉」上博簡有作「愉」（彭 7.25）、「愉」（束 2.14）二形，「愉」在俞形右方省去一撇筆。

二、簡省部件

（一）簡省重複部件

簡省重複部件，何琳儀稱之為「刪減同形」，[註54] 係指文字形體中具有兩個或兩個以上相同形體，在書寫的過程時，省減一個或數個同形的部件。而這樣的簡省並不影響文字原有音義。

字　例	未簡省字形	簡省重複部件字形	說　明
曹	曹弟 4.9	曹弟 17.13	簡省重複部件「東」形。
樂	樂內 6.24	樂民 7.24	簡省重複部件「糸」形。
堯	堯子 2.3；堯曹 2.21	堯容 14.39	簡省重複部件「大」形。

〔註53〕何琳儀：《戰國文字通論訂補》（南京：江蘇教育出版社，2003 年），頁 203。

〔註54〕何琳儀：《戰國文字通論訂補》（南京：江蘇教育出版社，2003 年），頁 208。

燬	季 14.6	桓 14.13	簡省重複部件「火」形。
觀	天乙 11.17	鮑 2.20；子 11.3；性 9.28	簡省重複部件「𠂤」形。
廟	孔 24.26	平鄭 1.12	簡省重複部件「屮」形。
懽		從乙 1.35；〔註55〕曹 61.6；〔註56〕相 3.6；〔註57〕曹 60.6	簡省重複部件「𠂤」形。
宜	曹 28.8	互 7.12	簡省重複部件「夕」形。
幾	曹 40.23	民 1.8	簡省重複部件「幺」形。
霝	緇 14.17	周 24.14	簡省重複部件「𠀤」形。
違	三 8.34	景 12.16	簡省重複部件「𢎫」形。

　　「曹」，金文作「　」（曹公子戈）、「　」（曹公媵孟姬念母盤）之形，上博簡承襲金文以來寫法，作「　」（弟 4.9）之形；或省其重複部件「東」形，作「　」（弟 17.13）之形。

　　「樂」，金文作「　」（邵鐘）之形，上博簡承襲金文寫法而稍作改易，作「　」（內 6.24）之形；或省去重複部件「糸」形，作「　」（民 7.24）。

　　「　」，從三兔，作「　」（容 38.20）。「　」（孔 8.33）下方的兩兔形皆省去重複的兔首「　」形。

　　「堯」，上博簡作「　」（曹 2.21）、「　」（容 14.39）之形，「　」乃省略重複部件「土」形。

　　「能」，象熊之形，上博簡作「　」（互 11.34），而「　」（緇 21.45）、「　」（緇 4.24）皆省去重複熊腳「　」部分。

　　「燬」，從二火，作「　」（季 14.6），而「　」（桓 14.13）則省去重複的火形。

　　「觀」，從見從雚，上博簡作「　」（六·天乙 11.17）。「　」（鮑 2.20）、「　」（子 11.3）、「　」（性 9.28）省去「雚」形上方重複部件「𠂤」形。「懽」，從心從雚，與「觀」的情況相同，皆省去「雚」形上方重複部件「𠂤」形，作「　」（從乙 1.35）。

〔註55〕上部譌為「厸」。讀「勸」。

〔註56〕衍「人」旁。讀「勸」。

〔註57〕「隹」旁譌作「雕」。

「廟」，上博簡與《說文》古文寫法吻合，〔註58〕作「圖」（孔 24.26）形。
而上博簡「廟」還有作「圖」（六·平鄭 1.12）之形，乃將「艸」形簡省重複部
件「屮」，以一「屮」表示。

「宜」，金文作「圖」（秦子戈），上博簡承襲金文作「圖」（曹 28.8）之形。
而「圖」（互 7.12）簡省重複部件「圖」形，此也是後來小篆依據之形。

「幾」金文作「圖」（幾父壺）之形。上博簡有作「圖」（曹 40.23）、「圖」
（民 1.8）之形。「圖」形將左上方的「圖」省成「幺」形，是省去複部件「幺」
形。

「霝」，金文作「圖」（頌鼎）之形，下方从「𠙻」。上博簡有作「圖」（緇
14.17）、「圖」（周 24.14）之形。「圖」形將下方的「𠙻」省成「𠙻」形，是省
去複部件「圖」形。

「違」，西周金文作「圖」（班簋），从辵从韋。「韋」，金文作「圖」（黃韋
俞父盤），从舛口聲。「舛」，為兩個「圖」相背之形。上博簡「違」有作「圖」
（三 8.34）、「圖」（景 12.16）之形。「圖」，从辵从韋；「圖」，省去簡省重複部件
「圖」形。

（二）簡省形符

簡省形符，何琳儀稱之「刪簡形符」，〔註59〕係指書寫時省減整個具有標示
意義的偏旁或部件，或是省簡部份具有標示意義的偏旁或部件的現象。

根據現在所見上博簡文字資料，簡省形符者，又分為兩種情況：簡省形符
部分形體、簡省整個形符。

1. 簡省形符部分形體

簡省形符部分形體的情況，有：从玄省、从尚省、从䔍省、从食省、从凸
省、从羹省、从鬼省、从鳥省、从隹省、从象省、从兔省、从能省、从糸或絲
省、从生省、从羊省、从牛省、从石省、从大省、从鼎省、从口省等。

（1）从玄省：玄。

「玄」，上博簡作「圖」（子 12.17）、「圖」（季 21.8）之形。「圖」利用上下

〔註58〕《說文》古文「廟」作「圖」。許慎撰、段玉裁注：《說文解字注》（杭州：浙江古
　　　籍出版社，2006 年），頁 446。

〔註59〕何琳儀：《戰國文字通論訂補》（南京：江蘇教育出版社，2003 年），頁 206～207。

兩部件疊寫在一起，來表示串聯之意，取代了「✦」用豎筆表示串聯。

（2）从尚省：壹。

「尚」，西周金文作「向」（仲伐父簋）之形。「壹」上博簡从尚从立，作「壹」（曹 50.9）、「壹」（姑 7.38）、「壹」（競 10.22）之形。「壹」的尚形从尚省。

（3）从書省：曉。

「曉」，上博簡作「曉」（柬 16.10）之形，「曉」字形右上角偏旁是「書」之省形。

（4）从食省：飤。

「飤」，从人、食，[註60] 金文作「飤」（命簋）之形。上博簡有作「飤」（周 45.33）、「飤」（鬼 6.12）之形。「飤」的「食」形省形。

（5）从冎省：骨。

「骨」，《說文・骨部》：「骨，肉之覈也。从冎有肉。凡骨之屬皆从骨。」[註61] 上博簡有作「骨」（昭 4.12）、「骨」（用 17.15）之形。「冎」作「冎」之形，象形。「骨」，从冎从肉；「骨」，从冎省。

（6）从業省：僕。

「僕」，从人从業，[註62] 金文作「僕」（幾父壺），上博簡从臣，作「僕」（昭 8.29）、「僕」（柬 20.12）之形。「僕」、「僕」从業省。

（7）从鬼省：鬼。

鬼，金文作「鬼」（鬼壺），上博簡从示，有作「鬼」（鬼 4.5）、「鬼」（競 7.14）之形。「鬼」的「鬼」形省作「鬼」。

（8）从鳥省：鳥。

「鳥」，象長尾鳥之形，[註63] 金文作「鳥」（鳥壬俯鼎）、「鳥」（鳥且癸簋）。上博簡作「鳥」（用 5.16）還有象鳥之形，「鳥」（周 56.12）、「鳥」（容 21.12）則脫離象形，簡省其形。

〔註60〕許慎撰、段玉裁注：《說文解字注》（杭州：浙江古籍出版社，2006 年），頁 220。

〔註61〕許慎撰、段玉裁注：《說文解字注》（杭州：浙江古籍出版社，2006 年），頁 164。

〔註62〕許慎撰、段玉裁注：《說文解字注》（杭州：浙江古籍出版社，2006 年），頁 103。

〔註63〕《說文・隹部》：「鳥，長尾禽總名也。象形。鳥之足似七，从七。凡鳥之屬皆从鳥。」許慎撰、段玉裁注：《說文解字注》（杭州：浙江古籍出版社，2006 年），頁 148。

「隹」，象短尾鳥之形，〔註64〕金文作「鳥」（何尊）、「鳥」（麥鼎）。上博簡「隹」脫離象形，作「隹」（緇 14.21）；而「隹」（鬼 6.33）、「隹」（互 9.30）、「隹」（孔 6.19）則進一步簡省其形。

（10）从象省：爲。

「爲」，會役象之意，金文从爪从象，作「爲」（曾伯陭壺）之形。上博簡作「爲」（孔 5.26）、「爲」（緇 2.26）、「爲」（彭 3.19）、「爲」（中 5.4）、「爲」（中 12.11）、「爲」（柬 7.27）、「爲」（柬 12.22）、「爲」（內 1 正.13）、「爲」（君 1.11）、「爲」（弟 11.23）、「爲」（容 22.11）等形。這些字形繁簡不一，但皆保留爪形，象形則留下象頭象鼻，象軀、象足、象尾皆已省略。

（11）从兔省：毚。

毚，《說文・兔部》：「毚，疾也。从三兔。」〔註65〕上博簡有作「毚」（容 38.20）、「毚」（孔 8.33）之形。「毚」下面兩「兔」省去兔首之形。

（12）从能省：能。

「能」，金文作「能」（能匋尊）、「能」（毛公鼎），象熊之形。上博簡作「能」（互 11.34），或省作「能」（孔 12.8）、「能」（緇 21.45）、「能」（緇 4.24）之形。「能」、「能」、「能」皆省部分部件。

（13）从糸或絲省：索、㬎、顯、䜌。

「糸」，《說文・糸部》：「糸，細絲也。象束絲之形。凡糸之屬皆从糸。」〔註66〕金文作「糸」（子糸爵）之形。

「索」，上博簡从糸，有作「索」（容 47.25）、「索」（緇 15.39）之形，「索」的「糸」形省作「幺」形。

「㬎」，《說文・糸部》：「㬎，眾微杪也。从日中視絲。」〔註67〕从日从絲。上博簡「㬎」从絲省作「㬎」（孔 6.18）。絲，从二糸。〔註68〕「㬎」的「糸」形省作「幺」形。从「㬎」的「顯」字作「顯」（周 10.13），一樣是將「糸」形省

〔註64〕《說文・隹部》：「隹，鳥之短尾總名也。象形。凡隹之屬皆从隹。」許慎撰、段玉裁注：《說文解字注》（杭州：浙江古籍出版社，2006 年），頁 141。

〔註65〕許慎撰、段玉裁注：《說文解字注》（杭州：浙江古籍出版社，2006 年），頁 472～473。

〔註66〕許慎撰、段玉裁注：《說文解字注》（杭州：浙江古籍出版社，2006 年），頁 643。

〔註67〕許慎撰、段玉裁注：《說文解字注》（杭州：浙江古籍出版社，2006 年），頁 307。

〔註68〕許慎撰、段玉裁注：《說文解字注》（杭州：浙江古籍出版社，2006 年），頁 663。

作「幺」形。

「鑾」，金文作「🔲」（頌鼎）之形。《說文·金部》：「人君乘車，四馬鑣，八鑾鈴，象鸞鳥聲，和則敬也。从金，从鸞省。」〔註69〕鸞，从鳥䜌聲。〔註70〕䜌，从言絲。〔註71〕上博簡「鑾」有作「🔲」（姑 7.49）、「🔲」（姑 10.34）之形。「🔲」，从䜌从金；「🔲」的「䜌」形省去「言」形，剩下的絲形省作「絲」，將「糸」形省作「幺」形。

由「索」、「㬎」、「顯」、「鑾」从糸或絲省可知，「糸」形多省作「幺」形。

（14）从生省：青、精、腈、情。

「青」，从生、丹，〔註72〕西周金文作「🔲」（吳方彝）之形。上博簡作「🔲」（競 4.10），上方的「🔲」是从生省形。其它从青之字，也从生省，如「精」作「🔲」（慎 1.24）、「腈」作「🔲（天甲 3.19）」、「情」作「🔲」（孔 10.27）等。

（15）从羊省：敬、善。

「敬」，《說文·苟部》：「敬，肅也。从攴、苟。」〔註73〕《說文·苟部》：「敬，自急敕也。从羊省，从包省。从口，口猶慎言也。从羊，羊與義、善、美同意。凡苟之屬皆从苟。🔲古文羊不省。」〔註74〕上博簡「敬」有从古文苟，作「🔲」（孔 6.8）之形，其羊形不省，而「🔲」（緇 15.15）、「🔲」（季 7.25）、「🔲」（緇 12.4）則从羊省。

「善」，从誩从羊，〔註75〕西周金文作「🔲」（善夫克鼎）。上博簡承襲西周金文，作「🔲」（孔 8.3）、「🔲」（競 8.18）之形。「🔲」、「🔲」的「羊」形从羊省。

由「敬」、「善」从羊省可知，从羊省多作「🔲」之形。

（16）从牛省：牧。

〔註69〕許慎撰、段玉裁注：《說文解字注》（杭州：浙江古籍出版社，2006 年），頁 712。

〔註70〕許慎撰、段玉裁注：《說文解字注》（杭州：浙江古籍出版社，2006 年），頁 148。

〔註71〕許慎撰、段玉裁注：《說文解字注》（杭州：浙江古籍出版社，2006 年），頁 97。

〔註72〕《說文·青部》：「青，東方色也。木生火，从生、丹。丹青之信言象然。凡青之屬皆从青。」見許慎撰、段玉裁注：《說文解字注》（杭州：浙江古籍出版社，2006 年），頁 215。

〔註73〕許慎撰、段玉裁注：《說文解字注》（杭州：浙江古籍出版社，2006 年），頁 434。

〔註74〕許慎撰、段玉裁注：《說文解字注》（杭州：浙江古籍出版社，2006 年），頁 434。

〔註75〕許慎撰、段玉裁注：《說文解字注》（杭州：浙江古籍出版社，2006 年），頁 102。

「牧」，从攴从牛，〔註76〕金文作「攵」（牧師父簋）。上博簡承襲金文，作「攵」（相1.7）、「攵」（采3.4）之形，「攵」的「牛」形簡省。

（17）从石省：底、厲、礦、砧。

底，上博簡作「厎」（曹39.2），从石省，氏聲。厲，上博簡作「厲」（曹39.8），从石省，墓聲。礦，上博簡作「矤」（緇18.18），从石省。砧，博簡作「厎」（緇18.15），从石省。

由「底」、「厲」、「礦」、「砧」从石省可知，从石省多省去「口」形，作「厂」之形。

（18）从大省：奇。

「奇」，《說文·奇部》：「奇，異也。一曰不耦。从大从可。」〔註77〕上博簡作「奇」（姑10.13），从大省形。

（19）从鼎省：員、則、貞。

「員」，从○从鼎，〔註78〕西周金文作「員」（員盉）。上博簡承襲西周金文作「員」（緇21.6），鼎形下半誤从火形。上博簡另有「鼎」（緇13.55）之形，乃將鼎形簡省，僅剩下半誤从火形的鼎足與鼎底輪廓。

「則」，从鼎从刀，金文作「則」（格伯簋）」。上博簡承襲金文，並將鼎形寫作貝形，作「則」（緇4.25）之形。上博簡還有作「則」（從甲8.25）、「則」（從甲17.2）、「則」（內6.37）、「則」（曹48.12）之形，「則」、「則」、「則」、「則」皆从鼎省誤。

「貞」，金文从卜从鼎，作「貞」（散盤）、「貞」（沖子鼎）。上博簡承襲金文作「貞」（柬1.10），或省作「貞」（周22.4）、「貞」（周48.18）、「貞」（容5.20）之形。「貞」（周22.4）、「貞」（周48.18）「貞」字所從之「貝」（本應作「鼎」）省作目字形，此例戰國文字中常見；「貞」則是「鼎」形省誤。

由上可知，「員」、「則」、「貞」皆从鼎省，但其簡省的形體部分不一。

（20）从囗省：國、固。

《說文·囗部》：「國，邦也，从囗从或。」〔註79〕「固」，《說文·囗部》：

〔註76〕許慎撰、段玉裁注：《說文解字注》（杭州：浙江古籍出版社，2006年），頁126。

〔註77〕許慎撰、段玉裁注：《說文解字注》（杭州：浙江古籍出版社，2006年），頁204。

〔註78〕許慎撰、段玉裁注：《說文解字注》（杭州：浙江古籍出版社，2006年），頁279。

〔註79〕許慎撰、段玉裁注：《說文解字注》（杭州：浙江古籍出版社，2006年），頁277。

「从口古聲。」〔註80〕「國」、「固」皆从口。「國」金文作「🔲」（彔卣），「固」金文作「🔲」（譽壺）。上博簡「國」有作「🔲」（緇 1.35）之形，是「囗」省作「匸」形。上博簡「固」有作「🔲」（三 6.25）、「🔲」（鬼 5.20）之形，是「囗」省作「匸」形，與「國」从口省同例。

2. 省簡整個形符

省簡整個形符的情況有：省去「口」形、省去「宀」形、省去「刀」形、省去「臥」形、省去「攵」形、省去「石」形、省去雙手之形、省去「火」形、省去「厶」形、省去「辵」形等。

（1）省去口形，如：尋、智、群。

「群」，上博簡有作「🔲」（競 10.23）、「🔲」（曹 21.16）之形。「🔲」，从羊从君；「🔲」則將上方的「君」形省去口形。這與「君子」合文寫作「🔲」之形同例。

「尋」，上博簡有作「🔲」（鬼 7.16）、「🔲」（景 10.16）之形。「🔲」省去口形。「智」，西周金文作「🔲」（毛公鼎），上博簡承襲金文，有作「🔲」（孔 11.25）、「🔲」（景 6.22）、「🔲」（互 5.13）之形。「🔲」、「🔲」皆省去口形。

（2）省去宀形，如：安。

「安」，从宀从女，西周金文作「🔲」（安父簋）、「🔲」（安父簋）之形。上博簡承襲金文，有作「🔲」（民 4.6）、「🔲」（性 12.29）、「🔲」（從甲 18.22）、「🔲」（互 1.35）之形。「🔲」、「🔲」、「🔲」皆省去形符「宀」。

（3）省去刀形，如：剌、則。

「則」，从鼎从刀，西周金文作「🔲」（召伯簋）之形，上博簡有作「🔲」（性 38.11）之形，是省去形符「刀」。「剌」，从朿从刀，上博簡有作「🔲」（性 30.17）、「🔲」（性 19.18）之形。「🔲」省「刀」形，與「則（勳）」省「刀」作「鼎」同例。

（4）省去臥形，如：臨。

「臨」，《說文·臥部》：「臨，監臨也。从臥品聲。」〔註81〕西周金文作「🔲」（盂鼎）之形，上博簡承襲西周金文作「🔲」（柬 1.16）、「🔲」（弟 9.26）之形，而「🔲」（弟 9.23）則是省去臥形。

〔註80〕許慎撰、段玉裁注：《說文解字注》（杭州：浙江古籍出版社，2006 年），頁 278。

〔註81〕許慎撰、段玉裁注：《說文解字注》（杭州：浙江古籍出版社，2006 年），頁 388。

（5）省去攴形，如：樹。

「樹」，《說文·木部》：「樹，生植之總名。从木尌聲。𣚤籀文。」〔註82〕上博簡作「𣕕」（季 18.21）之形，與「𣚤」形近。上博簡另一形作「𦳊」（孔 15.7），是省去「攴」形。

（6）省去石形，如：厲。

「厲」，上博簡作「𥜀」（采 3.33）、「𧄫」（緇 18.33）之形。「𧄫」刪減義符「石」，只保留了聲符。

（7）省去雙手之形，如：秦。

「秦」，从禾，舂省。〔註83〕金文作「𥠭」（師酉簋）之形。上博簡作「𥠙」（孔 29.7），是簡省雙手之形。

（8）省去火形，如：然。

然，上博簡作「𤋲」（采 5.6）、「𣧉」（景 2 正.27）之形。「𣧉」刪減義符「火」，只保留了聲符。

（9）省去亼形，如：僉。

「僉」，《說文·亼部》：「僉，皆也。从亼从吅从从。」〔註84〕金文有作「𠑶」（蔡侯產劍）之形。上博簡作「𠑶」（曹 8.7）、「𤇾」（桓 5.33）、「𠑶」（用 17.12）之形。「𠑶」增「曰」形，「𤇾」增二橫，而「𠑶」省去「亼」形。

（10）省去辵形，如：後。

「後」，从彳、幺、攴；金文作「𢔟」（師望鼎）。上博簡有从辵作「𨒪」（周 18.12）、「𨒪」（競 4.19）；或从辵繁增口形，作「𨒪」（曹 30.11）；或作「𢓊」（中 10.36）。「𢓊」乃刪減形符「辵」。

字 例	未簡省字形	簡省形符字形	說 明
秦		𥠙 孔 29.7	簡省雙手之形
僕		𦵩 昭 8.29；𦵩 柬 20.12	「𦵩」、「𦵩」从業省。
爲		𤓯 孔 5.26；𤓷 緇 2.26；𤓷 彭 3.19；𤓷 中 5.4；𤓷 中 12.11；𤓷 柬 7.27；𤓷 柬 12.22；𤓷 君 1.11；𤓷 弟	从「象」省形。

〔註82〕許慎撰、段玉裁注：《說文解字注》（杭州：浙江古籍出版社，2006 年），頁 248。

〔註83〕許慎撰、段玉裁注：《說文解字注》（杭州：浙江古籍出版社，2006 年），頁 327。

〔註84〕許慎撰、段玉裁注：《說文解字注》（杭州：浙江古籍出版社，2006 年），頁 222。

		11.23；▨容22.11；▨內1正.13	
尋	▨鬼7.16	▨景10.16	省去「口」形。
牧	▨相1.7	▨釆3.4	「▨」的「牛」省形。
貞	▨柬1.10	▨周22.4；▨周48.18；▨容5.20	「▨」、「▨」、「▨」是「鼎」形省誤。
眚	▨緇7.4	▨孔16.31；▨昭3.6；▨彭7.41；▨曹27.8	「▨」、「▨」、「▨」、「▨」的「生」形省形。
智	▨孔11.25	▨景6.22；▨互5.13	「▨」、「▨」省去「口」形。
佳	▨緇14.21	▨鬼6.33；▨互9.30；▨孔6.19	省形。
鳥	▨六‧用5.16	▨周56.12；▨容21.12	「▨」、「▨」從鳥省。
玄	▨子12.17	▨季21.8	「▨」上下兩部件疊寫在一起，取代「▨」用豎筆表示串聯，省去了豎筆。
骨	▨昭4.12	▨用17.15	「▨」從冎省。
則	▨緇4.25；▨緇6.32；▨緇12.17；▨緇13.50	▨性38.11；▨內6.37；▨曹48.12；▨從甲8.25；▨從甲17.2	「▨」省「刀」形。「▨」、「▨」、「▨」、「▨」從鼎省誤。
奇		▨姑10.13	从大省形，可聲。
青		▨競4.10	「▨」從生省。
精		▨慎1.24	「▨」從生省。
腈		▨天甲3.19	「▨」從生省。
飤	▨周45.33	▨鬼6.12	「▨」的「食」省形。
僉	▨曹8.7；▨桓5.33	▨用17.12	「▨」增「日」形，「▨」增二橫。而「▨」省「亼」形。
樹	▨季18.21	▨孔15.7	「▨」省「攵」形。
索	▨容47.25	▨緇15.39	「糸」省作「幺」形。
刺	▨性30.17	▨性19.18	省「刀」，與「▨」省「刀」作「鼎」同例。
固	▨三6.25	▨鬼5.20	「口」省作「匸」形。
員	▨緇21.6	▨緇13.55	「▨」從鼎省形。
安	▨民4.6；▨性38.20	▨性12.29；▨互1.35；▨從甲18.22	「▨」、「▨」、「▨」省宀形。
絫		▨孔6.18	「糸」省作「幺」形。
臨	▨柬1.16；▨弟9.26	▨弟9.23	省「臥」形。
顯		▨周10.13	「糸」省作「幺」形。
敬	▨孔6.8	▨季7.25；▨緇12.4；▨緇15.15	羊省形。

鬼	鬼 4.5	競 7.14	「」從鬼省。
廬	采 3.33	用 17.17；緇 18.33	「」省去「石」形。
厎		曹 39.2	從石省，氏聲。
厲		曹 39.8	從石省，聲。
礛		緇 18.18	從石省。
砧		緇 18.15	從石省。
毚	容 38.20	孔 8.33	「」下面兩「兔」省去兔首。
能	互 11.34	孔 12.8；緇 21.45；緇 4.24	「」、「」、「」省部分部件。
曠		柬 16.10	字形右上角偏旁當是「」之省形。
堂	曹 50.9；姑 7.38	競 10.22	從尚省。
情		孔 10.27	從生省。
善	民 8.5	孔 8.3；競 8.18	「羊」省形。
群	競 10.23	曹 21.16	「」省去「口」形。
戀	姑 7.49	姑 10.34	「」旁省作「」。
然	采 5.6	景 2 正.27	刪減義符「火」
後	周 18.12	中 10.36	刪減義符「辵」

由以上的討論可知，目前上博簡文字簡省形符的情況有二：簡省整個形符、簡省部分形符。其中，以簡省部分形符為多數，且同樣從同一形符的字形也有相同的省減現象，產生「漢字變化的連鎖反應」〔註85〕。在刪減形符時，刪減部分形體而非刪減全部形體，僅以部分形體代替全部形體，其優勢在於既可以達到簡省的目的，又可以透過部分形體的形符，在字形上保留原本形符的意義，不會因為刪減全部形體，而使在原本字形上失落了某個形符的意義作用。因此，省減部分形體在簡省現象中，時有所見。

（三）簡省聲符

簡省聲符，何琳儀稱之為「刪簡音符」，〔註86〕即在形聲字中具有表音作用的聲符，書寫時省減一個或數個聲符，或是省略聲符的部分形體。上博簡中也有這樣的字例，如：遠、事、搖、產、懼、顏、縈、夜、詩等字例。

〔註85〕邱德修：〈春秋〈子犯編鐘銘〉考釋〉，《第十屆中國文字學全國學術研討會論文集》（台中：逢甲大學中國文學系，1999 年），頁 67。

〔註86〕何琳儀：《戰國文字通論訂補》（南京：江蘇教育出版社，2003 年），頁 207。

1. 省略聲符的部分形體

遠，上博簡从辵袁聲，作「🔣」（孔 2.29）；另一形則作「🔣」（容 19.34），聲符「袁」省作「🔣」。

事，《說文‧史部》：「事，从史，之省聲。🔣古文事。」段玉裁引徐鍇之說，認爲🔣从史之聲。〔註87〕上博簡「🔣」（緇 4.13）與《說文》古文🔣形同，皆不省聲；而「🔣」（桓 5.4）之形則从之省聲。

搖，《說文‧木部》：「搖，樹動也，从木䍃聲。」〔註88〕上博簡作「🔣」（容 38.36），是將聲符「䍃」省作「🔣」形。

產，《說文‧生部》：「產，生也，彥省聲。」〔註89〕上博簡作「🔣」（君 11.16），「🔣」即从彥省。顏，西周金文作「🔣」（九年衛鼎），《說文‧頁部》：「从頁彥聲」〔註90〕；上博簡作「🔣」（鬼 8.5），是从頁，彥省聲。

懼，上博簡作「🔣」（從乙 1.35）、「🔣」（從乙 3.13）之形。《說文‧心部》：「懼，恐也，从心瞿聲。🔣古文。」段玉裁認爲「🔣」之「瞿」爲形聲兼會意。〔註91〕中山王𰯼鼎从心瞿聲，作「🔣」，可見「🔣」、「🔣」可視作从心，瞿省聲。

縈，《說文‧糸部》：「縈，收卷也，从糸，熒省聲。」〔註92〕熒，《說文‧火部》：「熒，屋下鐙燭之光。从焱、冂。」〔註93〕縈，金文作「🔣」（縈伯簋）、「🔣」（齊縈姬盤），是从糸，熒省聲。上博簡承襲金文，作「🔣」（三 15.3）、「🔣」（內 8.30）之形，「🔣」的熒聲省去一火形，「🔣」的熒聲省去一火形與冂形，雖「🔣」、「🔣」簡省的形體多寡不一，皆是熒省聲。

夜，《說文‧夕部》：「夜，舍也。天下休舍也。从夕，亦省聲。」〔註94〕上博簡有作「🔣」（季 20.18）、「🔣」（昔 4.10）之形。「🔣」，从夕、亦聲；「🔣」，从夕、亦省聲。

〔註87〕許慎撰、段玉裁注：《說文解字注》（杭州：浙江古籍出版社，2006 年），頁 116。

〔註88〕許慎撰、段玉裁注：《說文解字注》（杭州：浙江古籍出版社，2006 年），頁 250。

〔註89〕許慎撰、段玉裁注：《說文解字注》（杭州：浙江古籍出版社，2006 年），頁 274。

〔註90〕許慎撰、段玉裁注：《說文解字注》（杭州：浙江古籍出版社，2006 年），頁 274。

〔註91〕許慎撰、段玉裁注：《說文解字注》（杭州：浙江古籍出版社，2006 年），頁 506。

〔註92〕許慎撰、段玉裁注：《說文解字注》（杭州：浙江古籍出版社，2006 年），頁 274。

〔註93〕許慎撰、段玉裁注：《說文解字注》（杭州：浙江古籍出版社，2006 年），頁 490。

〔註94〕許慎撰、段玉裁注：《說文解字注》（杭州：浙江古籍出版社，2006 年），頁 274。

詩，《說文·言部》：「詩，志也。从言寺聲。𡄂古文詩省。」〔註95〕「𡄂」從詩省，是從寺省聲。上博簡作「𧥳」（曹 21.25）、「𧦜」（孔 2.7）、「𧦜」（緇 2.7）之形。「𧥳」，從言、寺聲，不省；「𧦜」，從言、寺省聲；「𧦜」，從口、寺省聲。

2. 省減聲符整個形體

歙，甲骨文象人俯首吐舌，捧尊就飲之形，〔註96〕西周金文作「𩚳」（善夫山鼎）、「𩚳」（伯作姬歙壺）。上博簡有「𣲳」（三 12.42）、「𩚳」（用 8.14）。「𣲳」，從酉從欠，今聲；「𩚳」，省去聲符「今」。「歙」省去聲符「今」的情況在金文也可見，如「𩚳」（辛伯鼎）、「𤮷」（東周左師壺）。

字　例	未簡省字形	簡省形符字形	說　明
遠	𤲬孔 2.29	𤲬容 19.34	袁省聲。
事	𣇄緇 4.13	𣇄桓 5.4	之省聲。
榣		𣕥容 38.36	䍃省聲。
產		𤳏君 11.16	彥省聲。
懼	𢙢三 4.39；𢙢中 22.8；𢙢從乙 1.35；	𢙢從乙 3.13	瞿省聲。
顏		𩑃鬼 8.5	彥省聲。
縈		𦃇三 15.3；𦃇用 1.38；𦃇內 8.30；𦃇景 9.28	熒省聲。
夜	𡖯季 20.18	𡖯昔 4.10	亦省聲
詩	𧥳曹 21.25	𧦜孔 2.7；𧦜緇 2.7	寺省聲
歙	𩚳容 3.22；𣲳三 12.42	𩚳用 8.14	省去「今」聲。

由以上的討論可知，目前上博簡文字簡省聲符的情況，除了「歙」省去聲符「今」，多是簡省聲符部分形體，如：袁省聲、之省聲、䍃省聲、彥省聲、瞿省聲、熒省聲、亦省聲、寺省聲。袁聲省去〇形，之聲省去末筆，䍃聲省去缶形，彥聲省去彡形，瞿聲省去隹形，熒聲省去火形或冂形，亦聲省去一腋，寺聲省去又形。從簡省聲符部分形體的例子來看，省去的形體多是位於原本聲符下方的形體或是內部的形體，保留下來的形體多為原本聲符型體結構的上方或外部形體。這樣簡省部份形體的方式可以達到簡省的目的，又不會因為簡省聲符形體而無法承載或標示字形的聲音。

〔註95〕許慎撰、段玉裁注：《說文解字注》（杭州：浙江古籍出版社，2006 年），頁 90。

〔註96〕董作賓：《殷曆譜》（卷八），收錄於《董作賓先生全集》（台北：藝文印書館，1977年）。

三、短橫畫或作圓點

　　上博簡文字中，有些短橫畫或以圓點表示。這種將短橫畫改以圓點呈現，不僅不會改變原有字形的音義功能，反而讓僅用線條呈現的字形有所變化，如：達、邁、建、古、信、舜、杜、生、郢、旱、星、夫、沽、車、軞、肇、範、堯、車、宅等。

字　例	原有字形	短橫畫或作圓點字形	說　明
達	三 4.43；民 2.5；六·用 19.32	孔 19.19	右上方部件豎筆上橫畫作圓點。
邁	孔 13.22	孔 11.37	右上方部件豎筆上橫畫作圓點。
建	容 22.6	周 14.3	「止」形豎筆上橫畫作圓點。
古	緇 13.30；緇 5.23	孔 16.9；緇 6.40	豎筆上橫畫作圓點。
信	互 4.14；孔 7.22；10.13；從甲 1.34	緇 17.52；緇 23.14	「人」形豎筆上橫畫作圓點。
舜	容 30.16	子 6.13	「土」形豎筆上橫畫作圓點。
杜	孔 18.13	孔 20.42	「土」形豎筆上橫畫作圓點。
生	性 2.12；曹 47.13	港.戰 3.7；互 5.31	豎筆上橫畫作圓點。
郢	昭 9.34	柬 13.16	「土」形豎筆上橫畫作圓點。
旱	柬 1.5	魯 1.20	豎筆上橫畫作圓點。
星	競 1.27	中 19.8	豎筆上橫畫作圓點。
夫	孔 3.39；容 42.3；曹 19.27	彭 4.9；景 4.21	豎筆上橫畫作圓點。
沽	鮑 5.22	魯 5.9	「古」形豎筆上橫畫作圓點。
車	緇 20.24	孔 21.5	豎筆上橫畫作圓點。
軞		孔 21.24	「車」形豎筆上橫畫作圓點。
肇		緇 20.28	「車」形豎筆上橫畫作圓點。
範	容 51.29	弟 10.10	豎筆上橫畫作圓點。
堯	曹 2.21	子 2.3	豎筆上橫畫作圓點。
宅	天乙 7.9	天乙 7.5	豎筆上橫畫作圓點。

　　由上表顯示上博簡文字中，短橫畫或以圓點表示的情況常發生在「止」旁、「古」旁、「人」旁、「土」旁、「生」旁、「夫」旁、「車」旁等偏旁。且由這些字例可以發現，短橫畫或以圓點表示的字例所發生的位置都在豎畫上。

第三節　形體異化

何琳儀云：

> 簡化和繁化，是對文字的筆畫和偏旁有所刪減和增繁；異化，則是
> 對文字的筆畫和偏旁有所變異。異化的結果，筆畫和偏旁的簡、繁
> 程度並不顯著，而筆畫的組合、方向和偏旁的種類、位置則有較大
> 的變化。總體來看，偏旁的異化規律性較強。筆畫的異化規律較弱。
> 這大概與偏旁能成爲一個整體部件相對穩定有關。異化，與通常所
> 說的「訛變」並非同一觀念。固然，有的訛變的確屬於異化；但是，
> 有的訛變則屬於簡化和繁化。因此，異化和訛變是根據不同的方法
> 剖析文字形體結構的不同分類範疇。〔註97〕

可知，異化是指對原有的字形產生改異，但其字音字義不變；其改異的現象與
增繁、簡省不同，異化只有改異其形體的組合，沒有明顯的繁簡變化。

上博簡的文字異化現象，茲分爲偏旁位置異化、筆畫形體異化、形近互代
異化、義近互代異化、聲符互代異化等五項。分別述之如下。

一、偏旁位置異化

在上博簡當中，偏旁位置異化的情況明顯，其類型有：偏旁左右互易；偏
旁上下互易；偏旁左右、上下互易；包覆或居於一隅；方向不定；其他等。以
下分述之。

（一）偏旁左右互易

上博簡文字偏旁左右不定的字例有：神、祝、社、禍、祛、牲、唪、諫、
相、暵、死、杜、楛、都、窺、帶、兄、觀、親、覿、䤰、瀘、狗、狷、聞、
聾、拇、媄、好、絟、絲、圭等。

字　例	字　形〔註98〕	說　明
神	祂 互 4.15；䄼 景 12.39	「示」旁左右不定。
祝	祝 景 7.38；䄂 采 1.34	「示」旁左右不定。

〔註97〕何琳儀：《戰國文字通論（訂補）》（南京：江蘇教育出版社，2003年），頁226。

〔註98〕由於古文字在未定形前，偏旁位置不定，無法肯定某形爲標準字，故謹將偏旁位
　　　　置不同的字形同置於一欄，顯示其偏旁位置不定的現象。以下表格皆同此，不再
　　　　贅述。

社	示 子 6.3；坛 姑 3.8；祧 鬼 2 背 13	「示」旁左右不定。
禍	平鄭 1.13；用 9.16；禍 昭 9.23；三 13.38	「示」旁左右不定。
祉	容 20.7；工示 內 8.29	「示」旁左右不定。
牲	周 42.15	「牛」旁置右。
咺	周 47.11；曹 55.19	「口」旁位置不定。
諫	鮑 9.8；內 7.12	「言」旁左右不定。
相	子 1.33；民 11.30；天甲 6.2；天乙 5.13	「木」旁左右不定。
暵	周 48.36	「目」旁置右。
死	魯 5.12；景 11.11	「人」旁左右不定。
杜	孔 18.13	「土」形置左方。
梏	周 22.46；姑 9.29	「木」旁左右不定。
都	曹 37.13；三 12.12	「邑」形置右方。
窺	容 10.5；桓 15.23	「圭」旁左右不定。
帶	柬 2.1；容 51.39	「糸」旁左右不定。
兒	三 11.3；逸多 1.19	「兒」旁左右不定。
觀	周 24.16；子 11.3	「見」旁左右不定。
親	容 24.14；曹 33.5	「見」旁左右不定。
覿	緇 7.33；周 52.14	「見」旁左右不定。
酺	周 27.12；周 49.16	「面」旁左右不定。
瀘	從乙 2.11；鬼 1.32	「鷹」旁左右不定。
狗	彭 8.22；彭 3.6	「犬」旁左右不定。
猵	中 12.8；中 16.正.13	「犬」旁左右不定。
聞	柬 8.7；天甲 8.5	「耳」旁左右不定。
拇	周 26.12；周 37.44；周 27.6	「母」形置左方。
媄	三 8.31；〔註99〕容 21.23	「女」旁左右不定。
好	季 19.34；性 36.22	「女」旁左右不定。
紹	用 18.19；用 20.18	「糸」旁左右不定。
綦	容 19.3；緇 10.24	「糸」旁左右不定。
圭	魯 2.22；景 1.34；緇 18.13	「玉」旁左右不定。

　　由以上字例可見，示旁、口旁、言旁、木旁、人旁、木旁、圭旁、糸旁、見旁、面旁、鷹旁、犬旁、耳旁、女旁、糸旁、玉旁等，在文字中作爲偏旁時，有左右互異的情況。

〔註99〕字形作𤕫。

（二）偏旁上下互易

偏旁上下互易，即字形的某偏旁或位於字形上方或字形下方，位置上下不定，文字結構僅有上下互換，音義沒有因此改易。上博簡文字偏旁左右、上下不定的情況有：孳、本、署、晨、親、強、新等。

字　例	字　形	說　明
孳	🔣從甲 8.6；🔣鬼 6.34	「才」形上下不定。
本	🔣孔 5.28；🔣曹 20.9	「木」形上下不定。
署	🔣緇 6.10；🔣容 22.36	「日」形位置不定。
晨	🔣中 19.9	「日」形置下方。
親	🔣昔 3.4	「木」形上下不定。
強	🔣姑 4.40；🔣慎 2.17	「口」形上下不定。
新	🔣君 3.12	「木」形上下不定。

字例顯示，木形、日形、口形、才形常見上下互易的情況。

（三）偏旁左右、上下互易

偏旁左右、上下互易，意指字形結構將上下式改易成左右式，或者將左右式改易成上下式。

上博簡文字偏旁左右、上下互易的字例有：祖、禍、璧、犧、唯、譽、護、彗、取、改、攻、畋、教、眠、眛、旭、暵、受、死、肸、䏻、䛿、賤、腠、䪻、䐜、厚、楫、概、樧、松、梓、梏、板、賜、肺、賓、賤、賦、晦、睴、晨、夜、多、穆、年、糧、從、觀、親、穎、詞、邵、敬、砧、至、狚、恥、海、澤、淒、滄、溝、聲、拇、好、如、戔、戮、絔、塼、錢等。

字　例	字　形	說　明
祖	🔣彭 1.6；🔣競 2.21	上下或左右結構互易。
禍	🔣〔註100〕容 16.24；🔣競 8.8	上下或左右結構互易。
璧	🔣魯 3.51；🔣鮑 3.12；🔣景 1.35	「玉」形區別符為左右或上下。
犧	🔣鮑 3.9	「牛」形置下。
唯	🔣內 7.3；🔣性 8.7；🔣昔 4.29；🔣彭 1.52	「口」形置左或置下。
譽	🔣周 38.4；🔣從甲 3.26	「言」形置左或置下。
護	🔣三 10.41；🔣曹 25.11；🔣君 2.34	「言」形置左或置下。

〔註100〕「示」在下方。

譬	民 8.21；新三 2.33	「言」形置左或置下。
取	周 53.14；競 10.27；子 5.8	「又」形置右或置下。
改	孔 11.7；平鄭 6.7	上下或左右結構互易。
攻	孔 13.4；曹 36.14；〔註101〕容 2.22	上下或左右結構互易。
敗	競 10.4；周 8.2	上下或左右結構互易。
教	曹 40.18；從甲 3.7	上下或左右結構互易。
眠	緇 1.42	上下或左右結構互易。〔註102〕
眛	用 19.19	「目」形置下方。
眵	桓 15.17	「目」形置上方。
瞍	周 48.36	「目」形置右方。
受	孔 2.5；子 1.34	「舟」形上下或左右結構互易。
死	魯 5.12；景 11.11；姑 7.45；緇 19.24	上下或左右結構互易。
肹	容 5.21	「肉」形置下方。
胋	周 27.14	「肉」形置下方。
臷	曹 11.13	「肉」形置下方。
脧	性 19.15	「肉」形置下方。
脉	周 30.1	「肉」形置下方。
胴	季 1.26	「肉」形置下方。
膳	君 3.7；季 18.18	「肉」形置下方。
厚	彭 7.33；曹 54.17	上下或左右結構互易。
楣	〔註103〕容 2.21	「木」形置下方。
概	用 10.22	「木」形置下方。
樸	周 32.1	「木」形置下方。
松	逸多 2.9	「木」形置右方。
梓	逸多 2.10	「木」形置右方。
桔	周 22.46；鬼 7.1	上下或左右結構互易。
板	容 7.30；緇 4.34	上下或左右結構互易。
賜	弟 22.5；魯 3.6	上下或左右結構互易。
肺	景 8.39	「貝」形置下方。
賓	孔 27.18；容 13.19；季 16.4	上下或左右結構互易。

〔註101〕字形可摹作工攵。

〔註102〕《說文》古文為左右結構。

〔註103〕字形摹作圌。

賤	⿰ 緇 10.16	「貝」形置下方。
賦	⿱ 容 18.33	「貝」形置下方。
晦	⿰ 互 9.11；⿰ 鬼 8.8	上下或左右結構互易。
暊	⿰ 用 12.19	「木」形置下方。
晨	⿱ 中 19.9	「日」形置下方。
夜	⿱ 昔 4.10；⿱ 季 20.18	上下或左右結構互易。
多	⿱ 三 11.21；⿰ 孔 9.37；⿰ 三 13.46	上下或左右結構互易。
穆	⿰ 采 1.9；⿰ 緇 17.25	「禾」形位置不定。
年	⿱ 容 5.38；⿰ 弟 5.16	「禾」形位置不定。
糧	⿰ 鮑 3.39	「禾」形置下方。
從	⿰ 子 5.11；⿰ 緇 8.24	上下或左右結構互易。
觀	⿰ 鮑 2.20；⿰ 性 9.28	上下或左右結構互易。
親	⿰ 容 24.14；⿰ 緇 19.42	上下或左右結構互易。
顟	⿰ 容 30.42；⿰ 鬼 6.17	上下或左右結構互易。
詞	⿰ 柬 12.2；⿰ 子 12.10	上下或左右結構互易。
邵	⿰ 昭 5.35；⿰ 昔 2.14	「口」形置中或置下。
敬	⿰ 孔 6.8；⿰ 緇 15.15；⿰ 孔 24.28；⿰ 季 7.25	「攴」形位置不定。
砧	⿰ 緇 18.15	上下或左右結構互易。
臸	⿰ 季 18.8	上下或左右結構互易。
狔	⿰ 性 38.26	上下或左右結構互易。
恥	⿰ 從乙 3.16；⿰ 孔 9.38	上下或左右結構互易。
海	⿰ 中 18.30；⿰ 民 7.11	上下或左右結構互易。
澤	⿰ 曹 2.3；⿰ 容 3.8；⿰ 彭 6.21	上下或左右結構互易。
淒	⿰ 曹 43.11；⿱ 周 58.16	上下或左右結構互易。
滄	⿰ 柬 1.24；⿰ 從甲 19.13	上下或左右結構互易。
漢	⿰ 昭 5.28；⿰ 競 6.20	上下或左右結構互易。
聾	⿰ 容 37.4	「耳」形置左方。
拇	⿰ 周 26.12；⿰ 周 37.44；⿰ 周 27.6	「母」形置左方。
好	⿰ 季 19.34；⿰ 孔 12.1；⿰ 緇 9.3	上下或左右結構互易。
如	⿰ 內 8.2	上下或左右結構互易。
戔	⿰ 孔 4.8	上下或左右結構互易。
懸	⿰ 三 20.4；⿰ 用 16.25	上下或左右結構互易。
紳	⿰ 柬 19.12；⿰ 互 8.9；⿰〔註104〕性 16.26	上下或左右結構互易。
博	⿰ 昭 4.15；⿰ 景 4.32	上下或左右結構互易。
錢	⿰ 鮑 3.7	上下或左右結構互易。
惛	⿰ 三 4.42	「心」形置左。

〔註104〕字形作⿰。

由上表可知，上博簡的示形、玉形、牛形、口形、言形、又形、攵形、目形、肉形、木形、貝形、日形、月形、禾形、見形、石形、耳形、水形、母形、女形、戈形、心形等多位置不定，常見左右式易爲上下式，或上下式易爲左右式。

（四）包覆或居於一隅

包覆，即字形的某偏旁以包覆的方式包覆字形中其他的部件；居於一隅，即指偏旁或部件位居於字形一隅。

上博簡文字中，將字形改易爲包覆形式的有：爲、改、死、剌、嘉、厚、穆、年、縣等。將字形改易爲居於一隅形式的有：璧、鞭、爲、臤、敎、相、舊、體、則、植、桑、時、穆、邵、敬、氣、執、悁、戀、奴、斯等。

字　例	字　形	說　明
璧	魯 3.51；鮑 3.12；景 1.35	「王」形置中或左下。
鞭	16.2；愼 2.8；君 7.21	「又」形置下或右下。
爲	孔 5.26；中 12.11；緇 2.26；柬 12.22；內 1 正.13；君 1.11	「=」形置下或右下。「子」形置右上或上方。「古」被包覆或置左。
改	平鄭 6.7；孔 10.4；曹 52.15	「攵」形被包覆，或「巳」形位居一隅。
臤	孔 10.33；曹 9.27；緇 23.1；緇 10.11	「臣」形置左上或左方。「臣」形置左下或左方。
敎	中 20.34；〔註105〕三 15.24	「攵」置右下或右方。
相	柬 10.5；相 2.7	「又」形置右下或下方。
舊	桓 18.4；桓 22.6；中 8.32	「隹」形分離，使人形居於左上或左下。
死	魯 5.12；景 11.11；緇 19.24；競 3.24	「𣦵」包覆結構。
體	民 11.24；緇 5.26	「人」形置左方。
則	從甲 8.25；曹 48.12	「=」形置下或左下。
剌	柬 11.8	包覆結構。
嘉	〔註106〕周 17.16；采 4.31	「口」形被包覆。
厚	彭 7.33；曹 54.17；姑 3.29；緇 2.1	「宀」包覆性結構。
植	緇 2.16；弟 20.9；姑 7.28	「木」形置下方或左上。

〔註105〕字形作𢼊作𢿱。

〔註106〕字形作𩚫。

桑	[字形] 民 12.23；[字形] 容 41.5；[字形] 采 1.18	「木」形置下方或右下。
時	[字形] 相 1.13 殘；[字形] 容 16.14；[字形] 天甲 12.20	「又」形置下方或右下。
穡	[字形] 曹 1.13	「禾」形置左下方。
穆	[字形] 采 1.9；[字形] 緇 17.25	「禾」包覆其他部件或居上方。
年	[字形] 容 5.38；[字形] 弟 5.16	「禾」包覆「 」千形或置左。
邵	[字形] 昭 5.35；[字形] 昔 2.14	「口」形置中或置下。
敬	[字形] 孔 6.8；[字形] 緇 15.15；[字形] 孔 24.28；[字形] 季 7.25	「攵」形置右方或右下。
氣	[字形] 亙 9.36；[字形] 天乙 7.28	「火」形置下方或左下。
執	[字形] 緇 10.35；[字形] 景 10.34	「女」形置右下或下方。
悁	[字形] 曹 17.8；[字形] 孔 19.9	「心」形置右下或下方。
戀	[字形] 中 17.4	「心」形置右下。
奴	[字形] 采 1.5；[字形] 逸多 1.12	「又」形置右下或下方。
讔	[字形] 曹 20.7；[字形] 曹 42.8；[字形] 姑 9.51	「言」形在下方或被包覆。
斯	[字形] 孔 12.14；[字形] [註107] 性 15.20	「斤」形置右方或右下。

由上表可知，上博簡的「＝」形、又形、攵形、人形、口形、木形、禾形、火形、女形、言形、心形等多位置不定。

（五）方向不定

方向不定，即字形或部件的筆畫，從起筆到收筆所延伸出去的方向與原本字形不同。在上博簡中有四例：從、方、甚、智。

「從」，原作「[字形]」（子 5.11）之形，但「[字形]」（緇 8.24）的「[字形]」不僅由左右並列改為上下並列，更將原本面向左邊的人形寫為向右之形。「方」原作「[字形]」（緇 22.12）之形，「[字形]」（競 7.30）將原本向左的撇筆全改為向右撇筆。「甚」原作「[字形]」（柬 8.14）之形，「[字形]」（用 19.36）下方「[字形]」形則開口朝左。「智」右上方「于」形的豎彎筆多彎向左方，但是「[字形]」（性 2.23）則彎向右方。

在甲骨文中或有出現倒書；[註108] 金文中偶或可見方向不定的字形或部件，此與書手作範時誤鑄刻有關。然上博簡為手寫材料，沒有甲骨文書寫的特殊習慣，也沒有鑄範問題，卻有字形或部件呈現方向左右不定的現象。

〔註107〕字形作 [字形]。

〔註108〕劉釗：〈談甲骨文中的「倒書」〉，《于省吾教授百年誕辰紀念文集》（長春：吉林大學出版社，1996 年），頁 55～59。

字 例	字 形	說 明
從	〔字形〕子 5.11；〔字形〕緇 8.24	方向左右不定。
方	〔字形〕緇 22.12；〔字形〕競 7.30	方向左右不定。
甚	〔字形〕束 8.14；〔字形〕用 19.36	方向左右不定。
智	〔字形〕性 2.23；〔字形〕鬼 4.24	方向左右不定。

（六）其他

其他，未能歸於上述幾類者，皆歸於此。「登」，上博簡原作「〔字形〕」（彭 4.13）之形，「〔字形〕」（景 8.11）則將「〔字形〕」聚集在一起，作「〔字形〕」之形。「受」，上博簡有「〔字形〕」（子 7.23）、「〔字形〕」（孔 6.36）之形。由「〔字形〕」、「〔字形〕」二形可見「〔字形〕」形正置或斜置不一。

字 例	字 形	說 明
登	〔字形〕彭 4.13；〔字形〕景 8.11	「〔字形〕」形聚集置放。
受	〔字形〕子 7.23；〔字形〕孔 6.36	「〔字形〕」形正置或斜置。

二、筆畫異化

（一）筆畫下拉或上拉

所謂筆畫下拉或上拉，就是將原本字形中的筆畫在起端或尾端處不收筆，而將筆畫向上或向下轉九十度延伸。

字 例	原本字形	筆畫異化字形	筆畫異化說明
告	〔字形〕曹 23.7；〔字形〕昭 4.22	〔字形〕弟 15.5	橫筆右側下拉成「┐」形。
唐	〔字形〕孔 1.9；〔字形〕孔 7.36；〔字形〕周 42.31	〔字形〕港·戰 3.9；〔字形〕桓 14.12；〔字形〕桓 19.4	虎形下方下拉成「勹」形。
是	〔字形〕容 1.2；〔字形〕內 1 正.7；〔字形〕民 8.1；〔字形〕逸交 3.7；〔字形〕子 12.2	〔字形〕三 6.22；〔字形〕子 1.4；〔字形〕從甲 17.12	止形上方橫畫左端或右端下拉成「厂」或「┐」形。
邊	〔字形〕孔 21.28	〔字形〕孔 22.2	〔字形〕田形上方橫畫右端下拉成「┐」形。
禹	〔字形〕曹 9.4；〔字形〕子 8.25	〔字形〕用 2.17	中間矢形異化成「⊓」形。
胒		〔字形〕弟 2.3	止形下方橫畫左端下拉成「厂」形。
親	〔字形〕緇 19.42；〔字形〕緇 13.38	〔字形〕緇 11.20	下方辛形橫畫下拉成「巾」形。
鬼	〔字形〕鬼 4.5；〔字形〕季 18.35	〔字形〕民 13.7	鬼形下方下拉成「勹」形。
惥	〔字形〕昭 10.6	〔字形〕三 16.12；〔字形〕彭 7.9	頁形下方異化成橫直筆，且橫畫左端或右端下拉成「厂」或「┐」形。

城	［圖］緇 18.36；［圖］緇 17.50；［圖］內 7.17 ［圖］孔 7.18	戈形橫畫左端上拉成「└─」形。

從上表中可知，在上博簡中，筆畫下拉或上拉的形式可有以下幾種：

1. 右端下拉成「冂」形

即將原本字形的橫畫右端不收筆，而將原本橫畫右端向下九十度延伸，形成「冂」形。如：「告」原作「［圖］」（昭 4.22）之形，筆畫異化作「［圖］」（弟 15.5）；「是」原作「［圖］」（容 1.2）之形，筆畫異化作「［圖］」（從甲 17.12）；「邎」原作「［圖］」（孔 21.28）之形，筆畫異化作「［圖］」（孔 22.2）。

2. 右端下拉成「丁」形

即將原本字形筆畫右端向下九十度延伸，後再向內彎曲，形成「丁」形。如：「唇」原作「［圖］」（周 42.31）之形，筆畫異化作「［圖］」（桓 14.12）；「鬼」原作「［圖］」（鬼 4.5）之形，筆畫異化作「［圖］」（民 13.7）；「惡」原作「［圖］」（昭 10.6）之形，筆畫異化，作「［圖］」（三 16.12）。

3. 左端下拉成「厂」形

即將原本字形的橫畫左端向下九十度延伸，形成「厂」形。如：「是」原作「［圖］」（容 1.2）之形，筆畫異化作「［圖］」（三 6.22）；「胺」筆畫異化作「［圖］」（弟 2.3）；「惡」原作「［圖］」（昭 10.6）之形，「頁」形下方兩撇筆畫異化成橫筆，作「［圖］」（內 6.20），「［圖］」異化的橫筆又異化，作「［圖］」（彭 7.9），是雙重異化。

4. 左端上拉成「└─」形

即將原本字形橫向畫化左端向上九十度延伸，形成「└─」形。如：「城」原作「［圖］」（孔 7.18）之形，筆畫異化作「［圖］」（內 7.17）。

5. 兩端下拉成「冂」形

即將原本字形橫畫兩端向下九十度延伸，形成「冂」形。如：「再」原作「［圖］」（曹 9.4）之形，筆畫異化作「［圖］」（用 2.17）；「親」原作「［圖］」（緇 19.42）之形，筆畫異化作「［圖］」（緇 11.20）。

（二）部件的穿透筆

所謂穿透筆，即將不接連的筆畫接連成一筆，並貫穿其他的筆畫。

字 例	未穿透字形	筆畫異化字形	筆畫異化說明
福	［圖］競 4.7	［圖］三 5.42	「示」筆畫穿透作「禾」之形。

神	〔字形〕互4.15	〔字形〕三9.26	「示」筆畫穿透作「禾」之形。
祭	〔字形〕東5.10	〔字形〕三13.25；〔字形〕競3.3	「示」筆畫穿透作「禾」之形。
祀	〔字形〕周43.4；〔字形〕昔2.22；〔字形〕三9.15	〔字形〕三7.45	「示」筆畫穿透作「禾」之形。
社	〔字形〕姑3.8	〔字形〕鬼2背13	「示」筆畫穿透作「禾」之形。
祔		〔字形〕三2.37	「示」筆畫穿透作「禾」之形。
棠	〔字形〕孔9.52	〔字形〕三10.19	「示」筆畫穿透作「禾」之形。
祟		〔字形〕三3.4	「示」筆畫穿透作「禾」之形。
禜	〔字形〕孔7.3	〔字形〕三1.10	「示」筆畫穿透作「禾」之形。
僕	〔字形〕昭8.29	〔字形〕東20.12	「臣」筆畫穿透作「𦣞」之形。
復	〔字形〕緇14.22	〔字形〕季12.2；〔字形〕東17.18；〔字形〕容42.22；〔字形〕性15.21；〔字形〕互7.32；〔字形〕從甲9.3	「乍」筆畫穿透作「𠂤」之形。
臤		〔字形〕弟5.25；〔字形〕孔10.33；〔字形〕緇23.1；〔字形〕緇10.11	「臣」筆畫穿透作「𦣞」之形。
豎		〔字形〕鮑5.33	「臣」筆畫穿透作「𦣞」之形。
臣	〔字形〕昭9.39	〔字形〕緇2.38	「臣」筆畫穿透作「𦣞」之形。
智	〔字形〕孔11.25	〔字形〕孔10.12	「于」筆畫穿透作「亏」之形。
青	〔字形〕競4.10	〔字形〕緇19.44	「青」筆畫穿透作「𢆶」之形。
之	〔字形〕孔4.12	〔字形〕采3.18	「之」筆畫穿透作「𡳿」之形。
賢		〔字形〕從甲3.22；〔字形〕從甲4.4	「臣」筆畫穿透作「𦣞」之形。
宝	〔字形〕性3.20；〔字形〕東6.7；〔字形〕彭7.43	〔字形〕三4.29	「乎」筆畫穿透作「乎」之形。
監		〔字形〕子11.20	「臣」筆畫穿透作「𦣞」之形。
臨		〔字形〕東1.16；〔字形〕弟9.26	「臣」筆畫穿透作「𦣞」之形。
鬼	〔字形〕鬼4.5；〔字形〕季18.35；〔字形〕民13.7；〔字形〕競7.14	〔字形〕鬼1.3	「示」筆畫穿透作「禾」之形。
忘	〔字形〕孔6.26	〔字形〕內附.5	「亡」筆畫穿透作「𠤎」之形。
亡	〔字形〕緇23.35；〔字形〕民5.26	〔字形〕姑1.21	「亡」筆畫穿透作「𠤎」之形。
乍	〔字形〕子9.11	〔字形〕性1.14；〔字形〕姑6.21；〔字形〕互1.23；〔字形〕互2.2；〔字形〕互2.35	「乍」筆畫穿透作「𠂤」之形。

從上表中可知，在上博簡中，穿透筆的異化現象多發生在以下幾種情形：

1. 示形

上博簡中，「示」形作「示」，但有些「示」形筆畫產生異化，即原本「示」形中間的豎筆穿透橫畫，向上延伸到第一橫畫，作「禾」之形，如：「福」、「神」、「祭」、「祀」、「社」、「祔」、「棠」、「祟」、「禜」、「鬼」等。這種現象尤其是在〈三德〉的篇章中，常有所見。

2. 臣形

「臣」，西周金文作「（圖）」（宅簋）、「（圖）」（追簋）之形，象眼睛豎立之形。「臣」字中間豎筆未見穿透接連。

上博簡承襲西周金文作「（圖）」（昭 9.39）之形，或筆畫異化，中間豎筆穿透接連，作「（圖）」（緇 2.38）之形。這在戰國文字中也可見，如晉系文字作「（圖）」（中山王𨶔壺）。

上博簡中，從臣之字形，也多有筆畫異化情況，如：「臤」、「豎」、「賢」、「監」、「臨」等。

3. 亡形

「亡」，西周金文作「（圖）」（師望鼎）之形；上博簡承襲金文，並將筆畫拉直，作「（圖）」（緇 23.35）之形，或筆畫異化，右上筆畫互相穿透，作「（圖）」（姑 1.21）之形。同樣從亡的「忘」字也有相同的情況。

4. 乍形

「乍」，西周金文作「（圖）」（天亡簋）、「（圖）」（善夫克鼎）之形；上博簡承襲金文，作「（圖）」（子 9.11）之形，或筆畫異化，右上筆畫互相穿透，作「（圖）」（姑 1.21）、「（圖）」（性 1.14）、「（圖）」（姑 6.21）、「（圖）」（互 2.2）之形。同樣從亡的「复」字也有相同的情況。

5. 其他

「智」，上博簡有作「（圖）」（孔 11.25）、「（圖）」（孔 10.12）之形。「（圖）」的右上部件原本作「于」形，因筆畫穿透橫畫，作「于」之形。

「青」，上博簡有作「（圖）」（競 4.10）、「（圖）」（緇 19.44）之形。「（圖）」的上部件原本作「青」形，因筆畫穿透橫畫，作「（圖）」之形。

「之」，上博簡有作「（圖）」（孔 4.12）、「（圖）」（采 3.18）之形。「（圖）」因筆畫穿透橫畫，作「（圖）」之形。

「宝」，上博簡有作「（圖）」（東 6.7）、「（圖）」（三 4.29）之形。「（圖）」的「主」形原本作「（圖）」形，因筆畫穿透橫畫，作「（圖）」之形。

（三）部件的截短筆

所謂截短筆，即字形將原本穿透另一筆畫的線條異化，改寫成沒有穿透的筆畫。如下表：

字　例	未異化字形	截短筆字形	說　明
士	（圖）亙 13.25；（圖）弟 9.1	（圖）從甲 3.23；（圖）曹 29.11	「士」形筆畫異化，截短作「𡈼」之形。
吉	（圖）周 40.15	（圖）周 26.7	「士」形筆畫異化，截短作「𡈼」之形。
余	（圖）弟 5.13；（圖）周 14.1；（圖）曹 28.3；（圖）從甲 14.4	（圖）中 5.6；（圖）彭 6.22；（圖）彭 3.10	「余」形筆畫異化，截短作「佘」之形。
殺	（圖）柬 7.3；（圖）柬 7.10	（圖）周 57.16	「𣏂」形筆畫異化，截短作「杂」之形。
敘	（圖）從甲 5.15	（圖）容 27.7	「余」形筆畫異化，截短作「佘」之形。
舍	（圖）從甲 14.4	（圖）孔 27.16	「余」形筆畫異化，截短作「佘」之形。

在上博簡中，穿透筆的異化現象多發生在以下幾種情形：

1. 士形作「𡈼」形

「士」，西周金文作「士」（克鐘）之形，中間豎筆穿透第一橫畫，到第二橫畫。上博簡承襲西周金文作「士」（弟 9.1）之形，或筆畫異化，筆畫截短，作「𡈼」（從甲 3.23）之形。從士的「吉」字作「吉」（周 26.7），與「士」同例。

2. 余形作「余」形

「余」，金文作「余」（克鼎）、「余」（邾公牼鐘）之形，中間豎筆從第一橫畫穿過第二橫畫。上博簡承襲西周金文作「余」（弟 5.13）之形，或筆畫異化，筆畫截短，作「余」（中 5.6）之形。從「余」形的「敘」字作「敘」（容 27.77）、「舍」字作「舍」（孔 27.16），與「余」同例。

3. 其他

「殺」，上博簡有作「殺」（柬 7.10）、「殺」（周 57.16）之形。「殺」左邊偏旁筆畫異化，截短作「杂」之形。

三、形近互代異化

形近互代，指的是文字形體或部分形體相近，而產生混用或不分的現象。上博簡中，因為字形形體相近而有互代現象有：「刀—勿」、「人—亼」、「堇—菫」、「見—頁」、「首—百」、「戈—弋」。

字　例	字　形	說　明
利	（圖）孔 17.6；（圖）周 11.21	從刀或從勿。

則	⿰ 緇 6.32；⿰ 緇 12.17；⿰ 緇 13.50	从刀或从勿。
割	⿰ 景 1.11；⿰ 景 13.17	从人或从ㄨ。
𦤩	⿰ 緇 4.2	从堇或从𦱌。
難	⿰ 從甲 17.16；⿰ 姑 6.22	从堇或从𦱌。
槿	⿰ 容 45.24	从堇或从𦱌。
道	⿰ 彭 8.36；⿰ 性 8.12	从首或从百。
我	⿰ 緇 10.40；⿰ 周 24.17	从戈或从弋。
伐	⿰ 三 14.16；⿰ 周 13.6	从戈或从弋。

1. 刀、勿不分：則、利

「利」，从禾从刀，金文作「⿰」（利鼎）之形。上博簡从刀作「⿰」（孔17.6）之形；或還將刀形寫作「勿」形，作「⿰」（周11.21）形。

「則」，从鼎从刀，金文作「⿰」（格伯簋）之形。上博簡將鼎形寫作「貝」形，作「⿰」（緇6.32）之形；或還將刀形寫作「勿」形，作「⿰」（緇12.17）、「⿰」（緇13.50）形。

「刀」，象刀之形，[註109] 金文作「⿰」（「⿰」（且父乙簋）之偏旁）。「勿」，《說文·勿部》：「勿，州里所建旗。象其柄，有三游。雜帛，幅半異。所以趣民，故遽，稱勿勿。凡勿之屬皆从勿。」[註110] 金文作「⿰」（盂鼎）之形。「⿰」、「⿰」形近。

2. 人、ㄨ不分：割

「割」，从害从刀，刀與刃可互替，上博簡有作「⿰」（景 1.11）、「⿰」（景13.17）之形。「害」，楚文字有作「⿰」（郭店·六德33）之形。「⿰」（景1.11）所从「害」具楚系色彩。「⿰」，从「ㄨ」之形，是與「人」形近。

3. 堇、𦱌不分：𦤩、難、槿

「《說文·堇部》：「堇，黏土也。从土，从黃省。凡堇之屬皆从堇。」[註111] 「𦤩」，上博簡作「⿰」（緇4.2）；「難」，上博簡作「⿰」（從甲17.16）、「⿰」（姑6.22）；「槿」，上博簡作「⿰」（容45.24）。「𦤩」、「難」、「槿」三字从堇或从𦱌不分。「堇」、「𦱌」形近。

[註109] 許慎撰、段玉裁注：《說文解字注》（杭州：浙江古籍出版社，2006 年），頁 178。

[註110] 許慎撰、段玉裁注：《說文解字注》（杭州：浙江古籍出版社，2006 年），頁 453。

[註111] 許慎撰、段玉裁注：《說文解字注》（杭州：浙江古籍出版社，2006 年），頁 694。

4. 首、百不分：道

「道」，上博簡作「𧗟」（彭 8.36）、「𧗟」（性 8.12）。「𧗟」，從百；「𧗟」，從首。「百」、「首」二者形近。

四、義近互代異化

義近互代，指的是兩字形的某部件或偏旁所承載的意義相近或相通，而產生兩部件或偏旁互相替代使用的現象。由於兩部件或偏旁所承載的意義相近或相通，所以互代後的字形，雖然在原本的字形上有所改易，但對原本的字音、字義並沒有改變，文字識讀上也不會造成困難。

字　例	字　形	說　明
逐	𧗟 從甲 3.12；𧗟 周 43.15	從豕或從犬，義通。
近	𧗟 性 2.17；𧗟 中 20.33	從止或從辵，義通。
遠	𧗟 性 8.22；𧗟 孔 2.29	從止或從辵，義通。
從	𧗟 子 5.11；𧗟 緇 8.24；𧗟 緇 17.35；𧗟 內 6.33	從辵或從彳或從止，義通。
趣	𧗟 昭 6.32；𧗟 鬼 5.34	從辵或從走，義通。
徒	𧗟 曹 32.19；𧗟 用 10.16	從辵或從走，義通。
路	𧗟 魯 3.10	從辵。
歸	𧗟 孔 10.16；𧗟 周 4.36	從辵。
後	𧗟 中 10.36；𧗟 周 18.12	從辵。
踐	𧗟 平鄭 5.26	從辵。
建	𧗟 容 22.6	從止。
迮	𧗟 競 3.18	從辵。
遷	𧗟 中 8.35	從止。
遣	𧗟 性 27.13	從止。
起	𧗟 季 15.20	從辵。
誅	𧗟 景 3.26；𧗟 景 2 正.38	從戈或從攵，義通。
反	𧗟 孔 9.33；𧗟 天甲 3.25；𧗟 內 6.6；𧗟 天乙 3.16	從又或從寸，義通。
僕	𧗟 昭 8.29	《說文》古文作𧗟。從臣從人，義通。
敦	𧗟 中 20.11；𧗟 子 12.24	從戈或從攵，義通。
敗	𧗟 曹 46.6；𧗟 用 14.29	從攵或從殳，義通。
時	𧗟 從甲 7.14；𧗟 民 8.12	從攵或從又，義通。
瞻	𧗟 平鄭 7.8	從見。

睞	⬚季 15.27	从見。
體	⬚民 11.24；⬚緇 5.26	从肉或从人，義通。
初	⬚孔 16.27；⬚用 1.4； ⬚孔 10.26；⬚姑 4.38	从刀或从刃，義通。
剴	⬚魯 6.2；⬚內 8.36	从刀或从刃，義通。
割	⬚弟 13.21；⬚昔 3.10	从刀或从刃，義通。
罰	⬚曹 21.6；⬚季 20.21	从刀或从刃，義通。
剌	⬚柬 11.8；⬚中 4.6	从刀或从刃，義通。
剚	⬚昭 2.22；⬚采 3.34	从刀或从刃，義通。
乘	⬚柬 2.22；⬚容 14.14	从几〔註112〕或从車〔註113〕。
刺	⬚性 30.17；⬚弟 23.7；⬚孔 6.10	从刀或从刃，義通。
國	⬚緇 1.35；⬚民 13.16；⬚曹 16.13； ⬚緇 5.35；⬚緇 7.20	从匸或从宀。
固	⬚三 6.25；⬚莊 2.16	从囗或从匸。
貪	⬚從甲 5.3；⬚從甲 15.8	从貝或从心。
穜	⬚容 21.32；⬚用 8.11	从禾或从米，義通。
精	⬚慎 1.24；⬚天甲 3.19	从米或从肉。
瘖	⬚〔註114〕容 2.17；⬚〔註115〕容 37.3	从口或从言，義通。
褊	⬚魯 2.24；⬚〔註116〕性 13.2； ⬚周 44.14	从衣或从巾，義通。〔註117〕
傷	⬚從甲 19.28；⬚曹 47.4	从戈或从刀，義通。
倦	⬚從甲 12.4；⬚孔 4.29	从人或从心。
圖	⬚魯 1.13；⬚緇 12.34	⬚，「圖謀」之「圖」。
稷	⬚孔 24.8；⬚容 28.21	「⬚」，「社稷」之「稷」。《集韻·職韻》：「禝，通作稷」。从禾或从示，義通。
觀〔註118〕	⬚子 11.3；⬚性 9.28	从見或从目，義通。
覿	⬚緇 7.33；⬚周 52.14	从頁或从見，義通。

〔註112〕《説文》古文作⬚。

〔註113〕《集韻·蒸韻》：「⬚，車一乘也。」見丁度：《宋刻集韻》（北京：中華書局，1989年），頁 73。

〔註114〕字形作⬚。

〔註115〕字形作⬚。

〔註116〕字形作⬚。

〔註117〕《集篇·衣部》：「褊，敝衣也。」

〔註118〕「⬚」譌爲「⬚」。小篆从見之字，楚簡皆从貝（視）。

敬	孔 6.8；緇 12.4	从攵或从又。
庫	姑 9.49；相 3.12	从厂或从宀，義通。
廟	孔 24.26；平鄭 1.12	从宀或从一，義通。
危	季 20.33；緇 16.30	从止或从石，義通。
裁	周 56.19；三 2.37；鮑 6.11	从火或从示或从心。
悔	孔 26.20；曹 55.19	从心或从口。
惻	彭 7.10；用 3.29	从刀或从刃，義通。
游	〔註119〕性 21.2；子 11.12；弟 4.27	或从辵，或从水、止。
閒	三 4.41；逸交 4.19	从刀或从刃，義通。
攻	曹 36.14；孔 13.4；〔註120〕容 2.22	从攵或从又或从戈，義通。
型	緇 14.11；魯 1.25 曹 1.8；昭 1.23	从刀或从刃，義通。 从土或从田，義通。
季	弟 2.5；中 2.5	从禾或从來，義通。
惑	中 7.10；弟 16.17	从心或从見，義通。
去	曹 43.31；孔 20.6；容 41.3	从止或从辵，義通。
來	周 9.13；容 47.14；周 35.45	从止或从辵，義通。
免	緇 13.28；姑 3.19；內 10.37	从人或从子，義通。
擇	用 7.36	从廾。
觀	緇 7.33；周 52.14	从頁或从見。

由上表可知，上博簡文字中有許多義近互代的現象。從這些字例當中，可以得出幾個上博簡文字中義近互代的方式：

1. 犬─豕替代，如：逐。

「逐」，羅振玉認爲「象獸走壙而人追之，故不限何獸」。〔註121〕上博簡从犬或从豕皆意指追獸。

2. 止─辵替代，如：近、遠、及、來、去、歸、迲、遷、遣

「止」、「辵」皆可表示腳部的動作，在字形當中皆可強調行動，故可替換。

3. 止─辵─彳替代，如：從。

〔註119〕字形作𡊝。

〔註120〕字形作𢼄。

〔註121〕羅振玉：《增訂殷虛書契考釋》。收錄於許錟輝編：《民國時期語言文字學叢書》（第一編）（台中：文听閣圖書，2009 年），頁 187。

「彳」，《說文・彳部》：「小步也。象人脛三屬相連也。」〔註122〕與「止」、「辵」皆可表示腳部的動作，在字形當中都可強調行動，故可替換。

4. 辵—彳替代，如：退、復、往。

5. 辵—走替代，如：趣、徒、起。

「走」，《說文・走部》：「趨也。」〔註123〕與「辵」皆可表示腳部的動作，在字形當中都可強調行動，故可替換。

6. 足—辵替代，如：路、踐。

「足」，《說文・走部》：「趨也。」〔註124〕與「辵」皆可表示腳部的動作，在字形當中都可強調行動，故可替換。

7. 攴—又—戈替代，如：攻。

《說文・攴部》：「攴，小擊也。」〔註125〕《說文・戈部》：「戈，平頭戟也。」〔註126〕《說文・又部》：「又，手也。」〔註127〕

「攻」，《說文・攴部》：「擊也。从攴工聲。」〔註128〕「攴」有攻擊之義，「戈」可表示以兵器攻擊之義，「又」可強調手部攻擊動作。「攴」、「戈」、「又」皆可表示攻擊動作，故可替換。

8. 戈—攴替代，如：誅、敦。

9. 攴—殳替代，如：敗。

「敗」，《說文・攴部》：「敗，毀也。从攴貝。」〔註129〕會將貝毀壞之意。《說文・殳部》：「殳，以杖殊人也。」〔註130〕「攴」有攻擊之意，「殳」則有以兵器擊之之意。「攴」、「殳」皆可表示攻擊動作之意，故可替換。

10. 攴—又替代，如：時、敬。

〔註122〕許慎撰、段玉裁注：《說文解字注》（杭州：浙江古籍出版社，2006 年），頁 76。

〔註123〕許慎撰、段玉裁注：《說文解字注》（杭州：浙江古籍出版社，2006 年），頁 63。

〔註124〕許慎撰、段玉裁注：《說文解字注》（杭州：浙江古籍出版社，2006 年），頁 125。

〔註125〕許慎撰、段玉裁注：《說文解字注》（杭州：浙江古籍出版社，2006 年），頁 122。

〔註126〕許慎撰、段玉裁注：《說文解字注》（杭州：浙江古籍出版社，2006 年），頁 628。

〔註127〕許慎撰、段玉裁注：《說文解字注》（杭州：浙江古籍出版社，2006 年），頁 114。

〔註128〕許慎撰、段玉裁注：《說文解字注》（杭州：浙江古籍出版社，2006 年），頁 628。

〔註129〕許慎撰、段玉裁注：《說文解字注》（杭州：浙江古籍出版社，2006 年），頁 125。

〔註130〕許慎撰、段玉裁注：《說文解字注》（杭州：浙江古籍出版社，2006 年），頁 118。

「攴」，從又卜聲，〔註131〕與「又」皆從又形，可以表示手的意思，故可替換。

11. 又—寸替代，如：反。

《說文‧寸部》：「寸，十分也。人手卻一寸動脈謂之寸口。」〔註132〕與「又」皆從又形，可以表示手的意思，故可替換。

12. 手—廾：擇。

「廾」為二手之形，〔註133〕與「手」皆從手形，可以表示手的意思，故可替換。

13. 人—臣替代，如：僕。

《說文‧業部》：「給事者，從人業。業亦聲。𦥑古文從臣。」〔註134〕從人或從臣皆可表人的意思，而從臣則還可顯示僕的身分為臣子，故可替換。「僕」從臣之形在楚系文字中常見。

14. 目—見混用：瞻、睞、觀。

《說文‧目部》：「目，人眼也，象形。」〔註135〕《說文‧見部》：「見，視也，從目儿。」〔註136〕「目」、「見」皆從目，皆可表示目視之義，故可替換。

15. 肉—人替代，如：體。

「體」，上博簡從人或從肉。從人表示人之軀體，從肉則強調軀體由肉組織而成。從人或從肉皆不改軀體之義，故可替換。

16. 刀—刃替代，如：初、剴、割、罰、剕、剗、刺、傷、惻、間、型。

「刀」，象刀之形，〔註137〕兵器的一種。「刃」，象刀有刃之形。〔註138〕「刀」、「刃」皆可表示刀義，故可替換。

17. 几—車替代，如：乘。

〔註131〕許慎撰、段玉裁注：《說文解字注》（杭州：浙江古籍出版社，2006 年），頁 122。

〔註132〕許慎撰、段玉裁注：《說文解字注》（杭州：浙江古籍出版社，2006 年），頁 121。

〔註133〕許慎撰、段玉裁注：《說文解字注》（杭州：浙江古籍出版社，2006 年），頁 103。

〔註134〕許慎撰、段玉裁注：《說文解字注》（杭州：浙江古籍出版社，2006 年），頁 103。

〔註135〕許慎撰、段玉裁注：《說文解字注》（杭州：浙江古籍出版社，2006 年），頁 129。

〔註136〕許慎撰、段玉裁注：《說文解字注》（杭州：浙江古籍出版社，2006 年），頁 407。

〔註137〕許慎撰、段玉裁注：《說文解字注》（杭州：浙江古籍出版社，2006 年），頁 178。

〔註138〕許慎撰、段玉裁注：《說文解字注》（杭州：浙江古籍出版社，2006 年），頁 183。

「乘」，上博簡從几或從車。從几，表示憑几乘之；從車，表示憑車乘之。從几或從車皆表示使用的工具，不改「乘」原本的音義，故可替換。

18. 匚—宀替代，如：國。

匚、宀，皆可表示範圍之內，故可替換。

19. 囗—匚替代，如：固。

囗、匚，皆可表示圈限範圍，故可替換。

20. 貝—心替代，如：貪。

「貪」，《說文·貝部》：「貪，欲物也，從貝今聲。」〔註139〕上博簡從貝或從心。從貝，可表示貪念金錢物質；從心，可強調內心的慾望。從貝或從心，皆可表示欲物之義，故可替換。

21. 禾—米替代，如：種。

「禾」，嘉穀也，從木，象其穗；〔註140〕「米」，粟實也，象禾黍之形。〔註141〕「禾」、「米」皆可表示穀類之義，故可替換。

22. 米—肉替代，如：精。

「米」、「肉」皆可表示食物之義，故可替換。

23. 口—言替代，如：瘖。

瘖，《說文·疒部》：「瘖，不能言也。從疒音聲。」〔註142〕「言」，從口辛聲，〔註143〕與「口」皆從口，皆能表現言語之義，故可替換。

24. 巾—衣替代，如：㡓。

「巾」，佩巾也。〔註144〕「巾」、「衣」皆有布帛之義，故可替換。

25. 人—心替代，如：倦、懷。

倦，罷也；〔註145〕懷，念思也。〔註146〕上博簡「倦」、「懷」有從人、從心

〔註139〕許慎撰、段玉裁注：《說文解字注》（杭州：浙江古籍出版社，2006年），頁282。

〔註140〕許慎撰、段玉裁注：《說文解字注》（杭州：浙江古籍出版社，2006年），頁320。

〔註141〕許慎撰、段玉裁注：《說文解字注》（杭州：浙江古籍出版社，2006年），頁330。

〔註142〕許慎撰、段玉裁注：《說文解字注》（杭州：浙江古籍出版社，2006年），頁349。

〔註143〕許慎撰、段玉裁注：《說文解字注》（杭州：浙江古籍出版社，2006年），頁89。

〔註144〕許慎撰、段玉裁注：《說文解字注》（杭州：浙江古籍出版社，2006年），頁357。

〔註145〕許慎撰、段玉裁注：《說文解字注》（杭州：浙江古籍出版社，2006年），頁383。

〔註146〕許慎撰、段玉裁注：《說文解字注》（杭州：浙江古籍出版社，2006年），頁505。

二種寫法。从人，表示人的倦感、念思，从心，則聚焦在內心上的倦感、念思。从人、从心義通，可替換。

26. 口—心替代，如：圖。

圖，从心可表示心理層面的謀畫。

27. 口、心替代，如：悔。

从口或从心，皆可表示悔恨。从口可表示口中的悔意，从心則表示心中的悔恨。

28. 禾—示替代，如：稷。

稷，从禾乃表示其為農物性質，从示則可顯示其用以祭祀之途。从禾、从示於文字理據上皆可通，可替換。

29. 厂—宀不分：庫、廟。

厂、宀皆可表示可居之處，義通可互換。

30. 止—石替代，如：危。

危，从止可表示足下正面臨險惡，从石可以指稱受到與石有關的危險。

31. 火—示—心替代，如：烖。

「烖」，《說文・火部》：「烖，天火曰烖。从火𢦏聲。」〔註147〕上博簡「烖」有从火、从示、从心之形。从火，表示與火相關的災禍；从示，表示與鬼神相關的災禍；从心，表示災禍起於與心相關。「烖」，从火、从示、从心皆可通，故可替換。

32. 辵—水—止：遊。

「游」，《說文》古文从辵，段玉裁：「从辵者，流行之義也。」〔註148〕上博簡「游」還有从辵、从止之形。从辵、从止，義通，可替換。从水，則可表示在水中的流動之義，於義亦通。

33. 土—田替代，如：型。

土、田，皆可表示土地之義，義通，可替換。

34. 禾—來替代，如：季。

《說文・來部》：「來，二麥一夆，象其芒朿之形。」〔註149〕「禾」、「來」

〔註147〕許慎撰、段玉裁注：《說文解字注》（杭州：浙江古籍出版社，2006年），頁349。

〔註148〕許慎撰、段玉裁注：《說文解字注》（杭州：浙江古籍出版社，2006年），頁349。

〔註149〕許慎撰、段玉裁注：《說文解字注》（杭州：浙江古籍出版社，2006年），頁232。

皆有禾義，義近，可替換。

35. 見—心替代，如：惑。

「惑」，從心，表內心疑惑，從見，表示眼見之疑惑。從心或從見，義通，可替換。

36. 人—子替代，如：免。

免，金文作「🔲」（免簋），從宀從人；上博簡從人或從子，「人」、「子」皆有人義，可替換。

37. 見、頁混用：覿

「覿」，上博簡作「🔲」（緇7.33）或「🔲」（周52.14）之形。「🔲」，從頁；「🔲」，從見。

《說文・頁部》：「見，視也。從儿從目。凡見之屬皆從見。」〔註150〕金文作「🔲」（九年衛鼎）；《說文・頁部》：「頁，頭也。從𦣻從儿。」〔註151〕金文作「🔲」（「🔲」（史頌盤）的偏旁）。「🔲」、「🔲」從目或從𦣻皆可顯示頭部，可用以表示用眼睛查看之意，二者義通。

由上顯示，義符互代現象的情況大致上有兩種：兩義符義近或義通互代、義符在字形中義通互代。兩義符義近或義通互代有：「犬—豕」（如：逐）、「止—辵」（如：近、遠、及、來、去、歸、迚、遷、遣）、「止—辵—彳」（如：從）、「辵—彳」（如：退、復、往）、「辵—走」（如：趣、徒、起）、「足—辵」（如：路、踐）、「攵—又—戈」（如：攻）、「戈—攵」（如：誅、敦）、「攵—殳」（如：敗）、「攵—又」（如：時、敬）、「又—寸」（如：反）、「手—廾」（如：擇）、「目—見」（如：瞻、眛、觀）、「肉—人」（如：體）、「刀—刃」（如：初、剖、割、罰、剸、剫、剌、傷、惻、閼、型）、「几—車」（如：乘）、「匚—宀」（如：國）、「囗—匚」（如：固）、「貝—心」（如：貪）、「禾—米」（如：種）、「米—肉」（如：精）、「口—言」（如：痦）、「巾—衣」（如：㡀）、「囗—心」（如：圖）、「口、心」（如：悔）、「厂—宀」（如：庫、廟）、「土—田」（如：型）、「禾—來」（如：季）、、「人—子」（如：免）等例；義符在字形中義通互代有：「人—臣」（如：僕）、「人—心」（如：倦、懷）、「禾—示」（如：稷）、「止—石」（如：危）、「火—示—心」（如：栽）、「辵—水—止」（如：游）、「見—心」（如：惑）、「見—頁」

〔註150〕許慎撰、段玉裁注：《說文解字注》（杭州：浙江古籍出版社，2006年），頁407。

〔註151〕許慎撰、段玉裁注：《說文解字注》（杭州：浙江古籍出版社，2006年），頁415。

（如：觀）等例。

五、聲符互代異化

聲符互代，何琳儀稱之「音符互作」，[註152] 係指原有字形中具有標音的符號，用另一個聲符代之。

在上博簡中有「母—某」、「吾—五」、「虎—虍」、「及—涅」、「其—丌」、「缶—保」、「圭—規」、「今—金」、「鹿—彔」、「茲—才」、「亡—芒」、「丮—西」、「鬲—帝」、「后—句」、「盧—盧」、「義—我」、「各—客」、「起—己」、「求—救」、「戎—主」、「冎—化」、「身—允」、「東—主」、「陳—申」、「盧—夫」、「文—各」聲符互代現象。

字 例	字 形	聲符音韻	說 明
禍	裌 昭 9.23 棩 容 16.24；刪 競 8.8	冎：見紐歌部 化：曉紐魚部	聲母發音部位相同；主要元音相同。
袼	祇 昭 1.29 禘 昭 5.12	各：見紐鐸部 客：溪紐鐸部	聲母發音部位相同；疊韻。
犧	犧 鮑 3.9	義：曉紐歌部 我：疑紐歌部	聲母發音部位相同；疊韻。
起	起 季 15.20	起：溪紐之部 己：見紐之部	見溪旁位雙聲，疊韻。
過	坐 周 56.9	冎：見紐歌部 化：曉紐魚部	聲母發音部位相同；主要元音相同。
謀	謀 曹 13.26 坙 容 37.14	母：明紐之部 某：明紐之部	雙聲疊韻。
訊	訊 姑 1.13	丮：心紐眞部 西：心紐脂部	雙聲，韻部陰陽對轉。
詬	詬 三 4.9	后：匣紐侯部 句：見紐侯部	聲母發音部位相同；疊韻。
鬲	鬲 容鬼 2 背.6 鬲 容 13.14	鬲：來紐錫部 帝：端紐錫部	聲母發音部位相同，疊韻。
敔	敔 曹 26.17 敔 三 17.5	吾：疑紐魚部 五：疑紐魚部	雙聲疊韻。
膚	膚 柬 3.3 膚 周 33.19	盧：來紐魚部 夫：並紐魚部	聲母有諧聲關係；疊韻。
乎	乎 民 2.3 乎 孔 13.23	虎：曉紐魚部 虍：曉紐魚部	雙聲疊韻。

〔註152〕何琳儀：《戰國文字通論訂補》（南京：江蘇教育出版社，2003 年），頁 237。

盈	三 8.9 周 9.27	及：余紐耕部 涅：余紐耕部	雙聲疊韻。
賕	季 15.34 三 13.48	求：群紐幽部 救：見紐幽部	見群旁位雙聲，疊韻。
鄰	曹 6.1 周 57.21	文：明紐文部 吝：來紐文部	聲母有諧聲關係；疊韻。
旗	容 20.40	其：見紐之部 丌：見紐之部	雙聲疊韻。
寶	曹 56.10 三 9.2	缶：幫紐幽部 保：幫紐幽部	雙聲疊韻。
窺	容 10.5	圭：見紐支部 規：見紐支部	雙聲疊韻。
重	曹 30.2	東：端紐東部 主：章紐侯部	聲母發音方法相同；韻部陰陽對轉。
衿	姑 7.22 昭 7.28	今：見紐侵部 金：見紐侵部	雙聲疊韻。
允	緇 3.13	身：書紐真部 允：余紐文部	聲母發音方法相同；疊韻。
鹿	鬼 6.31 孔 23.21	鹿：來紐屋部 彔：來紐屋部	雙聲疊韻。
慮	性 39.20 彭 6.15	盧：從紐魚部 盧：來紐魚部	聲母發音部位相同；疊韻。
慈	中 7.2 內 5.25	茲：精紐之部 才：從紐之部	雙聲疊韻。
戎	周 38.6	戎：日紐東部 主：章紐侯部	聲母發音部位相同；韻部陰陽對轉。
陳	曹 43.6	陳：定紐真部 申：書紐真部	聲母發音方法相近；疊韻
亡	民 5.26 鮑 2.34	亡：明紐陽部 芒：明紐陽部	雙聲疊韻。

禍，上博簡有作「祸」（昭 9.23）、「𥘀」（競 8.8）之形。「咼」，上古見紐歌部；「𥘀」從示化聲，上古曉紐魚部。「咼」、「化」聲母皆是舌根音，發音部位相同；又主要元音皆相同，「禍」、「化」聲音相近，聲符可以替代。

「過」的情況與「禍」相同。「過」，金文作「𨒋」（過伯簋），上博簡作「𡌳」（周 56.9），從化聲。「咼」，見紐歌部；「化」，上古曉紐魚部。「咼」、「化」聲母皆是舌根音，發音部位相同；又主要元音皆相同，「咼」、「化」聲音相近，聲符可以替代。

袼，上博簡作「🔲」（昭 1.29）、「🔲」（昭 5.12）二形。「🔲」，从示各聲；「🔲」，从示客聲。「各」，上古見紐鐸部；「客」，上古溪紐鐸部。「各」、「客」聲母皆是舌根音，發音部位相同，見溪旁位雙聲，韻部相同，疊韻，聲符可以替代。

犧，从牛羲聲；〔註153〕上博簡作「🔲」（鮑 3.9），从牛我聲。「羲」，上古曉紐歌部；「我」，上古疑紐歌部。「羲」、「我」聲母皆是舌根音，發音部位相同，韻部相同，疊韻，聲符可以替代。

起，上博簡作「🔲」（季 15.20），从己聲。「起」，上古溪紐之部；「己」，上古見紐之部。「起」、「己」聲母皆是舌根音，發音部位相同，見溪旁位雙聲，韻部相同，疊韻，聲符可以替代。

謀，上博簡有作「🔲」（曹 13.26）、「🔲」（容 37.14）之形。「🔲」，从心母聲；「🔲」，从心某聲。「母」，上古明紐之部；「某」，上古明紐之部。「母」、「某」雙聲疊韻，聲音相同，聲符可以替代。

訊，《說文‧言部》：「訊，問也，从言卂聲。🔲古文訊，从卥。」〔註 154〕上博簡作「🔲」（姑 1.13），从言从古文西，西爲聲符。「卂」，上古心紐眞部；「西」，上古心紐脂部。「卂」、「西」聲母相同，屬雙聲，又韻部眞脂陰陽對轉，聲音相近，聲符可以替代。

詬，从言后聲；〔註155〕上博簡作「🔲」（三 4.9），从言句聲。「后」，上古匣紐侯部；「句」，上古見紐侯部。「后」、「句」聲母皆屬舌根音，發音部位相同，韻部相同，屬疊韻，聲音相近，聲符可以替代。

鬲，上博簡有作「🔲」（鬼 2 背.6）、「🔲」（容 13.14）之形。「🔲」从鬲聲，「🔲」下部變形音化爲「帝」。「鬲」，上古來紐錫部；「帝」，上古端紐錫部。「鬲」、「帝」聲母皆是舌頭音，發音部位相同，又韻部相同，屬疊韻，聲音相近，聲符可以替代。

敔，上博簡有作「🔲」（曹 26.17）、「🔲」（三 17.5）之形。「🔲」从吾聲，「🔲」从五聲。「吾」，上古疑紐魚部；「五」，上古疑紐魚部。「吾」、「五」雙聲疊韻，聲音相同，聲符可以替代。

〔註153〕許慎撰、段玉裁注：《說文解字注》（杭州：浙江古籍出版社，2006 年），頁 6。

〔註154〕許慎撰、段玉裁注：《說文解字注》（杭州：浙江古籍出版社，2006 年），頁 92。

〔註155〕許慎撰、段玉裁注：《說文解字注》（杭州：浙江古籍出版社，2006 年），頁 101。

膚，上博簡有作「（象）」（柬 3.3）、「（珠）」（周 33.19）之形。《說文・肉部》：「臚，皮也，从肉盧聲。膚，籀文臚。」〔註156〕可見「膚」，从肉，盧省聲。「（象）」、《說文》籀文膚形同。「（象）」爲盧聲，「（珠）」，从肉夫聲。「盧」，上古來紐魚部；「夫」，上古並紐魚部。來紐、並紐在上古複聲母中有諧聲關係，如：風、嵐；龍、龐；彔、剝。「盧」、「夫」聲母有諧聲關係，韻部相同，屬疊韻，聲音相近，聲符可以替代。

乎，上博簡有作「（象）」（民 2.3）、「（象）」（孔 13.23）之形。「（象）」从虎聲，「（象）」从虍聲。「虎」，上古曉紐魚部；「虍」，上古曉紐魚部。「虎」、「虍」雙聲疊韻，聲音相同，聲符可以替代。

盈，上博簡有作「（象）」（周 9.27）、「（象）」（三 8.9）之形。「（象）」从及聲，「（象）」从涅聲。「及」，上古余紐耕部；「涅」，上古余紐耕部。「及」、「涅」雙聲疊韻，聲音相同，聲符可以替代。

賕，上博簡有作「（象）」（季 15.34）、「（象）」（三 13.48）之形。「（象）」从求聲，「（象）」从救聲。「求」，上古群紐幽部；「救」，上古見紐幽部。「求」、「救」聲母都是舌根音，發音部位相同，見群旁位雙聲，又韻部相同，屬疊韻，聲音相近，聲符可以替代。

鄰，上博簡有作「（象）」（曹 6.1）、「（象）」（周 57.21）之形。「（象）」从文聲，「（象）」从吝聲。「文」，上古明紐文部；「吝」，上古來紐文部。明紐、來紐在上古複聲母中有諧聲關係，如命、令；陸、睦；翏、謬。「文」、「吝」聲母有諧聲關係，韻部相同，屬疊韻，聲音相近，聲符可以替代。

旗，从㫃其聲；〔註157〕上博簡作「（象）」（容 20.40），从羽丌聲。《說文・㫃部》：「㫃，旌旗之游㫃蹇之皃」，段玉裁注：「旌旗者，旗之通稱。旌有羽者，旗未有羽者，各舉其一以該九期也。」〔註158〕上博簡「旗」从羽，是強調有羽之旌旗。「（象）」乃「丌」繁加橫畫之形。「其」，上古見紐之部；「丌」，上古見紐之部。「其」、「丌」雙聲疊韻，聲音相同，聲符可以替代。

寶，上博簡有「（象）」（曹 56.10）、「（象）」（三 9.2）之形。「（象）」从缶聲，「（象）」从保聲。「缶」，上古幫紐幽部；「保」，上古幫紐幽部。「缶」、「保」雙聲疊韻，聲

〔註156〕許慎撰、段玉裁注：《說文解字注》（杭州：浙江古籍出版社，2006 年），頁 167。

〔註157〕許慎撰、段玉裁注：《說文解字注》（杭州：浙江古籍出版社，2006 年），頁 309。

〔註158〕許慎撰、段玉裁注：《說文解字注》（杭州：浙江古籍出版社，2006 年），頁 308。

音相同，聲符可以替代。

窺，从穴規聲；〔註159〕上博簡作「🀄」（容 10.5），从見圭聲。「規」，上古見紐支部；「圭」，上古見紐支部。「規」、「圭」雙聲疊韻，聲音相同，聲符可以替代。

重，从壬東聲；〔註160〕上博簡作「🀄」（曹 30.2），从石主聲。「東」，上古端紐東部；「主」，上古章紐侯部。「東」、「主」聲母皆是不送氣清塞音，發音方法相同，韻部相同，屬疊韻，聲音相近，聲符可以替代。

裣，上博簡有「🀄」（姑 7.22）、「🀄」（昭 7.28）之形。「🀄」从今聲，「🀄」从金聲。「今」，上古見紐侵部；「金」，上古見紐侵部。「今」、「金」雙聲疊韻，聲音相同，聲符可以替代。

允，西周金文作「🀄」（班簋），上博簡「允」所从「人」旁變形音化爲「身」，作「🀄」（緇 3.13），「允」、「身」雙音符。「允」，上古余紐文部；「身」，上古書紐眞部。「允」、「身」聲母皆是舌面音，發音部位相同，韻部主要元音位置相近，韻尾相同，聲音相近，聲符可以替代。

鹿，上博簡有作「🀄」（鬼 6.31）、「🀄」（孔 23.21）。「🀄」下部變形音化爲「彔」。「鹿」，上古來紐屋部；「彔」，上古來紐屋部。「鹿」、「彔」雙聲疊韻，聲音相同，聲符可以替代。

慮，上博簡有从盧作「🀄」（彭 6.15）、从膚作「🀄」（性 39.20）二形。膚，《說文・肉部》：「臚，皮也，从肉盧聲。膚，籒文臚。」〔註161〕可見「膚」，从肉，盧省聲。「盧」，上古來紐魚部；「虘」，上古從紐魚部。「盧」、「虘」聲母都是舌尖音，發音部位相同，韻部相同，屬疊韻，聲符可以替代。

慈，上博簡有「🀄」（中 7.2）、「🀄」（內 5.25）之形。「🀄」，从茲聲；「🀄」从才聲。「茲」，上古精紐之部；「才」，上古從紐之部。「茲」、「才」聲母都是齒頭音，發音部位相同，精從旁位雙聲，又韻部相同，屬疊韻，聲符可以替代。

戎，金文作「🀄」（虢季子白盤），上博簡作「🀄」（周 38.6），變形音化爲从主聲。「戎」，上古日紐東部；「主」，上古章紐侯部。「戎」、「主」聲母都是舌頭音，發音部位相同，又韻部東侯陰陽對轉，聲音相近，聲符可以替代。

〔註159〕許慎撰、段玉裁注：《説文解字注》（杭州：浙江古籍出版社，2006 年），頁 345。

〔註160〕許慎撰、段玉裁注：《説文解字注》（杭州：浙江古籍出版社，2006 年），頁 388。

〔註161〕許慎撰、段玉裁注：《説文解字注》（杭州：浙江古籍出版社，2006 年），頁 167。

陳，金文作「⿰阝東」（陳逆簋）、「⿰阝東」（陳公子甗），從陳聲；上博簡作「⿰阝申」（曹43.6）從申聲。「陳」，上古定紐眞部；「申」，上古書紐眞部。「陳」、「申」發音方法相近，韻部相同，屬疊韻，聲音相近，聲符可以替代。

亡，上博簡有作「⿱亡」（民5.26）、「⿱死芒」（鮑2.34）之形。「⿱死芒」，從死，芒聲。「亡」，上古明紐陽部；「芒」，上古明紐陽部。「亡」、「芒」雙聲疊韻，聲音相同，聲符可以替代。

透過上述討論可知，聲符互替現象在上博簡文字中時有所見。這些聲符互替現象可發生於以下幾種情況：

1. **雙聲疊韻，聲音相同。**如：謀（母／某）、敔（吾／五）、乎（虎／庀）、盈（及／涅）、旗（其／丌）、寶（缶／保）、窺（圭／規）、裣（今／金）、鹿（鹿／彔）、慈（茲／才）、亡（亡／芒）等。

2. **雙聲，韻部陰陽對轉，聲音相近。**如：訊（卂／西）。

3. **聲母發音部位相同，韻部相同，聲音相近。**如：鬲（鬲／帝）、詬（后／句）、慮（盧／盧）、犧（義／我）、袼（各／客）、起（起／己）、賕（求／救）。

4. **聲母發音部位相同，韻部陰陽對轉，聲音相近。**如：戎（戎／主）。

5. **聲母發音部位相同，主要元音相同，聲音相近。**如：過（冎／化）、禍（冎／化）。

6. **聲母發音方法相同，韻部相同，聲音相近。**如：允（身／允）。

7. **發音方法相同，韻部陰陽對轉。**如：重（東／主）。

8. **聲母發音方法相近，韻部相同，聲音相近。**如：陳（陳／申）。

9. **聲母有諧聲關係，韻部相同，聲音相近。**如：膚（盧／夫）、鄰（文／吝）。

總而言之，即聲音相同或聲音相近，是聲符互替現象的基本條件。

第四節　形體訛變

訛變，董琨稱之爲「訛化」，[註162] 即文字發展過程中，字形脫離了與原

[註162] 董琨：〈古文字形體的發展規律〉，《商周古文字讀本》（北京：語文出版社，1983年），頁253～256。

本字形載有的字義，訛誤而產生的異體字。關於訛變字的性質，張桂光曾說：

> 訛變都從偶然的訛誤開始，但訛變形體除了極個別的僅祇曇花一現
> 之外，大多數都反復出現多次，有的作爲與正體並行的異體存在，
> 有的還取代了正體的位置，使原來的正體反而變爲異體甚至歸於消
> 滅。〔註163〕

故訛變現象雖始於偶然的訛誤，卻也會在長期的文字演變過程中，影響到文字形體原本該有的寫法。

字　例	未訛變字形	訛變字形	說　明
慂	昭10.6	周41.26；內6.20；彭7.9；鮑5.31；〔註164〕性19.29；從甲16.20	「●」的「宀」亦當爲「人」旁之譌。「●」的「一」旁之草譌。「●」的「頁」下之「卩」，爲「人」旁之譌。「●」、「●」，「頁」訛混作「百」。
深	柬8.3	用20.9	楚之「深」字從穴，從水，术聲。「穴」訛成「凸」形
羕	周47.7；柬23.18	容13.25；彭1.16	「●」的「永」形省訛。「●」的「永」形訛成三人之形
多	緇6.18；平鄭5.3	性2.19	「●」上方訛作「●」。
關	用3.9	景8.35	「●」作「●」
聽	君2.14；昔1.20	曹11.5；鮑1.50；鮑2.23	「土」形訛成「壬」形
聞	從甲3.13；民5.14	姑5.27	「宀」形作「●」。
終	彭2.41；彭3.5；緇17.7	周5.12；周18.28	訛從「穴」形
強	天甲13.11	容36.4；姑4.40	「弓」形訛作「人」形。
視	昭7.29	緇21.30	「見」形作「●」形
顧		弟8.22	「見」形作「●」形
首		鬼2背.10	上部乃髮形之訛變。
辟	用11.11	曹37.10	「辛」形作「亲」形。
敬	孔15.4	性33.7	左下訛從「肉」形。
鬼	鬼1.3；民13.7	季18.35	「田」與「目」混訛。

〔註163〕張桂光：〈古文字中的形體訛變〉，《古文字研究》第十五輯（北京：中華書局，1986年），頁153～174。

〔註164〕字形作●。

而	⿱孔2.28；⿱內6.40	⿱性19.31	與「丌」形訛混。
厭		⿱桓20.12	犬形寫法不同。
濾	⿱從乙2.11；⿱鬼1.32	⿱〔註165〕競4.25；⿱互13.14；⿱互5.12；	「去」旁訛變爲「尼」。「去」旁訛變爲「大」。
愉	⿱束2.14	⿱彭7.25	訛變爲「⿱」。
執		⿱緇15.7；⿱彭1.20	所從「⿱」旁，訛爲「勿」。所從「女」旁是「攵」或「止」之訛形。
畫	⿱三19.27；⿱曹10.29	⿱子10.3	下部訛與「目」同形。
各		⿱三15.17	上加兩口（㗊）。
氣		⿱天乙27.20	「⿱」形作「⿱」形。
悉		⿱用11.3	「⿱」形作「⿱」形。
則	⿱周34.7；⿱用4.18；	⿱緇12.17；⿱緇7.5；⿱孔9.55；⿱曹33.17；⿱用12.33	「貝」形是「鼎」之省訛。「火」形是鼎足之訛。「日」形是「鼎」之省訛。
節	⿱三3.35；⿱弟4.5	⿱用11.5	「⿱」形作「⿱」形。
靜	⿱緇2.9	⿱緇6.38；⿱內10.12	「青」旁省訛爲「同」。「爭」旁與「加」訛混。
即		⿱桓2.16；⿱桓14.24	「⿱」形從「見」形。「⿱」形作「⿱」形。
既	⿱緇11.8；⿱周53.19	⿱用12.1	「⿱」形作「⿱」形。
概		⿱用10.22	「⿱」形作「⿱」形。
樂	⿱性12.20	⿱內6.24；⿱鮑4.16；⿱桓21.12；⿱三11.40；⿱孔1.16；⿱內6.17	「⿱」、「⿱」、「⿱」下部「木」旁訛變與「矢」或「內」同形。「⿱」下部「木」旁訛變似「大」形。「⿱」下部「木」旁訛變似「火」形。
員		⿱用14.19；⿱緇21.6；⿱緇7.14；⿱緇13.55；⿱曹5.8	「⿱」鼎足省訛爲「大」形。「⿱」、「⿱」、「⿱」、「⿱」鼎足省訛爲「火」形。
朝	⿱昔1.10	⿱弟14.12	右部所從非「舟」非「月」，右半部省訛。
命	⿱孔2.6	⿱民8.22	「⿱」（民8.22）則是口去口形後，又將下方形體「卩」訛誤作「又」形。
堊		⿱互12.20	楚文字中「亞」與「死（互）」時有混訛。
體	⿱民11.24	⿱緇5.26	上半部省訛。

〔註165〕字形摹作⿱。

登	登彭 4.13	豐弟 5.15	「艸」當爲「癶」之譌。
是	是民 8.1；是逸交 3.7	是魯 3.44；是內 1 正.7；是子 1.4；是子 12.2	下方訛從「正」形。
遷		遷中 8.35	楚簡「遷」、「遷」混譌。
退	退君 2.33	退相 4.3；退曹 58.5	上部譌爲「目」。 上部譌爲「田」。
畟	畟昔 1.19	畟季 6.19	所從「日」旁作「○」。
攸	攸彭 5.12	攸周 25.15；攸柬 13.15	「人」形譌作二短撇
死	死魯 5.12；死昭 8.24；死緇 19.24；死競 3.24；死曹 58.17	死姑 5.22	「人」形譌作二短撇
靜	靜緇 2.9	靜緇 6.38	「靜」的「青」旁省譌爲「同」。
宛	宛緇 6.16；宛姑 1.10	宛緇 12.21	「宛」省譌爲「令」形。
飲	飲周 45.33	飲天甲 7.8	「飲」的「食」下方作口形
鼄		鼄鬼 5.11	右側偏旁「黽」、「黽」等，皆「黽」之譌變。
奉	奉孔 25.7；奉子 7.9；奉從甲 8.5	奉桓 26.13	上方形體分離
者	者內 1 正.16	者昔 1.5	下方訛從皿形
君	君昭 2.6	君周 30.44	尹形形體分離

　　關於形體訛變的現象，湯餘惠認爲訛變大致有三種情況：改變筆勢、省簡急就和形近誤書。〔註166〕張桂光歸結了八點訛變類型：因簡省造成的訛變；因偏旁同化造成的訛變；因漢字表音化趨勢影響造成的訛變；因割裂圖畫式結構造成的訛變；因一個字內相鄰部件的筆畫相交形成與別的偏旁相似的形象造成的訛變；因裝飾性質筆畫造成的訛變；以文字形體附會變化了的字義造成的訛變；因時代寫刻條件、習慣的影響造成的訛變。〔註167〕陳煒湛、唐鈺明認爲訛變有因簡省造成，或因割裂圖形而造成，或因裝飾性筆畫造成，或因形隨義變而造成。〔註168〕董琨認爲訛化發生的具體原因和表現形式主要有四種：形體的簡化；筆畫的增繁或裝飾性成分的添加；形體內部表義成分的「變質」；因部件

〔註166〕湯餘惠：〈略論戰國文字形體研究中的幾個問題〉，《古文字研究》第十五輯（北京：中華書局，1986 年），頁 27。

〔註167〕張桂光：〈古文字中的形體訛變〉，《古文字研究》第十五輯（北京：中華書局，1986年），頁 153～174。

〔註168〕陳煒湛、唐鈺明：《古文字學綱要》（廣州：中山大學書版社，1988 年），頁 31～32。

形狀的近似而訛混；不明或誤解字義。〔註169〕王世征、宋金蘭認爲訛變原因有四方面：因與某字形體相似而致訛變；因字形的形象特徵模糊而致訛變；因用字形附會後起的字義而致訛變；因字符之間義近或義通而致訛變。〔註170〕從造成形體訛變的的主要原因與情況來看，有些地方或許與增繁、簡省、異化相似，但形體訛變與其差異在於增繁、簡省、異化多有規則可循，有理據可依，但是訛變卻往往是偶發性，或是無規律的。

根據上博簡形體訛變的情況，則有形近而訛、簡省而訛、形體分裂而訛等類型，以下分類討論之。

一、形近而訛

上博簡中，最常見的訛變現象，屬「形近而訛」。形近而訛，指原本不相同的甲字形或部件因爲任意增減或改異，而使形體與乙字形或部件相近，遂由乙字形或部件取代原本甲的字形或形體，造成形體上的訛誤。如湯餘惠就曾指出戰國文字中的「日」形有時會混爲「田」形。〔註171〕

由上表中，可以發現屬於形近而訛的字例有： 悬、關、聽、聞、我、終、強、伐、視、親、顧、首、辟、敬、鬼、而、厭、瀘、愉、埶、畫、靜、樂、昌、諂、登、是、遷、退、句、戾、則、庶、攸、死、轂、者等。其表現的方式有：「人」訛爲「一」形（悬）、「人」訛爲「卩」形（悬）、「申」訛作「𤰞」（關）、「土」訛成「壬」（聽）、「宀」訛作「十」（聞）、「終」訛作「穴」形（終）、「見」訛作「卩」形（視、顧）、「ㅛ」訛作「止」形（首）、「辛」訛作「亲」形（親）、「句」形訛作「肉」形（敬）、「甶」訛作「目」形（鬼）、「而」訛作「丌」形（而）、「去」訛作「㞑」形（瀘）、「月」形訛作「円」形（愉）、「丮」訛作「勿」形（埶）、「止」訛作「女」形（埶）、「日」形訛作「目」（畫）、「爭」訛作「加」形（靜）、「木」訛作「矢」形（樂）、「木」訛作「矢」或「火」形（樂）、「絲」訛作「糸」形（樂）、「驅」訛作「死」（諂）、「𝌼」訛作「正」形（是）、「艸」訛作「𣥠」（登）、「睪」訛作「睪」（遷）、「臼」訛作「目」或「田」（退）、

〔註169〕董琨：〈古文字形體的發展規律〉，《商周古文字讀本》（北京：語文出版社，1983年），頁253～256。

〔註170〕王世征、宋金蘭：《古文字學指要》（北京：中國旅遊出版社，1997年），頁30～31。

〔註171〕湯餘惠：〈略論戰國文字行體研究中的幾個問題〉，《古文字研究》第十五輯（北京：中華書局，1988年），頁28。

「日」訛作「○」（昃）、「人」訛作「ㄗ」（死）、「ㅅㅅ」訛作「皿」（者）等。

二、簡省而訛

屬於形體簡省而訛的字例有：愿、深、瀘、則、豐、靜、員、朝、瘝、禮、命、體、靜、宛、永等。

「愿」，從頁從心，上博簡「ㅤ」（內 6.20）將頁形下方形體省訛成「一」形。「深」，原從「穴」形，「ㅤ」（用 20.9）將「穴」形下方形體省訛成「一」形。「瀘」，上博簡「ㅤ」（互 5.12）左上方形體省去口形後，訛從「大」形。

「則」，原從鼎從刀，上博簡有將鼎足省成兩撇，訛作「貝」形，作「ㅤ」（緇 12.17）；或將鼎足省訛成「火」形，作「ㅤ」（孔 9.55）、「ㅤ」（曹 33.17）；又或將鼎形上方省訛爲從「日」形，作「ㅤ」（用 12.33）。

「員」與「則」的情況相仿。「員」從○從鼎，但上博簡「ㅤ」（緇 21.6）、「ㅤ」（曹 5.8）將鼎足省訛成「火」形。

「靜」，所從青形原從生從丹，「ㅤ」（緇 6.38）省訛爲「同」形。「朝」，上博簡有作「ㅤ」（弟 14.12）之形，右部所從非「舟」非「月」，省訛難辨。「宛」，上博簡省去口形後，譌爲「令」形作「ㅤ」（緇 12.21）。

「命」，上博簡作「ㅤ」（孔 2.6）之形，或繁加「＝」作「ㅤ」（孔 7.11）、「ㅤ」（用 15.21），或再省口形作「ㅤ」（周 5.27）、「ㅤ」（三 3.43）。「ㅤ」（民 8.22）則是去口形後，又將下方形體「卩」訛誤作「又」形。

三、形體分裂而訛

形體分裂而訛，指字形中原本完整的形體或接連的筆畫，遭到分割，使原本的形體離析成兩個或兩個以上的部件或筆畫，遂造成形體訛變現象。在上表當中，屬於形體分裂而訛的字例有：氣、ㅤ、節、即、既、概、飤、奉、君、皮等。

「氣」、「ㅤ」、「節」、「即」、「既」、「概」、「飤」皆從皀。「皀」，象粢盛豐腆之形，爲簋之初文。〔註172〕金文作「ㅤ」（窒叔簋）之形。上博簡「皀」形

〔註172〕「皀」，李孝定：「字象粢盛豐腆之形。下所從即簋也」；姚孝遂：「許慎解『皀』字形義俱誤。皀當象粢盛在簋之形，不必爲嘉穀，與香字無涉。『皀』實即『簋』之初文。」詳見李孝定：《甲骨文字集釋（第五）》（台北：中央研究院歷史語言研究所，1970 年），頁 1747、姚孝遂：《甲骨文字詁林（第三冊）》（北京：中華書局，1996 年），頁 2750。

有作「⿰」、「⿰」形。「⿰」是將字形分裂，下方訛成「口」形；「⿰」也是將字形下方與上方離析，並將左側筆畫拉長，而成「⿰」之形。

《孔子見季桓子》中，「即」作「⿰」（桓 14.24）、「⿰」（桓 2.16）之形。「即」原應從皀從卩作「⿰」形，但「⿰」從視從卩，與「⿰」不同。此牽涉上述所提的訛變現象所致。「皀」因爲形體離析，「⿰」有訛寫作「⿰」之形。又「見」在上博簡有作「⿰」（昭 10.22），或混作「⿰」（昭 7.29）之形。「⿰」與「⿰」二形僅差在上半部內是一橫筆還是兩橫筆，字形非常接近。又「見」偶與「視」形相混，作「⿰」（昭 7.29）之形。是此，「⿰」與「⿰」形近相混，「⿰」又與「⿰」形近相混，「⿰」則訛寫作從「⿰」。

「君」，上博簡有作「⿰」（昭 2.6）、「⿰」（周 30.44）之形。「⿰」上半部從尹形類化成「⿰」之形，而「⿰」進一步將「⿰」兩旁的豎畫分離，拆寫作三筆。

「皮」，金文作「⿰」（九年衛鼎），上博簡有作「⿰」（柬 10.19）、「⿰」（周 56.2）、「⿰」（緇 10.27）。從這些字形可知，「⿰」上方的「⿰」乃將「⿰」的「⿰」形體上下分離，此形與《說文》籀文⿰形同；「⿰」則進一步將「⿰」分裂爲「⿰」形，此形也與《說文》古文⿰形同。

第五節　形體類化

類化，又稱爲同化，是指字形或部件之間，原本不相同但相近的形體，在文字發展過程中，因爲相互影響的關係，遂演變成相同的形體。

類化是漢字形體演變中的一種現象。〔註173〕在文字發展過程中，字形逐漸脫離圖畫意味，取消繁複的圖畫性質，改以線條取代。在這過程當中，爲使文字形體趨於規範與便於書寫、辨識，某些形體特徵雷同就容易相互影響，採用相似的方式改寫原本的字形，甚而發展出相同的形體。〔註174〕又劉釗曾指出：

〔註173〕王夢華：類化是漢字形體演變中的一種現象，是字形與字形之間相互影響的一種運動和結果。在字形的相互影響中，某些字把它們在形體結構上所共有的特點推及到別的字身上，使被影響的字在形體結構上也具有這個特點，這就是類化。換句話說，一個字和另一些字原來的形體結構是不同的，由於互相影響，使它們之間由原來的不同而變爲一部份結構相同了，這種現象就是類化。王夢華：〈漢字形體演變中的類化問題〉，《東北師大學報》1982 年第 4 期，頁 70。

〔註174〕林澐：文字形體的早期演變，固然受到每個文字基本符號單位原來是由什麼圖形簡化的制約。但是，隨著文字逐漸喪失圖形性，而在學習和使用者的意識中或僅

類化又稱「同化」，是指文字在發展演變中，受語言環境，受同一文
字系統內部其它文字的影響，同時受自身形體的影響，在構形和形
體上相應地有所改變的現象，這種影響或來自文字所處的具體的語
言環境，或來自同一系統內其它文字，或來自文字本身，這種現象
反映了文字「趨同性」的規律，是文字規範化的表現。〔註175〕

類化的影響也可能來自於文字所處的語言環境，或是同一系統中自身或其它的
文字。而字形類化則反映文字趨同性與規範性。如趙誠亦云：

根據漢字發展的大勢來看，愈是古老的系統，形體差別愈豐富，分
類愈多，特殊而例外的現象愈複雜。與此相應，規範性就要弱得多。
從某種意義上來講，這種現象對於語言是一種負擔。最好的解決方
式之一就是以類相從，按照類的關係發展，特殊的書寫符號向形、
音、義相近的某一類靠攏，逐步減少例外和特殊，簡言之可稱為類
化。……從文字形體發展的趨勢而言，以類相從者為類化。〔註176〕

而透過類化的作用，也可使文字系統進入線條化的過程中，汰去繁雜的形體，
保留常用、易於辨識、便於書寫的形體，使文字系統變成具規範性的發展。
　　上博簡文字中，有許多類化現象，以下分述之。

一、類化為「羊」形

　　「南」，金文作「𠧟」（盂鼎）、「𤰶」（散盤），上博簡「𤷟」（容31.21）進一
步將下方的「𡗗」形左右加上短斜畫，又加上類化作用，使形體同於「羊」形。
　　「兩」，金文作「兩」（函皇父簋），上博簡「𡩋」（亙11.17）在中間豎筆
加上兩橫畫，並與外面的「冂」形分離，又加上類化作用，使形體同於「羊」
形。

成為區別音義的單純符號，上述的制約性就越來越弱。起源於完全不同的圖形的
諸字，只要在局部形體上有某方面雷同，往往便在字形演變上相互影響而採取類
似的方式變化字形。這種現象可稱之為「類化」。林澐：〈釋古璽中從「朿」的兩
個字〉，《古文字研究》第十九輯（北京：中華書局），頁468。

〔註175〕劉釗：《古文字構形研究》（長春：吉林大學博士論文，1991年），頁155。

〔註176〕趙誠：〈古文字發展過程中的內部調整〉，《古文字研究》第十輯（北京：中華書局，
　　　　1983年），頁355～356。

「鬲」，象形，金文作「鬲」（孟鼎）或「鬲」（令簋）之形。「鬲」下方的「羊」形乃從「鬲」下方的「个」與原本的形體分離後，又繁加兩橫畫，加上類化作用，使形體同於「羊」形。上博簡「鬲」作「鬲」（鬼2背.6）中間從「羊」之形，實從類化而來。而上博簡同從「鬲」的「融」字同屬此例。

「魯」，金文從魚，作「魯」（井侯簋）之形，上博簡「魯」（魯1.1）的魚形內部分離，受類化影響，使形體同於「羊」形。

由上討論可知，上博簡類化成「羊」形的字形多源自「个」、「半」形而來。

字　例	類化為「羊」字形
南	南 容31.21
兩	兩 互11.17
鬲	鬲 鬼2背.6
融	融 鬼5.11
魯	魯 魯1.1

二、類化為「兆」形

「翏」，金文作「翏」（此簋），上博簡在下半部兩側加上兩短撇為飾，受到類化影響，遂作「兆」之形。

「參」，金文作「參」（衛盉）之形，上博簡在下半部的另一側增加短撇，以為平衡，由於受到類化作用影響，遂作「兆」之形。

上博簡「寡」、「顧」皆從寡。「寡」，金文作「寡」（毛公鼎），上博簡的「寡」形省去宀旁，下半部受類化影響，寫作「兆」之形。

「備」，從人從葡，「葡」下半部受類化影響，寫作「兆」之形。

「兇」，從人從凶，上博簡「兇」在「人」形兩旁皆加上兩短撇，又受類化影響，遂作「兆」之形。

「鹿」，金文作「鹿」（命簋），象鹿之形。上博簡有作「鹿」（鬼6.31）之形，已漸失圖像意味，而「鹿」（孔23.21）形下半部則進一步受到類化影響，作「兆」之形。

字　例	未類化字形	類化為「兆」類化字形
翏		翏 孔26.9
參	參 三1.16	參 三5.38；參 姑1.36
寡		寡 孔9.15

備		![字]緇 9.29；![字]季 3.15
顧		![字]弟 8.22
兜		![字]用 11.29
鹿	![字]鬼 6.31	![字]孔 23.21

三、類化為「![尸]」形

　　「君」、「群」的「君」形，從尹從口，金文作「![字]」（史頌鼎）。後來「尹」的左方豎筆向左移到又形最左端，作「![字]」（君夫簋）、「![字]」（召伯簋）之形，再加上類化作用，使原本的「尹」形不見，而形成「![字]」（孔 27.30）之形。

　　「量」、「糧」的「量」形從「重」，「重」從東。「東」，金文作「![字]」（五祀衛鼎）、「![字]」（克鐘）。上博簡「量」形將所從「東」形中間的橫畫向兩端延伸並下拉，類化成「![尸]」之形。「戰」，從單從戈，上博簡「![字]」（曹 13.7）左方偏旁的似「田」之形，中間橫畫向兩端延伸並下拉，類化成「![尸]」之形。

　　「冠」，從冖從元，「冖」形受到類化影響，作「![尸]」之形。

　　「冒」，金文作「![字]」（九年衛鼎）之形，上博簡可能是將「![字]」中間的端橫向兩側延伸，受到類化影響，遂作「![尸]」之形。

　　由上討論可知，上博簡類化成「![尸]」形的字形多源自「日」、「田」、「尹」形而來。

字　例	類化為「![尸]」字形
糧	![字]鮑 3.39
冠	![字]容 52.42
冒	![字]容 15.8
量	![字]容 38.2
君	![字]孔 27.30
群	![字]曹 21.16
庚	![字]季 14.26
康	![字]民 8.18
戰	![字]曹 13.7

四、類化為「![形]」形

　　字形的發展過程中，由於形體或筆畫的變易，致使來源不同的字形，因為類化作用，使其部件寫作「![形]」之形。

　　「歺」，金文作「![字]」（「死」字所從，盂鼎），上博簡作「![字]」之形。「![字]」下方省寫為「又」形；上半部左方則添加斜筆，受到類化作用而作「![形]」之

形。上博簡從「歺」之字形也多作「🐦」之形，如：死、喪、世、薨、甍、薨、椉、殤、殢、牀等字例。

上博簡「蔑」有作「🐦」（孔 9.11）之形，「夢」有作「🐦」（互 2.12）之形。兩字形上方的「屮屮」形在最左側減去一撇筆，受到類化作用而作「🐦」之形，「蔑」就寫作「🐦」（曹 2 背.2），「夢」寫作「🐦」（柬 9.9）。

「及」，金文從人從又，作「🐦」（保卣）之形；後來「人」形不貫穿「又」形，作「🐦」（秦公鎛）之形；後來又在「人」形的另一側添加一斜筆，而作「🐦」（中山王𦥔鼎）之形。上博簡「及」作「🐦」（鬼 8.15）之形，上方的「🐦」與「🐦」（中山王𦥔鼎）的上半部僅是左右方向互易。

「皮」，金文作「🐦」（九年衛鼎），上博簡有作「🐦」（柬 10.19）、「🐦」（周 56.2）、「🐦」（緇 10.27）。從這些字形可知，「🐦」上方的「廿」乃將「🐦」的「🐦」形體上下分離，此形與《說文》籀文𠂤形同；「🐦」則進一步將「廿」分裂為「屮屮」形，此形也與《說文》古文𠂤形同。「🐦」則是將「屮屮」的左側省去一橫筆，受到類化作用影響而寫成「🐦」之形。

「者」，金文作「🐦」（者女觥），刪減「🐦」的眾小點後，就形成「🐦」（中山王𦥔兆域圖）之形；「🐦」的上半部受到類化的影響，遂寫成「🐦」之形，上博簡的「者」形上半部就多寫與「🐦」（民 3.25）上半部同。

由上討論可知，上博簡類化成「🐦」的字形來源有：「歺」、「屮屮」、「人」、「廿」、「🐦」等。

字　例	未類化為「🐦」字形	類化為「🐦」字形
死	🐦姑 7.45	🐦三 5.35
者	🐦緇 13.3	🐦民 3.25
夢	🐦互 2.12	🐦柬 9.9
喪	🐦民 14.1	🐦昭 1.34；🐦三 16.15
及		🐦容 19.42；🐦鬼 8.15；🐦曹 52.7
世		🐦曹 65.8
皮	🐦柬 10.19；🐦周 56.2	🐦緇 10.27
蔑	🐦孔 9.11	🐦曹 2 背.2
薨		🐦鮑 2.34
甍		🐦曹 9.18
薨		🐦昭 5.7

桑	🔲三 16.27
殤	🔲容 4.20
殯	🔲周 7.34
將	🔲容 33.15

五、類化爲「⊜」形

「則」，上博簡有「🔲」（周 34.7）、「🔲」（緇 13.50）、「🔲」（從甲 8.25）之形。「🔲」從鼎從刀。「🔲」的鼎形省訛成貝形，「🔲」則進一步將鼎形或貝形類化成「⊜」之形。

「得」，金文從彳從貝從又，作「🔲」（師旅鼎）之形。上博簡「🔲」（孔 7.35）將貝形下方兩撇刪減，又受類化作用影響，而作「⊜」之形。同樣從貝之形的「具」字同例。

「富」，金文從宀畐聲，作「🔲」（富奠劍）之形。上博簡「🔲」（彭 8.15）從貝畐聲，「畐」下方的「田」形受類化作用而作「⊜」之形。「復」，從彳從复，「复」，從夊畐省聲，〔註177〕與「富」同例。

「畫」，金文下方從田，作「🔲」（吳方彝）。上博簡「🔲」（子 10.3）下方田形類化作用而作「⊜」之形。「鬼」，上博簡有作「🔲」（民 13.7）、「🔲」（季 18.35）之形；「🔲」上半部的「甶」形類化成「⊜」之形。「胃」，上博簡有作「🔲」（柬 14.7）、「🔲」（魯 3.15）之形；「🔲」上半部的「⊜」形類化成「⊜」之形。

字　例	原本字形	類化爲「目」字形	說　　明
則	🔲周 34.7；🔲緇 13.50	🔲從甲 8.25	「鼎」形類化成「⊜」之形。
得		🔲孔 7.35	「貝」形類化成「⊜」之形。
具		🔲緇 9.20	「貝」形類化成「⊜」之形。
畫		🔲子 10.3	「田」形類化成「⊜」之形。
富	🔲曹 3.12	🔲彭 8.15	「田」形類化成「⊜」之形。
鬼	🔲民 13.7	🔲季 18.35	「甶」形類化成「⊜」之形。
胃	🔲柬 14.7	🔲魯 3.15	「⊜」形類化成「⊜」之形。
復	🔲亙 9.34	🔲從乙 3.1	「田」形類化成「⊜」之形。

由上討論可知，上博簡類化成「⊜」的字形來源〔註178〕至少有：「鼎」、「貝」、「田」、「田」、「甶」、「⊜」等。

〔註177〕《說文・夊部》：「复，行故道也。从夊，畐省聲。」

〔註178〕上博簡中類化爲「⊜」的字例過多，礙於篇幅，此謹舉數例代表之。

六、類化爲「⺌」形

「羕」，上博簡「🔲」（柬23.18）从永羊聲，另一形則作「🔲」（彭1.16）。「🔲」下方的形體本應从永之形，但受到筆畫的影響，類化成「⺌」之形。

「則」，上博簡「🔲」（周34.7）从鼎从刀，另一形則作「🔲」（性38.11）。「🔲」原應作鼎形，乃「🔲」省刀之形。但「🔲」下方鼎足類化成「⺌」之形。

「庶」，上博簡「🔲」（昔1.21）从石从火，另一形作「🔲」（魯6.12）。「🔲」下方的形體本應从火之形，但火形卻類化成「⺌」之形。

由上討論可知，上博簡類化成「⺌」的字形來源有：「永」、「火」、「鼎」、等。

字　例	原本字形	類化為「⺌」字形	說　明
則	🔲周34.7	🔲性38.11	「鼎」形類化成「⺌」之形。
庶	🔲昔1.21	🔲魯6.12	「火」形類化成「⺌」之形。
羕	🔲周47.7；🔲柬23.18	🔲彭1.16	「永」形類化成「⺌」之形。

七、類化爲「屮」形

「央」，金文从大从冂作「🔲」（虢季子白盤）、「🔲」（央簋）之形，上博簡作「🔲」（子11.14）是將「🔲」的「冂」兩側直筆拉長，並在橫畫上加一短橫，橫畫下方加一橫筆，受到類化影響，而寫成「屮」之形。上博簡从央的「吳」字同例。

「帝」，金文作「🔲」（仲師父鼎）之形，上博簡有作「🔲」（柬11.17）、「🔲」（緇4.33）之形。「🔲」乃是將「🔲」的「冂」兩側直筆拉長，並在橫畫上加一短橫，橫畫下方加一橫筆，受到類化影響，而寫成「屮」之形。上博簡从央的「簹」、「蒿」[註179]字同例。

「帚」，金文作「🔲」（女歸卣）；「歸」，金文作「🔲」（令鼎）；「婦」，金文作「🔲」（子卣）。上博簡「歸」作「🔲」（周4.36），「婦」作「🔲」（曹34.18），所从「帚」旁皆是將「🔲」的「冂」兩側直筆拉長，並在橫畫上加一短橫，橫畫下方加一橫筆，受到類化影響，而寫成「屮」之形。

「彔」，金文作「🔲」（彔伯簋）、「🔲」（彔作乙公簋）之形。上博簡「🔲」

[註179]「嫡」，《說文·女部》：「从女啻聲。」「啻」，《說文·口部》：「从口帝聲。」「商」从帝。

（孔9.10）是將「鹿」的「屮」兩側直筆拉長，並在橫畫上加一短橫，橫畫下方加一橫筆，受到類化影響，而寫成「屰」之形。上博簡从彔的「綠」字同例。

「商」，金文作「商」（商尊）。上博簡作「商」（采2.14）是將「商」的「丙」兩旁豎筆向上延伸，受到類化影響，而寫成「屰」之形。

「鹿」，金文作「鹿」（命簋）之形；上博簡作「鹿」（孔23.21），乃將「鹿」下方軀體與腳形「几」兩側直筆拉長，並在橫畫上加一短橫，橫畫下方加一橫筆，受到類化影響，而寫成「屰」之形。

「邊」，金文从臱，作「邊」（盂鼎），上博簡「鄒」从臱，作「鄒」（曹17.21）。「鄒」的臱旁乃將「邊」的「西」兩旁豎筆向上延伸，受到類化影響，而寫成「屰」之形。

「束」，金文作「束」（作冊大鼎）。「碑」从石从束，上博簡作「碑」（用8.16）之形，是將「束」的「朩」橫畫上加一短橫，橫畫下方加一橫筆，受到類化影響，而寫成「屰」之形。

字　例	未類化字形	類化為「屰」形
吳		彭7.51
帝	東11.17	緇4.33
歸		周4.36
商	民8.7	采2.14
簙		曹52.10
央		子11.14
鄒		曹17.21
彔		孔9.10
蒽		周4.5
鹿	鬼6.31	孔23.21
婦		曹34.18
綠		孔10.21
碑		用8.16

由上討論可知，上博簡類化成「屰」形的字形中多由「屮」、「西」、「朩」等變化而來。

第三章　地域性色彩與交融

從文字演變來看，戰國文字承襲兩周文字而來，且各有改易。許慎曾在《說文·敘》提到戰國時期「分爲七國，田疇異畝，車涂異軌，律令異法，衣冠異制，言語異聲，文字異形」，[註1] 說明戰國時期文字異形的現象，容庚則進一步提出「春秋戰國，異體朋興。細長之體，盛行於齊徐許諸國」，[註2] 認爲文字異形的現象早在春秋時期已見其貌。

戰國文字的分域研究，自王國維提出東土、西土，說明「秦用籀文，六國用古文」的說法，[註3] 唐蘭在《古文字學導論》中將戰國文字分爲六國系與秦系，[註4] 郭沫若則將東周銅器區分爲 32 國，並約略分爲南北二系，[註5] 胡小石則將東土文字又區分爲北土與南土二派。[註6] 陳夢家則透過東周金文將東土文字區分爲東土系、西土系、南土系、北土系、中土系等五系。[註7] 李學勤在

〔註 1〕許慎撰、段玉裁注：《說文解字注》（杭州：浙江古籍出版社，2006 年），頁 757～758。

〔註 2〕容庚：《商周彝器通考》（台北：文史哲，1985 年），頁 90。

〔註 3〕相關論述詳見王國維：〈史籀篇疏證序〉、〈戰國時秦用籀文六國用古文說〉、〈桐鄉徐氏印譜序〉、〈史記所謂古文說〉、〈漢書所謂古文說〉、〈說文所謂古文說〉等文章。

〔註 4〕唐蘭：《古文字學導論》（台北：學海，1986 年），頁 31。

〔註 5〕郭沫若：《兩周金文辭大系·序》（台北：大通書局，1931 年），頁 15～16。

〔註 6〕南土以楚爲中心，北土以齊爲中心。詳見胡小石：〈古文字變遷論〉，《胡小石論文集》（上海：上海古籍，1982 年），頁 171。

〔註 7〕陳夢家：〈中國銅器概述〉，《海外中國銅器圖錄》（台北：台聯國風，1976 年），頁 4。

〈戰國時代的秦國銅器〉中將戰國文字分爲秦、三晉、齊、燕、楚五式，〔註8〕後又將五式中的「周衛」獨立出來，改爲齊國、燕國、三晉、兩周、楚國、秦國六系。〔註9〕此後，學界多承襲李學勤將戰國文字區分爲齊系、燕系、晉系（或言三晉系）、楚系、秦系等五系的說法，如何琳儀《戰國文字通論》〔註10〕承襲李學勤之說，依戰國文字的地域特性，加以分域，形成「五系文字」。

從戰國文字看上博簡，上博簡文字除了使用戰國時期通用的字形外，尚有大量的字形體現楚系文字色彩，又因可能出土於湖北江陵一帶，〔註11〕有學者依此認爲上博簡爲楚簡；〔註12〕此外，前賢也曾提出，在上博簡中還有許多看似非楚字特色的字形，〔註13〕它們雜有齊魯系與晉系文字特徵的字形結構。〔註14〕足見

〔註 8〕李學勤：〈戰國時代的秦國銅器〉，《文物》1957 年第 8 期，頁 38。

〔註 9〕李學勤：〈戰國題銘概述（上）〉，《文物》1959 年第 7 期，頁 50～54；李學勤：〈戰國題銘概述（中）〉，《文物》1959 年第 8 期，頁 60～63；李學勤：〈戰國題銘概述（下）〉，《文物》1959 年第 9 期，頁 98～62。

〔註10〕何琳儀《戰國文字通論》（北京：中華書局，1989 年），頁 77～183。又見何琳儀《戰國文字通論（訂補）》（南京：江蘇教育，2003 年），頁 85～201。

〔註11〕馬承源：《上海博物館藏戰國楚竹書（一）·前言：戰國楚竹書的發現保護和整理》，（上海：上海古籍書店出版社，2001 年），頁 1～4。

〔註12〕詳見張立行：〈戰國竹簡露眞容〉，《文匯報》1999 年 1 月 5 日第 1、3 版；張立行：〈戰國竹簡漂泊歸來獲新生〉，《文匯報》1999 年 1 月 6 日第 3 版；鄭重：〈「上博」看楚簡〉，《文匯報》1999 年 1 月 14 日第 11 版；施宣圓：〈上海戰國竹簡解密〉《文匯報》2000 年 8 月 16 日頭版。趙蘭英：〈解讀戰國楚簡〉，《瞭望新聞週刊》第 42 期 2000 年 10 月；陳燮君：《上海博物館藏戰國楚竹書（一）·序》（上海：上海古籍，2001 年 11 月），頁 1～4；陳燮君：〈戰國楚竹書的文化震撼〉，《解放日報》2001 年 12 月 14 日第 8 版；陳燮君：《先秦古籍的又一次重要發現》，《中國文物報》2002 年 1 月 11 日；朱淵清：〈馬承源先生談上博簡〉，《上博館藏戰國楚竹書研究》（上海：上海書店，2002 年），頁 1～8。

〔註13〕林師素清：〈郭店、上博緇衣簡之比較研究〉，《新出土文獻與古代文明》，2004 年 4 月，上海大學出版社，頁 83～96。

〔註14〕這樣的現象在郭店楚簡中也有同樣的情況。周鳳五曾在〈郭店竹簡的形式特徵及其分類意義〉一文指出，根據形體結構與書法體勢，《性自命出》、《成之聞之》、《尊德義》、《六德》，是出自齊魯儒家經典抄本，但已被楚國文字馴化；《語叢》（一）、（二）、（三）當是戰國齊魯儒家經典文字的面貌；《唐虞之道》、《忠信之道》中也有保存一些齊系文字結構。

上博簡文字不僅表現出戰國文字的面貌，也散發出濃厚楚文字的味道，且雜有它系文字色彩。

　　上博簡持續的發表，越來越多不同地域特徵的文字紛紛躍於紙上，呈現多元並行的面貌。下文即針對上博簡文字中具楚系及它系色彩的文字分節討論。

第一節　楚系文字色彩

　　郭沫若在《兩周金文辭大系・序言》認爲徐舒一帶文字：南文尙華藻，字多秀麗，北文重事實，字多渾厚。〔註15〕胡小石也認爲「至齊、楚之分，齊書整齊，而楚書流麗。」〔註16〕說明楚系文字風格與他系不同。李學勤則更明確指出楚系文字與他系文字在結構上的不同，〔註17〕反映楚文字地域性特點。

　　楚系文字的地域性特點，反映在文字結構上有諸多的差異，特殊的飾筆、特別的偏旁寫法、獨特的組合方式、獨特的部件等，都是構成楚系文字特殊結體的因素。以下依上博簡文字具楚系文字色彩的情況，茲就特殊部件及結體二方面討論之。

一、楚系特殊部件

　　劉彬徽曾言楚銘文作爲偏旁的金、竹等形，寫法特殊。〔註18〕林素清曾針對包山楚簡，歸納出戰國中晚期楚文字偏旁的一些特色，並可作爲檢驗楚文物的可靠標尺，如：水旁，往往將水形橫置，並置於字體下方，作 ；心旁，往往作 ，並置於字體下方；金旁，多作金、金、金等形；竹旁，竹旁作「竹」爲楚文字特有；糸旁，多作 ；貝旁，貝形往往橫置，作「 」之形，目作「 」之形；阜旁，多作 或 ；刀旁，作 或 形；巾旁，巾作 形。〔註19〕林清源

〔註15〕郭沫若：《兩周金文辭大系・序》（台北：大通書局，1931 年），頁 16。

〔註16〕胡小石：《胡小石論文集》（上海：上海古籍，1982 年），頁 171。

〔註17〕李學勤：「戰國時代的漢字可分爲秦、三晉（周、衛附）、齊、燕、楚五式，其風格結構各有其特異之處。」詳見李學勤：〈戰國時代的秦國銅器〉，《文物》1957 年第 8 期，頁 38。

〔註18〕劉彬徽：《楚系青銅器研究》（武漢：湖北教育，1996 年），頁 376。

〔註19〕戰國楚文字從水旁字，往往將水橫置，且置於字體下方。詳見林素清：〈探討包山楚簡在文字學上的幾個問題〉，《中央研究院歷史語言研究所集刊》第六十六本，第四分，頁 1119～1121。

則針對楚國文字提出幾個具有強烈區域特徵的偏旁，如金作「金」、「釒」；阜作「阝」、作「阝」；貝作「貝」、「貝」；糸作「糸」；隹作「隹」；之作「止」、「止」；其作「丌」、「亓」；皿作「皿」；皀作「皀」；壴作「壴」；豆作「豆」等。〔註20〕何琳儀則針對楚系文字提出 10 個具濃厚楚系色彩的特殊偏旁，如水、阜、石、巾、系、金、巳、竹、次、心等。〔註21〕

　　上博簡文字中，除了大量戰國時期共用寫法的部件，也有爲數不少的楚系文字色彩的部件。以下針對上博簡文字，逐一考察楚系的特殊部件，並分述之。

1. 水

　　上博簡「水」形位置分布豐富：可置於整個字形之上，或下，或左，或右，〔註22〕甚有插入字形結構中者〔註23〕。雖「水」形位置分布不一，但大致上仍有一定的模式。上博簡以將「水」形置於字形左側最常見，〔註24〕這與戰國時

〔註20〕林清源：《楚國文字構形演變研究》（台中：東海大學中國文學系博士論文，1997年），頁 199～250。

〔註21〕何琳儀：《戰國文字通論訂補》（南京：江蘇教育，2003 年），頁 172～173。

〔註22〕如「溺」、「波」字例。此與位置左右互易異化有關。

〔註23〕如「涉」、「」字例。

〔註24〕如「河」作「河」（孔 29.16）、「江」作「江」（容 26.15）、「涂」作「涂」（容 25.8）、「渭」作「渭」（容 27.18）、「洛」作「洛」（容 26.37）、「深」作「深」（柬 8.3）、「淮」作「淮」（容 25.15）、「泗」作「泗」（容 37.20）、「灘」作「灘」（三 10.21）、「渚」作「渚」（逸交 2.1）、「浸」作「浸」（周 11.7）、「沽」作「沽」（鮑 5.22）、「涇」作「涇」（周 24.30）、「海」作「海」（中 18.30）、「滔」作「滔」（三 7.29）、「消」作「消」（容 24.11）、「浮」作「浮」（鮑 3.27）、「清」作「清」（孔 21.48）、「淵」作「淵」（性 27.23）、「澤」作「澤」（曹 2.3）、「淫」作「淫」（緇 4.7）、「汙」作「汙」（昭 1.9）、「決」作「決」（容 24.24）、「津」作「津」（容 51.19）、「淒」作「淒」（曹 43.11）、「沈」作「沈」（鬼 7.2）、「汗」作「汗」（三 12.27）、「湯」作「湯」（孔 17.17）、「滑」作「滑」（昭 1.7）、「酒」作「酒」（從甲 8.24）、「滄」作「滄」（柬 1.24）、「汲」作「汲」（競 5.27）、「泣」作「泣」（柬 14.6）、「池」作「池」（曹 6.29）、「沴」作「沴」（逸交 1.2）、「次」作「次」（周 53）、「」作「」（三 16.26）、「泊」作「泊」（柬 1.4）、「汓」作「汓」（季 4.30）、「浚」作「浚」（子 7.16）、「涅」作「涅」（互 4.21）、「淫」作「淫」（弟 8.9）、「㵾」作「㵾」（周 45.32）、「蒲」作「蒲」（季 4.31）、「溪」作「溪」（容 31.34）、「漆」作「漆」（容 25.2）、「滿」作「滿」（昭 5.28）、「游」作「游」（柬 12.12）等 48 字例。

期普遍寫法相同，也與後來隸楷「水」形多置於字形左側相同。〔註25〕另外，置於字形上方與下方者，則表現出楚系色彩。

（1）橫置於字形之上方

「水」形橫置於上方非常罕見，僅見 1 字例。如「海」作「（字形）」（民 7.11）、「（字形）」（民 12.19）。

（2）置於字形之下方

戰國楚文字從水旁的字，往往將水置於字體下方。上博簡也多有此情況，如：「浸」作「（字形）」（性 18.29）；「潛」作「（字形）」（性 19.13）；「濫」作「（字形）」（從乙 2.11）；「滄」作「（字形）」（從甲 19.13）；「滅」作「（字形）」（互 2.11）；「澤」作「（字形）」（容 3.8）、「（字形）」（彭 6.21）；「濕」作「（字形）」（容 24.10）；「泉」作「（字形）」（容 25.38）；「渠」作「（字形）」（容 26.36）；「溺」作「（字形）」（姑 10.33）；「滌」作「（字形）」（容 3）；「灘」作「（字形）」（孔 11.22）；「榮」作「（字形）」（容 23.11）；「㝅」作「（字形）」（容 21.6）；「淒」作「（字形）」（周 58.16）；「漸」作「（字形）」（周 50.33）、「（字形）」（周 50.10）；「瀾」作「（字形）」（周 45.30）；「菉」作「（字形）」（周 44.1）；「桼」作「（字形）」（周 58.4）；「溝」作「（字形）」（競 6.20）等。以上共 20 字例，「水」形皆位於字形下方。以上有 19 例以橫躺方式表現，並置於字體下方，充分表現出戰國楚文字水旁的特點。其中較為特別的是「（字形）」（容 25.38），其「水」形的位置不僅僅是位於聲符的下方，在整個字形結構中，「水」形呈現向右上偏斜，與戰國楚簡文字的特點相符合。又一般楚字橫置的「水」形作「（字形）」，中間橫筆一筆結束，曲度不大。「（字形）」（恆 11.20）、「（字形）」（周 50.1）、「（字形）」（周 50.10）、「（字形）」（周 50）、「（字形）」（周 50）的「水」形，中間橫筆有斷開，由兩筆寫成。「（字形）」（從 19.4）、「（字形）」（從乙 2.11）、「（字形）」（昔 3.43）的「水」形，中間橫筆有波磔之勢，由兩個連續動作完成。「（字形）」（孔 10.9）的「水」形，中間橫筆稍作傾斜，並加有一黑點。「（字形）」（恆 5.12）的「水」形，中間橫筆趨向筆直，兩旁的四點長度甚短，左右距離加寬，與「（字形）」迥異。「（字形）」（彭 6.21）的「水」形雖在下方，但卻不用橫躺的方式呈現，反以直立的方式

〔註25〕「水」形佔據字形結構的左方，擔任義符的功能。此字形結構是最常表現的方式之一，也與秦以後文字「水」形多占左方相符。其中「深」較為不同，雖此歸納在左方，更明確的說，應在字形的左下方。《緇衣》「淫」的最末一橫畫拉的很長，將置於左方的「水」形稍微向上推移。《周易》簡 24 的「水」形末端向右邊靠去，使其聲符略居右上方。

表示。「」（孔 10.9）、「」（恆 5.12）、「」（彭 6.21）應與非純粹楚字有關。

又「水」形置於整個聲符之下或上或中時，採橫躺的方式，作「」形，餘則直放，作「」形。「水」形橫躺或直立的考量，應與整個字形結構有關。「水」表示水流之形，獨立出現時，字形較屬長條形。「水」形成爲形符，與其他字形結合時，若放至於或左或右，則不妨礙字形方正。放置於上方或下方或中間時，若將「水」形直立，容易使整個文字結構過長，「水」形橫躺，字形就不會拉長太多，是較好的選擇。

再者，楚竹書是書寫於竹簡上的文字，其寬度有限，字體書寫過寬，版面不夠書寫，字形就無法完整顯現，造成閱讀困難，故無法書寫太寬，限制文字的橫向發展。字體結構橫向發展有礙，向上或向下反而沒有太大阻礙。字體稍長一些，僅需要較長或較多的竹簡，不會導致字體無法寫完的窘境，所以字體有漸向長條形發展的趨勢。這也可說明爲何上博楚簡「水」形置於聲符下方字例甚多，除了楚字的特點外，顧慮書寫版面，也是影響之一。

2. 金

「金」，何琳儀指出楚系文字多連筆作「金」、「金」、「金」、「金」、「金」之形，秦系則已有聲化从今趨勢。〔註26〕齊系、晉系、燕系多承襲金文作之形。上博簡的「金」形有作「」（周 40.12）、「」（容 18.20）、「」（性 3.25）之形。「金」承襲兩周金文，爲戰國普遍寫法，「金」連筆之形表現出楚系色彩。上博簡中，除了「金」具楚系色彩外，還可發現不具連筆，但省去中間豎筆的「金」也是他系所無。

字　例	上博簡字形	楚系字形	齊系字形	燕系字形	晉系字形	秦系字形
金	金 周 40.12 金 容 18.20 金 性 3.25	金 郭店·老甲 38	金 陳侯午錞	金 璽彙0363	金 中山方壺	金 雲夢·效律 7

上博簡从金之字例，也多有从楚系寫法，如：「鈞」作「」（子 2.12）、「鐘」作「」（孔 14.20）等。

3. 竹

「竹」，象形，各系普遍承襲金文寫作「」（貨系 316），而楚系的竹形

〔註26〕何琳儀：《戰國古文字典：戰國文字聲系》（北京：中華書局，1998 年），頁 1392。

則會在兩豎筆中間加上短橫，[註27]與他系寫法迥異。上博簡「竹」形除了「⺮」寫法之外，還有在豎筆上加短橫或圓點，作「林」、「个个」。「林」與包山楚簡「⺮」（包山 150）相同，具楚系文字色彩。「个个」飾筆以圓點表示，在以往的古文字材料較爲罕見，上博簡則有這樣的字例，如：「篝」作「篝」（子 13.23）。「林」、「个个」飾筆不管是短橫或圓點，同樣具有楚系文字色彩。

上博簡从竹之字例，也多有从楚系寫法，如：「節」作「節」（三 3.35）；「等」作「等」（曹 41.10）、作「等」（季 7.6）；「筮」作「筮」（周 9.3）；「箸」作「箸」（性 8.23）；「竿」作「竿」（三 21.2）；「籚」作「籚」（容 25.27）；「管」作「管」（季 4.19）；「芥」作「芥」（柬 2.12）；「箈」作「箈」（君 4.4）；「筵」作「筵」（彭 2.45）；「筐」作「筐」（曹 21.11）；「籲」作「籲」（柬 15.20）；「簔」作「簔」（柬 15.19）；「籭」作「籭」（鮑 3.40）；「簪」作「簪」（曹 52.10）；「籤」作「籤」（君 10.5）；「籚」作「籚」（競 3.13）；「席」作「席」（君 4.4）、「席」（天甲 9.1）等。

4. 欠

「欠」，金文作「欠」（次尊）。楚系文字多作「欠」之形，[註28]晉系作「欠」、「欠」之形，秦系作「欠」之形。

上博簡从欠之形多作「欠」或作像「次」形──「欠」之形。如：「欽」作「欽」（周 26.1）、「欽」（君 6.15）；「欲」作「欲」（魯 5.14）、「欲」（鮑 5.38）；「歆」作「歆」（弟 11.22）；「故」作「故」（曹 55.26）；「欨」作「欨」（周 55.23）；「軟」作「軟」（子 11.29）；「歎」作「歎」（季 19.33）；「歙」作「歙」（容 3.22）、「歙」（三 12.42）；「謍」作「謍」（從乙 4.5）、「謍」（周 33.18）；「次」作「次」（周 53.23）；「既」作「既」（鮑 8.8）、「既」（周 53.19）；「熭」作「熭」（互 9.36）、「熭」（容 30.23）；「燹」作「燹」（民 10.12）；「資」作「資」（曹 17.25）等。「欠」下方作像「ㄑ」形，「欠」下方則從兩短撇筆。「欠」與楚系文字的特殊寫法相同。「欠」與楚系文字寫法相同，如「欨」（包山 143）所从欠旁也是作「欠」之形，在他系中又未見，故「欠」也具楚系色彩。

〔註27〕林師素清：〈探討包山楚簡在文字學上的幾個問題〉，《中央研究院歷史語言研究所集刊》第六十六本，第四分，頁 1119～1121。劉彬徽：《楚系青銅器研究》（武漢：湖北教育，1996 年），頁 376。何琳儀：《戰國文字通論訂補》（南京：江蘇教育，2003 年），頁 172～173。

〔註28〕何琳儀：《戰國文字通論訂補》（南京：江蘇教育，2003 年），頁 172～173。

5. ⿰

「⿰」原本作「⿰」（「發」的偏旁，太子劍）之形，在上博簡中則重複「⿰」形，作「⿰」（競 3.11）之形。其它從⿰之字形也有相同的現象，如「癹」作「⿰」（昔 4.7）、「樸」作「⿰」（周 32.1）、「𢼄」作「⿰」（鮑 8.6）、「發」作「⿰」（競 3.17）等皆重複相同的部件「⿰」。將「⿰」字形重複寫成「⿰」（競 3.11）之形者，在楚文字中常見，如「癹」作「⿰」（郭店‧老丙 3）、「發」作「⿰」（包山 143）等。他系文字則多寫作「⿰」形，如「癹」，晉系寫作「⿰」（璽彙 0116）秦系寫作「⿰」（青川木牘）；「發」，秦系寫作「⿰」（雲夢‧秦律 65）。晉系「⿰」、秦系「⿰」與「⿰」作「⿰」形不同，「⿰」作「⿰」形具楚文字特色。

6. 石

「石」，金文作「⿰」（鄭子石鼎），戰國文字承襲金文寫法。楚系文字常在厂下或厂上繁增橫畫，作「⿰」（包山 80）、「⿰」（包山 150）、「⿰」（包山 208）等。他系文字則多作與金文同。

上博簡從石的字形，石形也多作「⿰」、「⿰」之形，如：「迠」作「⿰」（昭 1.39）、「⿰」（木平 3.3）；「重」作「⿰」（季 18.8）、「⿰」（曹 30.2）、「⿰」（曹 45.12）；「庶」作「⿰」（緇 20.17）、「⿰」（魯 6.12）、「⿰」（內 8.25）；「危」作「⿰」（緇 16.30）；「石」作「⿰」（魯 4.24）、「⿰」（性 3.26）；「礪」作「⿰」（周 30.11）；「礜」作「⿰」（采 3.33）；「厚」作「⿰」（彭 7.33）、「⿰」（孔 15.10）、「⿰」（曹 54.17）；「箬」作「⿰」（君 4.4）；「席」作「⿰」（君 4.4）、「⿰」（天甲 9.1）等。

7. 巾

「巾」，金文作「巾」（元年師兌簋）之形。戰國文字承襲金文寫法，或在豎筆上半部繁加橫畫，作與「市」形相同。燕系文字中間豎筆作曲筆，與虫字同形，作「⿰」（璽彙 0729）；〔註29〕楚系文字則在豎筆繁加短橫或圓點，〔註30〕作「⿰」（不字所從，仰天 4）或「⿰」（不字所從，信陽 2.15）之形。

〔註29〕何琳儀：《戰國古文字典：戰國文字聲系》（北京：中華書局，1998 年），頁 1316。

〔註30〕何琳儀：《戰國文字通論訂補》（南京：江蘇教育，2003 年），頁 172～173。林師素清：〈探討包山楚簡在文字學上的幾個問題〉，《中央研究院歷史語言研究所集刊》第六十六本，第四分，頁 1119～1121。

上博簡从巾的字形，巾形也多在豎筆上繁加短橫或圓點，如：「帛」作「🀄」（競 1.23）、「🀄」（魯 2.25）；「敝」作「🀄〔註31〕」（鮑 4.22）等。這樣的寫法與楚系文字相同，具楚系文字色彩。

8. 心

「心」，金文作「🀄」（師望鼎）、「🀄」（克鼎）之形。戰國文字承襲金文，多作「🀄」（中山王響壺）之形，橫向筆畫連接在一起，串穿「🀄」形。楚系文字則多作「🀄」（包山 247），中間「🀄」形不開口，作水滴狀「🀄」形，常分兩筆寫成，並置於字體下方。

上博簡的「心」形多作「🀄」（緇 5.11）、「🀄」（孔 4.15）之形，與「🀄」（包山 247）相同，具楚系文字色彩。上博簡从心之字，也多作此形，如：「思」作「🀄」（孔 10.24）；「慮」作「🀄」（緇 17.4）；「情」作「🀄」（緇 2.4）；「志」作「🀄」（孔 26.13）；「悳」作「🀄」（孔 7.4）、「🀄」（曹 21.13）、「🀄」（周 28.25）；「慎」作「🀄」（曹 48.4）、「🀄」（孔 28.9）；「忠」作「🀄」（緇 11.23）、「🀄」（孔 26.1）、「🀄」（從乙 4.17）；「念」作「🀄」（鬼 7.4）；「戀」作「🀄」（中 12.10）、「🀄」（弟 4.18）；「忻」作「🀄」（三 1.28）；「慧」作「🀄」（性 38.36）；「悲」作「🀄」（三 11.26）；「怒」作「🀄」（競 6.26）；「慈」作「🀄」（中 7.2）；「恩」作「🀄」（姑 9.39）；「慶」作「🀄」（緇 8.11）；「寒」作「🀄」（周 45.11）；「惟」作「🀄」（鬼 7.5）；「懷」作「🀄」（季 22.25）；「懼」作「🀄」（從乙 3.13）；「忎」作「🀄」（魯 3.49）；「惜」作「🀄」（三 4.42）；「戀」作「🀄」（彭 7.6）；「愚」作「🀄」（周 51.36）；「惛」作「🀄」（性 19.16）；「怕」作「🀄」（昭 9.27）；「懽」作「🀄」（中 22.8）；「急」作「🀄」（弟 5.27）；「極」作「🀄」（互 12.35）；「愉」作「🀄」（彭 7.25）；「愚」作「🀄」（中 26.1）；「𢘓」作「🀄」（性 37.19）；「憜」作「🀄」（中 18.3）；「怫」作「🀄」（周 24.26）；「忘」作「🀄」（孔 6.26）；「憧」作「🀄」（中 4.12）；「悸」作「🀄」（周 48.31）；「惑」作「🀄」（鬼 6.16）、「🀄」（緇 4.11）、「🀄」（中 7.10）；「悟」作「🀄」（從乙 3.9）；「悁」作「🀄」（孔 27.38）；「𢝵」作「🀄」（孔 17.23）；「怨」作「🀄」（曹 17.8）；「惡」作「🀄」（緇 4.3）等，也具楚系色彩。

〔註31〕字形作🀄。

9. 阜

「阜」，金文作「⻖」（陽字所從，宜陽右倉簋）、「⻖」（陽字所從，叔姬鼎）之形。戰國文字承襲金文，「⻖」爲普遍寫法。而秦系文字有作「阝」之形，楚系文字則作「⻖」之形。

上博簡「阜」旁除了戰國普遍寫法外，還有作「⻖」之形，與楚系文字相同。上博簡其他從「阜」旁的字形，也多作「⻖」之形，且喜繁從土形。如：「陵」作「⻖」（弟 2.4）；「陸」作「⻖」（周 50.35）；「降」作「⻖」（性 2.7）；「障」作「⻖」（曹 43.12）；「階」作「⻖」（昭 3.29）；「隙」作「⻖」（緇 19.46）等。

偏 旁	上博簡字形	楚系字形	齊系字形	燕系字形	晉系字形	秦系字形
阜	⻖ 隙字所從，緇 19.46	⻖ 陽字所從，包山 78	⻖ 陽字所從，平陽戈	⻖ 陰字所從，璽彙 0085	⻖ 陽字所從，侯馬盟書	阝 陽字所從，雲夢・問答 57

10. 豸

「豸」，秦系文字作「豸」（雲夢・日甲 71 反），齊系文字作「豸」（貉字所從，陶彙 3.1056）、「豸」（貉字所從，陶彙 3.1057）；晉系文字作「豸」（貘字所從，璽彙 2872）；楚系則常作「鼠」形，如「貂」從鼠，召省聲，作「鼠」（隨縣 10）。

上博簡「豸」作「豸」（鬼 6.20），與楚系文字將「豸」改用「鼠」形替代相同。上博簡從「豸」之字也多從「鼠」形，如：「豹」作「豹」（逸交 2.17）；「狐」作「狐」（周 37.26）；「豺」作「豺」（三 18.5）；「貌」作「貌」（三 18.6）；「貙」作「貙」（周 45.24）。

11. 象

「象」，金文作「象」（且辛鼎）、「象」（師湯父鼎）之形。戰國文字承襲金文「象」，或有省變。秦系文字作「象」（雲夢・爲吏 17）；晉系作「象」（璽彙 1455）；楚系文字在下半部與肉形相混同，[註32] 作「象」（鄂君啓車節）之形。「象」與兔形同。從「象」的「豫」字可見各系的「象」形寫法不同（見下表），楚系的「象」形作兔形。

字 例	上博簡字形	楚系字形	齊系字形	燕系字形	晉系字形	秦系字形
豫	豫 曹 43.8	豫 包山 7	豫 陳豫戈	豫 十三年乘馬戈	豫 璽彙 2083	豫 陶彙 5.123

〔註32〕何琳儀：《戰國古文字典：戰國文字聲系》（北京：中華書局，1998 年），頁 677。

上博簡「象」有作「象」（鬼 6.37）之形。但從「象」的「豫」字則寫作從兔之形，如：「豫」（曹 19.11）、「豫」（曹 43.8）、「豫」（孔 4.11）、「豫」（姑 1.40）等，具楚系文字色彩。

12. 兔

「兔」，秦系文字作「兔」（石鼓文‧田車）；晉系文字作「兔」（逸字所從，中山圓壺）。

上博簡「兔」作「兔」（孔 25.5）之形，具楚系文字色彩。上博簡從兔之字，也多作此形，如：「逸」作「逸」（三 4.17）、「毚」作「毚」（孔 8.33）、「毚」（容 38.20）等。

13. 豕

「豕」，戰國文字呈現各系文字特點：秦系文字作「豕」（雲夢‧日乙 158）；齊系文字作「豕」（璽彙 2599）；燕系文字作「豕」（璽彙 1224）、「豕」（璽彙 1679）；晉系文字作「豕」（璽彙 1218）；楚系文字作「豕」（包山 227）、「豕」（包山 211）。

上博簡從豕的字形有從「豕」之形，具楚系文字色彩，如：「豢」作「豢」（容 28.40）、「豤」作「豤」（周 44.39）、「家」作「家」（柬 12.20）。

14. 皿

「皿」，西周金文作「皿」（皿犀簋）之形，春秋金文或在下方底座中間加飾筆「皿」，戰國文字承襲兩周金文，或外翻口沿「皿」，或口沿取直「皿」，或有訛變從止形。〔註33〕晉系文字有作「皿」（孟字所從，吉大 57）、「皿」（孟字所從，璽彙 1349）；齊系文字作「皿」（孟字所從，禾簋）；秦系文字作「皿」（孟字所從，集粹）；楚系文字作「皿」（盛字所從，包山 197）。

上博簡皿旁除了承襲兩周金文作「皿」之外，尚有作「皿」（盈字所從，用 17.5）、「皿」（濁字所從，天甲 8.21）之形。「皿」、「皿」中間訛作似「口」形，或連筆寫成，與楚系文字吻合，具楚系文字色彩。上博簡從皿之字也有作此形者，如：「盈」作「盈」（用 17.5）；「濁」作「濁」（天甲 8.21）、「濁」（天乙 7.32）；「盃」作「盃」（三 13.9）；「盤」作「盤」（曹 50.16）等。

〔註33〕何琳儀：《戰國古文字典：戰國文字聲系》（北京：中華書局，1998 年），頁 731。

部　件	上博簡字形	楚系字形	齊系字形	晉系字形	秦系字形
皿	「日」，盈字所從，用 17.5　「至」，濁字所從，天甲 8.21	「至」盛字所從，包山 197	「豆」孟字所從，禾簋	「量」孟字所從，璽彙 1349　「㞴」孟字所從，吉大 57	「☲」孟字所從，集粹

15. 皀

「皀」，西周金文作「𣎆」（即之所從，競卣）之形，戰國文字承襲金文作「𣎆」（即之所從，中山王嚳壺）之形。楚系文字有作「𣎆」之形，下方形體離析成似口之形。

上博簡從皀的字形，有作「𣎆」形，與楚系文字吻合，具楚系文字色彩。如：「即」作「𫝀」（用 14.24）、「飤」作「𫝀」（曹 11.11）、「既」作「𫝀」（用 12.1）。

16. 豆

「豆」，金文作「豆」（豆閉簋）、「豆」（周生豆）、「豆」（散盤）之形。戰國文字承襲金文寫法。燕系文字寫作「𡴋」（喜字所從，璽彙 0395）；楚系文字或在底座部分改寫成似口之形，如「豆」（信陽 2.20）。

上博簡從豆之字，豆形作「豆」之形，與楚系文字吻合，具楚系文字色彩。如：「鼓」作「𩫕」（桓 20.3）「梪」作「梪」（彭 8.21）；「鼓」作「𩼬」（孔 14.21）；「豊」作「𧯓」（從甲 3.1）、「𧯓」（三 5.27）、「𧯓」（緇 13.11）；「豐」作「豐」（周 51.18）、「憙」作「𧯓」（昔 3.11）；「壴」作「豈」（弟 9.5）；「彭」作「𧯓」（彭 7.15）；「豑」作「𩾇」（逸交 2.12）等。

17. 巴

「巴」，楚文字作「𠃊」之形。[註34] 上博簡中也有作此形者，如：「叝」作「𠨳」（緇 10.11）、「肥」作「𣕕」（容 49.4）、「範」作「𫐄」（容 51.29）等。

18. 貝

「貝」，金文作「𧸇」（馭八卣）、「𧸇」（師遽簋）、「貝」（召伯簋）之形。戰國文字多作「貝」（璽彙 5378）。楚系文字則常將貝形上方的部件斜置，作「𧴪」（貸字所從，包山 105）之形，並常置於字形下方，爲他系所無，具楚系文字特點。

上博簡文字從貝的字形，多有作「貝」之形，與楚系文字「𧴪」相同。如：

〔註34〕何琳儀：《戰國文字通論訂補》（南京：江蘇教育，2003 年），頁 172～173。

「資」作「□」（曹 17.25）；「賞」作「□」（曹 35.27）；「賜」作「□」（弟 22.5）；「貤」作「□」（容 6.18）；「負」作「□」（曹 21.24）；「賓」作「□」（容 13.19）；「賓」作「□」（季 16.4）；「賤」作「□」（緇 10.16）；「賦」作「□」（容 18.33）；「貪」作「□」（從甲 5.3）；「貧」作「□」（弟 6.4）；「貴」作「□」（弟 6.15）；「貴」作「□」（孔 6.38）；「貴」作「□」（緇 11.29）；「賽」作「□」（容 29.12）；「賽」作「□」（容 6.21）；「賍」作「□」（曹 54.19）；「曼」作「□」（曹 7.3）；「賓」作「□」（相 3.11）；「賀」作「□」（容 39.19）；「賡」作「□」（從甲 16.3）；「賣」作「□」（周 12.30）；「贅」作「□」（柬 21.21）等。

19. 今

「今」，金文作「Ａ」（師兌簋）、「□」（召伯簋）之形。上博簡有承襲金文作「□」（曹 4.1），或繁加飾筆作「□」（曹 65.13）；也有繁加口形，並包覆於左側，作「□」（子 8.32）、「□」（季 14.7）之形。

「今」繁加口形，在晉系文字亦見，作「□」（中山王譽鼎），口形置於下方，而楚系文字則有包覆於左側，作「□」（信陽 1.65）之形。上博簡「□」、「□」與楚文字寫法相同，具楚系文字色彩。上博簡從今之字形也有從此形者，如：「貪」作「□」（從甲 5.3）、「□」（從甲 15.8）等，同樣具有楚系文字色彩。

綜上所述，可以考察出上博簡文字中具有楚系特殊部件者，共有 19 例：

1. 水：多橫置於字形上方或下方，作「□」之形。

2. 金：多連筆作「□」之形。

3. 竹：常置於字形上方，豎筆上加短橫或圓點，作「□」、「□」。

4. 欠：作「□」或「□」之形。

5. 𣥂：作「□」形。

6. 石：常在厂下或厂上繁增橫畫，作「□」、「□」之形。

7. 巾：多在豎筆上繁加短橫或圓點，作「□」或「□」之形。

8. 心：「□」（緇 5.11）、「□」（孔 4.15）之形，中間「Ｕ」形不開口，作水滴狀「□」形，或常分兩筆寫成，並置於字體下方。

9. 阜：作「□」之形，常置於字形左側，且喜繁從土形。

10. 豸：寫作「鼠」形「□」。

11. 象：寫作兔形「象」。

12. 兔：作「兔」之形。

13. 豕：作「豕」之形。

14. 皿：作「皿」、「皿」，中間訛作似「口」形，或連筆寫成，常置於字形下方。

15. 皀：下方形體離析，底座部分改寫成似口之形，作「皀」形。

16. 豆：下方形體離析，底座部分改寫成似口之形，作「豆」。

17. 巳：作「巳」之形。

18. 貝：常將貝形上方的部件斜置，作「貝」之形，並常置於字形下方。

19. 今：繁加口形，並包覆於左側，作「今」（子 8.32）、「今」（季 14.7）之形。

二、楚系特殊結體

楚系文字不僅有特殊的部件，也有特殊的結體。特殊結體，此指文字整個形體寫法特殊，不僅是其組成部件寫法特殊，其組成方式也不同。

楚系特殊結體，劉彬徽就曾言楚銘文中，歲、陵、平、關等字是爲楚所獨有，不見於中原北方。〔註35〕何琳儀也提出楚系文字中，陳、歲、事、間、成、申、童、陵、新、坪、蔡、戠、集、關、吁、嘗、無、易、賡、家、命、光、鑄、癸、酉、襄、安、乘、平、帀、昌、者、匋、軋、市〔註36〕等字的寫法與他系文字不同，具有楚系文字特點，並可藉以判定戰國文字的國別。〔註37〕

上博簡文字中，也存有大量的楚系文字中才有的特殊結體。以下將上博簡文字與各系文字比對，顯示上博簡與楚系文字相合，且爲他系文字所未見的寫法，計有250字例。如：「天」作「天」（性 2.6）、「天」（姑 4.27）；〔註38〕「吏」

〔註35〕劉彬徽：《楚系青銅器研究》（武漢：湖北教育，1996 年），頁 376。

〔註36〕按：原「孝」字應是誤植，古文字形是「市」字。

〔註37〕何琳儀《戰國文字通論（訂補）》（南京：江蘇教育，2003 年），頁 148～178、200～201。

〔註38〕上博簡的「天」有寫作：「天」（容 5.31）、「天」（互 4.12）；「天」（性 2.6）、「天」（姑 4.27）。這與楚系的郭店簡、包山簡的寫法相同：「天」（郭店‧老甲 18）、「天」（包山 213）。

作「�」（從甲 1 8.17）、「𡥈」（曹 36.12）、「𡥈」（曹 36.12）；﹝註39﹞「福」作「𥛱」（彭 5.18）；﹝註40﹞「神」作「𥛲」（互 4.15）；﹝註41﹞「祖」作「𥛱」（彭 1.6）；﹝註42﹞「禱」作「𥛱」（子 12.35）；﹝註43﹞「禍」作「𥛲」（容 16.24）、「𥛲」（競 8.8）、「𥛲」（三 13.38）；「禝」作「𥛲」（柬 18.12）；「皇」作「𦥑」（三 8.16）；「玉」作「𤣦」（季 3.25）、「𤣦」（容 38.40）；「璧」作「𤨾」（鮑 3.12）、「𤨾」（魯 3.51）；﹝註44﹞「氣」作「𤏳」（互 1.28）、「𤏳」（民 12.32）、「𤏳」（民 10.12）；﹝註45﹞「壯」

﹝註39﹞ 上博簡的「吏」有寫作：1.「�」（子 1.44）；「�」（競 6.31）；2.「�」（子 8.20）；3.「�」（中 14.2）；4.「�」（從甲 1 8.17）；5.「𡥈」（曹 36.12）；6.「𡥈」（曹 36.12）。這幾種寫法差異的地方爲：「又」形右上方是否有一點、「曰」是否作「口」形。其共同特點爲上方作「卜」形；中間從「曰」，不從「口」。1、2 種「又」形的寫法與 3、4、5、6「又」形的寫法不同。前者開口在左方，後者開口朝左上；前者「又」形筆畫方折或平直，後者「又」形筆畫較爲彎曲。1、2 種「又」形的寫法在帶有齊魯系色彩的篇章中常見。〈子禾子釜〉作「�」，晉系作「�」（璽彙 1810），首橫畫皆穿過豎筆，作「十」形，秦系作「�」（雲夢・效律 24）上方作「十」形，中間從「口」；而上博簡「吏」的各種寫法或有稍微的差異，但上方的橫畫皆不穿透，作「卜」形，中間從「曰」，明顯與他系文字不同。

﹝註40﹞ 上博簡的「福」作：「𥛱」（周 45.20）、「𥛱」（孔 12.13）、「𥛱」（三 5.42）、「𥛱」（彭 5.18）之形。「福」（中山方壺）、「福」（雲夢・日乙 146）爲左右結構。而上博簡的「福」則是上下結構，且「示」多作「𠀎」之形，與「𥛱」（郭店・語叢 4.3）相同，與晉系、秦系文字不同。又「𥛱」的「畐」形也與「𥛱」（帛書乙）同作與「酉」同形。

﹝註41﹞ 上博簡「神」作「𥛲」（互 4.15）之形，右邊「申」形從兩「口」形，與楚系文字相同。齊系〈陳財簋〉「神」作「𥛲」，「申」形作「𠁁」；晉系〈行氣玉銘〉「神」作「𥛲」，「申」形作「𠁁」；秦系「𥛲」（詛楚文）的「申」形從二「曰」，「神」（秦玉版）「申」形作「申」形；皆與楚系不同。

﹝註42﹞ 上博簡「祖」作二形：「𥛱」（彭 1.6）。齊系作「𥛱」（陳逆簋）、晉系作「𥛱」（中山王𧻂鼎），皆從又。上博簡「𥛱」字形與「𥛱」（𨟭陵君豆）形同，右方部件下方皆繁從「＝」形，不從又，與齊系、晉系不同，具楚字特色。

﹝註43﹞ 秦文字「禱」的壽形从似「工」之形；上博簡「禱」从日，壽形从似「口」之形，與楚系文字相同。

﹝註44﹞ 上博簡「璧」字的「玉」形在左側，與晉系、秦系文字在字形中間下方不同；且上博簡「璧」字的「玉」形作「𤣦」之形，「辛」形作「亲」形，皆爲楚字特點。

﹝註45﹞ 上博簡「氣」作「𤏳」，从既，火形具楚系色彩，與楚系文字相同；與晉系、秦系文字「氣」从「气」不同。

作「⿰」（弟 5.24）；〔註46〕「中」作「⿰」（周 39.9）、「⿰」（季 3.6）、「⿰」（姑 6.6）、「⿰」（容 40.4）、「⿰」容 7.4、「⿰」（互 8.24）、「⿰」（周 7.21）；「茅」作「⿰」（子 5.14）；〔註47〕「蒼」作「⿰」（相 3.3）；「藥」作「⿰」（從甲 16.16）；〔註48〕「薪」作「⿰」（逸多 1.10）；〔註49〕「小」作「少」（孔 3.12）；〔註50〕「尒」作「木」（采 3.20）；「必」作「⿰」（孔 16.37）、「⿰」（從甲 12.13）；「余」作「⿰」（周 14.1）；〔註51〕「吾」作「⿰」（孔 6.7）；「聞」作「⿰」（民 5.14）；「周」作「⿰」（曹 1.18）；〔註52〕「嚴」作「⿰」（三 15.16）；〔註53〕「喪」作「⿰」（三 16.15）；「前」作「⿰」（昔 1.26）；〔註54〕「歸」作「⿰」（周 50.3）；「發」作「⿰」（昔 4.7）；「歲」作「⿰」（柬 13.6）、「⿰」（鮑 8.2）；〔註55〕「正」作「⿰」（子 1.7）；〔註56〕「是」作「⿰」（逸交 3.7）、「⿰」（姑 6.41）；「過」作「⿰」（曹 52.28）、「⿰」（周 56.9）、「⿰」（性 32.20）；「速」作「⿰」（季 22.15）；〔註57〕

〔註46〕上博簡「壯」從「月」，與楚文字相同，與晉系、秦系文字從「月」不同。

〔註47〕楚系的「矛」形作「⿰」。詳見何琳儀：《戰國古文字典：戰國文字聲系》（北京：中華書局，1998 年），頁 256。

〔註48〕上博簡「樂」下方的木形作似「矢」之形，與楚系文字相同，與晉系、秦系文字從木形不同。

〔註49〕上博簡「薪」從木從辛從斤，具楚系色彩，與秦系從艸從新不同。

〔註50〕楚系「少」、「小」未分化。

〔註51〕齊系、燕系、晉系、秦系「余」字下方不加撇筆，上博簡「余」下方加撇筆，與楚文字相同，此與「少」、「小」未分化有關。

〔註52〕上博簡「周」字繁加撇筆與楚文字特點相同，爲他系文字所無。詳見何琳儀：《戰國古文字典：戰國文字聲系》（北京：中華書局，1998 年），頁 181。

〔註53〕晉系「嚴」字從厂，但上博簡與楚系文字不從厂形。

〔註54〕上博簡「前」與楚系文字皆從止形、不從刀，秦系文字則從刀。何琳儀指出楚系文字「前」的舟形作「⿰」形，上博簡「前」與之同。詳見何琳儀：《戰國古文字典：戰國文字聲系》（北京：中華書局，1998 年），頁 1044。

〔註55〕楚系「歲」字從日或從月混用。又何琳儀指出，楚系「歲」字戌省作戈狀，以月易下止旁，上止旁或訛作 ∨ 形。詳見何琳儀：《戰國古文字典：戰國文字聲系》（北京：中華書局，1998 年），頁 895～896。

〔註56〕上博簡「正」與楚系文字皆在上方繁加橫畫爲飾。

〔註57〕上博簡「速」的「朿」形從二木，與楚系文字同；秦系文字寫法與《說文》籀文「⿰」吻合。

「徙」作「⊡」（昭 5.17）；〔註58〕「遷」作「⊡」（中 8.35）；「復」作「⊡」（弟 5.23）；「得」作「⊡」（從甲 17.17）；「廷」作「⊡」（姑 9.31）；「衛」作「⊡」（曹 26.31）；「衛」作「⊡」（容 31.32）；「路」作「⊡」（魯 3.10）；〔註59〕「嗣」作「⊡」（周 2.1）；〔註60〕「舌」作「⊡」（周 27.14）；「干」作「⊡」（容 26.40）；「世」作「⊡」（曹 65.8）、「⊡」（姑 7.25）、「⊡」（季 14.10）、「⊡」（容 42.19）；「言」作「⊡」（孔 8.45）；「僕」作「⊡」（昭 8.29）；〔註61〕「韇」作「⊡」（昭 6.3）；「龔」作「⊡」（容 3.2）；「執」作「⊡」（彭 1.20）；〔註62〕「及」作「⊡」（容 19.42）、「⊡」（曹 52.7）；〔註63〕「史」作「⊡」（中 14.2）；「事」作「⊡」（子 14.5）、「⊡」（從甲 9.21）；〔註64〕「殺」作「⊡」（周 57.16）、「⊡」（柬 7.10）；「敗」作「⊡」（曹 46.6）；「收」作「⊡」（曹 47.2）；「教」作「⊡」（性 4.11）；「敓」作「⊡」（中 23.20）；「卜」作「⊡」（柬 1.17）；「貞」作「⊡」（周 22.4）、「⊡」（周 48.18）、「⊡」（容 5.20）；「相」作「⊡」（柬 10.5）；「眚」作「⊡」（昭 3.6）、「⊡」（彭 7.41）、「⊡」（曹 27.8）；「皆」作「⊡」（孔 10.32）、「⊡」（子 1.52）；「者」作「⊡」（姑 3.22）、「⊡」（互 1.38）、「⊡」（競 3.19）；「智」作「⊡」（孔 11.25）、「⊡」（孔 10.12）、「⊡」（性 2.23）；「百」作「⊡」（孔 13.17）、「⊡」（姑 1.39）；「奮」作「⊡」（性 38.25）；「舊」作「⊡」（姑 7.43）；「鳥」作「⊡」（容 21.12）、「⊡」（周 56.12）；「鳥」作「⊡」（緇 2.41）、「⊡」（子 9.4）、「⊡」（緇 17.28）、「⊡」（孔 10.44）、「⊡」（民 2.6）、「⊡」（逸交 3.19）；「舄」作「⊡」（孔 13.13）；〔註65〕「幼」作「⊡」（子 4.6）、「⊡」（中 7.3）、「⊡」（中 8.13）；「幾」作「⊡」（曹 40.23）、「⊡」（民 1.8）；「爵」作「⊡」（柬 6.16）；「受」作「⊡」（容 52.12）、「⊡」（子 1.34）；「體」作「⊡」（民 11.24）；「肉」作「⊡」（弟 8.2）；「臚」作「⊡」（魯 4.15）、「⊡」（柬 3.3）；「胃」作「⊡」（民 3.1）、「⊡」（互

〔註58〕上博簡「過」與「禍」皆从「化」聲，與楚文字同。

〔註59〕上博簡「路」與楚系文字皆从辵。

〔註60〕「⊡」省口形，以子形的頭部代替。

〔註61〕楚系「僕」从臣，上博簡與之同。

〔註62〕上博簡「執」與楚系文字下方皆从女形。

〔註63〕上博簡「及」與楚系文字皆从辵。

〔註64〕上博簡「事」與楚系文字上方皆加撇筆。

〔註65〕所从「鳥」形爲楚系寫法。

6.34）、「」（柬 14.7）、「」（亙 6.28）、「」（魯 3.15）；「脽」作「」（昭 7.37）；〔註66〕「則」作「」（曹 33.17）、「」（從甲 8.25）、「」（性 38.11）；「剛」作「」（亙 9.2）；「箭」作「」（緇 12.22）；〔註67〕「等」作「」（曹 41.10）、「」（季 7.6）；「筮」作「」（周 9.3）；〔註68〕「箸」作「」（性 8.23）；「差」作「」（孔 21.34）；「甚」作「」（柬 8.14）；「憙」作「」（昔 3.11）；「壴」作「」（弟 9.5）；「彭」作「」（彭 7.15）；「豊」作「」（從甲 3.1）、「」（緇 13.11）；「虎」作「」（三 18.8）；「既」作「」（周 53.19）、「」（鮑 8.8）；「養」作「」（性 38.40）；「答」作「」（魯 1.16）、「」（相 4.34）、「」（中 6.7）；「侖」作「〔註69〕」（性 9.25）；「今」作「」（曹 65.13）、「」（子 8.32）、「」（季 14.7）；〔註70〕「全」作「」（鮑 3.14）；「匋」作「」（容 13.16）；「矢」作「」（周 37.29）、「」（孔 22.18）、「」（容 18.23）；〔註71〕「躲」作「」（周 44.38）；「矰」作「」（三 20.9）；「就」作「」（容 7.10）；〔註72〕「篙」作「」（柬 13.8）；「良」作「」（采 3.21）；「嗇」作「」（子 2.15）；「牆」作「」（孔 28.6）；「來」作「」（三 16.33）；「复」作「」（周 22.24）；「夏」作「」（緇 18.10）、「」（民 5.9）；「桀」作「」（容 35.9）；「乘」作「」（柬 2.22）、「」（容 14.14）；「李」作「」（容 29.23）；「枳」作「」（鬼 4.43）；「築」作「」（容 38.30）；「榦」作「」（周 18.18）；「植」作「」（緇 2.16）；「楍」作「」（三 11.11）；「樂」作「」（內 6.24）；〔註73〕「梁」作「」（三 18.3）、「」（魯 6.5）；「才」作「」（曹 10.14）、「」（內 10.13）；「𠬝」作「」（逸交 1.9）、「」（子 8.37）；「帀」作「」（曹 40.21）；「索」作「」（容 47.25）、「」（緇 15.39）；「華」作「」（中 23.19）；「員」作「」（緇 2.8）、「」（緇 7.14）、「」（曹 5.8）；「贛」作「」（魯 3.22）、「」

〔註66〕上博簡「事」與楚系文字在隹形下方皆加短橫。

〔註67〕楚字「矢」作倒形。

〔註68〕上博簡「筮」與楚系文字下方皆从口形。

〔註69〕字形當是。

〔註70〕上博簡「今」繁加撇筆或增口形，皆與楚文字同。

〔註71〕楚文字「矢」字作倒矢形，當是爲了避免與「入」、「内」同形。

〔註72〕楚文字之「就」字。

〔註73〕上博簡「樂」下方的木形作似「矢」之形，與楚系文字相同，與晉系、秦系文字从木形不同。

（相 4.6）；「責」作「▨」（孔 9.22）；「賤」作「▨」（緇 10.16）；「貴」作「▨」（曹 24.16）、「▨」（弟 6.15）、「▨」（緇 11.29）；「都」作「▨」（曹 37.13）；「早」作「▨」（中 14.1）；「旗」作「▨」（容 20.40）；「參」作「▨」（三 1.16）、「▨」（周 1.2）；「晨」作「▨」（中 19.9）；「盟」作「▨」（孔 7.3）；「多」作「▨」（孔 9.37）；「秋」作「▨」（鮑 7.14）；「瓜」作「▨」（孔 18.3）；〔註74〕「家」作「▨」（柬 12.20）；「宅」作「▨」（三 11.14）；「向」作「▨」（緇 12.48）、「▨」（容 7.34）；「安」作「▨」（民 4.6）；「富」作「▨」（彭 8.15）、「▨」（君 9.15）、「▨」（曹 3.12）；「實」作「▨」（孔 9.1）；「寒」作「▨」（昭 8.33）、「▨」（緇 6.20）；〔註75〕「冒」作「▨」（容 15.8）；「帶」作「▨」（柬 2.1）；〔註76〕「常」作「▨」（容 47.28）；〔註77〕「席」作「▨」（君 4.4）；〔註78〕「帛」作「▨」（魯 2.25）、「▨」（孔 20.2）；「仁」作「▨」（君 1.1）、「▨」（三 22.24）、〔註79〕「▨」（性 39.27）；〔註80〕「代」作「▨」（季 14.12）；〔註81〕「傷」作「▨」（從甲 19.28）、「▨」（曹 47.4）；〔註82〕「咎」作「▨」（子 12.18）；「衰」作「▨」（孔 8.16）；「卒」作「▨」（孔 25.12）、「▨」（曹 28.14）；〔註83〕「老」作「▨」（彭 8.23）、「▨」（昭 8.11）、「▨」（昔 1.7）；〔註84〕「兄」作「▨」（內 4.26）；「親」作「▨」（容 24.14）、「▨」（曹 33.5）；「欽」作「▨」（周 26.1）、「▨」（君 6.15）；「欲」作「▨」（魯 5.14）、「▨」（鮑 5.38）、「▨」（互 5.4）；「歌」作「▨」（弟 20.13）；「歔」作「▨」（容 3.22）、「▨」（三 12.42）；「頸」作「▨」（昭 7.3）；「頡」作「▨」（容 1.10）；「首」作「▨」（鬼 2 背.10）；〔註85〕「旬」作「▨」（容 14.20）；

〔註74〕楚文字之「瓜」字。與《說文》之「苽」字同形。

〔註75〕楚簡中「寒」與「倉」形近。

〔註76〕上博簡「帶」與楚系文字皆从糸。

〔註77〕上博簡「常」與楚系文字下方皆从衣。

〔註78〕上博簡「席」與楚系文字皆从竹。

〔註79〕楚系「身」有作「▨」（包山 226）之形。

〔註80〕上博簡「仁」與楚系文字皆从身。

〔註81〕弋多飾筆。

〔註82〕上博簡「傷」與楚系文字皆不从人，而从戈或刀。

〔註83〕上博簡「卒」與楚系文字常从爪。

〔註84〕上博簡「老」與楚系文字皆从止形。

〔註85〕上博簡「手」與楚系文字上方皆从之。

「敬」作「⿰」（緇 12.4）、「⿰」（緇 15.15）；「鬼」作「⿰」（互 3 正.27）、「⿰」（鬼 4.5）、「⿰」（競 7.14）；「畏」作「⿰」（容 50.37）、「⿰」（鬼 5.38）；「府」作「⿰」（容 6.10）、「⿰」（相 3.11）；「庶」作「⿰」（柬 2.7）、「⿰」（內 8.25）；「石」作「⿰」（魯 4.24）、「⿰」（性 3.26）；「而」作「⿰」（內 6.40）；「豸」作「⿰」（鬼 6.20）；〔註86〕「豹」作「⿰」（逸交 2.17）；「薦」作「⿰」（曹 42.7）、「⿰」（曹 41.12）；「薦」作「⿰」（子 12.26）；「麕」作「⿰」（從乙 2.11）、「⿰」（鬼 1.32）、「⿰」（互 5.12）；「鹿」作「⿰」（鬼 6.31）、「⿰」（孔 23.21）；「狂」作「⿰」（中附.21）；「大」作「⿰」（孔 2.32）；「交」作「⿰」（周 16.17）；「罩」作「⿰」（姑 10.6）、「⿰」（港.戰 6.8）；「立」作「⿰」（孔 24.40）、「⿰」（三 10.4）；「慮〔註87〕」作「⿰」（性 39.20）、「⿰」（緇 17.4）、「⿰」（三 15.8）、「⿰」（彭 6.15）；「惪」作「⿰」（孔 7.4）、「⿰」（周 28.25）；「快」作「⿰」〔註88〕（性 6.17）；「念」作「⿰」（鬼 7.4）；「慶」作「⿰」（周 51.35）、「⿰」（緇 8.11）；「懼」作「⿰」（三 4.39）、「⿰」（從乙 3.13）；「愿」作「⿰」（周 51.36）；「怒」作「⿰」（性 1.26）；「悔〔註89〕」作「⿰」（周 27.8）、「⿰」（曹 55.19）；「憐」作「⿰」（曹 5.13）；「漢〔註90〕」作「⿰」（孔 11.22）；「流」作「⿰」（容 24.12）；「羕」作「⿰」（彭 1.16）；「谷」作「⿰」（曹 46.21）、「⿰」〔註91〕（孔 26.6）；「多」作「⿰」（緇 6.18）、「⿰」（子 12.21）；「龍」作「⿰」（柬 15.12）、「⿰」（緇 13.46）；「至」作「⿰」（內 7.4）；「臺」作「⿰」（子 11.15）、「⿰」（容 38.37）；「鹽」作「⿰」（容 3.3）、「⿰」（鮑 5.5）；「閒」作「⿰」〔註92〕（容 6.15）、「⿰」（三 4.41）、「⿰」（曹 65.17）；「關」作「⿰」（容 18.30）、「⿰」（孔 11.4）；「失」作「⿰」（魯 1.23）；「妻」作「⿰」（姑 9.34）；「賊〔註93〕」作「⿰」（彭 7.13）；「戰」作「⿰」（曹 13.7）、「⿰」（曹 38.11）；「發」作「⿰」〔註94〕（競 3.17）；「終」作「⿰」（彭 3.5）、「⿰」（緇

〔註86〕楚字「豸」作鼠形。

〔註87〕楚之「慮」字不从思。上部所从或「盧」或「膚」，皆魚部字。

〔註88〕字形作⿰。

〔註89〕「愿」在楚簡中有「悔」、「敏」、「謀」等不同讀法。

〔註90〕楚之「⿰」字皆讀爲「漢水」之「漢」。

〔註91〕疑爲戰國楚「古」字異體，與《説文》「浴」字同形。

〔註92〕字形作⿰。

〔註93〕楚簡大都借「惻」爲「賊」。

〔註94〕字形作⿰。

17.7）；「褸」作「![字]」（周 41.4）；「紳」作「![字]」（孔 2.22）、「![字]」（曹 21.1）；「![字]」作「![字]」（容 19.3）；「繻」作「![字]」（周 5.42）；「風」作「![字]」（孔 26.7）；「凡」作「![字]」（曹 21.14）、「![字]」（季 20.30）；「地」作「![字]」（容 8.8）、「![字]」（鮑 8.11）；「坪」作「![字]」（孔 4.5）、「![字]」（昭 5.20）、「![字]」（容 18.39）；「堂」作「![字]」（君 8.7）；「圭」作「![字]」（魯 2.22）、「![字]」（緇 18.13）；「野」作「![字]」（采 1.26）；「金」作「![字]」（性 3.25）、「![字]」（周 40.12）；「斯」作「![字]」（性 39.13）；「新」作「![字]」（弟 8.16）、「![字]」（君 3.12）、「![字]」（三 4.23）；「秕」作「![字]」（容 39.20）；「載」作「![字]」（孔 20.24）、「![字]」（周 33.31）；「陵」作「![字]」（容 18.38）；「陳」作「![字]」（昭 3.5）；〔註95〕「四」作「![字]」（彭 8.7）、「![字]」（柬 15.25）；「亞」作「![字]」（性 24.20）、「![字]」（緇 9.4）、「![字]」（孔 28.2）、「![字]」（內 9.13）；「五」作「![字]」（緇 14.23）、「![字]」（性 34.16）；〔註96〕「會」作「![字]」（周 50.26）；「免」作「![字]」（緇 13.28）、「![字]」（內 10.37）等。

〔註95〕上博簡「陳」與楚系文字皆从土，且「東」形曲頭；而齊系「東」形不曲頭，晉系不从土。

〔註96〕上博簡「五」與楚系文字中間的交叉下方是曲筆，而他系是直線書寫。

表3-1 楚系特殊結構異體對照總表

字例	上傳簡字形	楚　系	齊魯系	燕　系	三晉系	秦　系
天	天（性2.6）；天（姑4.27）	（包山213）	（幣編25）		（中山侯鈇）	（商鞅方升）
吏	（從甲18.17）；（曹36.12）	（郭店·尊德22）；（郭店·語叢4.17）	（子禾子釜）		（璽彙1810）	（雲夢·效律24）
福	（彭5.18）	（帛書乙）	（璽彙3753）		（中山方壺）	（雲夢·日乙146）
神	（互4.15）	（帛書乙）	（陳助簋）		（行氣玉銘）	（詛楚文）；（秦玉版）
祖	（彭1.6）	（欒書缶）；（鄀陵君豆）	（陳逆簋）		（中山王響方壺）	
禱	（子12.35）	（包山202）				（雲夢·日甲101）
禍	（容16.24）；（競8.8）；（三13.38）	（帛書甲）；（包山213）			（中山王響壺）	
禮	（東18.12）	（郭店·尊德7）	（子禾子釜）		（中山王響鼎）	
庽	（孔13.23）	（欒書缶）				
皇	（三8.16）	（欒書缶）	（陳侯因資錞）		（中山王響壺）	（考古與文物2000.1）；（陶彙5.386）
王	（季3.25）；（容38.40）	（包山3）；（隨縣137）	（洹子孟姜壺）		（璽彙0897）	（雲夢·問答140）
璧	（鮑3.12）；（魯3.51）		（洹子孟姜壺）		（侯馬盟書）	（詛楚文）
氣	（互1.28）；（民12.32）；（民10.12）	（包山220）	（洹子孟姜壺）		（行氣玉銘）	（雲夢·問答115）

字頭	楚系	齊系	燕系	晉系	秦系
壯	（弟 5.24）	（郭店・性自 63）		（中山王響鼎）	（雲夢・秦律 190）
中	（周 39.9）；（季 3.6）；（姑 6.6）；（容 40.4）；（容 7.4）；（互 8.24）；（周 7.21）	（郭店・老甲 22）；（包山 140 反）；（郭店・老甲 24）；（郭店・老乙 9）；（郭店・五行 32）；（包山 180）；（隨縣 156）	（陶彙 3.109）；（陶彙 3.815）	（彝彙 0368）；（彝彙 5351）；（吉林 183）；（中山王響鼎）；（春成侯鐘）；（彝彙 3296）；（溫縣盟書）；（中山王響鼎）	（十鐘）
茅	（子 5.14）	（彝彙 2249）		（中山圓壺）	
蒼	（相 3.3）	（郭店・老乙 15）		（彝彙 3996）	（考古與文物 2000.1）
藥	（從甲 16.16）	（郭店・五行 8）		（彝彙 1384）	（印典）
薪	（逸多 1.10）				（雲夢・秦律 88）
小	（孔 3.12）				（雲夢・日乙 22）
示	（采 3.20）	（郭店・五行 48）；（郭店・忠信 6）；（郭店・六德 2）	（陳么徒戈）	（中山王響鼎）	
必	（孔 16.37）；（從甲 12.13）	（郭店・成之 7）；（郭店・老乙 8）			（雲夢・效律 19）
余	（周 14.1）	（鑾書岳）；（郭店・成之 33）	（陳余戈）	（彝彙 1290）；（中山王響壺）	（石鼓文・吾水）
吾	（孔 6.7）	（包山 248）		（彝彙 4010）；（彝彙 4010）	（吾宫戈）
聞	（民 5.14）	（包山 157）	（鄭叔之仲子平鐘）；（彝彙 0031）	（中山王響鼎）	（雲夢・日甲 148）

楷書	楚簡	楚簡/郭店·包山	金文	璽印·金文	璽印	秦系·集粹
周	（曹 1.18）		（璽彙 3028）	（左闢弩牙）	（璽彙 1186）	（集粹）
嚴	（三 15.16）	（望山 2.1）		（中山王響壺）		
喪	（三 16.15）	（郭店·五行 22）	（洰子孟姜壺）			（官印 0075）
前	（昔 1.26）	（郭店·老丙 8）				（雲夢·秦律 155）
歸	（周 50.3）	（郭店·尊德 2）	（庚壺）	（侯馬盟書）	（青川木牘）	
發	（昔 4.7）	（包山 205）	（璽彙 3709）	（璽彙 0116）		（珍秦 189）
歲	（東 13.6）；（鮑 8.2）	（郭店·老丙 3）	（子禾子釜）	（璽彙 4426）		（珍秦 186）
正	（子 1.7）	（鄂君啟車節）	（陳子子匜）（陳逆簠）	（中山王響鼎域圖）		（陶彙 5.384）
是	（逸交 3.7）；（姑 6.41）	（帛書乙）	（貨系 2647）	（三晉 99）；（中山王響鼎）		（集粹）
過	（曹 52.28）；（周 56.9）	（包山 105）；（郭店·大一 12）；（璽彙 0335）	（陳逆簠）	（璽彙 2004）		
速	（季 22.15）	（包山 219）				（十鐘）
徒	（昭 5.17）	（包山 250）	（璽彙 0198）	（璽彙 2486）		（雲夢·效律 1）
遷	（中 8.35）	（包山 91）				（集粹）
復	（弟 5.23）	（郭店·性自 18）	（璽彙 3427）			（詛楚文）
得	（從甲 17.17）	（璽彙 3593）；（帛書丙）	（璽彙 0291）	（璽彙 0512）；（中山王響圓壺）	（璽彙 1212）	（集粹）
廷	（姑 9.31）	（包山 7）				
衛	（曹 26.31）	（郭店·尊德 28）				（雲夢·為吏 8）
衞	（谷 31.32）	（望山 2.35）	（璽彙 1339）			（詛楚文）（集證 139.96）

字					
路	（魯 3.10）	（隨縣 118）	（蓳彙 0148）		（珍秦 103）
嗣	（周 2.1）	（隨縣鐘架）			
吉	（周 27.14）	（郭店・語叢 4.19）	（陶彙 4.65）	（令瓜君壺）	（雲夢・日甲 74）
干	（答 26.40）	（隨縣 33）	（圖錄 3.2.1）	（貨系 3442）	（十鐘）
世	（曹 65.8）；（姑 7.25）（季 14.10）；（答 42.19）	（郭店・語叢 4.3）	（陳侯午錞）	（中山王譽壺）	
言	（孔 8.45）	（郭店・忠信 8）	（談之所从、圖錄 2.228.2）（信・蓳彙 0650）	（中山王譽鼎）	（雲夢・問答 12）
僕	（昭 8.29）	（包山 16）			（集粹）
辭	（昭 6.3）	（包山 41）	（叔夷鎛）		故宮 425
矙	（答 3.2）	（包山 147）	（陳侯因咨錞）	（私庫嗇衡節）	
執	（彭 1.20）	（郭店・尊德 30）			（石鼓文・吳人）
及	（答 19.42）；（曹 52.7）；（鬼 8.15）	（包山 123）	（郱公釛鐘）	（中山王譽鼎）	（龍崗 208）
史	（中 14.2）	（包山 159）		（侯馬盟書）	故宮 407
事	（子 14.5）；（從甲 9.21）	（包山 198）	蓳彙 1840	蓳彙 1785	珍秦 188
殺	（周 57.16）；（柬 7.10）	（包山 137）	（陶彙 3.937）	（侯馬盟書）	（雲夢・日乙 104）
敗	（曹 46.6）	（鄂君啓舟節）			（雲夢・效律 22）
收	（性 4.11）	（包山 147）			（雲夢・問答 195）
教	（中 23.20）	（郭店・老甲 17）		（王阿戈）	（十鐘）
歔		（郭店・老乙 3）		（中山王譽鼎）	（雲夢・日乙 14）
卜	（柬 1.17）	（郭店・緇衣 46）	（貨系 592）	蓳彙 1263	（陶彙 5.112）
貞	（周 22.4）；（周 48.18）；（答 5.20）	（郭店・老乙 11）；（郭店・老乙 16）	（鄦大史申鼎）（陶彙 3.289）（貨系 2898）	（中山王譽鼎）蓳彙 0363	

字頭						
相	枏（柬10.5）	（爾彙0262）；（爾彙3924）	（郭店·窮達6）	（爾彙0565）	（陶彙5.394）	
眚	眚（昭3.6）；（彭7.41）；（曹27.8）	（郭店·性自40）；（郭店·成之28）	（中山王響鼎）；（梁十九年鼎）	（雲夢·雜抄17）		
皆	（孔10.32）；（子1.52）	（包山16）；（帛書乙）	（龍崗174）			
者	（姑3.22）；（瓦1.38）；（競3.19）	（郭店·老甲33）；（郭店·老丙11）；（包山227）	（子禾子釜）；（陳侯因資錞；爾彙0153）；（邾公牼鐘）	（中山王響鼎）；（中山王響壺）、（中山王響兆域圖）	（燕下都20.8）	（集證134.26）
智	（孔11.25）；（性2.23）	（郭店·老甲6）	（酈叔之仲子平鐘）	（中山王響鼎）；（梁十九年鼎）	（爾彙3497）	（雲夢·問答11）
百	（孔13.17）；（姑1.39）	（帛書甲）	（貨系2651）	（中山王響鼎）；（中山王響壺）；（中山王響壺）；（中山王響兆域圖）	（燕侯載簋）	（雲夢·效律8）
舊	（性38.25）	（包山145）	（中山王響鼎）	（詛楚文）		
舊	（姑7.43）	（郭店·老乙3）	（爾彙1018）；（中山王響方壺）	（叔夷鎛）		
鳥	（容21.12）；（周56.12）	（郭店·老甲33）	（中山雜器）	（雲夢·日甲49反）		
難	（從甲17.16）；（姑6.22）	（郭店·成之15）；（包山236）	（中山王響鼎）	（雲夢·爲吏4）		
烏	（緇2.41）；（子9.4）；（緇17.28）；（孔10.44）；（民2.6）；（逸交3.19）	（鄂君啟舟節）	（陶彙3.652）；（陳純釜）	（中山王響鼎）；（爾彙2346）	（中山王響鼎）；（爾彙5.185）	

字	楚系文字				秦系文字
烏	（孔13.13）	璽彙0260			（雲夢·日甲119）
再	（昔1.36）	（陳章壺）；（陳章壺）			（雲夢·封診65）
幼	（子4.6）；（中7.3）；（昔8.13）	（包山3）		（中山王響鼎）	
幾	（曹40.23）；（民1.8）	（郭店·老甲25）			（雲夢·問答134）
嗇	（柬6.16）	（郭店·老甲26）			（雲夢·日甲78反）
受	（答52.12）；（子1.34）	（包山33反）	璽彙3274	（庚壺）；（命瓜君壺）	（石鼓文·吳人）
體	（民11.24）	（郭店·窮達10）		（中山王響壺）	（雲夢·日乙246）
肉	（弟8.2）	（包山255）			（龍崗24）
臚	（柬4.15）；（魯3.3）	（包山191）；（包山84）	鄦公境照鐘	（三晉48）	（雲夢·雜抄29）
胃	（民3.1）；（柬14.7）；（魯3.15）	（包山89）；（郭店·語叢4.13）；（郭店·魯穆2）；（郭店·五行2）		（吉日壬午劍）	（雲夢·日甲1）
雅	（昭7.37）	（鄂君啓舟節）	璽彙4128	璽彙1165	
則	（曹33.17）；（從甲8.25）；（性38.11）	（郭店·老丙6）；（郭店·老丙12）；（郭店·六德25）	璽彙3.1035	（中山王響方壺）；（行氣玉銘）	（石鼓文·吾水）
剛	（互9.2）	（郭店·性自8）	洹子孟姜壺		（十鐘）
節	（緇12.22）	楚字「矢」作倒形			
等	（曹41.10）；（季7.6）	（包山127）			（雲夢·效律60）

字頭	楚簡	其他	古文字	秦系
籃	秦（周9.3）	鄦（郭店·緇衣46）		坴（侯馬盟書）／坴（雲夢·日乙126）
箸	（性8.23）	（包山4）		（詛楚文）
差	（孔21.34）	（包山108）／奓（國差繪）		（故宮411）
甚	（柬8.14）	（包山158）	奎奎（陶彙3.288）／（甚·陶彙3.262）	匙·私官鼎／（雲夢·為吏2）
可	（性32.16）	可（郭店·語叢1.101）	可（貨系2643）／可（貨系3678）	勺（中山王響壺）／（石鼓文·汧殹）
憙	（昔3.11）	（郭店·性自24）	壴（陳喜壺）	（十鐘）
哲	（弟9.5）	（郭店·六德19）		
彭	（彭7.15）	（包山2）	彭（陶彙3.737）／豐（醽彙0368）	（十鐘）
豊	（從甲3.1）；（緇13.11）	（郭店·尊德9）；（郭店·緇衣24）	豐（十一年皋落戈）	豐（中山王璺）
虎	（三18.8）	（包山木牘）	虎（叔夷鎛）	虎（中山王虎）／（石鼓文·鑾車）
既	（周53.19）；（鮑8.8）	（郭店·五行10）；（帛書乙）	既（叔夷鎛）	（侯馬盟書）／（石鼓文·吾車）
養	（性38.40）	（郭店·六德33）		（雲夢·為吏27）
答	（魯1.16）；（相4.34）；（中6.7）	（包山166）；（老甲34）	合（陳侯因資錞）	合（長合鼎）／（雲夢·封診75）
侖	（性9.25）〔註97〕	（郭店·尊德1）		侖（中山王響鼎）
今	（曹8.32）；（季14.7）	今（含·含志鼎）；（信陽1.32）		（侯馬盟書）；今（中山王響鼎）／（雲夢·語書7）

（註97）字形當是用。

字頭					
全	（鮑 3.14）	（包山 237）；（包山 241）		（侯馬盟書）	（燕王喜矛）	（雲夢・問答 69）
匋	（咎 13.16）	（郭店・窮達 2）	（陶彙 3.425）			（吉大 145）
矢	（周 37.29）；（孔 22.18）		（璽彙 3081）			（石鼓文・鑾車）
躾	（周 44.38）	（郭店・窮達 8）	（璽彙 0153）		（燕馬節）	（石鼓文・田車）
繪	（三 20.9）	（包山 165）				（雲夢・日甲 139 反）
就	（咎 7.10）	（包山 221）				（陶彙 5.22）
管	（柬 13.8）	（包山 237）				
良	（采 3.21）	（包山 240）	（齊侯匜）		（璽彙 2713）	（十九年殳）
嗇	（子 2.15）	（郭・老乙 1）				（雲夢・效律 18）；（雲夢・效律 28）
				（中山王響壺）	（十一年鼎）；（璽彙 0112）；（中山圓壺圈足）	
牆	（孔 28.6）	（郭店・語叢 4.2）				（雲夢・秦律 195）
來	（三 16.33）	（包山 132 反）	（陶彙 3.830）			（石鼓文・吾車）
复	（周 22.24）	（郭店・老甲 1）		（侯馬盟書）		
夏	（緇 18.10）；（民 5.9）	（郭店・緇衣 35）	（璽彙 0266）		（璽彙 2723）	（十鐘）
柴	（咎 35.9）	（包山 132 反）			（璽彙 1390）	
乘	（柬 2.22）；（咎 14.14）	（鄂君啟車節）；（包山 267）	（庚壺）；（璽彙 3554）		（公乘壺）；（璽彙 5373）	（珍秦 122）
			（璽彙 5386）			
李	（咎 29.23）	（包山 23）				（集粹）
枳	（鬼 4.43）	（包山 259）				（雲夢・日甲 49）
築	（咎 38.30）	（帛書丙）	（子禾子釜）			（雲夢・封診 97）

字頭	楚簡	楚系（其他）		齊系／璽印	晉系	秦系
餘	（周18.18）	木（帛書甲）		（中國錢幣1992.4）	（中山圓壺）	（雲夢·雜抄27）
植	（緇2.16）	（郭店·緇衣3）			（侯馬盟書）	
檔	（三11.11）	（隨縣47）				（雲夢·日甲40反）
樂	（內6.24）	（郭店·老甲4）	（陶彙3.804）	（陶彙5314）	（命瓜君壺）	（雲夢·日乙241）
梁	（三18.3；魯6.5）	（包山157；郭店·成之35）			（璽彙0814；璽彙3229）	（秦印）
才	（曹10.14；內10.13）	（曾侯乙鐘）	（曾侯乙鐘）		（中山王譽鼎）	（新郪虎符）
癹	（逸交1.9；子8.37）	（郭店·老甲38）	（上曾大子鼎）		（中山王譽鼎）	（詛楚文）
市	（曹40.21）	（包山226）	（璽彙0154）	（璽彙0159）	（十一年銅炮）	
榮	（容47.25；緇15.39）	（郭店·老甲2）	（圖錄2.547.2）	（璽彙3898）		（雲夢·秦律167）
華	（中23.19）	（鄴鐘）	（陶彙3.6）			（考古與文物1997.1）
員	（緇2.8；曹5.8；弟7.14）	（郭店·老甲27）	（圖錄3.489.3）			（石鼓文·吾車）
贛	（相3.22；相4.6）	（璽彙5697）				（集粹）
貴	（魯9.22）	（包山98）				（雲夢·效律41）
賤	（緇10.16）	（郭店·成之16）		（雲夢·問答153）		
貴	（曹24.16；弟6.15；緇11.29）	（郭店·老甲12；郭店·老甲29）			（璽彙4079）	（雲夢·日甲15反）
都	（曹37.13）	（包山113）	（中都戈；璽彙0198）	（陶彙4.151）	（璽彙3237）	（雲夢·效律1）

字	楚系				秦系
早	（中 14.1）	（郭店・老乙 1）		（中山王響鼎）	（雲夢・秦律 5）
旗	（答 20.40）	（齊彙 0606）		（陶彙 9.95）	（陶彙 5.111）
參	（三 1.16）；（周 1.2）	（帛書甲）；（隨縣 122）		（魚顛匕）；（中山王響鼎）；（齊彙 2932）	（雲夢・效律 6）
晨	（中 19.9）	（包山 191）			
盟	（孔 7.3）	（包山 139 反）		（郑公華鐘）	
多	（孔 9.37）	（郭店・老甲 36）	（庚壺）		（雲夢・效律 1）
秋	（鮑 7.14）	（郭店・六德 25）		（侯馬盟書）	（雲夢・秦律 120）
瓜	（孔 18.3）	（郭店・包山 174）		（命瓜君壺）	（雲夢・日乙 65）
家	（東 12.20）	（包山 249）	（叔夷鎛）	（命瓜君壺）	（秦王版）
宅	（三 11.14）	（郭店・成之 33）	（齊彙 0211）		
向	（緇 12.48）；（答 7.34）	（郭店・尊德 28）；（郭店・老乙 17）	（圖錄 2.1.1）	（七年宅陽令戈）；（貨系 2057）	
安	（民 4.6）	（包山 105）	（陳猷釜）（齊彙 1348）	（哀成叔鼎）	（雲夢・秦律 57）
富	（彭 8.15）；（君 9.15）；（曹 3.12）	（郭店・緇衣 20）；（郭店・老甲 31）		（富奠劍）；（上官登）；（中山王響鼎）	（雲夢・日乙 249）
實	（孔 9.1）	（郭店・六德 27）			（雲夢・效律 58）
棗	（昭 8.33）；（緇 6.20）				（雲夢・秦律 90）
冒	（答 15.8）	（包山 134）			（雲夢・語書 11）

楷書	楚竹書字形	其他楚文字	古文字		秦系文字
帶	帶（東 2.1）				帶（上郡守戈）；帶（雲夢·日乙125）
常	倘（容 47.28）	常（陶彙 3.425）			常（雲夢·日乙23）
席	㡥（君 4.4）	席（望山 2.49）			席（雲夢·雜抄4）
帛	帛（魯 2.25）；帛（孔 20.2）	帛（信陽 2.13）；（郭店·性自22）	帛（璽彙 3495）	巾（圖錄 2.84.3）	
仁	身（君 1.1）；忎（三 22.24）；惪（性 39.27）	㤚（郭店·五行9）；仁（包山180）		尸（中山王響鼎）	仁（雲夢·秦律95）
代	弋（季 14.12）				代（雲夢·日乙42）
傷	𧧻（從甲 19.28）；剔（曹 47.4）	傷（郭店·太一12）；（包山144）	㑥（璽彙 0369）		傷（雲夢·問答74）；傷（雲夢·木牘）
咎	咎（子 12.18）	咎（郭店·成之8）；咎（老甲5）	㲃（璽彙 0049）		咎（雲夢·日甲6）
袁	㦮（孔 8.16）	袁（郭店·成之8）	袁（庚壺）		衰（雲夢·為吏33）
卒	卒（孔 25.12）；卒（曹 28.14）	卒（包山201）	卒（陶彙 3.503）		卒（雲夢·日甲120反）
老	老（彭 8.23）；老（昔 1.7）	老（包山237）	老（叔夷鎛）	老（中山王響壺）	老（雲夢·雜抄32）
兄	㲃（內 4.26）	兄（郄陵君豆）	兄（鮑子鼎）	才（侯馬盟書）	
親	親（咎 24.14）；親（曹 33.5）	親（包山51）	親（陶彙 3.917）	親（中山王響鼎）；親（中山王響鼎）	親（雲夢·日乙148）
欽	欽（周 26.1）；欽（君 6.15）	欽（郭店·尊德2）		欽（中山王響鼎）	欽（雲夢·效律11）
谷	谷（魯 5.14）；谷（鮑 5.38）；谷（亙 5.4）	谷（郭店·老甲5）			谷（詛楚文）；谷（雲夢·雜抄30）

字				
歌	訶（弟 20.13）			哥（雲夢·日乙 132）
歈	歈（咎 3.22）；歈（三 12.42）		訸（中山王嚳壺）	欨（雲夢·日乙 146 反）
頷	聖（昭 7.3）	頃（包山 16）		頭（雲夢·日甲 75 反）
頭	頭（咎 1.10）	頭（包山 155）	頭（璽彙 1498）	頭（故宮 453）
首	首（鬼 2 背.10）	首（璽彙 3487）		首（陶彙 5.389）
旬	旬（咎 14.20）	旬（九店·56.105）（庚壺）		旬（雲夢·問答 7）
敬	敬（緇 12.4）；敬（緇 15.15）	敬（帛書乙）（璽彙 5579）	苟（中山王嚳鼎）（中山侯鉞）；（鄂侯載簋）	敬（珍秦 44）
鬼	鬼（妬 3 正.27）；鬼（鬼 4.5）；鬼（競 7.14）	鬼（郭店·老乙 5）（隨縣漆書）	鬼（圖錄 3.605.4）（陳財簋）	鬼（侯馬盟書）；（上郡守戈）
畏	畏（咎 50.37）；畏（鬼 5.38）	畏（郭店·五行 36）（圖錄 3.562.3）		畏（詛楚文）
府	府（咎 6.10）；府（相 3.11）	府（鄂君啟舟節）（大府鎬）	府（中山王嚳兆域圖）（璽彙 5414）	府（官印 0009）
庶	庶（柬 2.7）	庶（包山 258）	庶（邾公華鐘）	庶（石鼓文·汧殹）
石	石（魯 4.24）；石（性 3.26）	石（包山 80）；石（包山 203）（璽彙 0266）	石（璽彙 1156）（中山王嚳壺）	石（雲夢·效律 3）
而	而（內 6.40）	而（郭店·成之 8）（子禾子釜）	而（侯馬盟書）（中山王嚳壺）	而（石鼓文·而師）；而（雲夢·效律 12）

（註98）　春秋徐國器。

楷書	楚系			
豸	（鬼 6.20）			
豹	（逸交 2.17）	（包山 277）	（貈，陶彙 3.1056）；（貉，陶彙 3.1057）	
鷹	（曹 42.7）；（曹 41.12）	（郭店·語叢 4.9）；（郭店·成之 9）		（雲夢·日甲 49 反）
鷹	（子 12.26）	（陳侯因咨錞）		（集粹）
鷹	（從乙 2.11）；（瓦 5.12）	（叔夷鎛）	（璽彙 0500）；（中山王響壺）	（石鼓文·馬薦）
				（秦玉版）
鹿	（鬼 6.31）；（孔 23.21）	（陶彙 3.713）	（璽彙 1012）	（石鼓文·吾人）
狂	（中附 21）			
大	（孔 2.32）	（鑄客鼎）	大（中山王響兆域圖）	大（雲夢·秦律 17）
		（璽彙 0022）；（十三年乘馬戈）		
交	（周 16.17）	（魯穆 6）		交（雲夢·問答 74）
罪	（姑 10.6）；（港戰 6.8）	（郭店·語叢 3.38）；（郭店·語叢 1.87）	（璽彙 1065）；（中山方壺）	
			（璽彙 0098）	
立	（孔 24.40）；（三 10.4）	（包山 202）；（郭店·成之 7）	立（中山王響壺）	（陶彙 5.398）；（雲夢·日乙 237）
		（貨系 2655）		
		（貨系 3689）		
慶	（性 39.20）；（緇 17.4）；（彭 6.15）	（陶彙 3.913）	（中山王響鼎）；（璽彙 3212）	（雲夢·為吏 21）
		（璽彙 3447）		
鷹	（孔 7.4）；（性 23.15）；（周 28.25）	（包山 232）	（中山王響壺）；（侯馬盟書）	
		（陳侯因咨錞）		

快	（性 6.17）〔註99〕			（秦印）
念	（鬼 7.4）	（郭店·性自 12）	（中山王響鼎）	（十鐘）
慶	（周 51.35）；（繒 8.11）	（郭店·成之 2）；（包山 179）；（包山 136）	（璽彙 2955）；（璽彙 3427）	（雲夢·日甲 34）
懼	（三 4.39）；（從乙 3.13）	（九店·621.13）；（玉印）；（璽彙 2813）	（中山王響鼎）	（雲夢·為吏 7）
懃	（周 51.36）	（郭店·成之 39）		
怒	（性 1.26）	（郭店·性自 2）		（雲夢·為吏 42）
悔	（周 27.8）；（曹 55.19）	（鳥書箴言帶鉤）	（侯馬盟書）	（雲夢·為吏 41）
憐	（曹 5.13）	（郭店·性自 59）		（石鼓文·吾人）
漢	（孔 11.22）			（六年漢中守戈）
流	（容 24.12）	（郭店·緇衣 30）；（陶彙 3.1106）	（中山圓壺）	（石鼓文·汧雨）
菜	（彭 1.16）	（郭店·老甲 35）；（陳逆簋）		
谷	（曹 46.21）；（孔 26.6）	（郭店·老甲 6）		（商鞅方升）；（雲夢·秦律 94）
冬	（子 6.18）；（子 12.21）	（包山 206）；（璽彙 2207）		（雲夢·日甲 18）
龍	（東 15.12）；（緇 13.46）	（郭店·性自 28）	（璽彙 1822）；（集粹）	（雲夢·秦律 175）
至	（周 44.15）；（內 7.4）	（郭店·忠信 3）	（中山王響兆域圖）；（中山王響鼎）	
臺	（子 11.15）；（容 38.37）	（郭店·老甲 26）；（貨系 2479）	（侯馬盟書）	（珍秦 170）
鹽	（容 3.3）；（鮑 5.5）	（包山 147）；（亡鹽戈）		（集證 141.248）

〔註99〕 字形作[字形]。

· 163 ·

開	𦟀〔註100〕（容6.15）； 𦩍（三4.41）；𦩎（曹65.17）	𦩏（曾姬無卹壺）； 𦩐（璽彙5559）； 𦩑（包山220）	𦩒（璽彙0650）		𦩓（中山王𦩔兆域圖）	𦩕（雲夢・秦律126）
關	𦩖（容18.30）；𦩗（孔11.4）	𦩘（鄂君啓舟節）	𦩙（子禾子釜）			𦩚（雲夢・爲吏9）
失	𦩛（魯1.23）	𦩜（郭店・老乙6）				𦩝（雲夢・爲吏13）
妻	𦩞（姑9.34）	𦩟（包山91）				𦩠（雲夢・封診87）
賊	𦩡（彭7.13）		𦩢（司馬楸編鎛）			
戰	𦩣（曹13.7）；𦩤（曹38.11）	𦩥（畬𤯍鼎）； 𦩦（郭店・窮達4）			𦩧（中山圓壺）	𦩨（雲夢・雜抄36）
發	𦩩〔註101〕（競3.17）	𦩪（包山143）	𦩫（陳發戈）			𦩬（雲夢・秦律65）
終	𦩭（彭3.5）；𦩮（緇17.7）	𦩯（郭店・成之30）	𦩰（陶彙3.1149）			𦩱（雲夢・效律30）
縷	𦩲（周41.4）	𦩳（妻，包山91）	𦩴（妻，賈孫叔子犀盤）			
紳	𦩵（孔2.22）；𦩶（曹21.1）	𦩷（包山159）； 𦩸（包山272）	𦩹（陳侯因資錞）			𦩺（石鼓文・吳人）
絲	𦩻（容19.3）	𦩼（包山90）			𦩽（璽彙3276）	𦩾（陶彙4.36）
緧	𦩿（周5.42）	𦪀（包山231）	𦪁（璽彙1560） 𦪂（長子盉）			
風	𦪃（孔26.7）	𦪄（帛書甲）				𦪅（雲夢・效律42）
凡	𦪆（曹21.14）；𦪇（季20.30）	𦪈（包山204）； 𦪉（帛書乙）	𦪊（圖錄2.386.3）			𦪋（新郪虎符）； 𦪌（雲夢・語書9）
地	𦪍（容8.8）；𦪎（鮑8.11）	𦪏（郭店・五行48）			𦪐（侯馬盟書）	𦪑（秦玉版）

〔註100〕字形作𦩍。《説文》古文作𦩏。

〔註101〕字形作𦩩。

字					
坪	坪（孔4.5）；坪（昭5.20）；坪（咎18.39）	坪（包山240）；坪（郭店·尊德34）；坪（包山214）	坪（高平戈）	坪（貨系2320）	坪（平安君鼎）	坪（集粹）
堂	堂（君8.7）	堂（君8.7）	堂（璽彙3999）			
圭	圭（緇18.13）	圭（魯2.22）；圭（郭店·緇衣35）	圭（圖錄3.294.2）		圭（溫縣盟書）	圭（詛楚文）
野	野（采1.26）	野（郭店·尊德14）	野（璽彙3992）			野（雲夢·日甲144）
金	金（周40.12）	金（包山109）	金（陳侯午錞）	金（璽彙0363）	金（中山響壺）	金（雲夢·效律7）
斯	斯（性39.13）	斯（郭店·性自34）	斯（叔夷鎛）			斯（集粹）
新	新（弟8.16）；新（三4.23）	新（包山16）；新（郭店·老丙1）			新（中山圓壺）	新（雲夢·編年7）
秭	秭（咎39.20）	秭（矛·郭店·五行41）				秭（郭·詛楚文）
載	載（孔20.24）；載（周33.31）	載（鄂君啟車節）	載	載（郘侯簋）	載（中山王響壺）	載（雲夢·雜抄8）
陵	陵（咎18.38）	陵（包山105）	陵（陳獻釜）			陵（新郪虎符）
陳	陳（昭3.5）	陳（曾侯乙盤）	陳（陳侯午錞）			
四	四（彭8.7）；四（柬15.25）	四（郭店·老甲9）；四（包山254）	四（圖錄3.604.5）；四（陳侯午錞）	四（燕下都463.11）	四（郘孝子鼎）；四（大梁鼎）	四（石鼓文·鑾車）
亞	亞（性24.20）；亞（孔28.2）；亞（緇9.4）；亞（內9.13）	亞（包山145）；亞（包山189）；亞（亞將軍璽）	亞（圖錄3.496.3）			亞（詛楚文）
五	五（緇14.23）；五（周8.1）；五（性34.16）	五（鄂君啟舟節）；五（璽彙3084）	五（陳曼簠）；五（璽彙3.663）		五（中山王響鼎）	五（陶彙5.403）
會	會（周50.26）	會（曾壬鼎）	會（陶彙3.1184）			
免	免（緇13.28）；免（內10.37）	免（包山53）；免（包山172）				免（雲夢·問答145）

第二節　齊及他系文字色彩

《上海博物館藏戰國楚竹書》目前已經出版七冊，字數約有 23615 字。上博簡距今約 2257 年（正負 65 年），與郭店楚墓竹簡時代相近，爲楚國遷郢以前貴族墓中的隨葬物。[註 102] 由於上博簡被認爲出土地可能與郭店楚墓竹簡相近，字形多帶有楚系文字色彩，故稱爲楚竹書。[註 103] 但就像郭店楚墓竹簡一般，雖由楚墓出土，其文字仍帶有齊系文字的寫法；[註 104] 上博簡文字雖頗具有楚系文字特色，然其中卻不乏許多非楚系文字色彩的寫法。

隨著上博簡文字資料陸續公佈出版，這樣的情況目前已引起學者關注。[註 105] 林素清曾比對郭店楚墓竹簡與上博簡《緇衣》的字形，指出許多非楚系文字慣有的寫法。[註 106] 張新俊也曾指出上博簡《緇衣》的「不」字不僅有楚系文字的寫法，也有齊系文字特點的寫法，說明兩系文字間的相互影

〔註 102〕陳燮君：《上海博物館藏戰國楚竹書（一）·序》（上海：上海古籍，2001 年 11 月），頁 1～4。

〔註 103〕馬承源：《上海博物館藏戰國楚竹書（一）·前言：戰國楚竹書的發現保護和整理》，（上海：上海古籍書店出版社，2001 年），頁 1～4。裘錫圭：〈新出土先秦古籍與古史傳說〉，《北京大學古文獻研究中心集刊》第四輯（北京：北京大學出版社，2003 年），頁 36～57。

〔註 104〕詳見周鳳五：〈郭店竹簡的形式特徵及其分類意義〉，《郭店楚墓國際學術研討會論文集》（武漢：湖北人民出版社，2000 年），頁 53～63；林師素清：〈郭店、上博緇衣簡之比較研究〉，《新出土文獻與古代文明》，2004 年 4 月，上海大學出版社，頁 83～96；馮勝君：《郭店簡與上博簡比對研究（繁體版）》（北京：線裝書局，2007 年）。

〔註 105〕如陳偉認爲上博簡一到三冊中，尚未能見到確乎屬於楚人的作品；從君王的稱謂使用上，徑稱「昭王」可知《昭王毀室》、《昭王與龔之𦞚》的作者是楚人。蘇建洲依此說明《姑成家父》只稱「厲公」，不言「晉厲公」；《競建內之》、《鮑叔牙與隰朋之諫》只稱「公」，不言「齊桓公」，是相同的道理。詳見陳偉：〈《昭王毀室》等三篇竹書的幾個問題〉，《出土文獻研究》第七輯（上海：上海古籍，2005 年），頁 11；蘇建洲：《《上博楚竹書》文字及相關問題研究》（台北：萬卷樓，2008 年），頁 241～242。

〔註 106〕林師素清：〈郭店、上博緇衣簡之比較研究〉，《新出土文獻與古代文明》，2004 年 4 月，上海大學出版社，頁 83～96。

響。〔註107〕而馮勝君依據文字形體、用字習慣兩方面，討論上博簡《緇衣》具有齊系文字特點的抄本；〔註108〕蘇建洲根據前人的論點，進一步修正原本被認爲的齊系文字特點，並提出在《周易》、《曹沫之陣》、《鮑叔牙與隰朋之諫》、《昔者君老》、《孔子見季桓子》中皆有屬於齊魯文字色彩的字形，認爲這些篇章可能來自於齊魯一帶。〔註109〕

由上所述，可以肯定的是，上博簡文字不僅具有典型的楚字風格，還有齊魯系風格的文字於其中。然值得留意的是，上博簡文字中，除了楚系文字與齊魯系文字之外，是否還有兼有其他系色彩的文字？由於這部份在之前學者較少提及，卻又是不可小覷的面向，故下文試將上博簡文字與齊系、燕系、晉系、秦系文字作一比對，找尋上博簡是否帶有齊系、燕系、晉系、秦系文字色彩。

一、上博簡與他系字形比對

將上博簡與齊系、燕系、晉系、秦系文字作比對，可發現上博簡文字中，除了具有楚系文字之外，還有與齊系、燕系、晉系、秦系文字吻合的字例。

馮勝君已指出上博《緇衣》的「攴」、「厚」、「不」、「終」、「內」、「大」、「夫」、「亦」、「望」、「者」、「朋」、「親」、「巳」等字具有齊系色彩；「至」「視」（簡1）則與晉系文字相近。〔註110〕蘇建洲也提出《周易》簡19、49的「韋」，簡30

〔註107〕張新俊：《上博簡楚文字研究》（長春：吉林大學博士論文），頁5～8。

〔註108〕詳見馮勝君：《郭店簡與上博簡比對研究（繁體版）》（北京：線裝書局，2007年），頁250～314。

〔註109〕詳見蘇建洲：《《上博楚竹書》文字及相關問題研究》（台北：萬卷樓，2008年），頁218～250。

〔註110〕上博《緇衣》「攴」旁上部筆畫一筆寫就，反映齊系文字特點。上博《緇衣》「厚」（簡2）與齊系文字相近。上博《緇衣》「不」（簡2）、「終」（簡17）、「內」（簡20），反映齊系文字特點。上博《緇衣》「大」像人形兩臂部分拉直，是齊系特點。上博《緇衣》「夫」（簡12）、「亦」（簡6、10），也將手臂拉直，反映齊系文字特點。上博《緇衣》「望」（簡2）反映齊系文字色彩。上博《緇衣》「者」（簡22、1）與齊、燕系文字接近。上博《緇衣》「至」（簡7）與晉系文字相近。上博《緇衣》「朋」（簡23）形具齊系色彩。上博《緇衣》「親」，反映齊系文字特點。上博《緇衣》「巳」（簡11）形具齊、燕系色彩。詳見馮勝君：《郭店簡與上博簡比對研究（繁體版）》（北京：線裝書局，2007年），頁250～314。

的「发」〔註111〕；《曹沫之陣》簡 52「備」；《競建內之》簡 1「夫」、「鮑」、「也」；
《孔子見季桓子》的「好」從丑；皆帶有齊系文字特點。〔註112〕李天虹認爲《景
公虐》簡 8「市」字遺留齊系特點。〔註113〕

除了上述學者所提出的字例之外，還可以找出幾個與齊系、燕系、晉系、
秦系文字的字例。以下分點述之。

1. 禍

「禍」，上博簡有作「▨」（三 13.38）、「▨」（昭 9.32）、「▨」（容 16.24）、
「▨」（競 8.8）之形。「▨」從骨；「▨」、「▨」從示化聲，爲上下、左右互異結
構。在楚系文字中，可以找到從骨或從化對應的字形：「▨」（包山 213）、「▨」
（帛書甲）。「▨」，從示從咼，與楚系文字不同，卻與晉系文字相吻合：「▨」
（中山王𡮢方壺）。

字　例	上博簡字形	楚系字形	晉系字形
禍	▨（容 16.24）；▨（競 8.8）	▨（帛書甲）	
	▨（三 13.38）	▨（包山 213）	
	▨（昭 9.32）		▨（中山王𡮢方壺）

2. 气

「气」，金文作「▨」（天亡簋）、「▨」（洹子孟姜壺）、「▨」（洹子孟姜壺）
之形。上博簡有作「▨」（民 12.32）、「▨」（性 1.30）、「▨」（周 44.4）、「▨」（容
29.35）之形。

「▨」，從火既聲，部件「火」作「▨」形，部件「旡」作「▨」形，具楚
系文字色彩，整個字形與楚系文字寫法相同，如：「▨」（包山 220）。

「▨」，從火气聲。「既」，上古音爲見紐物部；「气」，上古音爲溪紐物部。
「既」、「气」聲母皆是舌根音，發音部位相同，旁位雙聲，韻部相同，屬疊韻，
聲音相近。在目前的楚文字中未見從火气聲之形，但在晉系文字中可見相應的
字形：「▨」（行氣玉銘）。

〔註111〕蘇建洲釋作「家」。詳見蘇建洲：《上博楚竹書》文字及相關問題研究》（台北：萬
卷樓，2008 年），頁 225～233。

〔註112〕詳見蘇建洲：《上博楚竹書》文字及相關問題研究》（台北：萬卷樓，2008 年），頁
218～250。

〔註113〕李天虹：〈《景公虐》「市」字小記〉，簡帛網，2007.07.17。

秦系文字的「气」作「■」（雲夢・問答115）之形，是承襲金文而來。上博簡的「■」（周44.4）形則稍有改易。

「■」（容29.35），從既從而。從而的「气」字，與楚系文字作「■」不類，目前其他各系文字業尚未有相對應的字形。

字　例	上博簡字形	楚系字形	晉系字形	秦系字形
氣	■（民12.32）；■（互1.28）；■（民10.12）	■（包山220）		
	■（性1.30）		■（行氣玉銘）	
	■（周44.4）			■（雲夢・問答115）
	■（容29.35）			

3. 是

「是」，《說文・是部》：「是，直也。從日、正。凡是之屬皆從是。」〔註114〕從金文字形作「■」（毛公旅鼎）、「■」（是要簋）、「■」（陳公子甗）之形，可知「是」原不從日、正，但到了小篆已經誤從日、正。

上博簡有作「■」（姑6.41）、「■」（逸交3.7）、「■」（內1正7）、「■」（三6.22）、「■」（子12.2）、「■」（子1.4）之形。

「是」，楚系文字承襲金文作「■」（包山4），或作「■」（郭店・老甲31）之形；齊系文字承襲金文作「■」（陳逆簋）之形；秦系文字作「■」（陶彙5.384）；晉系文字作「■」（哀成叔鼎）、「■」（三晉99）、「■」（中山王響鼎）之形。

上博簡「■」（逸交3.7）從日從■從止；齊系文字作「■」，止形上方有豎筆，上博簡則無；上博簡「■」與楚系文字「■」（包山4）吻合，止形上方皆無豎筆；上博簡「■」（姑6.41）從日從一從止，與楚系文字「■」（郭店・老甲31）吻合。「■」、「■」具楚字色彩。

上博簡「■」（內1正7）與晉系文字作「■」（哀成叔鼎）形同；上博簡「■」（子12.2）與晉系文字作「■」（三晉99）形同。「■」、「■」具晉系文字色彩。上博簡的「■」字形皆出自於《子羔》。馬承源依據字形、簡制，認為《子羔》與《孔子詩論》、《魯邦大旱》可為同一卷。〔註115〕

〔註114〕許慎撰、段玉裁注：《說文解字注》，頁69。

〔註115〕馬承源：《上海博物館藏戰國楚竹書（一）・孔子詩論（說明）》，（上海：上海古籍

字例	上博簡字形	楚系字形	齊系字形	晉系字形	秦系字形
是	（姑 6.41）	（郭店‧老甲 31）			
	（內 1 正 7）			（哀成叔鼎）	
	（逸交 3.7）	（包山 4）			
	（子 12.2）；（子 1.4）			（三晉 99）	
	（三 6.22）		（陳逆簋）	（中山王𧎜鼎）	（陶彙 5.384）

4. 復、腹

「復」，《說文‧彳部》：「復，往來也。从彳复聲。」〔註116〕西周金文作「」（散盤）、「」（多友鼎）之形。

字例	上博簡字形	楚系字形	齊系字形	晉系字形	秦系字形
復	（曹 50.15）	（郭店‧性自 18）	（璽彙 3427）		
	（弟 5.23）			（璽彙 2909）、（中山王𧎜圓壺）	
					（詛楚文）
腹	（內 7.27）	（包山 2369）	（璽彙 3174）	（侯馬盟書）	
「復」的复形		（郭店‧性自 18）	（璽彙 3427）	（璽彙 2909）	（詛楚文）

　　楚系文字从辵复聲，作「」（郭店‧性自 18）之形；齊系文字从辵复聲，作「」（璽彙 3427）之形；晉系文字从辵复聲，繁增口形，作「」（璽彙 2909）、「」（中山王𧎜圓壺）；秦系文字从彳复聲，作「」（詛楚文）之形。雖楚系、齊系、晉系、秦系皆从复聲，其复形寫法皆有異。楚系「复」作「」（郭店‧老甲 1）；齊系省去中間「」形，从至从又，作「」；晉系省去中間「」形，繁增口形，作「」；秦系从「目」形从夂。

　　「復」，上博簡有作「」（曹 50.15）、「」（弟 5.23）之形。「」與楚系文字「」（郭店‧性自 18）形同，具楚系色彩。「」則與晉系文字同繁增口形，

書店出版社，2001 年），頁 121。

〔註116〕許慎撰、段玉裁注：《說文解字注》，頁 76。

作「＜字形＞」（中山王䁡圓壺）相同。

同樣从「复」的「腹」字也有相同的情況。上博簡「腹」字有从口作「＜字形＞」（內 7.27）之形，楚系、齊系文字皆無从口寫法，而晉系「腹」字則有从口作「＜字形＞」（侯馬盟書）之形。

5. 後

「後」，从彳、幺、夊；金文作「＜字形＞」（師望鼎）。上博簡有从辵作「＜字形＞」（周 18.12）、「＜字形＞」（競 4.19），與《說文》古文＜字形＞同；或从辵繁增口形，作「＜字形＞」（曹 30.11）；或刪減形符「辵」，作「＜字形＞」（中 10.36）。

「後」，楚系文字从辵，作「＜字形＞」（郭店·老甲 3）；齊系文字从辵、繁从口，作「＜字形＞」（陶彙 3.921），止形居於左下；晉系文字从辵、繁从口，作「＜字形＞」（中山王䁡壺），口形居於止形上方；秦系文字从彳，作「＜字形＞」（雲夢·日乙 243）。

上博簡「＜字形＞」（周 18.12）與楚系文字形同。上博簡「＜字形＞」（曹 30.11）則與晉系文字作「＜字形＞」（中山王䁡壺）形同，具晉系文字色彩。

字　例	上博簡字形	楚系字形	齊系字形	晉系字形	秦系字形
後	＜字形＞（周 18.12）	＜字形＞（郭店·老甲 3）			
	＜字形＞（曹 30.11）			＜字形＞（中山王䁡方壺）	
			＜字形＞（陶彙 3.921）		＜字形＞（雲夢·日乙 243）

6. 嗣

「嗣」，殷商金文从冊从子从口、司聲，作「＜字形＞」（戍嗣子鼎）；西周金文从冊、司聲，作「＜字形＞」（盂鼎）。上博簡有作「＜字形＞」（周 2.1）、「＜字形＞」（鮑 1.22）之形。「＜字形＞」从子、司聲，「司」形借用「子」形頭部省形。「＜字形＞」，从冊、司聲。

「嗣」，楚系文字从子、司聲，作「＜字形＞」（隨縣鐘架）；或从冊从口、司聲，作「＜字形＞」（䣄壺）之形。晉系文字从子、司聲，作「＜字形＞」（令瓜君壺）；或从冊、司聲，作「＜字形＞」（中山王䁡壺）；或从＜字形＞、司聲，作「＜字形＞」（中山圓壺）。

《鮑叔牙與隰朋之諫》內容記載齊國之事，內有楚系文色彩。又上博簡「＜字形＞」（鮑 1.22）形皆出現於《鮑叔牙與隰朋之諫》，寫法與楚系文字不同，而與晉系文字「＜字形＞」（中山王䁡壺）形同，具晉系文字色彩。是文載齊國之事，字形兼具有楚、齊、晉系文字色彩。

字　例	上博簡字形	楚系字形	晉系字形
嗣	𢆶（周 2.1）	（隨縣鐘架）	（令瓜君壺）
	（鮑 1.22）		（中山王嚳方壺）
		（卹壺）	（中山王嚳圓壺）

7. 及

「及」，西周金文作「𠂇」（保卣）、「𠂇」（王孫鐘）、「𠂇」（鄭虢仲簋）、「𠂇」（格伯簋）。上博簡作「𠂇」（鬼 8.15）；或從止，作「𠂇」（容 19.42）；或從辵，作「𠂇」（曹 52.7）。

「及」，楚系文字從辵，作「𠂇」（包山 123）；晉系文字作「𠂇」（中山王嚳鼎）；秦系文字作「又」（龍崗 208）。上博簡「𠂇」（曹 52.7）與楚系文字形同，具楚系文字色彩；上博簡「𠂇」（鬼 8.15）則與晉系文字形同，具晉系文字色彩。

字　例	上博簡字形	楚系字形	晉系字形	秦系字形
及	𠂇（鬼 8.15）		𠂇（中山王嚳鼎）	
	𠂇（曹 52.7）；𠂇（容 19.42）	𠂇（包山 123）		
				又（龍崗 208）

8. 相

「相」，西周金文從木從目，作「相」（相侯簋）、「相」（折尊）、「相」（庚壺），「目」形還保留象形意味。上博簡作「相」（子 1.33）、「相」（民 11.30）、「相」（柬 10.5）、「相」（昔 1.16）、「相」（中 16 正 17）之形。

「相」承襲西周金文，從木從目，與「相」形偏旁左右互易。「相」從木從目，並繁增一橫畫；「相」偏旁左右互易，並繁增橫畫。

「相」，楚系文字作「相」（包山 171）、「相」（郭店・窮達 6）之形；齊系文字作「相」（璽彙 0262）、「相」（璽彙 3924）之形；燕系文字作「相」（璽彙 0565）之形；晉系文字作「相」（中山王嚳壺）、「相」（璽彙 3210）之形；燕系文字作「相」（四年相邦戟）之形。

「相」從木從目是戰國較普遍的寫法，上博簡「相」、「相」之形如是。「相」與楚系文字「相」相同，其他系文字也不見此寫法，具楚系文字色彩。「相」與晉系文字「相」形同，其他系文字也不見此寫法，具晉系文字色彩。

字 例	上博簡字形	楚系字形	齊系字形	燕系字形	晉系字形	秦系字形
相	（子 1.33）	（包山 171）	（璽彙 0262）			（陶彙 5.394） （四年相邦戟）
	（束 10.5）	（郭店·窮達 6）				
	（昔 1.16）				（中山王𦾓方壺）	
			（璽彙 3924）	（璽彙 0565）	（璽彙 3210）	

9. 者

「者」，《說文·白部》：「者，別事詞也。从白𣥐聲。𣥐，古文旅。」段玉裁注：「𣥐部曰：𣥐古文旅。者之偏旁乃全不類，轉寫之過也。」〔註117〕段玉裁指出，《說文》古文「𣥐」與《說文》古文旅作「𣥐」不類，推測是轉寫之失。燕系文字「者」作「」（燕下都 20.8），與《說文》古文旅作「𣥐」形近。

上博簡「者」有作「」（緇 13.3）之形，與「」形近；而「」上方的「」跟齊系文字「」（陳侯因𦉾錞）的上半部形近。另外，齊系文字「都」作「」（中都戈）之形，偏旁者形作「」與「」（緇 13.3）也頗爲相近，此也列爲參照。

字 例	上博簡字形	楚系字形	齊系字形	燕系字形	晉系字形	秦系字形
者	（緇 13.3）		（都所从，中都戈）	（燕下都 20.8）		
		（郭店·老甲 33）； （郭店·五行 40）； （郭店·緇衣 16）； （郭店·老丙 11）； （包山 227）	（子禾子釜）； （陳侯因𦉾錞）； （璽彙 0153）		、（中山王𦾓兆域圖）； （中山王𦾓鼎）；	（集證 134.26）

〔註117〕許慎撰、段玉裁注：《說文解字注》，頁 137。

10. 則

「則」，西周金文從鼎從刀，作「鼎」（兮甲盤）之形；戰國文字承襲西周金文，如：楚系作「鼎」（鄂君啓舟節），晉系作「鼎」（中山王嚳方壺），秦系作「鼎」（石鼓文・吾水）；或各系發展出不同的寫法，如：楚系文字鼎足之形譌作火形，作「鼎」（郭店・老丙6）；或省成只有鼎形，鼎足譌從火，作「鼎」（郭店・六德25）；或鼎足作「＝」形，作「鼎」（郭店・老丙12）。晉系文字則將鼎形寫作貝形，作「鼎」（行氣玉銘）之形。

上博簡「則」有作「鼎」（緇12.17）、「鼎」（周34.7）、「鼎」（子6.31）、「鼎」（從甲8.25）、「鼎」（性38.11）之形。「鼎」從鼎從刀，與戰國文字寫法同；「鼎」鼎足譌從火、「鼎」鼎足作「＝」形、「鼎」省成只有鼎形，皆與楚系文字同，具楚系文字色彩。而「鼎」從貝形從刀，則與晉系文字相同，與楚系或他系文字不類，具晉系文字色彩。

字　例	上博簡字形	楚系字形	晉系字形	秦系字形
則	鼎（緇12.17）		鼎（行氣玉銘）	
	鼎（周34.7）	鼎（鄂君啓舟節）	鼎（中山王嚳方壺）	鼎（石鼓文・吾水）
	鼎（子6.31）；鼎（曹33.17）；鼎（從甲8.25）；鼎（性38.11）	鼎（郭店・老丙6）鼎（郭店・老丙12）鼎（郭店・六德25）		

11. 甚

「甚」，金文作「甚」（甚鼎），《說文》古文作「甚」。

上博簡「甚」字有二形：「甚」（柬8.14）、「甚」（季11.8）。「甚」形在戰國文字中常見，如：「甚」（包山158）、「甚」（陶彙3.288）。「甚」形則與《說文》古文「甚」形同，也與晉系文字「甚」（私官鼎）所從的「甚」形相吻合。

字　例	上博簡字形	楚系字形	齊系字形	晉系文字	秦系字形
甚	甚（季11.8）			甚（訦，私官鼎）	
	甚（柬8.14）	甚（包山158）	甚（陶彙3.288）甚（訦，陶彙3.262）		
					甚（雲夢・為吏2）

12. 豊

「豊」，上博簡有作「![字形](從甲 3.1)」（從甲 3.1）、「![字形](緇 13.11)」（緇 13.11）、「![字形](三 5.27)」（三 5.27）之形。「![字形]」、「![字形]」可與楚系文字找到相吻合字形，如：「![字形]」（郭店・語叢 1.24）、「![字形]」（郭店・緇衣 24）。「![字形]」則與晉系文字「![字形]」（中山玉璜）相合，兩者豆形上方皆作「![字形]」之形，與楚系作「![字形]」或「![字形]」之形不類。

字 例	上博簡字形	楚系字形	晉系字形
豊	![字形]（從甲 3.1）	![字形]（郭店・語叢 1.24）	
	![字形]（三 5.27）		![字形]（中山玉璜）
	![字形]（緇 13.11）	![字形]（郭店・緇衣 24）	

13. 夏

「夏」，西周金文作「」（仲夏父鬲）、「」（伯夏父鼎），湯餘惠以爲象人在日下有所操作之形。[註 118] 楚系文字从頁、从日、从女，作「![字形]」（鄂君啓舟節），女形乃是从止之誤。晉系文字从寸，作「![字形]」（璽彙 2723）。秦系文字作「![字形]」（十鐘），齊系文字作「![字形]」（璽彙 0266），燕系文字作「![字形]」（璽彙 2724）。

上博簡「夏」字有作「![字形]」（束 1.13）之形，與燕系文字相合，偏有燕系文字色彩。

字 例	上博簡字形	楚系字形	齊系字形	燕系字形	晉系字形	秦系字形
夏	![字形]（束 1.13）			![字形]（璽彙 2724）		
		![字形]（鄂君啓舟節）	![字形]（璽彙 0266）		![字形]（璽彙 2723）	![字形]（十鐘）

14. 華

「華」，金文作「」（命簋）、「」（克鼎）之形。齊系文字承襲金文，作「![字形]」（陶彙 3.6）之形。楚系文字从艸，變成形聲字，作「![字形]」（𪓿鐘）之形。秦系文字从艸从𡉚，作「![字形]」（考古與文物 1997.1）之形。

上博簡「華」有作「![字形]」（中 23.19）之形，與楚系、秦系文字从艸不類，與齊系文字吻合，具齊系文字色彩。

字 例	上博簡字形	楚系字形	齊系字形	秦系字形
華	![字形]（中 23.19）		![字形]（陶彙 3.6）	
	![字形]（孔 9.54）	![字形]（𪓿鐘）		![字形]（考古與文物 1997.1）

〔註 118〕湯餘惠：〈略論戰國文字行體研究中的幾個問題〉，《古文字研究》第十五輯。

15. 盟

「盟」，《說文》古文從明從皿，作「🔲」。楚系文字作從明從示，作「🔲」（包山 139 反）。齊系文字從㸃從皿，作「🔲」（邾公華鐘）。晉系文字從㸃從皿，作「🔲」（侯馬盟書）；或從明從皿，作「🔲」（侯馬盟書）。

上博簡「盟」作「🔲」（孔 7.3）、「🔲」（競 7.19）、「🔲」（子 7.10）、「🔲」（子 2.8）。「🔲」，從明從示，與楚系文字相同，具楚系色彩。「🔲」，從明從皿，不僅與《說文》古文形同，也與晉系文字形同，具晉系文字色彩。

字例	上博簡字形	楚系字形	齊系字形	晉系字形
盟	🔲（競 7.19）		🔲（邾公華鐘）	🔲、🔲、🔲（侯馬盟書）
	🔲（孔 7.3）	🔲（包山 139 反）		
	🔲（子 7.10）			
	🔲（子 2.8）			

16. 家

「家」，楚系文字從爪，作「🔲」（包山 249）之形，上博簡「🔲」（柬 12.20）之形具楚系文字色彩。上博簡「家」字另有不從爪，作「🔲」（緇 11.33）之形，與楚系文字不類，而與晉系文字作「🔲」（命瓜君壺）形同，具晉系文字色彩。

字例	上博簡字形	楚系字形	晉系字形	秦系字形
家	🔲（緇 11.33）		🔲（命瓜君壺） 🔲（中山王𧊒鼎）	
	🔲（柬 12.20）	🔲（包山 249）		
				🔲（秦玉版）

17. 親

「親」，金文從辛從見，作「🔲」（克鐘）之形。楚系文字承襲金文作「🔲」（包山 51）；或從亲，作「🔲」（璽彙 3521）。齊系文字從目從辛，作「🔲」（陶彙 3.917）。晉系文字從斤，作「🔲」（中山王𧊒鼎）、「🔲」（中山王𧊒鼎）之形。秦系文字從見亲聲，作「🔲」（雲夢·日乙 148）之形。

上博簡「親」字有左右結構，從見從辛，作「🔲」（容 24.14）、「🔲」（曹 33.5）之形；或上下結構，從目從辛，作「🔲」（緇 13.38）、「🔲」（緇 11.20）之形；或作「🔲」（昔 3.4）之形。

上博簡「🔲」僅見於《緇衣》，與楚系文字同從見從辛，具楚系色彩；上博簡從目從辛的字形則與齊系文字吻合，具齊系色彩。

字　例	上博簡字形	楚系字形	齊系字形	晉系字形	秦系字形
親	（容 24.14）；（曹 33.5）	（包山 51）			
	（緇 13.38）；（緇 11.20）		（陶彙 3.917）		
	（昔 3.4）	（璽彙 3521）		（中山王響鼎）（中山王響鼎）	（雲夢·日乙 148）

18. 府

「府」，楚系文字从宀，作「」（鄂君啓舟節）、「」（大府鎬）之形。晉系文字从广，作「」（璽彙 5414）；或作「」（中山王響兆域圖）之形。秦系文字从广、付聲，作「」（官印 0009）。

上博簡「府」字有二形：「」（相 3.11）、「」（容 6.10）。「」，與楚系文字皆从貝从府。「」則與楚系文字不類，而與秦系文字同樣不从貝形。

字　例	上博簡字形	楚系字形	晉系字形	秦系字形
府	（容 6.10）			（官印 0009）
	（相 3.11）	（鄂君啓舟節）（大府鎬）		
			（璽彙 5414）（中山王響兆域圖）	

19. 懇

「懇」，上博簡作「」（周 51.36）、「」（中 7.12）之形。「」，从與从心，與楚系文字「」（郭店·成之 39）形同。「」，从與从心从口，與楚系文字不同，與齊系文字作「」（陶彙 3.532）形同。

字　例	上博簡字形	楚系字形	齊系字形
懇	（周 51.36）	（郭店·成之 39）	
	（中 7.12）		（陶彙 3.532）

20. 四

「四」，上博簡有作「」（緇 7.19）、「」（彭 8.7）、「」（東 15.25）、「」（周 7.3）、「」（孔 14.4）之形。

「」形承襲西周金文作「」（克鼎）之形而來，《說文》籀文所收錄的「四」作「」，二者形同。「」、「」、「」與《說文》古文所收錄的「四」作「」寫法相同。「」、「」也可視爲在「」形的基礎上，將裡面的

兩豎筆穿透到框形外面；此形在楚系文字與燕系文字中也有相同的寫法，如：楚系作「𢌞」（郭店・老甲 9）、「𢌞」（包山 254），燕系作「𢌞」（燕下都 463.11）等。

上博簡「四」僅見於《孔子詩論》，在目前楚系、齊系、燕系、晉系文字中皆未見對應的字形，僅在秦系文字中有作「𧰼」（石鼓文・鑾車），二者相同的寫法，「四」帶有秦系文字色彩。此形也為後來小篆所沿用。

字　　例	上博簡字形	楚系字形	齊系字形	燕系字形	晉系字形	秦系字形
四	三（緇 7.19）	三（包山 111）	三（陳侯午錞）		三（中山王𡧍兆域圖）	
	𢌞（彭 8.7）	𢌞（郭店・老甲 9）		𢌞（燕下都 463.11）		
	𢌞（柬 15.25）	𢌞（包山 254）				
	四（孔 14.4）					𧰼（石鼓文・鑾車）
		𧤥（郭店・性自 9）；𧤥（郭店・六德 3）			𧤥（郾孝子鼎）	
					四（大梁鼎）	

21. 仁

「仁」，楚系文字從身從心，作「𦥑」（郭店・五行 9）之形；晉系文字作「𡰥」（中山王𡧍鼎）之形，與《說文》古文𡰥從尸相同；秦系文字作「仁」（雲夢・秦律 95）之形。郭店簡《唐虞之道》、《忠信之道》皆從千從心，作「𢖽」（郭店・唐虞 2）、「𢖽」（郭店・忠信 8）之形，與《說文》古文𢖽相同。

上博簡「仁」有作「𦥑」（君 1.1）、「𦥑」（三 22.24）、「𢖽」（性 33.17）之形。「𦥑」、「𦥑」與楚系文字相同，具楚系色彩；《性情論》的「仁」皆作「𢖽」，從千從心，凡六例，與楚系文字不類，而與《唐虞之道》、《忠信之道》相同。馮勝君曾指出，《唐虞之道》、《忠信之道》文字具齊系色彩，〔註119〕「𢖽」從千從心是具齊系色彩。

〔註119〕詳見馮勝君：《郭店簡與上博簡比對研究（繁體版）》（北京：線裝書局，2007 年），頁 250〜314。

字 例	上博簡字形	楚系字形	齊系字形	晉系字形	秦系字形
仁	🔣（性 33.17）		🔣（郭店・唐虞 2） 🔣（郭店・忠信 8）		🔣（雲夢・日乙 164）
	🔣（君 1.1） 🔣（三 22.24）	🔣（郭店・五行 9）			
				🔣（中山王䚖鼎）	🔣（雲夢・秦律 95）

22. 敬

「敬」，金文作「🔣」（師酉簋）、「🔣」（盂鼎）之形，戰國文字承襲金文，但苟旁稍作變化。齊系文字作「🔣」（璽彙 0342）之形，苟旁上半部从羊頭。燕系文字作「🔣」（郾侯載簋）。秦系文字作「🔣」（珍秦 44），苟旁承襲甲骨文作「🔣」之形。楚系文字作「🔣」（帛書乙）之形，苟旁作羌形。晉系文字作「🔣」（中山侯鉞）、「🔣」（中山工䚖鼎）之形，苟旁作「🔣」、「🔣」之形，多不从口。

上博簡「敬」有作「🔣」（緇 15.15）、「🔣」（季 7.25）之形。「🔣」與楚系文字同，但「🔣」不从口，與楚系文字不類，而與晉系文字相同，具晉系文字色彩。

字 例	上博簡字形	楚系字形	齊系字形	燕系字形	晉系字形	秦系字形
敬	🔣（季 7.25）				🔣（中山王䚖鼎）； 🔣（中山侯鉞）	
	🔣（緇 12.4）； 🔣（緇 15.15）	🔣（帛書乙）				
			🔣（璽彙 0342）	🔣（郾侯載簋）		🔣（珍秦 44）

23. 之

「之」，金文作「🔣」（縣妃簋）、「🔣」（君夫簋）、「🔣」（善夫克鼎）之形。戰國文字多承襲兩周金文作「🔣」之形。而燕系文字有作「🔣」（璽彙 0224）；晉系文字有作「🔣」（貨系 63）、「🔣」（侯馬盟書）、「🔣」（璽彙 1138）；秦系文字有作「🔣」（新郪虎符）；楚系文字有作「🔣」（包山 6）、「🔣」（帛書甲）、「🔣」（包山 265）。

上博簡有作「🔣」（孔 4.12）、「🔣」（采 3.18）、「🔣」（曹 54.14）「🔣」（民 11.9）、「🔣」（相 3.18）、「🔣」（曹 53.25）之形。「🔣」、「🔣」、「🔣」與楚系文字吻合，具楚系色彩；「🔣」則與《侯馬盟書》寫法相同，具晉系色彩。

字　例	上博簡字形	楚系字形	齊系字形	燕系字形	晉系字形	秦系字形
之	（曹53.25）				（侯馬盟書）	
	（采3.18）	（包山6）				
	（曹54.14）	（包山265）				
	（孔4.12）	（帛書甲）				
			（陳猷釜）	（璽彙0224）	（璽彙1138）（貨系63）	（新鄭虎符）

二、具齊、燕、晉、秦系色彩

上博簡文字在用字的過程中，使用了許多非楚字文字色彩的字形。以往學者多以上博簡與齊魯文字相較，認為上博簡文字中多有齊系文字色彩，經由上述討論，可知上博簡使用非楚系色彩的文字中，不僅有與齊系文字吻合之例，與晉系文字相合的字例也頗多，甚至還有秦系與燕系文字色彩。具齊系文字色彩者有 4 例，具燕系文字色彩者有 1 例，具晉系文字色彩者有 14 例，具秦系文字色彩者有 3 例。如：

1. 具齊系文字色彩：華、親、愬、仁。

2. 具燕系文字色彩：夏。

3. 具晉系文字色彩：禍、氣、是、復、腹、後、嗣、及、相、則、甚、豐、盟、家、敬、之。

4. 具秦系文字色彩：氣、府、四。

若加總張新俊、〔註120〕蘇建洲、〔註121〕李天虹〔註122〕等人的研究成果，可以發現上博簡使用非楚系色彩的文字中，與齊系文字相合情況最多（共 24 例），次為晉系（共 18 例），秦系與燕系較少。從這樣的現象中，可以發現上博簡文字與晉系文字相關性不亞於齊系太多。而上博簡與燕系文字相符較少的原因之一是目前燕系文字材料較少，以致有所侷限；上博簡與秦系文字相符也不多，乃秦系文字為西土文字，與東土文字差異性較大之故。

〔註120〕上博《緇衣》的「攴」、「厚」、「不」、「終」、「內」、「大」、「夫」、「亦」、「望」、「者」、「朋」、「親」、「已」等13例具有齊系色彩，「至」、「視」與晉系文字相近。

〔註121〕「韠」、「发」、「備」、「夫」、「鮑」、「也」、「好」等7例具有齊系色彩。

〔註122〕「市」字遺留齊系特點。

表 3-2　上博簡與非楚系文字吻合對照表

字　例	上博簡字形	齊系字形	燕系字形	晉系字形	秦系字形
禍	（昭 9.32）			（中山王䜑方壺）	
氣	（性 1.30）			（行氣玉銘）	
	（周 44.4）				（雲夢·問答 115）
是	（內 1 正 7）			（哀成叔鼎）	
	（子 12.2）			（三晉 99）	
復	（弟 5.23）			（璽彙 2909）、（中山王䜑圓壺）	
腹	（內 7.27）			（侯馬盟書）	
後	（曹 30.11）			（中山王䜑方壺）	
嗣	（鮑 1.22）			（中山王䜑方壺）	
及	（鬼 8.15）			（中山王䜑鼎）	
相	（昔 1.16）			（中山王䜑方壺）	
則	（緇 12.17）			（行氣玉銘）	
甚	（季 11.8）			（甚，私官鼎）	
豊	（三 5.27）			（中山玉瑱）	
夏	（柬 1.13）		（璽彙 2724）		
華	（中 23.19）	（陶彙 3.6）			
盟	（競 7.19）			（侯馬盟書）	
家	（緇 11.33）			（命瓜君壺）	
親	（緇 13.38）	（陶彙 3.917）			
府	（容 6.10）				（官印 0009）
懇	（中 7.12）	（陶彙 3.532）			
四	（孔 14.4）				（石鼓文·鑾車）

仁	(性 33.17)	（郭店·唐虞 2）；（郭店· 忠信 8）		
敬	(季 7.25)			（中山侯鉞）
之	(曹 53.25)			（侯馬盟書）

第三節　多重交融色彩

一、楚與非楚兼融

　　文字演變不盡然是單一直線的發展，在演變過程中往往會加入許多複雜的原因，進而影響文字形體；而這些因素有可能是各系字形自行交雜，也有可能是與他系文字進行交互影響。如張新俊從上博《緇衣》簡 11 上的兩個「不」字發現，一個具有齊系寫法，一個具有楚系色彩。同一枚竹簡上，同一抄手，齊楚兩系文字色彩並見，說明齊楚兩系文字之間的相互影響。〔註123〕馮勝君則舉出上博簡《緇衣》和《彭祖》中的「厚」、「於」、「必」、「聞」等。〔註124〕皆說明了文字間的相互影響。

　　除了同一簡中，同一書手書寫兩種文字的情況之外，也可由單一字形中透露出各系文字交融的狀況。吳振武就曾指出戰國文字中，或有將讀音相近的兩個文字的某部份揉合在一起，形成特殊的字形。〔註125〕張新俊依此，進一步提出上博簡的「慧」、「鴻」、「戠」字也有揉合的現象。〔註126〕另外，周鳳五曾針對郭店簡《性自命出》、《成之聞之》、《尊德義》、《六德》文字提出「馴化」的說法，認為這四篇字形結構為楚國通用字體，但其書體「豐中首尾銳」，顯然是出自齊魯儒家經典抄本，但已被楚國馴化。〔註127〕

　　上博簡文字除了上述與齊、燕、晉、秦系文字吻合之外，也可看見文字融

〔註123〕張新俊：《上博簡楚文字研究》（長春：吉林大學博士論文），頁 5～8。

〔註124〕馮勝君：《郭店簡與上博簡比對研究（繁體版)》（北京：線裝書局，2007 年），頁 250～314。

〔註125〕吳振武：〈戰國文字中一種值得注意的構型方式〉，《姜亮夫、蔣禮鴻、郭在貽先生紀念文集》（上海：上海教育，2003 年），頁 92～93。

〔註126〕張新俊：《上博簡楚文字研究》（長春：吉林大學博士論文），頁 18～23。

〔註127〕周鳳五：〈郭店竹簡的形式特徵及其分類意義〉，《郭店楚墓國際學術研討會論文集》（武漢：湖北人民出版社，2000 年），頁 53～63。

合的現象。不同於上述的特殊構形與書體的馴化，上博簡的字形還呈顯出另一種交融現象，即文字結構具他系文字色彩，部件寫法卻採用楚系慣用形體。以下試舉「復」、「腹」、「氣」爲例。

「復」、「腹」皆从复聲。晉系文字「复」多从口，作「圖」（璽彙 2909）之形。楚系文字「复」多不从口，作「圖」（郭店・性自 18）之形。上博簡中，「復」有从口作「圖」（弟 5.23），「腹」有从口作「圖」（內 7.27）；「复」形从口的結構與楚系不類，而與晉系文字相吻合。再從「圖」、「圖」的「复」部件寫法來看，與晉系文字作「圖」之形不同，反而與楚系文字作「圖」之形相同。是此，「圖」、「圖」在組成的結構上是具有晉系色彩，部件的寫法卻呈現楚系色彩，整個字形就兼融了楚、晉二系文字色彩。

「氣」，秦系文字作「圖」（雲夢・問答 115）之形，楚系文字多从既从火，作「圖」（包山 220）之形。上博簡「氣」有「圖」（周 44.4）之形，顯然與秦系文字結構相仿，與楚系文字不同。但從「圖」寫法來看，又與秦系文字不同，而類似楚系文字的「圖」（勹）形，〔註128〕有可能是書手在抄寫過程當中，不識「圖」形，而謬寫成「圖」形。是以「圖」兼有楚系與秦系文字色彩。

透過「圖」、「圖」、「圖」字形，不僅了解上博簡文字除了具有典型的楚系色彩之外，還有晉系、秦系色彩，且在同一字形上兼有兩系文字色彩，說明了文字交互影響的具體現象。此也說明了各國不僅發展出屬於自己文字的特點，各系的特點也不是不會外流，反而具有交互影響的可能性。

二、文本與字形討論

上博簡文字除了楚系文字之外，還有符合他系文字的字形，因此引起了上博簡文本來源的討論。最常見的考量是，如果一個文本中出現了幾個符合某系文字特點，就依此推論此底本爲可能源自某系。如《曹沫之陣》、《周易》裡出現大量的楚系文字特點，但有學者指出這兩篇章裡，仍有齊系文字的特點存在，並懷疑其底本來自齊國或齊魯一帶。〔註129〕

〔註128〕「圖」，「圖」（璽彙 5565）之所从。

〔註129〕黃人二將上博簡《周易》字形與傳鈔古文比對，相合者多，判定上博簡《周易》底本爲齊魯文字之本；蘇建洲認爲上博簡《周易》、《曹沫之陣》、《鮑叔牙與隰朋之諫》、《昔者君老》、《孔子見季桓子》文字中帶著齊系文字的風格，認爲底本可能來自齊魯一帶。李天虹從「市」的寫法，認爲《景公瘧》可能是齊國底本。黃

試將上博簡楚系底本的篇章與文字色彩的關係表列如下：

篇　章	底本來源	楚系文字色彩	他系文字色彩
《平王問鄭壽》	楚	有	晉系
《吳命》	楚	有	齊系
《昭王毀室》	楚	有	晉系
《昭王與龔之脽》	楚	有	
《柬大王泊旱》	楚	有	晉系、燕系
《鄭子家喪》	楚	有	
《君人者何必安哉》	楚	有	
《莊王既成》	楚	有	
《申公臣靈王》	楚	有	
《平王與王子木》	楚	有	

由上表可知，楚系底本的篇章多數以上都沒有他系文字色彩，通篇以戰國
文字或具有楚系文字色彩寫成。但也有僅有少數幾篇含有幾個他系文字色彩的
字例，並以齊系、晉系爲主。

再將明顯非楚系底本的篇章與文字色彩的關係表列如下：

篇　章	底本來源	楚系文字色彩	他系文字色彩
《孔子詩論》	齊魯	有	晉系、秦系
《子羔》	齊魯	有	晉系
《中弓》	齊魯	有	齊系、晉系
《孔子見季桓子》	齊魯	有	齊系、晉系
《季庚子問於孔子》	齊魯	有	晉系
《曹沫之陣》	齊魯	有	齊系、晉系
《景公瘧》	齊	有	齊系
《鮑叔牙與隰朋之諫》	齊	有	晉系
《競建內之》	齊	有	齊系、晉系
《魯邦大旱》	齊魯	有	

上述這些篇章，從內容來看，其底本多來自齊魯一帶。這些篇章當中，文
字間皆流露著楚系文字色彩；而多數的篇章不僅有楚系色彩，尚夾雜著晉系或

人二：〈上博藏簡《周易》爲西漢古文經本子源流考〉，《中國經學》第一輯（桂州：
　　廣西師範大學出版社，2005 年），頁 195；李天虹：〈《景公瘧》「市」字小記〉，
　　2007.07.17；蘇建洲：《《上博楚竹書》文字及相關問題研究》（台北：萬卷樓，2008
　　年），頁218～250。

齊系文字色彩。由此顯示,這些文本源自於他系,內容經過輾轉傳抄、流傳,最後以楚系文字記載下來的情況。由於內容主要以楚系文字書寫,所以儘管底本來源並非楚系底本,文字間仍帶有楚系文字色彩。而篇章中所夾雜的他系文字色彩,一則可能是書手在抄寫他系底本時,倉卒間未將文字從他系文字轉寫成楚系文字,而遺留下來的痕跡;二或書手不識他系文字,逕行將文字直接抄寫下來;三或書手在抄寫過程中,不嫻熟楚系文字書寫方式,而未將文字轉成楚系文字,而將底本字形直接抄錄。

以上的推論是一種面向。但是否還可以有其他的情況或因素可以考量呢?李家浩曾指出,江陵望山 1 號楚墓曾出土越王勾踐劍,江陵馬山磚瓦廠 5 號楚墓曾出土吳王夫差矛,卻不能將之視為楚器。〔註130〕馮勝君也指出,楚人所抄寫的上博《緇衣》雖為楚人抄寫,卻存在大量不同於典型楚字的文字形體與用字習慣。〔註131〕是以,楚地出土的材料,不必然皆是楚物,楚人所抄寫的文字也不一定全是楚字。此外,可以再探,楚字是否只能出土於楚地,楚字是否只有楚人所使用、所書寫,楚人是否僅會通用字形與楚字,而不使用他系文字。

將上述帶有齊、燕、晉、秦系文字色彩的字形一一檢閱、依系區分,如下:

◎帶有齊系文字色彩:《中弓》(華、懇)、《緇衣》(家、親、攴形、厚、不、終、內、大、夫、亦、望、者、朋、巳)、《景公瘧》(市、攴形)、《周易》(章、发)、《曹沫之陣》(備)、《競建內之》(夫、鮑、也)、《孔子見季桓子》(好)、《武王踐祚》(夫)、《吳命》(也)、《性情論》(仁)。

◎帶有燕系文字色彩:《柬大王泊旱》(夏)。

◎帶有晉系文字色彩:《孔子詩論》(及、夏)、《鬼神明之》(則、社、及、夏)、《昭王毀室》(禍)、《周易》(氣)、《性情論》(氣、復、後、及、夏)、《子羔》(則、是)、《中弓》(是、及)、《弟子問》(復、相)、《內豊》(是、

〔註130〕轉引自馮勝君在北京大學「戰國文字概論」課堂之筆記。參見馮勝君《郭店簡與上博簡比對研究(繁體版)》(北京:線裝書局,2007 年),頁 250~251。

〔註131〕詳見馮勝君《郭店簡與上博簡比對研究(繁體版)》(北京:線裝書局,2007 年),頁 251~255。

腹）、《逸多》（及）、《容成氏》（及）、《曹沫之陣》（復、後、及、之）、《柬大王泊旱》（及、夏）、《鮑叔牙與隰朋之諫》（嗣）、《昔者君老》（相）、《緇衣》（則、及、夏、視、至）、《季庚子問於孔子》（甚、敬）、《三德》（豊）、《競建內之》（則、盟）、《從政（乙篇）》（則）、《采風曲目》（豊）、《平鄭》（及）、《天甲》（豊）、《天乙》（則、豊）、《孔子見季桓子》（至）、《武王踐阼》（則）、《凡物流形（甲本）、（乙本）》（則）等。

◎帶有秦系文字色彩：《周易》（氣）、《容成氏》（府）、《孔子詩論》（四）、《三德》（府）。

由上明顯可以發現，底本與文字色彩的關係有，1. 楚系底本具有一種他系文字色彩；2. 楚系底本具有二種他系文字色彩；3. 他系底本具有楚系，或還有另一他系文字色彩。也就是說，同一篇文本中，不一定只帶有一種文字色彩，或只表現出底本來源的文字色彩而已。如《周易》除了具有楚系文字色彩外，還有與燕系、晉系、秦系文字吻合的字例，那麼，《周易》的底本是源自於楚系、燕系、晉系，還是秦系呢？又如《緇衣》文字既有齊系色彩，也有晉系色彩的字例，要說明《緇衣》底本來源是齊系而不是晉系，不太好解釋。

是以，以下將換個方向，試從文字交融演變的情況討論。文字的發展有呈現螺旋式地進行。正字會影響俗字，有時候甚至退爲俗字；俗字也會影響正字，或取而代之，成爲正字。〔註132〕依此論，戰國時期各系文字雖然各自發展出具有特點的文字，但也會受到其他文字的影響，吸納他系文字特點，進而發展出帶有他系特色的「混合體」。如上述的「復」、「腹」、「氣」等。

另外，文字的交融與當時的政治交流、人才大量流通有關。《左傳‧襄公二十六年》：

〔註132〕裘錫圭：「在文字形體的演變過程裏，俗體所起的作用十分重要。有時候，一種新的正體就是由前一階段的俗體發展而來。比較常見的情況，是俗體的某些寫法後來爲正體所吸收，或者明顯地促進了正體的演變。」裘錫圭著，許錟輝校訂：《文字學概要》，台北：萬卷樓圖書公司，1994年，頁59～60。

聲子通使于晉，還如楚。令尹子木與之語，問晉故焉，且曰：「晉大
夫與楚孰賢？」對曰：「晉卿不如楚，其大夫則賢，皆卿材也。如杞
梓、皮革，自楚往也。雖楚有材，晉實用之。」

從「楚材晉用」，可知當時楚國人才不一定為楚國所用，反而成為晉國所重用，
顯示出戰國時期人才流通各國的普遍現象。又如春申君門下食客三千餘人，其
中朱英為魏國人，李園、荀況皆為趙國人，並曾聘荀況為蘭陵令。〔註133〕商鞅
本為衛國人，曾任魏國家臣；張儀、范雎本為魏國人；甘茂本是上蔡人；李斯
本是楚國人，師從荀子；蔡澤為燕人；但他們皆入秦為官。

　　《史記·田敬仲完世家》提到稷下學宮的狀況：

宣王喜文學游說之士，自如鄒衍，淳于髡，田駢，接子，慎到，環
淵之徒七十六人，皆賜列第，為上大夫，不治而議論。是以齊稷下
學士復盛，且數百千人。

從稷下龐大的規模與陣容，透露戰國時期文人學士游說風氣之盛。養士之風
不僅在大臣間風行，國君也頗為重視，甚至拔擢為大臣，賜與官爵。稷下學
士雖以齊人為主，但也不乏外地人才。目前錢穆考證出當時的稷下學者有 17
位，〔註134〕張秉楠增考 2 位，〔註135〕其中宋鈃、兒說、徐劫為宋國人，孟軻
為鄒國人，慎到、荀況為趙國人，環淵為楚國人。可知戰國養士之風不僅盛
況空前，對於所養之士也不設限其國別，反而有廣納各國人材的現象。

　　又《孟子·滕文公下》：

孟子為戴不勝曰：「……有楚大夫於此，欲其子之齊語也，則使齊人
傅諸？使楚人傅諸？」曰：「使齊人傅之。」曰：「一齊人傅之，眾
楚人咻之，雖日撻而求其齊也，不可得矣；引而置之莊嶽之間數年，
雖日撻而求其楚，亦不可得矣。」

〔註133〕（漢）司馬遷撰、（宋）裴駰集解、（唐）司馬貞索引、（唐）張守節正義、（日本）
　　　　瀧川龜太郎注：《史記·春申君列傳》（台北：宏業書局，1992 年）。

〔註134〕詳見鄒衍、淳于髡、田駢、接子、慎到、環淵、彭蒙、宋鈃、尹文、兒說、孟軻、
　　　　季真、王斗、荀況、鄒奭、田巴、魯仲連等 17 人。詳見錢穆：《先秦諸子繫年·
　　　　稷下通考》（北京：商務，2005 年）。

〔註135〕告子與徐劫等 2 人。詳見張秉楠：《稷下鉤沉》（上海：上海古籍，1991 年）。

　　由這段文字中，除了可以知道齊語與楚語不同之外，〔註136〕還反映出楚國當時學習齊國語文的現象。在當時各國政府急於政治改革，迫切需要大量人才的情況下，學習外語以增加自己勝出機會的現象，是可以想見的。

　　以各國人才大量流通的情況，學習或接觸外學語文的機會，相較以往是便利多了。一個文本中存有多系文字，以書手的角度來思考，還可有幾種解釋：

　　一是，楚國的書手在各國人才大量流通，學習或接觸外學語文機會多的情況下，可能多少懂得一些他系文字的寫法。故當底本爲他系文本時，依循他系文本上的他系寫法，而未改成楚系寫法的情況是可能成立的。

　　二是，大臣、賢士、食客等是當時各國競相爭取的人才，甚至列爲官職。在各國人才大量流通的情況下，書手的來源不一定是楚人，也有可能是從國外招聘而來。外國的書手在抄寫楚系文本的過程當中，由於以往慣於他系文字的書寫，一時不察而使用了原本自己國家的特色字形，形成楚系底本中，出現他系色彩的字形；這樣的情況正可以解釋楚系底本爲何雜有他系文字色彩的狀況。或外國的書手在抄寫他系（指非楚系）文本的過程當中，因爲不識、不熟悉楚字特有寫法，倉促間未將字形寫成楚字，造成抄寫他系底本的過程中出現了該有的楚字、書手原本自己國家的字形寫法，及底本來源的字形等混亂現象。而由底本鮮少源自晉系，卻出現不少的晉系文字色彩，可以推敲書手來源或許與晉系有關，或者楚晉兩國爭戰、通商、往來頻繁，使兩系文字多有互相流通的情況。

　　是以，楚字不盡然只能出土於楚地，楚字不盡然只有楚人所使用、所書寫。楚人使用通用字形與楚字，也使用他系文字；且抄寫上博簡的書手來源亦不必限爲楚人。

　　綜合上文的討論，顯示上博簡非楚系文字特色的字形除了與《說文》重文吻合外，有些文字或部件則具齊系、晉系、燕系、秦系文字色彩。這些非楚系色彩的文字形體以與齊系、晉系文字相合爲多。這樣的現象透露文本複製、流傳、傳播狀況，亦可窺見各國可能往來互動的多寡。

　　這些非楚系色彩的文字形體與燕系、秦系文字相符的情況較少。與燕系文字相符不多，乃受制於目前燕系文字材料較少，可茲比對材料不多有關；與秦

〔註136〕汪啓明：《先秦兩漢齊語研究》（成都：巴蜀書社，1999 年），頁 56。

系文字相符不多，乃秦系文字屬西土文字，上博簡文字屬於東土文字，兩者差異性較大之故。

再者，還可以發現上博簡文字中，有些文字兼融了兩系文字色彩，提供了戰國時期各系文字交互影響的具體證據。

另外，根據同一文本中兼有楚系文字色彩與他系文字色彩的情況，或許可以從書手的來源與實際書寫情況作考量。

第四章　隸草楷之傾向

　　文字結構與書體的發展，是一個漸變的過程。各個階段的文字結構與書體或多或少會有滲透或融合的現象。上博簡文字上承甲金文字，下收歸為篆；具有隸意的字形中就摻雜了草篆、草隸、半篆半隸等的過渡性書體，反映出字形與書體滲透與融合的演變過程。這也使得上博簡文字書體看起來既亦篆〔註1〕、亦隸、亦草，卻也非篆、非隸、非草的獨特現象。

第一節　隸化傾向

一、隸書起源年代

　　隸書又稱佐書〔註2〕、八分〔註3〕，是兩漢期間使用的主要文字。隸書是中國五大書體之一，也是古文字與今文字的分水嶺，在文字演變與書法的發展上，都具有重大意義。

〔註 1〕指書法上的篆體。

〔註 2〕東漢許慎《說文解字·敘》記新莽六書為古文、奇字、篆書、左書、繆篆、鳥蟲書，並注明左書即秦隸書。又《漢書·藝文志》：「漢王莽居攝，書有六體，為古文、奇字、篆書、隸書、繆篆、蟲書。」隸書稱之佐書。晉衛恒《四體書勢》亦云：「秦既用篆，奏事繁多，篆字難成，即令隸人佐書，曰隸字。」

〔註 3〕張懷瓘：「八分已減小篆之半，隸又減八分之半。然可云子似父，不可云父似子。故知隸不能生八分矣。」見張懷瓘《書斷》上，《法書要錄》卷七（北京：中華書局，1985 年），頁 108。

關於隸書的起源，歷來有許多不同的說法。隸書產生於秦代的說法見於班固與許慎。班固《漢書‧藝文志》：

> 是時，起於官獄多事，苟趨省易，施之於徒隸也。〔註4〕

許慎《說文‧序》：

> 秦燒毀經書，滌除舊典，大發隸卒，興役戍，官獄職務繁，初有隸書，以趣約易，而古文由此絕矣。〔註5〕

而程邈造隸的傳說，是隸書始於秦說的具體化。唐代張懷瓘《書斷》引東漢蔡邕《聖皇篇》：

> 程邈刪古，立隸文。〔註6〕

然從近代戰國簡牘〔註7〕、秦簡實物資料〔註8〕的出土，證實了程邈造隸之說不可信，也推翻隸書產生於秦的說法。其實，隸書不起於秦的說法，在酈道元《水經注》就已經提到：

> 孫暢之嘗見青州刺史傅宏仁說，臨淄人發古冢，得銅棺，前和外隱起爲隸字，言「齊太公六世孫胡公之棺也」。唯三字是古，餘同今書。
> 證知隸自古出，非始於秦。

郭沫若肯定酈道元認爲隸書非出自於秦的說法。〔註9〕根據考古發現的戰國文字資料顯示，隸書的萌芽已可以上溯到戰國後期。裘錫圭認爲「隸書是從戰國時代秦國文字的簡率寫法的基礎上完成的」，〔註10〕而唐蘭認爲：

〔註4〕班固著、顏師古注：《漢書‧藝文志》（台北：臺灣中華書局，1983年），頁1721。

〔註5〕許慎撰、段玉裁注：《說文解字注》（杭州：浙江古籍出版社，2006年），頁758。

〔註6〕蔡邕《聖皇篇》，引自張懷瓘《書斷》上，《法書要錄》卷七，頁109。

〔註7〕如：青川木牘中，文字結體已由縱長轉爲正方、扁方，用筆由圓轉化爲方折，不僅具隸書的體勢，還有疾緩輕重的變化。

〔註8〕如：睡虎地秦簡字形可見波勢，字體隨形造勢，長方、正方、扁方不等，點畫中有明顯的起伏變化，融篆隸於一。

〔註9〕郭沫若：「這斷案是正確的，但所引證據則不一定可靠」。詳見郭沫若：〈古文字之辯證的發展〉，《考古學報》1972年第1期。

〔註10〕裘錫圭：〈以馬王堆一號漢墓遣冊談關於古隸的一些問題〉，《考古學報》1974年第1期，頁50。

如說西周已有較簡單的篆書是可以的，眞正的隸書是不可能的。春
秋以後就漸漸接近，像春秋末年的陳尙陶釜，就頗有隸書的風格
了。〔註11〕

除了陳尙陶釜外，楚簡文字、侯馬盟書也都有脫離篆書筆意的趨勢。以上博簡
而言，有一群字用筆已由圓轉化爲方折，字形也具隸書的體勢，並有筆墨輕重
的變化，可以說明隸化在戰國晚期已經開始萌芽。

綜上所述，大抵隸書的萌芽在戰國晚期已經嶄露頭角，其來源不限於秦篆，
〔註12〕也不限於戰國秦文字，或許與六國文字的關係更爲密切。〔註13〕

二、隸化表徵

上博簡的字形主要代表的時代爲戰國時期，結體表現還是屬於古文字階
段；隸書興盛於漢代，文字結體則進入到今文字的階段。

又文字的演變是漸變，字體的轉變通常需要長時間的積累，慢慢演化而成。
文字要從古文字過渡到今文字，也必然經過長時間的漸變，而非一夕改變。檢
閱上博簡文字過程中，可以發現上博簡的文字除了展現出古文字的面貌外，還
可以察覺到上博簡的部分文字已具有隸化的傾向。這些具有隸化傾向的字形意
味著文字將走進隸化的啓蒙階段，是古文字過渡到今文字的先驅。

以下將上博簡文字中具有隸化傾向的文字逐一列出，並加以說明如下。
〔註14〕

〔註11〕唐蘭：《中國文字學》（台北：開明書店，1978 年），頁 165。

〔註12〕殷偉仁認爲「隸書起源早於秦代的東周，其直接淵源是東周古隸，與小篆無涉」。
又「秦隸具有兩個明顯特點：一、總體上還屬於古隸範疇，但比戰國古隸形體有
所簡化，隸意有所增強；二、古隸、秦隸一脈相承，秦隸應是從古隸發展而來，
與小篆無涉。西漢隸書是古隸向隸書（八分）的過渡階段，它與小篆也沒有直接
關係。」詳見殷偉仁：〈隸書之源非小篆〉，《江海學刊》1995 年 3 月，頁 66。

〔註13〕林素清：〈探討包山楚簡在文字學上的幾個課題〉，《歷史語言研究所集刊》第 66
本第 4 分（1995 年），頁 1103～1127。

〔註14〕由於具有隸化傾向的文字數量不少，礙於篇幅，各個不同型態的字形將舉一例作
爲代表。

表 4-1-1　上博簡隸化字形表

字　例	上博簡篆筆字形	上博簡隸筆字形	隸筆字形說明
一	一 彭 7.26	一 周 42.32	筆畫平直，橫畫起筆有蠶頭雛形，收筆上挑。
元	天 柬 21.14	疔 周 16.2；疔 周 47.6	「疔」（周 16.2）、「疔」（周 47.6）下方改曲筆爲直筆。橫畫尾端具橫挑之勢。
天	天 容 35.2	泛 周 23.12；泛 性 2.6	「泛」（周 23.12）撇筆往橫勢；「泛」（性 2.6）的「大」形，兩手之形隸化成一直線，失去象形意味。
吏	吏 曹 36.21	叏 子 8.20；叏 競 6.31	「叏」（子 8.20）上方短橫畫尾端收筆上挑。「叏」（競 6.31）上方短橫畫與又形橫筆加粗筆。
上	上 曹 62.12	上 桓 3.8；上 桓 5.12	「上」（桓 3.8）最下方橫畫收粗筆。「上」（桓 5.12）第二橫畫收筆上挑。
下	下 亙 10.30	下 子 1.40	筆畫平直，橫畫具橫挑之勢，尤其是最上方的橫畫收筆形成下圓角，爲隸筆寫法。
福	福 三 14.38	福 周 57.27；福 孔 12.13；福 彭 5.18	「福」（孔 12.13）、「福」（彭 5.18）「示」的兩撇改爲方折之筆，「福」（周 57.27）以直筆呈現。
祭	祭 柬 3.13	祭 景 12.30	「示」兩撇筆改爲方折之筆。
祟		祟 景 12.34	「示」兩撇筆改爲方折之筆。
祟	祟 柬 5.23	祟 孔 9.52	上方兩點呈橫勢。「示」兩撇筆改爲方折之筆。
祒		祒 景 8.6	「示」兩撇筆改爲方折之筆。
虙		虙 孔 13.23	「示」兩撇筆改爲方折之筆。
禜	禜 周 20.12	禜 周 56.20	「示」兩撇筆改爲直筆。
禍		禍 容 45.39	上方「九」形拉直爲橫筆。
王	王 容 42.28	王 民 8.15	最下方的橫畫收筆往右上方橫挑成下角。
中	中 曹 50.32	中 周 39.9；中 柬 15.4；中 姑 6.6	豎彎筆右彎後橫提、加粗。「中」（周 39.9）首筆橫畫起筆特殊。
莧		莧 周 39.6	末筆橫畫尾端重壓加粗。
芋	芋 逸交 2.2	芋 孔 9.54；芋 三 8.7	「芋」（孔 9.54）上部「艸」形曲筆改爲直筆，作「艹」之形；末筆下拉後左彎，形成方折。「芋」（三 8.7）末筆下拉後左彎，形成大弧形，末端肥厚。
莙	莙 容 1.3	莙 鬼 5.46	「艸」形曲筆改爲直筆，作「艹」之形。

葛		采 3.6	「勿」形上方的兩橫畫收筆上挑。
茇		孔 26.10	「艸」形曲筆改爲直筆，作「⊥⊥」之形。
芫		君 10.13	「艸」形右半邊曲筆改爲直筆。末筆下拉，呈現小弧筆，末端稍厚。
蔽		緇 17.13	「艸」形曲筆改爲直筆，作「⊥⊥」之形。
藞	性 7.10	緇 12.8	「艸」形曲筆改爲直筆，作「⊥⊥」之形。
藏		孔 21.3	「貝」形下方兩撇呈現方折。
葳		三 3.18	橫畫起筆時先向下，然後折而向上，再向右運筆，爲隸書筆法。
少	緇 6.21	少 孔 3.12； 少 孔 8.32； 少 周 30.3	兩點呈橫勢，具隸味。
尔	周 24.13	孔 7.2； 曹 32.26	下方的兩短撇呈現方折。
尚	柬 3.19	子 12.40	上方兩點呈橫勢，且具方折。
公	鮑 5.21	曹 46.1	兩撇呈橫勢，且具方折。
牪	曹 38.7	曹 37.26	右旁的字形寫作「牛」形，爲隸書字形。
喪		民 14.1	上方呈現方折。
吾		桓 22.7； 桓 22.15	「吾」（桓 22.15）中橫畫具挑筆。「吾」（桓 22.7）、「吾」（桓 22.15）末筆加粗筆，具隸味。
唯	容 46.11	孔 7.32； 彭 1.52； 內 7.3； 姑 5.21； 姑 7.36； 桓 12.19	「唯」（孔 7.32）、「唯」（彭 1.52）「唯」（內 7.3）、「唯」（姑 7.36）「唯」（姑 7.36）、「唯」（桓 12.19）的上半部「隹」失去鳥形結構，尤其是左側已與右側分離，並由「人」形替代。此與後來隸楷「隹」字由「人」與「圭」結合關係密切。 「唯」（內 7.3）、「唯」（姑 7.36）「唯」（姑 7.36）上方末筆呈現方折之筆。
唬	景 11.15	姑 1.23； 桓 14.12	向左鉤畫形成大弧形，末端稍粗，具隸味。
弖		用 13.6	上半部曲筆改爲方折之筆。
喪	平鄭 5.8	周 44.8； 天乙 4.10； 天甲 4.20； 天甲 4.25	曲筆改爲方折之筆。「喪」（天甲 4.25）上方屮形曲筆改爲直筆，作「⊥」之形。
起	用 15.29	三 14.6； 競 9.19； 景 12.15	「己」形筆畫方折。「起」（競 9.19）的「止」形改曲筆爲直筆。

桓	桓 6.9	桓 2.2	右上方首橫畫加粗。下方止形末筆橫畫加上方向左撇的筆畫形成弧形，越到末端，越顯肥厚，具隸書筆法。
止	緇 16.37	周 48.14	末筆改曲筆爲直筆，越到末端，越是粗筆，具隸味。
歸	平鄭 2.5	周 50.3	「止」形改曲筆爲直筆。
祉		周 56.9	「人」形改曲筆爲直筆。「止」形末筆改曲筆爲直筆。
陸	容 48.36	周 48.26	「止」形末筆改曲筆爲直筆。末筆橫畫具橫挑之勢。
堅		互 12.20	「止」形末筆改曲筆爲直筆。
墾	中 9.25	中 9.29；周 7.33；彭 1.24	「墾」（中 9.29）「止」形末筆具方折。「墾」（周 7.33）的「止」形改曲筆爲直筆。「墾」（彭 1.24）的兩又形原本像兩手之形，卻拉直成「＋＋」之形。
正	緇 13.20	景 12.23；子 1.7；鬼 8.19	末筆筆畫方折。
是	容 7.20	魯 3.44；內 1 正.7；周 56.16；子 1.4；子 12.2	「是」（魯 3.44）、「是」（內 1 正.7）、「是」（子 1.4）、「是」（子 12.2）下方部件末筆筆畫方折。「是」（周 56.16）、「是」（子 1.4）正形上方橫畫收筆橫挑成下圓角。
題	周 11.9	民 10.15	「心」形筆畫方折，橫筆加粗，向右彎筆末端亦爲粗筆。
進	柬 14.26	桓 9.12	「止」形末筆改曲筆爲直筆，末畫爲粗筆，且爲挑筆。
還		桓 26.3	「衣」形飾筆橫畫收筆橫挑成下圓角。
遇		周 33.4	「止」形末筆改曲筆爲直筆。
遲		周 14.27	「止」形末筆改曲筆爲直筆。
達		孔 19.19	「止」形末筆方折。
逐		周 43.15	「止」形末筆改曲筆爲直筆。
近		性 2.17	「止」形末筆改曲筆爲直筆。
遠	內附.10	孔 2.29	「止」形末筆方折。
道	曹 46.9	性 2.8；中 3.6；桓 2.6	「道」（性 2.8）的「止」形末筆改曲筆爲直筆。「道」（中 3.6）的「止」形末筆呈方折。「道」（桓 2.6）的「止」形末筆越尾端筆畫越粗，且筆畫具橫挑之勢。
迡		民 8.2	「尼」形筆畫改爲方折。

迼		昔 2.8	「止」形末筆具方折。
後		姑 5.40； 曹 30.11； 中 10.36	「幺」脫離束絲之形，改爲筆畫。
逨		周 9.13	「止」形末筆改曲筆爲直筆。
適	孔 11.37	孔 13.22	「止」形末筆筆畫改爲方折。
遉		周 25.7	「止」形末筆改曲筆爲直筆。
復	曹 50.15	周 19.2	「止」形末筆改曲筆爲直筆。
退		景 3.33	「止」形末筆筆畫改爲方折。
後	曹 30.11	孔 2.14	「止」形末筆筆畫改爲方折。
得	緇 10.34	周 44.10； 桓 9.15； 姑 5.34	又形末筆具隸味。
御	緇 12.38	孔 22.21	「止」形末筆筆畫改爲方折。
徑		容 18.40	末筆加粗，具隸味。
廷	周 48.10	昭 1.37； 姑 9.31	「」向右曲筆尾端爲挑筆，具隸味。「」最左方的曲筆改爲方折之筆
建		周 14.3	「止」形末筆筆畫改爲方折。
行	弟 12.13	桓 4.6； 桓 15.31； 桓 18.1	左偏的向下筆畫爲向左弧形，末端肥厚。 右旁的收筆皆肥厚，收筆具隸味。
足	緇 11.26	子 9.23； 君 7.19； 桓 20.2	「」（子 9.23）的「止」形末筆筆畫改爲方折。 「」（君 7.19）、「」（桓 20.2）「止」形末筆筆畫改爲直筆，筆畫收筆橫挑成下圓角，具隸味。
疋	容 1.4	孔 11.5； 周 38.37	「」（孔 11.5）的「止」形末筆筆畫改爲方折。 「」（周 38.37）的「止」形末筆筆畫改爲方折；上方的圓筆也改爲方折，呈現倒三角的形狀。
嗣		周 2.34； 周 2.42	「子」形中間呈現小兒兩隻手的筆畫拉直爲「一」形。「子」形表示小兒身體的部分拉直爲「丨」形。「子」形小兒頭部的部分改爲方折之筆，呈現倒三角之形，線條已朝平直化發展。
言	緇 16.14	緇 17.2； 緇 20.18	二字首筆橫畫收筆上提成下圓角。「」（緇 17.2）下方「口」形成方折。
穿		從乙 1.25	「穴」形內兩撇筆畫改爲方折。

與	互 11.31	弟 11.18；桓 14.14；季 10.30	「气」橫筆筆畫收筆加粗。「隆」（季 10.30）下方「止」形最後筆畫方折。「焂」（弟 11.18）、「气」（桓 14.14）兩「又」形原本像兩手之形，卻拉直成「＋＋」之形。
肇		縮 周 5.41	「糸」脫離束絲象形，改為筆畫。
孚	中 20.9	周 45.41；周 47.41	下方「子」形中間呈現小兒兩隻手的筆畫拉直為「一」形，且筆畫橫挑，具波勢。「子」形表示小兒身體的部分拉直為「｜」形。「子」形小兒頭部的部分改為方折之筆，呈現倒三角之形，線條已向平直化發展。「早」（周 47.41）已有蠶頭燕尾的雛形。
埶	彭 1.20	用 3.27	末筆右彎後粗厚，具隸味。
复	容 42.22	從甲 9.3；曹 17.7	二字「乍」形筆畫方折。「裝」（從甲 9.3）「又」形的向左撇筆形成弧度，末端肥圓，具隸味。
啟	弟 5.25	君 14.8	末筆末端肥圓，具隸味。
故	容 48.40	彭 8.14	左偏的「口」形改為方折，形成倒三角。
政	曹 10.27	孔 8.8	「政」（孔 8.8）左偏的末筆筆畫與右旁「攵」形的首筆筆畫改為方折。
敦		子 12.24	右旁「攵」形的首筆筆畫改為方折。
改	曹 52.15	孔 10.4；緇 9.31	右旁「攵」形的首筆筆畫改為方折。
殺	季 10.16	天甲 5.29	右旁「攵」形的橫畫收筆上提成下圓角。
敢	容 48.4	孔 14.21	右旁的首筆筆畫改為方折。
攼	內 7.29	周 18.24	右旁的首筆筆畫改為方折。末筆具隸味。
敏	姑 9.12	周 41.31	右旁的首筆筆畫改為方折。末筆具隸味。
攺		周 47.2；周 47.23	右旁的首筆筆畫改為方折。
學	中 23.20	桓 16.15；桓 18.6	「學」（桓 16.15）、「學」（桓 18.6）的「子」形的頭部改圓筆為方折，線條平直化，成倒三角形。
貞	柬 1.10	用 3.17	「貞」（用 3.17）下方兩撇筆畫改為方折。
自	孔 7.12	桓 3.8	筆畫改為方折。
者	柬 3.5；姑 3.22	性 2.31；中 21.6；中 10.25；內 3.7；弟 9.10；桓 4.3	「者」（性 2.31）、「者」（弟 9.10）上方首筆橫畫收筆上挑成下圓角。「者」（桓 4.3）上方的最後橫畫筆上挑成下圓角，且整個字形的橫筆皆往收筆處加粗。「者」（中 21.6）、「者」（中 10.25）下方末兩筆筆畫改為方折。

智	🔲鬼 4.24	🔲孔 11.25；🔲孔 11.27	「🔲」（孔 11.25）上半部字形收筆具隸味。「🔲」（孔 11.27）右上方末筆筆畫改爲方折。
𦇚		🔲容 21.10	下方末兩筆筆畫改爲方折。
隹	🔲鬼 6.33	🔲孔 6.19；🔲緇 21.36；🔲互 5.8；🔲互 9.30；🔲孔 3.37；🔲桓 26.4	「隹」失去鳥形結構，尤其是左側已與右側分離，並由「人」形替代。此與後來隸楷「隹」字由「人」與「圭」結合關係密切。
雀		🔲孔 27.5	兩撇筆具橫勢。「隹」失去鳥形結構，左側已與右側分離，並由「人」形替代。
舊		🔲姑 7.43；🔲桓 2.11；🔲桓 22.6	「🔲」（姑 7.43）上半部末筆筆畫改爲方折。「🔲」（桓 2.11）、「🔲」（桓 22.6）「隹」失去鳥形結構，左側完全右側分離，鳥頭形狀改以「人」形替代，有隸變的現象。
羔		🔲子 9.2	「火」形的兩短撇改爲方折。
鳩		🔲孔 21.39	右旁的「九」形筆畫改爲方折。
鸛		🔲孔 27.27；🔲弟 10.11	「🔲」（孔 27.27）的「隹」形失去鳥形結構，左側已與右側分離，並由「人」形替代。「🔲」（弟 10.11）末筆爲粗筆。
烏	🔲相 3.7；🔲昭 5.19	🔲姑 6.46；🔲桓 27.5；🔲用 3.23	「🔲」（姑 6.46）右側收筆肥圓，最上方的橫筆收筆上挑成下圓角。「🔲」（桓 27.5）最下方的橫筆收筆上挑成下圓角。「🔲」（用 3.23）左邊的首筆有方折。
𦸲		🔲鮑 2.34	「艸」形的上弧線條拉直爲「一」形，作「🔲」之形。
然	🔲競 5.22	🔲三 5.7	「犬」形末筆收筆肥厚。
則	🔲從甲 17.2	🔲桓 4.20	下方的「＝」形的第一橫筆筆畫收筆上挑，具橫挑之勢。
簎		🔲曹 21.11	「隹」失去鳥形結構，左側已與右側分離，並由「人」形替代。
兀	🔲束 12.18	🔲孔 2.20；🔲孔 3.16；🔲子 9.18；🔲曹 27.11；🔲曹 52.29；🔲景 3.42；🔲景 5.18；🔲桓 6.19	「🔲」（孔 2.20）、「🔲」（孔 3.16）、「🔲」（子 9.18）橫筆筆畫收筆上挑，具燕尾雛型。「🔲」（曹 27.11）、「🔲」（景 3.42）、「🔲」（景 5.18）橫筆筆畫具橫挑之勢。「🔲」（桓 6.19）橫畫粗厚，下方右撇收筆肥厚，具隸味。「🔲」（曹 52.29）、「🔲」（子 9.18）、「🔲」（景 5.18）末兩筆改爲方折，尤爲明顯。
巽		🔲中 23.18	末兩筆畫改爲方折，具隸味。

异		泉 天乙 1.11	丌形橫筆筆畫橫挑，有飛揚之姿。末兩撇筆改爲方折，收筆肥厚，具隸味。
甚		旨 用 19.36	下方長曲筆下拉後向左彎，尾部肥厚，具隸味。
曰	匕 競 7.16	乙 弟 8.14； 匕 桓 2.14	筆畫方折。
可	戶 曹 19.4	可 孔 4.18； 可 孔 27.3； 勹 景 5.8； 勹 用 11.3； 勹 桓 25.5	「可」（孔 4.18）、「可」（孔 27.3）豎彎畫具方折。「勹」（景 5.8）、「勹」（用 11.3）、「勹」（桓 25.5）右方豎畫下拉後向左彎成大弧形，尾端肥圓，具隸味。
乎		彔 孔 13.23	「彔」（孔 13.23）末兩撇筆筆畫改爲方折。
于	于 緇 19.4	亐 姑 1.24； 亐 孔 22.47	「亐」（姑 1.24）豎畫下拉後向左彎成大弧形，尾端肥圓，具隸味。 「亐」（孔 22.47）豎畫具方折。
鼓		鼓 孔 14.21	右旁的「攴」形首筆筆畫改爲方折。
豊		豊 緇 13.11； 豊 桓 21.11	「豊」（緇 13.11）末筆筆畫橫挑，具波勢。「豊」（桓 21.11）末筆加粗
虎		虎 三 18.8	末筆筆畫由曲筆改爲方折。
虙		虙 桓 10.10； 虙 桓 22.12	「虙」（桓 22.12）、「虙」（桓 10.10）橫畫往收筆處加粗。
去	迖 柬 12.18	迖 孔 20.6	末筆筆畫改爲方折。
匃		匃 桓 20.3	末筆筆畫往收筆處加粗。
入	內 競 1 背.3	內 緇 20.12	上方筆畫由曲筆改爲方折「冂」形。
矣	矣 孔 2.7	矣 桓 15.32	上方與下方的尾筆收筆處皆加粗；橫畫具波勢，具隸味。
良		良 曹 54.32； 良 柬 19.23	「良」（柬 19.23）上方豎彎筆畫由曲筆改爲方折。「良」（曹 54.32）下方筆畫由曲筆改爲方折。
來	來 弟 5.11； 來 容 47.14	來 周 44.12； 來 周 9.13	末筆由曲筆改爲直筆。
樂	樂 孔 1.16	樂 民 7.24； 樂 民 13.20； 樂 桓 21.12	三個字形的「幺」脫離束絲之形，改爲筆畫。「樂」（桓 21.12）下方橫畫往收筆處加粗。
楚	楚 昭 9.25	楚 孔 26.17	下方末筆筆畫改爲方折。
梁		梁 景 1.14； 梁 景 9.25	左上方的「禾」形的圖像意味喪失，垂穗之形獨立成爲撇筆。
焱	焱 逸交 1.7	焱 子 8.37	末兩筆筆畫改爲方折。

桑		民 11.10	「九」形筆畫改爲方折。
之	孔 4.12	民 5.4； 彭 4.11； 曹 9.7； 曹 44.15； 桓 6.16	五字形橫筆筆畫收筆橫挑，形成下圓角。「山」（曹 44.15）尚有方折之筆。
生	景 9.15	性 2.12； 曹 47.13； 民 4.28	四字形筆畫橫挑，具有波勢。「生」（性 2.12）線條皆爲平直化。「生」（曹 47.13）具方折之筆。「生」（民 4.28）結構有隸變現象。
賓	容 13.19	孔 27.18	上半部筆畫平直化。下方貝形末兩撇筆改爲方折。
貴	弟 6.15	孔 6.38； 內 10.29	「貴」（孔 6.38）末兩撇筆改爲方折。「貴」（內 10.29）上方首橫筆筆畫橫挑，形成下圓角。
賵		孔 21.20	末兩撇筆改爲方折。
邦	昭 9.36	民 14.5	右旁的豎筆最後右彎，末筆肥厚，具隸味。
昏	中 5.13	中 9.28； 景 12.12	「昏」（中 9.28）上方橫筆筆畫橫挑，形成下圓角。「昏」（景 12.12）上有飛揚之姿。
游	弟 4.27	子 11.12	末筆筆畫改爲方折。
盟	三 1.10	孔 7.3	「盟」（孔 7.3）末兩撇筆改爲方折。
甬	緇 14.16	互 11.11	上方線條平直化，呈現倒三角形。
家	柬 12.20	緇 11.33	筆畫改爲方折「冂」形。
宧	姑 5.47	緇 11.36；	筆畫改爲方折「冂」形。
定		中 12.2	筆畫改爲方折。
容	鮑 2.22	港.戰 1.7	筆畫改爲方折。
害	從甲 8.7； 柬 13.27	孔 7.5； 桓 6.4	「害」（孔 7.5）「口」形上方兩橫畫收筆橫挑成下圓角。「害」（桓 6.4）橫筆往收筆處加粗，筆畫具橫挑之勢；下方向右彎筆成大弧形，尾部肥圓，具隸味。
宋		緇 23.28	筆畫改爲方折「冂」形。
宗		孔 5.21； 孔 24.25； 中 5.6	下方兩撇筆改爲方折。
布		孔 20.1； 魯 2.24； 景 16.9	上方的撇筆皆往橫勢。下方筆畫改爲方折「冂」形。
帶	容 51.39	周 5.42	偏的「幺」形脫離束絲之形，改爲筆畫。右旁的下方筆畫改爲方折冂形。

帛		帛 孔 20.2；帛 魯 2.25	筆畫改爲方折。
保	保 孔 10.20	保 桓 21.8	旁的橫筆筆畫往收筆處加粗。「子」形的上半部失去小兒頭部的象形意味，改爲方折之筆，呈現倒三角之形，此爲線條已向平直化發展的現象。
仁	仁 緇 7.23	仁 緇 6.31；仁 桓 3.11；仁 桓 6.2；仁 桓 6.14；仁 桓 9.3；仁 桓 9.8	「仁」（緇 6.31）、「仁」（桓 6.2）、「仁」（桓 9.3）、「仁」（桓 9.8）上方的身形下拉右彎的筆畫由曲筆改爲方折。 「仁」（桓 3.11）、「仁」（桓 6.2）、「仁」（桓 6.14）、「仁」（桓 9.3）、「仁」（桓 9.8）橫筆筆畫往收筆處加粗，「仁」（桓 6.14）、「仁」（桓 9.8）橫筆收筆上提成下圓角。 「仁」（桓 6.2）、「仁」（桓 6.14）、「仁」（桓 9.3）、「仁」（桓 9.8）下方心形向右彎的筆畫，尾部肥後，並向上橫挑，具波勢。
僑		僑 弟 1.11	右上方「九」形筆畫改爲方折。
備	備 緇 9.29	備 容 41.43	撇筆改爲方折。
岸		岸 釆 2.3	橫筆起筆有蠶頭雛型。
從	從 中 4.4	從 子 5.11	「止」形末筆筆畫由曲筆改爲方折。
倏		倏 桓 10.18	「衣」形下方右彎筆畫尾部肥圓，具隸味。
衣	衣 從甲 7.18	衣 桓 7.13；衣 桓 19.12	二字形右彎筆畫尾部肥圓具隸味。
裘	裘 從甲 18.20	裘 周 24.7	橫筆筆畫橫挑，有向上飛揚之姿。下拉後右折筆畫也具隸味。
方	方 緇 22.12	方 孔 17.2；方 桓 11.16	「方」（孔 17.2）、「方」（桓 11.16）改曲筆爲方折。「方」（桓 11.16）筆畫往收筆處加粗。
履		履 子 12.32	「止」形末筆筆畫由曲筆改爲方折。
兄	兄 季 15.29	兄 彭 5.3	上方橫筆筆畫橫挑成下圓角。 下方右方豎筆撇成向左微彎，具隸味。
先	先 緇 6.39	先 平木 2.26	左彎筆畫末端圓厚。
見	見 曹 30.13	見 緇 21.2；見 周 32.14；見 昭 4.31	「見」（緇 21.2）下方具方折。「見」（周 32.14）下方末筆改爲直筆。「見」（昭 4.31）墨筆筆畫橫挑成下圓角。
親	親 緇 13.38	親 緇 11.20	筆畫由曲筆改爲方折「冂」形。
齔		齔 平木 3.11	右旁寫作「生」形，結構有隸變現象。
歌	歌 弟 20.13	歌 孔 2.21	右旁「可」形的豎彎筆畫略有方折。
顏		顏 周 38.13	下方「九」形筆畫由曲筆改爲方折。

楷			說明
穎	鬼 6.17	用 20.28	「米」形筆畫改爲方折。
顯		周 10.13	偏的「幺」形漸失象形意味。
剹		鮑 8.23	下方「止」形末筆筆畫改爲方折。
色	孔 14.16	用 16.16	下方筆畫略有方折。
詞		柬 12.2	右上方短橫筆筆畫橫挑成下角。
敬	緇 15.15	孔 24.28	「攵」形首筆筆畫改爲方折。
鬼	鬼 4.5	魯 2.12	「鬼」（魯 2.12）下方兩撇筆畫改爲方折。
廟	孔 24.26	平鄭 1.12	「宀」形筆畫由曲筆改爲方折「冂」形。
屬	周 30.11	用 13.37	橫畫筆畫橫挑，且往收筆處加粗。 下方向右曲筆往收筆處加粗。
而	柬 1.21	孔 2.23； 孔 19.16； 緇 2.30； 緇 10.12； 魯 3.7； 互 12.36； 桓 3.13	「而」（孔 2.23）、「而」（孔 19.16）、「而」（緇 2.30）橫筆筆畫橫挑成下圓角。「而」（緇 10.12）、「而」（魯 3.7）橫筆筆畫橫挑，尾端向上收筆，有飛揚之姿。「而」（緇 2.30）、「而」（緇 10.12）、「而」（互 12.36）筆畫方折成「冂」形。「而」（桓 3.13）筆畫皆往收筆處加粗，呈現肥圓。
猶	孔 4.4	緇 24.9	上方兩撇筆畫改爲方折。
樊	周 53.32	互 4.37； 2 正.26	「樊」（互 4.37）「火」形撇筆筆畫改爲方折。 「樊」（2 正.26）「火」形橫筆筆畫橫挑成下角。
大	昔 1.8	緇 4.29； 緇 11.16； 緇 18.9	三字形線條平直化，象形意味消失，結構隸變爲「大」形。
亦	容 52.30	孔 9.23； 緇 6.23	「亦」（孔 9.23）兩撇筆成橫勢，並呈現方折。 「亦」（緇 6.23）橫筆是由上方的兩撇筆拉直而成。
喬		容 48.30； 彭 2.39； 弟 6.18	上方「九」形筆畫改爲方折。
夫	曹 19.27	魯 4.43； 桓 10.7； 桓 2.12	「夫」橫畫筆畫具橫挑之勢。「夫」（桓 10.7）、「夫」（桓 2.12）「人」形線條平直化，象形意味消失，結構隸變爲「大」形。
立	三 10.4	桓 21.6	橫筆筆畫往收筆處加粗筆。
心	緇 5.11	孔 4.15	筆畫改爲方折。
情	孔 10.27	孔 22.7	「心」形筆畫改爲方折。
志	孔 26.13	曹 61.4； 民 7.34	「心」形筆畫改爲方折。

悳	孔 7.4	曹 21.13； 性 23.15	「心」形筆畫改爲方折。
悠		三 11.26	下方「心」形右彎筆畫，尾部肥厚，具挑勢。
惡		用 11.1	「亞」（用 11.1）橫筆爲粗筆。
恐	中 26.2	桓 22.21	「心」形筆畫由曲筆改爲方折。筆畫皆往收筆處加粗。
忐		子 10.1	「心」形筆畫改爲方折。
怤	曹 63.3	中 7.11	筆畫改爲方折。
忞		孔 9.14	上半部「方」形筆畫橫挑，且筆畫由曲筆改爲方折。
惺		中附.21	「止」形橫筆起筆向下收鋒，略有蠶頭筆法。
悼		民 10.15	「心」形筆畫改爲方折。
愿		桓 25.5	「心」形筆畫由曲筆改爲方折，橫畫則由曲筆改爲直筆。
慈		子 12.34	「心」形筆畫由曲筆改爲方折，橫畫則由曲筆改爲直筆。
河		孔 29.16	「河」（孔 29.16）左邊「水」形四點改爲四短筆，右旁的豎彎筆具方折。
深		孔 2.27	「水」形四點改爲四短筆。右下方兩撇筆畫之一改爲方折。
淫		緇 4.7	「水」形四點改爲四短筆，末筆筆畫往收筆處加粗，具隸味。
涉		周 54.12	四點改爲四短筆。 「止」形末筆曲筆改爲直筆。
谷	孔 16.38	孔 3.23； 孔 7.33	四撇筆往橫勢，且筆畫起筆後具方折。
冬	昭 7.11	緇 6.18	筆畫改爲方折。
瓢		容 41.19	「瓜」形筆畫加粗筆，具隸味。
雲		互 4.17	末筆右彎後，尾部肥圓，具隸味。
非	緇 14.15	周 16.16	右旁的第二橫筆筆畫橫挑成下圓角。
孔	三 3.44	民 1.4	「孔」（民 1.4）筆畫方折，且收筆處肥厚。 「子」形小兒頭部的部分改爲方折之筆，呈現倒三角之形，線條已向平直化發展。手臂部分也寫成方折之形，件失象形意味。
不	緇 14.37	緇 2.35； 緇 2.39； 魯 5.5； 內 8.21； 景 2 正.7； 桓 20.15	長橫筆筆畫橫挑成下圓角。 「不」（緇 2.35）、「不」（緇 2.39）撇筆改爲方折「冂」形。 「于」（景 2 正.7）、「孚」（桓 20.15）豎筆左彎後，筆畫肥圓，具隸味。

失	🔣曹 8.15	🔣魯 1.23	下方「止」形末筆筆畫由曲筆改爲方折。
好	🔣季 10.15	🔣周 30.42； 🔣孔 24.45； 🔣緇 9.3； 🔣桓 14.19； 🔣桓 19.14	「🔣」（周 30.42）、「🔣」（桓 14.19）、「🔣」（桓 19.14）的「子」形中間呈現小兒兩隻手的筆畫拉直爲「一」形，且筆畫往收筆處加粗。 「🔣」（周 30.42）的「子」形表示小兒身體的部分拉直爲「丨」形。 「🔣」（周 30.42）、「🔣」（孔 24.45）、「🔣」（緇 9.3）、「🔣」（桓 19.14）的「子」形小兒頭部的部分改爲方折之筆，線條已向平直化發展。 「🔣」（孔 24.45）、「🔣」（桓 14.19）豎筆尾部改爲向左彎成弧形，筆畫具隸味。
弋	🔣從甲 1.6	🔣姑 10.36	「🔣」（姑 10.36）橫筆加粗，豎筆尾部向右彎成大弧，在「弋」字楷寫成鈎。
也	🔣孔 2.2	🔣從甲 18； 🔣鬼 1.19； 🔣姑 7.4； 🔣桓 5.11； 🔣君 9.7	「🔣」（從甲 18）末筆下拉，往尾部加粗。 「🔣」（鬼 1.19）頭部筆畫具方折。下方末筆向左下拉後，再向右行筆，呈現方折，尾部則具橫挑之勢。 「🔣」（姑 7.4）頭部線條平直化，呈現倒三角狀。末筆向左下拉後，再向右行筆，呈現方折，尾部粗厚。 「🔣」（桓 5.11）頭部線條平直化，呈現倒三角狀。下方末筆下拉後右彎成大弧形，尾部粗厚，且向上拉提成波勢。 「🔣」（君 9.7）末筆向左下拉後，再向右行筆，呈現方折。
武	🔣從乙 6.2	🔣孔 24.16	下方「止」形末筆筆畫由曲筆改爲方折。
我	🔣緇 10.40	🔣平鄭 5.9	「戈」形末筆向左深入撇出，尾部粗厚，具隸味。
瑟		🔣孔 14.11	「丌」形撇筆皆由曲筆改爲方折。
栽		🔣天甲 6.7	「戈」形長豎畫尾部向右，形成方折，尾部粗厚。
戬		🔣天甲 6.8	右旁的橫畫往尾部加粗。「戈」形長豎畫尾部向右，形成方折，尾部粗厚。
戔		🔣桓 17.8	末筆橫畫往尾部加粗。
䣈		🔣桓 14.13	「戈」形長豎畫尾部向右，形成方折。
亡	🔣容 46.22	🔣民 6.3； 🔣民 12.28； 🔣周 20.1； 🔣周 16.6； 🔣周 31.14； 🔣桓 8.8； 🔣天乙 5.21	橫筆筆畫具橫挑之勢。「🔣」（周 16.6）、「🔣」（周 31.14）收筆處的下圓角尤爲明顯。 「🔣」（民 6.3）、「🔣」（民 12.28）、「🔣」（周 20.1）、「🔣」（周 16.6）、「🔣」（周 31.14）、「🔣」（桓 8.8）、「🔣」（天乙 5.21）筆畫尙具方折。

乍	〔字〕子9.11	〔字〕姑6.21	筆畫由曲筆改爲方折。
經	〔字〕彭2.7	〔字〕周25.21	「糸」失去束絲象形，線條朝平直化發展。
紀		〔字〕子7.2	「糸」下方小點與上方的束絲行分離，有隸變傾向。右旁的「己」形筆畫方折。
終	〔字〕彭3.5	〔字〕緇17.7；〔字〕周5.12	「〔字〕」（緇17.7）筆畫由曲筆改爲方折。「〔字〕」（周5.12）內部的兩筆畫改爲方折。
滕		〔字〕鬼7.8	中間曲筆改爲「冂」形，呈顯方折之勢。
緬		〔字〕周28.39	「糸」失去束絲象形，線條朝平直化發展。
虫		〔字〕用5.14	末筆下拉後右彎，尾部肥圓，具隸味。
蜀		〔字〕互3正.3	「虫」形末筆下拉後右彎，尾部肥厚，具隸味。
蠱		〔字〕周18.1	上方「虫」形兩撇筆成橫勢，且皿形上橫畫筆畫橫挑。
它	〔字〕容20.42	〔字〕民12.9	末筆下拉後右彎，尾部肥厚，具隸味。
龜	〔字〕束1.7	〔字〕周24.15	下方豎彎筆下拉後右彎，尾部肥厚，具隸味。
恒	〔字〕周15.3	〔字〕緇23.36；〔字〕弟5.18	「〔字〕」（緇23.36）的末筆長橫筆筆畫橫挑成下圓角。「〔字〕」（弟5.18）橫筆筆畫向收筆處加粗。「〔字〕」（弟5.18）的「月」形第一撇筆尾部還向上拉提，與典型隸書「月」的寫法相近。
地	〔字〕彭2.3	〔字〕從甲2.17	「〔字〕」（從甲2.17）末筆爲粗筆。
坪	〔字〕容18.39	〔字〕孔2.9	筆畫改曲筆爲方折。
型	〔字〕魯3.36	〔字〕用1.20	末筆筆畫加粗且具橫挑之勢。
城	〔字〕緇17.50	〔字〕內7.17	「〔字〕」（內7.17）的「戈」形撇畫尾部向右，形成方折，尾部粗厚。「戈」形第一橫筆起筆也頗具特色。
埜		〔字〕采1.26	末筆筆畫加粗。
堯	〔字〕容14.39	〔字〕曹2.21	下方筆畫由曲筆改爲方折。
畜	〔字〕周20.29	〔字〕姑3.24	上方的「幺」形失去束絲象形，線條朝平直化發展。
勝	〔字〕曹52.13	〔字〕從乙3.12	「力」形筆畫曲筆改爲方折。
旆		〔字〕季6.2	右旁的上半部線條平直化，呈現方折，作菱形狀。
鐘	〔字〕孔14.20	〔字〕曹2.13	「童」形的末橫筆筆畫橫挑，形成下角。
斯	〔字〕鬼6.14	〔字〕孔12.14；〔字〕孔9.4	下方「丌」形筆畫改爲方折。
肇		〔字〕緇20.28	「攵」形首筆筆畫改爲方折。

陰		天乙 4.24	「云」形筆畫由曲筆改爲方折。
四	周 7.3	四孔 14.4	筆畫由曲筆改爲方折。
亞	性 24.20；緇 9.4	孔 24.49	筆畫方折。
五	周 11.4	彭 5.5	中間線條拉直成「×」之形，下方橫筆筆畫具橫挑之勢。
六	周 10.3	容 30.41	筆畫由曲筆改爲方折。
九	周 5.32	周 58.2；周 2.13；周 21.8；周 23.10；周 22.15	前四形筆畫由曲筆改爲方折。「一」（周 22.15）則是將線條拉直。「江」（周 21.8）末筆向右折後，筆畫粗厚，尾端向上拉提，與楷體「九」字的鈎的影子。「江」（周 21.8）、「九」（周 23.10）整個字形與隸楷「九」字寫法接近。
萬	緇 8.12	民 14.4	「𦰩」（民 14.4）向右橫畫皆往收筆處加粗，末端肥圓。
禹	子 10.12	緇 7.25	橫筆筆畫收筆橫挑成下角。
己		競 2.22；競 2.31	筆畫由曲筆改爲方折。
巽	從乙 1.31	君 14.4	己形筆畫由曲筆改爲方折。
子	緇 15.26	緇 21.11；民 5.8；子 6.20；子 9.31；周 50.14；鬼 1.39；桓 3.6；桓 7.2；桓 4.12；桓 22.10	「𡐿」（緇 21.11）、「呂」（民 5.8）字形中間呈現小兒兩隻手的筆畫拉直，呈現方折。「平」（周 50.14）、「子」（桓 3.6）、「子」（桓 7.2）、「子」（桓 4.12）字形中間呈現小兒兩隻手的筆畫拉直爲「一」形，筆畫往收筆處加粗，具橫挑之勢。「平」（周 50.14）收筆向上拉提，成下圓角。「子」（子 6.20）、「子」（子 9.31）「子」（鬼 1.39）、「子」（桓 3.6）、「子」（桓 7.2）、「子」（桓 4.12）豎筆下拉後左彎成大弧形，末端肥厚，具隸味。「平」（周 50.14）形表示小兒身體的部分筆畫拉直爲「丨」形。「呂」（民 5.8）、「平」（周 50.14）、「子」（桓 3.6）、「子」（桓 7.2）、「子」（桓 4.12）、「子」（桓 22.10）字形小兒頭部的部分改爲方折之筆，呈現倒三角之形，線條已向平直化發展。「子」（桓 7.2）、「子」（桓 22.10）二字形的寫法與隸書「子」形寫法幾乎雷同。
𨑃		平鄭 6.18；鮑 2.43	「𡊅」（平鄭 6.18）字形小兒頭部的部分改爲方折之筆，呈現倒三角之形，線條已朝平直化發展。「𡊅」（鮑 2.43）小兒兩隻手的筆畫拉直爲「一」形。

孝	孝 中 16 正.6	孝 性 12.25；孝 民 8.11	二字形小兒頭部的部分改爲方折之筆，呈現倒三角之形，線條已朝平直化發展。 「孝」（性 12.25）豎筆下拉後左彎，末端肥厚，具隸味。中間呈現小兒兩隻手的筆畫拉直爲「一」形。 「孝」（民 8.11）下方呈現小兒兩隻手的筆畫拉直，呈現方折。
學		學 鬼 2 正.24	下方「子」形中間呈現小兒兩隻手的筆畫拉直爲「一」形，筆畫橫挑。
已	已 孔 4.24	已 從乙 3.29；乙 周 41.15；已 周 22.19	「已」（從乙 3.29）末筆下拉後右彎成弧形，尾部粗厚。「乙」（周 41.15）將曲筆改爲方折之筆。「已」（周 22.19）頭部改曲筆爲方折，呈方框之形，下方末筆向左下拉後，再向右行筆，呈現方折。

三、筆畫傾隸

上博簡中的隸化現象，上文已舉出諸多字形。經過歸納，可以看出上博簡文字筆畫書寫的過程當中，筆墨之間具有傾隸的現象，體現書法之美。這些豐富的現象，從目前出土的材料來看，是在東周以前所罕見的；而上博簡文字卻有如此多的面貌，值得探究。以下試舉出幾點說明。

（一）往收筆處加粗

篆體的字形特色，是線條粗細大致相同。上博簡中具有隸味的字形則在這基礎之上，還會在收筆處加粗，展現隸味。其表現方式主要有以下幾種：1. 橫畫加粗。2. 豎彎筆長引，尾部肥厚。3. 首細尾肥。

1. 橫畫加粗

有些具有隸化傾向的字形中，會發現整個字形中，橫畫的線條往往比其他的筆畫還粗，且往收筆處加粗的現象。如：「齒」作「齒」（緇 19.39）；「與」作「与」（桓 14.14）；「反」作「反」（姑 5.11）；「害」作「害」（桓 6.4）；「仁」作「仁」（桓 9.8）；「恐」作「恐」（桓 22.21）；「悼」作「悼」（民 10.15）；「丌」作「丌」（桓 6.19）等。

這些橫筆加粗的字形中，以末筆爲橫畫的字形的例子爲大宗，如：「下」作「下」（民 13.30）；「鳥」作「鳥」（姑 6.46）、「鳥」（桓 27.5）；「子」作「子」（桓 3.6）、「子」（桓 7.2）、「子」（桓 4.12）、「子」（桓 22.10）等。而以末筆爲橫畫並加粗的字形中，可以見到此橫粗筆橫向佔滿整個文字的下方，如：「吾」作「吾」（桓 22.15）；「桓」作「桓」（桓 2.2）；「進」作「進」（桓 9.12）；「道」

作「」（桓 2.6）；「鶔」作「」（弟 10.11）；「足」作「」（桓 20.2）；「則」作「」（桓 4.20）；「豊」作「」（桓 21.11）；「」作「」（桓 20.3）；「之」作「」（民 5.4）、「」（彭 4.11）；「立」作「」（孔 24.40）、「」（桓 21.6）；「惡」作「」（用 11.1）；「淫」作「」（緇 4.7）；「至」作「」（桓 2.17）；「」作「」（桓 17.8）；「恒」作「」（弟 5.18）；「地」作「」（從甲 2.17）；「墨」作「」（用 3.14）；「型」作「」（用 1.20）；「坓」作「」（采 1.26）；「萬」作「」（民 14.4）等。橫粗筆佔滿文字下方，看起來就像是整個字形的地基，穩穩地承接上方的字形筆畫，讓字形看起來不僅具隸味，也具有書法美感。

2. 豎彎筆長引，尾部肥厚

有些向下拉的長筆畫，到了中後段，會彎向左方或右方，再長長地伸出去。彎曲的過程中，有時候只是形成小彎曲，有時候則形成方折，更多時候則會形成大弧形。而不管其彎曲的程度，筆畫的尾部肥厚是其共同的特徵。如：「中」作「」（孔 8.28）、「」（周 39.9）、「」（柬 15.4）；「芋」作「」（三 8.7）；「芫」作「」（君 10.13）；「唬」作「」（姑 1.23）、「」（桓 14.12）；「誂」作「」（孔 8.48）；「讇」作「」（中 12.4）、「」（用 9.9）；「章」作「」（孔 25.13）；「叟」作「」（從甲 9.3）；「學」作「」（中 23.20）、「」（桓 18.6）；「于」作「」（姑 1.24）；「飤」作「」（用 8.15）；「多」作「」（孔 9.37）、「」（平鄭 6.8）；「害」作「」（桓 6.4）；「仁」作「」（桓 9.8）；「虛」作「」（亙 1.7）；「」作「」（桓 10.18）；「衣」作「」（桓 19.12）；「裘」作「」（周 24.7）；「先」作「」（平木 2.26）；「見」作「」（平鄭 4.11）、「」（昭 4.31）；「鬼」作「」（民 11.4）；「忠」作「」（孔 26.1）；「悊」作「」（三 11.26）；「河」作「」（中 2.7）；「雲」作「」（亙 4.17）；「不」作「」（桓 20.15）；「好」作「」（孔 24.45）；「也」作「」（桓 5.11）、「」（天甲 13.23）；「或」作「」（魯 5.20）；「我」作「」（平鄭 5.9）；「它」作「」（民 12.9）；「龜」作「」（周 24.15）；「子」作「」（子 6.20）、「」（桓 3.6）；「孷」作「」（性 12.25）；「已」作「」（從乙 3.29）等。

從上舉字形可看出，文字的最後一筆爲豎彎鈎或捺畫〔註 15〕時，能橫向取

〔註 15〕如「也」作「」（從甲 18）。

勢就橫向取勢。有些原本應橫向取勢的筆畫受限於竹簡的寬度，改爲縱向取勢，如「臤」作「■」（君 14.8），使原本的肥厚的筆畫更長，動勢也更加明確。不論是橫向取勢或改爲縱向取勢，豎彎筆畫作長引之勢，末端肥厚，使其更具古樸意味，也讓字形看起來更具隸味。

3. 首細尾肥

筆畫往收筆處加粗的現象，除了上述的幾種外，還有筆畫首細尾肥的例子，頗具特色。筆畫首細尾肥，指的是筆畫起筆時非常的尖細，但越往筆畫末端，或收筆處，筆畫則有越來越粗肥的現象。如：如：「吾」作「■」（桓 22.7）；「桓」作「■」（桓 2.2）；「與」作「■」（桓 14.14）；「虗」作「■」（桓 22.12）；「矣」作「■」（桓 15.32）；「衣」作「■」（桓 7.13）；「而」作「■」（桓 3.13）。而比較值得注意的是，這種情況以發生在《孔子見季趄子》中最爲明顯。

不論是橫畫加粗，或彎筆尾部肥厚，或首細尾肥，都表現出字形在筆墨間具有輕重的變化，不僅附有隸味，也讓書體更具美感。

（二）化圓爲方

化圓爲方，即是將圓筆或曲筆拉直，改爲方折之筆。上博簡中具有隸化現象的字形中，有不少這樣的字例。

在具長豎彎鉤的字形中，不僅會在末端行成弧形，尾部肥厚，另一種呈現方式，就是會在轉彎處，由彎筆成爲折筆。如：「芌」作「■」（孔 9.54）；「智」作「■」（孔 11.27）；「可」作「■」（孔 27.3）；「于」作「■」（孔 22.47）；「歌」作「■」（孔 2.21）「河」作「■」（孔 29.16）等。

「心」形或從「心」之形的字形中，向上曲筆寫成方折，或者左方向右彎曲的筆畫在左下方形成方折。如：「仁」作「■」（桓 6.14）；「心」作「■」（孔 4.15）；「情」作「■」（孔 22.7）；「志」作「■」（曹 61.4）、「■」（民 7.34）；「悳」作「■」（曹 21.13）；「㤅」作「■」（子 10.1）；「愚」作「■」（桓 25.5）；「慾」作「■」（子 12.34）等。

「己」形或從「己」之形將整個「己」形由曲筆改爲方折。如：「㠯」作「■」（用 13.6）；「起」作「■」（景 12.15）；「紀」作「■」（子 7.2）；「己」作「■」（競 2.22）、「■」（競 2.31）；「㠯」作「■」（君 14.4）。

有一批字形則寫成「冂」形。如：「莓」作「■」（孔 20.29）；「入」作「■」（緇 20.12）；「高」作「■」（柬 8.1）；「棠」作「■」（孔 10.18）；「唇」作「■」

（桓 10.1）；「家」作「□」（緇 11.33）；「窑」作「□」（緇 11.36）；「容」作「□」（港.戰 1.7）；「宋」作「□」（緇 23.28）；「布」作「□」（孔 20.1）、「□」（魯 2.24）；「帶」作「□」（周 5.42）；「帛」作「□」（孔 20.2）；「親」作「□」（緇 11.20）；「廟」作「□」（平鄭 1.12）；「而」作「□」（緇 2.30）、「□」（緇 10.12）、「□」（互 12.36）；「終」作「□」（緇 17.7）；「滕」作「□」（鬼 7.8）；「勝」作「□」（曹 52.13）；「尻」作「□」（昭 5.18）；「坪」作「□」（孔 2.9）等。

其他尚有「喪」作「□」（周 44.8）、「□」（天乙 4.10）；「复」作「□」（從甲 9.3）、「□」（曹 17.7）；「舊」作「□」（姑 7.43）；「宅」作「□」（三 11.14）；「僑」作「□」（弟 1.11）；「厱」作「□」（緇 23.5）；「色」作「□」（用 16.16）；「喬」作「□」（彭 2.39）、「□」（弟 6.18）；「忞」作「□」（孔 9.14）；「虎」作「□」（三 18.8）；；「馬」作「□」（周 32.9）「也」作「□」（鬼 1.19）、「□」（姑 7.4）；「救」作「□」（天甲 6.7）；「戩」作「□」（天甲 6.8）；「乍」作「□」（姑 6.21）；「匹」作「□」（緇 21.48）；「堯」作「□」（曹 2.21）；「九」作「□」（周 58.2）、「□」（周 2.13）、「□」（周 23.10）；「孔」作「□」（民 1.4）；「子」作「□」（緇 21.11）、「□」（民 5.8）等。

（三）曲筆改直筆

有些字形則是將曲筆改為直筆，如：「元」作「□」（周 47.6）；「吏」作「□」（子 8.20）；「止」形或從「止」之形，作「□」（周 48.14）；「宗」作「□」（孔 5.21）、「□」（孔 24.25）；「弟」作「□」（君 10.9）；「嗣」作「□」（周 2.42）；「孚」作「□」（周 45.41）；「而」作「□」（魯 3.7）；「大」作「□」（緇 4.29）；「夫」作「□」（孔 3.39）；　「子」作「□」（周 50.14）等。

（四）蠶頭、波勢

「八分」是成熟時期的隸書，字形方扁，筆帶波磔，有所謂「蠶頭燕尾」[註16] 的說法。宋·趙佶《宣和書譜·顏真卿》：

> 惟其忠貫白日，識高天下，故精神見於翰墨之表者，特立而兼括。……
>
> 後之俗學，乃求其形似之末，以謂蠶頭燕尾，僅乃得之。

上博簡中，具典型又完整性的「蠶頭燕尾」較為罕見，僅有具雛形者。如：「开」

[註16] 一般「蠶頭燕尾」是指隸書的橫畫與捺畫，在橫畫起端由「逆入」的方法書寫似「蠶頭」，而末端則以「平出」後上揚成「燕尾」。

作「兀」（孔 3.16）、「兀」（子 9.18）；「之」作「山」（曹 44.15）；「昏」作「宙」（中 9.28）；「不」作「不」（周 4.15）、「不」（柬 6.8）、「不」（魯 5.5）。

若將「蠶頭燕尾」拆開檢視，此時「蠶頭」的書寫極不規範，有露鋒起筆，也有藏鋒起筆。「蠶頭」的大小形狀存在著較大差異，有尖頭、圓頭、方頭。如「而」作「而」（緇 2.30）；「一」作「一」（周 42.32）；「子」作「子」（桓 3.6）。

相較於「蠶頭」，橫筆末端呈現波磔的現象比「蠶頭」的情況普遍，但一樣都沒有一定的規範，雖有些橫畫末端已呈現波勢，但大多數的情況，是橫畫略向右上方斜出，稍顯波磔，呈現出隸書意味的波、挑筆勢。如：「元」作「元」（周 16.2）；「之」作「之」（民 5.4）、「之」（彭 4.11）等。

（五）對稱兩短撇成橫勢或成背勢

楷體、篆體字形中相對的兩短撇筆常呈現朝左下、右下 45 角附近撇出，或向下撇出。在上博簡中，原本朝下或朝 45 度角撇出的兩短撇筆，改變的原有寫法，而寫成接近水平的兩短筆或成背勢的兩短筆。以下分兩點說明之。

1. 成橫勢

在上博簡中，有些字形原本朝下或朝 45 度角撇出的相對的兩短撇筆，不以撇筆的方式寫出，改以兩短筆呈現。這兩短筆不往右下或左下行筆，也不是向下撇出，而是盡量將兩短筆的角度擴大，以接近水平的方式，往左右橫勢寫出，作「⺌」之形。這兩撇筆看起來就像二短橫筆。如：「棠」作「棠」（孔 9.52）；「少」作「少」（孔 3.12）、「少」（孔 8.32）、「少」（周 30.3）；「尚」作「尚」（子 12.40）；「棠」作「棠」（孔 10.18）；「亦」作「亦」（孔 9.23）；「谷」作「谷」（孔 9.32）、「谷」（孔 3.23）；「終」作「終」（緇 17.7）。

將相對的兩撇筆寫成接近水平的兩短橫筆，可減少字形上下的長度，增加左右的寬度。如此，字形將往左右橫勢發展，與隸書字形往朝左右開展，結體扁平的精神吻合。

2. 成背勢

在上博簡中，有些字形原本朝下或朝 45 度角撇出的相對的兩短撇筆，除了寫成上述的橫筆外，也有寫成具方折的背勢。寫法往往是下拉後，各往左右彎折出去，形成「ノL」之形。

這樣的寫法，在具有「示」形的字形中常見。如：「福」作「福」（孔 12.13）、

「𥛠」（彭 5.18）；「祭」作「𥚸」（景 12.30）；「祟」作「𥜵」（景 12.34）；「棠」作「𥝊」（孔 9.52）；「禠」作「𥚓」（景 8.6）；「虜」作「𧆝」（孔 13.23）；「盟」作「𥉑」（孔 7.3）；「宗」作「𥚑」（孔 5.21）、「𥚑」（孔 24.25）、「𥜵」（中 5.6）；「鬼」作「𥜵」（魯 2.12）等。

　　在具有「丌」形的字形中也可見到。下方的兩筆畫都先向下拉後，各往左右折鋒，形成方折。如：「𦱣」作「𦱣」（三 2.30）；「貞」作「𥅽」（用 3.17）；「者」作「𦧇」（中 21.6）、「𦧇」（中 10.25）；「𦱣」作「𦱣」（容 21.10）；「異」作「𦱣」（中 23.18）；「昇」作「𦱣」（天乙 1.11）；「仇」作「𦱣」（桓 14.6）；「斯」作「𦱣」（孔 12.14）、「𦱣」（孔 9.4）。

　　「貝」形下方的兩撇也寫成方折的背勢。如：「賓」作「𦱣」（孔 27.18）；「貴」作「𦱣」（孔 6.38）；「賹」作「𦱣」（孔 21.20）。

　　短橫上的兩撇也有字例，如：「尚」作「𦱣」（子 12.40）；「棠」作「𦱣」（孔 10.18）；「甚」作「𦱣」（用 19.36）；「猶」作「𦱣」（緇 24.9）。

　　其他，如「尔」作「𦱣」（孔 7.2）、「𦱣」（曹 32.26）；「公」作「𦱣」（曹 46.1）；「𦱣」作「𦱣」（從乙 1.25）；「備」作「𦱣」（容 41.43）；「穎」作「𦱣」（用 20.28）；「樊」作「𦱣」（互 4.37）；「亦」作「𦱣」（緇 6.23）；「夫」作「𦱣」（孔 3.39）、「𦱣」（魯 4.43）「谷」作「𦱣」（孔 9.32）、「𦱣」（孔 7.33）、「終」作「𦱣」（緇 17.7）、「𦱣」（周 5.12）；「亞」作「𦱣」（孔 28.2）；「四」作「𦱣」（孔 14.4）；「六」作「𦱣」（容 30.41）等。

　　綜上所述，上博簡隸化字形的筆畫常往收筆處加粗，鉤與捺常作長引之勢；筆畫或化圓為方，或改曲為直；對稱兩短撇成橫勢或成背勢；「蠶頭燕尾」雖不典型，但具雛形；橫筆略顯波磔，具波、挑筆勢。由此，可以說明上博簡的這些字形已進入隸化的萌芽期，時代屬於古隸階段，並深具早期隸書的古拙質樸。

四、構形隸化

　　「隸變」一詞，最早記錄於唐玄度《九經字樣》。許叔重雖未使用「隸變」一詞，卻已在文中指出他當時所見的隸變現象，如：「馬頭人為長，人持十為斗，虫者屈中也」、「苟之字止句也」等。〔註17〕

　　上博簡不僅筆畫書寫具有傾隸的筆法，造成筆畫粗細、筆畫方折、線條平

〔註17〕許慎撰、段玉裁注：《說文解字注》（杭州：浙江古籍出版社，2006 年），頁 762。

直化，也讓文字形體因爲筆畫化，產生結體上的變異現象，使文字有走向隸化方向發展的趨勢。其中，以「艸」、「子」、「幺」、「糸」、「牛」、「生」、「人」、「彳」、「止」、「九」、「隹」、「禾」、「大」、「廾」等最爲明顯。

（一）艸：山山→⊥⊥

「艸」作爲偏旁，常作「山山」（「菓（孔16.23）」）之形，是象草之形。在上博簡中，有些具有「艸」作爲偏旁的文字，將上弧線拉平成「一」形，作「⊥⊥」（「莪（孔26.10）」）之形，失去象形意味。如：「芋」（孔9.54）；「蒼」（鬼5.46）；「莪」（孔26.10）；「莪」（緇17.13）；「茝」（緇12.8）；「蒙」（鮑2.34）。「艸」（君10.13）則半篆半隸，「艸」形左側線條仍爲上弧線，右側則是拉平爲「一」形。而「⊥⊥」與隸楷「艸」作爲偏旁寫作「艹」已經非常接近了。

（二）子：𢀮→𡥀

「子」形金文作「𢀮」（格伯簋）、「𢀮」（頌鼎）之形，象小兒之形。上方的圓形描繪著小兒的頭，向下拉的筆畫則表示小而身軀，向上的曲筆則是小兒的兩手之形。字形整體而言，線條彎曲迴轉，筆畫粗細大致相同。

在上博簡中，「子」形除了上述的字體外，還可以發現另一種朝隸化發展的字體。如：「嗣」〔註18〕、「孚」〔註19〕、「學」〔註20〕、「保」〔註21〕、「孔」〔註22〕、「好」〔註23〕、「子」〔註24〕、「學」〔註25〕等。

上述這些「子」形，除了「𣓀」（鬼1.39）外，上半部已失去象小兒頭部之形，改圓筆爲方折之筆，呈現倒三角之形。由此顯示出線條已朝平直化發展的現象。

〔註18〕如「嗣」（周2.34）、「嗣」（周2.42）

〔註19〕如：「孚」（周45.41）、「孚」（周47.41）

〔註20〕如：「學」（中23.20）、「樂」（桓16.15）、「學」（桓18.6）

〔註21〕如：「保」（桓21.8）

〔註22〕如：「孔」（三3.44）、「孔」（民1.4）

〔註23〕如：「好」（周30.42）、「好」（孔24.45）、「好」（緇9.3）、「李」（桓14.19）、「好」（桓19.14）

〔註24〕如：「子」（緇21.11）、「子」（民5.8）、「子」（子6.20）、「子」（子9.31）、「子」（周50.14）、「子」（鬼1.39）、「子」（桓3.6）、「子」（桓7.2）、「子」（桓4.12）、「子」（桓22.10）

〔註25〕如：「學」（鬼2正.24）

　　而原本向上彎曲，象小兒兩手之形的筆畫，上博簡字形有的將它拉直，呈現「V」形，如「孔」作「☐」（民 1.4）；「子」作「☐」（緇 21.11）、「☐」（民 5.8）。有的則是將向上彎曲的筆畫拉直爲「一」形，且此橫畫具橫挑之勢，如：「嗣」作「☐」（周 2.34）、「☐」（周 2.42）；「孚」作「☐」（周 45.41）、「☐」（周 47.41）；「好」作「☐」（周 30.42）；「子」作「☐」（周 50.14）；「學」作「☐」（鬼 2 正.24）等。有的則拉直爲「一」形後，往收筆處加粗，如：「保」作「☐」（桓 21.8）；「好」作「☐」（桓 14.19）、「☐」（桓 19.14）；「子」作「☐」（桓 3.6）、「☐」（桓 7.2）、「☐」（桓 4.12）、「☐」（桓 22.10）等。向上彎曲的筆畫拉直爲「一」形後，不論是具波磔，或往收筆處加粗，都具隸味。

　　「子」形向下拉的筆畫，原是象小兒身軀之形，在上博簡中，具有隸味的文字則將此下拉的筆畫拉直成「｜」形，如：「嗣」作「☐」（周 2.34）、「☐」（周 2.42）；「孚」作「☐」（周 45.41）、「☐」（周 47.41）；「保」作「☐」（桓 21.8）；「孔」作「☐」（民 1.4）；「好」作「☐」（周 30.42）；「子」作「☐」（周 50.14）等。或者將象小兒身軀之形的筆畫，在尾部向左彎成大弧，如：「學」作「☐」（中 23.20）、「☐」（桓 18.6）；「好」作「☐」（孔 24.45）、「☐」（桓 14.19）；「子」作「☐」（子 6.20）、「☐」（子 9.31）、「☐」（鬼 1.39）、「☐」（桓 3.6）、「☐」（桓 7.2）、「☐」（桓 4.12）、「☐」（桓 22.10）；「學」作「☐」（鬼 2 正.24）等。其中，「☐」（孔 24.45）、「☐」（子 6.20）、「☐」（子 9.31）、「☐」（鬼 1.39）、「☐」（桓 3.6）、「☐」（桓 7.2）等字形的尾部肥圓，更顯隸味。

　　又從整體來看，「☐」（桓 7.2）、「☐」（桓 22.10）二字形的寫法已與隸書「子」形寫法近乎雷同。

　　（三）幺、糸：☐ → ☐

　　「糸」在金文中作「☐」（子糸爵）、「☐」（糸父壬爵）之形，是象束絲之形。上博簡中，「糸」作「☐」（約，「☐（弟 6.8）」），或省作「☐」（結，「☐（緇 13.41）」），或省作「☐」（絕，「☐（孔 27.35）」）。但有一些從「糸」或從「幺」形的文字，漸漸脫離了象束絲之形，圖畫意味薄弱，改以筆畫代之，作「☐」（「☐（周 28.39）」）、「☐」（「☐（姑 3.24）」）形。如：「後」作「☐」（姑 5.40）、「☐」（曹 30.11）、「☐」（中 10.36）；「樂」作「☐」（民 7.24）、「☐」（民 13.20）、「☐」（桓 21.12）；「帶」作「☐」（周 5.42）；「顯」作「☐」（周 10.13）；「畜」作「☐」（姑 3.24）；「繫」作「☐」（周 5.41）；「經」作「☐」（周 25.21）；「縕」作「☐」

（周 28.39）等。

從上舉的字形中，原本象束絲之形的形體已將密合的束絲之形解開，在右上方形成開口。而這個開口處也是筆畫的起筆處。再者，從「⅄」、「⅄」演變到「⅄」、「⅄」、「⅄」，顯示出筆畫簡省的過程，但整個形體尚具象形意味；從「⅄」、「⅄」、「⅄」過渡到「系」、「糸」，不僅表露出文字簡省的現象，還說明著由圖畫、線條轉朝筆畫方向演進的過程。「系」、「糸」線條朝平直化發展的寫法，說明文字正處於篆隸之間，並朝隸化方向前進。

（四）牛、生：⅄→牛；⅄→生

「生」金文作「生」（番生簋）、「生」（頌簋）之形，「牛」作「牛」（友簋）之形。最上方的筆畫呈現向上彎曲的一曲筆。上博簡中，「生」形與「牛」形除了承襲金文以來的寫法，作「生」（互 5.31）、「牛」（采 3.14）、「牛」（周 22.44）之形外，較特別的是有的「生」形與「牛」形的字形已經具有隸變現象。

以「生」形而言，上博簡中的「生」字有字形作「生」（曹 47.13）、「生」（性 2.12）、「生」（民 4.28）。「生」（曹 47.13）的最上筆畫，原本是一向上彎的曲筆，此處改爲兩筆，破圓爲方，並在轉折處形成角度。「生」（性 2.12）則是將最上面的曲筆拉直，改曲爲直，線條皆爲平直化；下方的橫畫則具波勢。「生」（民 4.28），隸化現象更爲明顯。它原本向上彎的曲筆脫離象形意味，改作「⅃」之形的筆畫，與隸書「生」字字形雷同。

「牛」與「生」（民 4.28）的情況相類。上博簡的「牲」有一字形作「牲」（曹 37.26）。左邊的牛形還保留象牛角之形，右邊的牛形則已失去象牛角之形，改寫成「牛」形。這「牛」形已與隸書的「牛」形寫法吻合。

（五）人：𠆢→亻

「人」，象人側面之形，金文作「𠆢」（令簋）、「𠆢」（兮甲盤）、「𠆢」（追簋）、「𠆢」（天君鼎）之形。上博簡，多作「𠆢」（孔 3.22）、「𠆢」（內 1 正.31）、「𠆢」（曹 26.15）之形。

上博簡的「人」形還有一些別具隸味的字形。如「亻」（周 36.11）將線條拉直，與隸楷中的「亻」旁寫法相近。「亻」（季 14.32）、「亻」（曹 39.31）字形則又進一步將撇筆與象人體側面之形的豎筆分開，形成兩筆，是筆畫化的現象；而這又與隸楷中的「亻」旁寫法更爲吻合。

上博簡中，「亻」旁線條平直畫或筆畫化的現象，在從「人」的字形中常常

可以發現。如：「𠈃」作「坐」（周 56.9）；「僅」作「𤇬」（周 22.43）、「𨻱」（周 53.25）；「伋」作「𢓅」（競 9.11）；「伊」作「𠂤」（子 11.5）；「依」作「𢓊」（君 1.14）；「㑞」作「𢒉」（孔 16.39）；「代」作「𢓛」（季 14.12）；「任」作「𡉈」（內 6.45）；「徐」作「𢓋」（君 6.21）；「佝」作「𠈃」（周 34.3）；「係」作「𢓣」（周 16.22）、「𢓣」（三 16.29）；「伐」作「𢓣」（周 13.6）；「𠈃」作「𠂤」（周 48.3）；「倪」作「𢓇」（內 4.4）；「孤」作「𠂤」（周 33.3）；「律」作「𢓣」（孔 29.10）；「俤」作「𢓣」（民 1.9）、「𢓣」（逸交 1.4）；「佾」作「𢓣」（鮑 2.26）；「倗」「𢓣」（競 9.30）；「佰」作「𢓣」（三 1.39）；　「偖」作「𢓣」（鮑 6.20）等。

　　由上可以發現，「人」形在隸變的過程中，發展成爲「亻」形較「人」形早起步。在上博簡中，偏旁的「亻」形已有明顯的隸變徵兆，但「人」形作爲獨立的字形時，隸變的現象卻不明顯，僅「𠆢」（中 25.17）、「𠆢」（釆 3.7）二形的第二筆稍有向右下寫的跡象，但離發展成捺筆還有一段距離。反而是「人」形在作爲獨立字形時，演變成「亻」形的情況已經發生。故從資料上而言，偏旁的「亻」形隸化速度遠勝於獨立字形的「人」形。

　　（六）亻：彳→亻

　　「亻」，《說文》彳部：「小步也，象人脛三屬相連也。」〔註26〕上博簡中，「亻」多作「彳」（「𢕬（周 19.2）」）、「彳」（「𢕅（周 18.12）」）之形，或作「彳」之形，呈現半篆半隸現象。上博簡中，有一部份「亻」形則稍有變化。一種是將「亻」形的第一撇筆改寫作一方折之筆，作「彳」（「𨗫（柬 12.16）」）之形。如：「逐」作「𨗫」（柬 12.16）；「逗」作「𨗫」（柬 16.7）；「逞」作「𨗫」（柬 18.14）；「迶」作「𨗫」（柬 14.25）。另一種則是將「亻」第二撇筆拉長，末筆拉直，撇筆與豎筆的交會點由撇筆的起筆處下移到第二撇筆的中間，寫法與隸、楷「亻」形吻合。如：「起」作「𨒅」（競 9.19）、「𨒅」（景 12.15）；「道」作「𨒅」（桓 2.6）；「迟」作「𨒅」（民 8.2）；「後」作「𨒅」（姑 5.40）；「速」作「𨒅」（周 9.13）；「退」作「𨒅」（景 3.33）等。

　　（七）止：𣥂→止、𣥂

　　「止」，西周金文作「止」（召伯簋二）之形。上博簡多作「𣥂」（緇 16.37），最後一筆爲向上彎曲的弧線。

〔註26〕許慎撰、段玉裁注：《說文解字注》（杭州：浙江古籍出版社，2006 年），頁 76。

　　「止」形在上博簡中，有些字形產生了些微的變化。第一種情況是將「止」形線條拉直，末筆則呈現「﹀」形，形成一個角度。如：「起」作「⚊」（三14.6）、「⚊」（景12.15）；「堅」作「⚊」（互12.20）；「墾」作「⚊」（周7.33）；「正」作「⚊」（景12.23）、「⚊」（子1.7）、「⚊」（鬼8.19）；「是」作「⚊」（魯3.44）、「⚊」（內1正.7）、「⚊」（子1.4）、「⚊」（子12.2）；「達」作「⚊」（孔19.19）；「遠」作「⚊」（孔2.29）；「道」作「⚊」（中3.6）；「待」作「⚊」（昔2.8）；「邁」作「⚊」（孔13.22）；「退」作「⚊」（景3.33）；「後」作「⚊」（孔2.14）；「御」作「⚊」（孔22.21）；「足」作「⚊」（子9.23）；「疋」作「⚊」（孔11.5）；「楚」作「⚊」（孔26.17）；「定」作「⚊」（中12.2）；「從」作「⚊」（子5.11）；「武」作「⚊」（孔24.16）；「游」作「⚊」（子11.12）等。其中，「⚊」（互12.20）、「⚊」（內1正.7）、「⚊」（鬼8.19）、「⚊」（昔2.8）的「止」形作「此」之形，其末筆垂直向下後，向右轉折，形成連筆「乚」。「乚」若筆畫分離，則與後來「止」形末兩筆「ㄩ」形相同。

　　另一種情況是將「止」形線條拉直，最後一筆成為平直的長橫畫，且此橫畫不是尾部具波勢，就是往收筆處加粗，別具隸味。如：「走」作「⚊」（周54.26）；「起」作「⚊」（競9.19）；「桓」作「⚊」（桓2.2）；「止」作「⚊」（周48.14）；「蒋」作「⚊」（孔20.29）；「歸」作「⚊」（周50.3）；「徝」作「⚊」（周56.9）；「跰」作「⚊」（周48.26）；「墾」作「⚊」（周7.33）；「是」作「⚊」（周56.16）；「進」作「⚊」（桓9.12）；「遇」作「⚊」（周33.4）；「遲」作「⚊」（周14.27）；「道」作「⚊」（性2.8）、「⚊」（桓2.6）；「延」作「⚊」（周13.18）；「速」作「⚊」（周9.13）；「逐」作「⚊」（周43.15）；「近」作「⚊」（性2.17）；「遠」作「⚊」（周25.7）；「復」作「⚊」（周19.2）；「建」作「⚊」（周14.3）；「足」作「⚊」（君7.19）、「⚊」（桓20.2）；「疋」作「⚊」（周38.37）；「來」作「⚊」（周44.12）、「⚊」（周9.13）；「涉」作「⚊」（周54.12）等。而這也與隸、楷「止」形下方為直線相同。

　　（八）九：⚊→⚊

　　「九」，西周金文作「⚊」（令簋），上博簡多作「⚊」（容5.37）之形。此外，上博簡中有些「九」形透露著隸味。如「⚊」（周22.15）的橫筆，則是將曲筆拉直而成。「⚊」（周58.2）則具有破圓為方的情況。「⚊」（周25.31）的寫法則將左側的曲筆下拉成弧線，與隸書的「九」字形相近。

（九）隹：𨾏→𠂤、隼

「隹」，象鳥之形，金文作「𨾏」（我鼎）、「𨾏」（盂鼎）、「𨾏」（頌簋）等。上博簡中，多承襲金文作「𨾏」（緇 14.21）、「𨾏」（鬼 6.33）、「𨾏」（中 21.16）之形，或有簡省現象，圖像意味也減弱，但仍保留象鳥頭之形。

　　除了上述的字形外，上博簡中，有些「隹」形與從「隹」之形的文字則已具隸變趨勢。如「唯」作「𨾏」（孔 7.32）、「𨾏」（彭 1.52）「𨾏」（內 7.3）、「𨾏」（姑 5.21）、「𨾏」（姑 7.36）、「𨾏」（桓 12.19）。「隹」作「𨾏」（孔 6.19）、「𨾏」（緇 21.36）、「𨾏」（互 5.8）、「𨾏」（互 9.30）、「𨾏」（孔 3.37）、「𨾏」（桓 26.4）「雀」作「𨾏」（孔 27.5）、「舊」作「𨾏」（姑 7.43）、「𨾏」（桓 2.11）、「𨾏」（桓 22.6）。「鵲」作「𨾏」（孔 27.27）、「𨾏」（弟 10.11）。「箅」作「𨾏」（曹 21.11）。

　　以上這些字形的「隹」形脫離了象鳥之形的圖畫意味，甚至僅存的象鳥頭之形也不復存在，整個「隹」形幾乎看不出有鳥形於其中。字形由圖畫轉為線條，並朝筆畫化的方向走。尤其是「隹」原本是一體成形的字形，這裡卻已經分離為左右兩側，且左側也與右側分離；原本鳥頭形狀的部分則寫作「人」形。後來隸楷「隹」字寫成「人」與「圭」，在上博簡「隹」形的隸變現象中可窺探一二。

（十）禾：𥝌→𥝌

「禾」，金文作「𥝌」（卣文）、「𥝌」（禾大方鼎）、「𥝌」（禾鼎）。上博簡承襲金文而有所變異。上博簡的「禾」形除了與金文相同，作「𥝌」（「𥝌（用 8.16）」）「𥝌」（「𥝌（孔 24.8）」）之形外，還有「𥝌」（民 13.31）一形。

　　「𥝌」（民 13.31）與金文的差異在於筆畫化。「𥝌」（禾鼎）具象形意味，左上角是垂穗狀。「𥝌」（民 13.31）則將垂穗狀改寫成一撇，並與下方的木形分離，成為獨立的左短撇。這樣的寫法與隸楷「禾」形的第一筆畫相同。

　　上博簡從「禾」形的字，也多有作「𥝌」之形。如：「秀」作「𥝌」（容 34.12）；「穜」作「𥝌」（容 21.32）；「穋」作「𥝌」（曹 1.13）；「穆」作「𥝌」（釆 1.9）、「𥝌」（緇 17.25）；「種」作「𥝌」（季 12.9）、「𥝌」（曹 20.26）；「年」作「𥝌」（容 5.38）、「𥝌」（弟 5.16）；「秋」作「𥝌」（鮑 7.14）；「秦」作「𥝌」（孔 29.7）；「兼」作「𥝌」（曹 48.16）、「梁」作「𥝌」（景 9.25）、「𥝌」（景 1.14）等。

（十一）大：𡗜→大

「大」，金文作「𡗜」（大禾方鼎）、「𡗜」（作冊大鼎）、「𡗜」（頌鼎），象人張開雙手雙腳站立之形。上博簡承襲金文，作「𡗜」（昔 1.8）、「𡗜」（周 2.10）、

「✦」（孔 2.32）、「✦」（曹 25.20）之形。

值得注意的是，上博簡中有幾個「大」形具隸味，作「大」（緇 4.29）之形。「大」（緇 4.29）將原本象兩手之形的線條向水平線拉平，不僅將兩筆寫成一筆，也將象兩手之形的線條寫成「一」形，產生平直化現象；另外，此「一」形收筆具波勢，具隸味。而「大」（緇 11.16）、「大」（緇 18.9）二字形更將象頭、身軀、左腳的線條串寫成向左的一撇筆，象右腳之形則寫成向右的撇筆，使原本象身軀之形的部分消失，改寫後的左撇筆與右撇筆也失去象雙腳站立之形。整個字形看來，不僅圖畫意味殆盡，線條朝筆畫化發展，字形的寫法也與隸楷的「大」形相同，隸化相當明顯。

（十二）廾：→✦✦

「廾」，《說文·収部》：「収，竦手也。从ナ从彐。凡廾之屬皆从廾。今變隸作廾。」〔註27〕「廾」是象从兩手之形。上博簡「奉」从廾作「✦」（孔 25.7）、「與」从廾作「✦」（弟 11.18），但「✦」、「✦」二形皆破壞象形，將兩手形的手指部分拉直，寫作「✦✦」之形，與許慎所見的隸化現象吻合。

綜上所述，上博簡隸化字形的筆畫常往收筆處加粗，鉤與捺常作長引之勢；筆畫或化圓為方，或改曲為直；對稱兩短撇成橫勢或成背勢；「蠶頭燕尾」雖不典型，但具雛形；橫筆略顯波磔，具波、挑筆勢。這些豐富的現象，在鑄刻文字上難以見到，但上博簡為手書文字，則可表現出筆墨間豐富的變化。

而這些隸化的規律不僅造成筆畫粗細、筆畫方折、線條平直化，也讓文字形體因為筆畫化，產生結體上的變異現象。其中，以「艸」、「子」、「幺」、「糸」、「牛」、「生」、「人」、「彳」、「止」、「九」、「隹」、「禾」、「大」、「廾」等最為明顯。由此，可以說明上博簡的這些字形已進入隸化的萌芽期，時代屬於古隸階段，並深具早期隸書的古拙質樸。

不論是從筆法或是文字結構討論，上博簡文字皆具有隸化的現象，顯示文字正從古文字階段邁向今文字的階段，故有半篆半隸的過渡性字體。而這些具有隸化現象的字形也說明隸書在戰國中晚期已經萌芽，其所吸納的來源不只是秦篆，而是具有多面向地吸納各種國字形發展而成，上博簡就是其中之一。

又上博簡的篇章中，具有齊魯系文字色彩的《孔子詩論》、《緇衣》、《孔子

〔註27〕許慎撰、段玉裁注：《說文解字注》（杭州：浙江古籍出版社，2006 年），頁 103。

見季桓子》等篇章的隸化傾向最爲明顯。雖《周易》也有一些隸化的現象，猶不及《孔子詩論》、《緇衣》、《孔子見季桓子》普遍。此或可作爲戰國時期文字過渡到隸書階段，齊魯系文字隸化速度是否較快的一個參考跡象。

第二節　草書筆風

草書是種快速而草率的書寫字體，廣義是指不論什麼時代，什麼樣的書體，爲求快捷而任意草率書寫，就是草書；狹義則是指漢以來爲求快捷，而解散隸體粗筆連寫的特定字體。〔註28〕

在上博簡當中，有些字形具有草寫面貌，是刻鑄文字中罕見的，非常特別。

一、草書名稱與起源概說

草書的起源時代則大致有三種說法：起於秦、起於漢、起於草藁。

1. 起於秦。張懷瓘《書斷》引梁武帝書狀：

> 蔡邕云：昔秦之時，諸侯爭長，簡檄相傳，望烽走驛，以篆隸之難，不能救速，遂作赴急之書，蓋今草書是也。〔註29〕

又趙壹《非草書》：

> 夫草之興也，其於近古。……蓋秦之末，刑峻罔密，官書煩冗，戰攻並作，軍書交馳，羽檄紛飛，故爲隸草趨急速耳。〔註30〕

皆認爲草書起於秦。

2. 起於漢。許愼《說文解字·叙》：

> 漢興有草書。〔註31〕

衛恒《四體書勢》：

〔註28〕 林慶勳、竺家寧、孔仲溫：《文字學》（台北：國立空中大學，1995 年），頁 138～139。另啓功也認爲廣義的草書，不論時代，凡潦草的字都可算；狹義的草書則是在漢代才形成。詳見啓功：《古代字體論稿》，文物出版社，1999 年，頁 32。

〔註29〕 華正人編輯：《歷代書法論文選》（台北：華正，1984 年），頁 151。

〔註30〕 華正人編輯：《歷代書法論文選》（台北：華正，1984 年），頁 1～2。

〔註31〕 （漢）許愼撰、（清）段玉裁注：《說文解字注》（杭州：浙江古籍出版社，2006 年），頁 758。

> 漢興而有草書，不知作者姓名。〔註32〕

許愼、衛恒皆認爲草書起於漢初。張懷瓘《書斷》:「王愔云:漢元帝時史游作
《急就書》，解散隸體，兼書之，漢俗簡惰，漸以行之是也。」〔註33〕張懷瓘云:
「案章草者，漢黃門令史游所作也。」〔註34〕認爲草書起於西漢元帝。

3. 起於草藁。張栻之《南軒集》:

> 草書不必近代有之，必至筆札已來便有之，但寫得不謹，便成草書。
>
> 〔註35〕

言各時代皆有之。

綜上所述，從狹義的草書定義中，漢代已有草書是可以接受的說法。而秦
代是否已有草書，從近代出土資料可以窺探一二。如《睡虎地秦簡》中有許多
文字除了具有秦隸體勢外，也具有草書連筆草率的寫法。由此跡象可見得，草
書與隸書有同時發展的現象。〔註36〕

然漢興時期的草書是否就是承續秦代草體的風格，而繼續發展呢？上博簡
裡，有一批字形除了具有楚字風格外，同樣具有後世草書連筆草率的寫法。以
下試說明之。

二、草書體現

草書爲中國五大書體之一，成熟於西漢晚期，但早在戰國時期就已經出現
草書的蹤跡。上博簡裡就有許多具有草書筆法的字形，以下試整理之。〔註37〕

表 5-2　上博簡草書字形表

字　例	非草筆字形	草筆字形
天	周 11.5	桓 26.7
必	從甲 12.13	桓 7.15

〔註32〕華正人編輯:《歷代書法論文選》(台北:華正，1984年)，頁15。

〔註33〕華正人編輯:《歷代書法論文選》(台北:華正，1984年)，頁148。

〔註34〕華正人編輯:《歷代書法論文選》(台北:華正，1984年)，頁148。

〔註35〕(宋)張栻:《南軒集》(台北，廣學社印書館，1975年)。

〔註36〕林慶勳、竺家寧、孔仲溫:《文字學》(台北:國立空中大學，1995年)，頁138～139。

〔註37〕各個字形的不同型態，擇舉一例作爲代表。

足	曹 49.9	三 17.28	
爲	容 22.11z	景 8.2；平木 2.12；天乙 11.26	
可	性 32.16	從甲 19.3	
夫	曹 19.27	桓 11.8	
不	周 1.10	桓 14.1；桓 26.15	
也	孔 2.2	性 8.29；容 34.5；競 9.9	
五	周 8.1	性 34.16；周 11.4	
巳	孔 4.24	性 31.14；周 41.15	

從上列的文字看來，可以看出這時期的草體具有連筆與省併的特色：

（一）連筆

這些文字裡，有些已具連筆現象。連筆，也就是將兩個或兩個以上獨立的筆畫連成一筆來書寫，使原本該逐筆書寫的筆畫連貫起來寫成一筆。如：「得」作「」（平木 4.16）；「足」作「」（三 17.28）；「爲」作「」（景 8.2）、「」（平木 2.12）；「可」作「」（從甲 19.3）；「夫」作「」（桓 11.8）；「不」作「」（桓 14.1）、「」（桓 26.15）等。

張懷瓘《書斷》：

> 章草之書，字字區別，張芝變爲今草，加以流速，拔茅連茹，上下牽連，或借上字之終，而爲下字之始，奇形離合，數意兼包。〔註38〕

上博簡的這些字形雖然筆畫間或有聯繫，但字字獨立，上下文字不相連帶，與章草行筆相同。

（二）省併

這裡的省併筆畫與字體結構上的省併不同，而是爲了行筆流暢，在書寫過程中減少一些起落的筆畫。如：「爲」作「」（中 12.11），而「」（景 8.2）將下方的橫畫省併。「可」作「」（曹 19.4），而「」（從甲 19.3）將「口」形與豎彎筆省併成一筆。「五」作「」（周 8.1），中間爲兩筆交叉，「」（周 11.4）中間則省成一筆。「巳」作「」（孔 4.24），而「」（性 31.14）上方與下方省併成一筆。「必」作「」（桓 7.15）末筆省併。又從上可以了解，省併有時候是爲了連筆而簡省。

〔註38〕華正人編輯：《歷代書法論文選》（台北：華正，1984 年），頁 149。

三、草書分類與來源

庾肩吾《書品》：

> 草勢起於漢時，解散隸法，用以赴急，因草創之意，故曰草書。

〔註39〕

草書又可分爲章草、今草、狂草。張懷瓘《書斷》曰：「章草即隸書之捷，草亦章草之捷。」〔註40〕黃伯思《東觀餘論》：「章草當在草書先」，「凡草書分波磔者名章草」。「章草」字體，雖已比「隸書」簡約，但仍略帶波磔。若從漢初木簡書跡，初期的章草看似粗率的隸書變體，其筆法與結體，尚無一定規則可循。直到東漢的張芝，章草字體，方臻成熟，至魏晉鼎盛。

雖草書成熟於漢，但早在隸書時期，章草已是一種日常使用的書體。「章草」一詞的起源，言人人殊。〔註41〕漢代後期雖已出現許多著名章草書家，但其名稱上尚無章草、今草之別。〔註42〕目前「章草」一詞最早見於王羲之父子的對話中。張懷瓘《書斷》：

〔註39〕華正人編輯：《歷代書法論文選》（台北：華正，1984年），頁80。

〔註40〕華正人編輯：《歷代書法論文選》（台北：華正，1984年），頁149。

〔註41〕如：1. 史游作《急就章》說。張懷瓘《書斷》：「章草者，漢黃門令史游所作也。」《四庫書目提要》：「所謂章書者，正因游作是書，以所變草法之，後人以其出於急就章，遂名章草者。」急就章字體，乃簡省隸書筆畫，以便速寫之用者。2.《急就章》說。史游作《急就章》，後省「急就」二字，直呼「章」。3. 漢章帝之說。因漢章帝愛好而得。韋續《纂五十六種書》：「章草者，漢齊相杜伯度援稿所作，因章帝所好，名焉。」4. 章奏之說。杜度以草書寫章表，名曰章草。張懷瓘《書斷》：「至建初中，杜度善草，見稱于章帝，上貴其跡，詔使草書上事。魏文帝亦令劉廣通草書上事。蓋因章奏，後世謂之章草。」又宋趙彥衛《雲麓漫鈔》更爲詳考說：「宣和，陝古人發地得木簡，字皆章草，乃永初二，發夫討叛羌檄。米元章帖言：章草乃章奏之草。今考之既用於檄，則理容施於章奏。蓋小學家流，自古以降，日趨於簡便故大篆變小篆，小篆變隸；比其久也，復以隸爲繁。則章奏文，悉以章草從事，亦自然之勢；故雖曰草，而隸筆仍在，良繇去隸未遠也。」宋黃庭堅亦說：「章草，言可以通章奏。」5. 張芝草說。張懷瓘《書斷》：「章草之書，字字區別；張芝變爲今草，如流水速，拔茅邊茹，上下牽連」，「呼史游草爲章，因張伯英草而謂也」。6. 章程書。取「章程書」意，即其草法規範化、法則化、程式化。

〔註42〕侯開嘉：〈隸草派生章草今草說〉，《書法研究》2002年第4期。

獻之常白父云：「古之章草，未能宏逸，頓異眞體。今窮僞略之理，

極草縱之致。不若槁行之間，於往法固殊也，大人宜改體。」〔註43〕

章草字字獨立，不相連帶，〔註44〕筆畫略帶隸書的波磔。上博簡具有草書字形，依據其字形特徵約可劃歸爲章草。

　　上博簡具草書體勢的字形不僅具戰國楚系色彩，筆畫間帶古隸，還有連筆、省併的的草寫。由此跡象，草書與隸書有同時發展的現象。〔註45〕同時，這些字形也說明草書的來源不僅僅是源自秦隸，草書在漫長的形成過程當中，其來源、吸納對象應具多向性；其中，上博簡也可能是來源之一。再者，從上博簡裡可見草書，顯示草書在戰國晚期已經嶄露頭角，草書的起源早於秦，不晚於戰國。

第三節　似楷表象

　　楷書，興於魏晉六朝而盛於唐，是繼隸書之後出現的一種通用字體。楷，《原本玉篇・萬象名義》：「楷，法也，式也，模也。」張懷瓘《書斷・八分》：「（八分）本謂之楷書。楷者，法也，式也，模也。」宋本《玉篇・木部》：「楷，木名，孔子冢蓋之樹。又楷式也。」楷書就是可爲書寫楷模法式的字體。〔註46〕

　　楷書又稱爲正書、眞書、正楷。正書用於書寫規整的章程。南朝宋羊欣《釆古來能書人名》：

鐘書有三體：一曰銘石之書，最妙者也。二曰章程書，傳秘書，教

小學者也。三曰行狎書，相聞者也。〔註47〕

「章程」二字合讀，即爲「正」，章程書，後「章程書」讀爲「正書」，又變讀爲「眞書」，皆指今之楷書。〔註48〕

〔註43〕《歷代書法論文選》，上海書畫出版社，1979 年，頁 164。

〔註44〕張懷瓘《書斷》：「章草之書，字字區別」。見華正人編輯：《歷代書法論文選》（台北：華正，1984 年），頁 149。

〔註45〕林慶勳、竺家寧、孔仲溫：《文字學》（台北：國立空中大學，1995 年），頁 138～139。

〔註46〕林慶勳、竺家寧、孔仲溫：《文字學》（台北：國立空中大學，1995 年），頁 145。

〔註47〕羊欣《採古來能書人名》收錄於張彥遠《法書要錄》卷一。

〔註48〕唐蘭：《中國文字學》（上海古籍出版社，2001 年），頁 154。

在唐以前，尚無楷書之名。顧藹吉《隸八分考》：「魏晉以降，凡公正書者，史皆稱其善隸。」啓功認爲「秦俗書爲隸，漢正體爲隸，魏晉以後眞書爲隸，名同實異」。〔註49〕唐以前的楷體仍沿用隸書之名，自唐以後才有楷書之名。〔註50〕

而楷書的地位也不是一開始就立於獨立書體的位置，遲至南北朝到隋唐時期，楷書才成爲從隸書演變而來的獨立書體類型，與楷書相並列，作爲狹義書體類型進行定形整理的。〔註51〕鈕玉樵輯《觚剩初編》「石經」：

> 余既購西安石經全本，而未詳書者姓名及刊立始末，走書頻陽，詢李子德內翰。李遣其嗣子叔青往盩厔，從趙子函家抄示云：「……唐天寶中刻九經於長安，……太和七年敕唐玄度復定石經字體，於國子監立石，九經並《論語》、《孝經》、《爾雅》，共一百五十九卷，字樣四十卷，開成二年告成，此六刻也。按六朝以前用分隸，今石經皆正書，且多仿歐、虞法，知其唐人書無疑。《禮記》首《月令》以尊明皇，諱『純』字以尊憲宗，又知其非天寶以前人書矣。則今西安府學石經，乃唐文宗敕定，而成於開成時者。〔註52〕

楷書的來源，歷來言人人殊〔註53〕，以宋《宣和書譜》〔註54〕二說較受矚目。一說爲漢初王次仲作楷書，〔註55〕一說三國鍾繇創楷書。〔註56〕大抵認爲楷書脫胎於漢隸，始於漢末，王次仲、鍾繇等人乃早期較具代表性人物。

〔註49〕啓功：《古代字體論稿》（北京：文物，1964 年），頁 37。

〔註50〕裘錫圭：《文字學概要》（台北：萬卷樓圖書有限公司，1999 年），頁 115～116。

〔註51〕臧克和：〈楷字漫談（一）〉，《中文自學指導》2008 年第 1 期，頁 12～18。

〔註52〕鈕琇：《觚賸》（台北縣：文海，1982 年）。

〔註53〕如阮元：《南北書派論》：「書法變遷，流派混淆，非溯其源，曷反於古？蓋由隸字變正書、行草，其轉移皆在漢末、魏晉之間。」沙孟海根據《永壽二年陶罋墨書》（156）、《谷朗碑》（272）等作品，認爲楷書起源於三國時代。《筆道通言》、《書法三昧》認爲楷書從篆隸演變而來，出於漢魏，未見於三代。

〔註54〕撰者不詳：《宣和書譜》（北京：中華書局，1985 年）。

〔註55〕「漢初有王次仲者，始以隸字作楷法。所謂楷法者，今之正書也，人既便之，今遂行焉。」

〔註56〕「西漢之末，隸字石刻，間染爲正書。降及三國，鍾繇乃有《賀克捷表》，備盡法度，爲正書之祖。」

筆畫產生於隸書，從戰國末期開始的隸變過程，就是筆畫的孕育過程。但隸書階段的筆畫系統還很不成熟。臧克和：

> 最基礎的筆畫，在隸書階段的筆畫系統仍帶有明顯的波勢挑法，參雜著曲線的部份，不便於書寫；點筆也沒有完全從其它筆畫中獨立出來，許多點還停留在短橫或短豎的階段，鈎筆和提筆也沒有形成。〔註57〕

裘錫圭認為楷書在漢魏之際就已形成。〔註58〕王國維在《流沙墜簡》中考證《神覺四年簡》與《二爨碑》相近，並將其視為今楷之濫觴。〔註59〕臧克和也認為楷書到西漢中期已顯示出部分特徵，東漢簡牘中就已見到楷書的早期寫法，繼承隸書結構，筆畫更趨平直，楷書已趨於成熟，但往往和今隸、行書、草書混雜。〔註60〕

是以，楷書在漢代已有形成的現象，論及楷書起源，應不晚於漢代。然而在上博簡的字形當中，卻有一群字形筆畫與楷書筆法相近，儼然透露著類似楷筆的表象。雖然這些筆畫並非真正典型的楷書或楷筆，但非常特殊，下文謹針對這些字例分述之。

一、上博簡楷筆表象

目前大抵認為楷書是從隸書演變而來，最早在漢代已可見其跡。然而在上博簡的字形當中，也有一些筆畫類似於楷筆的表象，以下試整理說明之。〔註61〕

字 例	楷 筆	說 明
一	━ 從甲 4.6	「━」（從甲 4.6）橫畫末端轉筆向上形成上圓角；接著向下頓筆，再微向左迴筆收鋒，形成右圓角。
元	芋 周 9.4； 元 周 22.47	二字第二橫畫末端轉筆向上形成上圓角；接著向下頓筆，再微向左迴筆收鋒，形成右圓角。 「元」（周 22.47）橫畫露鋒落筆，形成角度。

〔註57〕臧克和：〈楷字漫談（一）〉，《中文自學指導》2008 年第 1 期，頁 12～18。

〔註58〕裘錫圭：《文字學概要》（台北：萬卷樓圖書有限公司，1999 年），頁 113。

〔註59〕王國維：《流沙墜簡》。

〔註60〕臧克和：〈楷字漫談（一）〉，《中文自學指導》2008 年第 1 期，頁 12～18。

〔註61〕由於具有楷意的文字數量不少，礙於篇幅，各個字形的不同型態，擇舉一例作為代表。

上	上 周 29.3	兩橫畫的起筆皆逆鋒向右，第一橫畫起筆形成下角尤為明顯。末端有上圓角。 橫畫中間稍細。 橫畫末端轉筆向上形成上圓角；接著向下頓筆，再微向左迴筆收鋒，形成右圓角。
下	下 子 8.23	上方橫畫末端轉筆向上形成上圓角；橫畫中兼稍細向右上；接著向下頓筆，再微向左迴筆收鋒，形成右圓角。
命	龠 孔 7.11	末筆橫畫為楷筆，上圓角與右圓角明顯。
古	古 從甲 4.12； 古 內 4.28	「古」（從甲 4.12）、「古」（內 4.28）橫畫末端轉筆向上形成上圓角；接著向下頓筆，再微向左迴筆收鋒，形成右圓角。 「古」（內 4.28）橫畫的起筆逆鋒向右，形成斜角。
言	言 內 5.4	第二起筆橫畫露鋒落筆，形成角度；末端轉筆向上形成上圓角。接著向下頓筆，再微向左迴筆收鋒，形成右圓角。
訟	訟 孔 5.10	偏的首橫筆末端行成上圓角與右圓角。
為	為 姑 3.46	末筆橫畫尾端轉筆向上形成上圓角；接著向下頓筆，再微迴筆收鋒，形成右圓角。
反	反 內 6.6	首筆橫畫鋒露落筆。第二橫畫末端收筆形成上圓角。撇畫末端稍有露鋒。
取	取 周 26.5； 取 性 3.22	二字長橫畫末端收筆形成上圓角。
殺	殺 天乙 5.8	「攵」形的短橫筆畫末端收筆形成上圓角。
改	改 周 44.2； 改 周 44.5	「攵」形的短橫筆畫末端收筆形成上圓角。
相	相 昔 1.16	末筆橫畫尾端轉筆向上形成上圓角。
者	者 從甲 9.8	末筆橫畫尾端轉筆向上形成上圓角。
烏	烏 民 2.6； 烏 昔 23.3； 烏 姑 9.14	「烏」（民 2.6）偏與旁的短撇起筆後，頓筆向右下，接著向左撇出露鋒。豎劃逆鋒向左上，折鋒頓筆向右；行筆向下；頓筆後，向上收筆，豎尾形成左圓角。旁的末二橫畫露鋒落筆，尾端則轉筆向上形成上圓角，收筆向左。 「烏」（昔 23.3）橫畫尾端皆轉筆向上形成上圓角；末筆橫畫起筆則露鋒落筆。 「烏」（姑 9.14）偏的起筆後，頓筆向右下，第二筆則向左撇出露鋒。旁首畫露鋒落筆，連接的橫筆與下方的橫筆皆轉筆向上形成上圓角。
然	然 內 10.35	「然」（內 10.35）旁的橫筆露鋒落筆，橫畫末端轉筆向上形成小圓角。
則	則 緇 7.5	「貝」形中間豎筆下方近似鈎筆。
顧	顧 天乙 7.10	中間豎筆下方近似鈎筆。
丌	丌 周 13.1； 丌 姑 9.33	「丌」（周 13.1）橫畫末端轉筆向上形成上圓角。 「丌」（姑 9.33）起筆後，上下皆露鋒。第二橫畫末端轉筆向上形成小圓角。

于	於 周 50.34	橫畫末端轉筆向上形成上圓角。
之	义 互 11.24； 义 內 6.30； 彡 內 4.22	橫畫末端轉筆向上後收筆，形成小圓角。 「彡」（內 4.22）橫畫起筆爲楷筆。 「义」（內 6.30）橫畫露鋒落筆，中間稍細，微向右上行筆，首筆行成圓角。起筆到收筆，與楷書筆法非常近似。
兒	壴 從甲 17.31	末筆橫畫起筆露鋒，末端轉筆向上後收筆，形成小圓角。
而	沔 天甲 5.9	第二橫畫末端轉筆向上後收筆，形成上圓角。
夫	夫 周 50.36； 亣 桓 19.5	「夫」（周 50.36）、「亣」（桓 19.5）最長的橫筆，末端皆轉筆向上後收筆，形成上圓角。 「亣」（桓 19.5）最上方的橫畫，露鋒落筆向右，末端轉筆向上後收筆，形成上圓角。
不	示 從甲 9.22	「示」最長的橫筆，末端皆轉筆向上後收筆，形成上圓角。
恒	亟 互 1.1	首筆橫畫起筆用圓筆，行筆向右上，末端轉筆向上後收筆，形成上圓角。
地	陸 互 4.36	下方「土」形橫畫起筆向右下頓筆後，行筆向右上，末端轉筆向上後收筆，形成上圓角。
坐	坙 天乙 5.35	末筆橫畫末端轉筆向上後收筆，形成上圓角。
型	㓼 天乙 8.34	右旁的豎鉤下方近似鉤筆。
坅	坘 周 2.36	「土」形下方橫畫末端轉筆向上後收筆，形成上圓角。
所	房 內 6.23； 疬 桓 15.27	「房」（內 6.23）第一橫畫提筆向右，第二橫畫末端轉筆向上後收筆，形成小圓角。「戶」形的豎撇起筆向右下頓筆後，撇出露鋒。「斤」的撇筆皆向右頓筆後，撇出露鋒。 「疬」（桓 15.27）首橫畫末端轉筆向上後收筆，形成上圓角。
子	干 周 16.35； 孑 桓 2.13	「干」（周 16.35）橫畫末端轉筆向上後收筆，形成上圓角。 「孑」（桓 2.13）豎左鉤向左平挑勾出去。

二、似楷表象特徵

舊說楷書大致脫胎於隸書，成熟的楷書主要表現在橫畫末端不再向上挑筆，而採用收鋒的方式收筆；點筆由長形變成帶圓狀；撇筆的方向改爲向下，出尖鋒；鉤筆不再用慢彎，成了硬鉤。此外，也將漢字由隸書的扁形改爲方形。

考察上博簡，有與楷書來源不同，卻呈現類似楷筆的表象。根據上表，這些近似楷筆表象的主要特徵爲：橫畫起筆、收筆成圓角，露鋒落筆、收筆成圓角，似鉤的使用。

（一）橫畫起筆、收筆成圓角

篆書橫畫大致均圓規整，不露鋒芒；隸書橫畫典型特色是「蠶頭燕尾」。楷書的橫畫，在「永字八法」中稱爲「勒」。上博簡具有類似楷筆的橫畫，則多在起筆、收筆處形成圓角。較典型的例子，如：「一」作「一」（從甲 4.6）；「元」

作「**开**」（周 9.4）；「上」作「**上**」（周 29.3）；「下」作「**下**」（子 8.23）；「古」作「**古**」（從甲 4.12）；「**古**」（內 4.28）；「者」作「**凄**」（從甲 9.8）；「坭」作「**坻**」（周 2.36）等。

字形橫畫起筆逆鋒，在起筆這端形成左圓角與下圓角，如：「古」作「**古**」（內 4.28）。有些橫畫行筆到筆畫中段時，還會稍稍提筆，使中段筆畫稍細，如：「上」作「**上**」（周 29.3）；「下」作「**下**」（子 8.23）；最後在收筆處則轉鋒向下，向左收筆，在筆畫的尾部形成上圓角與右圓角，如：「一」作「**一**」（從甲 4.6）；「元」作「**开**」（周 9.4）；「坭」作「**坻**」（周 2.36）等。而整個橫畫寫完，筆畫有稍向右上揚之姿。

從上面例子可以了解，雖然這些類似楷書典型橫畫的圓角特徵已經顯現，但尚處於不穩定階段，圓角特徵在起筆與收筆兩處同時具有的現象較爲罕見，當時以起筆或收筆處某一端形成小圓角的情況較爲常見。由此，可以窺見橫畫發展的過程中，不是兩端同時形成小圓角，而是在兩端形成小圓角的過程中，將兩端的圓角結合，才形成類似楷書橫畫兩端收鋒形成小圓角的特徵。

（二）橫畫露鋒落筆、收筆成圓角

類似楷書橫畫除了藏鋒起筆形成小圓角外，還有露鋒落筆的寫法也具典型，上博簡中也可見到這樣的筆畫特徵。較典型的例子，如：「元」作「**开**」（周 22.47）；「反」作「**反**」（內 6.6）；「之」作「**义**」（內 6.30）等。這些字形的主要橫筆在起筆處不收鋒，直接露鋒落筆。而「**义**」（內 6.30）的起筆露鋒，橫畫中段稍細，收筆成小圓角，與楷書橫化的寫法非常相近。

（三）似鉤的使用

鉤筆，「永字八法」中稱爲「趯」。鉤，不是獨立的筆畫，而是與其他筆畫配合形成的。它通常是由一方向行筆，頓筆然後提收所形成的筆畫。鉤筆須配合其他筆畫寫成，所以起筆是在配合的筆畫處，在鉤處則是隨著行筆方向頓筆、轉筆、提收時帶出筆鋒。

筆畫的形成過程中，在隸書裡還沒有完整的鉤筆。隸書的鉤筆常寫成豎彎鉤，筆畫不僅收筆藏鋒，尾部多呈肥圓，沒有楷書的鉤筆的鋒芒。如上博簡「子」作「**子**」（桓 3.6）、《張遷碑》「字」作「**字**」。在上博簡裡，可以見到幾例如同楷書筆法的鉤形，如：「型」作「**刑**」（天乙 8.34）；「則」作「**則**」（緇 7.5）；「顧」作「**顧**」（天乙 7.10）；「子」作「**才**」（桓 2.13）等。這幾個例子的似鉤之筆的

形成，應與下一筆畫有關。從其鉤起的方向延伸出去，可以連繫到下一筆的起筆，有草書牽連筆法的影子。是以，上博簡的似鉤之筆與楷書的鉤筆不盡相同，但卻有著同樣的表象。

三、似楷的緣由

　　是以，楷書在漢代已有形成的現象，論及楷書起源，應不晚於漢代。而上博簡文字中帶有類似楷書筆法特徵的跡象有：橫畫起筆、收筆成圓角，露鋒落筆、收筆成圓角，似鉤的使用。收成圓角的寫法可能與字形美化有關，似鉤的使用則與草書寫法有關。二者與楷書的來源不盡相同，卻有著與楷筆相同的表象。或許無法目前說明楷書的啓蒙是否可以因此向上延伸，但這樣的書寫情況實屬特殊，故謹列於此，留待日後更多材料出現，以供討論這些似楷之筆是否對楷書筆法的啓蒙有關。

第五章　與《說文》重文比勘

　　《說文》〔註1〕除了收羅 9353 個小篆字形外，也收錄了許多重文。《說文》重文包含古文、奇字、籀文、篆文、或體、俗字、今文等，計 1163 字。上博簡字形體現戰國中晚期的文字面貌，其中尚有許多與《說文》重文字形吻合。

　　將上博簡字形與《說文》重文字形比對，相呼應的字形大致可分爲四種類型：二者形同、二者結構相同、二者形近、構件相同。

　　二者形同，此指的是上博簡字形與《說文》重文字形相同。如「邇」，上博簡從辵，作「𧾷」（緇 22.15），《說文》古文作「𧾷」，「𧾷」與「𧾷」二者字形相同。

　　二者結構相同，此指的有兩種情況。一是上博簡字形與《說文》重文字形的組成部件相同，但在結構上或有組合方式不同，造成字形不同的情況，如「近」，上博簡作「𣥏」（性 2.17），《說文》古文作「𣥏」，二者皆從止從斤，但上博簡的止形在上，《說文》古文的止形在下方。如「封」，上博簡作「𡉈」（容 18.43），《說文》籀文作「𡎐」，二者皆從土從丰，但上博簡土形在左，《說文》籀文土形在右，二者結構相同。另一，文字結構成分相同，有些部件雖具地方色彩，不影響文字表意功能，造成字形不同的情況者，也收入於此類。如「霖」，上博簡作「𩅓」（周 38.24），《說文》籀文作「𩆜」，二者皆從雨從矛，雖上博簡

〔註 1〕 本文《說文》採許慎撰、段玉裁注：《說文解字注》（浙江：浙江古籍，2006 年）。

字形「矛」寫法特殊，仍與「霿」同从矛，屬二者結構相同。

　　二者形近，此指的是上博簡字形與《說文》重文字形寫法相近，卻又不全然相同，如「一」，上博簡从戈，作「䳍」（彭 7.52），《說文》古文从弋，作「弌」，「䳍」與「弌」二者形近。

　　構件相同，指的是上博簡字形與《說文》重文字形上使用相同構件。如「游」，上博簡作「𣃟」（子 11.12），从㫃从子从辵。「旅」，从㫃从从，《說文》古文「旅」作「𢂇」；「𢂇」下方的構件「从」即「从」形，「𢂇」上方的構件「屮」可視爲古文㫃。「𣃟」的「𤣥」形與《說文》古文「𢂇」的構件「屮」吻合。

　　以下根據這四種類型，將上博簡與《說文》重文的字形進行比對，討論以往無法考其文字脈絡的重文字形，或認爲有來源眞僞之虞的重文字形，透過與上博簡的比勘，是否找到一個文字根據，並重新釐析《說文》重文字形理據。最後，根據上博簡文字與《說文》古文、籀文系統比對結果，討論王國維「戰國時秦用籀文，六國用古文」之說。

第一節　與《說文》古文關係

《說文》古文，《說文·序》：

> 及宣王太史籀注大篆十五篇，與古文或異，至孔子書六經，左丘明述《春秋傳》，皆以古文。[註2]

又：

> 魯恭王壞孔子宅，而得《禮記》、《尚書》、《春秋》、《論語》、《孝經》。又北平侯張蒼獻《春秋左氏傳》，郡國亦往往於山川得鼎彝，其銘即前代之古文，皆自相似，雖叵復見遠流，其詳可得略說也。[註3]

由此可知，許愼所收錄的《說文》古文在時間上是指上自黃帝史官倉頡造字起，下迄春秋戰國，這段時間通行的文字；字形則是指不同於小篆、籀文的古文字形。而《說文》古文主要的收錄來源，則以當時所得古籍上的文字字形與刻鑄在青銅器上的金文字形。

〔註2〕許愼撰、段玉裁注：《說文解字注》（杭州：浙江古籍出版社，2006 年），頁 757。

〔註3〕許愼撰、段玉裁注：《說文解字注》（杭州：浙江古籍出版社，2006 年），頁 761～762。

　　《說文》古文在《說文》重文系統中，數量最多。將它與上博簡互相比對，得出相吻合的例子也最高。以下分點說明之。

一、《說文》古文與之形同

1. 社

　　社，〈中山王嚳鼎〉也作「𥙫」。上博簡作「𥙵」（鬼 2 背 13）。《說文》示部：「社，地主也，从示土」，《說文》古文作「𥙖」，段注：「各本從示，非古文也。今依夏氏竦《古文四聲韻》所引，從木者，各樹其土所宜木也」。〔註 4〕《說文》古文𥙖與上博簡作「𥙵」（鬼 2 背 13）同从木。《說文》古文𥙖保留了戰國時期「社」字从木的寫法。

2. 玉

　　玉，甲骨文作「丰」〔註 5〕（《粹》一二）、「丰」（《乙》一一四四）、「半」（續甲骨文編・7799），兩周金文作「王」（穆公鼎）。李孝定認爲「玉象佩玉之形，數未必三」。〔註 6〕西周金文時期，「玉」尚未添加區別符號，到了戰國時，加有區別符號的字形常見，此是爲了與「王」字作區別，或加上區別符號，避免混淆。

　　上博簡「玉」與《說文》古文𤣩皆加區別符號，「𤣩」加在下方兩側，楚竹書則加在或左右或上下，雖未有固定位置，但區別符號的寫法皆是由外側斜向中間豎畫，如「𤤳」（容 38.40）、「𤣩」（季 3.25）。在上博簡中，从玉的文字也多从《說文》古文「𤣩」加區別符號，如璿（璿容 38.32）、璧（璧魯 3.51）、玟（玟周 30.19）、瑤（瑤昭 6.2；瑤昭 7.32）、珪（珪緇 18.13）、琤（琤曹 63.10）、欽（欽周 41.23）、閏（閏容 38.14）、班（班周 22.34）。

　　《說文》玉部：「玉，象三玉之連，｜其貫也。𤣩，古文玉。」〔註 7〕《說文》古文𤣩在下方加上區別符號，與上博簡玉字與从玉之字相同。《說文》古文𤣩保留了戰國時期「玉」添加區別符號的寫法。

〔註 4〕許慎撰、段玉裁注：《說文解字注》（杭州：浙江古籍出版社，2006 年），頁 8。

〔註 5〕郭沫若認爲古代玉或貝皆一系貫五枚，此乃象貫玉之形。詳見郭沫若：〈釋丰〉，《殷契粹編考釋》，收錄於《郭沫若全集》（考古編）（北京：科學書版社，2002 年）。

〔註 6〕李孝定：《金文詁林讀後記卷一》。

〔註 7〕許慎撰、段玉裁注：《說文解字注》（杭州：浙江古籍出版社，2006 年），頁 10。

3. 謀

謀，西周金文未見「謀」從言某聲之形。〈中山王𪐗鼎〉作「🔲」，從母聲、從心。上博簡中，「謀」尚可讀作「悔」、「敏」、「誨」等，其字形不從言從某，作「🔲」（周 47.11）、「🔲」（曹 55.19）之形，《說文》古文🔲與之同從口、母聲；上博簡或謂從心作「🔲」（緇 12.15）、「🔲」（彭 6.3）、「🔲」（曹 13.26）、「🔲」（三 13.19）之形。《說文》言部：「謀，慮難曰謀，從言，某聲。🔲古文謀，🔲亦古文」；「🔲」，段注：「上從母，下古文言」。〔註 8〕某，屬明紐之部；母，屬明紐之部。某、母聲韻皆同，則「謀」從母，是聲符替換。〔註 9〕《說文》古文🔲保留了戰國文字「謀」的寫法。

4. 正

正，甲骨文作「🔲」（《甲》一九三）、「🔲」（續甲骨文編・1170），從丁、從止，象征伐之意。〔註 10〕西周金文作「🔲」（衛簋）、「🔲」（君夫簋），或將丁符改為一短橫，作「🔲」（格伯簋）之形。東周文字承襲西周金文，或於短橫之上，再加一短橫，作「🔲」（王子午鼎）、「🔲」（郘公華鐘）、「🔲」（正易鼎）之形。

在上博簡中，「正」作「🔲」（鬼 8.19）之形。上博簡中，從正之字形，也從繁加一短橫為飾的寫法，如「定」〔註 11〕作「🔲」（昭 7.10），「政」作「🔲」（孔 8.8）、「🔲」（曹 10.27）。《說文》言部：「正，是也，從一。一以止」，「🔲，古文正從二，二古文上字。🔲古文正，從一足，足亦止也。」〔註 12〕《說文》古文🔲與上博簡「🔲」（鬼 8.19）同形。正字上方的短橫原本應該是飾筆。許慎以為古文🔲從二，應是誤識。藉由此，可知《說文》「是」籀文作「🔲」，許慎認為🔲從古文正，〔註 13〕也是受到飾筆影響而誤以為從二。「🔲」中間一橫應是

〔註 8〕 許慎撰、段玉裁注：《說文解字注》（杭州：浙江古籍出版社，2006 年），頁 91。

〔註 9〕 採郭錫良韻部。郭錫良：《漢字古音手冊》（北京：北京大學，1986 年）。

〔註 10〕 王國維認為即古征字。詳見王國維〈劉盼遂記《說文》練習筆記〉，《國學論叢》第二卷第二號，頁 300。

〔註 11〕 《說文》宀部：「定，安也，從宀正聲。」許慎撰、段玉裁注：《說文解字注》（杭州：浙江古籍出版社，2006 年），頁 339。

〔註 12〕 許慎撰、段玉裁注：《說文解字注》（杭州：浙江古籍出版社，2006 年），頁 69。

〔註 13〕 《說文》：「是，直也。從日正。凡是之屬皆從是。🔲，籀文是，從古文正。」許慎撰、段玉裁注：《說文解字注》（杭州：浙江古籍出版社，2006 年），頁 70。

飾筆。但許慎所收錄的「疋」確實是保留了東周正字繁加飾筆的寫法。

5. 邇

邇，上博簡从尒作「邇」（緇 22.15）之形。《說文》辵部：「邇，近也，从辵爾聲。 邇古文邇」，段注：「以尒形聲」。〔註 14〕《說文》古文邇與上博簡从尒作「邇」（緇 22.15）字形吻合。《說文》古文邇字可上推到上博簡。

6. 復

復，甲骨文作「復」（續甲骨文編·乙 2031），《說文》彳部：「卻也，从彳日攵」，「復古文从辵」。〔註 15〕上博簡字形與《說文》古文復同从辵，作「復」（君 2.33）之形；或又增「口」符，作「復」（昔 1.31）之形；或上部譌從「目」作「復」（相 4.3）；或上部譌從「田」，作「復」（曹 58.5）之形。《說文》古文復字保留戰國文字「退」的寫法。

7. 後

後，商周金文作「後」（令簋）之形，春秋金文附加止形作「後」（沇兒鐘）。戰國文字承襲春秋金文，或再增加口形作「後」（中山王嚳鼎）。

上博簡作「後」（周 18.12）之形，保留了戰國文字承襲春秋金文「後」从辵幺攵的寫法；上博簡「後」或又增「口」符，作「後」（曹 30.11）；或省辵，作「後（中 10.36）」之形。《說文》彳部：「後，遲也，从彳幺攵。幺攵者，後也。復古文後从辵。」〔註 16〕《說文》古文復與上博簡「後」（周 18.12）字形吻合，保留了東周文字的寫法。

8. 養

養，金文作「養」（父乙觶）、「養」（父丁罍），从羊、从攵，象手持鞭而牧羊〔註 17〕。上博簡作「養」（性 38.40）。《說文》食部：「養，供養也，从食，羊聲。養古文養。」〔註 18〕《說文》古文養〔註 19〕與上博簡「養」（性 38.40）

〔註 14〕許慎撰、段玉裁注：《說文解字注》（杭州：浙江古籍出版社，2006 年），頁 74。

〔註 15〕許慎撰、段玉裁注：《說文解字注》（杭州：浙江古籍出版社，2006 年），頁 77。

〔註 16〕許慎撰、段玉裁注：《說文解字注》（杭州：浙江古籍出版社，2006 年），頁 77。

〔註 17〕商承祚：《說文中之古文考》（台北：學海，1979 年），頁 49。

〔註 18〕許慎撰、段玉裁注：《說文解字注》（杭州：浙江古籍出版社，2006 年），頁 220。

〔註 19〕高田忠周認爲「養」从攴。高田忠周：《古籀篇》（台北：宏業，1975 年），頁 2055～2056。

寫法同，《說文》古文保留了兩周文字「養」从羊从攴的寫法。

9. 徵

徵，〈曾侯乙鐘〉作「」。上博簡作「」（周 54.17）。《說文》壬部：「徵，召也，从壬，从微省，行於微而聞達者即徵也。古文。」〔註 20〕《說文》古文與「」（周 54.17）寫法同。《說文》古文與上博簡「徵」字寫法相同。

10. 敢

敢，西周、春秋金文作「」（諫簋）、「」（班簋），戰國文字承襲兩周金文，「又」旁或增繁爲「攴」，上博簡「敢」作「」（季 14.17）、「」（柬 7.2）之形。《說文》𠬪部：「敢，進取也，从𠬪，古聲」，古文作「」。〔註 21〕《說文》古文字形與上博簡「敢」相同，《說文》古文保留了「敢」字戰國時期从攴的寫法。

11. 棄

棄，李孝定認爲象納子甾中棄之形，甲骨文作「」〔註 22〕（《後》二・二一・一四）、「」（《續甲骨文編・151》），西周金文作「」（散盤），六國文字省形作「弃」，如〈中山王𰯼鼎〉作「」。上博簡棄作「」（三 19.12）。《說文》𠦒部：「捐也，从廾推𠦒棄也，从㐬。㐬，逆子也。古文棄。籒文棄。」〔註 23〕《說文》古文寫法與上博簡「」（三 19.12）同。《說文》古文保留了戰國文字的寫法。

12. 利

利，甲骨文作「」（《甲》一六四七）、「」（《粹》一五八八）、「」（《明》一六八七），〔註 24〕西周金文作「」（師遽方彝）、「」（利鼎），从刀、从禾，或加飾筆。上博簡「利」承襲商周文字，將「」的短筆拉長譌作「」形，作「」（周 22.3）、「」（孔 17.6）、「」（周 22.3）、「」（周 48.16）、「」

〔註 20〕許愼撰、段玉裁注：《說文解字注》（杭州：浙江古籍出版社，2006 年），頁 387。

〔註 21〕許愼撰、段玉裁注：《說文解字注》（杭州：浙江古籍出版社，2006 年），頁 161。

〔註 22〕羅振玉釋棄。詳見羅振玉：《增訂殷虛書契考釋》（卷中）（台北：藝文印書館，1981 年）。

〔註 23〕許愼撰、段玉裁注：《說文解字注》（杭州：浙江古籍出版社，2006 年），頁 158。

〔註 24〕商承祚認爲象以刀割禾之形。商承祚：《說文中之古文考》（台北：學海，1979 年），頁 38。

（曹 20.32）、「〔圖〕」（三 5.11）之形。

　　《說文》刀部：「利，銛也。从刀，和然後利，从和省」，古文作「〔圖〕」，段注：「蓋從禾刃。」〔註25〕《說文》以爲「利」从和省，从「利」的字形演變過程來看，沒有相關的佐證。楊樹達認爲「利謂以刀割禾，非从和省。許說非是」。〔註26〕從「和」字看，西周金文从木从口，作「〔圖〕」（史孔盨）；戰國文字或呈現聲化，从禾聲，作「〔圖〕」（羞壺）。許慎會認爲「〔圖〕」从和省，應與「和」在戰國時期聲化从「禾」聲有關。「〔圖〕」與上博簡「利」字寫法吻合，可知「〔圖〕」是从禾、从刀，段注將飾筆誤釋爲从刃。「〔圖〕」保留了戰國「利」字的寫法。

　　13. 甚

　　甚，西周金文作「〔圖〕」（甚鼎），从匕、从甘。上博簡「甚」有二形：「〔圖〕」（柬 8.14）、「〔圖〕」（季 11.8）。前者爲楚字特有寫法，後者承襲金文，匕增繁爲匹。《說文》甘部：「甚，尤安樂也，从甘匹。匹，耦也。」古文作「〔圖〕」，段注：「从口猶从甘也。」〔註27〕《說文》古文「〔圖〕」與上博簡「〔圖〕」（季 11.8）寫法吻合，保留了上博簡「甚」字从口、从匹的寫法。

　　14. 矦

　　矦，甲骨文作「〔圖〕」（《甲》四四〇）、「〔圖〕」（《後》二‧五‧一〇），西周金文作「〔圖〕」（作且乙簋）、「〔圖〕」（康侯簋）、「〔圖〕」（魯侯爵），从厂从矢。上博簡承襲西周文字作「〔圖〕」（姑 3.23），或厂上繁加一短橫作「〔圖〕」（柬 14.21）之形。《說文》矢部：「矦，春饗所射矦也。从人，从厂。象張布，矢在其下」，古文作「〔圖〕」。〔註28〕《說文》古文矦字形與上博簡「矦」字寫法相同，保留了上博簡「矦」从厂从矢的寫法。

　　15. 築

　　築，〈子禾子釜〉作「〔圖〕」。上博簡「〔圖〕」（容 38.30）从竹聲，〔註29〕寫法具

〔註25〕許慎撰、段玉裁注：《說文解字注》（杭州：浙江古籍出版社，2006 年），頁 178。

〔註26〕楊樹達：《文字形義學》（上海：上海古籍，2006 年）。

〔註27〕許慎撰、段玉裁注：《說文解字注》（杭州：浙江古籍出版社，2006 年），頁 202。

〔註28〕許慎撰、段玉裁注：《說文解字注》（杭州：浙江古籍出版社，2006 年），頁 226～227。

〔註29〕劉信芳認爲《包山楚簡》中的「筥」从言，竹聲。劉信芳：《包山楚簡解詁》（台北：藝文印書館，2003 年），頁 245。

有楚字特色。《說文》木部：「築，所以擣也，从木筑聲」，古文作「𥶶」，段注：「从土筟聲」。〔註30〕《說文》古文𥶶與上博簡「𥶶」（容 38.30）形同。《說文》古文𥶶保留戰國「築」字具有楚字特色的寫法。

16. 賓

賓，西周金文作「𡧍」（守簋）、「𡧌」（盂鼎），春秋戰國文字或繁加一短橫飾筆，作「𡧍」（嘉賓鐘）、「𡧍」（曾侯乙鐘）之形。〔註31〕

上博簡「賓」从宁作「𣩍」（季 16.4），或繁加飾筆，作「𣩍」（容 13.19）、「𣩍」（孔 27.18）之形。《說文》貝部：「賓，所敬也，从貝，宁聲。𡧍古文。」《說文》古文𡧍與上博簡「𣩍」（容 13.19）、「𣩍」（孔 27.18）形同。《說文》古文𡧍保留戰國文字「賓」繁加飾筆的寫法。

17. 朙

朙，甲骨文作「𣊬」（《乙》六四）、「𣊬」（《乙》六六六四），从囧、从月，「囧」即象窗之形，「取義於夜間室內黑暗惟有窗前月光射入以會名意」，窗形譌而為日，文武丁時已有變為从「日」之形〔註32〕。但在西周金文多作「𣊬」（服尊），从囧从月。春秋金文作「𣊬」（秦公簋）、「𣊬」、「𣊬」、「𣊬」（秦公鎛），囧形已有變化。到了六國文字，才多譌从日从月。

上博簡「朙」有从囧从月作「𣊬」（三 1.33）、「𣊬」（互 13.24）之形；或譌从似日形，作「𣊬」（孔 25.20）之形。上博簡中，「倗」从人从朙，作「𣊬」（競 9.30），囧也从日形。《說文》朙部：「朙，照也，从月囧。凡从朙之屬皆从朙。𣊬古文从日。」〔註33〕《說文》小篆與「𣊬」（三 1.33）、「𣊬」（互 13.24）之形相同，《說文》古文𣊬與上博簡「𣊬」（孔 25.20）形同。「𣊬」（孔 25.20）的囧形比金文更加簡省，省譌成似日之形。《說文》古文𣊬保留戰國文字省譌从日从月的寫法，且「明」寫法在後來也取代了「朙」的寫法。又從上博簡來看，許慎認為𣊬从日，應是誤釋。𣊬所从日形，應是囧形之省譌。

〔註30〕許慎撰、段玉裁注：《說文解字注》（杭州：浙江古籍出版社，2006 年），頁 253。

〔註31〕許慎撰、段玉裁注：《說文解字注》（杭州：浙江古籍出版社，2006 年），頁 281。

〔註32〕董作賓：《殷曆譜（上編）‧卷一》，收錄於《董作賓先生全集》（台北：藝文印書館，1977 年）。

〔註33〕許慎撰、段玉裁注：《說文解字注》（杭州：浙江古籍出版社，2006 年），頁 314。

18. 盟

盟，甲骨文作「🔲」（《甲》二三六三），金文作「🔲」（井侯簋）、「🔲」（盟弘卣）、「🔲」（師望鼎）。上博簡「盟」從明皿，作「🔲」（競 7.19）；或從日皿，作「🔲」（子 2.8）；或從見皿，作「🔲」（子 7.10）；或從明示，作「🔲」（孔 7.3）之形。

《說文》囧部：「從囧，皿聲」，篆文從朙作「🔲」，古文從明作「🔲」。〔註34〕《說文》古文🔲與上博簡「🔲」（競 7.19）同從明。《說文》古文🔲保留戰國「盟」從明從皿的寫法。

19. 宿

宿，甲骨文作「🔲」（《乙》四三三）、「🔲」（《存》七八五），金文作「🔲」（宿父尊）。上博簡作「🔲」（三 1.39）、「🔲」（周 37.15）。《說文》宀部：「宿，止也，從宀，佰聲。佰，古文夙。」〔註35〕夙，金文作「🔲」（效卣）、「🔲」（師酉簋）。《說文》夕部：「夙，早敬也，從丮夕。持事雖夕不休，早敬者也。🔲古文，🔲古文。」〔註36〕《說文》古文🔲與上博簡「🔲」（三 1.39）形同，《說文》古文🔲與上博簡「🔲」（周 37.15）形同。《說文》古文🔲、🔲保留戰國時期的寫法。

20. 多

多，甲骨文作「🔲」（《佚》八六〇）之形，金文作「🔲」之形，多從二「夕」形。上博簡「多」作「🔲」（三 11.21）；或從並夕，作「🔲」（緇 19.32）、「🔲」（三 13.46）之形。《說文》夕部：「多，緟也，從緟夕。夕者相繹也，故爲多。緟夕爲多，緟日爲疊。凡多之屬皆從多。🔲古文，並夕。」〔註37〕《說文》古文🔲與上博簡「多」從並「夕」形，作「🔲」（緇 19.32）、「🔲」（三 13.46）形同。《說文》古文🔲從並「夕」形〔註38〕的寫法，在戰國時期已可見。

〔註34〕許慎撰、段玉裁注：《說文解字注》（杭州：浙江古籍出版社，2006 年），頁 314。

〔註35〕許慎撰、段玉裁注：《說文解字注》（杭州：浙江古籍出版社，2006 年），頁 340。

〔註36〕許慎撰、段玉裁注：《說文解字注》（杭州：浙江古籍出版社，2006 年），頁 315～316。

〔註37〕許慎撰、段玉裁注：《說文解字注》（杭州：浙江古籍出版社，2006 年），頁 316。

〔註38〕王國維認爲「多」從二肉，會意。張秉權認爲甲骨文的肉形與「夕」同形，二肉爲多，就像二木爲林一樣，用「二」表示多的意思。李圃認爲「多」從二「夕」之形，應是二「肉」形之異體。蔡信發依此，認爲「多」從二肉。張秉權：〈甲骨文中所見的「數」〉，《歷史語言研究所集刊》四十六本三分（台北：中央研究院歷

21. 宅

宅，甲骨文作「」（《乙》二二五六），金文作「」（何尊）、「」（秦公鎛）、「」（秦公簋），从宀。上博簡「宅」从厂作「」（三 11.14），或繁加飾筆作「」（容 3.4）之形。《說文》宀部：「宅，人所託尻也。从宀，乇聲。古文宅，亦古文宅。」〔註39〕《說文》古文與上博簡「宅」形同。《說文》古文保留戰國「宅」字从厂字形。

22. 仁

仁，甲骨文作「」（《前》二・一九・一）、〈中山王𧅄鼎〉作「」。楚文字「仁」作「」或「」之形。上博簡「仁」从身从心，作「」（君 1.1）、「」（緇 7.23）、「」（三 22.24）、「」（緇 6.31）之形；或从千从心，作「」（性 33.17）之形。《說文》人部：「仁，親也，从人二。古文仁，从千心作；古文仁，或从尸。」〔註40〕《說文》古文與上博簡「」（性 33.17）字形同。《說文》古文保留戰國楚系文字「仁」从千从心的寫法。

23. 裘

裘，阮元認爲象毛在外衣之形，〔註41〕甲骨文作「」（《前》七・六・三），象多足蟲。〔註42〕西周金文作「」（君夫簋）、「」（番生簋）、「」（五祀衛鼎）。上博簡「裘」承襲西周金文寫法，作「」（容 37.16）、「」（周 16.37）之形；或四撇連筆而爲兩橫畫，省筆作「」（周 24.7）之形，或增繁作「」（從甲 18.20）之形。《說文》裘部：「裘，皮衣也，象形。與衰同意。，古文省衣。」〔註43〕《說文》古文與上博簡「」（容 37.16）、「」（周 16.37）之形同。《說文》古文保留兩周文字不从衣的寫法。

24. 長

長，甲骨文作「」（《後》一・一九・六）、「」（《續甲骨文編・2907》），

史語言所）。蔡信發：《六書釋例》，台北：萬卷樓，2001 年，頁 158。李圃：《甲骨文字學》，頁 242。

〔註39〕許慎撰、段玉裁注：《說文解字注》（杭州：浙江古籍出版社，2006 年），頁 338。

〔註40〕許慎撰、段玉裁注：《說文解字注》（杭州：浙江古籍出版社，2006 年），頁 365。

〔註41〕阮元：《積古齋鐘鼎彝器款識》（卷五）（台北縣：藝文，1970 年），頁 2。

〔註42〕裘錫圭：《古文字論集・釋求》（北京：中華書局，1992 年），頁 70～84。

〔註43〕許慎撰、段玉裁注：《說文解字注》（杭州：浙江古籍出版社，2006 年），頁 398。

象長髮之人手持枴杖之形〔註44〕。金文作「[象形字]」（長日戊鼎），或省拐杖之形，作「[象形字]」（長子鼎）。上博簡承襲金文寫法，「長」作「[象形字]」（緇 6.14）之形；或中間繁加一橫作「[象形字]」（鮑 3.37）。《說文》長部：「長，久遠也，从兀从匕，亾聲」，古文作「[象形字]」，或作「[象形字]」。〔註45〕《說文》古文[象形字]與上博簡「[象形字]」（緇6.14）同。《說文》古文[象形字]保留金文以來省去拐杖之形的寫法。

25. 恕

恕，〈中山王嚳圓壺〉作「[象形字]」。上博簡「[象形字]」（競 6.26）上从女、下从心，多讀爲「恕」。《說文》心部：「恕，仁也，从心如聲」，古文省作「[象形字]」，段注：「从女聲。」。〔註46〕《說文》古文[象形字]寫法與「[象形字]」（競 6.26）同。《說文》古文[象形字]保留戰國「恕」字寫法。

26. 懼

懼，〈中山王嚳鼎〉作「[象形字]」。上博簡「懼」從心從瞿，心符置於下方，作「[象形字]」（三 4.39）；或从目、从心，作「[象形字]」（從乙 3.13）之形。《說文》心部：「懼，恐也，从心瞿聲」，古文从朋作「[象形字]」，段注：「朋者，左右視也，形聲兼會意。」〔註47〕「[象形字]」與上博簡「[象形字]」（從乙 3.13）形同。《說文》古文[象形字]保留了戰國時期「懼」从目从心的寫法。

27. 恐

恐，〈中山王嚳鼎〉作「[象形字]」。上博簡「恐」从心、工聲，作「[象形字]」（中 26.2）之形。《說文》心部：「恐，懼也，从心巩聲。[象形字]古文。」〔註48〕工、巩同爲見紐東部字，聲音相同。《說文》古文[象形字]保留了戰國時期「恐」从工从心的寫法。

28. 淵

淵，甲骨文作「[象形字]」（《後上》15.2），象潭中有水之貌。金文作「[象形字]」（牆盤）、「[象形字]」（沈子它簋）。上博簡「淵」承襲金文，从水从囹，作「[象形字]」（性 27.23）；或承襲甲骨文从囗水，作「[象形字]」（君 3.35）之形。《說文》水部：「淵，回水也，

〔註44〕商承祚：「人體各部之最長者無過於髮。故取披髮以象長義也。」商承祚：《說文中之古文考》（台北：學海，1979 年），頁 88。

〔註45〕許慎撰、段玉裁注：《說文解字注》（杭州：浙江古籍出版社，2006 年），頁 453。

〔註46〕許慎撰、段玉裁注：《說文解字注》（杭州：浙江古籍出版社，2006 年），頁 504。

〔註47〕許慎撰、段玉裁注：《說文解字注》（杭州：浙江古籍出版社，2006 年），頁 506。

〔註48〕許慎撰、段玉裁注：《說文解字注》（杭州：浙江古籍出版社，2006 年），頁 514。

從水，象形。左右岸也，中象水兒。ⅶ或省水，ⅶ古文从口水。」〔註49〕《說文》古文ⅶ與上博簡「ⅶ」（君3.35）之形同，《說文》古文ⅶ保留了戰國時期「淵」承襲甲骨文从口水的寫法。

29. 州

州，甲骨文作「ⅶ」（《粹》262）、金文作「ⅶ」（井侯簋）之形。上博簡「州」承襲甲金文字作「ⅶ」（容25.7）之形。《說文》川部：「州，水中可尻者曰州」，古文作「ⅶ」，段注：「此像前後左右皆水。」〔註50〕《說文》古文ⅶ與上博簡「ⅶ」（容25.7）之形同。《說文》古文ⅶ保留甲骨文與兩周文字時期「州」的寫法。

30. 霒

云，甲骨文作「ⅶ」（《燕》二）之形，戰國文字承襲甲骨文，或演變爲「ⅶ」之形。霒，上博簡作「ⅶ」（容29.32），从今、从云。《說文》雲部：「霒，雲覆日也。从雲，今聲。ⅶ古文霒省，ⅶ亦古文霒。」〔註51〕《說文》古文ⅶ保留戰國文字「霒」从今、从云的寫法。

31. 至

至，甲骨文作「ⅶ」（《甲》八四一）、「ⅶ」（《甲骨文編・一五六〇》）从倒矢、从一，象矢至地之意。〔註52〕金文作「ⅶ」（盂鼎），春秋金文下方繁加飾筆，作「ⅶ」（邾公牼鐘）之形。

上博簡承襲甲骨文、金文，「至」作「ⅶ」（周2.39）、「ⅶ」（周44.15）之形，或增繁飾筆作「ⅶ」（民4.1）、「ⅶ」（內7.4）、「ⅶ」（鬼4.16）、「ⅶ」（申7.7）「ⅶ」（性35.26）之形；或作「ⅶ」（緇7.7）、「ⅶ」（孔2.17）。《說文》至部：「ⅶ古文至。」〔註53〕《說文》古文ⅶ與上博簡「ⅶ」（緇7.7）、「ⅶ」（孔2.17）形同。《說文》古文ⅶ保留東周文字「至」繁加飾筆的寫法。

〔註49〕許慎撰、段玉裁注：《說文解字注》（杭州：浙江古籍出版社，2006年），頁550。

〔註50〕許慎撰、段玉裁注：《說文解字注》（杭州：浙江古籍出版社，2006年），頁569。

〔註51〕許慎撰、段玉裁注：《說文解字注》（杭州：浙江古籍出版社，2006年），頁575。

〔註52〕許慎認爲「至，鳥從高下至地也。从一，一猶地也。象形。不上去而至下，來也」，非也。林義光認爲「至」乃从矢之倒文，「从矢射一，一象正鵠，矢著於鵠，有至之象」。許慎撰、段玉裁注：《說文解字注》（杭州：浙江古籍出版社，2006年），頁585～586。林義光：《文源》（卷六）（引自《古文字詁林》）。

〔註53〕許慎撰、段玉裁注：《說文解字注》（杭州：浙江古籍出版社，2006年），頁585～586。

32. 西

西，甲骨文作「」（《粹》四〇七）、「」（《甲》四七〇），金文作「」（戍甬鼎）、「」（幾父壺）、「」（陳伯元匜）、「」（多友鼎），象鳥巢之形。上博簡「西」承襲兩周金文作「」（周 57.20）之形，从西之形也多作此形，如「訊」从言从西，作「」（相 4.41）、「」（姑 1.13）之形；「洒」〔註 54〕从水从西，作「」（從甲 8.24）；「卤」〔註 55〕从弓从西，作「」（子 10.18）。《說文》西部：「西，鳥在巢上也，象形。日在西方而鳥西，故因以爲東西之西。凡西之屬皆从西。棲西或从木妻，古文西，籀文西。」〔註 56〕《說文》古文與上博簡「」（周 57.20）之形同。《說文》古文保留上博簡承襲兩周金文「西」的寫法。

33. 閒

閒，西周金文作「」（㲋鐘），象月光從門縫照入。戰國文字的月形則置於門內，作「」（中山王譽兆域圖）。

「外」，金文作「」（靜簋）、「」（外叔鼎），从月、从卜。春秋金文作「」（攻敔臧孫鐘），从夕。戰國文字承襲春秋金文，作「」（子禾子釜）、「」（中山王譽壺）从夕、从卜。戰國楚系文字「閒」多从門从外作「」（曾姬無卹壺），反映「外」字從春秋金文以來，从夕之形。

上博簡作「」〔註 57〕（容 6.15）之形。《說文》門部：「閒，隙也，从門月。古文閒。」〔註 58〕《說文》古文从門从外，與上博簡「」〔註 59〕（容 6.15）寫法《同。《說文》古文保留戰國時期的寫法。

34. 曲

曲，甲骨文作「」（《乙》7385）之形，金文作「」（曲父丁爵）之形，

〔註 54〕《說文》水部：「洒，滌也，从水西聲。古文以爲灑埽字。」許愼撰、段玉裁注：《說文解字注》（杭州：浙江古籍出版社，2006 年），頁 563。

〔註 55〕《說文》乃部：「驚聲也，从弓省，卤聲。」段《注》：「卤聲宋本作西聲」。許愼撰、段玉裁注：《說文解字注》（杭州：浙江古籍出版社，2006 年），頁 203。

〔註 56〕許愼撰、段玉裁注：《說文解字注》（杭州：浙江古籍出版社，2006 年），頁 585。

〔註 57〕字形作。

〔註 58〕許愼撰、段玉裁注：《說文解字注》（杭州：浙江古籍出版社，2006 年），頁 589。

〔註 59〕字形作。

春秋金文簡省作「」（曾子斿鼎），戰國文字多剩外框，如上博簡「曲」作「」（季 23.3）。《說文》曲部：「曲，象器曲受物之形也。凡曲之屬皆从曲。或說曲，蠶薄也。古文曲。」〔註60〕《說文》古文與上博簡「」（季 23.3）之形同，《說文》古文保留戰國時期「曲」簡省到僅剩外框的寫法。

35. 續

續，甲骨文作「」（《後》二・二一・一五），上博簡作「」（從甲 16.3）。《說文》糸部：「續，連也，从糸賣聲。古文續，从庚貝。」〔註61〕《說文》古文寫法與「」（從甲 16.3）同，《說文》古文字形可以上推到甲骨文。

36. 丘

丘，商承祚認爲象兩丘形。〔註62〕甲骨文作「」（四五一八），商承祚認爲「丘爲高阜，似山而低，故甲骨作兩峰」。〔註63〕金文作「」（商丘弔匜），〈子禾子釜〉作「」，象二山丘之形。上博簡「北」增繁作「」（孔 21.29）之形，或从土作「」（采 2.16）、「」（季 9.5）之形，頗具楚系文字特色。《說文》人部：「丘，土之高也，非人所爲也。从北，从一。一，地也。人尻在北南，故从北。中邦之尻在昆侖東南。一曰四方高中央下爲丘。象形。」古文从土作「」。〔註64〕《說文》古文字形與上博簡「」（采 2.16）、「」（季 9.5）皆从土，《說文》古文保留戰國文字繁从土的字形。

37. 恆

恆，甲骨文作「」（《卜》311）、「」（《粹》七七），金文作「」（亘鼎）。戰國文字繁加卜形，作「」。上博簡「恆」作「」（周 15.3）；或繁从心，作「」（性 22.19）。《說文》心部：「恆，常也，从心舟在二之閒上下。心以舟施，恆也。古文恆，从月。」〔註65〕《說文》古文寫法與上博簡「」（周 15.3）吻合。《說文》古文字形在戰國時期已見。

〔註60〕許慎撰、段玉裁注：《說文解字注》（杭州：浙江古籍出版社，2006 年），頁 637。

〔註61〕許慎撰、段玉裁注：《說文解字注》（杭州：浙江古籍出版社，2006 年），頁 645～646。

〔註62〕商承祚：《說文中之古文考》（台北：學海，1979 年），頁 77。

〔註63〕商承祚：《殷契佚存考釋》，頁 86 上。後收錄於甲骨文研究資料編委會編：《甲骨文研究資料彙編》（北京：北京圖書館，2008 年）。

〔註64〕許慎撰、段玉裁注：《說文解字注》（杭州：浙江古籍出版社，2006 年），頁 386。

〔註65〕許慎撰、段玉裁注：《說文解字注》（杭州：浙江古籍出版社，2006 年），頁 681。

38. 堯

堯，甲骨文作「（字形）」（《後》二·三二·一六），从二土、从卩。〔註66〕戰國文字則从二土、二人。上博簡「堯」作「（字形）」（子2.3）、「（字形）」（曹2.21）之形；或簡省重形作「（字形）」（容14.39）。《說文》垚部：「堯，高也，从垚在兀上，高遠也。」古文堯作「（字形）」，段注：「此从二土，而二人在其下。」〔註67〕《說文》古文（字形）與上博簡「（字形）」（子2.3）、「（字形）」（曹2.21）之形同。《說文》古文（字形）保留了戰國時期「堯」的寫法。

39. 四

四，甲骨文、西周金文作「（字形）」（保卣）之形，春秋金文或作「（字形）」（徐王子鐘）、「（字形）」（邵鐘），戰國文字承襲商周文字而各有特色，如晉系文字或作「（字形）」（大梁鼎）、「（字形）」（鄆孝子鼎），楚系文字或作「（字形）」（柬15.25）之形。

上博簡「四」作「（字形）」（孔14.4）、「（字形）」（周7.3）、「（字形）」（周26.31）；或作「（字形）」（彭8.7）、「（字形）」（柬15.25）之形，从四的「泗」字作「（字形）」（容37.20）。《說文》四部：「四，会數也，象四分之形。凡四之屬皆从四。（字形）古文四如此，（字形）籀文四。」〔註68〕《說文》古文（字形）寫法與「（字形）」（彭8.7）、「（字形）」（柬15.25）之形同。《說文》古文（字形）保留了「四」具有戰國楚系文字特色的一種寫法。

40. 醬

醬，金文作「（字形）」（中山王𧪍兆域圖）、「（字形）」（中山王𧪍壺）。上博簡「醬」多讀作「將」，時間副詞。上博簡寫法則作「（字形）」（魯5.8）之形，與《說文》古文（字形）同；或有增繁，作「（字形）」（昭2.31）之形；或繁从又，作「（字形）」（姑8.21）；或作「（字形）」（曹32.20）之形。《說文》酉部：「醬，醢也，从肉酉。酒以酥醬也。爿聲。（字形）古文醬如此。」〔註69〕上博簡寫法則作「（字形）」（魯5.8）之形，《說文》古文（字形）寫法與上博簡作「（字形）」（魯5.8）之形同。《說文》古文（字形）保留了戰國時期的寫法。

〔註66〕李孝定：《甲骨文字集釋》（第十三）（台北：中央研究院歷史語言研究所，1979年），頁4011。

〔註67〕許慎撰、段玉裁注：《說文解字注》（杭州：浙江古籍出版社，2006年），頁694。

〔註68〕許慎撰、段玉裁注：《說文解字注》（杭州：浙江古籍出版社，2006年），頁737。

〔註69〕許慎撰、段玉裁注：《說文解字注》（杭州：浙江古籍出版社，2006年），頁751。

41. 虐

虐，上博簡「虐」作「❖」（姑 1.23）、「❖」（緇 14.24）、「❖」（甲 15.24）之形。《說文》㐱部：「虐，殘也，从虍爪人。虎足反爪人也。❖古文虐如此。」〔註70〕《說文》古文❖與上博簡「❖」（姑 1.23）之形相同。

42. 巨

巨，甲骨文作「❖」（《甲》216）、「❖」（續甲骨文編·5328），金文作「❖」（矩尊），象人持工之形，或大形繁加飾筆，似夫形，作「❖」（衛盉）。〔註71〕上博簡「巨」作「❖」（弟 19.2）、「❖」（天甲 6.26），从巨之字也作此形，如「詎」作「❖」（曹 17.20）到了小篆，大形已從夫形訛爲矢形。

《說文》工部：「巨，規巨也。从工，象手持之。」《說文》古文作「❖」，段《注》：「此爲象手持之。小篆變之，取整齊耳」。〔註72〕《說文》古文❖與「❖」（天甲 6.26）相合。《說文》古文❖體現了「巨」在戰國時期的寫法。

43. 聞

聞，西周金文作「❖」（盂鼎）、「❖」（利簋），戰國文字或有从耳从昏之形，如「❖」（中山王𦆠鼎）。

上博簡「聞」字及其異體有「問」和「聞」二讀，字形从耳从昏，作「❖」（鬼 5.22）、「❖」（柬 8.7）、「❖」（天甲 8.5）之形；或繁加「宀」，作「❖」（民 5.14）之形。《說文》耳部：「聞，知聲也，从耳門聲。❖古文从昏。」「昏」，段注：「昏聲」。〔註73〕《說文》古文❖與上博簡「❖」（天甲 8.5）之文字形同；《說文》古文❖與上博簡「❖」（柬 8.7）之文字構形相同；但❖的耳旁在左方，「❖」（柬 8.7）的耳旁在右方。《說文》古文❖保留戰國時期「問」、「聞」从耳从昏之形。

〔註70〕許慎撰、段玉裁注：《說文解字注》（杭州：浙江古籍出版社，2006 年），頁 209。

〔註71〕商承祚以爲西周金文矩字从大持巨，象人持巨，後省大作巨。但從「❖」（伯矩盉）來看，是从人从工，林義光、高田忠周也認爲象人持工。詳見商承祚：《說文中之古文考》（台北：學海，1979 年）、林義光：《文源》（卷六）（引自《古文字詁林》）、高田忠周：《古籀篇》（台北：宏業，1975 年），頁 480～481。

〔註72〕許慎撰、段玉裁注：《說文解字注》（杭州：浙江古籍出版社，2006 年），頁 201。

〔註73〕許慎撰、段玉裁注：《說文解字注》（杭州：浙江古籍出版社，2006 年），頁 592。

44. 捭

捭，金文作「㪰」（吳方彝）、「㪒」（靜簋），上博簡作「㪰」（競 9.18）、「㪰」（彭 8.25）、「㪰」（六‧申 8.13）、「㪰」（孔 8.15）、「㪰」（孔 15.40）。《說文》手部：「捭，首至手也。从手𡤒。」《說文》古文从二手，作「㪰」；或體从兩手下，作「㪰」。〔註74〕《說文》古文㪰與上博簡「㪰」（六‧申 8.13）形同。又，《說文》或體作㪰爲隸楷「拜」字所本。

45. 野

野，甲骨文作「㙫」（《乙》360），从林、从土，郊野之意。金文作「㙫」（克鼎）。六國文字承襲金文。上博簡作「㙫」（采 1.26）。《說文》里部：「郊外也，从里，予聲。」《說文》古文从里省，从林，作「㙫」，段注：「亦作埜。」〔註75〕《說文》段注所引與上博簡作「㙫」（采 1.26）形同，也見收於《汗簡》。

46. 死

死，甲骨文作「㱿」（《乙》一〇五），从人、从歺，〔註76〕會人死後只剩殘骸之意。〔註77〕金文作「㱿」（盂鼎）。上博簡承襲甲骨文、金文，「歺」形稍有變化，作「㱿」（魯 5.12）、「㱿」（昭 8.24）、「㱿」（中 23.9）、「㱿」（三 5.35）、「㱿」（姑 7.45）、「㱿」（曹 58.17）、「㱿」（緇 19.24）、「㱿」（競 3.24）、「㱿」（競 11.11）。

《說文》死部：「死，澌也，人所離也，从歺人。凡死之屬皆从死。㱿古文死如此」。〔註78〕「㱿」，段注：「从古文歺古文人」。〔註79〕《說文》古文㱿與「㱿」（緇 19.24）形同。《說文》古文㱿字形是承自戰國文字而來。

47. 百

「百」是「白」的分化字。甲骨文以「白」爲「百」，作「㿟」（《續甲骨文編‧543》）、「㿟」（《續甲骨文編‧2675》）、「㿟」（《前》六‧四二‧八）之形，

〔註74〕許慎撰、段玉裁注：《說文解字注》（杭州：浙江古籍出版社，2006 年），頁 595。

〔註75〕許慎撰、段玉裁注：《說文解字注》（杭州：浙江古籍出版社，2006 年），頁 694。

〔註76〕羅振玉認爲象生人拜於朽骨之旁，死之義也。不可從。「歺」，象木代裂殘之形，引申爲殘裂漸減之義。

〔註77〕何琳儀：《戰國古文字典：戰國文字聲系》（北京：中華書局，1998 年），頁 1276。

〔註78〕許慎撰、段玉裁注：《說文解字注》（杭州：浙江古籍出版社，2006 年），頁 164。

〔註79〕許慎撰、段玉裁注：《說文解字注》（杭州：浙江古籍出版社，2006 年），頁 164。

另有一例作「百」（續甲骨文編·2009）。西周金文作「百」（令簋）、「百」（使頌鼎）、「百」（多友鼎）、「百」（兮甲盤）。春秋金文作「百」（秦公鎛）；戰國文字承襲西周金文作「百」（中山王𠫑鼎）之形，或另作一類字形：「𡤹」（中山王𠫑兆域圖）、「𡤹」（中山王𠫑兆域圖）、「𡤹」（䍇壺）。

上博簡「百」作「百」（孔 13.17）、「百」（姑 1.39）、「百」（鬼 2 正.33）之形，具有楚系特色。《說文》白部：「百，十十也。从一白。數十十爲一百，百白也。十百爲一貫，貫章也。百古文百。」〔註80〕上博簡的「百」與甲骨文「百」（續甲骨文編·2009）形同，《說文》古文百也與上博簡的「百」（孔 13.17）形同。

48. 靈

靈，金文從示作「靈」（庚壺），或從心作「靈」（秦公鎛）。上博簡作「靈」（緇 14.17）、「靈」（周 24.14）。《說文》玉部：「靈，巫也。以玉示神，从玉。霝聲。」〔註81〕小徐本「靈」古文作「靈」。「靈」與上博簡「靈」（緇 14.17）形同。

49. 大

大，象正面人形。〔註82〕甲骨文作「大」（《乙》二四九四）、「大」（《續甲骨文編·7402》）。金文作「大」（大禾方鼎）、「大」（禹鼎）、「大」（邾公華鐘）、「大」（中山王𠫑兆域圖）、「大」（大子鎬）。上博簡承襲甲骨文作「大」（昔 1.8）、「大」（曹 25.20）之形；承襲金文作「大」（周 2.10）、「大」（孔 2.32）、「大」（緇 4.29）之形。

《說文》大部：「大，天大，地大，人亦大。故大象人形。古文大也。凡大之屬皆从大。」〔註83〕《說文》大部：「大，籀文大，改古文。亦象人形。凡大之屬皆从大。」〔註84〕上博簡「大」（緇 4.29）與《說文》古文「大」形同。

〔註80〕許慎撰、段玉裁注：《說文解字注》（杭州：浙江古籍出版社，2006 年），頁 137。

〔註81〕許慎撰、段玉裁注：《說文解字注》（杭州：浙江古籍出版社，2006 年），頁 19。

〔註82〕李孝定：《金文詁林讀後記（卷六）》（台北：中央研究院歷史語言研究所專刊之八十，1982 年）。

〔註83〕許慎撰、段玉裁注：《說文解字注》（杭州：浙江古籍出版社，2006 年），頁 492。

〔註84〕許慎撰、段玉裁注：《說文解字注》（杭州：浙江古籍出版社，2006 年），頁 498。

50. 事

甲骨文作「⬚」（《續甲骨文編·68》）、「⬚」（《續甲骨文編·3·31·4》）金文作「⬚」（天亡簋）、「⬚」（伯矩鼎）、「⬚」（邵鐘）、「⬚」（陳猷釜）、「⬚」（申鼎）、「⬚」（中山王𧊊鼎）、「⬚」（中山王𧊊兆域圖）。上博簡承襲金文作「⬚」（緇 4.13），或發展成具有楚系色彩的字形：「⬚」（子 14.5）、「⬚」（從甲 9.21）、「⬚」（柬 18.5）、「⬚」（弟 9.6）、「⬚」（相 1.17）。

《説文》史部：「事，職也。从史，之省聲。⬚古文事。」〔註85〕《説文》古文⬚與「⬚」（緇 4.13）形同。《説文》古文⬚保留了金文的寫法。

二、《説文》古文結構與之相同

1. 與

與，金文作「⬚」（喬君鉦），从舁、牙聲。戰國文字承襲金文而稍有省變。

上博簡「與」作「⬚」（性 38.18）、「⬚」（緇 12.13）、「⬚」（弟 11.18）、「⬚」（孔 21.25）、「⬚」（子 5.17）、「⬚」（競 5.26）、「⬚」（中 7.7）之形。牙旁已有變化。「⬚」（競 5.26）則从廾、从牙，牙旁繁加飾筆。《説文》舁部：「與，黨與也。从舁与。⬚古文與。」〔註86〕《説文》古文⬚，从与从廾，与旁應是从牙旁變異而來。《説文》古文⬚字形結構與上博簡「⬚」（競 5.26）从牙旁相同。《説文》古文⬚保留了戰國時期「與」的寫法。

2. 近

近，上博簡「近」下从止，上从斤，作「⬚」（性 2.17）之形。《説文》辵部：「近，附也，从辵斤聲。⬚古文近。」〔註87〕《説文》古文⬚上从止，下从斤。《説文》古文⬚字形結構與上博簡「⬚」（性 2.17）之形相同。可知，《説文》古文⬚字形在戰國時期已見。

3. 訊

訊，金文作「⬚」（多友鼎）、「⬚」（師同鼎）、「⬚」（虢季子白盤）、「⬚」（揚簋）。上博簡「訊」从言、从古文西，作「⬚」（相 4.41）、「⬚」（姑 1.13）之形。《説文》言部：「訊，問也，从言卂聲。⬚古文訊，从卥」，段注：「卥，

〔註85〕許慎撰、段玉裁注：《説文解字注》（杭州：浙江古籍出版社，2006 年），頁 116～117。

〔註86〕許慎撰、段玉裁注：《説文解字注》（杭州：浙江古籍出版社，2006 年），頁 105。

〔註87〕許慎撰、段玉裁注：《説文解字注》（杭州：浙江古籍出版社，2006 年），頁 74。

古文西」。〔註 88〕《說文》古文「西」作「⬚」，〔註 89〕「⬚」爲古文言，〔註 90〕《說文》古文「訊」从言、从西。《說文》古文⬚與上博簡「訊」同从言、从西。《說文》古文⬚字形可上推到上博簡。

4. 視

視，上博簡「視」作「⬚」（昭 7.29）、「⬚」（昭 8.17）之形；或從《說文》古文旨〔註 91〕作「⬚」（緇 21.30）；或从目从氏，〔註 92〕作「⬚」（緇 1.42）之形。

《說文》見部：「瞻也，从見，示聲。⬚古文視，⬚亦古文視。」〔註 93〕《說文》古文⬚與上博簡从目从氏作「⬚」（緇 1.42）之形同，但《說文》古文爲左右結構，上博簡爲上下結構。《說文》古文⬚字形可上溯到上博簡。

5. 阱

阱，上博簡「阱」作「⬚」（周 44.1）之形。《說文》井部：「阱，陷也。从𨸏井，井亦聲。⬚阱或从穴，⬚古文阱从水。」《說文》古文⬚〔註 94〕與上博簡「⬚」（周 44.1）之形同从井、水，但《說文》古文則直放，上博簡水形橫置。《說文》古文⬚保留了戰國「阱」字具有楚系特色的寫法。

6. 嗇

嗇，甲骨文作「⬚」（《乙》一二四），西周金文作「⬚」（中父壬爵）、「⬚」（沈子它簋），从亩、从來。戰國文字亩旁多有譌變，如「⬚」（十一年鼎）。

上博簡「嗇」作「⬚」（子 2.15）之形，上从來，下方的亩旁則譌變成从田。《說文》嗇部：「愛濇也。从來亩，來者亩而藏之，故田夫謂之嗇夫。一曰棘省聲。凡嗇之屬皆从嗇。⬚古文嗇，从田。」〔註 95〕藉由《說文》古文⬚構

〔註 88〕許慎撰、段玉裁注：《說文解字注》（杭州：浙江古籍出版社，2006 年），頁 92。

〔註 89〕許慎撰、段玉裁注：《說文解字注》（杭州：浙江古籍出版社，2006 年），頁 585。

〔註 90〕《說文》古文「謀」作「⬚」，段注：「上从母，下古文言」。見許慎撰、段玉裁注：《說文解字注》（杭州：浙江古籍出版社，2006 年），頁 91。

〔註 91〕旨，西周金文作「⬚」（屖侯鼎）、「⬚」（叀季良父壺），春秋金文繁加短橫，作「⬚」（國差𦉜），戰國文字承襲兩周金文。《說文》古文旨作「⬚」。許慎撰、段玉裁注：《說文解字注》（杭州：浙江古籍出版社，2006 年），頁 202。

〔註 92〕氏，金文作「⬚」（虢金氏孫盤），戰國文字承襲金文。

〔註 93〕許慎撰、段玉裁注：《說文解字注》（杭州：浙江古籍出版社，2006 年），頁 407。

〔註 94〕許慎撰、段玉裁注：《說文解字注》（杭州：浙江古籍出版社，2006 年），頁 216。

〔註 95〕許慎撰、段玉裁注：《說文解字注》（杭州：浙江古籍出版社，2006 年），頁 230～231。

形與上博簡「⿱字」（子 2.15）相同，可知 ⿱字 字形可上推到戰國楚系文字。⿱字 从田之形，乃從「⿱字」（子 2.15）而來，都由宀譌作田形。

7. 煙

煙，上博簡「煙」作「⿱字」（子 11.9）、「⿱字」（子 11.31）之形，从宀从堙，⿱字，《說文》古文西；堙，金文作「⿱字」（堙戈）。《說文》火部：「火气也，从火垔聲。㷤或从因。⿰字籀文从宀。⿰字古文。」〔註96〕《說文》古文⿰字與上博簡「煙」字形結構相同，皆从宀从堙。《說文》古文⿰字从宀寫法可上推到上博簡。

8. 鬼

鬼，甲金文从囟从人作「⿱字」（鬼壺），或作「⿱字」（盂鼎）。上博簡「鬼」承襲兩周金文，或繁加飾筆作「⿱字」（亙 3 正.27）之形；或从示作「⿱字」（鬼 4.5）、「⿱字」（鬼 1.3）之形；或从示、囟譌从目作「⿱字」（季 18.35）；或繁加下拉的末筆作「⿱字」（民 13.7），或省作「⿱字」（競 7.14）。

《說文》鬼部：「鬼，人所歸爲鬼，从儿、由象鬼頭，从厶。鬼陰气賊害，故从厶。凡鬼之屬皆从鬼。⿰字古文从示。」〔註97〕《說文》古文⿰字與上博簡「⿱字」（鬼 4.5）、「⿱字」（鬼 1.3）之形同从示、从鬼，然《說文》古文爲左右結構，上博簡爲上下結構。《說文》古文⿰字保留「鬼」字在戰國楚文字从示的寫法。

9. 狂

狂，上博簡「狂」作「⿱字」（中附.21）之形。《說文》犬部：「狂，狾犬也，从犬㞷聲。⿰字古文从心。」〔註98〕《說文》古文⿰字與上博簡「⿱字」（中附.21）之形同从心，唯《說文》古文⿰字爲左右結構，心符在左，上博簡爲上下結構，「心」符在下。《說文》古文⿰字保留「狂」字在戰國中晚期从心的字形結構。

10. 烖

烖，上博簡「烖」从才从火，作「⿱字」（周 56.19）之形；或从示从才，作「⿰字」（三 2.37）之形；或从才从心，作「⿱字」（鮑 6.11）之形。《說文》火部：「天火曰烖，从火𢦏聲。⿰字或从宀火，⿰字籀文从𡿧，⿰字古文从才。」〔註99〕

〔註96〕許慎撰、段玉裁注：《說文解字注》（杭州：浙江古籍出版社，2006 年），頁 484。

〔註97〕許慎撰、段玉裁注：《說文解字注》（杭州：浙江古籍出版社，2006 年），頁 434～435。

〔註98〕許慎撰、段玉裁注：《說文解字注》（杭州：浙江古籍出版社，2006 年），頁 476。

〔註99〕許慎撰、段玉裁注：《說文解字注》（杭州：浙江古籍出版社，2006 年），頁 484。

《說文》古文秋與上博簡「太」（周 56.19）同从才从火，但秋是左右結構，「太」爲上下結構。《說文》古文秋字形結構可上推到上博簡。

11. 〈

〈，上博簡「〈」作「💧」（子 8.15）。《說文》〈部：「水小流也」，「川古文〈，从田川。田之川也。川篆文〈，从田，犬聲。六畎爲一畝。」〔註100〕《說文》古文川與上博簡「💧」（子 8.15）同从田、从川，但川是左右結構，「💧」爲上下結構，「田」符在下方。《說文》古文川字形結構可上推到上博簡。

12. 戶

戶，獨體象形。上博簡「戶」作「🚪」（周 5.2）、「評」（周 52.6）之形。「評」（周 52.6）从戶、从木，戶亦聲。《說文》戶部：「護也，半門曰戶，象形。凡戶之屬皆从戶。扉古文戶，从木。」〔註101〕《說文》古文扉構形與上博簡「評」（周 52.6）从戶、从木相同，但扉爲上下結構，木在下方，評爲左右結構，「木」符在右方。《說文》古文扉保留「戶」在戰國時期从木的字形結構。

13. 圭

圭，金文作「圭」（師遽方彝），从二土。戰國文字承襲金文，或將豎筆不穿透橫筆，如上博簡「圭」作「圭」（魯 3.50）。

上博簡「圭」或从玉作「珪」（魯 2.22）之形，或結構左右相反，作「珪」（緇 18.13）。《說文》土部：「圭，瑞玉也，上圜下方。公執桓圭九寸，侯執信圭，伯執躬圭，皆七寸。子執穀璧，男執蒲璧，皆五寸，以封諸侯。从重土。楚爵有執圭。珪古文圭，从王。」段注：「古文从玉。」〔註102〕《說文》古文珪寫法與上博簡「珪」（魯 2.22）、「珪」（緇 18.13）吻合。《說文》古文珪保留戰國時期「圭」字从玉的寫法。

14. 斷

斷，金文作「斷」（量侯簋）。叀，甲金文作「叀」（九年衛鼎）、「叀」（蔡

〔註100〕許慎撰、段玉裁注：《說文解字注》（杭州：浙江古籍出版社，2006 年），頁 568。

〔註101〕許慎撰、段玉裁注：《說文解字注》（杭州：浙江古籍出版社，2006 年），頁 568。

〔註102〕許慎撰、段玉裁注：《說文解字注》（杭州：浙江古籍出版社，2006 年），頁 693～694。

姞簋），戰國文字承襲金文，楚字或作「🔣」之形。上博簡「斷」從𠣐從刀作「🔣」
（曹 62.10）之形，或從𠣐從刃作「🔣」（采 3.34）之形。從刀與從刃同。上博
簡「斷」從「🔣」之形，具有楚字特色。《說文》斤部：「斷，截也，從斤𢇍。𢇍，
古文絕。🔣古文斷，從𠣐。𠣐，古文叀字。《周書》曰：『𢇍𢇍猗，無它技。』🔣
亦古文斷。」〔註103〕《說文》古文🔣文字結構與上博簡「🔣」（采 3.34）相同。
《說文》古文🔣保留了戰國時期從叀從刀的寫法。

15. 冬

冬，金文作「🔣」（陳章壺）。上博簡「冬」從日作「🔣」（子 12.21）、「🔣」
（性 2.19）；或作「🔣」（緇 6.18）之形。《說文》夊部：「冬，四時盡也，從夊
從𠘗。𠘗，古文終字。🔣古文冬，從日。」〔註104〕《說文》古文🔣與上博簡「冬」
同從日。《說文》古文🔣保留了金文以來的寫法。

三、《說文》古文與之形近

1. 一、二

一，甲金文作「一」（我鼎）。上博簡「一」作「一」（孔 22.31）、從能作
「🔣」（季 1.14）、從戈作「🔣」（亙 2.9）、「🔣」（彭 7.20）、「🔣」（彭 7.52）之
形。《說文》一部：「一，惟初太極，道立於一，造分天地，化成萬物。凡一
之屬皆從一。🔣古文一。」〔註105〕古文字從戈之字形或與從弋之字形有義符
替換現象，《說文》古文從弋的🔣與上博簡從戈的「🔣」（彭 7.52），二者字形
相近。

二，甲金文作「二」（吳方彝）。上博簡作「二」（孔 6.34）、「🔣」（彭 8.24）
之形。《說文》二部：「二，地之數也，從耦一。凡二之屬皆從二。🔣古文二。」
〔註106〕《說文》古文🔣與上博簡「🔣」（彭 8.24）形近。

2. 琴

琴，上博簡從金，作「🔣」（孔 14.10）、「🔣」（性 15.3）之形。《說文》琴部：
「琴，禁也，神農所作，洞越。練朱五弦，周時加二弦。象形。凡珡之屬皆從

〔註103〕許慎撰、段玉裁注：《說文解字注》（杭州：浙江古籍出版社，2006 年），頁 717。

〔註104〕許慎撰、段玉裁注：《說文解字注》（杭州：浙江古籍出版社，2006 年），頁 571。

〔註105〕許慎撰、段玉裁注：《說文解字注》（杭州：浙江古籍出版社，2006 年），頁 1。

〔註106〕許慎撰、段玉裁注：《說文解字注》（杭州：浙江古籍出版社，2006 年），頁 681。

琴。」《說文》古文琴从金作「鑫」，段注：「以金形聲字也。」〔註107〕，《說文》
古文鑫與上博簡同从金。《說文》古文鑫从金之形可以上推到戰國時期。

3. 周

周，金文作「囲」（德方鼎），象田疇之形。金文或加口作「𤔲」（何尊），
或省點作「閏」（盂鼎）、「串」（彔伯簋）。甲金文國名常加指事符號「口」。而
〈無叀鼎〉作「丗」，與「用」同形，戰國文字多承此形，再加口形。此時期
的口形不再只是區別符號，而是成爲文字基本結構的一部分。

上博簡「周」作「𣍘」（鮑2.134）、「𢆶」（緇21.32）之形。「𢆶」（緇21.32）
下从口，上半譌从「用」形，並再加一撇筆，突顯楚系文字特點。《說文》口部：
「周，密也，从用口。𧾷古文周字，从古文及。」〔註108〕從古文字來看，許慎
認爲「周」从用，應是誤釋，原應从田。許慎認爲《說文》古文𧾷从古文及，
但從上博簡「周」作「𢆶」（緇21.32」）來看，《說文》古文𧾷下方所从，可能
是從具有戰國楚系文字特色的飾筆演變而來。

4. 弇

弇，上博簡「弇」作「窵」（中10.11）。《說文》収部：「弇，蓋也，从廾合
聲。𡩩古文弇。」〔註109〕《說文》古文从穴、从日、从廾之形。《說文》古文𡩩
與「窵」（中10.11）形體相近。又從上博簡看𡩩字，其日形原應从口形，圓中
的點應是飾筆。

5. 農

農，甲骨文作「𦱤」（《明》四六），从林从辰。金文作「𦰩」（牆盤）、「𦭧」
（散盤）、「𦱛」（令鼎）。上博簡「農」作「𦱛」（三15.25）之形，从林从辰从寸，
寸表示動作。《說文》晨部：「農，耕人也，从晨，囟聲。𦱢籀文从林，𦰩古文
農，𦱛亦古文農。」〔註110〕「𦱢」，段注：「小徐从艸，大徐从林。」〔註111〕《說

〔註107〕許慎撰、段玉裁注：《說文解字注》（杭州：浙江古籍出版社，2006年），頁633。
〔註108〕及，《說文》又部：「逮也，从又人。乁古文及，秦石刻及如此。弖亦古文及。𨿵
　　　　亦古文。」見許慎撰、段玉裁注：《說文解字注》（杭州：浙江古籍出版社，2006
　　　　年），頁58、116。
〔註109〕許慎撰、段玉裁注：《說文解字注》（杭州：浙江古籍出版社，2006年），頁104。
〔註110〕許慎撰、段玉裁注：《說文解字注》（杭州：浙江古籍出版社，2006年），頁106。
〔註111〕許慎撰、段玉裁注：《說文解字注》（杭州：浙江古籍出版社，2006年），頁106。

文》古文𤕦與「𤕦」（三 15.25）相近。

6. 鞭

鞭，金文作「𩍃」（散盤）、「𩏢」（九年衛鼎），象手持鞭形。戰國文字承襲金文。上博簡「鞭」作「𩏌」（容 20.17）之形，上方繁加一短橫飾筆。

《說文》革部：「鞭，毆也，从革，𠊳聲。𡕵古文鞭。」〔註112〕古文𡕵从𠫐攴，《說文》古文𡕵與上博簡「鞭」作「𩏌」（容 20.17）之形相近。《說文》古文𡕵保留戰國時期的寫法。

7. 教

教，甲骨文作「𤕟」（《甲》一五九七），从爻聲，从攴、从子，象持杖教子之意。金文作「𢼄」（鄦侯簋），或省子作「𢼄」（散盤）。

上博簡「𨕫」（緇 13.4）从言，爻聲。《說文》教部：「教，上所施，下所效也。从攴𡥈。凡教之屬皆从教。𢻁，古文教。𢿓，亦古文教。」〔註113〕《說文》古文「教」从 𡥈从古文言作「𢻁」，或从攴、爻聲，作「𢿓」。《說文》古文𢻁與上博簡「𨕫」（緇 13.4）相近。藉由上博簡，《說文》古文𢻁从言，可上推到上博簡。

8. 旨

旨，甲金文作「𣅀」（匽侯旨鼎），从人、从口，或繁加飾筆作「𣅀」（�季良父壺）。東周文字承襲西周金文，人旁多繁加一短橫，作「𣅀」（國差𦉜）、「𣅀」（國差𦉜）、「𣅀」（者旨𦼈盤）、「𣅀」（越王劍），匕旁已有从千旁之形。上博簡「旨」从口从「千」形，作「旨」（從甲 9.19）、「𣅀」（彭 8.26）、「𣅀」（緇 17.10）之形。

《說文》甘部：「旨，美也。从甘，匕聲」，古文作「𦧇」，段注：「从甘千者，謂甘多也。」〔註114〕《說文》將口形飾筆誤釋从甘。「口」譌从「甘」，除了字形相近外，在字義上也有相關。「口」為象形，〔註115〕「甘」，从口含一，〔註116〕二者皆从口，皆含有嘴巴之義，字義具有相通之處，故从口或从甘在古

〔註112〕許慎撰、段玉裁注：《說文解字注》（杭州：浙江古籍出版社，2006 年），頁 110。

〔註113〕許慎撰、段玉裁注：《說文解字注》（杭州：浙江古籍出版社，2006 年），頁 127。

〔註114〕許慎撰、段玉裁注：《說文解字注》（杭州：浙江古籍出版社，2006 年），頁 202。

〔註115〕許慎撰、段玉裁注：《說文解字注》（杭州：浙江古籍出版社，2006 年），頁 54。

〔註116〕許慎撰、段玉裁注：《說文解字注》（杭州：浙江古籍出版社，2006 年），頁 202。

文字裡常有混同現象，如「曆」從口作「曆」（競卣）、「曆」（大作大仲簋），或從甘作「曆」（免卣）、「曆」（敔簋）。

《說文》古文曆與上博簡「旨」從口從「千」形相近。《說文》古文保留了口形添加飾筆的寫法，而上面譌從的千旁則是保留了東周文字的寫法。

9. 巽

巽，上博簡「巽」作「巽」（中 23.18）、「巽」（孔 9.14）、「巽」（六・慎 1.27）之形。《說文》丌部：「具也，從丌，𢍜聲。」《說文》古文作「巽」從𢍜，從开。《說文》篆文作「巽」，段《注》：「汗簡古文四聲韻載此體各乖異，未詳宜何從也。竊疑此篆字當作𥅴，字之誤也。古文下從𢍜，𢍜亦具意也。籀文繁重，則從𢍜從开而又從丌。古文四聲韻作巽，蓋不誤。小篆則省开作巽。後人隸字則從籀變之作巽。《說文》仿隸為之，非是」。〔註117〕《說文》古文與上博簡「巽」作「巽」（中 23.18）、「巽」（孔 9.14）、「巽」（慎 1.27）之形相近。

10. 桀

桀，甲骨文作「桀」（《乙》九七一），金文作「桀」（克鐘），從大從木。〔註118〕春秋金文繁加雙足，作「桀」（匽公匜）。戰國楚系文字將木旁改從几旁，作「桀」（鄂君啟車節）。上博簡「桀」作「桀」（柬 2.22）。《說文》桀部：「桀，磔也，從入桀。桀，黠也。軍法入桀曰桀。桀古文桀，從几。」〔註119〕《說文》古文桀與「桀」（柬 2.22）同從几，《說文》古文桀保留了具有戰國楚系文字特色的寫法。

11. 瀘

瀘，金文作「瀘」（師酉簋）、「瀘」（克鼎）、「瀘」（盂鼎），從鹿、從水，盍省聲。〔註120〕上博簡「瀘」作「瀘」（從乙 2.11）、「瀘」（競 4.25）、「瀘」（鬼 1.32）、「瀘」（互 13.14）、「瀘」（互 5.12），或省形作「瀘」（緇 5.27），或作「瀘」（緇 14.28）。

〔註117〕許慎撰、段玉裁注：《說文解字注》（杭州：浙江古籍出版社，2006 年），頁 200。

〔註118〕王國維、商承祚認為「桀」乃象人乘木之形。見王國維：〈戩幾壽堂所藏甲骨文字・考釋〉（藝術叢編，1917 年）、商承祚：《說文中之古文考》（台北：學海，1979 年），頁 56。

〔註119〕許慎撰、段玉裁注：《說文解字注》（杭州：浙江古籍出版社，2006 年），頁 237。

〔註120〕何琳儀：《戰國古文字典：戰國文字聲系》（北京：中華書局，1998 年），頁 1426。

《說文》廌部：「刑也，平之如水，从水。廌所以觸不直者去之。从廌去。
𤼈今文省。𡻚古文。」〔註121〕《說文》古文𡻚與「𡻚」（緇 14.28）相近。

12. 絕

絕，甲骨文作「𢇍」（《甲》2124）。从刀、从糸，以刀斷絲之意。戰國文
字承襲甲骨文，〈中山王𬱕壺〉作「𢇍」。上博簡从刀絕絲，作「𦅥」（三 16.11）、
「𦅥」（緇 22.38）之形，或省作「𦅥」（孔 27.35）之形。《說文》糸部：「絕，
斷絲也。从刀糸，卪聲。𦅥古文絕，象不連體絕二絲。」〔註122〕《說文》古文
𦅥與上博簡「絕」形近。

13. 金

金，西周金文作「𨤾」（叔𠁁）、「𨤾」（師同鼎）、「𨤾」（守簋）、「𨤾」（史
頌簋）、「𨤾」（過伯簋）、「𨤾」（禽簋）、「𨤾」（仲盤）。春秋金文作「𨤾」（邾
公孫班鎛）、「𨤾」（王孫鐘）、「𨤾」（曾伯陭壺）、「𨤾」（塩王鼎）。上博簡「金」
作「𨤾」（性 3.25）、「𨤾」（容 18.20）、「𨤾」（周 40.12）之形。「𨤾」（周 40.12）
聯筆書寫，具有楚系文字特色。

《說文》金部：「金，五色金也。黃爲之長。久薶不生衣，百鍊不輕。從革
不韋，西方之行。生於土，从土，左右注，象金在土中形。今聲。凡金之屬皆
从金。𨤾古文金。」〔註123〕《說文》古文𨤾與「𨤾」（性 3.25）、「𨤾」（容 18.20）
繁加飾筆之形相近。上博簡中，有「金」之形的字，同从此形，如「淦」作「𨤾」
（用 4.13）。

14. 雲

雲，甲骨文作「𠂢」（《燕》二）。象形，雲之初文。上博簡作「𠂢」（互 4.17）。
《說文》雲部：「雲，山川气也。从雨，象回轉之形。凡雲之屬皆从雲。𠂢古文
省雨，𠂢亦古文雲。」〔註124〕《說文》古文𠂢與上博簡「𠂢」（互 4.17）形近。

15. 宜

宜，甲骨文作「𪉨」（《鐵》一六・三），从且、从二肉，象俎上放肉之形。

〔註121〕許慎撰、段玉裁注：《說文解字注》（杭州：浙江古籍出版社，2006 年），頁 407。

〔註122〕許慎撰、段玉裁注：《說文解字注》（杭州：浙江古籍出版社，2006 年），頁 645。

〔註123〕許慎撰、段玉裁注：《說文解字注》（杭州：浙江古籍出版社，2006 年），頁 702。

〔註124〕許慎撰、段玉裁注：《說文解字注》（杭州：浙江古籍出版社，2006 年），頁 575。

〔註125〕西周金文作「A」（戍甬鼎）、「A」（般甗），春秋金文作「图」（秦公簋）。戰國文字多有變化。上博簡「宜」省重肉之形，且形分離、簡省，作「至」（互7.12），後來小篆誤从宀，是從此脈絡發展而成。上博簡「宜」或作「象」（曹28.8），且形簡省爲从宀之形。

《說文》宀部：「宜，所安也。从宀之下，一之上，多省聲。闓古文宜，圖亦古文宜。」〔註126〕許慎所收「宜」字，从宀、从多省聲，古文圖不省，皆誤釋。從上博簡可知，「宜」字在戰國晚期仍从二肉或省從一肉之形，到了《說文》則誤从多或誤从多省。

16. 嗣

嗣，商金銘文作「嗣」（戍嗣鼎），从司聲，子也是聲符。西周金文作「嗣」（盂鼎），省口形、子形，戰國文字或省口，或不省口，或只保留聲符，如「嗣」（卹壺）。

上博簡「嗣」簡省口形、子聲，作「嗣」（鮑1.22）；或只保留聲符作「爭」（周2.14），从子从司，「司」的「口」形借用「子」形的上半部。《說文》冊部：「諸侯嗣國也。从冊口，司聲。嗣古文嗣，从子。」〔註127〕《說文》古文嗣从司、从子，只保留了聲符，頗具有戰國文字的特色。「爭」（周2.14）則又比《說文》古文嗣加以簡省。

17. 僕

僕，金文作「僕」（幾父壺）、「僕」（幾父壺）、「僕」（靜簋）、「僕」（召伯簋二）。《說文》丵部：「僕，給事者。从人丵，丵亦聲。僕古文从臣。」〔註128〕《說文》丵部：「丵，瀆丵也。从丵，从収，収亦聲。」戰國文字或省収。僕與丵同，戰國文字皆从丵省。戰國楚系文字不僅从丵省，還繁从臣形。上博簡「僕」上从僕省聲，下从臣，作「僕」（昭8.29）、「僕」（柬20.12）之形，與《說文》古文僕相近。《說文》古文僕从臣之形可上推到戰國楚系文字。

〔註125〕徐中舒認爲象肉在俎上之形，商承祚以爲宜、俎一字，宜乃俎孳乳而來。詳見徐中舒：《甲骨文字典》卷七（成都：四川辭書，1988年），頁844、商承祚：《說文中之古文考》（台北：學海，1979年），頁56。

〔註126〕許慎撰、段玉裁注：《說文解字注》（杭州：浙江古籍出版社，2006年），頁340。

〔註127〕許慎撰、段玉裁注：《說文解字注》（杭州：浙江古籍出版社，2006年），頁86。

〔註128〕許慎撰、段玉裁注：《說文解字注》（杭州：浙江古籍出版社，2006年），頁103。

18. 衰

衰，上博簡「衰」借筆簡省作「衾」（孔 8.16）之形。《說文》衣部：「衺雨衣，秦謂之萆。从衣，象形。衾古文衰。」〔註129〕《說文》古文衾與上博簡「衾」（孔 8.16）字形相近。《說文》古文衾字形可上推到戰國時期。

19. 觀

觀，金文作「鸞」（效卣）、「鸞」（中山王嚳壺）。上博簡「觀」承襲金文，但誤从視、誤从龜，作「觀」（周 24.16）、「鸞」（鮑 2.20）、「觀」（子 11.3）；或因誤从目之形、誤從龜，作「觀」（性 9.28）、「觀」（內 10.34）。《說文》見部：「觀，諦視也，从見雚聲。鸞古文觀，从吅。」〔註130〕《說文》古文鸞與上博簡「觀」（性 9.28）、「觀」（內 10.34）相近。《說文》古文鸞字形可上推到戰國時期。

20. 馭

御，甲骨文作「御」（《燕》七二），从卩、从午。金文作「御」（衛簋）、「御」（麥盉）、「御」（牧師父簋），或繁从彳，作「御」（頌鼎）。東周文字承襲西周金文从彳之字形。馭，金文从馬从夆，夆形稍有改變，作「馭」（盂鼎）、「馭」（班簋）、「馭」（大鼎），戰國文字承襲金文。

上博簡「御」从卩、从午、从彳，作「御」（緇 12.38）、「御」（周 1.35）、「御」（姑 4.51）之形。上博簡「馭」作「馭」（昭 6.6）、「馭」（弟 20.3）、「馭」（曹 42.10），其鞭形已變異為从午、从又之形。

《說文》彳部：「御，使馬也，从彳卸。馭古文御，从又馬。」〔註131〕甲金文或上博簡的字形來看，「御」、「馭」在文字發展上，顯然不是同一來源，而是兩個不同的文字。許慎將「御」定為字首，「馭」為「御」之古文，是將混「御」、「馭」為一字。然許慎收錄的《說文》古文馭字形也有其價值。馭與上博簡「馭」字形相近。從上博簡「馭」是从馬从鞭可知，《說文》古文馭字形从又，與戰國時期「馭」的夆形已經分裂成似从午、从又有關。《說文》古文馭應是根據戰國時期「馭」簡省而來。

〔註129〕許慎撰、段玉裁注：《說文解字注》（杭州：浙江古籍出版社，2006 年），頁 397。

〔註130〕許慎撰、段玉裁注：《說文解字注》（杭州：浙江古籍出版社，2006 年），頁 408。

〔註131〕許慎撰、段玉裁注：《說文解字注》（杭州：浙江古籍出版社，2006 年），頁 77。

21. 青

青，西周金文作「⿰」（牆盤）从生、井聲，或作「⿰」（吳方彝）謬从丹形；戰國文字承襲兩周金文，六國文字下多加口形爲飾。上博簡「青」作「⿰」（競 4.10），从生省、「井」謬从「⿰」形、下繁加口形爲飾，或作「⿰」（緇 19.44）之形。上博簡中，从青之形多从「⿰」之形，如：「情」〔註 132〕从心从青，作「⿰」（孔 10.27）、「⿰」（緇 2.4）之形；「寈」从宀从青，作「⿰」（亙 2.13）之形；「清」从水从青，作「⿰」（孔 21.48）；「䑶」从缶从青，作「⿰」（孔 9.44）；「倩」从人从青，作「⿰」（君 7.13）；「䏠」从肉从青，作「⿰」（天乙 3.18）；「精」从米从青，作「⿰」（慎 1.24）；「請」从言从青，作「⿰」（用 15.20）。

《說文》青部：「青，東方色也，木生火，从生丹。丹青之信言必然。凡青之屬皆从青。⿰古文青。」〔註 133〕「⿰」上从生省、从丹。《說文》古文⿰與上博簡「⿰」（競 4.10）之形相近。《說文》古文⿰保留上博簡承襲金文的寫法。

22. 䚇、䜌

䚇，金文作「⿰」（召伯簋）。䜌，金文作「⿰」（衛簋）、「⿰」（此簋）、「⿰」（虢季子白盤）、「⿰」（秦公鎛）、「⿰」（秦公簋）。

上博簡「⿰」（鬼 3.25）、「⿰」（孔 22.22），从爪、从幺、从四口、从又；「⿰」（內 10.16）省爪形，「⿰」（季 22.22）簡省又形。

《說文》受部：「䚇，治也，幺子相亂，受治之也。一曰理也。⿰古文䚇。」〔註 134〕《說文》言部：「䜌，亂也，一曰治也，一曰不絕也。从言絲。⿰古文䜌。」〔註 135〕亂，《說文》乙部：「不治也。从乙䚇。乙，治也。」〔註 136〕「䚇」是亂之初文，與「䜌」爲異體字。《說文》古文⿰从三糸，與石經「亂」之古文相吻合，也與上博簡相近。

〔註 132〕《說文》心部：「情，人之侌气有欲者，从心青聲。」許慎撰、段玉裁注：《說文解字注》（杭州：浙江古籍出版社，2006 年），頁 502。

〔註 133〕許慎撰、段玉裁注：《說文解字注》（杭州：浙江古籍出版社，2006 年），頁 215。

〔註 134〕許慎撰、段玉裁注：《說文解字注》（杭州：浙江古籍出版社，2006 年），頁 160。

〔註 135〕許慎撰、段玉裁注：《說文解字注》（杭州：浙江古籍出版社，2006 年），頁 97。

〔註 136〕許慎撰、段玉裁注：《說文解字注》（杭州：浙江古籍出版社，2006 年），頁 740。

23. 終

終，甲骨文作「🔺」（《存》一一八三），金文作「∧」（井侯簋）、「∩」（此鼎）。戰國楚系文字或將二圓點拉長爲二短橫，或將兩短橫聯成一橫筆，作「∧」（曾侯乙鐘）、「∦」（曾侯乙鼎）之形。上博簡「終」作「🔺」（彭 3.5）；或從糸、從古文多（🔺），作「🔺」（中 24.9）。上博簡中，「慫」從終從心，作「🔺」（周 12.6）。《說文》糸部：「終，絿絲也，從絲冬聲。🔺古文終。」〔註137〕《說文》古文🔺與上博簡「🔺」（彭 3.5）形近。《說文》古文🔺保留了戰國時期具有楚系文字特色的寫法。

24. 得

得，甲骨文作「🔺」（《甲》806）、「🔺」（續甲骨文編·珠 146），從又持貝，〔註138〕或加彳，強調行爲。金文作「🔺」（中得觚）、「🔺」（師旅鼎）、「🔺」（虢叔鐘）。東周文字「貝」形或省作「目」形，作「🔺」（子禾子釜）、「🔺」（陳章壺）、「🔺」（中山王䚞鼎）之形。上博簡「得」作「🔺」（緇 10.34）、「🔺」（從甲 17.17）、「🔺」（鮑 5.19）、「🔺」（姑 5.34）、「🔺」（孔 7.35）之形，具戰國文字色彩。

《說文》彳部：「得，行有所尋也。從彳尋聲。🔺古文省彳。」〔註139〕《說文》小篆、古文皆將貝形譌從見。古文字從又從寸同。《說文》古文🔺與上博簡「得」形近。

25. 動

動，金文作「🔺」（毛公鼎）。上博簡「動」作「🔺」（魯 3.29），從童、從辵。《說文》力部：「作也，從力重聲。🔺古文動，從辵。」〔註140〕。楚字童、重同。《說文》古文🔺與上博簡「動」作「🔺」（魯 3.29）同從辵。

26. 烏

烏，金文作「🔺」（何尊）、「🔺」（沈子它簋）、「🔺」（班簋）。春秋金文省作「🔺」（余義鐘）、「🔺」（䉞鎛）之形。〈鄂君啓舟節〉作「🔺」。上博簡作「🔺」（緇 2.41），或省作「🔺」（子 9.4）、「🔺」（緇 17.28）、「🔺」（孔 10.44）、「🔺」（民 2.6）、「🔺」（曹 19.19）之形。

〔註137〕許慎撰、段玉裁注：《說文解字注》（杭州：浙江古籍出版社，2006 年），頁 647～648。

〔註138〕羅振玉：《增訂殷虛書契考釋》（卷中）（台北：藝文印書館，1981 年）。

〔註139〕許慎撰、段玉裁注：《說文解字注》（杭州：浙江古籍出版社，2006 年），頁 77。

〔註140〕許慎撰、段玉裁注：《說文解字注》（杭州：浙江古籍出版社，2006 年），頁 700。

《說文》烏部：「烏，孝鳥也。象形。孔子曰：『烏，亏呼也。』取其助气，故以爲烏呼。凡烏之屬皆从烏。𤓈古文烏，象形。𪄷象古文烏省。」〔註 141〕上博簡「𪆽」（曹 19.19）、「𪄷」二者形近。

27. 玄

玄，金文作「𢆶」（師𡎚父鼎）。上博簡作「𢆶」（子 12.17）、「玄」（季 21.8）之形。

《說文》玄部：「玄，幽遠也。黑而有赤色者爲玄。象幽而入覆之也。凡玄之屬皆从玄。𤅧古文玄。」〔註 142〕上博簡「𢆶」（子 12.17）、「𤅧」二者形近。

28. 起

起，甲骨文、商周金文未見，上博簡「起」作「𧺆」（季 15.20）之形。《說文》走部：「起，能立也，从走，巳聲。𧻚古文起，从辵。」〔註 143〕《說文》古文𧻚與上博簡「𧺆」（季 15.20）同从辵。《說文》古文𧻚字形可在戰國文字找到依據。

29. 皮

皮，西周金文作「𤿎」（叔皮父簋）、「𤿎」（九年衛鼎）。戰國文字承襲西周金文，或將「𤿎」分開成爲口與尸兩部件。

上博簡皮作「𤿊」（周 56.2）、「𤿊」（柬 10.19）。《說文》皮部：「皮，剝取獸革者謂之皮。从又，爲省聲」，古文皮作「𤿑」，籀文皮作「𤿥」。〔註 144〕《說文》古文𤿑與上博簡皮作「𤿊」（周 56.2）寫法相近，《說文》籀文𤿥與上博簡「𤿊」（柬 10.19）寫法相同。上博簡中，从皮的字形多从「𤿊」（周 56.2）之形，如「被」字作「𧝑」（昭 6.28），「𡉲」作「𡉲〔註 145〕」（容 2.25），「波」作「𣶒」（容 24.19）。《說文》重文保留了戰國「皮」字寫法。

30. 時

時，六國文字从之聲、从日，作「𣅀」（中山王𧏕壺）之形。上博簡「時」从日、从又、之聲，作「𣇰」（容 48.41）、「𣇰」（相 1.13 殘）、「𣇰」（容 16.14）；

〔註 141〕許慎撰、段玉裁注：《說文解字注》（杭州：浙江古籍出版社，2006 年），頁 157。

〔註 142〕許慎撰、段玉裁注：《說文解字注》（杭州：浙江古籍出版社，2006 年），頁 159。

〔註 143〕許慎撰、段玉裁注：《說文解字注》（杭州：浙江古籍出版社，2006 年），頁 65。

〔註 144〕許慎撰、段玉裁注：《說文解字注》（杭州：浙江古籍出版社，2006 年），頁 123。

〔註 145〕摹本「𡉲」。

或从之聲、从日，作「🗲」（孔 11.16）之形。《說文》日部：「時，四時也，从日寺聲」，古文作「🗲」，从日之，段注：「之聲也，小篆从寺，寺亦之聲也」。〔註146〕《說文》古文🗲與上博簡「🗲」（孔 11.16）形同。《說文》古文🗲保留戰國文字「時」从之聲、从日的寫法。

31. 容

容，金文作「🗲」（十一年車鼎），从宀从公。上博簡「🗲」（鮑 2.22）已从宀、从谷，此字形也爲《說文》小篆所使用。上博簡「容」承襲金文或从公，作「🗲」（緇 9.33）、「🗲」（曹 24.11）之形。《說文》宀部：「容，盛也。从宀，谷聲。」古文从公，作「🗲」，段注：「公聲」。〔註147〕《說文》古文🗲與上博簡「🗲」（緇 9.33）、「🗲」（曹 24.11）同从公。《說文》古文🗲保留戰國文字承襲金文的寫法。

32. 廟

廟，西周金文作「🗲」（免簋）、「🗲」（吳方彝），〈中山王䁈方壺〉作「🗲」。上博簡「廟」从广、从苗，作「🗲」（周 42.5）。《說文》宀部：「廟，尊先祖皃也。从广，朝聲。🗲古文。」〔註148〕《說文》古文🗲與上博簡「🗲」（周 42.5）字形吻合。《說文》小篆寫法是承自金文，而《說文》古文🗲則是體現戰國文字「廟」的寫法。

33. 吳

吳，金文作「🗲」（大簋）、「🗲」（吳盤），从夨、从口。「夨」與「大」形近，戰國文字則多誤从大、从口，作「🗲」（攻吳王鑑）、「🗲」（吳王夫差鑑），或「🗲」（吳王夫差矛），从省筆口形之形。

甲金文「大」作「🗲」（大禾方鼎）、「🗲」（邾公華鐘），戰國文字承襲甲金文，而或有變異，作「🗲」（鑄客鼎）之形。上博簡「吳」作「🗲」（子 1.3），是从大、从口省筆之形。《說文》夨部：「吳，大言也，从夨口」，古文作「🗲」，段注：「从口大」。〔註149〕《說文》小篆吳从夨形，不誤从大。《說文》古文🗲則

〔註146〕許慎撰、段玉裁注：《說文解字注》（杭州：浙江古籍出版社，2006 年），頁 302。

〔註147〕許慎撰、段玉裁注：《說文解字注》（杭州：浙江古籍出版社，2006 年），頁 340。

〔註148〕許慎撰、段玉裁注：《說文解字注》（杭州：浙江古籍出版社，2006 年），頁 446。

〔註149〕許慎撰、段玉裁注：《說文解字注》（杭州：浙江古籍出版社，2006 年），頁 494。

與上博簡「⿰」（子 1.3）形同。《說文》古文⿰寫法保留了戰國文字譌從大、從口省筆的寫法。

34. 毀

毀，〈鄂君啓車節〉作「⿰」。上博簡「毀」作「⿰」（曹 10.21）。戰國文字偶會將下方從土之字增加撇筆爲飾，導致字形像「壬」，其中以楚系文字最爲明顯，如坒、聽、呈、望、聖、童、重。《說文》土部：「毀，缺也，從土，毇省聲。⿰古文毀，從壬。」〔註150〕《說文》古文⿰寫法與上博簡「⿰」（曹 10.21）吻合。《說文》古文⿰保留戰國文字加撇筆爲飾的寫法，許愼誤以爲從壬。

四、《說文》古文構件與之吻合

1. 斿

斿，金文作「⿰」（爵文）、「⿰」（長日戊鼎）、「⿰」（仲斿父鼎）、「⿰」（曾仲斿父壺）。〈曾侯仲子游父鼎〉作「⿰」，〈蔡侯盤〉作「⿰」。戰國文字多繁從辵，作「⿰」〈中山王譽鼎〉、「⿰」（中山王譽壺）、「⿰」（鄂君啓舟節）。《說文》㫃部：「游，旌旗之流也，從㫃汓聲。⿰古文游。」〔註151〕《說文》古文⿰從辵從汓省聲。《說文》「旅」從㫃從从，作「⿰」，《說文》古文作「⿰」，「⿰」即「㫃」。上博簡「游」作「⿰」（子 11.12），與《說文》古文⿰同從辵，且從《說文》古文構件「⿰」。

2. 耆

耆，《說文》老部：「老也，從老省，旨聲。」〔註152〕旨，《說文》旨部：「美也，從甘，匕聲。凡旨之屬接從旨。⿰古文旨。」〔註153〕《說文》古文旨從千、從甘。上博簡「耆」作「⿰」（緇 6.19）從老省，旨聲，「旨」從《說文》古文⿰之形。

3. 敬

敬，西周金文作「⿰」（師酉簋）、「⿰」（對罍），從攴、苟聲。春秋金文作

〔註150〕許愼撰、段玉裁注：《説文解字注》（杭州：浙江古籍出版社，2006 年），頁 691。

〔註151〕許愼撰、段玉裁注：《説文解字注》（杭州：浙江古籍出版社，2006 年），頁 311。

〔註152〕許愼撰、段玉裁注：《説文解字注》（杭州：浙江古籍出版社，2006 年），頁 398。

〔註153〕《說文》古文旨作「⿰」。許愼撰、段玉裁注：《説文解字注》（杭州：浙江古籍出版社，2006 年），頁 203。

「敬」（秦公簋）、「敬」（吳王光鑑）。戰國文字承襲兩周金文，苟形稍有變化。

上博簡「敬」作「敬」（中 21.10），从羌之形、从攴，頗具楚系文字特色。《說文》苟部：「肅也，从攴苟。」〔註154〕苟，《說文》苟部：「敬，自急敕也。从羊省，从勹口。勹口，猶慎言也。从羊，與義善美同意。凡苟之屬皆从苟。苟古文不省。」〔註155〕《說文》古文「苟」从羊。上博簡「敬」作「敬」（中 21.10），从攴、从《說文》古文苟。

4. 厇

長，《說文》長部：「久遠也，从兀从匕，亾聲」，古文作「𠀠」，或作「𠑺」。〔註156〕厇，上博簡作「厇」（逸交 1.18），从厂、从《說文》古文𠀠。

5. 洰

伊，《說文》人部：「殷聖人阿衡也。尹治天下者，从人尹。𣏒古文伊，从古文死。」〔註157〕上博簡「洰」作「洰」（容 26.36），从水、从《說文》古文𣏒。《說文》古文𣏒與「洰」（容 26.36）所从相同。

6. 艸

《說文》艸部：「艸，百卉也。從二屮。凡草之屬接从艸。」〔註158〕《說文》屮部：「屮，艸木初生也。象丨出形有枝莖也。古文或以爲艸字。讀若徹。凡屮之屬皆从屮。尹彤說。」〔註159〕上博簡从艸之形或从古文「屮」，如：「藥」从艸作「藥」（三·周 21.21），或从屮作「藥」（性 8.25）、「藥」（從甲 13.19）、「藥」（從乙 3.4）；「蓄」从屮作「蓄」（緇 21.22）；「薁」从屮作「薁」（逸交 3.8）；「荊」从艸「荊」（三·周 51.42）、从屮作「荊」（三·周 51.5）；「廟」从艸作「廟」（孔 24.26），或从屮作「廟」（六·平鄭 1.12）。

7. 示

示，甲骨文作「丅」（《甲》192）、「示」（《續甲骨文編·3659》）、「示」（《續甲骨文編·2298》）、「示」（續甲骨文編·114）之形。《說文》示部：「示，天垂

〔註154〕許慎撰、段玉裁注：《說文解字注》（杭州：浙江古籍出版社，2006 年），頁 434。

〔註155〕許慎撰、段玉裁注：《說文解字注》（杭州：浙江古籍出版社，2006 年），頁 434。

〔註156〕許慎撰、段玉裁注：《說文解字注》（杭州：浙江古籍出版社，2006 年），頁 453。

〔註157〕許慎撰、段玉裁注：《說文解字注》（杭州：浙江古籍出版社，2006 年），頁 367。

〔註158〕許慎撰、段玉裁注：《說文解字注》（杭州：浙江古籍出版社，2006 年），頁 22。

〔註159〕許慎撰、段玉裁注：《說文解字注》（杭州：浙江古籍出版社，2006 年），頁 21。

象，見吉凶，所以示人也。从二。〔註160〕三垂，日月星也。觀乎天文，以察時變。示，神事也。凡示之屬皆从示。《古文示。」〔註161〕上博簡中，有些从示之字形也作「》」之形，如：「福」作「䘵」（周 45.20）、「䘵」（孔 12.13）；「祖」作「𥙐」（競 2.21）；「棠」作「𥘉」（三 10.19）或作「𥙇」（孔 9.52）之形；「祟」作「祟」（三 1.10）或作「祟」（孔 7.3）之形。

8、糸

糸，甲骨文作「𢇁」（《乙》一〇五）、「𢆶」（《粹》一八六）、「𢇁」（續甲骨文編·徵 8.100）、「𢇁」（續甲骨文編·續存 80）之形。金文作「𢆶」（子糸爵）、「𢆶」（糸父壬爵）之形。

《說文》大部：「糸，細絲也。象束絲之形。凡糸之屬皆从糸。讀若覛。𢆶古文糸。」〔註162〕上博簡有些从糸字形作「𢆶」之形，如：上博簡「緇」作「𦅑」（緇 1.7）；「絲」作「𢇁」（容 19.3）；「緒」作「𦀓」（緇 15.35）；「絲」作「𢆶」（緇 15.31）；「索」作「𦁰」（緇 15.39）。「𢆶」與《說文》古文「𢆶」二者形近。

第二節　與《說文》籀文關係

《說文》收有二百二十多字籀文。從許慎《說文·序》提到：

> 及宣王太史籀注大篆十五篇，與古文或異。

又：

> 秦始皇初兼天下，丞相李斯乃奏同之，罷其不與秦合文者。斯作《倉頡篇》，中車府令趙高作《爰歷篇》，大使令胡毋敬作《博學篇》，皆取史籀大篆，或頗省改，所謂小篆也。

明瞭《說文》籀文來自太史籀注大篆十五篇的文字，其字形與孔璧古文不同。後來的《倉頡篇》、《爰歷篇》、《博學篇》的文字，皆源取於籀文再加以改變。

《漢書·藝文志》「〈史籀〉十五篇」下，班固注曰：

> 周宣王時太使作大篆十五篇，建武時亡六篇矣。

〔註160〕「二」，段注：「二，古文上字。」許慎撰、段玉裁注：《說文解字注》（杭州：浙江古籍出版社，2006 年），頁 2。

〔註161〕許慎撰、段玉裁注：《說文解字注》（杭州：浙江古籍出版社，2006 年），頁 2。

〔註162〕許慎撰、段玉裁注：《說文解字注》（杭州：浙江古籍出版社，2006 年），頁 643。

又：

> 《史籀篇》者，周時史官學童書也。與孔氏壁中古文異體。

關於《說文》籀文的來源，班固與許慎的觀點相同，並指出《史籀篇》的用途。另外，王國維〈史籀篇證序〉也曾針對《史籀篇》的名稱、存佚有詳細的說明：

> 敘曰：史籀十五篇。古之遺書，戰國以前未見稱述，爰逮秦世，李趙胡母本之以作《蒼頡》諸篇。劉向校書，始著於錄。建武之世，亡其六篇，章帝時，王育爲作解說，許慎纂《說文》，復據所存九篇存其異文。所謂籀文者是也，其書亦謂之《史篇》，即《史籀篇》之略稱。

綜合上述，《史籀篇》又簡稱《史篇》，《說文》所收錄的籀文字形就是源自〈史籀〉十五篇。〈史籀〉十五篇約成於西周宣王時期，是用以教授學童的書籍，但到了許慎《說文》時，僅存九篇的文字字形於《說文》中。

王國維曾提出「戰國時秦用籀文六國用古文」的說法。〔註163〕上博簡爲楚簡，以上博簡與《說文》籀文相比對，可以檢視王氏說法的涵蓋度，也可了解上博簡與《說文》籀文間的關係。以下試分點說明之。

一、《說文》籀文與之形同

1. 四

四，甲骨文、西周金文作「三」（《外》30）、「三」（保卣）之形。上博簡「四」有作「三」（緇 7.19）之形。《說文》籀文四作「三」。〔註164〕《說文》籀文三與上博簡「三」（緇 7.19）之形同。《說文》籀文三保留上博簡承襲甲骨文的寫法。

2. 皮

皮，西周金文作「𠬝」（叔皮父簋）、「𤽪」（九年衛鼎）。戰國文字承襲西周金文，或將「𤽪」分開成爲口與尸兩部件。上博簡有作「𠪚」（柬 10.19）之形。《說文》籀文皮作「𠖽」。〔註165〕《說文》籀文𠖽與上博簡「𠪚」（柬 10.19）之形同。《說文》籀文𠖽保留上博簡承襲金文的寫法。

〔註163〕王國維：〈戰國時秦用籀文六國用古文〉，《海寧王靜安先生遺書》第一冊〈觀堂集林〉卷七，頁 293～295。

〔註164〕許慎撰、段玉裁注：《說文解字注》（杭州：浙江古籍出版社，2006 年），頁 737。

〔註165〕許慎撰、段玉裁注：《說文解字注》（杭州：浙江古籍出版社，2006 年），頁 123。

3. 嗌

上博簡「嗌」作「」（內 8.39）之形，或省筆作「」（彭 7.24）、「」（三 8.3）之形。戰國文字多作此形，如：「」（郭店・尊德 21）、「」（璽彙 1551）、「」（侯馬盟書）。《說文》口部：「嗌，咽也。从口，益聲。籀文嗌，上象口，下象頸脈理也。」〔註 166〕《說文》籀文與上博簡「」（內 8.39）之形同，《說文》籀文保留了戰國時期的寫法。

4. 樹

樹，金文作「」（尌仲簋），从又、从木、豆聲，以手立木之意。上博簡「樹」作「」（孔 15.7）、「」（季 18.21）之形。《說文》木部：「樹，木生植之總名也。从木，尌聲。，籀文。」「」，段《注》：「籀文从豆不从豈。」〔註 167〕《說文》籀文與上博簡「」（季 18.21）字形相同。《說文》籀文保留了上博簡承襲金文的寫法。

5. 槃

槃，西周金文作「」（兮甲盤），从舟、从攴，行舟之意。春秋金文「」（虢季子白盤）。〈伯侯父盤〉作「」。上博簡「槃」从皿、般聲，作「」（曹 50.16）之形。《說文》木部：「承槃也，从木，般聲。古文，从金。籀文，从皿。」〔註 168〕《說文》籀文與上博簡「」（曹 50.16）之形相同。《說文》籀文之形可上推到東周。

6. 折

折，甲骨文作「」（《新》1565），从斧斤斷木。西周金文作「」（虢季子白盤），春秋金文繁加「=」，有強調斷開的意味，作「」（洹子孟姜壺）、「」（洹子孟姜壺）。戰國文字承襲春秋文字。

上博簡「折」作「」（孔 18.12）、「」（弟 23.12）之形，一从「＝」，一从日形。上博簡中，有「折」之形的字，同从此形，如「製」作「」（容 21.40）、「」（性 11.11）、「」（六・競 7.34）。《說文》艸部：「折，斷也，从斤斷艸。譚長說。籀文折，从艸在仌中，仌寒故折。篆文折，从手。」〔註 169〕《說

〔註 166〕許慎撰、段玉裁注：《說文解字注》（杭州：浙江古籍出版社，2006 年），頁 54。
〔註 167〕許慎撰、段玉裁注：《說文解字注》（杭州：浙江古籍出版社，2006 年），頁 248。
〔註 168〕許慎撰、段玉裁注：《說文解字注》（杭州：浙江古籍出版社，2006 年），頁 260。
〔註 169〕許慎撰、段玉裁注：《說文解字注》（杭州：浙江古籍出版社，2006 年），頁 44。

文》籀文與上博簡「」（孔 18.12）同形；上博簡「」（弟 23.12）則从日。從上博簡可知，「折」在戰國中晚期仍从「＝」之形。到了《說文》，籀文保留「折」在戰國時期的寫法，但許慎誤釋「＝」爲「仌」。而《說文》小篆「折」从手之形，應是誤將「」連寫爲手形。

二、《說文》籀文結構與之相同

1. 孳

孳，金文作「」（䢅鐘）、「」（叨孳簋）。上博簡「孳」从絲省、从子，作「」（彭 2.27）之形。《說文》子部：「孳，孳孳，彶彶生也。从子，茲聲。籀文孳，从絲。」段注：「謂絲聲也。茲从艸，絲省聲，故小篆茲聲，籀文絲聲，一也。」〔註 170〕《說文》籀文「子」作「」。〔註 171〕《說文》籀文「」从絲、从子。《說文》籀文結構與上博簡「」（彭 2.27）从絲之形相同。

2. 訇

訇，金文作「」（訇簋），从言、勹聲。上博簡「訇」作「」（孔 22.5），从言从勻。《說文》言部：「訇，騃言聲，从言，勻省聲。漢中西城有訇鄉，又讀若玄。籀文不省。」〔註 172〕《說文》籀文與上博簡「」（孔 22.5）同从言从勻，但形體爲內外結構，與「」稍異。《說文》籀文从言、从勻字形可上推到上博簡。

3. 韙

韙，上博簡「韙」作「」（民 10.15）、「」（周 11.9），从心、从韋。《說文》是部：「是也，从是，韋聲。《春秋傳》曰：犯五不韙。籀文韙，从心。」〔註 173〕《說文》籀文與上博簡「韙」同从心、从韋。而是左右結構，「」（民 10.15）、「」（周 11.9）爲上下結構。《說文》籀文字形可以上推到上博簡。

4. 雄

雄，上博簡「雄」作「」（鬼 3.14）。《說文》隹部：「雞也，从隹，氐聲。

〔註 170〕許愼撰、段玉裁注：《說文解字注》（杭州：浙江古籍出版社，2006 年），頁 743。
〔註 171〕許愼撰、段玉裁注：《說文解字注》（杭州：浙江古籍出版社，2006 年），頁 742。
〔註 172〕許愼撰、段玉裁注：《說文解字注》（杭州：浙江古籍出版社，2006 年），頁 98。
〔註 173〕許愼撰、段玉裁注：《說文解字注》（杭州：浙江古籍出版社，2006 年），頁 69。

🐦籀文雖，从鳥。」〔註174〕《說文》籀文🐦與上博簡「🐦」（鬼 3.14）同从鳥，但「🐦」（鬼 3.14）鳥符在左，《說文》籀文🐦鳥符在右。《說文》籀文🐦字形可以上推到上博簡。

5. 霚

仰天湖竹簡「矛」作「🔱」（仰天湖 18）之形。上博簡「霚」作「🔱」（周 38.24），是从雨、从矛。《說文》隹部：「霚，地气發，天不應曰霚。从雨，敄聲。🔱籀文霚省。」〔註175〕《說文》籀文🔱从雨、从矛（从敄省聲）。《說文》籀文🔱形體結構與上博簡「🔱」（周 38.24）相同。《說文》籀文🔱从雨、从矛結構可上推到上博簡。

6. 封

甲骨文、西周早期金文作「🌱」（康侯丰鼎），从土、从丰，丰亦聲。金文或加又、廾，作「🌱」（封孫宅盤）、「🌱」（召伯簋）、「🌱」（伊簋），或改土从田，作「🌱」（中山王𨧨鼎）、「🌱」（中山王𨧨壺）。

上博簡「封」承襲金文从丰土作「🌱」（容 18.43）。《說文》土部：「封，爵諸侯之土也。从之土，从寸。寸，守其制度也。公侯百里，伯侯七十里，子男五十里。🌱籀文封，从丰土。🌱，古文封省。」「🌱」，段注：「从土，丰聲。」〔註176〕考察古文字，可知許慎誤認「封」小篆从之土，應是从丰。《說文》籀文🌱寫法與上博簡「🌱」（容 18.43）同，而「🌱」之土形在右，「🌱」（容 18.43）之土形在左。

7. 員

員，甲骨文作「🍲」（《六中》107），金文作「🍲」（員盉）、「🍲」（員鼎）、「🍲」（員觶），从○从鼎。戰國文字承襲甲金文，楚系文字下方或譌从火。

上博簡「員」从○从鼎作「🍲」（緇 2.8）、「🍲」（緇 21.6）、「🍲」（緇 7.14）、「🍲」（曹 5.8）、「🍲」（緇 13.55）之形。「鼎」形下方或譌从火，頗具楚系文字特色。「🍲」（緇 13.55）則是「鼎」形之省譌。《說文》員部：「員，物數也。

〔註174〕許慎撰、段玉裁注：《說文解字注》（杭州：浙江古籍出版社，2006 年），頁 142。

〔註175〕許慎撰、段玉裁注：《說文解字注》（杭州：浙江古籍出版社，2006 年），頁 574。

〔註176〕許慎撰、段玉裁注：《說文解字注》（杭州：浙江古籍出版社，2006 年），頁 687。

從貝，口聲。凡員之屬皆從員。🦅籀文從鼎。」〔註177〕鼎，《說文》鼎部：「古
文以貝爲鼎，籀文以鼎爲貝。」〔註178〕「○」形與「口」形相近，許慎誤以爲
🦅從口聲，從古文字形可知「員」從○聲，🦅也是從○。《說文》籀文🦅與上博
簡「員」從鼎相同。「員」從鼎的寫法，可上推到甲金文。

三、《說文》籀文與之形近

1. 地

　　地，六國文字多從阜、象聲，〈益壺〉作「🦅」。上博簡「地」作「🦅」（從
甲 2.17）、「🦅」（容 8.8）、「🦅」（鮑 8.11）、「🦅」（三 18.37）之形，從阜、從土、
它聲，頗具楚系文字特色。《說文》土部：「地，元气初分，輕清易爲天，重濁
会爲地。萬物所陳列也。從土，也聲。🦅籀文地，從𨸏，象聲。」〔註179〕它，
透紐歌部；也，喻紐歌部；象，定母元部。聲音相近。《說文》籀文🦅與上博
簡「地」、金文同從𨸏。

2. 則

　　金文作「🦅」（段簋）、「🦅」（何尊）、「🦅」（格伯簋）、「🦅」（兮甲盤），
從鼎從刀，或從二鼎從刀。戰國文字承襲金文，作「🦅」（鄂君啓車節）、「🦅」
（中山王𡌙壺）、「🦅」（中山王𡌙壺），從刀、從刃互見。上博簡「則」從貝作
「🦅」（緇 12.17）、「🦅」（緇 13.50）之形，乃「鼎」之省謁。上博簡「則」下
方或謁從火作「🦅」（緇 7.5）、「🦅」（孔 9.29）、「🦅」（孔 9.55）、「🦅」（子 6.31）、
「🦅」（三 5.18）、「🦅」（曹 33.17）、「🦅」（曹 50.1）、「🦅」（弟 16.12）。《說文》
刀部：「則，等畫物也。從刀貝，貝，古之物貨也。🦅古文則。🦅籀文則，從
鼎。」〔註180〕鼎，《說文》鼎部：「古文以貝爲鼎，籀文以鼎爲貝。」〔註181〕從
刀與從刃同。《說文》籀文🦅與上博簡作「🦅」（周 34.7）同從鼎。《說文》籀
文🦅保留戰國文字承襲金文從鼎的寫法。

〔註177〕許慎撰、段玉裁注：《說文解字注》（杭州：浙江古籍出版社，2006 年），頁 279。

〔註178〕許慎撰、段玉裁注：《說文解字注》（杭州：浙江古籍出版社，2006 年），頁 319。

〔註179〕許慎撰、段玉裁注：《說文解字注》（杭州：浙江古籍出版社，2006 年），頁 682。

〔註180〕許慎撰、段玉裁注：《說文解字注》（杭州：浙江古籍出版社，2006 年），頁 179。

〔註181〕許慎撰、段玉裁注：《說文解字注》（杭州：浙江古籍出版社，2006 年），頁 319。

3. 銳

銳，上博簡作「」（季 14.6），从戈。《說文》金部：「銳，芒也。从金，兌聲。籀文銳，从厂剡。」〔註 182〕大徐本認爲籀文，从厂从剡，爲厲字。《玉篇》收厂部，有音無義。剡本訓銳，音轉如厂，故加厂聲也。與銳異字，銳利字當作剡。戰國文字有戈、刀互替現象，故从戈與从刀同，《說文》籀文與「」（季 14.6）寫法相近。《說文》籀文字形可以上推到上博簡。

4. 昌

「昌」，《甲骨文編》誤收於「旦」字條下，裘錫圭以爲「昌」字，从口从日，唱之本字。〔註 183〕春秋金文省併作「」（蔡侯盤）。戰國文字承襲甲骨文，或省併或不省併，或於口形繁加飾筆，似日形。上博簡「昌」作「」（三 18.14）之形。《說文》日部：「昌，美言也。从日，从曰。一曰日光也。《詩》曰：東方昌矣。籀文。」〔註 184〕從古文字演變過程看，「昌」本从口从日，《說文》小篆从日，是承襲戰國文字在口形中繁加飾筆的字形，而許愼誤以爲从日。而《說文》籀文不省併，从口从日，反而是保留了甲骨文以來的寫法。

5. 秦

秦，甲骨文作「」（《後》二·三九·二）、「」（《新》4825），象兩手持杵舂二禾之形。西周金文作「」（師酉簋），春秋金文作「」（秦王鐘）、「」（秦公簋）。金文或繁加「臼」形，而爲《說文》小篆所本。戰國文字多省去兩手之形，作「」（楚王酓忑鼎）。上博簡「秦」作「」（孔 29.7）之形，从秝，从午。《說文》禾部：「秦，伯益之後所封國，地宜禾。从禾，舂省。一曰秦，禾名。籀文秦。」〔註 185〕許愼以爲「秦」从舂省，乃从金文繁加臼形而論，有誤。《說文》籀文从秝，與上博簡「秦」承甲骨文以來之形，作「」（孔 29.7）之形，从秝相同，但「」（孔 29.7）還省去兩手之形。

〔註 182〕許愼撰、段玉裁注：《說文解字注》（杭州：浙江古籍出版社，2006 年），頁 707。

〔註 183〕裘錫圭：〈說字小記〉，《北京師院學報》1988 年 2 期。後收於《古文字論集》，頁 650。

〔註 184〕許愼撰、段玉裁注：《說文解字注》（杭州：浙江古籍出版社，2006 年），頁 306。

〔註 185〕許愼撰、段玉裁注：《說文解字注》（杭州：浙江古籍出版社，2006 年），頁 327。

6. 敗

敗，甲骨文作「」（《前》三·二七·五）、「」（《乙》7705）、「」（《錄》757），從鼎從攴，或從貝從攴，會有使敗之意。〔註186〕金文從二貝，作「」（五年師旋簋）、「」（南疆鉦）。戰國文字承襲金文，楚系文字上方的貝形省筆，似目形或肉形，如「」（鄂君啓舟節）；而秦文字從一貝之形，爲《說文》小篆所本。上博簡「敗」作「」（曹46.6）之形，從賏省，上方「貝」省爲似「目」之形。《說文》攴部：「敗，毀也，從攴貝。賊敗皆從貝。籀文敗，從賏。」〔註187〕《說文》籀文與上博簡「」（曹46.6）相近，但不省。《說文》籀文保留了上博簡承襲金文從二貝之形。

7. 登

登，有四形：或「」（《掇》一·三八五），從二止、從豆，登車之意；或「」（亞中登簋）、「」（鄧伯氏鼎），從二又、從豆，雙手捧物祭祀；或「」（散盤）、「」（復公子簋）、「」（陳侯午錞），從登從廾；或「」（），從収。

上博簡「登」作「」（彭4.13），從登；或作「」（弟5.15），從似艸之形。「」（弟5.15）之「艸」是「癶」之譌。《說文》癶部：「登，上車也，從癶豆，象登車形。籀文登，從収。」〔註188〕「」（彭4.13）從登、從豆，《說文》籀文與「」（彭4.13）字形相近。許慎誤認從収，應是從登、從廾。

8. 贛

贛，上博簡作「」（魯3.22）。《說文》貝部：「贛，賜也。從貝贛省聲。籀文贛。」〔註189〕「」的「」由「欠」形譌變。〔註190〕上博簡「」（魯3.22）與《說文》籀文形近。

第三節　與《說文》或體關係

《說文》或體，即《說文》篆文的異體字。《說文》以或體做重文的，數量不少。以下針對《說文》或體進行比對，探查上博簡與《說文》或體的關係。

〔註186〕饒宗頤：《殷商貞卜人物通考》，頁297。

〔註187〕許慎撰、段玉裁注：《說文解字注》（杭州：浙江古籍出版社，2006年），頁125。

〔註188〕許慎撰、段玉裁注：《說文解字注》（杭州：浙江古籍出版社，2006年），頁327。

〔註189〕許慎撰、段玉裁注：《說文解字注》（杭州：浙江古籍出版社，2006年），頁280。

〔註190〕何琳儀：《戰國古文字典：戰國文字聲系》（北京：中華書局，1998年），頁1455。

一、《說文》或體與之同

1. 征

征，西周金文作「㣙」（利簋）、「㣙」（鄂侯鼎），从彳、从正，春秋金文或繁从辵作「㣙」（申鼎）。

上博簡「征」承襲西周金文，从彳、从正，作「㣙」（周 47.34）之形。《說文》辵部：「延，正行也，从辵，正聲。㣙或從彳。」〔註191〕《說文》或體㣙與上博簡「㣙」（周 47.34）同。《說文》小篆承襲春秋金文字形，而《說文》或體㣙則延續西周金文、戰國文字从彳、从正的字形。

2. 詾

詾，上博簡作「㲿」（從甲 19.21）。《說文》言部：「詾，訟也，从言，匈聲。訩或省，㲿詾或从兇。」〔註192〕《說文》或體省作訩，或不省作㲿。《說文》或體㲿與「㲿」（從甲 19.21）同从言从兇。從上博簡可見，《說文》或體㲿保留了戰國時期「詾」从言从兇的寫法。

3. 詬

詬，上博簡从言、从句作「㤊」（三 4.9）。《說文》言部：「詬，謑詬。从言，后聲。㤊或从句。」〔註193〕《說文》或體㤊與「㤊」（三 4.9）同。透過上博簡，《說文》或體㤊字形可上推到上博簡。

4. 鬻

鬻，上博簡从食、从耳，作「㸚」（曹 55.7）。《說文》鬻部：「鬻，粉餅也。从鬻，耳聲。㸚鬻或从食耳。」〔註194〕《說文》或體㸚與「㸚」（曹 55.7）同。透過上博簡，《說文》或體㸚字形可上推到上博簡。

5. 轟

轟，殷商金文作「㞟」（母乙觶），从雥、从木，象群鳥在樹上。甲骨文作「㞟」（甲骨文編・續一・七・六）。西周金文作「㞟」（作父癸卣）、「㞟」（毛公鼎），省从一隹。

〔註191〕許慎撰、段玉裁注：《說文解字注》（杭州：浙江古籍出版社，2006 年），頁 70。

〔註192〕許慎撰、段玉裁注：《說文解字注》（杭州：浙江古籍出版社，2006 年），頁 100。

〔註193〕許慎撰、段玉裁注：《說文解字注》（杭州：浙江古籍出版社，2006 年），頁 101。

〔註194〕許慎撰、段玉裁注：《說文解字注》（杭州：浙江古籍出版社，2006 年），頁 112。

上博簡「鸏」承襲西周金文作「𩿧」（緇 19.1）。《說文》𪅀部：「鸏，群鳥在木上也。从𪅀木。𤿜 鸏或省。」〔註195〕《說文》或體𤿜省重形，與上博簡「鸏」作「𩿧」（緇 19.1）形同。

6. 脽

佳、隼，一字之分化。「隼」，《說文》「雛」的或體，許慎認爲从佳一。〔註 196〕「一」，應是分化符號。脽，金文作「𩕔」（脽公劍），从肉从佳；或作「𦙄」（鄂君啓舟節），从肉从隼。上博簡作「𩱽」（昭 7.37），人名。

《說文》肉部：「脽，屍也。从肉，佳聲。」〔註197〕屍，《說文》尸部：「屍，髀也，从尸下丌尻几。𦡊屍或从肉隼。𩪡屍或从骨殿聲。」〔註198〕《說文》「屍」、「脽」當爲一字。《說文》或體𦡊與上博簡「𩱽」（昭 7.37）形同。《說文》或體𦡊字形可以上推到戰國時期。

7. 曐

曐，甲骨文作「𤽽」（《乙》一八七七），从星形，生聲。金文作「𤽼」（麓伯星父簋）。戰國文字承襲金文，晶旁或省作日旁。

上博簡「曐」作「𦹿」（競 1.27）、「𣈲」（中 19.8）之形，省从日、生聲。《說文》晶部：「萬物之精，上爲列星。从晶，生聲。一曰象形。从○，古○復注中，故與日同。」《說文》古文从○作「𤽼」；《說文》或體省作「星」。〔註199〕《說文》或體星與上博簡「𦹿」（競 1.27）、「𣈲」（中 19.8）同形。《說文》或體星保留了戰國文字「曐」省作日旁的寫法。

8. 穅

穅，甲骨文作「𤃷」，金文作「𦿢」（善夫克鼎），从水、庚聲，〔註200〕或从

〔註195〕許慎撰、段玉裁注：《說文解字注》（杭州：浙江古籍出版社，2006 年），頁 148。

〔註196〕《說文》鳥部：「雛，祝鳩也。从鳥，佳聲。𪇿雛或从佳一。」許慎撰、段玉裁注：《說文解字注》（杭州：浙江古籍出版社，2006 年），頁 149。

〔註197〕許慎撰、段玉裁注：《說文解字注》（杭州：浙江古籍出版社，2006 年），頁 170。

〔註198〕許慎撰、段玉裁注：《說文解字注》（杭州：浙江古籍出版社，2006 年），頁 400。

〔註199〕許慎撰、段玉裁注：《說文解字注》（杭州：浙江古籍出版社，2006 年），頁 312～313。

〔註200〕何琳儀認爲从水、庚聲，即澞之初文。戰國文字承襲金文。或中央豎筆加點爲飾，許慎遂誤以爲從米。詳見何琳儀：《戰國古文字典：戰國文字聲系》（北京：中華書局，1998 年），頁 236。

庚省作「﹅」（此簋）。戰國文字承襲金文寫法。

上博簡「穅」作「﹅」（緇 15.12），或豎筆加短橫爲飾，作「﹅」（民 8.18）之形。《說文》禾部：「穅，穀之皮也。从禾米，庚聲。﹅穅或省作。」〔註201〕《說文》或體﹅與上博簡「穅」同。從上博簡「穅」的寫法可知，﹅、﹅不从米，从水，許慎誤識。許慎之所以誤識，乃誤將飾筆當作文字結構的一部分所致。又「穅」在上博簡時，尚从水、庚聲，《說文》則已收入禾部，可知「穅」在戰國晚期時，从水、庚聲還是主要的寫法，但到了《說文》以从禾爲主要寫法，﹅已成爲異體字。《說文》或體﹅保留戰國時期水加短橫爲飾的寫法。

9. 常

常，上博簡从衣作「﹅」（容 47.28）之形。《說文》巾部：「下帬也。从巾尚聲。﹅常或从衣。」〔註202〕從《說文》或體﹅與上博簡「﹅」（容 47.28）形同，「常」字从衣字形可以上推到上博簡。

10. 縊

縊，西周金文作「﹅」（沈子它簋），从糸、盈省聲。上博簡「縊」从糸、从呈，作「﹅」（容 28.24）之形。盈、呈，皆定紐耕部，聲音相同。《說文》糸部：「緩也，从糸，盈聲。讀與聽同。﹅縊或从呈。」〔註203〕《說文》或體﹅與上博簡「﹅」（容 28.24）形同。《說文》或體﹅字形可上推到上博簡。

11. 絯

絯，上博簡从糸，爰聲，作「﹅」（容 1.13）之形。《說文》糸部：「絯也。从素，爰聲。﹅絯或省。」〔註204〕《說文》或體﹅與「﹅」（容 1.13）寫法同。《說文》或體﹅字形可上推到上博簡。

12. 鶾

鶾，西周金文作「﹅」（叔季良父壺），春秋金文作「﹅」（歸父盤），戰國文字或作「﹅」（中山王𰯼鼎），从隹、黃聲。

〔註201〕許慎撰、段玉裁注：《說文解字注》（杭州：浙江古籍出版社，2006 年），頁 324。

〔註202〕許慎撰、段玉裁注：《說文解字注》（杭州：浙江古籍出版社，2006 年），頁 358。

〔註203〕許慎撰、段玉裁注：《說文解字注》（杭州：浙江古籍出版社，2006 年），頁 646。

〔註204〕許慎撰、段玉裁注：《說文解字注》（杭州：浙江古籍出版社，2006 年），頁 662。

上博簡「鵱」從隹、從堇，作「鸛」（弟 10.11）之形。《說文》鳥部：「鵱鳥也。從鳥，堇聲。鸛鵱或從隹，鸛古文鵱，鸛古文鵱，鸛古文鵱。」〔註 205〕「鸛」（弟 10.11）與《說文》或體鸛形同。而上博簡「鵱」或從莫從隹，作「鸛」（從甲 17.16）之形。古文字有「莫」、「堇」互替現象，上博簡「鵱」從莫或從「堇」相同，故《說文》或體鸛、上博簡「鵱」二者形近。

二、《說文》或體結構與之相同

1. 鬻

鬻，上博簡從火、者聲，作「鬻」（容 3.2）。《說文》鬲部：「言也。從鬲，者聲。鬻鬻或從火，鬻鬻或從水。」〔註206〕《說文》或體鬻與上博簡「鬻」（容 3.2）同從者、從火，文字結構相同。「鬻」從者、從火的寫法，可以上推到戰國時期。

2. 晨

晨，上博簡從日、辰聲，作「晨」（中 19.9）之形。《說文》晶部：「房星，為民田時者。從晶，辰聲。晨晨或省。」〔註207〕《說文》或體晨與上博簡「晨」（中 19.9）相同，但「晨」（中 19.9）聲符在上，晨聲符在下。從上博簡可知，「晨」在戰國中晚期還是從日、辰聲，到了《說文》已收入晶部。而《說文》或體晨還保留了戰國時期的寫法。

3. 懋

懋，金文作「懋」（瘐簋）、「懋」（師旂鼎）、「懋」（免卣）、「懋」（懋史鼎），從心，楙聲。仰天湖竹簡「矛」作「矛」（仰天湖 18）之形。上博簡「懋」作「懋」（彭 7.6）之形，從心、矛聲。楙、矛，皆明紐幽部，聲音相同。《說文》心部：「懋，勉也，從心，楙聲。《虞書》曰：時惟懋哉。懋或省。」〔註 208〕許慎認為《說文》或體懋從心、楙省聲。《說文》或體懋與上博簡「懋」（彭 7.6）皆從心、從矛。從上博簡「懋」從心、矛聲來看，也可以說是聲符替換。《說文》或體從心、從矛的文字結構，保留了具有戰國時期特色的字形。

〔註 205〕許慎撰、段玉裁注：《說文解字注》（杭州：浙江古籍出版社，2006 年），頁 151。

〔註 206〕許慎撰、段玉裁注：《說文解字注》（杭州：浙江古籍出版社，2006 年），頁 113。

〔註 207〕許慎撰、段玉裁注：《說文解字注》（杭州：浙江古籍出版社，2006 年），頁 313。

〔註 208〕許慎撰、段玉裁注：《說文解字注》（杭州：浙江古籍出版社，2006 年），頁 507。

4. 睿

睿，上博簡從水作「🀀」（性 19.13）之形。《說文》谷部：「睿，深通川也。從𠬸谷之。」〔註209〕《說文》或體從水作「🀀」，《說文》古文作「🀀」。《說文》或體🀀與上博簡「🀀」（性 19.13）皆從水、從睿，字形結構相同。但「🀀」（性 19.13）爲上下結構，水符在下方橫置；🀀爲左右結構，水符直立於左方。從上博簡來看，《說文》或體🀀的寫法可以上推到上博簡。

5. 緌

緌，西周金文作「🀀」（班簋）、「🀀」（叔向簋）、「🀀」（師虎簋）。戰國楚系文字承襲西周金文，作「🀀」（鄂君啓車節），母形上方改作「夫」，似來省，頗具楚系文字特色。

上博簡「兒」作「🀀」（孔 8.43）、「🀀」（柬 6.15）、「🀀」（競 1.28）、「🀀」（從甲 17.31）之形。上博簡「緌」作「🀀」（容 19.3）、「🀀」（緇 10.24）之形。「🀀」（緇 10.24）從糸、從弁。《說文》糸部：「緌，馬髦飾也。從糸每。《春秋傳》曰：可以稱旌緌乎。🀀緌或從弁。弁，籀文弁。」〔註210〕兒，《說文》兒部：「冕也。周曰兒，殷曰吁，夏曰收。從兒，象形。🀀或兒字。🀀籀文兒，從廾、上象形。」《說文》或體🀀與上博簡「🀀」（緇 10.24）皆從糸、從弁。《說文》或體保留了戰國文字緌從糸、從弁的寫法。

三、《說文》或體與之形近

1. 禱

壽，金文作「🀀」（頌簋），從老省、🀀聲；〔註211〕聲符或繁加口、日，作「🀀」（頌簋）、「🀀」（頌鼎）之形。昌是昌的繁化，昌、昌是🀀的繁化。

禱，上博簡承襲金文，作「🀀」（子 12.35），從示、🀀聲。《說文》示部：「禱，告事求福也。從示，壽聲。🀀禱或省，🀀籀文禱。」〔註212〕《說文》田部：「疇，耕治之田也，從田昌，象耕田溝詰詘也。🀀疇或省。」〔註213〕《說文》

〔註209〕許慎撰、段玉裁注：《說文解字注》（杭州：浙江古籍出版社，2006 年），頁 570。

〔註210〕許慎撰、段玉裁注：《說文解字注》（杭州：浙江古籍出版社，2006 年），頁 658。

〔註211〕金文作「🀀」之形，是壽之本字。後作從口、從日。古文從口從日同。戴家祥：《金文大字典》（上海：學林出版社，1999 年）。

〔註212〕許慎撰、段玉裁注：《說文解字注》（杭州：浙江古籍出版社，2006 年），頁 6。

〔註213〕許慎撰、段玉裁注：《說文解字注》（杭州：浙江古籍出版社，2006 年），頁 695。

老部「壽，久也。从老省，**畧**聲。」〔註214〕《說文》口部：「**畧**，誰也。从口**弓**，又聲。**弓**，古文疇。」〔註215〕**弓**、**畧**聲同。《說文》或體**禂**从示、**畧**聲。《說文》或體**禂**與上博簡「**禂**」（子12.35）同从示、**畧**聲。

從上博簡「禱」从示、**畧**聲，可見《說文》或體**禂**不是像許慎認爲的簡省，而是保留了戰國時期「禱」从示、**畧**聲的寫法。只是到了《說文》，「壽」已聲化，才會誤以爲**禂**是从壽省。

2. 䪜

䪜，上博簡从叀、从刀，作「**叀刀**」（昭2.22）之形。《說文》首部：「䪜，截首也。从斷首。**剸**或从刀，專聲。」〔註216〕專，《說文》寸部：「六寸簿也。从寸，叀聲。」〔註217〕專、叀，聲音相同。《說文》或體**剸**與上博簡「**叀刀**」（昭2.22）相近。

3. 勇

勇，春秋金文作「**甬戈**」（攻敔王光劍），上博簡承襲春秋金文，从甬聲、从戈，作「**甬戈**」（曹55.12）之形。《說文》力部：「勇，气也。从力，甬聲。**戋**或从戈用，**恿**古文从勇从心。」〔註218〕甬，《說文》巳晨部：「艸木㐬甬甬然。从巳，用聲。」〔註219〕甬、用，聲音相同。在字形上，用、甬屬一字分化，也常混用。《說文》或體**戋**與上博簡「**甬戈**」（曹55.12）相近。《說文》或體**戋**保留東周文字从戈的寫法。

4. 畺

畺，甲金文作「**田田**」（渠伯鼎），从二田，疆界之意。金文或作「**畺**」（毛伯簋），增加橫畫，使界線的意思更加突顯，或作「**彊**」（永盂），增加弓形，強調丈量意味。春秋金文「**彊**」（吳王光鑑）繁加土形，強調疆土。上博簡承襲春秋金文，从土、彊聲，作「**疆**」（曹17.9）之形。《說文》畕部：「界也。从

〔註214〕許慎撰、段玉裁注：《說文解字注》（杭州：浙江古籍出版社，2006年），頁398。

〔註215〕許慎撰、段玉裁注：《說文解字注》（杭州：浙江古籍出版社，2006年），頁58。

〔註216〕許慎撰、段玉裁注：《說文解字注》（杭州：浙江古籍出版社，2006年），頁423。

〔註217〕許慎撰、段玉裁注：《說文解字注》（杭州：浙江古籍出版社，2006年），頁121。

〔註218〕許慎撰、段玉裁注：《說文解字注》（杭州：浙江古籍出版社，2006年），頁701。

〔註219〕許慎撰、段玉裁注：《說文解字注》（杭州：浙江古籍出版社，2006年），頁317。

畺，三其介畫也。疆畺或从土，彊聲。」〔註220〕《說文》或體疆與上博簡「墨」（曹 17.9）相同。但「墨」（曹 17.9）之「土」符在下方，疆的「土」符被「弓」形包覆在左下方。《說文》或體疆保留東周「畺」从彊、从土之形。

5. 底

底，上博簡「底」从石省，氐聲，作「辰」（曹 39.2）。《說文》厂部：「底，柔石也。从厂，氐聲。砥底或从石。」〔註221〕《說文》或體砥與上博簡「辰」（曹 39.2）相近。透過上博簡可知，《說文》或體砥从石、氐聲的字形可上推到上博簡。

6. 竢

竢，上博簡从立，巳聲，作「佗」（容 24.17）之形。《說文》立部：「竢，待也。从立矣聲。竢或从巳。」〔註222〕巳、矣，皆定紐之部，聲音相同。《說文》或體竢與上博簡「佗」（容 24.17）之形同。《說文》或體竢保留上博簡「竢」从巳的寫法。

7. 畮

畮，西周金文作「畮」（賢簋）、「畮」（兮甲盤），从田、每聲；戰國文字从田、久聲。上博簡承襲西周金文「畮」从田、母聲，作「畮」（子 8.16）、「畮」（容 52.9）之形。每、母，皆明紐之部，聲音相同。上博簡或體現戰國文字特色，从田、从十、久聲，作「畮」（鮑 3.32）之形。久，之部字。每、母、久，韻部相同。

《說文》田部：「畮，六尺爲步，步百爲畮。秦田二百四十步爲畮。从田，每聲。畮畮或从十久。」〔註223〕「畮」，段注：「十者，阡陌之制。久聲也。每久古音皆在一部。」《說文》或體畮與上博簡「畮」（鮑 3.32）形同，《說文》或體畮保留戰國時期的字形結構。

第四節　與《說文》篆文及其他關係

《說文》篆文，就是《說文》小篆，或稱爲秦篆。《說文》收錄的字形中，

〔註220〕許慎撰、段玉裁注：《說文解字注》（杭州：浙江古籍出版社，2006 年），頁 698。

〔註221〕許慎撰、段玉裁注：《說文解字注》（杭州：浙江古籍出版社，2006 年），頁 446。

〔註222〕許慎撰、段玉裁注：《說文解字注》（杭州：浙江古籍出版社，2006 年），頁 500。

〔註223〕許慎撰、段玉裁注：《說文解字注》（杭州：浙江古籍出版社，2006 年），頁 695～696。

多以小篆爲字首，但有少部分卻沒將小篆列爲字首，反而列爲重文，於是就產
生重文中也有篆文的情況。其他，此處指的是《說文》重文中的奇字、籀文、
俗字、今文等四種。上文已比對過《說文》重文中的古文、籀文、或體，此節
將比對尚未比勘的篆文、奇字、俗字、今文等重文。

一、《說文》篆文與之形同

1. 善

善，金文作「善」（諫簋），从羊、詯聲。戰國文字承襲金文，或从羊、从
言。上博簡「善」从言作「善」（民 8.5）之形，或省筆作「善」（孔 8.3）、「善」
（競 8.18）、「善」（鬼 3.38）之形。《說文》詯部：「善，吉也。从詯羊。此與義
美同意。善篆文从言。」〔註224〕「善」保留了金文寫法，《說文》篆文善則保
留了戰國文字从言的寫法。

2. 全

全，戰國文字作「全」之形，或在豎筆加飾筆，作「全」。上博簡「全」从
王作「全」（鮑 3.14）之形。《說文》入部：「全，完也。从入，从工。全篆文全，
从玉。純玉曰全。全古文全。」〔註225〕《說文》篆文全與「全」（鮑 3.14）同。
《說文》篆文全體現了戰國文字繁加飾筆後的字形。

3. 𦣞

𦣞，金文作「𦣞」（鑄子 𦣞）「𦣞」（𦣞伯匜）、「𦣞」（𦣞伯盤）。上博簡「𦣞」
从頁作「𦣞」（周 24.36）之形。《說文》入部：「𦣞，頤也。象形。凡𦣞之屬皆
从𦣞。𦣞篆文𦣞，𦣞籀文从首。」〔註226〕《說文》篆文𦣞與「𦣞」（周 24.36）
同。《說文》篆文𦣞保留了戰國文字从頁的寫法。

4. 〈

〈，上博簡「〈」作「𤰝」（慎 5.18）。《說文》〈部：「水小流也」，「𤰝古
文〈，从田川。田之川也。𤰝篆文〈，从田，犬聲。六畎爲一畝。」〔註227〕《說
文》篆文𤰝與上博簡「𤰝」（慎 5.18）同从田、从犬。《說文》古文𤰝字形結構

〔註224〕許慎撰、段玉裁注：《說文解字注》（杭州：浙江古籍出版社，2006 年），頁 102。

〔註225〕許慎撰、段玉裁注：《說文解字注》（杭州：浙江古籍出版社，2006 年），頁 224。

〔註226〕許慎撰、段玉裁注：《說文解字注》（杭州：浙江古籍出版社，2006 年），頁 593。

〔註227〕許慎撰、段玉裁注：《說文解字注》（杭州：浙江古籍出版社，2006 年），頁 568。

可上推到上博簡。

二、《說文》篆文結構與之相同

1. 㴇

㴇，甲骨文作「🔣」（《佚》六九九）、「🔣」（《續甲骨文編・1447》），金文作「🔣」（格伯簋）、「🔣」（散盤）。上博簡「㴇」承襲金文从水作「🔣」（孔 29.6）之形。《說文》林部：「㴇，徒行濿水也。从林步。🔣篆文从水。」〔註228〕《說文》篆文🔣構成部件與「🔣」（孔 29.6）之形同，但🔣的水符直立置於左方，而上博簡的水符橫置於「步」形中間。

三、《說文》篆文與之形近

1. 舄

舄，金文作「🔣」（九年衛鼎）、「🔣」（吳方彝）、「🔣」（師虎簋），象喜鵲之形。上博簡「舄」承襲金文，作「🔣」（弟 4.20）之形；或从鳥、从昔，作「🔣」（孔 10.13）之形。《說文》入部：「舄，誰也。象形。🔣篆文舄，从隹昔。」〔註229〕《說文》篆文🔣寫法與上博簡「🔣」（孔 10.13）相近，但🔣「昔」符在左，上博簡「🔣」（孔 10.13）「昔」符在右。

「🔣」，段注：「昔聲也。此亦上部先古文之例。䧿，隸變从鳥。」〔註230〕從上博簡「舄」字寫法已見从鳥。「䧿」从鳥形，應非如段氏所說隸變之故。透過上博簡「舄」字从鳥的寫法可以知道「舄」字在戰國時已經从鳥形。

2. 淼

淼，上博簡从水从蟲，作「🔣」（容 24.12）之形，具有楚系文字特色；或从水作「🔣」（從甲 19.26）之形。《說文》林部：「淼，水行也，从林充。充，突忽也。🔣篆文从水。」〔註231〕《說文》篆文🔣寫法與「🔣」（從甲 19.26）相近。《說文》篆文🔣體現戰國時期从水、从充的寫法。

〔註228〕許慎撰、段玉裁注：《說文解字注》（杭州：浙江古籍出版社，2006年），頁 567。

〔註229〕許慎撰、段玉裁注：《說文解字注》（杭州：浙江古籍出版社，2006年），頁 157。

〔註230〕許慎撰、段玉裁注：《說文解字注》（杭州：浙江古籍出版社，2006年），頁 157。

〔註231〕許慎撰、段玉裁注：《說文解字注》（杭州：浙江古籍出版社，2006年），頁 567。

四、其他

1. 函

函，甲金文作「⌀」（函皇父匜）、「⌀」（函皇父鼎），象倒矢置於袋中。上博簡「⌀」（容 5.21）从肉、今聲，讀作「禽獸」之「禽」。「禽」从今聲，與「⌀」同。《說文》﹁部：「舌也，舌體匕匕。从匕，象形，匕亦聲。⌀俗函，从肉今。」〔註232〕《說文》俗體⌀寫法與上博簡「⌀」（容 5.21）同从肉今，雖「⌀」（容 5.21）為上下結構，《說文》俗體為左右結構，但基本上還是可以知道⌀字形在戰國時期已經出現，並體現了戰國時期文字使用的方式。

2. 漢

漢，金文作「⌀」（鄂君啓舟節）、「⌀」（鄂君啓舟節），从水、難聲，是「漢」的異體字。楚之「⌀」字皆讀為「漢水」之「漢」。上博簡作「⌀」（孔 11.22）。

《說文》水部：「漢，漾也。東為滄浪水。从水，難省聲。⌀古文漢如此。」〔註233〕大徐本：「从難省，當作堇。而前作相承去土从大，疑兼从古文省。」《說文》：「灘，水濡而乾也。从水，鸛聲。《詩》曰：灘其乾矣。⌀俗灘从隹。」〔註234〕《說文》俗字⌀構形與「⌀」相同，但「⌀」（孔 11.22）為上下結構，「水」符橫置下方；⌀，為左右結構「水」符直立於左方。

又，⌀被《說文》收為灘的俗字，灘被《說文》獨立收為一字，可見在金文「漢」、「灘」不分的情況，在《說文》已有區隔。而藉由上博簡「⌀」（孔 11.22），可知道《說文》俗字⌀在戰國楚字已見，也保留了戰國楚字「灘」字的使用狀況。

3. 也

也，上博簡「也」作「⌀」（孔 2.2）、「⌀」（容 34.5）、「⌀」（鬼 3.13）、「⌀」（緇 12.5）、「⌀」（緇 22.5）、「⌀」（互 11.32）、「⌀」（競 9.9）、「⌀」（季 7.13）、「⌀」（昭 9.9）、「⌀」（弟 22.6）之形。《說文》﹁部：「女会也。从﹁，象形。﹁亦聲。⌀秦刻石也字。」〔註235〕《說文》所引秦刻石⌀呈現戰國文字「也」寫法。

〔註232〕許慎撰、段玉裁注：《說文解字注》（杭州：浙江古籍出版社，2006年），頁 316。

〔註233〕許慎撰、段玉裁注：《說文解字注》（杭州：浙江古籍出版社，2006年），頁 522。

〔註234〕許慎撰、段玉裁注：《說文解字注》（杭州：浙江古籍出版社，2006年），頁 555。

〔註235〕許慎撰、段玉裁注：《說文解字注》（杭州：浙江古籍出版社，2006年），頁 627～628。

第五節　字形對勘分析

　　上博簡體現著戰國中晚期的文字面貌，這些字形有許多被《說文》重文所記錄下來。上文透過上博簡與《說文》重文對勘，可得出二者形同共 74 例，二者結構相同共 29 例，二者形近共 56 例，構件相同共 45 例；其中《說文》重文有古文、籀文、或體、篆文、俗字、秦石刻等。整理如下表：

表 5-5-1　上博簡與《說文》重文字形比對表

字　例	上博簡字形	說文重文	字形比對
社	祇（鬼 2 背 13）	（古文）祂	二者形同
玉	𤣩（容 38.40）〔註236〕	（古文）禹	二者形同
謀	𫎆（曹 55.19）	（古文）𢘅	二者形同
正	𠃌（鬼 8.19）〔註237〕	（古文）𠃌	二者形同
邇	𨙻（緇 22.15）	（古文）迻	二者形同
復	𪊽（君 2.33）	（古文）𢕩	二者形同
後	𢔀（周 18.12）	（古文）𢔔	二者形同
養	𢼊（性 38.40）	（古文）𢼊	二者形同
徵	𢔄（周 54.17）	（古文）𢾊	二者形同
敢	𣁐（季 14.17）	（古文）𣁐	二者形同
棄	𠔻（三 19.12）	（古文）𠔶	二者形同
利	𥝢（周 22.3）	（古文）𥝢	二者形同
甚	𠚖（季 11.8）	（古文）𠃑	二者形同
疾	𢆡（姑 3.23）	（古文）𢆡	二者形同
築	𥬰（容 38.30）	（古文）𥬰	二者形同
賓	𡪡（孔 27.18）	（古文）𡪡	二者形同
朏	𠄙（孔 25.20）	（古文）𠄌	二者形同
盟	𥁰（競 7.19）	（古文）𥁰	二者形同
宿	𡨄（三 1.39）	（古文）𡨄	二者形同
	𡨄（周 37.15）	（古文）𠈁	二者形同
多	𗮨（緇 19.32）	（古文）𕙗	二者形同
宅	𡉚（容 3.4）	（古文）𢍍	二者形同

〔註236〕其他從玉的字形也多從此形，如：璿（𤩹容 38.32）、璧（𤫧魯 3.51）、玭（𤤴周 30.19）、瑤（𤦡昭 6.2；𤦡昭 7.32）、珪（𤤺緇 18.13）、瘁（𤨒曹 63.10）、欽（𤨒周 41.23）、閏（𤫧容 38.14）、班（𤤺周 22.34）。

〔註237〕其他從正的字形也多從此形，如：「定」作「𡧨」（昭 7.10），「政」作「𤽄」（孔 8.8）、「𤽄」（曹 10.27）。

仁	（性 33.17）	（古文）	二者形同
裘	（容 37.16）	（古文）	二者形同
長	（緇 6.14）	（古文）	二者形同
恕	（競 6.26）	（古文）	二者形同
懼	（從乙 3.13）	（古文）	二者形同
恐	（中 26.2）	（古文）	二者形同
淵	（君 3.35）	（古文）	二者形同
州	（容 25.7）	（古文）	二者形同
霾	（容 29.32）	（古文）	二者形同
至	（桓 2.17）	（古文）	二者形同
西	（周 57.20）〔註238〕	（古文）	二者形同
閒	〔註239〕（容 6.15）	（古文）	二者形同
曲	（季 23.3）	（古文）	二者形同
續	（從甲 16.3）	（古文）	二者形同
恆	（周 15.3）	（古文）	二者形同
堯	（曹 2.21）	（古文）	二者形同
四	（彭 8.7）	（古文）	二者形同
醬	（魯 5.8）	（古文）	二者形同
虐	（姑 1.23）	（古文）	二者形同
巨	（天甲 6.26）	（古文）	二者形同
聞	（天甲 8.5）	（古文）	二者形同
搚	（申 8.13）	（古文）	二者形同
野	（采 1.26）	（古文）	二者形同
死	（緇 19.24）	（古文）	二者形同
百	（孔 13.17）	（古文）	二者形同
靈	（緇 14.17）	（古文）	二者形同
大	（緇 4.29）	（古文）	二者形同
事	（緇 4.13）	（古文）	二者形同
近	（性 2.17）	（古文）	二者結構相同
訊	（姑 1.13）	（古文）	二者結構相同
視	（緇 1.42）	（古文）	二者結構相同
阱	（周 44.1）	（古文）	二者結構相同
嗇	（子 2.15）	（古文）	二者結構相同
鬼	（鬼 1.3）	（古文）	二者結構相同

〔註238〕其他從西的字形也多從此形，如「訊」從言從西，作「」（4.41）、「」（姑 1.13）
　　　　之形；「洒」從水從西，作「」（從甲 8.24）；「弔」從弓從西，作「」（子 10.18）。
〔註239〕字形作。

狂	𠤖（中附.21）	（古文）�	二者結構相同
裁	太（周 56.19）	（古文）𣏷	二者結構相同
〈	𡿬（子 8.15）	（古文）𡿧	二者結構相同
戶	𢉖（周 52.6）	（古文）𢧜	二者結構相同
圭	𤤴（魯 2.22）	（古文）珪	二者結構相同
斷	𢇍（曹 62.10）	（古文）𢇍	二者結構相同
坒	坒（孔 10.10）	（古文）坓	二者結構相同
時	旹（孔 11.16）	（古文）旹	二者結構相同
夅	𠁁（緇 6.18）	（古文）𠁣	二者結構相同
一	弌（彭 7.52）	（古文）弋	二者形近
二	弍（彭 8.24）	（古文）弍	二者形近
琴	𤫊（孔 14.10	（古文）𤮥	二者形近
周	𠱩（緇 21.32）	（古文）𠱩	二者形近
弅	𢍺（中 10.11）	（古文）𢍺	二者形近
農	𦦛（三 15.25）	（古文）𦦛	二者形近
鞭	𠬪（容 20.17）	（古文）𠬪	二者形近
教	𢼄（緇 13.4）	（古文）𢼄	二者形近
	𢼄（性 4.11）	（古文）𢼃	二者形近
旨	𠤔（從甲 9.19）	（古文）𠤕	二者形近
巽	𢁣（愼 1.27）	（古文）𢁣	二者形近
癸	𤴯（柬 2.22）	（古文）𤴯	二者形近
盧	𢆡（緇 14.28）	（古文）𢆡	二者形近
絕	𢇍（三 16.11）	（古文）𢇍	二者形近
金	𨤲（性 3.25）	（古文）金	二者形近
雲	𫝆（互 4.17）	（古文）𩇓	二者形近
宜	𡨚（曹 28.8）	（古文）𡩅	二者形近
嗣	𤔔（周 2.14）	（古文）𤔔	二者形近
僕	𠒩（昭 8.29）	（古文）𠒩	二者形近
衰	𧞻（孔 8.16）	（古文）𧘇	二者形近
觀	𪚩（性 9.28）	（古文）𪚩	二者形近
馭、御	�（昭 6.6）	（古文）𩁹	二者形近
青	𡴀（競 4.10） 〔註240〕	（古文）𡴀	二者形近

〔註240〕其他从青的字形也多从此形，如「情」从心从青，作「𢝙」（孔 10.27）、「𢝙」（緇
2.4）之形；「寈」从宀从青，作「𡨊」（互 2.13）之形；「清」从水从青，作「𣽍」
（孔 21.48）；「錆」从缶从青，作「𦉜」（孔 9.44）；「倩」从人从青，作「𠌀」（君
7.13）；「腈」从肉从青，作「𦙄」（天乙 3.18）；「精」从米从青，作「𥼔」（愼 1.24）。

畲、綘	畬（內 10.16）	（古文）畬	二者形近
終	冏（彭 3.5）〔註241〕	（古文）夬	二者形近
得	昱（緇 10.34）	（古文）㝵	二者形近
動	遱（魯 3.29）	（古文）遱	二者形近
烏	爲（曹 19.19）	（古文）爲	二者形近
玄	畬（子 12.17）	（古文）畬	二者形近
多	㝵（緇 6.18）	（古文）㝵	二者形近
與	畬（競 5.26）	（古文）畬	二者形近
煙	堲（子 11.9）	（古文）堲	二者形近
皮	皮（周 56.2）〔註242〕	（古文）皮	二者形近
起	忌（季 15.20）	（古文）忌	二者形近
容	谷（曹 24.11）	（古文）谷	二者形近
廟	畬（周 42.5）	（古文）廟	二者形近
吳	㳄（子 1.3）	（古文）㳄	二者形近
毀	毀（曹 10.21）	（古文）毀	二者形近
丘	畬（采 2.16）	（古文）坖	二者形近
游	畬（子 11.12）	（古文）㳅	與《說文》古文構件「屮」吻合。
耆	耆（緇 6.19）	（古文）𦣞	從《說文》古文 𦣞 之形。
敬	敬（中 21.10）	（古文）苟	從《說文》古文 苟 之形。
展	㞋（逸交 1.18）	（古文）夫	從《說文》古文 夫 之形。
洍	洍（容 26.36）	（古文）㐬	從《說文》古文 㐬 之形。
藥〔註243〕	藥（性 8.25）	（古文）屮	從《說文》古文 屮 之形。
福〔註244〕	畐（周 45.20）	（古文）川	從《說文》古文 川 之形。
絲〔註245〕	絲（緇 15.31）	（古文）糸	從《說文》古文 糸 之形。

〔註241〕其他從終的字形也多從此形，如「終」從終從心，作「胤」（周 12.6）。

〔註242〕其他從皮的字形也多從此形，如：「被」字作「皮」（昭 6.28），「疲」作「疲」（摹本「疲」）」（容 2.25），「波」作「波」（容 24.19）。

〔註243〕此以「藥」作代表。其他如「藥」從艸作「藥」（三·周 21.21），或從屮作「藥」（性 8.25）、「藥」（從甲 13.19）、「藥」（從乙 3.4）；「菖」從屮作「菖」（緇 21.22）；「蕳」從屮作「蕳」（逸交 3.8）；「芾」從艸「芾」（三·周 51.42）、從屮作「芾」（三·周 51.5）；「廟」從艸作「廟」（孔 24.26），或從屮作「廟」（平鄭 1.12）。

〔註244〕此以「福」作代表。其他如「福」作「畐」（周 45.20）、「畐」（孔 12.13）；「祖」作「祖」（競 2.21）；「祡」作「祡」（三 10.19）或作「祡」（孔 9.52）之形；「祟」作「祟」（三 1.10）或作「祟」（孔 7.3）之形。

〔註245〕此以「絲」作代表。其他如「緇」作「緇」（緇 1.7）；「絲」作「絲」（容 19.3）；「縉」作「縉」（緇 15.35）；「絲」作「絲」（緇 15.31）。

四	（緇 7.19）	（籀文）	二者形同
皮	（柬 10.19）	（籀文）	二者形同
嗌	（內 8.39）	（籀文）	二者形同
樹	（季 18.21）	（籀文）	二者形同
槃	（曹 50.16）	（籀文）	二者形同
折	（孔 18.12）	（籀文）	二者形同
孳	（彭 2.27）	（籀文）	二者結構相同
匋	（孔 22.5）	（籀文）	二者結構相同
趩	（周 11.9）	（籀文）	二者結構相同
雕	（鬼 3.14）	（籀文）	二者結構相同
霧	（周 38.24）	（籀文）	二者結構相同
封	（容 18.43）	（籀文）	二者結構相同
員	（緇 21.6）	（籀文）	二者結構相同
地	（三 18.37）	（籀文）	二者形近
則	（周 34.7）	（籀文）	二者形近
銳	（季 14.6）	（籀文）	二者形近
昌	（三 18.14）	（籀文）	二者形近
秦	（孔 29.7）	（籀文）	二者形近
敗	（曹 46.6）	（籀文）	二者形近
登	（彭 4.13）	（籀文）	二者形近
贛	（魯 3.22）	（籀文）	二者形近
延	（周 47.34）	（或體）	二者形同
詢	（從甲 19.21）	（或體）	二者形同
詬	（三 4.9）	（或體）	二者形同
鴷	（曹 55.7）	（或體）	二者形同
鸚	（弟 10.11）	（或體）	二者形同
橐	（緇 19.1）	（或體）	二者形同
雕	（昭 7.37）	（或體）	二者形同
壘	（競 1.27）	（或體）	二者形同
穗	（民 8.18）	（或體）	二者形同
常	（容 47.28）	（或體）	二者形同
緅	（容 28.24）	（或體）	二者形同
緂	（容 1.13）	（或體）	二者形同
鬻	（容 3.2）	（或體）	二者結構相同
晨	（中 19.9）	（或體）	二者結構相同
戀	（彭 7.6）	（或體）	二者結構相同
容	（性 19.13）	（或體）	二者結構相同
緣	（緇 10.24）	（或體）	二者結構相同

禱	（子 12.35）	（或體）	二者形近
齵	（昭 2.22）	（或體）	二者形近
勇	（曹 55.12）	（或體）	二者形近
畺	（曹 17.9）	（或體）	二者形近
底	（曹 39.2）	（或體）	二者形近
埃	（容 24.17）	（或體）	二者形近
晦	（鮑 3.32）	（或體）	二者形近
羌	（鬼 3.38）	（篆文）	二者形同
全	（鮑 3.14）	（篆文）	二者形同
叵	（周 24.36）	（篆文）	二者形同
〈	（慎 5.18）	（篆文）	二者形同
淵	（孔 29.6）	（篆文）	二者結構相同
烏	（孔 10.13）	（篆文）	二者形近
斆	（中 23.20）	（篆文）	二者形近
淵	（從甲 19.26）	（篆文）	二者形近
漢	（孔 11.22）	（俗字）	二者結構相同
函	（容 5.21）	（俗字）	二者形同
也	（緇 22.5）	（秦刻石）	二者形同

　　經過整理比對，可以發現《說文》重文與上博簡文字吻合的字形，除了體現不同時期的文字形體外，還收有戰國楚系文字特色的字形，甚至以往無法考其文字脈絡的重文字形，或認為有來源真偽之虞的重文字形，藉由與上博簡的比勘，可以獲得一個文字根據，解除其來源不實之慮。另外，根據比對結果，尚可校正《說文》重文字形理據，並討論許慎誤釋的主要原因。最後，根據比對結果，上博簡文字與《說文》古文、籀文系統吻合，只是上博簡文字受古文系統的影響遠大於籀文。反觀，王國維「戰國時秦用籀文，六國用古文」之說並不全面。下文分點說明之。

一、體現不同時期的文字形體

　　將《說文》重文與上博簡文字比對，揀選與上博簡文字相應者。這些相應的文字體現了各個不同時期的形體。

（一）源自甲骨文、金文

　　經過上文考察，《說文》古文中，疾、淵、州、續、野、百、大等字；《說文》籀文中，四、員、昌等字，文字構形皆乃源自甲骨文。《說文》古文中，養、多、容、裘、長、西、事、農、多、金、青、戀等字；《說文》籀文中，皮、

樹、孳、封、則、敗、登、秦等字；《說文》或體中，延、纍等字；《說文》小篆中，淵、敫等字，則承襲金文的寫法。

表 5-5-2　上博簡文字與甲金文比對表

字　例	《說文》字形	上博簡字形	甲骨文或金文字形
疾		（姑 3.23）	（《甲》四四〇）、（康侯簋）
淵		（君 3.35）	（《後上》15.2）
州		（容 25.7）	（《粹》262）、（井侯簋）
續		（從甲 16.3）	（《後》二·二一·一五）
野	埜	（采 1.26）	（《乙》360）、（克鼎）
百	百	（孔 13.17）	（續甲骨文編·2009）
大	大、介	（昔 1.8）、（緇 4.29）	（《乙》二四九四）、（邾公華鐘）
四	亖	（緇 7.19）	（《外》30）、（保卣）
員		（緇 2.8）	（《六中》107）、（員鼎）
昌		（三 18.14）	（蔡侯盤）
秦		（孔 29.7）	（師西簋）
養		（性 38.40）	（父丁罍）
多		（三 13.46）	（麥鼎）
容		（曹 24.11）	（十一年車鼎）
裘		（容 37.16）	（番生簋）
長		（緇 6.14）	（長日戊鼎）、（長子鼎）
西		（周 57.20）	（幾父壺）
事		（緇 4.13）	（邵鐘）、（申鼎）
農		（三 15.25）	（牆盤）
多		（緇 6.18）	（陳章壺）
金	金	（性 3.25）	（史頌簋）
青		（競 4.10）	（牆盤）
戀		（孔 22.22）	（召伯簋）
皮		（柬 10.19）	（九年衛鼎）
樹		（季 18.21）	（尌仲簋）
孳		（彭 2.27）	（叨孳簋）
封	𡊅	（容 18.43）	（封孫宅盤）
則		（周 34.7）	（何尊）
敗		（曹 46.6）	（五年師旋簋）
登		（彭 4.13）	（散盤）

延	𧗈	𧗿（周 47.34）	𧗿（鄂侯鼎）
虆	藁	藁（緇 19.1）	藁（毛公鼎）
𣴎	褑	褑（孔 29.6）	褑（格伯簋）
斆	𥤕	𥤕（中 23.20）	𥤕（靜簋）

　　從上博簡承襲甲骨文、金文的寫法，一直延續到《說文》重文系統，可見上博簡的文字並非侷限於一隅的地方性文字，也不是使用於一時，沒有生命力的文字。而這些《說文》重文系統所收的文字則顯示上博簡保留了甲金文的一路演變下來的字形，並透過上博簡傳承到《說文》重文系統中。

（二）表現東周文字形體

　　《說文》重文系統中，除了承襲甲金文字外，還有一些則展現了東周時期的文字特色。如《說文》古文：正、後、至、旨、得、烏；《說文》籀文：槃、折；《說文》或體：勇、畺。

表 5-5-3　上博簡與東周文字形體比對

字　例	《說文》字形	上博簡字形	東周文字形體
正	（古文）𤳡	𤳡（鬼 8.19）	𤳡（正昜鼎）
後	（古文）𨒰	𨒰（周 18.12）	𨒰（沇兒鐘）
至	（古文）𦤉	𦤉（六・孔 2.17）	𦤉（邾公牼鐘）
旨	（古文）𠩺	𠩺（從甲 9.19）	𠩺（者旨𦳶盤）
得	（古文）𢔶	𢔶（緇 10.34）	𢔶（子禾子釜）
烏	（古文）𢁅	𢁅（曹 19.19）	𢁅（鄂君啓舟節）
槃	（籀文）𣔙	𣔙（曹 50.16）	𣔙（虢季子白盤）
折	（籀文）𣂚	𣂚（孔 18.12）	𣂚（洹子孟姜壺）
勇	（或體）�	�（曹 55.12）	�（攻敔王光劍）
畺	（或體）𤲩	𤲩（曹 17.9）	𤲩（吳王光鑑）

　　這些文字在東周時期發展出具有特色的文字形體，上博簡則取之為用，並在《說文》重文系統中保留下來。

（三）體現戰國文字面貌

　　經過比對，《說文》重文與上博簡文字相合者，還有一批字形體現著戰國文字的面貌。這些字有別與上文討論的「表現東周文字形體」。上文「表現東周文字形體」的字形存在於春秋戰國時期才演變成的形體，在春秋戰國時期皆有使用的情況。此處所謂體現戰國文字的面貌，指的是這些文字目前在戰

國時期的文字材料中可見其寫法，但在春秋時期卻沒有使用的字形，富有戰國文字的味道。《說文》古文：社、謀、皮、退、敢、棄、利、坴、賓、時、明、盟、宅、廟、丘、吳、恕、恐、聞、曲、恆、毀、堯、斷、醬、死、與、鬼、鞭、巽、蔡、嗣、絕、巨、御；《說文》籀文：嗌、地；《說文》或體：鬻、脽、星、稑、晦、晨、禱、斷；《說文》小篆：善、全、匜、淶；其他：也。

表 5-5-4　上博簡與戰國文字文字形體比對

字　例	《說文》字形	上博簡字形	戰國文字形體
社	（古文）禮	禮（鬼 2 背 13）	禮（中山王䗊鼎）
謀	（古文）㦙	㦙（曹 55.19）	㦙（中山王䗊鼎）
皮	（古文）䫞	皮（周 56.2）	皮（中山王䗊鼎）
退	（古文）㣈	退（君 2.33）	退（行氣玉銘）
敢	（古文）設	敢（季 14.17）	敢（中山圓壺）
棄	（古文）弅	棄（三 19.12）	棄（中山王䗊鼎）
利	（古文）㓛	利（周 22.3）	利（璽彙 2710）
坴	（古文）坴	坴（孔 10.10）	坴（中山圓壺）
賓	（古文）賓	賓（孔 27.18）	賓（曾侯乙鐘）
時	（古文）旹	旹（孔 11.16）	時（中山王䗊壺）
明	（古文）朙	明（互 13.24）	明（中山王䗊鼎）
盟	（古文）盟	盟（競 7.19）	盟（侯馬盟書）
宅	（古文）宅	宅（三 11.14）	宅（七年宅陽令戈）
廟	（古文）庿	廟（周 42.5）	廟（中山王䗊壺）
丘	（古文）坴	丘（采 2.16）、丘（季 9.5）	丘（玉印 26）
吳	（古文）㕦	吳（子 1.3）	吳（吳王夫差矛）
恕	（古文）㣽	恕（競 6.26）	恕（中山王䗊圓壺）
恐	（古文）㤟	恐（中 26.2）	恐（中山王䗊鼎）
聞	（古文）䎽	聞（六・天甲 8.5）	聞（中山王䗊鼎）
曲	（古文）㓚	曲（季 23.3）	曲（包山 260）
恆	（古文）㭓	恆（周 15.3）	恆（六年格氏令戈）
毀	（古文）毇	毀（曹 10.21	毀（鄂君啓車節）
堯	（古文）�	堯（曹 2.21）	堯（璽彙 0262）
斷	（古文）㪯	斷（曹 62.10）	斷（包山 134）
醬	（古文）䐹	醬（魯 5.8）	醬（中山王䗊壺）
死	（古文）㱝	死（緇 19.24）	死（中山王䗊兆域圖）

與	（古文）𢌱	𢍏（競 5.26）	𦥯（雲夢・效律 19）
鞭	（古文）𡱡	𢾆（容 20.17）	𢼎（璽彙 0399）
巽	（古文）𢁅	𢁅（六・愼 1.27）	𢁅（陶彙 6.145）
蔡	（古文）𢍮	𢍮（柬 2.22）	𤇾（鄂君啓車節）
嗣	（古文）𤔡	𤔡（周 2.14）	𣎆（令瓜君壺）
絕	（古文）𢇍	𢇍（三 16.11）	𢇍（中山王響壺）
巨	（古文）�	�（六・天甲 6.26）	�（陶彙 4.45）
御	（古文）𢾟	𢾟（昭 6.6）	𢾟（璽彙 1818）
噓	（籀文）𦶊	𦶊（內 8.39）	𦶊（侯馬盟書）
地	（籀文）𨽗	𨽗（三 18.37）	𨽗（中山王響壺）
鬻	（或體）𩜿	𩜿（曹 55.7）	𩜿（侯馬盟書）
脽	（或體）𦟖	𦟖（昭 7.37）	𦟖（鄂君啓舟節）
星	（或體）曐	曐（競 1.27）	曐（雲夢・日乙 41）
穟	（或體）𥡥	𥡥（民 8.18）	𥡥（命瓜君壺）
晦	（或體）𣊡	𣊡（鮑 3.32）	𣊡（雲夢・秦律 38）
晨	（或體）𣇺	𣇺（中 19.9）	𣇺（雲夢秦簡・日甲 77）
禱	（或體）𥜾	𥜾（子 12.35）	𥜾（雲夢秦簡・日甲 101）
斷	（或體）𣃔	𣃔（昭 2.22）	𣃔（包山 134）
善	（篆文）譱	譱（民 8.5）	譱（郭店・老甲 7）
全	（篆文）𡸀	𡸀（鮑 3.14）	𡸀（包山 237）
𠥓	（篆文）𩔖	𩔖（周 24.36）	𩔖（周 24.36）
溓	（篆文）𣺭	𣺭（從甲 19.26）	𣺭（郭店・緇衣 30）
也	（秦刻石）𠃟	𠃟（緇 22.5）	𠃟（雲夢秦簡・日甲 110 反）

二、收有戰國楚系文字特色

經過與上博簡文字比對之後，這些與《說文》重文相應的文字中，有些頗具楚系文字特色。如《說文》所收古文中：玉、築、終、四、嗇、僕、仁、鬼、衰、周、圭，與《說文》所收俗字：漢。

表 5-5-5　上博簡與楚系文字比對

字　例	《說文》重文	上博簡字形	楚系字形	他系字形
玉	（古文）𤣩	𤣩（容 38.40）	𤣩（包山 3）	𤣩（璽彙 0897） 𤣩（雲夢・問答 140）
築	（古文）𥷚	𥷚（容 38.30）	𥷚（帛書丙）	𥷚（子禾子釜） 𥷚（雲夢・封診 97）

字	古文／俗字			
終	（古文）〔字形〕	〔字形〕（彭 3.5）	〔字形〕（郭店・成之 30） 〔字形〕（曾侯乙簠） 〔字形〕（郭店・語叢 1.49）	〔字形〕（陶彙 3.1149） 〔字形〕（雲夢・效律 30）
四	（古文）〔字形〕	〔字形〕（彭 8.7）	〔字形〕（包山 111） 〔字形〕（包山木牘） 〔字形〕（帛書乙） 〔字形〕（郭店・性自 9） 〔字形〕（隨縣漆書）	〔字形〕（陳侯午錞） 〔字形〕（陶彙 4.6） 〔字形〕（燕下都 463.11） 〔字形〕（中山王𰯼鼎） 〔字形〕（鄲孝子鼎） 〔字形〕（大梁鼎） 〔字形〕（秦陶彙 5.384）
嗇	（古文）〔字形〕	〔字形〕（子 2.15）	〔字形〕（郭・老乙 1）	〔字形〕（十一年鼎） 〔字形〕（中山圓壺圈足） 〔字形〕（璽彙 0112） 〔字形〕（睡 23.2） 〔字形〕（雲夢・效律 28）
僕	（古文）〔字形〕	〔字形〕（昭 4.2）	〔字形〕（包山 2.15） 〔字形〕（郭・老甲 2）	〔字形〕（璽彙 3551） 〔字形〕（杕里瘋戈） 〔字形〕（集粹）
仁	（古文）〔字形〕	〔字形〕（性 33.17）	〔字形〕（郭店・五行 9）	〔字形〕（雲夢・秦律 95） 〔字形〕（中山王𰯼鼎）
鬼	（古文）〔字形〕	〔字形〕（鬼 4.5）	〔字形〕（郭店・老乙 5）	〔字形〕（陳肪簠） 〔字形〕（侯馬盟書） 〔字形〕（上郡守戈）
衰	（古文）〔字形〕	〔字形〕（孔 8.16）	〔字形〕（郭店・成之 8）	〔字形〕（雲夢・爲吏 33）
周	（古文）〔字形〕	〔字形〕（曹 1.18）	〔字形〕（望山 2.1）	〔字形〕（璽彙 3028） 〔字形〕（左周弩牙） 〔字形〕（璽彙 1186） 〔字形〕（集粹）
圭	（古文）珪	〔字形〕（二・魯 2.22）	〔字形〕（郭店・緇衣 35）	〔字形〕（溫縣盟書） 〔字形〕（詛楚文）
漢	（俗字）〔字形〕	〔字形〕（孔 11.22）	〔字形〕（鄂君啓舟節） 〔字形〕（鄂君啓舟節）	〔字形〕（陶彙 3.1006） 〔字形〕（六年漢中守戈）

　　玉，楚系文字作「〔字形〕」（包山 3），晉系作「〔字形〕」（璽彙 0897），秦系作「〔字形〕」（雲夢・問答 140）。晉系文字三橫筆間爲兩個實心的倒三角形爲飾，秦系寫法與小篆、隸書同，楚系則在下方則有兩撇筆爲飾。上博簡「玉」作「〔字形〕」（容 38.40）之形，與楚系文字同。

築，楚系文字作「🅰」（帛書丙），齊系作「🅰」（子禾子釜），秦系作「築」（雲夢・封診 97）。楚系文字「築」从言，不僅文字結構與其他系文字不同，楚系「竹」字在豎筆橫加一短橫，作「🅰」（包山 150）之形，頗具楚系文字特色。上博簡「築」作「🅰」（容 38.30）與《說文》古文作「🅰」，與楚系文字同从言。

終，楚系文字作「🅰」（郭店・成之 30）、「🅰」（曾侯乙簠）、「🅰」（郭店・語叢 1.49）；「🅰」（齊陶彙 3.1149）；秦系文字作「🅰」（雲夢・效律 30）。終，从糸从冬，而楚系文字還有作「🅰」（曾侯乙簠）之形，與齊系、秦系不同。上博簡「🅰」（彭 3.5）與《說文》古文「🅰」與楚系文字寫法相同。

四，作四橫畫之形者，承自甲金文字；戰國時期，各系發展出各具特色的字形。楚系文字作「三」（包山 111）、「🅰」（包山木牘）、「🅰」（帛書乙）、「🅰」（郭店・性自 9）、「🅰」（隨縣漆書）；齊系文字作「三」（陳侯午錞）；燕系文字作「🅰」（燕陶彙 4.6）、「🅰」（燕下都 463.11）；晉系文字作「三」（中山王𧮰鼎）、「🅰」（大梁鼎）、「🅰」（鄲孝子鼎）；秦系文字作「🅰」（秦陶彙 5.384）。楚系文字「四」作「🅰」（包山木牘）之形乃楚系所特有，與他系字形明顯區隔。上博簡「🅰」（彭 8.7）與《說文》古文「🅰」，與楚系文字寫法吻合。

嗇，楚系文字作「🅰」（郭・老乙 1）；晉系文字作「🅰」（十一年鼎）、「🅰」（中山圓壺圈足）、「🅰」（璽彙 0112）；秦系文字作「🅰」（睡 23.2）、「🅰」（雲夢・效律 28）。嗇，上半部从來或从來省；下半部楚系文字从田形，與晉系文字从「目」形、秦系文字从回不同。上博簡「🅰」（子 2.15）與《說文》古文「🅰」下半部也从田形，與楚系文字寫法相合。

僕，楚系文字作「🅰」（包山 2.15）、「🅰」（郭・老甲 2）；齊系文字作「🅰」（璽彙 3551）；燕系文字作「🅰」（杕里瘂戈）；秦系文字作「🅰」（集粹）。楚系文字的「僕」字，不只从「僕」省，與其他系文字最大的差異在於字形从「臣」。上博簡「🅰」（昭 4.2）與《說文》古文「🅰」皆从臣，具楚系文字特色。

仁，楚文字从身从心，作「🅰」（郭店・五行 9）之形；或从尸从二，作「🅰」（包山 180）之形。晉系文字从从尸从二，作「🅰」（中山王𧮰鼎）之形，秦系文字从人从二，作「🅰」（中山王𧮰鼎）之形。上博簡「🅰」（性 33.17）與《說文》古文🅰同从身从心，也與楚系文字从从身从心形同，與晉系、秦系文字从二不同。故《說文》古文🅰具有楚字文字色彩。

鬼，楚文字作「🅰」（郭店・老乙 5）之形；齊系文字从口，作「🅰」（陳🅰

篆）之形；晉系文字不从示，作「⿰」（侯馬盟書）之形；秦系文字不从示，作
「⿰」（上郡守戈）之形。上博簡「⿰」（四・鬼 4.5）與《說文》古文⿰皆从示，
與楚系文字寫法相合。

衰，楚文字作「⿰」（郭店・成之 8）之形，秦系文字作「⿰」（雲夢・爲吏
33）。上博簡「⿰」（孔 8.16）與《說文》古文⿰下半部皆从⿰，與楚系文字寫
法相合。

周，楚文字繁增一撇筆爲飾，作「⿰」（望山 2.1）之形，具楚系文字特有
寫法。〔註246〕齊系文字作「⿰」（璽彙 3028），燕系文字作「⿰」（左周弩牙），
晉系文字作「⿰」（璽彙 1186），秦系文字作「⿰」（集粹）。《說文》古文⿰下方
的⿰是形中間豎筆撇出，與口形連筆而譌。上博簡「⿰」（曹 1.18）與⿰皆增撇
筆爲飾，與齊、燕、晉、秦系文字不同，具楚系文字色彩。

圭，楚文字从古文玉从圭，作「⿰」（郭店・緇衣 35）之形。晉系文字作
「⿰」（溫縣盟書），秦系文字作「⿰」（詛楚文）。上博簡「⿰」（魯 2.22）與《說
文》古文⿰皆从玉从圭，與楚系文字同。

漢，楚系文字作「⿰」、「⿰」（鄂君啓舟節）；齊系文字作「⿰」（陶彙 3.1006）；
秦系文字作「⿰」（六年漢中守戈）。上博簡「⿰」（孔 11.22）與《說文》古文「⿰」
皆从隹，與楚系文字相類。

從上述《說文》重文收有楚系文字特色字形的情況，可知楚系文字不單單
只存在於戰國楚系文字系統裡。其傳播空間不僅在於楚系文字，在以收小篆爲
主的字書中，仍可見其蹤跡；其影響時間不只是戰國，在東漢《說文》中，也
看到戰國楚系文字的身影。這也說明戰國楚系文字字形不僅深具地方色彩，《說
文》重文中也可看見受楚系文字影響的痕跡。

三、字形可在戰國中晚期找到依據

雖然《說文》所錄重文，許慎有稍微說明其來由，但因爲許多重文字形與
今之所見的甲金文字字形不相合，無法推其文字演變脈絡，遂引發重文是否可
信之虞。現與上博簡文字相比對，找出以下 53 個字例是《說文》所錄重文與上
博簡文字相應者。

〔註246〕何琳儀認爲「周」在中間豎筆增一撇筆撇出，僅見於楚文字。詳見何琳儀：《戰國
　　　　古文字典：戰國文字聲系》（北京：中華書局，1998 年），頁 236。

表 5-5-6　《說文》重文可上溯到戰國中晚期之字形

字　例	《說文》重文字形	上博簡文字字形
起	（古文）	（季 15.20）
邇	（古文）	（緇 22.15）
徵	（古文）	（周 54.17）
甚	（古文）	（季 11.8）
仁	（古文） （古文）	（性 33.17） （孔 22.26）
懼	（古文）	（從乙 3.13）
霒	（古文） （古文）	（容 29.32）
毀	（古文）	（曹 10.21）
虐	（古文）	（姑 1.23）
近	（古文）	（性 2.17）
訊	（古文）	（相 4.41）；（姑 1.13）
視	（古文）	（緇 1.42）
阱	（古文）	（周 44.1）
狂	（古文）	（中附.21）
烖	（古文）	（周 56.19）
く	（古文）	（子 8.15）
戶	（古文）	（周 52.6）
一	（古文）	（亙 2.9）；（彭 7.20）；（彭 7.52）
二	（古文）	（彭 8.24）
琴	（古文）	（孔 14.10）；（性 15.3）
弇	（古文）	（中 10.11）
教	（古文） （古文）	（緇 13.4） （性 4.11）
瀘	（古文）	（緇 14.28）
雲	（古文）	（亙 4.17）
宜	（古文）	（曹 28.8）
搸	（古文）	（競 9.18）
靈	（古文）	（緇 14.17）
動	（古文）	（魯 3.29）
玄	（古文）	（子 12.17）
宿	（古文） （古文）	（三 1.39） （周 37.15）
煙	（古文）	（子 11.9）

觀	（古文）🔣	🔣（內 10.34）
匎	（籀文）🔣	🔣（孔 22.5）
騩	（籀文）🔣	🔣（民 10.15）；🔣（周 11.9）
雌	（籀文）🔣	🔣（鬼 3.14）
霙	（籀文）🔣	🔣（周 38.24）
銳	（籀文）🔣	🔣（季 14.6）
贛	（籀文）🔣	🔣（魯 3.22）
詢	（或體）🔣	🔣（從甲 19.21）
詬	（或體）🔣	🔣（三 4.9）
🔣	（或體）🔣	🔣（曹 55.7）
常	（或體）🔣	🔣（容 47.28）
埃	（或體）🔣	🔣（容 24.17）
緅	（或體）🔣	🔣（容 28.24）
🔣	（或體）🔣	🔣（容 1.13）
鸛	（或體）🔣	🔣（弟 10.11）
🔣	（或體）🔣	🔣（容 3.2）
容	（或體）🔣	🔣（性 19.13）
緜	（或體）🔣	🔣（緇 10.24）
底	（或體）🔣	🔣（曹 39.2）
楙	（或體）🔣	🔣（彭 7.6）
舄	（篆文）🔣	🔣（孔 10.13）
〈	（篆文）🔣	🔣（愼 5.18）
圅	（俗字）🔣	🔣（容 5.21）

計《說文》古文共 32 例，《說文》籀文 6 例，《說文》或體 13 例，《說文》小篆 2 例，《說文》俗字 1 例。

以上這些重文字形以往無法考其文字脈絡，或認爲有來源眞僞之虞者，藉由與上博簡的比勘，可以獲得一個文字根據，或解除其來源不實之慮。除了證實這些《說文》重文字形其來有自之外，這些文字字形的時間也可從《說文》往前推進，最晚到戰國中晚期已見。

四、校正《說文》重文字形

《說文》重文中，許愼對於不易辨識的字形，會加以分析解說。如《說文》金部：「鈕，印鼻也。從金丑聲。珇 古文鈕从玉」〔註247〕、《說文》子部：「子，十一月易气動，萬物滋，人以爲偁。象形。凡子之屬皆从子。🔣 古文子从巛，

〔註247〕許愼撰、段玉裁注：《說文解字注》（杭州：浙江古籍出版社，2006 年），頁 706。

象髮也。 籀文子，囟有髮，臂脛在几上也。」[註248] 在《說文解字注》中，段玉裁有時也會針對《說文》重文字形加以補充說解，以幫助認識重文字形結構。如《說文》：寅部「寅，髕也。正月昜气動，去黃泉欲上出，会尚強也。象宀不達髕寅於下也。凡寅之屬皆从寅。 古文寅」。「 」，段注：「下从土，上象其形。」[註249]

許慎與段玉裁對《說文》重文的分析固然有助於《說文》重文字形的辨析，但比較遺憾的是，許慎與段玉裁當時並未能像現在可以見到大量的出土文字，對古文字的認識未能完全掌握。上文藉由《說文》重文與上博簡文字對勘，再輔以甲金文字，從文字演變的角度重新考察《說文》重文與上博簡文字的異同，發現許慎與段玉裁在說解《說文》重文時，確實有些疏漏之處。

（一）《說文》古文

透過與上博簡的比對，在《說文》古文中，許慎對「正」、「曲」、「毀」、「周」、「舁」、「宜」、「御」的分析值得商榷。段玉裁對「利」、「𡉀」、「旨」的分析值得商榷。

表 5-5-7-1　上博簡校正《說文》古文字形分析簡表

字　例	《說文》古文	上博簡字形	析　正
正	𢔌	𠙹（鬼 8.19）	許慎誤將飾筆當作古文上。
利	𥝢	𥝢（周 22.3）	段玉裁誤將飾筆當作字形結構釋作刃。又《說文》以為小篆「𥝢」从和省，不可從。
曲	𣍐	囝（孔 25.20）	許慎誤將囗形釋作日。
毀	𣪐	𣪐（曹 10.21）	許慎誤將土形上的一撇飾筆合併釋作壬。
周	𠱧	㞢（曹 1.18）	許慎誤將一撇飾筆當作古文及。
舁	𦥑	宆（中 10.11）	許慎誤將飾筆當作日。
旨	𣅌	㫚（從甲 9.19）	段玉裁誤將飾筆釋作甘。
宜	𡧘	𡧘（曹 28.8）	許慎不識肉形之異體字，誤釋从多。
御	𢓜	𢓜（弟 20.3）	許慎誤將「御」、「馭」兩字合併於同一字例下。

《說文》古文「𢔌」，許慎以為从古文上。[註250] 但從古文字形分析，

[註248] 許慎撰、段玉裁注：《說文解字注》（杭州：浙江古籍出版社，2006 年），頁 742。

[註249] 許慎撰、段玉裁注：《說文解字注》（杭州：浙江古籍出版社，2006 年），頁 745。

[註250]《說文》言部：「正，是也，从一。一以止」，「𢔌，古文正从二，二古文上字。𠙹古文正，从一足，足亦止也。」許慎撰、段玉裁注：《說文解字注》（杭州：浙江古

〔註251〕很清楚知道「![正]」乃是上方繁加飾筆，不是從古文上字。透過上博簡作「![正]」（鬼 8.19）、「![正]」（緇 2.15），短橫作爲是飾筆的功能還非常明顯。上博簡中，從正之字形，也從繁加一短橫爲飾的寫法，如「定」〔註252〕作「![定]」（昭 7.10），「政」作「![政]」（孔 8.8）、「![政]」（曹 10.27）。從上博簡的字形也可知道，直到戰國晚期，對於「![正]」字形的認識仍屬正確；到了《說文》，許愼已經誤將飾筆當作文字結構的一部分，並誤以爲「![正]」從古文上字。校正「![正]」的字形分析後，《說文》籀文「![是]」的字形結構也就清楚了。許愼將「![正]」的錯誤分析帶到《說文》籀文「![是]」的字形分析中，遂誤以爲「![是]」從古文![正]。而「![是]」的文字分析應是從日從正，並有一短橫爲飾。

《說文》古文「![利]」，段玉裁以爲從禾刃。〔註253〕「利」，甲骨文作「![利]」（《甲》一六四七），商承祚認爲象以刀割禾之形。〔註254〕段玉裁所謂的從「刃」之形，原應是從刀割禾穗之形（「![利]」（師遽方彝）），刀形旁邊的點是穗粒之形，或說是飾筆，並非指事符號。後來這些點被拉長書寫，而成「![刃]」形。段玉裁不識飾筆，誤將「![利]」釋作從禾刃。另外，許愼認爲「![利]」從和省，從「利」的字形演變過程來看，缺乏相關的佐證，不可從。〔註255〕從「和」字看，西周金文從木從口，作「![和]」（史孔鉥）；戰國文字或呈現聲化，從禾聲，作「![和]」（夆壺）。從目前文字材料看，許愼會認爲「![利]」從和省，應與「和」在戰國時期聲化從「禾」聲有關。

籍出版社，2006 年），頁 69。

〔註251〕正，甲骨文作「![正]」（《甲骨文編‧甲一九三》）、「![正]」（《續甲骨文編‧1170》），從丁、從止，象征伐之意。西周金文作「![正]」（衛簋）、「![正]」（君夫簋），或將丁符改爲一短橫，作「![正]」（格伯簋）之形。東周文字承襲西周金文，或於短橫之上，再加一短橫，作「![正]」（王子午鼎）、「![正]」（邾公華鐘）、「![正]」（正昜鼎）之形。

〔註252〕《說文》宀部：「定，安也，從宀正聲。」許愼撰、段玉裁注：《說文解字注》（杭州：浙江古籍出版社，2006 年），頁 339。

〔註253〕《說文》刀部：「利，銛也。從刀，和然後利，從和省」，古文作「![利]」，段注：「蓋從禾刃。」許愼撰、段玉裁注：《說文解字注》（杭州：浙江古籍出版社，2006 年），頁 178。

〔註254〕商承祚：《說文中之古文考》（台北：學海，1979 年），頁 38。

〔註255〕楊樹達也認爲「利謂以刀割禾，非從和省。許說非是」。楊樹達：《文字形義學》（上海：上海古籍，2006 年）。

　　《說文》古文「◑」，許慎以爲从日月。〔註256〕朙，甲骨文作「◑」（《乙》六四）、「◐」（《乙》六六六四），从囧、从月，「囧」即象窗之形，「取義於夜間室內黑暗惟有窗前月光射入以會名意」，窗形譌而爲日，文武丁時已有變爲从「日」之形。〔註257〕在西周金文還是多从囧从月，到了六國文字，則多譌从日从月。從古文字分析，「◑」的「☉」不是日形，而是从「囧」變形而來。「囧」是窗子之意，「☉」是「囧」之異體。在上博簡中，「朙」从「囧」，作「◩」（三1.33）、「◩」（互 13.24）、「◩」（孔 25.20）、「◩」（緇 15.16）；或譌从似日形，作「◩」（孔 25.20）之形。可見許愼以爲「◑」从日，乃不識「☉」爲「囧」之異體，或「☉」與「日」形形近之故。

　　《說文》古文「周」，許愼以爲从古文及。〔註258〕「周」，金文作「田」（德方鼎），象田疇之形。金文或加口作「甹」（何尊），或省點作「甹」（盂鼎）、「甹」（彔伯簋）。從古文字來看，許愼認爲小篆「周」从用，應是誤釋，原應从田。而《說文》古文周「从古文及」之說，從上博簡「周」作「㞢」（曹1.18）來看，中間豎筆撇出具有楚文字特色，〔註259〕《說文》古文周下方所从⺄，是中間豎筆撇出，與口形連筆而譌，乃從具有戰國楚系文字特色的飾筆演變而來。

　　《說文》古文「⿱穴日」，許愼收作从穴、从日、从廾之形。〔註260〕從上博簡「⿱宀日」（中 10.11）看「⿱穴日」，「☉」不是日形，而是口形繁加飾點而成。

　　《說文》古文「旨」，許愼以爲从千甘，〔註261〕乃不識飾筆：將「人」形

〔註256〕《說文》朙部：「朙，照也，从月囧。凡从朙之屬皆从朙。◑古文从日。」詳見許愼撰、段玉裁注：《說文解字注》（杭州：浙江古籍出版社，2006 年），頁 314。

〔註257〕董作賓：《殷曆譜（上編）‧卷一》，收錄於《董作賓先生全集》，（台北：藝文印書館，1977 年）。

〔註258〕《說文》口部：「周，密也，从用口。周古文周字，从古文及。」《說文》又部：「及，逮也，从又人。⺄古文及，秦石刻及如此。⺄亦古文及。𢎘亦古文。」見許愼撰、段玉裁注：《說文解字注》（杭州：浙江古籍出版社，2006 年），頁 58、116。

〔註259〕何琳儀認爲「周」在中間豎筆增一撇筆撇出，僅見於楚文字。詳見何琳儀：《戰國古文字典：戰國文字聲系》（北京：中華書局，1998 年），頁 236。

〔註260〕《說文》收部：「弇，蓋也，从廾合聲。⿱穴日古文弇。」詳見許愼撰、段玉裁注：《說文解字注》（杭州：浙江古籍出版社，2006 年），頁 104。

〔註261〕《說文》甘部：「旨，美也。从甘，匕聲」，古文作「旨」，段注：「从甘千者，謂

繁加短橫爲飾，誤以爲从千；將「口」形內繁加短橫爲飾，誤以爲从甘。相同的，許慎以爲小篆「㫖」从甘、从匕，也不可從，是應从人、从口。

《說文》古文「𡩿」、小篆「宐」，許慎以爲从多省、从多聲，〔註262〕皆誤釋。宐，甲骨文作「𑗆」（《鐵》一六·三），从且、从二肉，象俎上放肉之形。〔註263〕從古文字來看，應是从二肉。在上博簡中，「宐」作「𓏵」（互7.12）、「𓏶」（曹28.8），不論是从二肉或省从一肉之形，皆尚从肉形。到了《說文》則譌从多或譌从多省。

《說文》古文「𦥑」，許慎誤放在「御」字條下。〔註264〕御，甲骨文作「𓏵」（《燕》七二），从卪、从午；馭，金文从馬从㣇，㣇形稍有改變，作「𓏵」（盂鼎）、「𓏵」（班簋）、「𓏵」（大鼎）。從古文字來看，「御」、「馭」二字來源不同，本形、本義也不同，應分屬二字。從上博簡來看，「御」作「𓏵」（緇12.38）、「𓏵」（周1.35）、「𓏵」（姑4.51）之形，「馭」作「𓏵」（昭6.6）、「𓏵」（弟20.3）、「𓏵」（曹42.10）之形，字形差異很大，是不同的兩個字。唯二者音近義通，可茲假借。但許慎卻將可茲假借的兩個字視作同一字，並列爲異體字，應受文獻常假借混用所致。

（二）《說文》籀文

透過與上博簡的比對，在《說文》籀文中，許慎對「折」、「封」、「員」、「昌」的字形分析有所誤解。

甘多也。」詳見許慎撰、段玉裁注：《說文解字注》（杭州：浙江古籍出版社，2006年），頁202。

〔註262〕《說文》宀部：「宐，所安也。从宀之下，一之上，多省聲。𑗆古文宜，𡩿亦古文宜。」詳見許慎撰、段玉裁注：《說文解字注》（杭州：浙江古籍出版社，2006年），頁340。

〔註263〕徐中舒認爲象肉在俎上之形，商承祚以爲宜、俎一字，宜乃俎孳乳而來。詳見詳見徐中舒：《甲骨文字典》卷七（成都：四川辭書，1988年）、商承祚：《說文中之古文考》（台北：學海，1979年），頁56。

〔註264〕《說文》彳部：「御，使馬也，从彳卸。𦥑古文御，从又馬。」見許慎撰、段玉裁注：《說文解字注》（杭州：浙江古籍出版社，2006年），頁77。

表 5-5-7-2　上博簡校正《說文》籀文字形分析

字　例	《說文》籀文	上博簡字形	析　正
折	𣂞	𣂞（孔 18.12）	許慎誤釋「＝」爲「仌」。
封	𡊄	𡊄（容 18.43）	許慎誤將小篆「封」分析成从之土，應與籀文同从丰。
員	鼏	員（緇 21.6）	「○」形與「口」形相近，許慎誤以爲員从口聲。
昌	𣅃	𣅃（三 18.14）	許慎誤以爲《說文》小篆「昌」从日，其實是承襲戰國文字在口形中繁加飾筆的字形，應與籀文同从日口。

　　《說文》籀文「𣂞」，許慎認爲「＝」即「仌」。〔註265〕折，甲骨文作「𣂞」（續甲骨文編・新 1565），从斧斤斷木。春秋金文繁加「＝」，有強調斷開的意味，作「𣂞」（洹子孟姜壺）、「𣂞」（洹子孟姜壺）之形。戰國文字承襲春秋文字。從古文字考察，「＝」是繁加筆畫，強調木被斤斷開。直到上博簡，「折」作「𣂞」（孔 18.12），仍从「＝」，未有从「仌」之形。許慎誤認爲「𣂞」从「仌」，是不識本義之故。

　　《說文》籀文「𡊄」，許慎以爲从丰土，〔註266〕甚是。然小篆「封」，許慎以爲从之土，不可從。在上博簡中，「封」仍作「𡊄」（容 18.43），从丰土，未有譌變現象。在《說文》中，「屮」作「𡳿」，許慎分析从之土。〔註267〕「封」字左邊與「屮」形近。許慎會認爲「封」从之土，應受到「屮」的影響而誤釋。

　　《說文》籀文「鼏」，許慎以爲从口、从鼎。〔註268〕員，甲骨文作「𣅃」（續甲骨文編・六中 107），金文作「員」（員盉）、「員」（員鼎）、「員」（員觶），从

〔註265〕《說文》屮部：「折，斷也，从斤斷艸。譚長說。𣂞籀文折，从艸在仌中，仌寒故折。𣂞篆文折，从手。」見許慎撰、段玉裁注：《說文解字注》（杭州：浙江古籍出版社，2006 年），頁 44。

〔註266〕《說文》土部：「封，爵諸侯之土也。从之土，从寸。寸，守其制度也。公侯百里，伯侯七十里，子男五十里。𡊄籀文封，从丰土。𡳿，古文封省。」「𡊄」，段注：「从土，丰聲。」見許慎撰、段玉裁注：《說文解字注》（杭州：浙江古籍出版社，2006 年），頁 687。

〔註267〕《說文》之部：「屮，艸木妄生也，从之在土上。」見許慎撰、段玉裁注：《說文解字注》（杭州：浙江古籍出版社，2006 年），頁 272～273。

〔註268〕《說文》員部：「員，物數也。从貝，口聲。凡員之屬皆从員。鼏籀文从鼎。」見許慎撰、段玉裁注：《說文解字注》（杭州：浙江古籍出版社，2006 年），頁 279。

○从鼎。從古文字考察，「」應从○。在上博簡中，「員」仍从○、从鼎，作「（緇 21.6）」，不誤。許慎以爲从口，乃因「○」形與「口」形相近而誤釋。而從「」應从○、从鼎來看，小篆「」也應是从○，不从口。

《說文》籀文「」，字形从口，从曰，〔註 269〕不誤。但許慎認爲小篆「」从日，从曰，不可從。從古文字演變來看，「」保留了甲骨文以來的寫法，〔註 270〕「昌」在上博簡中即使省併作「」（三 18.14），仍是从口、从曰，不誤。許慎會認爲小篆「」从日，乃不識在口形中繁加的飾筆，繁加飾筆的口形與日形相近，誤將似「日」之形當作从日所致。

（三）《說文》或體

透過與上博簡的比對，在《說文》或體中，許慎對「脽」、「穅」、「禱」的字形分析有所誤解。

表 5-5-7-3　上博簡校正《說文》或體字形分析

字　例	《說文》或體	上博簡字形	析　正
脽		（昭 7.37）	許慎認爲从隹一。「一」，應是分化符號。
穅		（緇 15.12） （民 8.18）	許慎誤將飾筆當作文字結構，將从水誤釋从米。
禱		（子 12.35）	許慎誤以爲从壽省，應是从。

《說文》或體「」，許慎以爲从肉隼；〔註 271〕「」从隹一。〔註 272〕從古文字考察，「隹」、「隼」是一字分化。「」下方的「一」形是分化符號

〔註 269〕《說文》日部：「昌，美言也。从日，从曰。一曰日光也。《詩》曰：東方昌矣。籀文。」見許慎撰、段玉裁注：《說文解字注》（杭州：浙江古籍出版社，2006 年），頁 306。

〔註 270〕「昌」，《甲骨文編》誤收於「旦」字條下，裘錫圭以爲「昌」字，从口从日，唱之本字。裘錫圭：〈說字小記〉，《北京師院學報》1988 年 2 期。後收於《古文字論集》，頁 650。

〔註 271〕《說文》肉部：「脽，𡱂也。从肉，隹聲。」𡱂，《說文》尸部：「𡱂，髀也，从尸下丌凥几。𡱂或从肉隼。𡱂或从骨殿聲。」說文》「𡱂」、「脽」當爲一字。見許慎撰、段玉裁注：《說文解字注》（杭州：浙江古籍出版社，2006 年），頁 170。

〔註 272〕《說文》鳥部：「雒，祝鳩也。从鳥，隹聲。雒或从隹一。」見許慎撰、段玉裁注：《說文解字注》（杭州：浙江古籍出版社，2006 年），頁 149。

的遺留。在上博簡中,「脽」作「」(昭 7.37),「隹」形下方的點明顯是分化符號,不成文,不能說是从一。許慎不識分化符號,強將「」分析爲从隹一,誤也。

《說文》或體「」,許慎以爲从穅省,从米。〔註273〕穅,甲骨文作「」,金文作「」(善夫克鼎),从水、庚聲。〔註274〕東周金文或繁加點爲飾,作「」(命瓜君壺)、「」(齊陳曼簠)。在上博簡中,「穅」作「」(緇 15.12)、「」(民 8.18),从水、庚聲,後者字形已將點拉長爲一橫,似「米」形。相同的例子,在「褱」字也可看見「水」形因爲飾筆而作似「米」形的情況。「褱」,金文作「」(班簋)、「」(褱鼎),璽印文字作「」(璽彙 1654),从衣从眔。上博簡「褱」作「」(緇 21.16)、「」(孔 7.1)、「」(周 53.21),添加了飾筆,「」(緇 21.16)、「」(周 53.21)中的「」已似「米」形。《說文》衣部:「褱,俠也,从衣眔聲。」〔註275〕不言从米,不誤。許慎誤以爲「」从米,屬不識飾筆所致。既然「」應从水,可知「」也是从水,不从米。

《說文》或體「」,許慎以爲从壽省。〔註276〕「禱」,上博簡作「」(子 12.35),从示、聲。《說文》田部:「疇,耕治之田也,从田,象耕田溝詰詘也。疇或省。」〔註277〕《說文》老部「壽,久也。从老省,聲。」〔註278〕《說文》口部:「,誰也。从口,又聲。,古文疇。」〔註279〕、聲同。《說文》或體禂从示、聲。《說文》或體禂與上博簡「」(子 12.35)同从示、聲。只是到了《說文》,「壽」已聲化,許慎才會誤以爲禂是从壽省,但嚴格而論,禂應从聲。

〔註273〕《說文》禾部:「穅,穀之皮也。从禾米,庚聲。穅或省作。」見許慎撰、段玉裁注:《說文解字注》(杭州:浙江古籍出版社,2006 年),頁 324。

〔註274〕何琳儀認爲从水、庚聲,即漮之初文。戰國文字承襲金文。或中央豎筆加點爲飾,許慎遂誤以爲從米。詳見何琳儀:《戰國古文字典:戰國文字聲系》(北京:中華書局,1998 年),頁 236。

〔註275〕許慎撰、段玉裁注:《說文解字注》(杭州:浙江古籍出版社,2006 年),頁 392。

〔註276〕許慎撰、段玉裁注:《說文解字注》(杭州:浙江古籍出版社,2006 年),頁 6。

〔註277〕許慎撰、段玉裁注:《說文解字注》(杭州:浙江古籍出版社,2006 年),頁 695。

〔註278〕許慎撰、段玉裁注:《說文解字注》(杭州:浙江古籍出版社,2006 年),頁 398。

〔註279〕許慎撰、段玉裁注:《說文解字注》(杭州:浙江古籍出版社,2006 年),頁 58。

（四）《說文》篆文

透過與上博簡的比對，在《說文》篆文中，許慎對「仝」、「斲」、「折」的字形分析有所誤解。

表 5-5-7-4　上博簡校正《說文》篆文字形分析

字　例	《說文》小篆	上博簡字形	析　　正
仝	仝	𡗞（鮑 3.14）	許慎誤將飾筆當作文字結構，將从工誤釋从「王」形。
折	𣂉	㪿（孔 18.12）	小篆从手之形，應是誤將「屮」連寫爲手形。

《說文》篆文「仝」，許慎以爲从玉。〔註280〕戰國文字作「仝」（包山 241）、「仝」（包山 210）、「仝」（包山 237）、「仝」（雲夢・問答 69）、「仝」（侯馬盟書）、「仝」（燕王喜矛）之形。從戰國文字來看，「仝」未有从玉之形。在上博簡中，「仝」作「𡗞」（鮑 3.14），似从「王」形，實則中間的橫畫是飾筆。許慎不識飾筆而誤釋。

《說文》篆文「𣂉」，許慎認爲从手。〔註281〕從字形本義來看，會以斤斷木之意。許慎會認爲从手，應是篆文誤將「屮」連寫爲手形所致。

（五）誤釋主因

經由上述討論，可將之整理如下表：

表 5-5-7-5　《說文》重文與上博簡比對，校正《說文》字形分析表

類　　別	《說文》字例
《說文》古文	正、絲、𣃚、𣂟、周、𥅡、屚、圖、𥝩。
《說文》籀文	是、𣂉、桌。
《說文》或體	雖、隻、蕭、禮。
《說文》篆文（重文）	仝、𣂉。
《說文》小篆（小篆字首）	𣦼、昌、橢、槻、囩、貟、對、析。

〔註280〕《説文》入部：「仝，完也。从入，从工。仝篆文仝，从玉。純玉曰全。𠓼古文仝。」許慎撰、段玉裁注：《説文解字注》（杭州：浙江古籍出版社，2006 年），頁 224。

〔註281〕《説文》土部：「折，斷也，从斤斷艸。譚長説。𣂉籀文折，从艸在仌中，仌寒故折。𣂉篆文折，从手。」許慎撰、段玉裁注：《説文解字注》（杭州：浙江古籍出版社，2006 年），頁 44。

可茲校正者，《說文》古文共 9 字，《說文》籀文 3 字，《說文》或體 4 字，《說文》小篆（重文）2 字，《說文》篆文（小篆字首）8 字。

從上文的討論，可以發現許慎對於部分重文的認識仍有些誤解，不僅誤釋重文，聯帶影響對其他字形的分析或書寫的譌誤，如小篆字例：昏、昌、欙、囗、對、員；籀文：昰；或體：隼。或使段玉裁也依據錯誤字形而分析錯誤，如：彩、室、䏄。而許慎誤釋的主要原因有：

（1）不識飾筆。如：正、昰、彩、㲅、周、鳳、昏、䏄、昌、肅、欙、全。

（2）不識區別符號。如：雝、隼。

（3）不識異體。如：刐、囗、圂。

（4）不識假借混用。如：㭖、豙。

（5）不識形近。如：訧、派、對、員、彙。

（6）不識文字演變進程。如：䙲。

（7）聲化：秎。

從以上幾點可知，許慎與段玉裁對於飾筆的觀念稍弱。許慎對於區別符號的辨識也有誤解。此外，文字異體變形、假借混用、字形相近也容易造成許慎在文字分析的過程產生困難。另外，許慎未能全然掌握文字演變進程，或將後起文字視為時間較早的文字，也是造成誤釋的原因之一。「秎」誤以為從和省，應與「和」聲化有關。

五、「戰國時秦用籀文，六國用古文」之說

王國維曾提出將「戰國時秦用籀文，六國用古文」之說。〔註282〕王氏將戰國文字分為東土文字與西土文字。東土文字涵蓋區域包括東方的齊、燕、三晉、楚，及鄰近小國。坐落西方的秦則因「秦居宗周故地，其文字猶有豐鎬之遺」，

〔註282〕王國維「戰國時秦用籀文，六國用古文」之說可見於〈戰國時秦用籀文六國用古文說〉、〈史籀篇疏證序〉、〈史籀篇敘錄〉、〈桐鄉徐氏印譜序〉、〈史記所謂古文說〉、〈漢書所謂古文說〉、〈說文所謂古文說〉等文章。詳見王國維：〈史籀篇敘錄〉，《海寧王靜安先生遺書》第五冊，頁 2053～2066；王國維：〈史籀篇疏證序〉，《海寧王靜安先生遺書》第一冊〈觀堂集林〉卷五，頁 239～245；王國維：〈戰國時秦用籀文六國用古文說〉，《海寧王靜安先生遺書》第一冊〈觀堂集林〉卷七，頁 293～295。王國維：史記所謂古文說〉、〈漢書所謂古文說〉、〈說文所謂古文說〉，同見《海寧王靜安先生遺書》第一冊〈觀堂集林〉卷七。

「去殷周古文反較東方文字爲近」，歸作西土文字。〔註283〕另外，王國維對《說文》古文與籀文也有一番爬梳：

> 《說文》古文又自成一系，與殷周古文截然有別。其全書中正字及重文中之古文，當無出壁中書及春秋左氏傳以外者。

又：

> 壁中書與史籀篇文字之殊，乃戰國時東西二土文字之殊。〔註284〕

又：

> 漢人以其用以書六藝，謂之古文。而秦所罷之文與所焚之書，皆此種文字，是六國文字即古文也。觀秦書八體中有大篆無古文，而孔子壁中書與春秋左氏傳，凡東土之書，用古文不用大篆，是可識矣。故古文籀文者，乃戰國時東西二土文字之異名，其原皆出於殷周古文。〔註285〕

又：

> 史籀篇文字，秦之文字，即周秦間西土之文字也。至許書所出古文，即孔子壁中書，其體與籀文、篆文頗不相近，六國遺器亦然。壁中古文者，周秦間東土之文字也。〔註286〕

認爲《說文》古文與籀文皆源自殷周古文，《說文》古文屬於東土文字，《說文》籀文屬於西土文字。

上博簡在時間上屬於戰國中晚期，文字主要呈顯出楚系文字之貌。雖前文曾討論過，上博簡文字不單只有楚系文字的寫法，尚雜融其他系文字的寫法於其中，如三晉系、齊系等。然不論是楚系、齊系、三晉系文字，在王國維的東

〔註283〕王國維：〈戰國時秦用籀文六國用古文說〉，《海寧王靜安先生遺書》第一冊〈觀堂集林〉卷七，頁1。

〔註284〕王國維：〈說文所謂古文說〉，《海寧王靜安先生遺書》第一冊〈觀堂集林〉卷七，頁302～305。

〔註285〕王國維：〈戰國時秦用籀文六國用古文說〉，《海寧王靜安先生遺書》第一冊〈觀堂集林〉卷七，頁293～295。

〔註286〕王國維：〈史籀篇疏證序〉，《海寧王靜安先生遺書》第一冊〈觀堂集林〉卷五，頁18～19。

土西土說中，皆劃歸爲六國文字，同屬東土文字。茲將上博簡文字視爲戰國時期東土文字以進行考察，尚屬合宜。又陳昭容提出王國維「戰國時秦用籀文六國用古文」之說要成立，基本上要合乎四條件：秦使用籀文、六國不使用籀文、六國用古文、秦不使用古文。〔註287〕在本文中，可以核對的是，代表戰國東土文字的上博簡中，是否使用古文，是否完全不用籀文。

結果顯示，《說文》古文與上博簡文字完全相同者，共 50 例。《說文》古文構形與上博簡文字相同者，共 15 例。《說文》古文與上博簡文字形近者，共 39 例。《說文》古文構件與上博簡文字相同者，有璿、璧、玒、瑚、珪、琟、欽、閏、班、定、政、被、坒、波、訊、洒、鹵、情、寁、清、鱝、倩、腈、精、慭、游、耆、敬、辰、沔、藥、薔、奠、芾、廟、福、祖、裳、曇、緇、絲、緍、絲等，共 45 例。

《說文》籀文與上博簡字形完全相同者，有：四、皮、嗌、樹、槃、折、員等，共 6 例。《說文》籀文結構與上博簡文字相同者，有：藝、訇、趨、雌、霚、封等，共 7 例。《說文》籀文與上博簡文字字形相近者，有：地、則、銳、昌、秦、敗、登、贛等，共 8 例。

	字形相同數	結構相同數	字形相近數	構件相同數	合　計
《說文》古文	50	15	39	45	149
《說文》籀文	6	7	8	0	21

《說文》古文字形與上博簡文字相合者，共有 149 例；嚴格而論，《說文》古文與上博簡文字完全相同者，也有 50 例。在《說文》籀文中，與上博簡文字相合者，共有 21 例；嚴格而論，《說文》古文與上博簡文字完全相同者，也有 6 例。

這樣的數據說明，在戰國中晚期的楚系文字裡，使用了許多古文，且爲數不少，合乎「東土使用古文」的條件。而在上博簡的字形中，亦可見籀文字形，雖然數量不多，確實顯示戰國東土仍有使用籀文的情況，不符合「東土不使用籀文」的條件。上博簡文字既有合於古文，也有合於籀文的情況，說明王國維「戰國時秦用籀文，六國用古文」的說法並不全面。對於這樣的考察結果，可描述的是戰國中晚期的楚字中，楚系文字使用古文的情況遠多於籀文。換個角

〔註287〕陳昭容：《秦系文字研究：從漢字史的角度考察》（台北：中研院史語所，2003 年），頁 39。

度說，上博簡受古文的影響遠大於籀文。

根據上述的討論，可以得出以下幾點結論：

1. 上博簡文字與《說文》重文字形相應者，二者形同共 56 例，二者結構相同共 22 例，二者形近共 47 例，構件相同共 45 例。其中《說文》重文包含有古文、籀文、或體、篆文、俗字、秦石刻等。

2. 核查上博簡字形與《說文》重文相合字形，得出《說文》重文不僅承襲甲骨文、金文字形，也有表現東周字形或戰國文字字形，甚至收錄具有戰國楚系文字特色的字形。

3. 上博簡字形爲《說文》重文提供一個文字根據，解除其來源不實之慮。

4. 透過上博簡字形可了解《說文》誤釋主因，並重新考訂《說文》重文字形理據，校正《說文》闕失，也爲古文字形與《說文》重文相合提供有利條件。

5. 上博簡文字與《說文》古文、籀文系統吻合皆有吻合例證，可知上博簡文字受古文系統的影響遠大於籀文。而王國維「戰國時秦用籀文，六國用古文」之說並不全面。

第六章　與晉秦系手書文字比對

　　從目前的文物材料來說，古文字載體，殷商以甲骨文爲主，西周主要是青銅器。由於大量竹簡文字出土，東周文字載體除了青銅器數量居多之外，簡牘文字儼然躍居東周文字載體的代表。

　　上博簡文字載於竹簡之上，屬用毛筆寫成的手書文字。由於是手書文字，故能充分反映文字使用的實際情形。上博簡文字不僅體現戰國時期的字形，更含有大量的楚系文字特點。與上博簡同屬東周的手書文字，在秦系文字中，也有出土許多簡牘文字，如青川木牘、〔註 1〕睡虎地秦簡與木牘；〔註 2〕除了簡牘文字爲手書文字之外，尚有玉石文字，如晉系的侯馬盟書、〔註 3〕溫縣盟書，〔註 4〕及秦系的秦駰玉版。

　　誠如容庚所言「春秋戰國，異體朋興」，〔註 5〕春秋時期的文字形體已見分

〔註 1〕四川省博物館、青川縣文化館：〈青川縣出土秦更修田律木牘－四川青川縣戰國墓發掘簡報〉，《文物》1982 年 1 月，頁 1～21。

〔註 2〕雲夢睡虎地秦墓編寫組編：《雲夢睡虎地秦墓》（北京：文物，1981 年）；雲夢睡虎地秦墓竹簡整理小組：《睡虎地秦墓竹簡》（台北：里仁，1981 年）。

〔註 3〕張頷、陶正剛、張守中著；山西省文物工作委員會編：《侯馬盟書》（太原：山西古籍，2006 年）。

〔註 4〕河南省文物研究所：〈河南溫縣東周盟誓遺址一號坎發掘簡報〉，《文物》1983 年 3月，頁 77～89。

〔註 5〕容庚：《商周彝器通考》（台北：文史哲，1985 年），頁 90。

歧，且不僅在青銅器上逐漸形成地域性風格的文字，在手書文字中也可見一斑。以下就以上博簡與目前可見的東周晉系、秦系手書文字作比對，以見其異同。

第一節　與晉系手書文字比對

經過考察，上博簡文字不僅體現戰國時期的字形，更含有大量的楚系文字特點。晉系文字屬於東土文字，與上博簡文字同屬東土文字，以下將晉系手書文字與上博簡文字作一比較，辨其異同。

一、晉系手書材料概述

目前出土且公佈的晉系手書材料，以晉系的盟書為主。盟書，又稱載書，〔註6〕是用以對重要事件舉行集會、制訂公約、對天起誓的辭文。〔註7〕起誓是為了取信，西周凡與訴訟有關的金文，往往用誓來終結訴訟。目前晉系大規模出土的盟書有二：1965 年山西侯馬晉國遺址出土的侯馬盟書和 1979 年河南溫縣出土的溫縣盟書。侯馬盟書、溫縣盟書說明春秋時期起誓不僅在口頭上表示，有相當部分形成了盟書，紀錄誓辭。〔註8〕

侯馬盟書連同斷、殘、碎片及模糊不清或無字跡者，計 5000 餘件，字跡清晰者約 600 餘片。盟辭以毛筆書寫，字跡多為朱紅色，少數是黑墨色，材質有石有玉。盟辭內容不同，篇幅長短不一，最多達 220 餘字，最少僅 10 餘字，一般則約在 30 到百餘字之間。〔註9〕從文字內容考察，可知盟書是春秋晚期晉國六卿之一趙鞅在晉國都城——新田主盟宣誓的辭文，用毛筆書寫，書法熟練，當是出自祝、吏一類官吏之手，屬於晉國的官方文書。〔註10〕

〔註6〕《周禮‧秋官‧司盟》「掌盟載之法」，鄭玄注：「載，盟辭也，盟者書其辭於策，殺牲取血，坎其牲，加書於上而埋之，謂之載書。」

〔註7〕張領、陶正剛、張守中著；山西省文物工作委員會編：〈「侯馬盟書」和春秋後期晉國的社會背景〉，《侯馬盟書》（太原：山西古籍，2006 年），頁 1。

〔註8〕董芬芳：〈從侯馬、溫縣載書看春秋誓辭及誓約文化〉，《文化遺產》2008 年第 4 期，頁 117～120。

〔註9〕張領、陶正剛、張守中著；山西省文物工作委員會編：〈「侯馬盟書」及其發掘與整理〉，《侯馬盟書》（太原：山西古籍，2006 年），頁 9。

〔註10〕張領、陶正剛、張守中著；山西省文物工作委員會編：〈「侯馬盟書」字表‧序言〉，《侯馬盟書》（太原：山西古籍，2006 年），頁 313。

　　而溫縣盟書則計有 10000 餘片。雖然溫縣盟書出土量，是侯馬盟書的 2 倍，內容、體例也與侯馬盟書相似，〔註 11〕但直到目前為止仍未正式出版專書公佈所有文字，所以目前所見的溫縣盟書內容是少於侯馬盟書的。

　　侯馬盟書年代，眾說紛紜：1. 郭沫若〔註 12〕考訂為公元前 386 年。2. 陳夢家〔註 13〕認為是公元前五世紀半期（前 452～前 416 年）的產物。3. 唐蘭、高明〔註 14〕考訂為公元前 424 年。4. 李裕民〔註 15〕認為盟書是公元前 585～581 年。5. 張頷等〔註 16〕認為是公元前 497 到前 498 年晉國世卿趙鞅同卿大夫之間盟誓的約信文書。6. 李學勤〔註 17〕認為第 105 號坑所出詛咒類盟書反映公元前 497 年晉卿趙氏家族分裂，導致六卿兼併的史實；其他盟書年代約在公元前 470 年前後。據盟書內容所提到的人物、事件，以張頷、李學勤之說最可信。

　　溫縣盟書的年代，〈河南溫縣東周盟誓遺址一號坎發掘簡報〉〔註 18〕推斷為公元前 497 年 1 月 16 日，盟書中的晉國的國君為晉定公。〔註 19〕是故，溫縣盟

〔註 11〕程峰：〈侯馬盟書與溫縣盟書〉，《殷都學刊》2002 年第 4 期，頁 46～49、112。

〔註 12〕郭沫若：〈侯馬盟書初探〉，《文物》1996 年第 2 期；〈出土文物二三事〉，《文物》1972 年第 3 期。

〔註 13〕陳夢家：〈東周盟誓與出土載書〉，《考古》1996 年第 5 期。

〔註 14〕唐蘭：〈侯馬出土晉國趙家之盟載書新釋〉，《文物》1972 年第 8 期；高明：〈侯馬載書盟書考〉，《古文字研究》第一輯（北京：中華書局，1979 年），頁 103～115。

〔註 15〕李裕民：〈我對侯馬盟書的看法〉，《考古》1937 年第 3 期。

〔註 16〕山西省文物工作委員會：《侯馬盟書》（北京：文物，1976 年）。

〔註 17〕李學勤：《東周與秦代文明》（北京：文物，1984 年），頁 84。

〔註 18〕溫縣盟誓遺址一號坎發現有帶紀年的石圭、石簡，且盟書中有許多盟辭首句有「十五年十二月乙未朔，辛酉」的紀年。又據文獻推斷，「晉國某君」為晉定公，溫縣一號坎所出盟書紀年是晉定公十五年十二月二十七日，也就是公元前 497 年 1 月 16 日。詳見河南省文物研究所：〈河南溫縣東周盟誓遺址一號坎發掘簡報〉，《文物》1983 年第 3 期，頁 77～89。

〔註 19〕白光琦曾否定發掘簡報結論，而程峰引鄭慧生信函中說法：「經查『十五年十二月乙未朔』，晉公十五年十二月乙未朔的，只有晉定公一人。其十五年，相當於公元前 498 年，即周敬王 22 年，魯定公 12 年。但晉用夏曆，其十二月以下延至公元前 497 年，周敬王 23 年，魯定公 13 年。」據曆法的推算，與發掘簡報日期相差一天。是此，可以說明溫縣盟書年代大致與侯馬盟書相仿。詳見白光琦：〈溫縣盟書的年分〉，《史學月刊》1984 年第 4 期；程峰：〈侯馬盟書與溫縣盟書〉，《殷都學刊》2002 年，頁 46～49、112。

書與侯馬盟書年代相仿，溫縣盟書在前，侯馬盟書緊接在後，皆是春秋末年的手書文字。〔註20〕

二、兩系手書文字比對

（一）書手

從上博簡文字來看，書手不只一人，故各篇簡文書寫風格明顯不一。如：

《孔子詩論》簡1　　《柬大王泊旱》簡1　　《姑成家父》簡3　　《民之父母》簡1

───────────

〔註20〕以下「晉系盟書」專指溫縣盟書與侯馬盟書之合稱。

從侯馬盟書文字形體看來，各片筆跡不盡相同，〔註21〕應也是由不同書手寫成。

侯馬盟書 98：6　　　　侯馬盟書 198：16　　　　侯馬盟書 198：4

侯馬盟書 198：3　　　　侯馬盟書 156：8　　　　侯馬盟書 85：17

〔註21〕如下圖。

溫縣盟書發掘報告指出：

> 盟書文字係用毛筆墨書，由於出自多人手筆，字體風格迥異。盟辭
> 的行文方式，一般是自上而下，由右及左，僅個別的由左及右；凡
> 在石圭、石簡正面書寫未盡的，則續寫在背面。〔註22〕

從發表的材料來看（如下圖），字體風格差異很大，乃由不同的書手寫成。

溫縣盟書 T1 坎 1：3216　　溫縣盟書 T1 坎 1：1961　　溫縣盟書 T1 坎 1：1845

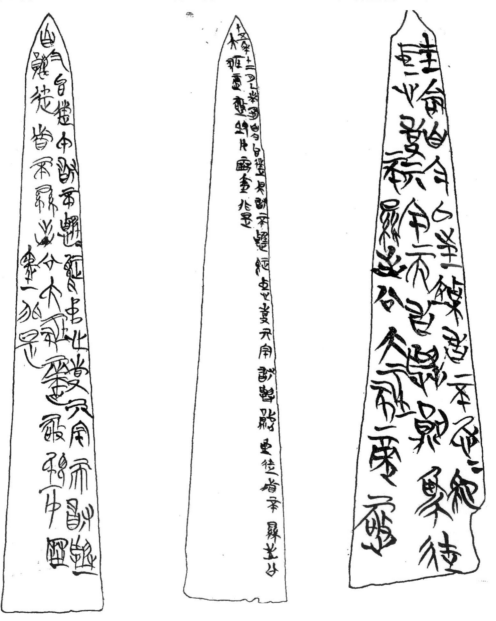

〔註22〕河南省文物研究所：〈河南溫縣東周盟誓遺址一號坎發掘簡報〉，《文物》1983 年 3
月，頁 79。

另外，由《競建內之》第一簡簡背「競建內之」可知，《競建內之》的書手也負責歸檔工作。這也足以推估上博簡的書手並非素質不良的書手，而有專門負責的人員擔任。

《侯馬盟書》提到：

> 侯馬盟書是春秋晚期晉國六卿之一趙鞅在晉國都城—新田主盟宣誓的辭文用毛筆書寫，書法熟練，當是出自祝、吏一類官吏之手，屬於晉國的官方文書。〔註23〕

說明侯馬盟書也有專門的書手擔任書寫工作，且由祝、吏一類官吏任之。而溫縣盟書的書法熟練度與侯馬盟書相近，可能也是由祝、吏一類官吏任之。可知目前晉系手書文字來看，材料是由不同書手寫成，字體風格不一，書寫者則有專門的書手寫成。

（二）墨色與標點符號

目前所見溫縣盟書皆由毛筆墨書而成，〔註24〕而侯馬盟書的字跡多為朱紅色，少數是黑色。〔註25〕上博簡一般為由毛筆墨書而成，僅《周易》中的特殊符號以朱文示之。

侯馬盟書與溫縣盟書中有標點符號出現。侯馬盟書除了合文符與重文符外，尚有句號共47例。〔註26〕從目前公佈的15片溫縣盟書圖版來看，重文符有8例，句號有2例。相對於晉系盟書僅見合文符、重文符、句號等，上博簡則出現了豐富的標點符號，如句讀符號、墨釘、墨鉤、墨節等，使用標點符號的情況較多樣也較常見。

〔註23〕張頷、陶正剛、張守中著：山西省文物工作委員會編：《侯馬盟書》（太原：山西古籍，2006年），頁313。

〔註24〕河南省文物研究所：〈河南溫縣東周盟誓遺址一號坎發掘簡報〉，《文物》1983年3月，頁79。

〔註25〕宗盟類、委質類、納室類均用朱紅色書寫，詛咒類、卜筮類則用黑墨書寫。詳見張頷、陶正剛、張守中著；山西省文物工作委員會編：〈「侯馬盟書」及其發掘與整理〉，《侯馬盟書》（太原：山西古籍，2006年），頁9～11。

〔註26〕合文符見於「子孫」、「邯鄲」、「之所」後面，重文符見於「君所」後面。詳見張頷、陶正剛、張守中著；山西省文物工作委員會編：〈「侯馬盟書」及其發掘與整理〉，《侯馬盟書》（太原：山西古籍，2006年），頁9～11。

（三）書體變化

由上博簡文字的隸體顯示，上博簡文字因為隸化在筆畫上呈顯出了幾個特點：1. 筆畫常往收筆處加粗，2. 鈎與捺常作長引之勢；3. 筆畫或化圓為方，4. 筆畫或改曲為直；5. 對稱兩短撇成橫勢或成背勢；6.「蠶頭燕尾」已具雛形；7. 橫筆略顯波磔，具波、挑筆勢。

以上博簡與侯馬盟書、溫縣盟書相較，盟書不僅收筆不加粗，反而皆收筆露峰，無「蠶頭燕尾」或波磔、挑筆之勢，僅有化圓為方與改曲為直現象相同。可知，同處戰國時期的古隸發展，卻有不一樣的面貌。

書體隸化表徵	上博簡	侯馬盟書、溫縣盟書
筆畫常往收筆處加粗	有	無（收筆露峰）
鈎與捺常作長引之勢	有	無
筆畫化圓為方	有	有
筆畫改曲為直	有	有
對稱兩短撇成橫勢或成背勢	有	無
「蠶頭燕尾」已具雛形	有	無
橫筆略顯波磔，具波、挑筆勢	有	無

侯馬盟書主要書體是篆書，但也有字形表現出古隸的體勢，以筆畫化圓為方或改曲為直較為明顯。上博簡主要書體雖是篆書，部分文字也表現出古隸的體勢；與盟書不同的是，上博簡表現的形態更為豐富，如：筆畫常往收筆處加粗、鈎與捺常作長引之勢、對稱兩短撇成橫勢或成背勢、「蠶頭燕尾」已具雛形、略顯波磔或具波挑筆勢等，筆墨變化活潑。〔註27〕這些盟書皆無，其筆畫筆墨雖有粗細變化，但多是頭粗尾尖，似蝌蚪書法。可見，二者書體皆有隸化體勢，但卻有不一樣的面貌。是以，盟書體以篆書為主，略帶古隸；上博簡則在篆隸之間。

（三）字體結構

1. 異體字

侯馬盟書上承殷商、西周文字的形態，並發展出具有地域性色彩的字形，並有顯著的一字多形現象，且形態多變，如「嘉」字有 100 多種寫法，「敢」字有 90 多種寫法。〔註28〕

〔註27〕詳見第四章第一節。

〔註28〕張頷、陶正剛、張守中著：山西省文物工作委員會編：《侯馬盟書》（太原：山西古籍，2006 年），頁 313。

　　溫縣盟書雖發表的件數不多，但文字異形的情況也很明顯，如「歆歆爲中心事其主」的「歆」字已可見或從歆从心、或从音从欠、或从言从欠、或从首从心、或从首从欠从心、或从自从欠从心、或从百从欠从心、或从亠从欠从心、或从旨从欠从心、或从瓜形从欠从心、或从欠从心等超過十種以上寫法，字形繁簡不一，部件各有訛形。

　　上博簡與侯馬盟書、溫縣盟書相同的是，有些文字仍承襲殷商、西周文字，但多數的形體則有稍作改變，與戰國時期各系相同的戰國文字相合。此外，上博簡中也存在著許多地域性色彩的字形。侯馬盟書所展現的地域性文字色彩是晉系；上博簡則大多表現出楚系文字色彩的字形，體現楚文字面貌，並且還有齊系、燕系、晉系、秦系色彩的文字，甚至有兼融楚系與他系文字的字形出現。

　　一字多形的現象不僅在侯馬盟書、溫縣盟書有這樣的例子，上博簡同樣有這樣的現象。如上博簡的「者」字寫法至少有 14 種以上，但遠不及侯馬盟書「敢」字有九十多種寫法。故侯馬盟書一字多形的形態變化量則勝於上博簡，未來溫縣盟書若完全公佈，其一字多形的形態變化量也有可能與侯馬盟書相同，遠勝於上博簡。

　　張頜提到侯馬盟書文字結構所表現出來的混亂現象有四方面：邊旁隨意增損；部位游移，繁簡雜側；義不相干，濫爲音假；隨意美化，信筆塗點。〔註29〕又張峰〈淺析侯馬盟書中的假借通用字〉指出通假濫用是導致侯馬盟書文字異形現象嚴重的一個重要原因，其中共有 82 組假借通用字，206 個假借體，這些假借通用字共分爲 3 類：音近通假、義近通假、形近通假。〔註30〕上博簡也有大量使用通假字的現象相同，音近通假現象普遍，但多遵守音近通假的規律，鮮少濫爲音假現象。「義近通假」，張峰提出「命—令」、「言—音」兩組，上博簡中，「命」、「令」不分，「言—音」通假則未見。張峰提出的「形近通假」一類中，多是繁加形符或形符替換現象，與上博簡繁加形符或形符替換現象頻繁相同。

〔註29〕　詳見張頜：〈「侯馬盟書」叢考續〉，《古文字研究》第一輯（北京：中華書局，1979年）。後收錄於張頜、陶正剛、張守中著；山西省文物工作委員會編：《侯馬盟書》（太原：山西古籍，2006年），頁81～98。

〔註30〕　張峰：〈淺析侯馬盟書中的假借通用字〉，《三門峽職業技術學院學報》，2008 年第4 期，頁85～86、90。

2. 結構隸化

以下則針對隸化現象在文字結構上的改易作一比較。先以上博簡的結構隸化現象作爲討論對象，再引侯馬盟書、溫縣盟書相同的字例作比對，觀察其隸化異同。

字　例	上博簡隸化字形	侯馬盟書隸化字形	溫縣盟書隸化字形
牛		（未見字例）	（未見字例）
生		（產字所从，未隸化）	（未見字例）
言	（未隸化）	（諱字所从，未隸化）	（未見字例）
九		（未見字例）	（未見字例）
子		（舒字所从，未隸化）	（未見字例）
艸		（蒐字所从，未隸化）	（未見字例）
幺		（未見字例）	（未見字例）
糸		（繹字所从，未隸化）	（顯字所从，未隸化）
人		（伐字所从）	（何字所从，未隸化）
彳		（逞字所从）	（徒字所从）
止		（通字所从，未隸化）	（是字所从）
隹	（舊字所从）	（未見字例）	（未見字例）
禾		（秋字所从，未隸化）	（未見字例）
大		（未見字例）	
廾		（奉字所从，未隸化）	（與字所从，未隸化）

上博簡已隸化的 14 例中，在侯馬盟書裡卻只有「人」、「彳」產生隸化；溫縣盟書因爲字例過少，可見的隸化也只有「止」、「彳」、「大」。

第二節　與秦系手寫文字比對

一、秦系手書材料概述

目前所見戰國秦系手書材料爲秦駰玉版、青川木牘、放馬灘秦簡、睡虎地秦簡與木牘等。〔註31〕

秦駰玉版，李學勤指出是近年出土於陝西華山一帶的戰國時期之古文物，

〔註31〕至於龍崗秦代竹簡與木牘、關沮秦代竹簡與木牘，年代屬秦末或到了秦漢之交，離戰國中晚期較遠，暫不用爲比較對象。

〔註32〕原爲北京私人所收藏，〔註33〕現歸上海博物館。玉版一式兩件，呈長方型板狀。甲版正面銘文爲刀刻，背面爲朱書；乙版有折斷，正反兩面皆朱書。甲版背面朱文闕損嚴重，僅剩數十字可供辨認。甲版正面、乙版正反面的字數則都近三百。手書文字存於甲版背面與乙版正反面，皆以朱文寫成。玉牘文字敘述秦惠王藉祭華山，祈求病體痊癒。玉牘年代，根據文字內容記載，約在秦惠文王末年。〔註34〕

青川木牘，1979～1980 年間，四川省博物館和青川縣文化館在四川省青川縣郝家坪發掘戰國晚期五十號墓，出土兩塊木牘。一塊字跡磨損難辨，另一塊文字清晰可辨，雙面皆有墨文，正面爲《更脩田律》，背面載不除道日干支，共121 字。文字材料於 1982 年公佈於《文物》。由牘文可知時間爲秦武王二年（西元前 309 年）命甘茂爲相，至昭王元年（西元前 306 年）甘茂亡秦奔齊之前。〔註35〕

放馬灘秦簡，1986 年 6 月，甘肅省文物考古研究所在天水市北道區黨川鄉放馬灘 1 號秦墓中發掘出秦代竹簡 460 多枚。〔註36〕主要內容爲《墓主記》與兩種日書。〔註37〕《日書》甲種李學勤根據《日書》甲種，認爲年代在秦昭王三十八年（西元前 269 年）左右。〔註38〕1989 年《秦漢簡牘論文集》刊登《日書》甲種釋文與考述，〔註39〕《日書》乙種與《墓主記》則尚未公佈。

睡虎地秦簡、木牘，1975 年湖北省雲夢縣睡虎地發掘了 12 座戰國末年到秦代的墓葬，其中 11 號秦墓中出土了大量的秦簡，經過整理和拼復，計有 1155 枚

〔註32〕李學勤：〈秦玉牘索隱〉，《故宮博物院院刊》，2000 年第 2 期，頁 41。

〔註33〕李零：〈秦駰禱病玉版的研究〉，《國學研究》，第 6 卷，頁 525。

〔註34〕李學勤：〈秦玉牘索隱〉，《故宮博物院院刊》，2000 年第 2 期，頁 41～45。

〔註35〕四川省博物館、青川縣文化館：〈青川縣出土秦更脩田律木牘—四川青川縣戰國墓發掘簡報〉，《文物》1982 年 1 月，頁 1～21、于豪亮：〈釋青川秦墓木牘〉，《文物》1982 年 1 月、李昭和：〈青川出土木牘文字簡考〉，《文物》1982 年 1 月。

〔註36〕甘肅省文物考古研究所、天水市北道區文化館：〈甘肅天水放馬灘戰國秦漢墓群的發掘〉，《文物》1989 年第 2 期，頁 1～22、何雙全：〈天水放馬灘秦簡綜述〉，《文物》1989 年第 2 期，頁 23～31+102～103。

〔註37〕此兩種日書屬同時代，一種出自北方，一種出自南方。

〔註38〕詳見李學勤：《簡帛佚籍與學術史》（台北：時報文化，1994 年），頁 181～190。

〔註39〕甘肅省文物考古研究編：《秦漢簡牘論文集》（蘭州：甘肅人民，1989 年）。

（含殘片 80 枚），主要內容爲《編年記》、《語書》、《秦律十八種》、《效律》、《秦律雜抄》、《法律答問》、《封診式》、《爲吏之道》、《日書》甲種、《日書》乙種等。竹簡爲墓主喜任地方司法官吏時所抄寫，年代約爲秦王政 3～12 年（西元前 244～236 年）。〔註40〕木牘則出土於 4 號墓，兩支共 527 字，爲兩封家書，年代約爲秦王政 24 年（西元前 223 年）。材料公布於《雲夢睡虎地秦墓》。〔註41〕

以上這些文字，除秦駰玉版手書於玉版上，餘皆手書於簡牘或木牘上，年代也在戰國中晚期，與上博簡相近，以此比對文字異同，可得出同一時期各具地域性的文字風格。由於秦駰玉版、青川木牘字例較少，放馬灘秦簡又未完全公佈，以下謹以睡虎地秦簡與秦駰玉版作爲秦系手書文字代表，與上博簡作比對。

二、兩系手書文字比對

（一）書手

由睡虎地秦簡字形看來，風格各異，應是不同書手所寫。如：

《爲吏之道》局部　　　　　《編年紀》局部　　　　　《效律》局部

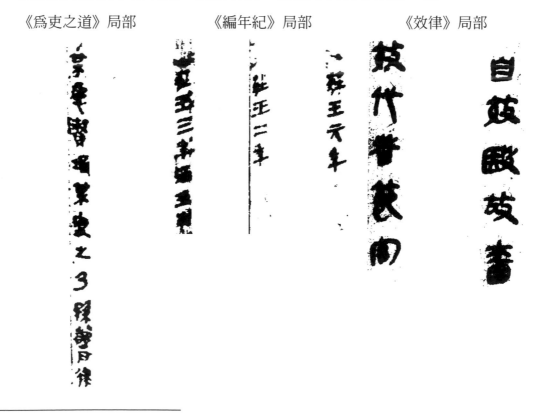

〔註40〕李學勤：《雲夢秦簡研究》（北京：中華書局，1981），頁 324～335。

〔註41〕雲夢睡虎地秦墓編寫組編：《雲夢睡虎地秦墓》（北京：文物，1981 年）。另外，雲夢睡虎地秦墓竹簡整理小組編：《雲夢睡虎地秦墓》（北京：文物，1990 年），書中以竹簡資料爲主，圖版較爲清楚。

又從其書法流暢穩健，可知書手具有一定程度的書寫能力。而從出土的十種內容當中，無以判定是否專替官方所抄寫。這些情況與上博簡相同。

（二）書體變化

李學勤曾指出早在春秋時代，秦國文字已不同於東方各國；戰國時較早的銘文結體上承春秋秦文字的統緒，與隸書差距尚遠；秦昭王時的銘文則已漸向隸書趨近，說明隸書的濫觴應上溯至戰國晚年。〔註 42〕經由青川木牘、放馬灘秦簡、睡虎地簡牘相繼出土，再次明確地證明隸書已在戰國晚期出現，甚至由青川木牘已出現成熟的古隸，認為隸書濫觴於戰國中期是可以接受的。〔註 43〕又馬今洪：

> 雲夢簡中的《為吏之道》簡是頗具特色的代表作，結構為較扁的方
> 正，略見右聳，渾厚端莊；筆法沉穩、古樸，線條圓潤。《語書》簡
> 用筆遒穩，筆勢拗翹、有力，撇捺線條左輕右重，橫畫有明顯的波
> 勢。《法律答問》簡的字形較扁，成斜聳之勢，筆道橫瘦豎肥，圓潤
> 飽滿，筆法略顯率意。《秦律十八種》簡字體結構略長，結體緊湊嚴
> 謹，筆勢渾勁有力，線條成蠶頭燕尾狀。《編年紀》簡的前半部分字
> 體多扁斜，用筆率意果斷，縱橫灑脫；而後半部分的字形略呈長方，
> 結體規正，用筆沉穩。〔註44〕

可知睡虎地秦簡主要書體雖為篆書，但已經有為數不少的字形表現出隸書體勢。諸如筆畫中已有蠶頭燕尾、具波磔，筆畫常往收筆處加粗，鉤與捺常作長引之勢，破圓為方。這些與上博簡的隸書體勢相同，但上博簡在筆畫上還有對稱兩短撇成橫勢或成背勢的情況，為睡虎地秦簡所無。

由上博簡文字的隸體顯示，上博簡文字因為隸化在筆畫上呈顯出了幾個特點：1. 筆畫常往收筆處加粗；2. 鉤與捺常作長引之勢；3. 筆畫或化圓為方；4. 筆畫或改曲為直；5. 對稱兩短撇成橫勢或成背勢；6. 「蠶頭燕尾」已具雛形；7. 橫筆略顯波磔，具波、挑筆勢。

〔註42〕李學勤：〈秦簡的古文字學考察〉，《雲夢秦簡研究》（北京：中華書局，1981 年）。

〔註43〕詳見何琳儀：《戰國文字通論》（北京：中華書局，1989 年），頁 77～183。又見何琳儀《戰國文字通論（訂補）》（南京：江蘇教育，2003 年），頁 196。

〔註44〕馬今洪：《簡帛發現與研究》（上海：上海書店，2002 年）。

上博簡、雲夢秦簡皆有古隸現象，但其內涵稍異。以上博簡與雲夢秦簡相較，兩短撇成橫勢或成背勢的現象是雲夢秦簡所無。可知，同處戰國時期的古隸發展，卻有不一樣的面貌。

書體隸化表徵	上博簡	雲夢秦簡
筆畫常往收筆處加粗	有	有
鉤與捺常作長引之勢	有	有
筆畫化圓爲方	有	有
筆畫改曲爲直	有	有
對稱兩短撇成橫勢或成背勢	有	無
「蠶頭燕尾」已具雛形	有	有
橫筆略顯波磔，具波、挑筆勢	有	有

所以，上博簡與睡虎地秦簡的書體中，兼有篆書與隸書。

（三）字體結構

1. 異體字

睡虎地秦簡屬於秦系文字，上博簡則多呈現出的楚系色彩，一爲西土文字，一爲東土文字，迥然有別。西土文字相對於東土文字而言，較爲穩定。[註45]從睡虎地秦簡一字多形不普遍，以「爵」字有八種異形爲最多的情況，與上博簡相較，單一「者」字就有十種以上的寫法，且其餘文字異形普遍存在，睡虎地秦簡文字確實較爲穩定。

2. 隸化結構

以下則針對隸化現象在文字結構上的改易作一比較。先以上博簡的結構隸化現象作爲討論對象，再引睡虎地秦簡相同的字例作比對，觀察其隸化異同。

字 例	上博簡隸化字形	睡虎地秦簡隸化字形
牛	牛	秦律 144（告字所从，未隸化）
生	生	爲吏 35（產字所从，未隸化）
言	（未隸化）	答問 12
九	九	（未見字例）
子	子	日乙 111（季字所从）
屮	屮	日乙 17（葬字所从）

〔註45〕何琳儀：《戰國文字通論》（北京：中華書局，1989 年），頁 77～183。又見何琳儀《戰國文字通論（訂補）》（南京：江蘇教育，2003 年），頁 179～198。

幺	（圖）	（圖）日乙243（後字所从，未隸化）
糸	（圖）	（圖）日乙2（結字所从，未隸化）
人	（圖）	（圖）日甲6（咎字所从）
		（圖）秦律198（依字所从）
彳	（圖）	（圖）效律58（律字所从）
止	（圖）、（圖）	（圖）答問7
隹	（圖）（舊字所从）	（圖）答問12（雅字所从）
禾	（圖）	（圖）效律68（程字所从）
大	（圖）	（圖）秦律17（未隸化）
廾	（圖）	（圖）效律19（與字所从）

　　由上表可知，含有楚系色彩的上博簡已經隸化的部件有：牛、生、九、子、艸、幺、糸、人、彳、止、隹、禾、大、廾等。雲夢秦簡中，除了「九」未見字例，結構產生隸化的有：言、子、艸、人、彳、止、隹、禾、廾等10例。這些隸化的寫法中，睡虎地秦簡古隸「艸」作「（圖）」形、「隹」作「（圖）」形、「廾」作「（圖）」形，與上博簡不同。

　　雖然睡虎地秦簡的牛、生、幺、糸、大等則無隸化現象，而上博簡有，卻不足以說明上博簡的隸化比睡虎地明顯。因為在睡虎地秦簡中，水旁作「（圖）」〔註46〕、阜旁作「（圖）」、「（圖）」、〔註47〕木旁作「（圖）」、〔註48〕言旁作「（圖）」、羊旁作「（圖）」（雲夢・雜抄31）、广旁作「（圖）」、〔註49〕宀旁作「（圖）」〔註50〕等，寫法與漢隸幾乎相同，反映出明顯的隸變現象，乃上博簡所無。

　　何琳儀云：

> 小篆與秦篆的關係只是一種因襲或繼承。秦隸則不然，它是在草率秦篆基礎上進一步變革的產物。秦隸最大的特點是，把秦篆的圓轉筆畫分解為方折筆畫，並進一步線條化。這無疑是對規範秦篆結構的一次大破壞。〔註51〕

〔註46〕如：「浴」作「（圖）」（雲夢・為吏35）。

〔註47〕如：「陛」作「（圖）」（雲夢・為吏10），「降」作「（圖）」（雲夢・日乙134）。

〔註48〕如：「槍」作「（圖）」（雲夢・為吏23）。

〔註49〕如：「廁」作「（圖）」（雲夢・日乙188）。

〔註50〕如：「院」作「（圖）」（雲夢・答問186）。

〔註51〕何琳儀：《戰國文字通論》（北京：中華書局，1989年），頁77～183。又見何琳儀《戰國文字通論（訂補）》（南京：江蘇教育，2003年），頁195。

由睡虎地秦簡的寫法可知,其已經是標準的秦隸。上博簡文字結構雖也有隸化現象,但不像睡虎地秦簡是普遍性的存在,並大規模地破壞篆體結構,具隸變現象。雖然二者都還保有小篆結構,但睡虎地秦簡大肆地將字形結構改為線條化,大步向今文字階段邁進的速度,則是上博簡所望塵莫及的。

第三節　核計手書文字差異

以下將上博簡、晉系盟書、睡虎地秦簡三種材料一起比較,並觀察其差異狀況。

一、地域性色彩不一

在文字結體結構上,上博簡、侯馬盟書、溫縣盟書、睡虎地秦簡表現出的地域性色彩不一。侯馬盟書、溫縣盟書文字表現出的地域性色彩具晉系文字特色,睡虎地秦簡文字則表現出秦系文字色彩。上博簡文字不僅展現許多楚文字特色之外,更含有齊系、燕系、晉系、秦系色彩的文字,甚至兼融各系文字特色於一,表現出具有多系特色的「混合體」。故上博簡與晉系盟書、睡虎地秦簡相較,不僅可知三類所表現出的地域性色彩不同之外,上博簡還兼有多系文字色彩面貌。可知這三批材料不同地域性色彩數:上博簡＞晉系盟書、睡虎地秦簡。而上博簡文字會呈現多系色彩,與文獻傳抄、流傳、傳播,及書手國別不一,為其中原因之一。

二、文字變易不一

異體字的產生可透過文字的增繁、簡省、異化、訛變、類化等。戰國時期異體字紛呈,許多異體字漸漸發展出地域性的區別。上博簡、晉系盟書、睡虎地秦簡中,皆有許多異體字。考察這三批材料,上博簡、晉系盟書文字異形現象普遍,任意性強;睡虎地秦簡相對穩定,此與睡虎地秦簡為西土文字,地處邊陲,文字發展相對保守有關。又侯馬盟書有一字百形以上的情況,上博簡「者」字約有 14 形,睡虎地秦簡文字異形以「爵」8 形最多。可知這三批材料單一字形異體字變化量:侯馬盟書＞上博簡＞睡虎地秦簡。

三、隸化情況不一

從墓主、文字內容與文字書寫風格觀察,侯馬盟書、溫縣盟書、睡虎地秦簡與上博簡各篇文字書寫風格不一,可見都是由不同書手寫成;又其書法流暢

穩健，書手的書寫能力乃具有一定水準之上。

　　上博簡、晉系盟書、睡虎地秦簡不管是寫法或是字形結構上，皆有隸化現象。晉系盟書以篆書爲主，略帶古隸；上博簡則在篆隸之間；睡虎地秦簡則是古隸。此現象與材料的時代有極大的關係。溫縣盟書與侯馬盟書皆是春秋晚期的材料，上博簡是戰國中晚期的材料，睡虎地秦簡則是戰國晚年到秦初的材料。三者依據年代先後，是溫縣盟書與侯馬盟書最早，接著是上博簡，睡虎地秦簡最晚。故將材料依時代先後順序排列，可見文字隸化現象越晚越加明顯。而這樣的現象應不限於楚系、晉系、秦系手書文字中，日後隨著戰國手書文字的大量出現，估計將可見到戰國中晚期的手書文字或多或少都帶有隸化現象，時代越到晚期，隸化情況就越明顯。

　　此外，將上博簡文字結構的隸化現象與睡虎地秦簡相較，雖二者同是文字結構隸化，但睡虎地秦簡隸化寫法變化較多，且寫法不盡相同。

　　是以，此三種材料雖皆有隸化現象，依照其書體變化與結構隸化多寡，顯示三者書體因爲時代早晚，隸化速度、結構隸化速度皆不相同；此外，在結構隸化的現象中，三者隸化形體也不盡相同，顯示各系文字在發展過程中，雖皆朝隸化方向前進，但仍保有各自不同的面貌；加上秦簡屬西土文字，上博簡屬東土文字，也會使兩者隸化現象看起來差異更加明顯不同。

　　◎時代先後：侯馬盟書、溫縣盟書→上博簡→睡虎地秦簡

　　　　　　　（春秋末）→（戰國中晚）→（戰國末～秦初）

　　◎書體隸化速度：睡虎地秦簡＞上博簡＞侯馬盟書、溫縣盟書

　　◎結構隸化速度：睡虎地秦簡＞上博簡＞侯馬盟書、溫縣盟書

第七章 結 論

第一節 上博簡文字研究價值

上博簡的簡數、字數皆多，是目前已經正式公佈手寫文書之冠。上博簡文字許多內容可與傳世典籍相互參照，可見文獻典籍流傳的痕跡；再將兩者文字逐一比對，利用二重證據法，則可易於識出上博簡文字，連帶解決長久以來戰國文字難以釋讀的問題。上博簡有些文字內容是傳世典籍所未見，此則足可作爲上古文獻與探究上古社會的可靠材料。是以，上博簡文字的問世，爲許多學科的研究帶來新的契機。以下針對本文研究內容，歸納上博簡文字的研究價值，分述如下：

一、揭示戰國時期文字眞實使用狀況

以往研究戰國文字，多半以青銅器銘文爲主。青銅器銘文多爲典重之器，字形的使用規範性相對較強。晚期雖然有些青銅器銘文漸有草率字形出現，但卻無法表現出像手書文字筆墨間的豐富變化。故銘文受限於材質、鑄刻方式及使用場合。手書文字比起鑄刻文字，不僅任意性強，又可藉由筆墨間的變化記錄書寫情況，更容易體現文字眞實使用狀況。

在上博簡問世之前，秦以前或戰國手書文字的材料不豐，已公佈較具代表性又具有大量文字的手書材料以包山簡、郭店簡、睡虎地秦簡、侯馬盟書爲主。藉由上博簡的陸續出版，提供了大量戰國手書文字材料，也大大地揭露了秦漢以前文字眞實的使用情況。

二、揭示戰國文字兼容並蓄的面貌

從上博簡文字不僅使用戰國文字共同的普遍寫法，還存有爲數不少楚系文字特殊寫法，及兼融他系文字色彩，反映出貼近戰國文字的使用情況。即戰國時期雖各系文字發展出各具特色的文字，但是大部分使用的文字形體，仍是各系相同相通的字形。各系在共同字形的基礎上發展出別具特色的字形，且對於他系文字也不排斥在外，反而也使用具他系特色的寫法，甚至結合他系文字特點，發展出多重融合的字形。

三、驗證與校正《說文》重文來源與構形

《說文》除了字頭小篆之外，也收錄了大量的重文，包括古文、籀文、或體、篆文、俗字、今文、奇字等。這些字形來源不一，從上博簡文字中可以得知，《說文》重文多有所承，並非憑空杜撰。又許慎在說解字形時，漢字已進入今文字，字形經過長時間的演變，形體有時會脫離造字本義，而誤解字形的構字理據；透過上博簡文字比對，則可重新校正許慎誤解《說文》重文的構形分析。

四、提供研究上古音的材料

歷來學者多認爲上古音具有南北之分，但《楚辭》是目前唯一流傳下來的楚國文學作品，要藉以探究楚方音或南方音，易有捉襟見肘之憾。上博簡存有許多楚系假借字，透過對上博簡中楚系假借字的研究，可補研究楚方音之不足。另外，上博簡中尚有許多聲符替換現象，透過對上博簡聲符替換現象與假借字研究，可進一步釐清上古音聲韻間的關係。

五、提供研究異體字的材料

上博簡中，充斥大量異體字，往往同一個字就有好幾種寫法，如「者」在上博簡中，至少有 14 種以上的寫法。如此大量異體字不僅說明戰國時期的文字書寫處於不穩定的狀態，文字規範性不強外，也可用以驗證其他古文字是否爲異體字。

六、提供研究書體演變的材料

上博簡文字書體變化多姿，有篆、隸、草等。藉由上博簡文字書體，可以驗證戰國中晚期的隸書已經進入萌芽期，由於字形結構尚未脫離小篆，整個字形呈現篆隸混雜的過渡狀態。草書筆法在上博簡文字中也可見其痕跡，其結合隸體，書體表現出隸草混合之貌。

七、提供研究書法史研究的材料

書法史的研究受限於材料不足，先秦的書法研究相對薄弱。戰國中晚期的上博簡很多篇章字形清晰，風格各異，又是由專門書手書寫，筆觸流暢雋美，具書法美感，且上博簡文字含有多種書體，是提供研究先秦書法史很好的材料。

第二節　研究成果與展望

根據本文各章的研討，可得出幾點結論，整理臚列如下。

一、文字構形變易原則

上博簡存有大量的異體字，變化多端，初見頗為繁複雜亂。經考察其構形，仍可找尋其變易原則大致有增繁、簡省、異化、訛變、類化等現象：

（一）增繁現象

增繁可分繁加飾筆、繁加同形、增添義符、增添聲符、增加無意義偏旁等。

1. 繁加飾筆

增添的飾筆類型有圓點、填實與塗厚、橫筆、撇筆、「//」或「＝」等。

（1）繁加圓點

繁加圓點的位置最常加在長豎畫或長彎筆上。其中，以水形、氏形、竹形、木形、矢形、隹形、不形、𠃊形、衣形、虫形等最為常見：

①水形，常在中間豎筆繁加圓點為飾，作「𣱣」之形。

②氏形，常在豎筆中間位置繁加圓點為飾，作「氒」之形。

③竹形，常在兩豎筆中間位置繁加圓點為飾，作「竹」之形，具楚系文字色彩。

④木形，常在豎筆下段中間位置繁加圓點為飾，作「朱」之形。

⑤矢形，常在豎筆中間位置繁加圓點為飾，作「矢」之形。

⑥隹形，常在右側豎筆下段中間位置繁加圓點為飾，作「隹」之形。

⑦不形，常在豎筆中間位置繁加圓點為飾，作「不」之形。

⑧𠃊形，常在豎筆中間位置繁加圓點為飾，作「𠃊」之形。

⑨衣形，常在最下方的長彎筆上繁加圓點為飾，作「衣」之形。

⑩虫形，常在長彎筆中間位置上繁加圓點為飾，作「虫」之形。

此外，還有在字間空虛處繁加圓點者，如「亞」（用 11.1）。不論是在長豎畫、長彎筆上繁加圓點，還是在字間空虛處繁加圓點，對原有字形而言，是種增繁現象；圓點屬飾筆性質，具裝飾功能。

（2）填實與塗厚

上博簡填實的情況大致分爲兩種：一是將字間空虛處填滿；二是在筆畫上塗成肥厚。從上博簡文字填實的字例顯示，填實是種增繁爲飾的現象。此可使原本字形象形意味具體化，強化視覺效果，對原本線條化的字形也具有美飾作用。

（3）繁加橫筆

上博簡繁加橫筆主要可分爲幾種類型：

①橫畫上方繁加橫筆：以在石形、正形、辰形、耳形、戶形、丌形、可形、广形、不形、丂形、辛形、雨形、酉形等偏旁最常發生。

②橫畫下方繁加橫筆：常發生於「止」、「至」、「立」、「丘」、「戈」等偏旁或部件。

③豎筆或長撇筆、長彎筆上繁加橫筆：以衣形、竹形、山形等數量最多。

④字形下方作「个」、「爪」形的中間豎筆上繁加橫筆。

⑤「口」形中繁加橫筆。

⑥「火」頭繁加橫筆：位置則多在「火」形頂部或上半部，作「灰」或「夾」之形。

⑦「石」頸繁加橫筆：增添的橫畫爲一橫畫至三橫畫不等，作「后」、「后」、「雪」之形。

⑧字形下方繁加橫筆：增繁的橫筆位置則是在原有整個字形之下，且佔滿整個底部。

（4）繁加撇筆

上博簡繁加撇筆主要可分爲幾種類型：

①「土」形上方繁增撇筆：土形多位於文字字形下方，增加的撇筆則位於「屮」形上方，作「圡」之形。

②「屮」形上方繁增撇筆：「屮」形多位於文字字形上方，增加的撇筆則位於「屮」形上方，作「屮」之形。

③「刀」形繁增撇筆：繁加撇筆，筆數不一，而成「」、「」、「」
等形。

④「余」形下方增一撇筆：與楚系文字「少」、「小」未完全分化有關，
故「小」形多加撇筆而成「少」形。

⑤「舟」形繁增一撇筆：這在楚系文字中也可見，如：「前」作「」
（包山 123）。

（5）繁加「//」或「＝」

上博簡繁加撇筆主要可分爲幾種類型：

①「欠」繁增二短撇「//」：作「」之形。

②「胃」繁增二短撇「//」：作「」之形。

③繁增二橫畫「＝」：最常增添於字形或部件下方。

這些飾筆皆屬飾筆性質，具裝飾功能，可避免字形、筆畫單調，增添美化
作用，或有補白的作用；而以填實作爲增繁的方式，則可使原本字形象形意味
具體化，產生豐富的視覺效果，對原本線條化的字形也具有裝飾、美化的作用。

2. 繁加同形、無意義偏旁

增加無意義偏旁，口旁、心旁、宀旁、土旁、又或攵旁等尤爲明顯。繁加
口形的位置大致有四種形式：加於部件下方、加於兩部件中下方、加於部件上
方、加於部件左下方。繁加的心旁，則皆加在整個字形下方。繁加的宀旁皆加
在整個字形上方。繁增的土形皆位於字形下方。

繁加同形則可分爲重複筆畫或重複部件，其作用與增加無意義偏旁相近，
皆可使字形富於變化。

3. 增添義符

從上博簡增添義符的字例來看，所增添的義符雖未改變原本文字音義，但
皆有強化意義的作用。

4. 增添聲符

增添聲符者，可以發現附加的聲符皆與原本的字音相同或相近，都有一定
規律，而非任意加之。

（二）簡省現象

簡省可以分簡省筆畫、簡省部件、化點爲橫等主要情況。

1. 簡省筆畫

簡省筆畫常透過借筆、連筆或簡省點畫等方式以達到簡省求快的目的。

（1）借筆

借筆省形常發生的情況是：相鄰的 A、B 部件，A 部件的末筆與 B 部件的上方筆畫共用，以達到借筆省形的目的。

上博簡借筆簡省常發生的偏旁有：言形、安形、心形、蜀形、高形、石形、安形、口形、子形、止形等。

（2）連筆

連筆簡省的 A、B 筆畫，位置多半相鄰、相對，或筆畫有接觸點。透過連筆，則可將 A、B 筆畫寫成一筆，達到連筆簡省的目的。

上博簡連筆簡省常出現於夂旁、母旁、雨旁、虫旁、朋旁、斤旁等偏旁。

（3）簡省點畫

上博簡中，簡省點畫者，如：僉、係、叔、曼、隶、聿等。

2. 簡省部件

簡省部件則透過簡省重複部件、簡省形符、簡省聲符等方式，以達到簡省。

簡省部件時，又可分為簡省整個部件或是部分形體兩種，簡省部分部件的好處是既達到簡省的目的，又不會因為簡省整個形體而無法承載或標示字形的聲音或意義。化點為橫是以短橫畫或作圓點的方式來達到簡省，此不僅不會改變原有字形的音義功能，反而讓僅用線條呈現的字形有所變化。

（三）異化現象

上博簡的文字異化現象，可分為偏旁位置異化、筆畫形體異化、形近互代異化、義近互代異化、聲符互代異化等五項。

1. 偏旁位置異化

在上博簡當中，偏旁位置異化的情況明顯，其類型主要有：偏旁左右互易；偏旁上下互易；偏旁左右、上下互易；包覆或居於一隅；方向不定等。

（1）偏旁左右互易：「示」旁、「口」旁、「言」旁、「木」旁、「人」旁、「木」旁、「圭」旁、「糸」旁、「見」旁、「面」旁、「鷹」旁、「犬」旁、「耳」旁、「女」旁、「糸」旁、「玉」旁等，在文字中作為偏旁時，有左右互異的情況。

（2）偏旁上下互易：「木」形、「日」形、「口」形、「才」形等，常見上下互易的情況。

（3）偏旁左右、上下互易：「示」形、「玉」形、「牛」形、「口」形、「言」形、「又」形、「攵」形、「目」形、「肉」形、「木」形、「貝」形、「日」形、「月」形、「禾」形、「見」形、「石」形、「耳」形、「水」形、「母」形、「女」形、「戈」形、「心」形等多位置不定，常見左右式易爲上下式，或上下式易爲左右式。

（4）包覆或居於一隅：常見於「＝」形、「又」形、「攵」形、「人」形、「口」形、「木」形、「禾」形、「火」形、「女」形、「言」形、「心」形等。

（5）方向不定：在上博簡中有四例，從、方、甚、智等。

由上博簡文字偏旁位置異化普遍，可知文字尚未有嚴明的規範，仍處於變動的情況下。

2. 筆畫形體異化

筆畫形體異化主要可以分爲筆畫下拉或上拉、穿透筆、截短筆等情況。

（1）筆畫下拉或上拉

筆畫下拉或上拉主要呈現以下幾種類型：①右端下拉成「⌐」形；②右端下拉成「⌐」形；③左端下拉成「厂」形；④左端上拉成「⌐」形；⑤兩端下拉成「Π」形。

（2）穿透筆

上博簡的穿透筆主要發生於示形、臣形、亡形、乍形等。示形作「示」之形。臣形作「🔲」之形。亡形作「🔲」之形。乍形作「🔲」、「🔲」、「🔲」、「🔲」之形。

（3）截短筆

上博簡的穿透筆主要發生於士形、余形等。士形作「🔲」之形，余形作「🔲」之形。

3. 形近互代異化

字形形體相近而有互代現象有：「刀—勿」、「🔲—🔲」、「堇—萬」、「見—頁」、「首—百」、「戈—弋」。

4. 義近互代異化

義符互代現象的情況大致上有兩種：兩義符義近或義通互代、義符在字形中義通互代。兩義符義近或義通互代有：「犬—豕」、「止—辵」、「止—辵—彳」、「辵—彳」、「辵—走」、「足—辵」、「攵—又—戈」、「戈—攵」、「攵—殳」、「攵—又」、「又—寸」、「手—廾」、「目—見」、「肉—人」、「刀—刃」、「几—車」、「宀—宀」、「口—匚」、「貝—心」、「禾—米」、「米—肉」、「口—言」、「巾—衣」、「口—心」、「口、心」、「厂—宀」、「土—田」、「禾—來」、「人—子」等例；義符在字形中義通互代有：「人—臣」、「人—心」、「禾—示」、「止—石」、「火—示—心」、「辵—水—止」、「見—心」等例。

5. 聲符互代異化

在上博簡中聲符互代現象有：「母—某」、「吾—五」、「虎—虍」、「及—涅」、「其—丌」、「缶—保」、「圭—規」、「今—金」、「鹿—彔」、「茲—才」、「亡—芒」、「丮—西」、「鬲—帝」、「后—句」、「盧—盧」、「義—我」、「各—客」、「起—己」、「求—救」、「戎—主」、「冎—化」、「身—允」、「東—主」、「陳—申」、「盧—夫」、「文—吝」。

互代的聲符關係有：

①雙聲疊韻，聲音相同。

②雙聲，韻部陰陽對轉，聲音相近。

③聲母發音部位相同，韻部相同，聲音相近。

④聲母發音部位相同，韻部陰陽對轉，聲音相近。

⑤聲母發音部位相同，主要元音相同，聲音相近。

⑥聲母發音方法相同，韻部相同，聲音相近。

⑦發音方法相同，韻部陰陽對轉。

⑧聲母發音方法相近，韻部相同，聲音相近。

⑨聲母有諧聲關係，韻部相同，聲音相近。

考察義近互代的義符，與原本字形的義符多是取象相同，或相同義類，方可互代；聲符互代的聲符，與原本字形的聲符之間，基本上需要聲音相同或是聲音相近。又從偏旁位置異化、筆畫異化與形近互代異化，則可見上博簡文字部件與筆畫尚處於變動時期，規範性弱。

（四）訛變現象

上博簡訛變現象複雜，不一定有其規律，大致上可以找尋出的有形近而訛、簡省而訛、形體分裂而訛等類形。

上博簡中，最常見的訛變現象，屬「形近而訛」。其表現的方式有：「人」訛為「一」形、「人」訛為「卩」形、「申」訛作「畫」、「土」訛成「壬」、「宀」訛作「𣎴」、「終」訛作「穴」形、「見」訛作「彡」形、「止」訛作「止」形、「辛」訛作「亲」形、「句」形訛作「肉」形、「由」訛作「目」形、「而」訛作「丌」形、「去」訛作「㠯」形、「月」形訛作「𦙾」形、「丮」訛作「勿」形、「止」訛作「女」形、「日」形訛作「目」、「爭」訛作「加」形、「木」訛作「矢」形、「木」訛作「矢」或「火」形、「𢇉」訛作「糸」形、「𢦏」訛作「死」、「𢦏」訛作「正」形、「艸」訛作「𠈌」、「𤱿」訛作「𤱿」、「囟」訛作「目」或「由」、「日」訛作「○」、「人」訛作「彡」、「𡳾」訛作「皿」等。

屬於形體簡省而訛的字例則有：慁、深、灋、則、豊、靜、員、朝、瘦、禮、命、體、靜、宛、永等。屬於形體分裂而訛的字例有：氣、𢙱、節、即、既、概、飲、奉、君、皮等。

從大量又複雜的訛變現象，反映了上博簡文字的任意性和不統一。

（五）類化現象

文字發展中，有些不同來源或不同寫法的字形，因為受到上下文影響或字形內部偏旁或部件影響的類化，會寫成相同的形體。考察上博簡中，有類化為「羊」形、「𢀖」、「𢀖」、「𠂤」、「囟」、「川」、「屮」等現象。這樣的現象，在文字由象形走向線條化時，汰去繁雜的形體，保留常用、易於辨識、便於書寫的形體，使文字系統變成具規範性的發展。

上博簡如此大量的異體字，反映了當時文字對於規範性要求不高，使得文字形體任意變化性高，也說明了上博簡文字處於一個複雜性高的狀態下。而這些現象透過構形變易原則，有助於釐清上博簡文字的複雜性，及當時文字的現況，也有助於了解漢字音義結合的過程，與走向文字統一與規範化的發展背景。

二、合於《說文》重文

將上博簡文字與《說文》重文字形比對，可得出以下幾點：

1. 上博簡文字與《說文》重文字形相應者，二者形同共 56 例，二者結構

相同共 22 例，二者形近共 47 例，構件相同共 45 例。其中《說文》重文包含有古文、籀文、或體、篆文、俗字、秦石刻等。

2. 核查上博簡字形與《說文》重文相合字形，得出《說文》重文不僅承襲甲骨文、金文字形，也有表現東周字形，〔註1〕或戰國文字字形，〔註2〕甚至收錄具有戰國楚系文字特色的字形，如《說文》所收古文中：玉、築、閒、終、四、薔、僕、仁、鬼、衰、周、圭，與《說文》所收俗字：漢。

3. 雖然《說文》所錄重文，許慎有稍微說明其來由，但因爲許多重文字形與今之所見的甲金文字字形不相合，無法推其文字演變脈絡，遂引發重文是否可信之虞。現與上博簡文字相比對，找出以下 53 個字例是《說文》所錄重文與上博簡文字相應者。藉此，上博簡字形爲《說文》重文提供一個文字根據，解除其來源不實之慮。

4. 許慎與段玉裁對《說文》重文的分析固然有助於《說文》重文字形的辨析，但比較遺憾的是，許慎與段玉裁當時並未能像現在可以見到大量的出土文字，對古文字的認識未能完全掌握。從文字演變的角度重新考察《說文》重文與上博簡文字的異同，發現許慎與段玉裁在說解《說文》重文時，確實有些疏漏之處。透過上博簡文字字形可茲校正者，有《說文》古文共 10 字，《說文》籀文 3 字，《說文》或體 4 字，《說文》篆文 3 字，《說文》篆文（小篆字首）8 字。其主要誤釋的主要原因有：①不識飾筆。②不識區別符號。③不識異體。④不識假借混用。⑤不識形近。⑥不識文字演變進程。⑦聲化。

5. 透過上博簡字形可了解《說文》誤釋主因，並重新考訂《說文》重文字形理據，校正《說文》闕失，也爲古文字形與《說文》重文相合提供有利條件。

〔註 1〕如《說文》所收古文中：正、後、至、旨、得、鳥；《說文》所收籀文中：槃、折；《說文》所收或體中：勇、疂。

〔註 2〕如《說文》所收古文中：社、謀、皮、退、敢、棄、利、垂、賓、時、明、盟、宅、廟、丘、吳、怨、恐、聞、曲、恆、毀、堯、斷、醬、死、與、鬼、鞭、巽、槃、嗣、絕、巨、御；《說文》所收籀文中：嗌、地；《說文》或體：鼞、脀、星、稑、晦、震、禱、斷；《說文》重文所收篆文中：善、全、匹、瀷；其他：也。

6. 上博簡文字與《說文》古文、籀文系統吻合皆有吻合例證，可知上博簡文字受古文系統的影響遠大於籀文。而王國維「戰國時秦用籀文，六國用古文」之說並不全面。

三、地域性色彩與交融

上博簡文字除了使用大量的戰國文字普遍寫法外，字形還表現出濃厚的地域性色彩。其中就有為數不少的楚系文字特點。經考察，上博簡文字中具有楚系特殊部件者，共有 19 例：

1. 水：多橫置於字形上方或下方，作「水」之形。

2. 金：多連筆作「金」之形。

3. 竹：常置於字形上方，豎筆上加短橫或圓點，作「竹」、「竹」。

4. 欠：作「欠」或「欠」之形。

5. 火：重複形體作「火」形。

6. 石：常在厂下或厂上繁增橫畫，作「石」、「石」之形。

7. 巾：多在豎筆上繁加短橫或圓點，作「巾」或「巾」之形。

8. 心：「心」（緇 5.11）、「心」（孔 4.15）之形，中間「凵」形不開口，作水滴狀「心」形，或常分兩筆寫成，並置於字體下方。

9. 阜：作「阜」之形，常置於字形左側，且喜繁从土形。

10. 豸：寫作鼠形「豸」。

11. 象：寫作兔形「象」。

12. 兔：作「兔」之形。

13. 豕：作「豕」之形。

14. 皿：作「皿」、「皿」，中間訛作似「口」形，或連筆寫成，常置於字形下方。

15. 皀：下方形體離析，底座部分改寫成似口之形，作「皀」形。

16. 豆：下方形體離析，底座部分改寫成似口之形，作「豆」。

17. 巳：作「巳」之形。

18. 貝：常將貝形上方的部件斜置，作「貝」之形，並常置於字形下方。

19. 今：繁加口形，並包覆於左側，作「今」（子 8.32）、「今」（季 14.7）之形。

而上博簡與楚系文字相合，且爲他系文字所未見的寫法也多達 250 以上字例。

上博簡的地域性色彩除了具有楚系文字色彩之外，也具有齊系、晉系、燕系、秦系文字色彩。這些非楚系色彩的文字形體以與齊系、晉系文字相合爲多。這樣的現象透露文本複製、流傳、傳播狀況，亦可窺見各國可能往來互動的多寡。這些非楚系色彩的文字形體則與燕系、秦系文字相符較少。上博簡與燕系文字相符較少的原因之一是目前燕系文字材料較少，以致有所侷限；上博簡與秦系文字相符也不多，乃秦系文字爲西土文字，與東土文字差異性較大之故。這樣的現象足見上博簡文字不僅表現出戰國文字的面貌，也散發出濃厚楚文字的味道，更吸納了它系文字的特色，兩者並行，相互影響。

再者，還可以發現上博簡文字中，有些文字兼融了兩系文字色彩，提供了戰國時期各系文字交互影響的具體證據。

另外，根據同一文本中兼有楚系文字色彩與他系文字色彩的情況，或許可以從書手的來源與書寫情況作考量。

四、具隸草體之傾向

（一）隸化現象

上博簡隸化字形的筆畫常往收筆處加粗，鉤與捺常作長引之勢；筆畫或化圓爲方，或改曲爲直；對稱兩短撇成橫勢或成背勢；「蠶頭燕尾」雖不典型，但具雛形；橫筆略顯波磔，具波、挑筆勢。由此，可以說明上博簡的這些字形已進入隸化的萌芽期，時代屬於古隸階段，並深具早期隸書的古拙質樸。

而這些隸化的規律不僅造成筆畫粗細、筆畫方折、線條平直化，也讓文字形體因爲筆畫化，產生結體上的變異現象。其中，以「艸」、「子」、「幺」、「糸」、「牛」、「生」、「人」、「彳」、「止」、「九」、「隹」、「禾」、「大」、「廾」等最爲明顯。

不論是從筆法或是文字結構討論，上博簡文字皆具有隸化的現象，顯示文字正從古文字階段邁向今文字的階段，故有半篆半隸的過渡性字體。而這些具有隸化現象的字形也說明隸書在戰國中晚期已經萌芽，其所吸納的來源不只是秦篆，而是具有多面向地吸納各種國字形發展而成，上博簡就是其中之一。

又上博簡的篇章中，具有齊魯系文字色彩的《孔子詩論》、《緇衣》、《孔子見季桓子》等篇章的隸化傾向最爲明顯。雖《周易》也有一些隸化的現象，猶

不及《孔子詩論》、《緇衣》、《孔子見季桓子》普遍。此或可作爲戰國時期文字過渡到隸書階段，齊魯系文字隸化速度是否較快的一個參考跡象。

（二）草書筆法

上博簡文字中有草書筆法的跡象。上博簡融有草書筆法的字形，常有連筆、省併的表現，又字字獨立，不相連帶，略帶隸書的波磔，宛若章草。上博簡具有類似楷書筆風字形的主要發展特徵爲：橫畫起筆、收筆成圓角，露鋒落筆，類似楷鉤筆使用，轉折筆畫與豎筆的寫法。

此外，透過上博簡文字兼有草書筆法，說明草書與隸書有同時發展的現象，且草書的來源應具多向性，其中，戰國楚字也是來源之一。草書的的起源應早於秦，不晚於戰國。

（三）書體融合

文字結構與書體的發展，是一個漸變的過程。各個文字結構與書體或多或少會有滲透或融合的現象。上博簡文字上承甲金文字，下收歸爲篆；具有隸意的字形中就摻雜了草篆、草隸、半篆半隸等的過渡性書體，反映出字形與書體滲透與融合的演變過程。這也使得上博簡文字書體看起來既亦篆〔註3〕、亦隸、亦草，卻也非篆、非隸、非草的獨特現象。

五、與晉秦系手寫文字比對

將上博簡與侯馬盟書、溫縣盟書、睡虎地秦簡比對，可得出以下幾點差異：

1. 呈顯出不同地域性色彩數：上博簡＞侯馬盟書、溫縣盟書、睡虎地秦簡。

2. 上博簡、侯馬盟書文字異形現象普遍，任意性強；睡虎地秦簡相對穩定，此應睡虎地秦簡爲西土文字，地處邊陲，文字發展相對保守有關。

3. 單一字形異體字變化量：侯馬盟書＞上博簡＞睡虎地秦簡。

4. 書體、結構隸化速度：睡虎地秦簡＞上博簡＞侯馬盟書、溫縣盟書。呈現這樣的結果，應與年代早晚有關：侯馬盟書、溫縣盟書最早，睡虎地秦簡最晚。而這也符合戰國文字逐漸走向隸化的時間歷程。

5. 在結構隸化的現象中，三者隸化形體也不盡相同，顯示各系文字在發展過程中，雖皆朝隸化方向前進，但仍保有各自的面貌。

〔註 3〕指書法上的篆體。

　　由於上博簡目前尚未完全公佈，字例的討論與分析，相對有所缺憾。此有待將來陸續出版的上博簡文字材料，後續補強。另外，目前出土或公佈的手書材料仍以楚地爲大宗，「地不愛寶」，將來若各系的手書材料陸續出土或公佈，不僅可使戰國文字材料更加豐富，也可藉由各系的手書材料，更貼近戰國時期文字書寫的眞實情況。再者，目前較完整的比對各系文字的地域性，多由金文入手，若各系手書材料接續面世，則可使各系文字的特點更加貼近當時文字書寫原貌；而透過材料與書手的關係，或可還原文獻的流傳、傳播的軌跡，而書手在當時有何特殊地位，其來源是否單一等問題，也可逐漸清晰。

參考書目

一、專書

（一）古籍

1. 漢・司馬遷撰、宋・裴駰集解、唐・司馬貞索引、唐・張守節正義、日本・瀧川龜太郎注：《史記・春申君列傳》（台北：宏業書局，1992 年）。

2. 漢・班固撰；唐・顏師古注：《漢書》（台北：臺灣中華書局，1983 年）。

3. 漢・許慎撰、清・段玉裁注：《說文解字注》（杭州：浙江古籍出版社）。

4. 唐・張彥遠集：《法書要錄》（北京市：中華書局，1985 年）。

5. 清・阮元：《積古齋鐘鼎彝器款識》，收於《續修四庫全書》（上海：古籍出版社，1995 年）。

（二）現代專著

1. 丁度：《宋刻集韻》（北京：中華書局，1989 年）。

2. 丁福保編纂：《說文解字詁林》（北京：中華書局，1988 年）。

3. 上海大學古代文明研究中心、清華大學思想文化研究所編：《上博館藏戰國楚竹書研究》（上海：上海書店出版社，2002 年）。

4. 上海大學古代文明研究中心、清華大學思想文化研究所編：《上博館藏戰國楚竹書研究續編》（上海：上海書店出版社，2004 年）。

5. 于省吾：《甲骨文字詁林》（北京：中華書局，1996 年）。

6. 于省吾：《甲骨文字釋林》（北京：中華書局，1988 年）。

7. 山西省文物工作委員會：《侯馬盟書》（北京：文物，1976 年）。

8. 王筠：《說文釋例》（台北縣：文海出版社，197?年）。

9. 王世征、宋金蘭：《古文字學指要》（北京：中國旅遊出版社，1997 年）。

10. 王國維：《王國維全集》（台北：華世，1985 年）。

11. 王國維：《流沙墜簡》（北京：中華書局，1993 年）。

12. 王國維：《海寧王靜安先生遺書》（台北：台灣商務出版社，1976 年）。

13. 甘肅省文物考古研究編：《秦漢簡牘論文集》（蘭州：甘肅人民，1989 年）。

14. 甲骨文研究資料編委會編：《甲骨文研究資料彙編》（北京：北京圖書館，2008 年）。

15. 朱淵清：《再現的文明：中國出土文獻與傳統學術》（上海：華東師範大學，2001 年）。

16. 艾蘭、邢文編：《新出簡帛研究：新出簡帛國際學術研討會文集》（北京：文物，2004 年）。

17. 何琳儀：《戰國文字通論（訂補）》（南京：江蘇教育，2003 年）。

18. 何琳儀：《戰國古文字典·戰國文字聲系》（北京：中華書局，1998 年）。

19. 吳建偉：《戰國楚音系及楚文字構件系統研究》（濟南：齊魯書社，2006 年）。

20. 李圃：《古文字詁林》（上海：上海教育出版社，1999 年）。

21. 李圃：《甲骨文字學》（上海：學林出版社，1995 年）。

22. 李零：《上博楚簡三篇校讀記》（北京：中國人民大學，2007 年）。

23. 李守奎：《楚文字編》（上海：華東師範大學，2003 年）。

24. 李守奎等人：《上海博物館藏戰國楚竹書文字編（1～5）》（北京：華東師範大學，2007 年）。

25. 李孝定：《甲骨文字集釋》（台北：中央研究院歷史語言研究所，1970 年）。

26. 李孝定：《漢字史話》（台北：聯經，1977 年）。

27. 李家浩：《著名中年語言學家自選集·李家浩卷》（合肥：安徽教育，2002 年）。

28. 李學勤、謝桂華主編：《簡帛研究》（第三輯）（南寧：廣西教育出版社，1998 年）。

29. 李學勤：《東周與秦代文明》（北京：文物，1984 年）。

30. 李學勤：《雲夢秦簡研究》（北京：中華書局，1981）。

31. 李學勤：《簡帛佚籍與學術史》（台北：時報文化，1994 年）。

32. 李學勤：《簡帛研究：二○○二·二○○三》（南寧：廣西師範大學出版社）。

33. 李學勤主編：《出土簡牘叢考》（武漢：湖北教育，2004 年）。

34. 沈頌金：《二十世紀簡帛學研究》（北京：學苑出版社，2003 年）。

35. 汪啟明：《先秦兩漢齊語研究》（成都：巴蜀書社，1999 年）。

36. 周守晉：《出土戰國文獻語法研究》（北京：北京大學，2005 年）。

37. 周法高主編：《金文詁林》（香港：中文大學，1975 年）。

38. 周法高主編：《金文詁林補》（台北：中央研究院歷史語言研究所，1982 年）。

39. 季旭昇：《說文新證》（台北：藝文出版社，2004 年）。

40. 季旭昇主編：《上海博物館藏戰國楚竹書讀本》（一）（台北：萬卷樓，2004 年）。

41. 季旭昇主編：《上海博物館藏戰國楚竹書讀本》（二）（台北：萬卷樓，2003 年）。

42. 季旭昇主編：《上海博物館藏戰國楚竹書讀本》（三）（台北：萬卷樓，2005 年）。

43. 季旭昇主編：《上海博物館藏戰國楚竹書讀本》（四）（台北：萬卷樓，2007 年）。

44. 林清源：《簡牘帛書標題格式研究》（台北：藝文印書館，2006 年）。

45. 林慶勳、竺家寧、孔仲溫：《文字學》（台北：國立空中大學，1995 年）。

46. 武漢大學簡帛研究中心：《簡帛》（第一輯）（上海：上海古籍，2006 年）。

47. 姚孝遂：《甲骨文字詁林》（北京：中華書局，1996 年）。

48. 胡小石：《胡小石論文集》（上海：上海古籍，1982 年）。

49. 唐蘭：《中國文字學》（上海：上海古籍，2001 年）。

50. 唐蘭：《古文字學導論》（台北：學海，1986 年）。

51. 唐蘭：《古文字學導論》（濟南：齊魯書社，1981 年）。

52. 容庚：《商周彝器通考》（台北：文史哲，1985 年）。

53. 徐中舒：《甲骨文字典》（成都：四川辭書出版，1988 年）。

54. 荊門市博物館編：《郭店楚墓竹簡》（北京：文物出版社，1998 年）。

55. 馬今洪：《簡帛發現與研究》（上海：上海書店，2002 年）。

56. 馬承源：《上海博物館藏戰國楚竹書（一）》（上海：上海古籍，2001 年）。

57. 馬承源：《上海博物館藏戰國楚竹書（七）》（上海：上海古籍，2008 年）。

58. 馬承源：《上海博物館藏戰國楚竹書（二）》（上海：上海古籍，2002 年）。

59. 馬承源：《上海博物館藏戰國楚竹書（三）》（上海：上海古籍，2003 年）。

60. 馬承源：《上海博物館藏戰國楚竹書（五）》（上海：上海古籍，2005 年）。

61. 馬承源：《上海博物館藏戰國楚竹書（六）》（上海：上海古籍，2007 年）。

62. 馬承源：《上海博物館藏戰國楚竹書（四）》（上海：上海古籍，2004 年）。

63. 馬敘倫：《說文解字六書疏證》（台北：鼎文，1975 年）。

64. 馬敘倫：《說文解字六疏證》。

65. 高明：《中國古文字學通論》（台北：五南，1993 年）。

66. 商承祚：《說文中之古文考》（台北：學海出版社，1979 年）。

67. 張秉楠：《稷下鉤沉》（上海：上海古籍，1991 年）。

68. 張頷、陶正剛、張守中著；山西省文物工作委員會編：《侯馬盟書》（太原：山西古籍，2006 年）。

69. 啓功：《古代字體論稿》（北京：文物，1964 年）。

70. 梁東漢：《漢字的結構及其流變》（上海：上海教育出版社，1959 年）。

71. 許錟輝編：《民國時期語言文字學叢書》（第一編）（台中：文听閣圖書，2009 年）。

72. 郭沫若：《兩周金文辭大系·序》（台北：大通書局，1931 年）。

73. 郭沫若：《郭沫若全集》（考古編）（北京：科學書版社，2002 年）。

74. 陳偉主編：《簡帛》（第一輯）（上海：上海古籍，2006 年）。

75. 陳偉主編：《簡帛》（第二輯）（上海：上海古籍，2007 年）。

76. 陳偉主編：《簡帛》（第三輯）（上海：上海古籍，2008 年）。

77. 陳松長：《香港中文大學文物館藏簡牘》（香港：香港中文大學文物館，2001 年）。

78. 陳昭容：《秦系文字研究：從漢字史的角度考察》（台北：中研院史語所，2003 年）。

79. 陳煒湛、唐鈺明：《古文字學綱要》（廣州：中山大學書版社，1988 年）。

80. 復旦大學出土文獻與古文字研究中心：《出土文獻與古文字研究》（第一輯）（上海：復旦大學，2006 年）。

81. 湖北省荊沙鐵路考古隊編：《包山楚墓》（北京：文物，1991 年）。

82. 湯餘惠：《戰國文字編》（福建：福建人民出版社，2001 年）。

83. 華正人編輯：《歷代書法論文選》（上海書畫出版社，1979 年）。

84. 雲夢睡虎地秦墓竹簡整理小組：《睡虎地秦墓竹簡》（台北：里仁，1981 年）。

85. 雲夢睡虎地秦墓編寫組編：《雲夢睡虎地秦墓》（北京：文物，1981 年）。

86. 馮勝君：《郭店簡與上博簡比對研究（繁體版）》（北京：線裝書局，2007 年）。

87. 黃人二：《上海博物館藏戰國楚竹書（一）研究》（台中縣：高文，2002 年）。

88. 黃人二：《上海博物館藏戰國楚竹書（三）研究》（台中縣：高文，2005 年）。

89. 黃人二：《出土文獻論文集》（台中縣：高文，2005 年）。

90. 黃季剛：《文字聲韻訓詁筆記》（台北：木鐸，1984 年）。

91. 黃德寬、何琳儀、徐在國：《新出楚簡文字考》（合肥：安徽大學，2007 年）。

92. 黃錫全：《古文字論叢》（台北：藝文印書館，1999 年）。

93. 裘錫圭：《文字學概要》（台北：萬卷樓圖書有限公司，1999 年）。

94. 裘錫圭：《古文字論集·釋求》（北京：中華書局，1992 年）。

95. 裘錫圭：《古文字論集》（北京：中華書局，1992 年）。

96. 裘錫圭著，許錟輝校訂：《文字學概要》（台北：萬卷樓圖書公司，1994 年）。

97. 廖名春：《出土簡帛叢考》（武漢：湖北教育出版，2004）。

98. 廖名春：《新出楚簡試論》（台北：台灣古籍，2001 年）。

99. 趙學清：《戰國東方五國文字構形系統研究》（上海：上海教育出版社，2005 年）。

100. 劉釗：《古文字考釋叢稿》（長沙：岳麓書社，2005 年）。

101. 劉彬徽：《楚系青銅器研究》（武漢：湖北教育，1996 年）。

102. 滕壬生：《楚系簡帛文字編》（武漢：湖北教育出版社，199 年））。

103. 蔣善國：《漢字形體學》（北京：文字改革出版社，1959 年）。

104. 蔡信發：《六書釋例》（台北：萬卷樓，2001 年）。

105. 錢穆：《先秦諸子繫年·稷下通考》（北京：商務，2005 年）。

106. 龍宇純：《中國文字學》（定本）（台北：五四書局，1996 年）。

107. 韓耀隆：《中國文字義符通用釋例》（台北：文史哲，1987 年）。

108. 羅振玉：《殷虛書契考釋》（臺中：文听閣圖書，2009 年）。

109. 羅振玉：《增訂殷墟書契考釋》（台北：藝文印書館，1981 年）。

110. 蘇建洲：《《上博楚竹書》文字及相關問題研究》（台北：萬卷樓，2008 年）。

二、單篇論文

1. 于豪亮：〈釋青川秦墓木牘〉，《文物》1982 年 1 月，頁 22～23。

2. 王國維：〈劉盼遂記《説文》練習筆記〉，《國學論叢》第二卷第二號，頁 293～302。

3. 王夢華：〈漢字字形混誤與訛變〉，《東北師大學報（哲社版）》1992 年第 5 期，頁 78～83。

4. 王夢華：〈漢字形體演變中的類化問題〉，《東北師大學報》1982 年第 4 期。

5. 四川省博物館、青川縣文化館：〈青川縣出土秦更修田律木牘——四川青川縣戰國墓發掘簡報〉，《文物》1982 年 1 月，頁 1～21。

6. 甘肅省文物考古研究所、天水市北道區文化館：〈甘肅天水放馬灘戰國秦漢墓群的發掘〉，《文物》1989 年第 2 期，頁 1～22。

7. 白光琦：〈溫縣盟書的年分〉，《史學月刊》1984 年第 4 期。

8. 何雙全：〈天水放馬灘秦簡綜述〉，《文物》1989 年第 2 期，頁 21～31+102～103。

9. 吳振武：〈戰國文字中一種值得注意的構型方式〉，《姜亮夫、蔣禮鴻、郭在貽先生紀念文集》上海：上海教育，2003 年）。

10. 李天虹：〈《景公瘧》「市」字小記〉，簡帛網，2007.07.17。

11. 李昭和：〈青川出土木牘文字簡考〉，《文物》1982 年 1 月，頁 24～27。

12. 李裕民：〈我對侯馬盟書的看法〉，《考古》1937 年第 3 期。

13. 李零：〈秦駰禱病玉版的研究〉，《國學研究》，第 6 卷，525。

14. 李學勤：〈李學勤先生在「新出文獻與古代文明研究」會議閉幕式上的演講〉，《新出土文獻與古代文明研究》（上海：上海大學出版社，2004 年）。

15. 李學勤：〈秦玉牘索隱〉，《故宮博物院院刊》，2000 年第 2 期，頁 41～45。

16. 李學勤：〈戰國時代的秦國銅器〉，《文物》1957 年第 8 期，頁。

17. 李學勤：〈戰國題銘概述（下）〉，《文物》1959 年第 9 期，頁 58～61。

18. 李學勤：〈戰國題銘概述（上）〉，《文物》1959 年第 7 期，頁 50～54。

19. 李學勤：〈戰國題銘概述（中）〉，《文物》1959 年第 8 期，頁 60～63。

20. 周鳳五：〈郭店竹簡的形式特徵及其分類意義〉，《郭店楚墓國際學術研討會論文集》（武漢：湖北人民出版社，2000 年）。

21. 林澐：〈釋古璽中從「朿」的兩個字〉，《古文字研究》第十九輯（北京：中華書局）。

22. 林師素清：〈探討包山楚簡在文字學上的幾個問題〉，《中央研究院歷史研究所集

刊》第 66 本第 4 分，1995 年。

23. 林師素清：〈郭店、上博緇衣簡之比較研究〉，《新出土文獻與古代文明》，2004 年 4 月，上海大學出版社。

24. 河南省文物研究所：〈河南溫縣東周盟誓遺址一號坎發掘簡報〉，《文物》1983 年第 3 期，頁 77～89。

25. 邱德修：〈春秋〈子犯編鐘銘〉考釋〉，《第十屆中國文字學全國學術研討會論文集》（台中：逢甲大學中國文學系，1999 年）。

26. 柯佩君：〈讀〈競建內之〉、〈鮑叔牙與隰朋之諫〉箚記〉，《國文學報》第 6 期，頁 195～210。

27. 侯開嘉：〈隸草派生章草今草說〉，《書法研究》2002 年第 4 期，頁 61～72。

28. 施順生：〈古文字形體演變規律——「框廓、填實、線條化」的探討〉，《中國文化大學中文學報》第 8 期，2003 年，頁 37～46。

29. 胡小石：〈古文字變遷論〉，《胡小石論文集》（上海：上海古籍，1982 年）。

30. 唐蘭：〈侯馬出土晉國趙家之盟載書新釋〉，《文物》1972 年第 8 期。

31. 殷偉仁：〈隸書之源非小篆〉，《江海學刊》1995 年第 3 期，頁 66。

32. 高明：〈侯馬載書盟書考〉，《古文字研究》第一輯（北京：中華書局，1979 年），頁 103～115。

33. 張峰：〈淺析侯馬盟書中的假借通用字〉，《三門峽職業技術學院學報》，2008 年第 4 期。

34. 張桂光：〈古文字中的形體訛變〉，《古文字研究》第十五輯（北京：中華書局，1986 年，頁 153～184。

35. 郭沫若：〈古代文字之辯證的發展〉，《考古學報》1972 年第 1 期。

36. 郭沫若：〈侯馬盟書初探〉，《文物》1996 年第 2 期。

37. 郭沫若：〈出土文物二三事〉，《文物》1972 年第 3 期，頁 2～10。

38. 陳偉：〈《昭王毀室》等三篇竹書的幾個問題〉，《出土文獻研究》第七輯（上海：上海古籍，2005 年），頁 30～34。

39. 陳夢家：〈中國銅器概述〉，《海外中國銅器圖錄》（台北：台聯國風，1976 年）。

40. 陳夢家：〈東周盟誓與出土載書〉，《考古》1996 年第 5 期。

41. 陳劍：〈上博竹書〈中弓〉篇新編釋文（稿）〉，簡帛研究網，2004 年 4 月 18 日。

42. 陳劍：〈上博簡〈子羔〉、〈從政〉篇的竹簡拼合與編連問題〉，《文物》2003 年第 5 期。

43. 彭浩等人：〈包山楚簡文字的幾個特點〉，《包山楚墓》（北京：文物出版社，1991 年）。

44. 湯餘惠：〈略論戰國文字形體研究中的幾個問題〉，《古文字研究》第十五輯（北京：中華書局，1986 年），頁 9～100。

45. 程峰：〈侯馬盟書與溫縣盟書〉，《殷都學刊》2002 年第 4 期，頁 46～49、112。

46. 黃人二：〈上博藏簡《周易》爲西漢古文經本子源流考〉，《中國經學》第一輯（桂州：廣西師範大學出版社，2005 年）。

47. 董芬芳：〈從侯馬、溫縣載書看春秋誓辭及誓約文化〉，《文化遺產》2008 年第 4 期。

48. 董琨：〈古文字形體的發展規律〉，《商周古文字讀本》（北京：語文出版社，1983 年），頁 253～256。

49. 裘錫圭：〈以馬王堆一號漢墓遣冊談關於古隸的一些問題〉，《考古學報》1974 年第 1 期。

50. 裘錫圭：〈新出土先秦古籍與古史傳說〉，《北京大學古文獻研究中心集刊》第四輯（北京：北京大學出版社，2003 年）。

51. 臧克和：〈楷字漫談（一）〉，《中文自學指導》2008 年第 1 期，頁 12～18。

52. 趙誠：〈古文字發展過程中的內部調整〉，《古文字研究》第十輯（北京：中華書局，1983 年），頁 350～366。

53. 趙蘭英：〈解讀戰國楚簡〉，《瞭望新聞週刊》第 42 期 2000 年 10 月。

54. 劉釗：〈談甲骨文中的「倒書」〉，《于省吾教授百年誕辰紀念文集》（長春：吉林大學出版社，1996 年），頁 55～59。

三、學位論文

1. 于智博：《《上海博物館藏戰國楚竹書（四）》研究概況及文字編》（長春：吉林大學碩士論文，2007 年）。

2. 牛淑娟：《上海博物館藏戰國楚竹書（二）研究概況及字編》（長春：吉林大學碩士論文，2005 年）。

3. 牛新房：《《容成氏》研究》（廣州：華南師範大學碩士論文，2007 年）。

4. 王瑜：《上博簡（二）《容成氏》研究》（西安：西北大學碩士論文，2006 年）。

5. 王鳳：《上海博物館藏戰國楚竹書（三）的研究及文字整理》（長春：東北師範大學碩士論文，2006 年）。

6. 王黎：《從上博簡《容成氏》說中國早期國家的起源與統治形式》（天津：天津師範大學碩士論文，2007 年）。

7. 王仲翊：《包山楚簡文字研究》（高雄：中山大學中國文學系碩士論文，1997 年）。

8. 史德新：《《鮑叔牙與隰朋之諫》的文獻學研究》（重慶：四川大學碩士論文，2007 年）。

9. 曲冰：《《上海博物館藏戰國楚竹書（三）》研究概況及文字編》（長春：吉林大學碩士論文，2006 年）。

10. 江瀚：《先秦儒家詩學研究》（蘇州：蘇州大學碩士論文，2008 年）。

11. 吳建偉：《戰國楚文字構件系統分析和《上海博物館藏楚竹書（一）》文字考辨》（上海：華東師範大學博士論文，2004 年）。

12. 李春利：《楚竹書《容成氏》中先秦史跡考》（陝西：陝西師範大學碩士論文，2008

年）。

13. 李運富：《楚國簡帛文字構形系統研究》（北京：北京師大學博士論文，1996年）。

14. 李暐琳：《楚簡所見儒家仁學思想研究》（武漢：武漢大學碩士論文，2005年）。

15. 杜春龍：《《孔子詩論》與漢四家《詩》研究》（延吉：延邊大學碩士論文，2007年）。

16. 房瑞麗：《《上海博物館藏戰國楚竹書·詩論》與《詩經》研究》（開封：河南大學碩士論文，2004年）。

17. 林師素清：《戰國文字研究》（台北：臺灣大學中國文學系博士論文）。

18. 林清源：《楚國文字構形演變研究》（台中：東海大學中國文學系博士論文，1997年）。

19. 范玉珠：《《上海博物館藏戰國楚竹書（五）》研究概況及文字編》（長春：吉林大學碩士論文，2007年）。

20. 范知歐：《上博簡《孔子詩論》的作者及撰著時代研究》（聊城：聊城大學碩士論文，2005年）。

21. 徐蕾：《《上海博物館藏戰國楚竹書（四）》研究概況與文字整理》（長春：東北師範大學碩士論文，2006年）。

22. 張敏：《《孔子家語》疑問句及相關語言問題考論》（曲阜：曲阜師範大學碩士論文，2008年）。

23. 張鶯：《先秦儒家《詩》學述論》（武漢：華中師範大學碩士論文，2005年）。

24. 張傳旭：《楚文字形體演變的現象與規律》（北京：首都師範大學博士論文，2002年）。

25. 張新俊：《上博楚簡文字研究》（長春：吉林大學，2004年）

26. 許文獻：《楚文字聲首研究》（台北：臺灣師範大學國文研究所博士論文，2006年）。

27. 許文獻：《戰國楚系多聲符字研究》（台北：臺灣師範大學國文研究所碩士論文，2000年）。

28. 許學仁：《先秦楚文字研究》（台北：臺灣師範大學國文研究所碩士論文，1979年）。

29. 許學仁：《戰國文字分域與斷代研究》（台北：臺灣師範大學國文研究所博士論文，1986年）。

30. 郭蕾蕾：《《上海博物館藏戰國楚竹書（六）》研究概況及文字編》（長春：吉林大學碩士論文，2008年）。

31. 陳立：《戰國文字構形研究》（台北：臺灣大學中國文學系博士論文，2004年）。

32. 陳瓊：《《上海博物館藏戰國楚竹書（一）》研究概況及文字編》（長春：吉林大學碩士論文，2005年）。

33. 陳月秋：《楚系文字研究》（台中：東海大學中國文學系碩士論文，1992年）。

34. 傅銘：《上博館藏戰國楚竹書（一）通假字淺析》（廣州：華南師範大學碩士論文，2004 年）。

35. 黃炎蓮：《上博楚簡《孔子詩論》所涉《詩經》篇目研究》（廣州：華南師範大學碩士論文，2007 年）。

36. 黃師靜吟：《楚金文研究》（高雄：中山大學中國文學系博士論文，1997 年）。

37. 楊嵬茼：《上海博物館藏戰國楚竹書（六）異文的整理研究》（長春：東北師範大學碩士論文，2008 年）。

38. 甄眞：《上海博物館藏戰國楚竹書（三）《中（仲）弓》集釋》（長春：吉林大學碩士論文，2007 年）。

39. 劉釗：《古文字構形研究》（長春：吉林大學博士論文，1991 年）。

40. 蔣莉：《楚秦漢簡標點符號初探》（重慶：四川師範大學碩士論文，2004 年）。

41. 霍冬梅：《上博館藏戰國楚竹書音韻研究》（廣州：華南師範大學碩士論文，2007 年）。

42. 韓軍：《上海博物館藏戰國楚竹書《易經》異文研究》（濟南：山東大學碩士論文，2006 年）。

43. 譚中華：《《孔子詩論》編聯分章問題研究綜述》（長春：吉林大學碩士論文，2007 年）。

四、報章

1. 施宣圓：〈上海戰國竹簡解密〉，《文匯報》2000 年 8 月 16 日頭版。

2. 張立行：〈戰國竹簡漂泊歸來獲新生〉，《文匯報》1999 年 1 月 6 日第 3 版。

3. 張立行：〈戰國竹簡露眞容〉，《文匯報》1999 年 1 月 5 日第 1、3 版。

4. 陳燮君：〈先秦古籍的又一次重要發現〉，《中國文物報》2002 年 1 月 11 日。

5. 陳燮君：〈戰國楚竹書的文化震撼〉，《解放日報》2001 年 12 月 14 日第 8 版。

6. 鄭重：〈「上博」看楚簡〉，《文匯報》1999 年 1 月 14 日第 11 版。